二見文庫

運命を告げる恋人

J. R. ウォード／安原和見＝訳

Lover Awakened

by

J.R.Ward

This edition published by arrangement with NAL Signet,
a member of Penguin Group (USA) Inc.
through Tuttle-Mori Agency, Inc., Tokyo

この本を、あなたに。
あなたのようなひとは二度と生まれないでしょう。
わたしにとって……あなたはただひとりのひと。
どんなに言葉を尽くしても言い尽くすことはできない。

謝辞

〈黒き剣《ブラック・ダガー》兄弟団〉の読者のみなさんに心からの感謝を、そして〈セリーズ〉のみなさんにごあいさつを。

カレン・ソーレム、カラ・セイザー、クレア・ザイアン、カラ・ウェルシュ、ローズ・ヒリアード、ほんとうにありがとう。

歯科医のロバート・N・マンとアン・ブレア、歯科医にして口腔学修士のスコット・A・ノートンとケリー・アイヒラー、そして群を抜いて優秀なスタッフのみなさんに感謝します。どちらでも世界一の歯科治療をしていただきました。

毎度のことながら、わが執行委員会の面々——スー・グラフトン、ドクター・ジェシカ・アンダスン、ベツィ・ヴォーン——にもお礼を申し上げます。

そして家族に、愛を込めて感謝を。

用語と固有名詞

仇討ち《アヴェンジ》（動）——*ahvenge*　報復のために相手を殺すこと。一般に親族の男性によっておこなわれる。

〈黒き剣《ブラック・ダガー》兄弟団〉（固）——*Black Dagger Brotherhood*　鍛《きた》え抜かれたヴァンパイア戦士の集団。〈レスニング・ソサエティ〉から種族を守るために戦っている。種族内での選択的交配の結果、兄弟団のメンバーはみな心身ともに並はずれて強健で、負傷してもたちまち治癒する。血のつながりはなく（おおむね）、入団はメンバーからの指名による。その性格からしてとうぜん血の気が多く、他に頼るのを嫌い、秘密主義的なところがある。そのため一般ヴァンパイアとは距離を置いており、身を養うとき以外は他階級の同族とはほとんど接触しない。ヴァンパイア界では伝説的な存在で、崇敬の対象となっている。よほどの重傷（銃弾や刃物で心臓を直撃するなど）を負わせないかぎり殺すことはできない。

血隷（名）——*blood slave*　男性または女性のヴァンパイアで、他のヴァンパイアに従属して血を提供する者。血隷を抱える慣習はおおむねすたれているが、いまも禁止はされていない。

巫女（名）——*the Chosen*〈書の聖母〉に仕えるべく生み育てられた女性のヴァンパイア。貴族階級とされてはいるが、超俗的な意味での〝貴族〟であって世俗的な意味合いは薄い。男性と交渉を持つことはほとんどないが、同族を増やすために〈書の聖母〉の命令で兄弟たちと交わることはある。予言の能力を持つ。過去には連れあいのいない〈兄弟団〉のメンバーに血を提供していたが、この慣習は〈兄弟団〉によって廃止された。

競り合い《コンテスト》（名）——*cohntehst*　ひとりの女性の連れあいの座をめぐって、ふたりの男性が争うこと。

ドゲン（名）——*doggen*　ヴァンパイア界の下僕階級。古くから続く伝統に従って上の者に仕え、着るものから立ち居ふるまいまで堅苦しい規範に従っている。日中も出歩くことができるが、比較的老化が早い。寿命はおよそ五百年。

〈冥界〉《フェード》（固）——*the Fade*　超俗界。死者が愛する者と再会し、永遠に生きる場所。

〈宗家〉《ファースト・ファミリー》（固）——*First Family*　ヴァンパイアの王と女王、およびその子供たちのこと。

ガーディアン（名）――*ghardian*　保護者のこと。ガーディアンにはさまざまなレベルがあり、もっとも強大な権限を持つのは、〝セクルージョン〟下の女性を保護するガーディアンである。

グライメラ（名）――*glymera*　貴族社会の核心をなす集団。おおよそ摂政時代《リージェンシー》（一八一一～二〇年）の英国の〝トーン〟（財力があり、血筋がよく、流行に敏感で洗練されているという、三拍子そろった貴族の一群のこと）に相当する。

ヘルレン（名）――*hellren*　男性のヴァンパイアのうち、決まった連れあいを持つ者のこと。男性は複数の女性を連れあいとすることがある。

リーラン（形）――*leelan*　親愛の情をこめた呼びかけ。おおよそ〝最愛の者〟の意。

〈殲滅協会《レスニング・ソサエティ》〉（固）――*Lessening Society*　〈オメガ〉の集めた殺戮《さつりく》者の団体。ヴァンパイア種族を根絶することが目的。

殲滅者《レッサー》（名）――*lesser*　魂を抜かれた人間。〈レスニング・ソサエティ〉の会員として、ヴァンパイアの撲滅《ぼくめつ》をねらっている。レッサーは基本的に不老不死で、殺すには胸を刃物で貫かなくてはならない。飲食はせず、性的には不能。時とともに毛髪、皮膚、虹彩《こうさい》から色素が抜け、髪はブロンド、皮膚は白色、目の色も薄くなっていく。ベビーパウダーのような体臭がある。入会のさいに〈オメガ〉によって心臓を取り出され、それを収めた陶製の壺《つぼ》をそれぞれ所持している。

マーメン（名）——*mahmen*　母親のこと。普通名詞としても、また愛情をこめた呼びかけとしても用いる。

ナーラ（形）——*nalla*　親愛の情をこめた呼びかけ。〝愛しいひと〟の意。

欲求期（名）——*needing period*　女性ヴァンパイアが受胎可能となる時期。一般には二日間で、この期間は性的欲求が旺盛になる。遷移後およそ五年で起こり、その後は十年に一度の割合で訪れる。欲求期の女性が近くにいると、男性ヴァンパイアは多かれ少なかれ反応する。ライバルの男性間でもめごとが起こりやすく、その女性に決まった連れあいがいない場合はとくに危険な時期である。

〈オメガ〉（固）——*the Omega*　悪しき超越的存在。〈書の聖母〉への恨みを晴らすため、ヴァンパイアの絶滅をめざしている。超俗界に生き、強大な能力を持っているものの、生命を創造する力はない。

第一階級《プリンセプス》（名）――*princeps* ヴァンパイアの貴族階級中最高の階級。その上に立つのは〈ファースト・ファミリー〉あるいは〈書の聖母〉に仕える巫女たちだけである。生まれつきの身分であり、他の階級に生まれた者がのちにプリンセプスに列せられることはない。

パイロカント（名）――*pyrocant* ある者の重大な弱点のこと。依存症などの内的な弱点のこともあれば、愛人などの外的な弱点のこともある。

ライズ（名）――*rythe* 名誉回復のための儀式。名誉を傷つけた側が、傷つけられた側に対して申し出る。申し出が受け入れられた場合、名誉を傷つけられた者が武器をひとつ選んで攻撃をしかけることになるが、そのさいにはよけたりせずに甘んじて攻撃を受けなくてはならない。

〈書の聖母〉（固）――*the Scribe Virgin* 超越的存在で、王の相談役を務め、ヴァンパイアの記録保管庫を守り、また恩典を授ける力を持つ。超俗界に存在し、さまざまな能力を持っている。一度だけ創造行為をなす能力を与えられており、その能力を用いて生み出したのがヴァンパイア種族である。

隔離《セクルージョン》（名）――*sehclusion* 貴族の女性に対して認められている制度。家族の申し立てにより、王が認可する。これが認められると、その女性は保護者《ガーディアン》ひとりの監督下に置かれる。

ガーディアンになるのはふつう家族で最年長の男性で、その女性の行動のすべてを決定する法的な権利を持ち、社会との関わりをあらゆる面にわたって制限することができる。

シェラン（名）――*shellan*　女性ヴァンパイアのうち、決まった連れあいを持つ者のこと。女性は一般に、複数の男性を連れあいにすることはない。これは、連れあいを持った男性は縄張《なわば》り意識がひじょうに強くなるからである。

精神共感者《シンパス》（名）――*symphath*　ヴァンパイア種族の亜種。他者の感情を操作したい（エネルギーをやりとりするため）と望み、またその能力を持つのが最大の特徴。差別されてきた歴史を持ち、見つかれば殺されていた時期もある。いまでは絶滅に瀕《ひん》している。

ターリイ（形）――*tahlly*　親愛の情をこめたよびかけ。おおよそ「可愛いひと」の意。

〈廟〉（固）――*the Tomb*　〈ブラック・ダガー兄弟団〉の地下聖堂。儀式の場として用いられるほか、レッサーの壺の保管場所でもある。ここでおこなわれる儀式には、入団式、葬儀、および〈兄弟〉に対する懲罰《ちょうばつ》の儀式がある。この聖堂に足を踏み入れてよいのは、兄弟団のメンバー、〈書の聖母〉、入団候補者のみである。

遷移（名）――*transition*　ヴァンパイアが子供からおとなになる重大な節目。これ以後は、生きるために異性の血を飲まねばならず、また日光に耐えられなくなる。一般に二十代なかばで起きるが、遷移を乗り越えられないヴァンパイアは少なくない（とくに男性）。遷移前のヴァンパイアは身体的に虚弱で、また未成熟であるため性的刺激には反応しない。非実体化の能力もまだない。

ヴァンパイア（名）――*vampire*　ホモ・サピエンスとは別の生物種。生きるために異性の生き血を飲まなくてはならない。人類の血液でも生きられないことはないが、長くはもたない。二十代なかばに遷移を経験したあとは、日中に外を出歩くことはできなくなり、定期的に生き血で身を養わなくてはならない。血を吸ったり与えたりしても、人間をヴァンパイアに〝変身〟させることはできない。ただし、まれに人間とのあいだに子供が生まれることはある。意志によって非実体化することができるが、それには心を鎮《しず》めて精神を集中しなくてはならない。また、そのさいに重いものを持ち運ぶことはできない。短期的な記憶に限られるものの、人間の記憶を消すことができる。他者の心を読める者もいる。寿命は一千年ほどだが、それを超える例もある。

往還者《ウォーカー》（名）――*wahlker*　いちど死んで、〈フェード〉から戻ってきた者のこと。苦しみを乗り越えてきた者としてあつく尊崇《そんすう》される。

ウォード（名）――*whard*　後見のこと。

運命を告げる恋人

登　場　人　物　紹　介

ザディスト(Z)	黒き剣兄弟団。フュアリーと双児
ベラ	貴族のヴァンパイア女性
フュアリー	黒き剣兄弟団。ザディストと双児
ラス	ヴァンパイア一族の王
トールメント	黒き剣兄弟団のリーダー
ヴィシャス(V)	黒き剣兄弟団
レイジ	黒き剣兄弟団
ブライアン(ブッチ)・オニール	殺人課刑事
ジョン・マシュー	言葉が不自由なヴァンパイア戦士の候補
ハヴァーズ	ヴァンパイア一族の医師
フリッツ・パールマター	〈兄弟団〉の館の執事
ベス	ラスのシェラン
ウェルシー	トールメントのシェラン
メアリ	レイジのシェラン
マダリーナ	ベラの母
リヴェンジ	ベラの兄
レヴァレンド	クラブ〈ゼロサム〉のオーナー
サレル	ウェルシーの親戚の娘
カトロニア	ザディストを百年間監禁した女城主
ミスターX	レスニング・ソサエティの指揮官
ミスターO	ミスターXの副官

1

「ザディスト、ばか、よせ！　飛びおりるなって――」

フュアリーの声はほとんど聞こえなかった。目の前で車が衝突事故を起こし、その大音響にかき消されたのだ。それに、彼の双児《ふたご》を止めることもできなかった。時速八十キロで突っ走る〈エスカレード〉から、ザディストはかまわず飛び出していく。

「飛びおりやがった！　V、Uターンだ！」

ヴィシャスが〈エスカレード〉をわざと横滑りさせ、フュアリーは反動で窓に肩をぶち当てた。ヘッドライトがぐるりとまわり、雪の積もるアスファルトの路面で、Zが身体を丸めて転がるのが見えた。それもつかのま、すばやく立ちあがって走りだす。まっしぐらに目ざす先にあるのは、つぶれて蒸気をあげているセダンだ。いまでは松の木がフードオーナメント代わりになっている。

フュアリーはZに目を当てたまま、シートベルトをはずしにかかった。コールドウェル市のはずれ、この辺鄙《へんぴ》な場所まで〝レッサー〟たちを追いかけてきた。向こうは物理法則に負けて車を大破させたばかりだが、戦闘不能になっているとはかぎらない。不死身の外道《げどう》どもは頑丈なのだ。

〈エスカレード〉ががくんと停まると、フュアリーは待ってましたとドアをあけつつ〈ベレッタ〉に手を伸ばした。あの車に〝レッサー〟が何匹乗っていて、どんな武器を持っているかわからない。あいつら――ヴァンパイア種族の敵――は集団で移動するし、つねに武装して――ちくしょう！　白い髪の男が三人おりてきた。足もとがふらついて見えるのは、運転していたやつだけだ。

この無茶苦茶に不利な状況にも、Zの足はゆるまない。正気を疑うほどの命知らずなのだ。黒い短剣一本で、不死身の三人組に真っ向から襲いかかった。

フュアリーは道路を突っ切りながら、背後にヴィシャスの重い足音を聞いていた。もっとも、ふたりに出番はなかった。

雪は音もなく舞い、松の木の甘い香りに、大破した車から漏れるガソリンのにおいが混じる。そんななか、Zは三人の〝レッサー〟を短剣一本で仕留めていた。ひざ裏の腱《けん》を切断されて逃げられず、腕を折られて反撃もならない三人を引きずって、不気味な人形のように一列に並べていく。

せいぜい四分半で、IDのたぐいを剝《は》ぎとるところまですませて、Zはそこでひと息入れた。黒い血が、こぼれた油のように白い雪を筋状に汚している。それを見おろしながら肩から湯気を立てていた。奇妙にやさしげなその靄《もや》が、冷たい風に吹き散らされていく。

フュアリーは〈ベレッタ〉を腰のホルスターに収めた。胸がむかむかする。六缶パックのベーコン脂をがぶ飲みでもしたようだ。胸骨のあたりをさすり、左右に目をやった。二十二号線はひっそり静まりかえっている。夜のこの時間だし、コールドウェル市内から遠く離れているから、人間に見られる恐れはまずない。見ているのは鹿ぐらいだろう。

これからなにが始まるかはわかっている。わかりすぎていて止める気にもならない。

ザディストは〝レッサー〟のひとりの前にうずくまった。傷痕のある顔が憎悪に歪み、変形した上唇がめくれて、トラを思わせる長い牙《きば》が剝き出しになる。頭皮が見えるほど短く切った髪、こけたほおは、まるで死神さながらだ。そして死神同様、この寒さのなかで平然と仕事を進めている。着ているのは黒いタートルネックにゆったりした黒いズボンだけで、身に帯びている武器のほうが多いぐらいだ。〈黒き剣《ブラック・ダガー》兄弟団〉のトレードマーク、短剣のホルスターを胸になめ十字にかけ、両脚の腿《もも》にも一本ずつ短剣がストラップ留めしてある。ガンベルトも巻いていて、それには〈シグ・ザウエル〉が二挺《ちょう》ささっていた。

もっとも、この九ミリ拳銃を使ったことがあるわけではない。彼は間近で殺すのが好きなのだ。というより、他者に近づくのは殺すときだけだった。

Zは、〝レッサー〟の革ジャケットのえりをつかんでぐいと引き起こし、接吻でもするように顔を近づけた。

「女はどこだ」悪意のこもる笑いしか返ってこないと見て、Zは〝レッサー〟にこぶしを浴びせた。木々に反響するその音は鋭く、まるで木の枝をまっぷたつに折ったようだ。

〝レッサー〟のにやにや笑いにZは逆上し、その激しい怒りのあまり、彼自身が小さな北極圏と化したかのようだった。周囲の空気が磁気を帯び、夜気よりもさらに冷たくなる。怒りのエネルギーに分解されたか、もはや雪すら降りかかってこない。

フュアリーは、かすかな音を耳にしてふり返った。ヴィシャスが手巻き煙草に火をつけようとしている。左のこめかみの刺青《いれずみ》、口もとに生やしたひげが、オレンジ色の光で照らしだされた。

またこぶしのはじける音がした。Vは深く煙草を吸い、そのダイヤモンドの目をこちらに向けてきた。「よう、フュアリー、大丈夫か」

大丈夫なものか。Zの残虐性は昔から語り種になっていたが、最近ではそれがますますひどくなり、見るに耐えないところまできている。ベラが〝レッサー〟に誘拐されてからというもの、魂の抜けた底無しの穴のようなZの本性が剝き出しになり、狂暴に荒れ狂っているのだ。

いまだにベラは見つかっていない。手がかりも情報も、まったくなにひとつない。Zの荒っぽい尋問《じんもん》も無益だった。

彼女が誘拐《ゆうかい》されて、フュアリーは度を失っていた。知りあったのはつい最近だが、ベラは美しく、一族の貴族でもとくに身分の高い家柄の女性だ。もっとも、その血筋のよさに魅《ひ》かれたわけではない。血筋などどうでもいい。彼女は禁欲の誓いという壁を乗り越え、節制に隠れた男性を目覚めさせ、さらに深い部分を揺り動かした。なんとしても見つけたいという気持ちは、ザディストにまさるとも劣らない。しかし、早くも六週間が過ぎたいま、生きて見つかるという希望はすでに失っていた。〝レッサー〟は〈兄弟団〉の情報を求めてヴァンパイアを拷問にかけるが、一般ヴァンパイアの例に漏れず、ベラは〈兄弟団〉のことはほとんど知らない。いまごろはもう殺されているだろう。

せめて何日も何日も責めさいなまれることなく、すみやかに〈冥界《フェード》〉に渡っていてほしい。

いまの望みはそれだけだった。

「女になにをした」ザディストは次の〝レッサー〟に向かって唸《うな》っている。返ってきたのは「くたばれ」のひとことで、Zはマイク・タイソンよろしく相手に嚙《か》みついた。

一般ヴァンパイアの女性が行方不明になったのを、なぜザディストが気にするのか。〈兄弟団〉の者はみな首をひねっていた。彼が極度の女嫌いなのはだれもが知っている……それで恐れられているほどだ。それなのに、なぜベラのことを気にかけるのか。だがそれを言うなら、彼がどんな反応を示すか、だれにも——双児の兄弟のフュアリーにすら——予測がつかないのだ。

Zの無慈悲な暴力のこだまが、人里離れた森の静寂を貫く。それを聞きながら、その拷問に自分が押しひしがれていくのをフュアリーは感じていた。現に拷問されている〝レッサー〟たちはびくともせず、なんの情報も漏らそうとしないのに。

「いつまで続けられるかな、こんなことを」声をひそめてつぶやいた。

一族を〝レッサー〟から守るという〈兄弟団〉の使命をべつにすれば、彼の生きがいはザディストだけだった。毎日、フュアリーはひとりで眠る(眠れるとすればだが)。食事もたいして喜びではない。禁欲を誓っているから女性は問題外だ。一分一秒も心の休まるときがなく、ザディストが次はなにをやらかすか、そのせいでだれが傷つくかと心配のしどおしだ。身体を一千カ所も切りつけられて、ゆるやかな出血のために死につつあるような気がする。双児の凶悪な攻撃を見るたびに、わが身にその傷を負っているような。

Vは手袋をはめた手を伸ばし、フュアリーののどをつかんだ。「兄弟、こっちを見ろ」

フュアリーはふり返り、はっとたじろいだ。ヴィシャスの左目、刺青で囲まれたほうの目は瞳孔が大きく広がって、まるで黒い穴がぽっかりあいたようだった。

「ヴィシャス、待て……待ってくれ……」ちくしょう。いまは自分の未来など知りたくない。事態が悪くなっていくいっぽうだと聞かされたら、それに耐えていける自信がない。

「今夜は雪がゆっくり降ってるな」Ｖは言いながら、親指でフュアリーの太い頸静脈《けいじょうみゃく》を上下になでさすった。

フュアリーは目をぱちくりさせた。不思議な安らぎが訪れてくる。兄弟の親指の動きに合わせるように、心臓の鼓動が鎮まっていく。「え……？」

「雪だよ……すごくゆっくり降ってる」

「ああ……ああ、そうだな」

「今年はずいぶん雪が降ったよな」

「あ……うん」

「ああ……ずいぶん降った。これからもっと降る。今夜も、明日も。来月も。来年も。雪は降るときは降り、降りたいところに降る」

「そうだな」フュアリーは低い声で言った。「止めようがない」

「ああ、止められるのは地面だけだ」親指の動きが止まった。「兄弟、おまえは大地にはなれんと思う。あいつはおまえには止められん。永久にな」

はじけるような音と閃光《せんこう》が立てつづけに起きた。Ｚに胸を刺された〝レッサー〟たちが消滅したのだ。それがやんだいま、聞こえるのは大破した車のラジエーターのしゅうしゅう鳴る音、それにZの荒い息の音だけだった。

黒ずんだ地面から、Zは亡霊のようにゆらりと立ちあがった。顔にも前腕にも、〝レッサー〟たちから浴びた血が筋を描いている。全身から発するオーラは、暴力のエネルギーにちらつく靄《もや》のようだ。彼の身体のまわりでは、そのせいで背後の景色が、そして向こうの森が波打ち、ぼやけ、歪んで見える。

「市内に戻る」Zは短剣の刃を腿でぬぐいながら言った。「もっとつかまえてやるからな」

またヴァンパイア狩りに出かける前に、ミスターOは九ミリの〈スミス&ウェッソン〉から弾倉を抜き、銃身のなかをのぞいた。もうとっくに清掃していなくてはならないころだ。それは〈グロック〉のほうも同じだった。ほかにやりたいことはあるが、拳銃の手入れを怠るのは阿呆《あほう》のすることだ。〝レッサー〟たる者、武器の管理は徹底していなくてはならない。〈黒き剣兄弟団〉は、いい加減なことで倒せる標的ではないのだ。

情報収集センターの反対端に向かい、ここでの仕事に使われている解剖台《かいぼう》をよけて歩いていった。ひと間《ま》きりのセンターには断熱材などなく、床も土間だが、窓がないから風はほとんど入ってこない。彼の眠る簡易寝台、それにシャワーはあるものの、トイレもキッチンもない。〝レッサー〟はものを食べないからだ。まだ建てて一カ月半、いまも新しい板のにおいがする。そのほかに、暖房に使っている石油ストーブのにおいもこもっていた。

唯一の作り付けの家具と言えるのが、床から垂木《たるき》まで届く棚だった。約十二メートル幅の壁面全体をおおっており、その各段に道具がきちんと並んでいる。刃物、万力、ペンチ、ハンマー、電動ノコギリなどなど。ひとののどに悲鳴をあげさせられるものなら、どんなものでもそろっている。

しかし、ここはたんに拷問のためだけの施設ではない。監禁にも使われている。ヴァンパイアを長期間飼っておくのはたやすいことではない。心を落ち着けて集中すれば、ぱっと消えられる能力を持っているからだ。この手品を防ぐには鋼鉄が有効だが、鉄格子の檻《おり》では日光を防げないし、かといって鋼板の部屋を造るのは現実的でない。その問題をみごとに解決してくれたのが、波状の金属板でできた下水管だ。それを縦にして地面に埋め込んだ〝監房〟が、ここには三つ造ってある。

その〝監房〟に近づきたくてうずうずしたが、それをしたら仕事に戻れなくなるのはわかっていたし、獲物《えもの》の割当はこなさなくてはならない。〝筆頭殲滅者《フォアレッサー》〟の副官として、Oには多少の裁量が認められていた。この施設を管理するのもそのひとつだ。しかし、プライバシーを守りたければ、一定の成績は保たなくてはならない。

というわけで、たとえほかにやりたいことがあっても、武器は手入れしなくてはならないのだ。救急箱をどけ、銃のクリーニングボックスをとると、解剖台のそばにスツールを引っぱってきた。

そのとき、この建物唯一のドアがいきなり開いた。ノックぐらいしろと、Oはふり返ってにらみつけた。しかし、入ってきた人物を見て、険悪な表情を顔から無理にこそげ落とす。ミスターXを歓迎するわけではないが、この手ごわい男は〈殲滅協会《レスニング・ソサエティ》〉を率いる指揮官であり、そうおろそかにはできない。たとえ自己保存以外の目的がなかったとしてもだ。

裸電球の下に立つ〝フォアレッサー〟は、わが身がかわいければ敵にまわしたくない男だった。身長は百九十センチを超え、がっしりした体格はまるで車のようだ。〈ソサエティ〉に入会して長いメンバーのつねで、身体の色素が抜けている。白い皮膚は赤らむことも、風焼けすることもない。髪の毛は蜘蛛《くも》の巣の色、淡い灰色の目は曇り空に似ている。色ももちろんだが、光も表情もないところまでそっくりだった。

さりげない足どりで、ミスターXはセンター内を見まわりはじめた。整頓が行き届いているか確かめているのでなく、なにかを探している。「またひとりつかまえてきたと聞いたんだが」

Oは洗浄棒をおろし、身に帯びた武器のことを考えた。右腿に投げナイフ。腰のくびれに〈グロック〉。これでは足りない。「四十五分ほど前に、ダウンタウンの〈ゼロサム〉の外でつかまえたんです。穴に入れてあるけど、そろそろ気がつくころかな」

「がんばってるな」

「また出かけようと思ってるんです。すぐに」

「ほう」ミスターXは棚の前で立ち止まり、鋸歯《きょし》状のハンティングナイフを手にとった。「ところでね、じつにとんでもない話を小耳にはさんだんだが」

Oは口をつぐんだまま、片手を腿に持っていった。ナイフの柄《つか》にその手を近づけていく。

「どんな話か聞きたくないのか」〝フォアレッサー〟は言いながら、地中に埋めた三つの〝監房〟に近づいていった。「それとも、ひょっとしてもう知ってるのかな」

Oはナイフに手をかけた。ミスターXのほうは、下水管をふさいでいる金網のふたにぶらぶらと近づいていく。最初のふたりの捕虜はどうでもいい。しかし三人めに関しては、Oは自分以外のだれにも手を出させるつもりはなかった。

「空室なしかね、ミスターO」穴の底に消えていくロープの一本を、ミスターXはコンバットブーツの先で突ついた。「ふたりは殺したんじゃなかったのか、ろくな情報を持ってなかったから」

「殺しました」

「とすると、今夜つかまえたヴァンパイアを入れても、ひとつは空きがあるはずだ。ところが全部ふさがってる」

「もうひとりつかまえたもんで」

「いつだ」

「昨夜《ゆうべ》」

「嘘をつくな」ミスターXは、第三の〝房〟の金網のふたを蹴《け》りあけた。

Oはとっさに立ちあがろうとした。すばやく大またで二歩近づき、ミスターXののどにナイフを叩き込めばいい。しかし、そこまで行けないのはわかっていた。〝フォアレッサー〟には、部下の身の自由を奪う便利な能力が与えられている。こちらに目をくれるだけでいいのだ。

だからOは動かなかった。全身を震わせながら、尻をスツールからあげないようにこらえていた。

ミスターXはポケットからペンライトを取り出し、スイッチを入れて穴のなかをななめに照らした。くぐもった小さな悲鳴が聞こえ、彼は目をみはった。「信じられん、ほんとうに女だ！　なぜわたしに黙っていた」

　Oはそろそろと立ちあがった。手にしたナイフは腿に垂らし、カーゴパンツのひだに隠してある。柄をしっかり握る手は震えていなかった。「つかまえたばかりなんで」彼は言った。

「そうは聞いてないがね」

　ミスターXはバスルームにずかずか歩いていき、透明ビニールのシャワーカーテンをあけた。毒づきながら、すみに並べてある女もののシャンプーやベビーオイルを蹴飛ばす。続いてまっすぐ弾薬保管庫に歩いていき、奥に隠してあったアイスボックスを引っぱり出した。引っくり返すと、なかの食料が床に落ちる。〝レッサー〟は飲み食いをしないから、これ以上に明らかな証拠はない。

　ミスターXの白い顔が激怒に歪んだ。「きみはここにペットを飼っているんだな」

　Oはもっともらしい言い訳を考えつつ、ふたりの距離を目測していた。「女は貴重です。尋問に使ってるんだ」

「どう使うというんだ」

「ヴァンパイアの男は、同族の女を目の前でいたぶってみせると苦しむから。言ってみりゃ拷問材料です」

　ミスターXは険悪に目を細めた。「なぜ女のことをわたしに黙っていた」

「ここはおれのセンターだ。おれの好きなように運営していいと言ったでしょう」チクったやつを見つけたら、生皮をずたずたにしてひん剝いてやる。「ここを仕切ってるのはこのおれで、あんたもそれは了承ずみだろ。その仕事をどう進めようが、あんたの知ったことじゃない」

「それでも報告はあって当然だろう」ふいにミスターXは身動きを止めた。「その手に持ったナイフで、なにかしようと思ってるんじゃないだろうな、坊や」

ああ、ひひじじい、じつはやろうと思ってるんだよ。「ここの責任者はおれなんですか、ちがうんですか」

ミスターXが体重をかかとから爪先に移すのを見て、Oは衝突を覚悟した。

ところが、そのときOの携帯電話が鳴りだした。最初の呼出音は張りつめた空気を絶叫のように切り裂いた。二度めはさほどうるさいとは思えず、三度めになるともうどうでもよくなった。

こうして真っ向からの対決に水を差されてみて、自分の考えが足りなかったのにOは思いいたった。彼は大男で戦闘の腕も抜群だが、特殊な能力を持つミスターXにはとても太刀打ちできない。それに、もしOが負傷したり殺されたりしたら、彼の女の面倒をだれが見てくれるというのだ。

「電話に出ろ」ミスターXは言った。「スピーカーホンにして話せ」

電話をかけてきたのは、主要部隊《プライム》のメンバーだった。わずか三キロほど先の道路ぎわで、三人の〝レッサー〟が消されたという。車は木の幹を車体にめり込ませる格好で見つかり、三人が抹消された焼け焦げのせいで雪が黒ずんでいたと。

ちくしょうめ。〈黒き剣兄弟団〉のしわざだ。またしても。

Oが通話を終えると、ミスターXが言った。「さて、わたしと戦うか、それとも仕事に出かけるかね。いっぽうを選べば、いまここで確実にきみは死ぬ。どちらでも好きなほうを選ぶがいい」

「ここの責任者はだれです」

「きみだが、それはわたしの要求を満たしていればの話だ」

「おれはヴァンパイアを何匹もここに連れてきてます」

「しかし、大した情報は得られてないようじゃないか」

Oは第三の穴に歩いていって金網のふたを閉じた。そのあいだも、ミスターXから片時も目を離さない。ふたにコンバットブーツの片足をのせて、〝フォアレッサー〟と目を合わせる。

「おれのせいじゃない。〈兄弟団〉が一族内でも自分たちのことを秘密にしてるせいです」

「きみがよそに気をとられて、仕事をほったらかしてるせいじゃないのか」

くたばれなんて言うんじゃねえぞ。ここで癇癪《かんしゃく》を起こしたら、おまえの女は犬の餌《えさ》にされるんだ。

Oが怒りをこらえているのを見て、ミスターXはにやりと笑った。「見あげた自制心だと褒めてやりたいところだが、いまは自重する以外にまともな選択肢がないからな。それはそうと、今夜のことだ。〈兄弟団〉は、消した〝レッサー〟の壺を取りに行くだろう。きみはさっそくミスターHの家《うち》に行って、壺をとってきてくれ。Aの家にはだれかをやるとして、Dのところへはわたしが自分で行く」

ミスターXはドアの前で立ち止まった。「あの女だがな、道具として利用しているのなら文句はない。しかし、それ以外の理由で飼っているとしたら問題だぞ。きみが軟弱になっているしるしだからな。そのときは、細かく切り刻んで〈オメガ〉の餌にするからそう思え」

Oは身震いすらしなかった。〈オメガ〉の責め苦を一度は生き延びたのだから、もう一度ぐらいは耐えられるだろう。女のためならどんなことでも耐えられる。

「さて、返事がないようだが？」〝フォアレッサー〟は言った。

「わかりました、センセイ」

ミスターXの車が出ていくのを待ちながら、Oの心臓は釘打ち銃のようにやかましい音を立てていた。女を引き揚げて抱きしめたかったが、そんなことをしたら仕事に出られなくなる。気持ちを落ち着けようと、手早く〈S&W〉の清掃をすませて身に着けた。たいして効果はなかったが、少なくともおかげで手の震えは収まった。

ドアに向かう途中でトラックのキーを取り、三番めの穴のうえにある動体センサーのスイッチを入れた。このハイテクの小道具のおかげで大助かりだ。赤外線レーザーがさえぎられると、三角法で標的の位置を測定して発砲する仕組みで、いらぬ好奇心を起こした者は全身穴だらけにされることになる。

Oは出かける前にしばしためらった。女を抱きしめたくてならない。女を失うことを思うと、たんに仮定の話であっても気が狂いそうになる。あの女のヴァンパイアは……いま彼が生きているのは彼女のためだった。〈ソサエティ〉のためでも、殺戮《さつりく》のためでもない。

「出かけてくるからな、いい子にしてろよ」しばらく待ってから、「すぐに戻ってくる。そしたらシャワーを浴びよう」返事がない。「おい、おまえ」

Ｏは無理につばを呑んだ。めめしいまねはするなと自分をいさめながらも、声を聞かずに出かける気にはどうしてもなれない。

「行ってらっしゃいぐらい言え」

やはり答えはない。

心臓に痛みが広がり、愛情がいよいよつのった。深く息を吸うと、甘美な失望の重みがずっしりと胸にわだかまる。〝レッサー〟になる前にも、愛のなんたるかは知っているつもりだった。ジェニファと何年もともに寝てけんかをして、これこそ特別な女だと思っていた。しかし、じつはなにもわかっていなかったのだ。真の情熱がどんなものか、いまならわかる。彼のとらえたこの女は灼《や》けつく痛みをもたらし、おかげでまた人間に戻ったような気がする。〈オメガ〉に魂を差し出したあとの穴を、この女は埋めてくれた。身体は不死身でも、いまの彼は彼女を通じて生きているのだ。

「なるべく早く帰ってくるからな」

ドアが閉まる音を聞いて、穴のなかでベラは身体の力を抜いた。返事をしてやらなかったから、あの〝レッサー〟がしょんぼり出かけていったと思うとうれしかった。こんなことがうれしいとは、もうすっかり正気をなくしてしまったにちがいない。
おかしなことだ――死がこんな狂気となって訪れるとは。何週間も前に下水管のなかで気がついた瞬間から、自分の最期はごくありきたりな、肉を切られ骨を断たれる形で訪れるものと思い込んでいた。ところが、現実に待っていたのは精神の死だった。肉体は比較的健康なままなのに、その内側はもう生きていない。

狂気は少しずつ彼女を取り込んでいき、肉体の病《やまい》と同じように段階を追って進行した。最初のうちはすっかり茫然《ぼうぜん》自失で、拷問されたらどんなに苦しいだろうと、そのことしか考えられなかった。しかし、何日経ってもそんなことは起きなかった。たしかにあの〝レッサー〟に殴られたし、彼女の身体を見るあの目つきには身の毛がよだつが、同族の捕虜たちがあわされるような目にはあわされなかった。レイプもされなかった。

そのおかげで、少しずつほかのことも考えられるようになり、元気が出てきて、いつか助けが来るのではないかと希望が生まれた。このよみがえりの段階はわりあい長く続いた。ここにいると、どれぐらい日数が経ったかなかなかわからないが、たぶん一週間ぐらいは続いたと思う。

だが、その後には後戻りのきかない転落が始まった。彼女の精神を呑み込んだのは、まさしくあの〝レッサー〟だった。最初のうちは気づかなかったが、彼女はとらわれの身でありながら、とらえている男に対して奇妙な力を持っていた。そしてしばらくするうちに、その力をふるうようになった。まずは押せるだけ押して限界を試した。次には彼を責めさいなむようになった。彼が憎い、いたぶってやりたいという以外にさしたる理由もなく。

どういうわけか、彼女をとらえた〝レッサー〟は、彼女を……愛していた。心の底から愛していた。ときには怒鳴りつけてくるし、機嫌が悪いときには恐ろしいと思うが、つらく当たればば当たるほどこちらにやさしくするようになった。目をそらしてやるだけで、勝手に不安のきりもみ状態に落ち込んでいく。プレゼントを持ってきて、いらないと言われると泣いた。情熱はいよいよつのり、彼女のことをしじゅう心配し、こちらを見てくれと懇願し、彼女にすり寄り、すげなくされるとしょげかえる。

男の心をもてあそぶのが、憎悪に満ちた彼女の世界のすべてだった。男をいたぶるその無慈悲さは、しかし彼女を支えると同時にむしばんでいった。かつて彼女は生きていた。母の娘であり、兄の妹であり、一個の人格だった。それがいまでは、この悪夢の世界でコンクリートのように冷え固まっていく。ミイラに変わっていく。

わかっている、このままいつまでも生かしておかれるはずがない。それにすぐに殺されなかったといっても、未来が奪われたことに変わりはない。いまの彼女にあるのは、このおぞましい、無限に続く現在《いま》だけだ。それもあの男といっしょの。

しばらく前からなにも感じなくなっていたのに、久しぶりにパニックが胸に込みあげてきた。

いつもの無感覚に戻らなくてはと、穴の底の寒さのことだけ考えようとした。あの〝レッサー〟は、彼女の家のたんすやクロゼットから服をとってきて着せてくれる。だから、丈の長い下着やフリースを着込み、分厚い靴下やブーツで防寒していられる。しかしそれでも、冷気は容赦なく重ねた衣服を貫き、身体の奥までもぐり込んできて、骨の髄を冷たいみぞれに変えてしまう。

農家を改造した自宅のことが頭に浮かぶ。あの家で暮らしたのはほんの短いあいだだった。リビングルームの暖炉に自分でおこす明るい火を思い出し、ひとりで暮らす喜びを思い出した……これは有害なイメージ、有害な記憶だ。かつての生《せい》を、母を……そして兄のリヴェンジを思い出してしまう。

ああ、リヴェンジ。有無を言わさぬ専制君主ぶりにはいつもいらいらしたが、考えてみればリヴの言うとおりだった。家族のもとを飛び出したりしなければ、となりに住んでいたメアリという人間と知りあうことはなかっただろう。あの夜、ようすを見てこようと、ふたりの家を隔てるあの草地を歩いていくこともなかっただろう。あの〝レッサー〟に出くわすこともなかったし……呼吸している死体のような、こんな状態に陥ることもなかったのだ。

どれぐらいのあいだ、兄はわたしを探してくれただろうか。いまごろはもうあきらめただろうか。あきらめただろうと思う。いくらリヴでも、なんの希望もなく、いつまでも探しつづけることはできない。

探してくれたのはまちがいないと思うが、ある意味では、兄に見つけられなくてよかったとも思っていた。ひ弱にはほど遠いとはいえ、兄は一般ヴァンパイアでしかない。救出に駆けつけたりすれば、きっとけがをしていただろう。〝レッサー〟たちは強い。無慈悲で戦闘にたくみだ。あの怪物に匹敵する者でなければ、とらわれの彼女を救い出すことなどできない。

ザディストの姿が目に浮かんだ。写真を見るようにはっきりと。あの非情な黒い目。顔に走り、上唇を変形させているあの傷痕。のどと手首に帯状に入った血隷の刺青。背中に残るむち打ちのあと。乳首に下がるピアス。筋肉の発達した、それでいて痩《や》せこけた身体。あの残忍で妥協を知らない意志の強さ、たちまち噴き出す憎悪の激しさを思った。一族のあいだでは、彼は恐怖の代名詞になっている。破滅している、壊れているのではない――彼の双児の兄弟はそう言っていた。しかしだからこそ、ザディストなら彼女を救い出すことができるだろう。彼女をとらえた〝レッサー〟に対抗できるのは彼だけだ。あの獣性をもつザディスト以外には、彼女を救える者はいない。もっとも、彼が探してくれていると考えるほど、彼女はおめでたくはない。彼にとって、ベラは二度会ったことがあるだけのただの一般ヴァンパイアにすぎない。

しかも二度めに会ったときには、二度と近づかないと約束させられてしまった。

恐怖に圧倒されそうになって、それを抑えつけようと自分に言い聞かせた――リヴェンジはいまもきっと探してくれている。そして居場所の手がかりをつかんだら、きっと〈兄弟団〉に連絡してくれる。そうすれば、たぶんザディストが助けにきてくれるだろう。それが彼の仕事だから。

「あの、だれかいますか」震える男の声。くぐもっていて、金属的な響きがある。

つかまったばかりの新入りだろう。最初のうちは、みな仲間と接触をとろうとするのだ。

ベラは咳払いをした。「ええ……いるわよ」

間《ま》があった。「信じられない……誘拐された女性ですか。ひょっとして……ベラ？」

自分の名を聞いて、なぜかショックだった。あの〝レッサー〟にずっと「おまえ」と呼ばれつづけて、べつの呼び名があったのを忘れかけていたのだ。「ええ……ええ、そうよ」

「まだ生きてたんですね」

たしかに、ともかくまだ心臓は動いている。「あなたはだれ？」

「ぼ、ぼく、あなたのお葬式に出たんですよ。両親といっしょに。両親はラルスタムとジリングです」

ベラは身体が震えだした。母と兄は……もう彼女の葬式を出したのか。だが、考えてみればそれも当然だった。母はとても信心深いひとで、〈古き伝統〉を重んじている。娘は死んだとあきらめがついたら、ベラが〈フェード〉に渡れるように、正式な葬儀をいとなまずには気がすまないだろう。

ああ……もうおしまいだ。もうあきらめただろうと思っていても、実際にそうと知らされるとやはりこたえる。わたしを探しにきてくれるひとはいないのだ。だれひとり。

みょうな音がした。気がつけば自分のすすり泣きの声だった。

「ぼく、きっと脱出してみせますよ」男が力のこもる声で言った。「あなたを連れて逃げます」

ベラは両ひざから力が抜け、波状にうねる下水管の壁をすべり落ち、底にへたり込んだ。これでほんとうに死人になった。死んで埋葬されてしまった。

土の下に閉じ込められているのも、死人の身にはおぞましいほど似つかわしい。

2

ごついブーツで、ザディストはトレード通りをそれて路地を歩いていく。分厚い靴底がみぞれ状の水たまりに無造作に穴をあけ、タイヤあとの凍った波模様を踏みつぶす。路地は真っ暗だった。両側のレンガ造りの建物には窓がなく、月は雲に完全に隠れている。それでも、ひとり歩く彼の夜目は完璧《かんぺき》で、なにものにもさえぎることはできない――彼の怒りを、なにものもそらすことができないように。

黒い血。いま必要なのはもっと黒い血を流すことだ。両手を黒い血に濡らし、顔にしぶきを散らし、服に返り血を浴びなければ気がすまない。黒い血の海を流して地面にしみ込ませたい。ベラをしのんで、〝レッサー〟どもに血を流させるのだ。ひとり殺すごとに、それが彼女への供物《くもつ》となる。

彼女がもう生きていないのはわかっていた。無惨に殺されたにちがいないと心の奥では承知していた。それなのになぜ、彼女はどこだとまっさきに尋ねてしまうのか。くそ、自分でもその答えはわからない。彼女はもう死んだと何度自分に言い聞かせても、最初に口をついて出るのがその問いなのだ。

そしてこれからもずっと、彼はあの外道どもに尋ねつづけるだろう。どこで、どんな状況で、どんな手段で彼女をつかまえたのか、どうしても知らずにはいられない。それを知ったら死ぬほど苦しいだけだろうが、それでもどうしても知りたい。知らずにはいられない。何度も訊いていれば、いつか口を割るやつがいるにちがいない。

　Zは立ち止まった。空気のにおいを嗅いだ。ベビーパウダーの甘ったるいにおいが漂《ただよ》ってこないかと待ち受ける。ちくしょう、もう我慢できない……いつになったら答えがわかるのか。

　そこまで考えて、あざけるように笑いだした。まったく、もう我慢できないだと？　女主人の周到な調教を百年も受けてきて、我慢できない限界などなくなっていた。肉体的な痛みも、精神的な苦しみも、身がすくむほど深いさげすみもはずかしめも、絶望も、無力感も――ただじっと受け止めて、血の汗で洗い流してきたのだ。

　これぐらいのことが我慢できないはずはない。

　空を見あげようと、頭をのけぞらせたとたんぐらついた。とっさに、大型ごみ収容器《ダンプスター》に手をついて身体を支え、深く息を吸い、ふらつきが治まるのを待った。だが、治まる気配がない。

　身を養う時間だ。またか。

　悪態をつきながら、あとひと晩かふた晩はもつのではないかと考えた。たしかにこの二週間ばかり、意志の力で肉体を引きずりまわしてきた。しかし、それはべつにめずらしいことではない。それに今夜は、血の飢えに屈したくなかった。

しゃんとしろよ、しゃんと……だらしねえぞ、くそったれが。

わが身を叱咤《しった》してさらに歩きつづけ、ダウンタウンの路地をうろつき、ニューヨーク州コールドウェルという、酒と麻薬に侵された危険な都会の迷路を出入りする。

午前三時には、血に飢えるあまり感覚が麻痺《まひ》してきた。こうなってはしかたがない。肉体のこの乖離《かいり》、この無感覚はさすがに無視できない。アヘンの無感覚状態にそっくりで、血隷時代に無理やり吸わされたときのことを思い出すからだ。

急げるだけ急いで〈ゼロサム〉に向かった。〈兄弟団〉が最近たむろしているダウンタウンのクラブだ。用心棒は彼を見ると、入店待ちの客の列を飛ばしてなかに案内した。〈兄弟〉たちのように多額の現金を落としていく客の、これは特典のひとつだ。レッドスモーク浸りのフュアリーはひとりで月に二千は使っているし、Vとブッチは同じ酔うでも最高級の酒で酔うのでなければ満足しない。それに、Z自身もここでひんぱんに〝買い物〟をしている。

クラブのなかは暑くて暗く、湿気とテクノミュージックの渦巻く熱帯の洞窟《どうくつ》のようだ。ダンスフロアには人間がひしめき、ロリポップリング（ペロペロキャンデーをプラスティック製の指輪につけた商品）をなめ、水をがぶ飲みし、明滅するパステルカラーのレーザーを浴びて、踊りながら汗をかいている。どこを見ても壁には人が寄りかかって、ふたりずつ、または三人ずつ組んでもだえあい、さわりあっている。

VIPラウンジに向かうZの前で、人間の群れが分かれていく。まるでベルベットのカーテンがふたつに分かれていくようだ。エクスタシーやコカインでラリっていても、情欲で熱くほてっていても、彼を見て棺桶《かんおけ》の前触れと察知できるぐらいの生存本能は残っているわけだ。

奥へ向かう丸刈り頭の用心棒にうながされて、このクラブで最高の席に足を踏み入れた。ここは比較的静かで、バンケットシートの座席が二十席、大きく間隔をとって配置されていた。天井のスポットライトは、真下の黒大理石のテーブルだけを照らしている。〈兄弟団〉の指定席は非常口のすぐそばだ。例によって、ヴィシャスとブッチがショットグラスに向かってすわっている。マティーニグラスの前には、しかしフュアリーの姿はない。

ルームメイトふたり組は、Zを見てもうれしそうには見えなかった。うれしそうどころか……やっぱり来やがったかという顔をしている。重い荷物をおろすつもりでいたら、シリンダーブロックをひとつずつ背中にのせられたというような。

「あいつは？」Zは双児のマティーニグラスにあごをしゃくった。

「レッドスモークを買いに奥へ行った」ブッチが答える。「ヤクが切れたんだよ」

Zは左側の席にすわり、背もたれに寄りかかって、豪華なテーブルに落ちる照明をよけた。見まわすと、目に入るのは見知らぬ顔ばかりだ。VIP席にいるのはひとにぎりの常連客だが、札びらを切るこの手の人種は緊密な集団を作っていて、それ以外の人間とはあまり接触したがらない。それどころか、このクラブには「聞かず漏らさず」の雰囲気が染みわたっている。〈兄弟団〉がここに来るのは、それもひとつの理由だった。〈ゼロサム〉のオーナーはヴァンパイアだが、それでも自分たちの正体をひけらかしていいわけではない。

この一世紀ほど〈黒き剣《ブラック・ダガー》兄弟団〉は、メンバーの情報を一族内でも秘密にするようになっていた。もちろんうわさは流れるし、一般ヴァンパイアも名前ぐらいは耳にしているが、すべて秘密にされている。これほど隠すようになったのは、一世紀ほど前に一族が離散し、悲劇的にも種族内の信頼感が失われたからだった。だが、いまはほかにも理由がある。〈兄弟団〉の情報を得るために、〝レッサー〟どもが一般ヴァンパイアを拷問にかけているのだ。こんなときだから、目立つのは絶対に避けなくてはならない。

というわけで、このクラブで働く少数のヴァンパイアたちは、このレザー姿の大男たち、酒を飲んで大金を落としていく客たちが、〈ブラック・ダガー〉のメンバーなのかどうか知らずにいる。そして幸いなことに、兄弟たちの見てくれのせいもあるだろうが、だれもが礼儀を守ってよけいな質問はしなかった。

ザディストはそわそわと座席で身じろぎした。このクラブが嫌いだ。虫酸《むしず》が走る。人間だらけで身体がぶつかりそうだし、やかましいし、このにおいにもうんざりする。

ぺちゃくちゃとにぎやかな固まりをなして、人間の女が三人近づいてきた。これでこの三人は仕事中なのだ――もっとも、給仕するのはグラスに収まるようなものではない。典型的な高級娼婦だ。つけ髪、インプラントの胸、美容整形の顔、申し訳程度に肌をおおう服。このクラブには、この手の動く商品がうようよいる。とくにVIP席には多い。〈ゼロサム〉のオーナー経営者の尊者《レヴァレンド》は、ビジネス戦略として多角化を推進していて、アルコールや麻薬のほかに女の身体も売っているのだ。このヴァンパイアは金貸しもしているし、賭屋《かけ》のチームも抱えている。おおむね人間の客を相手に、裏のオフィスでほかになにを用立てているか知れたものではない。

三人の売春婦は笑顔でしゃべりながら、自分の身体を商品として陳列している。しかしZの食指は動かず、Vとブッチも選ぼうとしなかった。二分後、女たちは次の座席に移っていった。

Zは耐えがたいほど空腹だったが、身を養う相手については妥協しないことにしている。

「ねえ、お兄さんたち」べつの女の声がした。「あたしと仲よくしない?」

Zは顔をあげた。この人間の女は、硬質な顔に似合いの硬質な肉体をしていた。着ているものは黒いレザー。目は無表情。髪は短い。

おあつらえ向きだ。

Zは片手をテーブル上の光溜まりに差し出し、二本指を立てて、指関節で大理石の天板を二度叩いた。ブッチとVが座席でそわそわしだすのがわかり、不安がられるのが気に障った。

女は笑顔になった。「それでいいわ」

ザディストは身を乗り出し、巻かれたものがほどけるようにするりと立ちあがった。スポットライトが顔に当たる。表情を凍りつかせて、売春婦が一歩あとじさった。

ちょうどそのとき、フュアリーが左手のドアから姿を現わした。みごとなたてがみのような髪が、ダンスフロアのまたたく照明を反射している。そのすぐあとから出てきたのは、モヒカン刈りのこわもての男性ヴァンパイア——レヴァレンドだ。

ふたりでテーブルに近づいてくると、クラブのオーナーは口をあけずに笑みを作った。紫水晶《アメジスト》色の目は売春婦のためらいを見過ごさず、「ようこそ、みなさまがた。リサ、どこに行くんだ」

リサはぐいと肩をそびやかした。「こちらのお兄さんについていくのよ」

「いい子だ」

おしゃべりはもうたくさんだ。Zは言った。「外へ出るぞ。さあ」

彼は非常口のドアを押しあけ、女のあとからクラブ裏の路地に出た。武器を隠すために引っかけてきたゆったりしたジャケットに、十二月の風が吹き込んでくる。だが、寒さは気にならなかった。その点はリサも同様らしい。身を切る風が短い髪を吹き散らしていても、ほとんど裸に近い格好でも、震えもせずにこちらに正対して、つんとあごをあげていた。

最初の衝撃を乗り越えたいま、女は彼を迎える態勢に入っていた。本物のプロの顔をしている。

「ここでやる」彼は言って物陰に入った。ポケットから百ドル札を二枚取り出し、女に差し出す。札は女の指ににぎりつぶされ、たちまちレザーのスカートの下に消えた。

「どんなふうにしたい?」と尋ねながら、女はにじり寄って肩に手を伸ばしてきた。

その女の身体をくるりと裏返し、レンガの壁に顔を向けさせる。「さわるのはおれがやる。おまえは手出しすんな」

女の身体がこわばり、恐怖が鼻孔をくすぐる。硫黄《いおう》のようにつんとするにおい。しかし、声は震えていなかった。「言っとくけどね、あたしがあざ作って店に戻ったら、あんたただじゃすまないよ。どこに逃げたってきっとつかまるんだから」

「心配すんな、傷ひとつ作らずにちゃんと戻らしてやる」

そう聞いても、やはり女はおびえている。だがありがたいことに、彼はなにも感じなかった。

ふだんなら、女の恐怖のにおいは彼にとって唯一の情欲の引金だ。そのにおいを嗅いだときにだけ、ズボンのなかのあれが固くなる。だが、最近はその引金がきかなくなっていた。もっとも、それが不満というわけではない。股間のものの反応には、もうんざりしているのだ。たいていの女は彼を見ると震えあがるから、望んでいないときにまで固くなってしまう。ぜんぜん勃《た》たないほうがまだましだ。インポテンツになりたいと願う男は、世界じゅうで彼ひとりかもしれない。

「首を曲げろ」彼は言った。「耳を肩につけるんだ」

女がそろそろと言われたとおりにすると、首筋が完全に剝き出しになった。だからこの女を選んだのだ。ショートヘアなら、じゃまな髪をどけるために手を触れる必要がない。身体のどこであれ手を触れるのは好きでなかった。

女ののどくびを見ているうちに、激しい渇きに牙が伸びてきた。全身の血を飲み干してしまいそうに渇ききっている。

「なにする気？」女が刺すような声で言った。「噛みつくの？」

「ああ」

すばやく飛びかかり、あばれる女をしっかり押さえつけた。楽にしてやるために心の力で女を落ち着かせ、身体の力を抜かせ、明らかに大いになじんでいる種類の恍惚《こうこつ》感を与えた。おとなしくなったところで飲めるだけ飲んだが、あまり飲むと吐き気を催しそうだった。コカインとアルコールと、服用している抗生物質の味がする。

飲み終えると、すみやかに傷口がふさがるように牙のあとをなめ、出血を止めた。女のえりを立てて歯形を隠し、彼の記憶を消してクラブに戻らせる。

またひとりきりになると、レンガの壁にぐったり寄りかかった。人間の血は薄すぎて、肉体の必要をやっと満たせるかどうかだったが、同族の女の血を飲むつもりはない。もう二度と。永久に。

空を見あげた。雪を運んできた雲は去り、ビルとビルのあいだに透明の針山のような星空が細く見える。その星座が、外へ出ていられる時間はあと二時間しかないと教えていた。

体力が回復するのを待って、目を閉じて非実体化した。ただひとつの行きたい場所をめざして。

まだ残っていてよかった——そこへ行く時間が。そこにいられる時間が。

3

ジョン・マシューはうめき、ベッドのうえで寝返りを打って仰向けになった。

女はリードに従い、彼の広い裸の胸に乳房を上から押しつけてくる。みだらな笑みを浮かべて彼の股間に手を伸ばし、ずしりとしてうずくものをつかんだ。彼は頭をのけぞらせてうめき、女は勃起《ぼっき》したものを手で支えて腰を沈めてきた。その両ひざをつかむと、女は快くゆるやかなリズムで動きだした。

そうだ、そのまま……

女は片手で自分自身を愛撫し、片手で彼をじらしている。自分の乳房から首筋へとすべらせる、その手のひらに長いプラチナブロンドの髪がからまる。さらにその手を顔に持っていき、しまいに腕を頭上にふりあげて、肉と骨で優美なアーチを描いた。背中をそらすと乳房が突き出され、固くなったバラ色の先端が引き伸ばされる。肌は透けるように白く、まるで降り積んだばかりの雪のようだ。

「ほら」女は腰をまわしながら言った。「こうしてやるわ」

こうしてやるだと？　なにを言ってる、してるのはこっちだ。どちらがなにをしているかはっきりさせてくれようと、女の太腿をつかんで、女が声をあげるほど強く突きあげた。

彼が腰を引くと、女は笑顔でこちらを見おろしながら、いよいよ激しく動きはじめた。なめらかに引き締まる女のなかは、天にものぼる快楽だ。

「ほら、こうしてやるわ」行為の激しさに、女の声は低くかすれている。

「ああ、いいとも」彼は唸った。達した瞬間に組み伏せて、もういちど最初から貫いてやる。

「ほら、こうしてやるわ」女はいっそう荒々しく動き、彼を搾《しぼ》りあげた。片腕をあいかわらず頭上にあげたまま、猛然と腰を使い、身体を叩きつけてくる。

まさにすさまじいセックスだ……生涯にまたとない、信じられないような――

女の声がしだいに歪み、濁りはじめる……女の声とは思えないほど低く、「ほら、こうしてやる」

背筋に冷たいものが走った。おかしい。ひどくおかしい……

「こうしてやる。こうしてやる」だしぬけに、女ののどから男の声が飛び出してきた。その声で彼をあざけっている。「こうしてやる」

押しのけようとしたが、女はしっかりしがみつき、行為をやめようとしない。

「どうだ、こうしてやる。どうだこうしてやる。どうだこうしてやるこうしてやる」男の声はいまは絶叫にまで高まり、それが女の口から噴き出してくる。

そして女の頭上から刃物がふりおろされる――ただ、女はもう女ではなく、男に変わっていた。白い肌と淡色の髪と霧の色の目をした男に。刃が銀色にひらめいたとき、ジョンは腕をあげて防ごうとしたが、それはもう筋肉に分厚く包まれた腕ではなかった。細くか弱い腕。

「どうだ、こうしてやる」

優美な弧を描いて、胸のどまんなかに短剣がぐさりと突き刺さった。その貫かれた場所に痛みの火があがり、めらめらと燃える炎がたちまち全身に広がっていく。皮膚の下で激痛が跳ねまわり、いま彼は苦悶によって生きていた。息をしようとあえぐと、自分の血でのどがつまる。飲み込んだ血と込みあげる血とで肺がふさがる。のたうちまわりながら、訪れようとする死にあらがい――

「ジョン！　ジョン、目を覚まして！」

目を大きく見開いた。とっさに顔が痛いと思った。なぜだろう、刺されたのは胸なのに。そのとき気がついた――口を裂けそうなほど大きくあけているのだ。喉頭をもって生まれていれば、きっと絶叫していただろう。だが実際には、ただ息を大きく吐き出しつづけているだけだった。

次に気がついたのは手だった。その手に腕をしっかり押さえられている。恐怖が戻ってきて、彼にしてみればたいへんな馬鹿力を発揮して飛び起き、その小さな身体でベッドから飛び出した。顔から先に落ち、毛羽の短いカーペットにほおがすべった。

「ジョンったら！　わたしよ、ウェルシーよ」

その名前の響きを聞いて、ようやく夢から覚めた。平手打ちでも食らったように、ヒステリーが治まった。

ああ、よかった……大丈夫だ。どこもなんともない。ちゃんと生きてる。

ウェルシーの腕のなかに飛び込み、長く赤い髪に顔をうずめた。

「大丈夫よ」ウェルシーは彼をひざに抱き寄せて、背中をなでた。「ここはおうちよ、安心していいのよ」

おうち。安心。そうだ、まだたった六週間だが、ここは彼の家だ。〈慈悲の聖母〉修道会の孤児院で育ち、十六歳からはごみためのような部屋で暮らしてきて、ここは彼が初めて持ったわが家だった。ウェルシーとトールメントのいる家。

ここにいれば安心だし、そのうえ理解してもらえる。なにしろ、やっと自分自身に関するなぞが解けたのだ。トールメントが見つけてくれるまで、彼はずっと疑問に思っていた。なぜ自分はどこに行ってもほかの人たちとちがうのだろう、なぜこんなに痩《や》せてひ弱なのだろうと。だがじつは、男性のヴァンパイアはみな、遷移を迎えるまではそんなふうなのだという。いまは〈黒き剣兄弟団〉の立派なメンバーだが、トールメントも以前は小柄だったらしい。

ウェルシーはジョンの顔をあげさせて、「話してくれない？　どんな夢を見たの？」

彼は首をふり、いっそう深く顔をうずめて、さらに力いっぱい抱きついた。ウェルシーが呼吸できるのが不思議なくらいに。

ザディストはベラの自宅前に実体化し、そこで悪態をついた。まただれか来ていたらしい。車寄せの粉雪に新しいタイヤのあとがあり、ドアまで足あとが続いている。ああ、ちくしょう……どんな車が駐《と》まっていたのか知らないが、足あとがこんなにいくつもついているのは、何度も家と車を行き来したからだろう。荷物を運び出しでもしたのだろうか。

そう思うと不安になった。彼女の一部が少しずつ消えていくような気がする。

くそったれめ。ベラの家族がこの家をすっからかんにしてしまったら、どこへ行って彼女をしのべばいいのだろう。

険しい目で玄関ポーチをにらみ、リビングルームの細長い窓をにらんだ。いっそのこと、自分で彼女の所持品の一部を持ち出してしまおうか。ひどいことをすると言われるだろうが、どうせもう泥棒同然のことをやっているのだ。

そこでまた、彼女の家族はどんなふうだろうと思った。とくに身分の高い貴族なのは知っているが、それだけ知っていればもうたくさんで、会ってみたいとは思わない。そうでなくても、この顔を見ればだれもが震えあがるのだ。ベラのことがあったせいで、いまの彼はたんに不気味というのでなく、いわばいつ爆発するかわからない危険物になっている。彼女の親族との連絡はトールメントがとっていて、Z自身はかれらに出くわさないようつねに気を配っていた。

家の裏手にまわり、キッチンからなかに入って警報装置を解除した。毎晩やっているとおり、まず水槽の魚のようすを見に行った。水面に餌《えさ》がまいてある。だれか世話をしていったやつがいるのだ。先を越されたと思うと腹が立った。

正直な話、いまではこの家を自分の場所と思うようになっていた。ベラが誘拐されたあと、片づけて掃除したのは彼だ。植木に水をやり、魚の世話をしてきた。室内を歩きまわり、階段をのぼりおりし、窓から外を眺め、椅子という椅子、ソファというソファ、ベッドというベッドに腰をおろした。家族がこの家を売りに出したら買おうともう決めていた。これまで家を持ったことはないし、個人的な所有物も多くはないが、この壁、この屋根、そのなかにある細々《こまごま》したもの――これはすべて自分のものにするつもりだった。彼女に捧げる霊廟《れいびょう》として。

家じゅうをざっと見てまわり、運び出されたものを確認していった。たいして多くなかった。リビングルームの絵が一枚、銀の皿が一枚、それに玄関ホールの鏡が一枚。なぜとくにこの三つが選ばれたのかわからないが、ともかくもとあった場所に戻してほしかった。

またキッチンに戻り、彼女が誘拐された直後のこの部屋を思い出した。血まみれで、ガラスの破片が飛び散り、椅子や陶器が壊れていた。松材の床に残る黒いゴムの筋に目をやる。どうしてこんなあとがついたのかは想像がつく。ベラが〝レッサー〟に抵抗して引きずられ、靴底のゴムがこすれてあとを残したのだろう。

怒りが胸を四つんばいで這《は》いまわり、そのおなじみのどす黒い感情に息が荒くなる。ただ……ちくしょうめ、なにもかもわけがわからない。彼がベラを捜しまわるのも、彼女のがらくたに執着するのも、この家を歩きまわるのも。ベラと親しかったわけではない。知り合いですらなかった。二度会ったことがあるだけだし、二度とも彼の態度は褒められたものではなかった。

悔やんでも悔やみきれない。彼女と過ごしたあの短い時間に、なぜあんな態度をとってしまったのか。それだけならまだしも、彼に触れられてベラが興奮していると知って、そのあとへどを吐いているのを見られてしまった。まったく、第一印象はさぞかしよかっただろうよ。もっとも、あの嘔吐《おうと》は抑えようとしても抑えられなかっただろう。あのくされ変態の女主人を別にすれば、これまで彼に触れられて濡れた女はいなかった。うるおった女のひだに接して、ろくなことを思い出せないのはしかたがない。

身体を接していたときのことを思い出しながらも、やはり解《げ》せなかった。なぜベラは彼と寝たいなどと言ったのだろう。彼の顔は滅茶苦茶だし、身体のほうも、とくに背中は顔と似たりよったりだ。彼にまつわるうわさを聞けば、切り裂きジャックもボーイスカウトなみに品行方正に見えてくる。くそったれめ、彼はだれにでも、なにに対しても、つねに腹を立てている。だがベラのほうは、美しくて感じがよくて親切だ。由緒正しい血筋の堂々たる貴族の女なのだ。

しかし、その正反対のところがよかったのだろう。彼女にとって、彼は目先の変わった男だったのだ。ワイルドサイドを歩いてみるというか、野蛮な怪物とつきあって、安全なぬくぬくした日常を一、二時間忘れてみたいというか。自分の真の姿を思い知らされるのはつらいが、それでも……彼女に魅かれる気持ちは変わらない。

背後で、グランドファーザー時計が鳴りだした。五時だ。

正面玄関のドアがきしみながら開いた。

すばやく、しかし物音ひとつ立てず、Zは胸から黒い短剣を抜いて壁に張りついた。首を曲げて、廊下を見、その先の玄関を見た。

ブッチが両手をあげてなかに入ってきた。「おれだよ、Z」

ザディストは短剣をおろし、またホルスターに収めた。

この元殺人課刑事は、こちらの世界では異例中の異例の存在だった。〈兄弟団〉の仲間うちに加えられた唯一の人間。Vとはルームメイトだし、レイジとは組んでウェイトリフティングに励む仲だし、フュアリーとは衣装道楽仲間だ。また理由は本人にしかわからないが、ブッチもまたベラの誘拐事件にこだわっている。つまりZとも奇妙な共通点があるわけだ。

「どうした、刑事《デカ》」

「そろそろ館《やかた》に戻るのか?」質問の形をとってはいるが、要はそろそろ帰れよと言いたいのだ。

「まだだ」

「もうすぐ日の出だぞ」

それがどうした。「フュアリーに言われて来たのか」

「いや、おれの考えだ。あの買い物をしたあと、戻ってこなかっただろ。だからこっちに来てるだろうと思ってな」

Zは胸の前で腕組みをした。「路地に連れ出した女を、おれが殺したとでも思ってんのか」

「まさか。クラブを出る前に、あの女がまた仕事してるのを見かけたしな」

「それじゃ、なにしに来たんだ」

ブッチは目線を下げ、頭のなかで言葉を組み立てているようすだった。爪先からかかとへ、かかとから爪先へと体重を移し替えている。その足もとを見れば、はいているのはお気に入りの高価なローファーだ。やがて、上等の黒いカシミヤコートのボタンをはずしだした。

なるほど……ブッチは伝言をたずさえてきたわけだ。「さっさと吐けよ、デカ」

親指でまゆをこすりながら、「なあ、トールがベラの家族と話してるのは知ってるだろ。で、ベラの兄貴はなにしろ短気なやつじゃないか。でな、だれかがこの家に出入りしてるのを知ってんだよ。ここには警報システムがあるだろ、それを切ったり入れたりするたびに、向こうに合図が行くんだとさ。で、勝手に出入りすんなって言ってきてんだよ」

ザディストは牙を剝いた。「けっ」

「警備員を置くって言ってるぞ」

「なんでそこまで気にするんだ」

「おいおい、ここは妹のうちなんだぜ」

くそったれめ。「この家はおれが買う」

「Z、そりゃ無理だ。トールが言うには、家族はここを当分売りに出す気はないらしいぜ。手もとに置いときたいんだと」

Zはしばらく奥歯を嚙みしめていた。「デカ、悪いこた言わねえから、さっさと帰れ」

「おれの車でいっしょに帰ろうぜ。すぐ日の出だぞ」

「ああ、そんなこた人間に教えてもらわなくたってわかってる」

ブッチは悪態をつきつつ息を吐いた。「わかったよ、フライになりたきゃ勝手にしろ。ともかく、ここには二度と来るなよ。ベラの家族は、もうじゅうぶんつらい思いをしてんだ」

玄関のドアが閉じたとたん、Zは全身がかっとほてるのを感じた。電気毛布でぐるぐる巻きにされて、ダイヤルを強に合わされたかのようだ。顔にも胸にも汗が噴き出し、胃がごろごろ鳴った。両手をあげてみると、手のひらがじっとり濡れて、指は目に見えて細かく震えている。

ストレスで生理的反応が起きてる。

精神的なものなのは明らかだが、彼にはさっぱりその自覚がなかった。感じられるのはそれに付随する身体現象だけだ。自分の内側を見つめても、そこにはなにもなかった。それと認められるような感情はどこにもない。

周囲に目をやり、この家に火をつけてやりたいと思った。完全に焼け落ちてしまえば、もうだれの手にも渡さずにすむ。もうここに来られないのなら、いっそなくなったほうがいい。ただ、この家に火を放つのは、彼女を傷つけることのような気がする。あとに灰の山を残していくことができないなら、なにかを持ち去ろうと思った。持っていても非実体化できるもの——と考えて、細いチェーンに手を触れた。ゆるみもなく、首にきつく巻きついている。

小粒のダイヤモンドをはめ込んだネックレス。これはベラのものだった。彼女が誘拐されたあとの夜に見つけたのだ。キッチンテーブルの下、テラコッタの床に、ガラスや陶器の破片に混じって落ちていた。彼女の血をきれいにふきとり、切れたチェーンをつないで、それからずっと首にかけている。

ダイヤモンドは永遠不変だ。いつまでも輝きつづけるのだ——ベラの思い出のように。

立ち去る前、最後に魚の水槽に目をやった。餌はもうほとんどなくなっていた。水のおもてから呑み込まれ、小さな丸い口のなかに消えていく。水面下から迫ってくる、いくつもの口のなかに。

どれぐらいウェルシーの腕に抱かれていたのか、しばらくしてジョンはやっとわれに返った。身を起こすと、ウェルシーがほほえみかけてくる。

「ねえ、どんな夢を見たのか話してみない？」

ジョンが手を動かしだすと、それをウェルシーは一心に見つめている。まだアメリカ《A》式手《S》話言《L》語を勉強しはじめたばかりなのだ。つい動きが速くなりそうだったので、身を乗り出して、ベッドサイド・テーブルから紙とペンを手にとった。

なんでもないんだ。もう大丈夫。だけど、起こしてくれてありがとう。

「ベッドに戻る？」

彼はうなずいた。この一カ月半というもの、寝て食べてばかりの気がするが、空腹も疲労もまったく鎮まる気配がなかった。だが考えてみれば、二十三年間の飢えと不眠がそう簡単に満たされるわけがない。

彼がふとんにもぐり込むと、ウェルシーはその横に腰をおろした。立っているときはあまり妊娠しているようには見えないが、こんなふうにすわっていると、ゆったりしたシャツの下、お腹がわずかにふくらんでいるのがわかる。

「バスルームの電気をつけとく？」

ジョンは首をふった。そんなことをされたらますます弱虫みたいだ。それでなくても、いまは自尊心がすっかりしぼんでしまっているのに、これ以上のダメージは勘弁してほしい。

「わたしは書斎で仕事してるから、なにかあったら呼んでね」

ウェルシーが出ていくと、申し訳ないとは思いながらも少しほっとした。パニックが治まったら恥ずかしくなったのだ。一人前の男なら、さっきみたいな醜態をさらしてはいけない。

夢のなかでも、白い髪の鬼たちと戦って勝たなくてはいけない。たとえこわい思いをしたとしても、目が覚めたときに五歳児のようにおびえて震えたりはしないものだ。

だがそれを言うなら、ジョンは一人前の男ではない。少なくともいまはまだ。トールが言うには、変化は二十五歳近くにならないと起きないそうだ。あと二年が過ぎるのが待ち遠しかった。なぜ自分の身長が百六十八センチで、体重も五十キロしかないのか、いまでは理由がわかってはいる。それでもやはり情けない。毎日鏡をのぞいて、骨と皮の姿を見ると悲しくなる。子供サイズの服を着なくてはならないのがいまいましい。法的には運転もできるし、選挙権もあるし、酒も飲める年齢なのに。さらに身が縮みそうなのは、まだ一度も勃起を経験していないことだ。エロティックな夢を見て目が覚めることもあるのに。それに、まだ一度も女の子とキスをしたことすらない。

つまり、男性性という面では、どこをとっても自信を持てるところがないのだ。とくに、一年近く前に起きたあの事件のことを考えると。そう言えば、もうすぐまる一年経つのではないだろうか。思い出すまいと顔をしかめた。あの不潔な階段のことも、あの男にナイフをのどに突きつけられたことも、あの身の毛もよだつ瞬間に、けっして取り返せないものを奪われたことも。無垢《むく》の時代は汚され、二度と戻ってこない。

精神のきりもみ状態に落ち込むまいとして、少なくともいまは未来に希望がある、と自分に言い聞かせた。もう少し待てば一人前の男に変化できるのだ。

未来のことを思うとじっとしていられず、起きあがってクロゼットに歩いていった。両開きの扉をあけるたびに、そこに見える光景にいまだにびっくりする。これほどたくさんのズボンやシャツやフリースを所有したのは、生まれて初めてだった。しかし、これはみんな彼のものなのだ。どれもぴかぴかの新品……ジッパーは壊れていないし、ボタンもとれていないし、どこもすり切れていないし、縫い目もほつれていない。〈ナイキ〉の〈エアショックス〉すら持っているのだ。

フリースを取り出して引っかけ、ひょろひょろの脚をカーキのズボンに突っ込んだ。バスルームで手と顔を洗い、黒っぽい髪にくしをかけた。それからキッチンに向かい、部屋から部屋を歩きまわった。どの部屋もすっきりした現代ふうの造りだが、イタリア・ルネサンス様式の家具や調度品や美術品で装飾されている。書斎からウェルシーの声が聞こえてきて、彼は足を止めた。

「……悪夢かなにか見てたみたい。つまりね、トール、おびえてたってことよ……ううん、訊いたけどはぐらかされたわ。無理には訊かなかったし。そろそろハヴァーズに診てもらったほうがいいと思うの。ええ……そうね、まずラスに会わせなくちゃね。わかったわ。愛してるわ、〝ヘルレン〟。えっ？　まあトール、わたしもおんなじ気持ちよ。ジョンが来るまでどうやって暮らしてたのか、もうわからないくらい。神さまに感謝しなくちゃ」

ジョンは廊下の壁に寄りかかって目を閉じた。不思議だ――彼のほうこそ、神に感謝しなくてはと思っているのに。

4

何時間も過ぎて——というか、少なくとも何時間も過ぎた気がするころ、ベラは目を覚ました。金網のふたがずれる音がする。〝レッサー〟の甘ったるいにおいが頭上から漂ってきて、鼻を突く湿った土のにおいをかき消していく。

「いま帰ったぞ、おまえ」胴体に巻いたハーネスが引き締まり、ベラは地上に引き揚《あ》げられた。

　薄茶色の目をひと目見て、いま刺激するのはまずいとわかった。神経が昂《たかぶ》っていて、みょうに高揚した笑みを浮かべている。この男の場合、興奮しているときにはろくなことが起きないのだ。

　足が床につくと同時に、ハーネスをぐいと引かれて彼に倒れかかった。「いま帰ったと言ったんだ」

「お帰りなさい、デイヴィッド」

　彼は目を閉じた。名前を呼んでやると喜ぶのだ。「いいものを持ってきてやったぞ」

　ハーネスのストラップをつけたまま、部屋の中央にあるステンレスの台に連れていかれ、手錠でそれにつながれた。ということは、外はまだ暗いのだろう。逃げられない日中だけは、拘束が多少ゆるむのだ。

〝レッサー〟は戸口のほうに歩いていき、ドアを大きくあけはなった。なにかを引きずる音、うなるような声がして、やがてぐったりした一般のヴァンパイアを引っぱって戻ってきた。男性ヴァンパイアは頭をぐらぐらさせていて、まるで蝶番《ちょうつがい》がゆるんでいるようだ。足は爪先を地面に引きずっている。高級そうな黒いスラックスにカシミヤのセーターを着ているが、いまはずたずたになって血で濡れていた。

込みあげるうめき声でのどを詰まらせながら、ベラはあとじさった。だが、手錠のせいでそう遠くへは逃げられない。拷問を見せられるのは耐えられない。とても無理だ。

〝レッサー〟が力まかせにヴァンパイアを引っぱりあげ、台のうえに横たえた。慣れた手つきで手首と足首にチェーンを巻き、そのチェーンを金属のクリップで固定する。かすんだ目が拷問道具の棚に留まると、とたんにヴァンパイアはパニックを起こした。あばれると鋼鉄のチェーンが引っぱられ、金属の台に当たってやかましい音を立てる。

目が合った。青い目をしていた。おびえている。力づけてやりたかったが、それが賢いやりかたでないのはわかっていた。〝レッサー〟がベラの反応を見守っている。待ち受けている。

やがて〝レッサー〟はナイフを取り出した。

台のうえのヴァンパイアは、〝レッサー〟がのしかかってくると悲鳴をあげた。しかし、デイヴィッドはただセーターを引っぱって切り裂き、ヴァンパイアの胸とのどくびを剝き出しにさせただけだった。

なんとか抑えつけようとはしたものの、ベラは身内にうごめくものを感じていた。血の渇きだ。最後に身を養ったのはずいぶん前のことだ。たぶんもう何カ月も経っている。それに強度のストレスにさらされているせいで、身体は激しい飢えを訴えていた。それを満たせるのは、同族の異性の血だけだ。

〝レッサー〟に腕をつかまれ、引き寄せられた。彼女が動くと、それに合わせて手錠が台の手すりをすべる。

「そろそろ血が飲みたいころだろうと思ってな」〝レッサー〟は手を伸ばし、親指で彼女の口をなぞった。「だからこいつを連れてきてやったんだ」

ベラは目を丸くした。

「ああ、そうだ。おまえのためだけにつかまえてきたんだ。プレゼントさ。まだ若くて元気だし、いま穴に入ってる二匹より上物だ。こいつがおまえに血を提供できるかぎりは生かしといてやるぞ」彼女の上唇を押しあげて、歯をあらわにさせた。「こいつは……牙が伸びてきてるぞ。おまえ、腹が減ってんだな」

片手で彼女のうなじをつかみ、キスをして、唇を舌でなめた。吐き気をどうにかこらえているうちに、彼は顔をあげた。

「どんなふうにやるのか、ずっと知りたいと思ってたんだ」と言いながら、彼女の顔じゅうに目をさまよわせる。「見たら興奮するかな。興奮したいのかどうか自分でもわからん。おまえにはきれいな身体でいてほしいが、どうしようもないもんな。これをやらんと死んじまうんだろ」

彼女の頭を押さえ、男性ヴァンパイアののどもとへ押しやった。あらがおうとすると、〝レッサー〟は低く笑い、耳もとでささやいた。

「それでこそおれの女だ。喜んでむしゃぶりつきやがったら、妬《や》けてぶん殴ってただろうな」あいたほうの手で髪をなで、「さあ、飲めよ」

ベラは男性ヴァンパイアの目をのぞき込んだ。どうしてこんなことに……

男性はもがくのをやめてこちらを見あげていた。目が飛び出さんばかりだ。いくら飢えていても、この男性を利用するのかと思うと耐えがたい。

ベラの首をつかむ〝レッサー〟の手に力が入った。声も険悪にとがっている。「飲んだほうが身のためだぞ。こいつをつかまえるのに、おれがどんだけ苦労したと思ってるんだ」

彼女は口を開いた。渇きで舌がサンドペーパーのようだ。「でも……」

〝レッサー〟が彼女の目にナイフを近づけた。「どっちにしろ、こいつはもうすぐ血を流すことになってんだ。おれにやらせたらそう長くはもたないぞ。どうだ、これで飲む気になったか」

涙が目にしみる。こんな道にはずれたことをしなくてはならないとは。

「ごめんなさい」と、縛られている男性にささやいた。

と、頭をぐいと引き戻され、左から〝レッサー〟の手が顔に飛んできた。ぶたれた勢いで上体が反転したが、倒れる前に髪をつかんで引き起こされた。力まかせに抱き寄せられて、のけぞるように彼のほうに倒れ込む。ナイフを持っていたはずだが、どこへ消えたのだろうか。

「そいつにあやまるんじゃねえ」彼女の顔を下からわしづかみにし、ほお骨の下のくぼみに指先を埋めた。「おまえはおれのことだけ考えてりゃいいんだ、わかったか。わかったのか」

「わかったわ」あえぎながら言った。

「それだけか」

「わかったわ、デイヴィッド」

〝レッサー〟は彼女のあいたほうの腕をつかみ、背後にまわしてねじりあげた。肩に痛みが走る。「愛してると言え」

だしぬけに怒りが湧き、たちまち胸に業火《ごうか》が燃え盛った。そんな言葉を聞かせてやるものか。死んでもごめんだ。

「愛してると言え」顔に叩きつけるような声でわめいた。

ベラは目を光らせ、牙を剥き出しにした。とたんに彼の興奮は抑制がきかなくなり、身体が震えだし、呼吸が激しいあえぎに変わる。たちまち彼女と争う態勢に入っていた。セックスの予感に勃起するかのように、暴力の予感に全身を昂《たかぶ》らせている。こんな関係が彼の生きがいだった。彼女と争うことを愛しているのだ。彼のもとの妻は彼女ほど強くなかった、すぐに気を失って長くはもたなかったと漏らしたことがある。

「愛してると言え」

「虫酸が走るわ」

彼は手をあげて、その手でこぶしを作ったが、彼女は下からそれをにらみつけた。たじろぎもせず、落ち着きはらってこぶしが降ってくるのを待っている。そのまま長いことにらみあっていた。ハート形のように、その身体でそろいの円弧を描いて固まっている。ふたりをつなぐ暴力という見えない糸で結び合わされて。背後の台のうえでは、男性ヴァンパイアがすすり泣いている。

だしぬけに、〝レッサー〟は両腕を彼女の背中にまわし、顔を首にうずめた。「愛してる」彼は言った。「愛してるんだ。おまえなしでは生きていけない――」

「なんてこった」だれかの声がした。

〝レッサー〟とベラはそろって声のほうに目を向けた。情報収集センターのドアが大きく開いていて、淡色の髪の男がそこで棒立ちになっている。

男は笑いだした。次に口にした短い言葉がきっかけで、いきなり事態は動きはじめた。

「こいつは報告してこんとな」

デイヴィッドははじかれたように走りだし、その〝レッサー〟を追って外へ飛び出していった。

殴りあいの音が聞こえてくると、ベラは一瞬もむだにしなかった。男性ヴァンパイアの右の手首を縛っているチェーンにとりつき、クリップをはずし、チェーンをほどいた。どちらも無言のまま、右手が終わると今度は右足首にとりかかった。男性のほうも、右手が自由になったとたんに仕事にかかり、一心不乱に左側をほどきだす。いましめが解けると彼は台から飛びおり、彼女を台につないでいる鋼鉄の手錠に目をやった。

「わたしは逃げられないわ。鍵はみんなあの男が持ってるの」

「まさか、まだあなたが生きてたとは。あなたの話は――」

「いいから、早く逃げて」

「でも、あなたが殺される」

「いいえ、大丈夫よ」死んだほうがましだと思うような目にはあわされるだろうが。「早く！ あの取っ組みあいはいつまでも続くわけじゃないのよ」

「きっと助けに戻ってきます」

「いいから逃げて」彼がまた口を開きかけるのをさえぎって、「しゃべってないで、集中して。逃げられたら、ベラはまだ死んでないってわたしの家族に伝えてちょうだい。早く！」

男性は涙の浮かぶ目を閉じた。二度深く息を吸った……と、次の瞬間には消えていた。

全身が激しく震えだし、ベラは床にがっくりとへたり込んだ。手錠で台につながれている腕を、頭上に高く伸ばしたまま。

戸外の物音はだしぬけにやんだ。しばしの静寂のあと、閃光が走り、ぽんとはじけるような音がした。勝ったのは彼女をつかまえた〝レッサー〟にちがいない。疑う余地はなかった。

ああ、どうしよう……とんでもないことになる。今日はほんとうに、最低最悪の一日になる。


ザディストは、雪におおわれたベラの家の庭に立っていた。一刻の猶予《ゆうよ》もなくなってからやっと非実体化し、〈兄弟団〉が寝起きする陰鬱《いんうつ》なゴシック様式の館の前に移動した。ガーゴイルや暗い物陰や鉛桟《なまりさん》の窓だらけで、まるでホラー映画から抜け出てきたようだ。その小山のような石造りの館の前に中庭があり、車が何台も駐《と》めてある。そしてまた、ブッチと

Vのねぐらになっている門番小屋もある。敷地を囲んで高さ六メートルの塀が立っているうえに、招かれざる客を追い返すために、入口の門は二重になっているし、ほかにも数多くのおっかない仕掛けがある。

Zは館に歩いていき、鋼鉄の芯《しん》の入った両開き扉の片側をあけた。控えの間に入り、キーパッドにコードを打ち込むと、すぐに入館を認められた。玄関広間に足を踏み入れて顔をしかめた。はるかな高みにある天井、宝石のような色彩、金箔《きんぱく》、はなやかなモザイクの床は、人でごったがえすあのクラブを思い出させる。刺激が強すぎる。

右手のほうから、にぎやかなダイニングルームのざわめきが聞こえてきた。銀器と陶器の触れあうかすかな澄《す》んだ音、くぐもったベスの声、ラスの笑い声……そこへレイジのよく響く声が割って入る。たぶんおどけた顔でもしてみせたのだろう、やや間があって、どっと笑い声が湧いた。ひとつに混じりあったその笑い声が、磨《みが》いた床を転がるビー玉のようにきらきらとこぼれてくる。

Zは兄弟たちと交わることに興味はなく、食事をともにする気はさらになかった。ベラの家に入り浸っていたせいで、悪党のように蹴り出されたことは、いまごろは全員が知っているだろう。〈兄弟団〉のあいだには秘密などまずないのだ。

Zは壮麗な階段をのぼりはじめた。一度に二段ずつ駆けあがる。速く遠ざかれば遠ざかるほど、食事のざわめきは小さくなる。その静寂が好ましかった。階段をのぼりきると左手に向かい、ギリシア・ローマふうの彫像の並ぶ長い廊下を歩きだした。大理石の競技者や戦士は隠しライトで照らされ、白大理石の腕や脚や胸が、血のように赤い壁に描かれた模様のようだ。その横を早足で歩いていくのは、車で歩行者を追い抜いていくのに似ている。次々に現われる彫像の生み出すリズムが、実際には動いていないものを動いているように見せる。

彼の寝起きする部屋は廊下の突き当たりにあり、ドアをあけると冷気の壁にぶち当たった。この部屋には、暖房もエアコンも入れたことがない。またベッドで寝たこともなく、電話を使ったことも、アンティークのたんすになにかを入れたこともない。必要なのはクロゼットだけだ。そのクロゼットに入っていき、武器をはずした。武器弾薬は奥の耐火キャビネットに保管するし、シャツ四枚にレザーの上下三着はひとまとめにしてある。だからこのウォークインクロゼットはおおむねからっぽで、なかに入るたびに骨のようだと思う。かけるもののないハンガーや真鍮《しんちゅう》のバーは、ひょろひょろしていまにも折れそうだ。

服を脱いでシャワーを浴びた。空腹だったが、そんな状態でいるのが好きだ。突き刺すような飢餓感、切実な渇き……そういう欲求を無視していると安心できる。自分で自分を律する能力の表われだからだ。やっていけるものなら、おそらく睡眠もとらずにすましていただろう。それに、あのいまいましい血の飢えも……

穢《けが》れを浄《きよ》めたかった。内なる穢れを。

シャワーから出ると、頭皮すれすれの短髪を保つためにかみそりを頭に当て、次に手早くひげを剃《そ》った。素裸で、寒さに震え、身を養ったせいで身体がだるい。そのまま寝床に向かう。畳んだ毛布を二枚、床にじかに敷いただけの寝床は、バンドエイドを二枚重ねるほどの弾力性もない。それを見おろしながら、ベラのベッドのことを考えた。クイーンサイズで白一色のベッド。白い枕カバーにシーツ。ふわふわのパンのような大きくて白い掛け布団。足もとには白いプードルのような毛布。

あのベッドに彼は横になった。何度も。彼女のにおいがするような気がして、それが好きだった。ときにはごろごろ転がってみて、固い身体の下でベッドが柔らかくたわむ感触を味わった。まるで彼女に触れられているようだったが、ほんとうにさわられたらあれほど快くはないだろう。だれであれ、身体に触れられるのには我慢ならない……もっともベラにならば、一度ぐらいは素肌にちょっと触れられてみたかった。彼女にさわられるのなら、我慢できたかもしれない。

毛布のそば、床に置いた髑髏《どくろ》に目をやった。いまその眼窩《がんか》はただの黒い穴だが、かつてそこからこちらを見つめていた、あの虹彩とあの瞳をまぶたに思い描いた。歯と歯のあいだには、五センチ幅の黒い革帯がはさんである。慣習に従うなら、その帯には故人へ捧げる献辞を彫り込むのだが、この髑髏のくわえている帯にはなにも刻まれていなかった。

横になって、髑髏のそばに頭を置いた。記憶がよみがえってくる。あれは一八〇二年のことだった……

奴隷は目が覚めかけていた。仰向けに寝ているようだ。身体じゅうどこもかしこも痛かったが、なぜ痛いのかわからない……いや、思い出した。前夜に遷移が起きて、何時間も痛みにのたうっていたのだ。筋肉は肥大しようとし、骨は太くなろうとし、全身がなにか巨大なものに変化しようとしていた。

おかしい……まちがいなく、首と両手首にそれとはちがう痛みがある。

目をあけた。石の天井がはるか高い位置にあって、細く黒い鉄の棒が何本もはめ込んである。首をまわすと、オークのドアが見えた。その分厚い板にも、やはり鉄の棒が何本も縦にはまっていた。壁にも鉄の縞《しま》が……地下牢だ。地下牢に入れられている。でも、なぜだろう。遷移が始まる前まで、精いっぱいまじめに働いてきたのに……

起きあがろうとしたが、前腕とすねが固定されていた。目を大きく見開き、全身を激しく引きつらせた。

「動くな！」と言ったのは鍛冶屋《かじ》だった。奴隷の身体に、それも血を吸われる箇所に、黒く帯状の刺青を入れているのだった。

そんな、〈フェード〉の〈聖母〉さま、どうか……それだけは……

奴隷はいましめにあらがい、鍛冶屋はいらいらして顔をあげた。「じっとしてろ！ むちを食らうのはこっちなんだぞ、なんの落ち度もねえってのに」

「かんべんしてよ……」奴隷は言ったが、声がおかしいと思った。低すぎる。「頼むから……」

かすかな女の笑い声がした。館の女領主が独房に入ってきていたのだ。白いシルクのドレスのすそを石の床に長く引き、ブロンドの髪を肩におろしている。

奴隷は礼儀正しく目を伏せ、それで自分が全裸なのに気がついた。恥ずかしさに赤くなり、身体をおおうものが欲しいと思った。

「目が覚めたのだね」女領主が近づいてきた。

彼のような下賤《げせん》の者に、なぜ会いに来たのか見当もつかなかった。彼はただの厨房の下働きで、女領主の手洗いを掃除する女中よりもまだ卑しい身分なのだ。

「こちらをご覧」

言われたとおりにしたが、これまで言われてきたことからすると、それはとんでもない行為だった。以前は女領主と目を合わせるなど、けっして許されなかったのだ。

見れば、その女主人の目には驚愕《きょうがく》が表われていた。これまで、どんな女にもこんな目つきで見られたことはない。繊細な骨格の顔は欲望に彩《いろど》られ、暗い色の目は、彼には正体の知れない意図に燃えるように輝いている。

「黄色い目だ」女領主はつぶやいた。「なんとめずらしいこと。なんと美しいこと」

女主人の手が剝き出しの腿に置かれ、奴隷はたじろいだ。落ち着かない。これはまちがったことだ。そんなところをさわってはいけない。

「なんというみごとな……おまえにはほんとうに驚いた。安心おし、おまえのことを知らせてきた者には、たんまり褒美を与えたからね」

「御方さま《ミストレス》……お願いですから、仕事に行かせてください」

「もちろん仕事はしてもらいますよ」彼女の手がするすると伸びて、奴隷の秘部、腿が腰につながる部分をおおった。彼はびくりとし、鍛冶屋が声を殺して毒づく。「それにまた、なんという天恵かしら。今日の今日、わたくしの血隷が不運な事故の犠牲になったところなのだよ。あれの居室が片づきしだい、おまえをあちらに移してやろう」

奴隷は息が詰まりそうだった。女領主に監禁されている男性のことは知っていた。その房に食事を運んでいたからだ。守衛に盆を預けるとき、分厚い扉の向こうから、ときおり奇妙な声が漏れてきたことが……

波の恐怖を感じとったのだろう、女領主は身を乗り出してきた。香水をつけた肌のにおいがわかるほど迫ってくる。彼の恐怖の味を知って、それに満足したかのように、彼女は低く笑った。

「正直に言えば、おまえと寝るときが待ちきれない」こちらに背を向けて出ていきかけて、鍛冶屋をじろりとにらんだ。「わたくしが言ったことを忘れないようにね。さもないと夜明けに外へ放り出してやるよ。その針をただの一度でもはずしてごらん。これほどみごとな肌に傷をつけたら赦《ゆる》しませんよ」

刺青を入れる作業は、その後まもなく終わった。たった一本のろうそくを鍛冶屋が持ち去ってしまい、奴隷は台に縛りつけられたまま暗闇のなかに残された。

自分の新たな立場が実感として迫ってくると、絶望と恐怖に身体が震えた。ついに、底辺中の底辺に身を落とすことになってしまった。たんに他者を養うためだけに生かされている者……それだけならまだしも、ほかになにをさせられるかわかったものではない。

ずいぶん経ってから、また扉が開いた。未来になにが待っているか、ろうそくの光が明らかに照らし出している。黒いローブに身を包んだ女領主が、同性愛者として知られるふたりの男性をともなって入ってきたのだ。

「この者の身を清めなさい」女領主が命じた。

彼女の見ている前で、奴隷は身体を洗われ、油を塗られた。女領主はそのまわりを歩きつづけ、それとともにろうそくの光も動いて、片時も止まることがなかった。奴隷は震えていた。男たちの手が顔に、胸に、秘部に触れる感覚がおぞましい。けがらわしいことをされるのではないかと恐ろしかった。

仕事を終えると、背の高いほうの男が言った。「ミストレス、用意をいたしましょうか」

「今夜はわたくしが自分でやります」

ローブを脱ぎ捨て、しなやかな身のこなしで台にのり、奴隷の身体にまたがった。彼女が両手で奴隷の秘部をまさぐり、愛撫を始めると、男たちふたりは手で自分自身を刺激しはじめた。いつまで経っても彼が萎《な》えたままなので、女領主は唇にくわえた。独房のなかにいまわしい音が響く。男たちのうめく声、女領主の口が吸い、すする音。

恥辱に恥辱を重ねるように、奴隷はこらえきれずに泣きだした。涙が目尻からこぼれ、こめかみを流れ、耳にたまる。股間をだれかにさわられるのはこれが初めてだった。遷移前の男子のつねで、彼の肉体は性行為を欲する状態でも、またできる状態でもなかった。とはいえ、いつか女性とそういうことをするのを期待していなかったわけではない。女性と交わるのはすばらしいことにちがいないと、以前から思っていた。ときおり奴隷部屋で、そんな歓びの行為を目にすることがあったからだ。

それがどうだろう……こんなふうにその行為が身にふりかかってくると、少しでも楽しみにしていた自分が恥ずかしくなった。

ふいに女領主は身を起こし、奴隷の顔に平手を食わせた。彼のほおに手のひらのあとを残し、台をおりていく。

「軟膏《なんこう》を持っておいで」彼女は嚙みつくように言った。「この一物は自分の仕事を知らないようだ」

男のひとりが小さな壺を持って台に近づいてきた。ぬるぬるする手で触れられるのを感じる。だれの手かわからなかったが、やがて燃えるような感覚に襲われ、股間におかしな重みがわだかまるのがわかった。腿のうえでなにかが動き、それがゆっくりと腹部のほうに移動してくる。

「これは……信じられない」男のひとりが言った。

「けたはずれだ」もうひとりがささやくように言った。「深い井戸からもこぼれそうな」

女領主の声にも驚嘆の響きがあった。「大きいことね」

奴隷は頭をあげた。腹部に猛々《たけだけ》しく大きなものがのっている。こんなものはいままで見たことがない。

彼が台に頭をおろしたところで、女領主がうえにのってきた。今度はそれが包み込まれるのを感じた。なにか、濡れたものに。また頭をあげると、女領主が腰にまたがっていて、あれが……彼女のなかに入っていた。女領主は動きだし、あえぎながら腰を上下にふっている。男たちふたりがまたうめきだし、彼はそれを頭の片隅でぼんやり意識していた。そののどの鳴るような声は、女領主の動きが速くなるほどに高まった。と、やがて叫び声があがった。女領主の声、男たちの声。

女領主はぐったりと奴隷の胸に倒れ込んだ。荒い息をつきながら、「これの頭を押さえておいで」

男のひとりが奴隷のひたいを片手で押さえ、片手でその髪をなでた。「きれいな髪だ。柔らかい。それに、このみごとな色」

女領主は奴隷の首に顔を埋めて噛みついた。その痛みに、血を吸われる感覚に、彼は悲鳴をあげた。男女が血を飲みあうさまは何度か見たが、それを……異常だと思ったことはなかった。だがこれは痛くて、頭がくらくらした。強く吸われれば吸われるほど、ますます頭がくらくらする。

いつしか気絶していたにちがいない。はっと気づいたときは、女領主は頭をあげて唇をなめていた。彼のうえからおり、ローブをまとうと、男ふたりをともなって出ていった。ひとり暗がりに取り残されたが、まもなく顔見知りの衛兵たちが入ってきた。

衛兵たちはこちらに目を向けようとしなかった。以前は親しい仲だったのに――かれらにエールを運んでくるのは彼の役目だったから。それがいまでは、こちらに目を向けようともせず、話しかけようともしない。自分の身体を見おろして、彼は恥ずかしくなった。どんな軟膏が使われたのか知らないが、その効き目がまだ切れておらず、股間のものはいまも固く起きあがったままだ。

それがぬめぬめと光っているのを見て吐き気がした。

自分のせいではないと、訴えたくてならなかった。なんとかしぼませようとしているのだと。しかし、屈辱感のあまり声が出なかった。衛兵たちに腕と足首を台からはずされ、立ちあがったとたんにひざが崩れそうになった。何時間も手足を伸ばした格好で仰向けにされていたし、おまけに遷移を終えて一日しか経っていないのだ。しかし、倒れまいとしてもがく彼に、手を貸そうとする者はいなかった。理由はわかっている。手を触れたくないのだ。もうそばに近寄るのもいやなのだ。自分の身体を隠そうとしたが、慣れた手つきで枷《かせ》をはめられ、手の自由を奪われた。

さらに屈辱的なことに、廊下をその姿で歩いていかなくてはならなかった。股間の重いものが、ひと足ごとに揺れるのがわかる。みだらにひょこひょこ動いている。涙が湧いてきて、ほおを伝い落ちた。衛兵のひとりが不快げに鼻を鳴らした。

奴隷は城内のべつの一角に連れていかれたが、そこもやはり、分厚い壁に鉄の棒がはめ込まれた部屋だった。こちらには寝台があり、ちゃんとした室内便器と敷物があり、壁の高い位置に松明《たいまつ》がはめ込んであった。なかに入れられるのと同時に、食事と水が運んでこられた。運んできたのは厨房《ちゅうぼう》の下働き仲間だった。物心ついたころからずっと知った仲なのに、その遷移前の少年もこちらに目を向けようとしない。

奴隷は手枷をはずされ、なかに閉じ込められた。

ひとり残されて震えながら、部屋のすみに引っ込んで床に腰をおろした。だれもしてくれる者がいないから、自分で自分の身体をやさしく抱き、遷移を終えたばかりの身体をいたわろうとした。言葉にできないほどむごい扱いを受けたこの身体を。

前後に身体をゆすりながら、自分はこれからどうなるのだろうと思った。なんの権利も学もなく、どこのだれとも知れないが、少なくともこれまでは自由に動きまわることができた。この身体も血も自分自身のものだった。

肌を這いまわる手の感触を思い出すと吐き気がした。股間を見おろすと、まだ女主人のにおいがする。いつまで大きいままなのだろう。

女主人がまた戻ってきたら、今度はなにが起きるのだろう。

ザディストは顔をこすって寝返りを打った。女領主はたしかに戻ってきた。だが、けっしてひとりではやって来なかった。

よみがえる記憶に目を閉じ、眠ろうとした。最後に心にひらめいたのは、雪をかぶった草地に建つベラの家のイメージだった。

ああ、あの家のなんと空っぽでがらんとしていることか。家具はいっぱいに詰まっていても、ベラがいなくなったいま、あの家はそのもっとも重要な役割を失ったのだ。いまも屋根や壁はしっかりしているし、雨風やよそものを閉め出す力は失っていないが、あれはもう家ではない。

魂を失った脱け殻だ。

ある意味で、あの農家は彼によく似ていた。

5

ブッチ・オニールが〈エスカレード〉を中庭に入れるころには、すでに夜は明けていた。車をおりてみると、〈穴ぐら《ピット》〉で〈G‐ユニット〉がガンガン鳴っていた。ルームメイトはすでにご帰館とみえる。Vはラップミュージックなしではいられない男で、あれが彼にとっては空気なのだ。本人に言わせれば、こういう腹に響く低音のビートがないと、他者の思考が頭にどんどん割り込んできて、やっていられなくなるらしい。

ブッチはドアに歩いていき、コードを打ち込んだ。ロックがはずれて控えの間に入ると、さらに身元確認がある。ヴァンパイアたちはこの二重ドア方式がお気に入りだった。どちらかはかならず閉まっているから、うっかり日光をなかに入れてしまう心配がない。〈ピット〉こと門番小屋はとくにしゃれた建物ではなく、リビングルームに狭いキッチン、バスルームつきの寝室がふた部屋あるだけだ。しかし、ブッチはこの家が気に入っていたし、同居しているヴァンパイアのことも気に入っていた。そりが合って、まるで……なんというか、兄弟どうしのような気がする。

リビングルームに入っていくと、黒い革張りのソファにはだれの姿もなかった。しかし、プラズマテレビには『スポーツセンター（ケーブルテレビのスポーツニュース番組）』が映っているし、チョコレートに似たレッドスモークのにおいが立ち込めている。フュアリーが来ているか、出ていったばかりだということだ。

「ただいま、ルーシー」ブッチは声をあげた（テレビ番組『アイ・ラブ・ルーシー』による）。

兄弟ふたりが奥から顔を出した。ふたりともまだ戦闘服だ。レザーの上下にごついブーツをはいた姿は、まさしく殺し屋そのものだった。

「疲れた顔してるな、デカ」ヴィシャスが言った。

「正直な話、くたくたなんだ」

ブッチは、フュアリーのくわえている吸いさしに目をやった。ヤク漬けの日々はとっくに卒業したとはいえ、今夜はすっかりへたばっていることだし、レッドスモークを一本ねだろうかとちらと思った。ただ問題は、依存症ならもうふたつも抱えていて、そのせいでけっこう忙しいということだ。

なにしろ、スコッチをがぶ飲みし、つれない女ヴァンパイアに恋い焦がれて、それだけで一日の大半をつぶしているのだ。それに、せっかくうまくまわっているものを、わざわざぶち壊しにすることもあるまい。失恋の痛手で酒が進み、酔えばいっそうマリッサが恋しくなり、それでまた一杯が欲しくなり……要はそういうこと、とんでもないメリーゴーラウンドだ。部屋もぐるぐるまわって見える。

「Ｚと話してくれたか」フュアリーが尋ねた。

ブッチはカシミヤのコートを脱ぎ、クロゼットにかけた。「ああ。いい顔はしなかったけどな」

「あの家に出入りするのをやめるかな」

「やめるだろうな。まあ、おれを追っ払ったあとで、あの家に火をかけてなかったらの話だが。出ていく前に見たときは、目が例によって変なふうに光ってたからな。そら、そばに立ってると、キンタマが縮みあがりそうになるときがあるだろ」

フュアリーは、あのまれに見る美髪に手を突っ込んだ。肩に垂れ落ちる髪は、ブロンドと赤とブラウンに波打っている。これがなかったら男前と言うところだが、このみごとな髪がくっついていると、なんと言うか、はっきり言って美しかった。ブッチにその気《け》はないが、フュアリーはそのへんの女よりよっぽどきれいだし、たいていの女よりずっとしゃれた身なりをしている――このおっかない戦闘服を着ていないときは、だが。

狂暴な荒くれのように戦うさまを見ていなかったら、ホモと思われても不思議はないところだ。

フュアリーは深々と息を吸った。「恩に着るよ、Zと話を――」

コンピュータ機器の並ぶデスクの電話が鳴った。

「外線だ」Vがつぶやき、IT司令センターに向かった。

ヴィシャスは〈兄弟団〉専属のコンピュータの天才だ。というより、なにごとにつけても専属の天才で、この敷地の通信や保安設備をひとりで担当している。彼が呼ぶところの〝四つのおもちゃ〟、つまり四台のパソコンからすべてをあやつっているのだ。

おもちゃか……よく言うぜ。ブッチはコンピュータのことはなにも知らないが、あのとんでもないマシンがおもちゃなら、あれで遊ぶ連中の遊び場は国防総省にちがいない。

Vは、かかってきた電話をボイスメールに落とし込んでいる。そのVをよそに、ブッチはフュアリーに目をやった。「そう言や、〈マーク・ジェイコブス〉の新しいスーツ見せたっけ」

「もうできたのか」

「ああ、フリッツが持ってって寸法を直してきてくれたんだ」

「やったな」

ふたりして奥の寝室に向かいながら、ブッチは笑わずにいられなかった。ゲイのような着道楽という点では、彼自身もフュアリーのことは言えない。おかしな話だ――警察官だったころは、なにを着ようが無頓着《むとんちゃく》だったのに。それが〈兄弟団〉とつるむようになってから、オートクチュールの世界に足を踏み入れるようになり、しかもそれが気に入っていた。フュアリーではないが、彼のほうも荒っぽい戦いぶりが身についていて幸いだった。

ハンガーに下がる上等の黒いウールをなでながら、フュアリーはしかるべき嘆息を漏らしている。そこへVが入ってきた。

「ベラが生きてる」

ブッチとフュアリーははじかれたようにふり向き、スーツが床に落ちて山を作った。

「一般ヴァンパイアの男が、昨夜〈ゼロサム〉の裏で誘拐されて、森の奥に連れていかれた。それが、ベラに身を養わせるためだったんだ。そいつはベラにじかに会って、話もしてる。くわしいことはわからないが、彼女のおかげで脱出できたらしい」

「まさか、そこに戻る道筋はわからないって言うんじゃないだろうな」ブッチはささやくよ

かった。興奮がつのって息が苦しい。だが、神経を一気に昂らせたのは彼ひとりではなかった。フュアリーも顔をこわばらせ、緊張のあまり口がきけないようだ。

「いやそれが、ルートを確認しながら逃げてきたそうだ。一度に二百メートルずつ移動してって、そしたらそのうち二十二号線に出たんだと。その経路を書き込んだ地図をメールで送ってきた。しろうとにしちゃまったく上出来だぜ」

ブッチはリビングルームに飛び出していき、コートと〈エスカレード〉のキーをひっつかんだ。まだホルスターは着けたままだったから、〈グロック〉はいまもわきの下に吊ってある。

ところが、戸口の前にVが立ちふさがっていた。「よう、どこへ行くんだ」

「その地図は、もうメールで届いてるんだろ?」

「待てよ」

ブッチはルームメイトをにらみつけた。「おまえらは日中は出歩けないが、おれは出歩ける。どうしてぐずぐずしてなくちゃならないんだ」

「デカ」――Vは声を低くした――「これは〈兄弟団〉の問題だ。おまえは手出しするな」

ブッチは棒立ちになった。そうか、蚊帳《かや》の外ってわけだ。

たしかに、〈兄弟団〉の周囲で動きまわることは許されている。犯罪現場の分析をしたり、戦術的な問題で脳みそをしぼったり。だが実際に戦闘が始まると、かならず追い払われるのだ。

「冗談じゃねえぞ、V――」

「だめだ。おまえは手出しするんじゃない。わかったな」

それから二時間後、じゅうぶんな情報を得てから、フュアリーは双児の部屋に向かった。話なかばでザディストを興奮させても意味がないと思ったし、計画が固まるまでしばらく時間がかかったからだ。

ノックをしても返事がない。なかに入ってみてたじろいだ。食肉冷蔵室のように冷えきっている。

「ザディスト？」

Zは部屋の奥で、二枚の畳んだ毛布のうえに寝ていた。冷えきった部屋で、裸の身体をぎゅっと縮めている。三メートルと離れていないところに豪華なベッドがあるのに、そちらは一度も使ったことがない。Zはいつも床に寝る。どこに住んでいるときもそうだった。

フュアリーは近づいていき、双児のそばにうずくまった。手を触れるつもりはない。向こうが気づいていないときはとくにそうだ。不意をつくと、たちまち攻撃される恐れがある。なんてことだ。こんなふうに眠っていて、怒りが引っ込んでいると、Zはか弱くすら見えた。

いや、「すら見えた」ではない。まちがいなくか弱い。ザディストは昔からひどく痩せていた。こわいぐらいがりがりだった。だがいまは、大きな骨格に血管がまつわりついているようにしか見えない。いつのまにこんなことになったのだろう。ちくしょう、レイジの〝ライズ〟のときに〈廟〉で全員裸になったが、あのときはこれほど骨と皮でなかったのはたしかだ。だが、あれはたった六週間ほど前のことではないか。

ベラが誘拐される直前……

「ザディスト、起きろよ」

Zは身じろぎした。黒い目がゆっくりと開く。ふだんなら、こそと物音がしただけでたちどころに目が覚めるのだが、身を養ったあとだから反応が鈍い。

「見つかったぞ」フュアリーは言った。「ベラが見つかった。今日の日の出前の時点では、まちがいなく生きてた」

Zは二度ほど目をぱちくりさせた。夢を見ているのかと疑っているようだ。やがて寝床からむっくり上体を起こした。顔をこすると、乳首のピアスが廊下からの光を受けてきらめいた。

「いまなんて言った?」しゃがれ声で言った。

「ベラの居場所の情報をつかんだんだ。生きてるって確証も」

Zはしだいに目が覚めてきた。頭が列車のようにゆっくりと動きだし、しだいに速度をあげて、その勢いによって体力が湧いてくる。一秒ごとに力が戻ってくる。全身に荒々しい活力がみなぎると、もうか弱いようには見えなかった。

「どこにいるって?」嚙みつくように尋ねた。

「森のなかのひと間きりの家らしい。一般ヴァンパイアの男が逃げてきたんだ。ベラに脱出を助けてもらって」

Zはぱっと起きあがり、床にパンチを食わすようにしなやかに着地した。「場所はわかってんのか」

「その脱出した男がVにメールを送ってきて、行きかたを教えてくれた。だが――」

　Zはクロゼットに向かった。「地図をとってきてくれ」

「兄弟、まだ昼間だ」

　Zは動きを止めた。だしぬけに、その全身から冷たい風が噴き出してくる。その冷たさにくらべたら、この冷えきった部屋が暖かく思える。黒い目が肩のうえで光っているさまは、まるでハンマークローの尖端《せんたん》のように禍々《まがまが》しい。

「それじゃ、デカだ。ブッチを行かせろ」

「トールがそれはだめだって――」

「くそ食らえ！　なんのための人間だよ」

「ザディスト――落ち着け。考えてもみろよ。応援《バックアップ》もなしでブッチを行かせるのか。あっちには〝レッサー〟が何匹いるか知れないんだぞ。救出にしくじって、ベラが殺されたらどうするんだ」

「デカがしくじるもんか」

「デカは切れるやつだが、ただの人間だ。あいつを送り込むのは無理だ」

　Zは牙を剝いた。「たぶんトールは、デカがとっつかまるほうが心配なんだろう。拷問台のうえで、おれたちのことをぺらぺらしゃべられちゃ困るとでも思ってやがるんだ」

「いい加減にしろよ、Z。ブッチは知りすぎてる。おれたちのことをいやってほど知ってるんだ。そりゃ、そういう心配もするさ」

「だけど、その男が逃げるのにベラは手を貸したんだろ。いまごろ〝レッサー〟どもにどんな目にあわされてると思うんだ！」

「日が暮れてから集団で襲ったほうが、無事に救出できる見込みは大きい。おまえだってわかってるはずだ。しんぼうしろ」

Ｚは裸でその場に突っ立ち、荒い息をしていた。切れ込みのように細めた目には、すさまじい憎悪が渦巻いている。しまいに口を開いたとき、その声は険悪な唸り声だった。

「トールのやつ、せいぜいお祈りでもしとくんだな。今夜おれがベラを生きて見つけられなかったら、あいつの首をちょん切ってやる。兄弟だろうがなんだろうが知ったことか」

フュアリーは床に置かれた髑髏に目を移した。Ｚが首をはねるのが得意なのは証明ずみだ。

「おい、聞いてんのか」

フュアリーはうなずいた。不安だ。この一件がどんな結末を迎えるかと思うと、不安でたまらなかった。

6

トラック〈F150〉で、Oは二十二号線を走っていた。午後四時の沈みゆく太陽が目に痛くて、まるで二日酔いのような気分だ。まったくおんなじだ……頭痛がするだけでなく、全身がぞわぞわする。浴びるように飲んだ翌日はいつもそうだった。皮膚のすぐ下を虫が這っているような、かすかな戦慄《せんりつ》が生じては消える。

延縄《はえなわ》のようにずるずると後悔を引きずるところも、酒びたりの日々を思い出させる。目が覚めたら、となりに醜い女が寝ていたときのような。見るのもいやな女なのに、それでも抱いてしまった。なにもかもそっくりだ……ただ、あのころのほうがいまよりずっとましだった。

ハンドルをにぎる手を持ちかえた。こぶしに裂傷ができている。首には引っかき傷があるのもわかっていた。思い出すと目がくらみ、胃がむかする。女をどんな目にあわせたかを思うと胸くそが悪くなる。

いまは胸くそが悪くなる。だが、手を下していたときは……正しいことをしているつもりだった。

ちくしょう、いくらなんでもやりすぎた。なんのかんの言っても、あいつは不死身じゃないんだ……くそ、取り返しのつかない一線を越えてやしないだろうか。なんてこった……なんだってあんなことをしちまったんだ。だが、つかまえてきてやった男をあいつが逃がしたと知って、とたんにかっとなってしまったのだ。まるで全身が破裂して榴散弾《りゅうさんだん》になって、女をずたずたに引き裂いたようだった。

アクセルを踏む足をゆるめた。引き返して女を下水管から引き揚げ、まだ息をしていることを確かめたい。ただ、そんな時間はなかった。主要部隊《プライム》のミーティングに間に合わなくなる。

アクセルを踏み込んだ。もし女のようすを確かめに引き返したりしたら、それきり離れられなくなるのはわかっている。そうなったら〈筆頭殲滅者《フォアレッサー》〉が捜しにやって来るだろう。それはまずい。いま情報収集センターはひどいありさまなのだ。くそったれめ……

スピードを落とし、右にハンドルを切った。トラックは二十二号線をそれて一車線の未舗装道路に入っていく。

ミスターXのキャビンは〈レスニング・ソサエティ〉の本部も兼ね、七十五エーカー（約三十万平方メートル）の森のどまんなかにあって、外界から完全に隔絶されている。キャビンじたいはただの小さな丸太小屋で、屋根は暗緑色の板で葺《ふ》いてあり、裏には独立の納屋が建っていて、こちらはキャビンの半分ほどの大きさだ。Oがトラックを停めたときには、乗用車やトラックが七台、あいたところに適当に駐めてあった。どれも国産で、四年以上も前の古い型の車がほとんどだ。

キャビンのなかに入ってみると、彼以外はすでに顔をそろえていた。プライムのメンバー十人が手前の狭い部屋に詰め込まれている。白い顔に浮かぶ表情はふてぶてしく、がっしりした身体には分厚く筋肉がついている。彼らは〈レスニング・ソサエティ〉最強のメンバーで、入会してからの期間ももっとも長い。その点ではOは唯一の例外だった。入会してわずか三年、新入りだという理由で全員からうとまれている。

とはいえ、かれらに選挙権があるわけではない。Oはプライムのどのメンバーにも劣らずしたたかで、すでにそのことは証明済みだった。嫉妬《しっと》深い連中が……どう考えても好きになれないやつらだ。〈オメガ〉の飼い犬ども。まったく信じられない、時とともに全身の色素が抜け、個性が消えていくのを、このばかどもは自慢にしているのだ。Oは色が薄くなるのに抵抗していた。もともとの濃褐色を保つために髪を染め、虹彩の色が明るくなっていくのを恐れていた。ほかのメンバーと見分けがつかなくなるのはまっぴらだ。

「遅かったな」〈フォアレッサー〉のミスターXが言った。電源の入っていない冷蔵庫に背中をもたせ、Oの首じゅうについた引っかき傷に淡色の目を光らせる。「戦闘のせいか?」

「なにしろあの〈兄弟〉どもが相手だから」Oは反対側にあきを見つけた。パートナーのUにうなずきかけたほかは、だれにもあいさつしなかった。

〈フォアレッサー〉はあいかわらずこちらに目を当てている。「だれかミスターMを見た者はいるか」

ちくしょう、とOは思った。あの〝レッサー〟、彼が女といっしょのところへ入ってきて始末されたやつは、まだ現況報告をしていなかったらしい。

「O、なにか言うことは?」

左のほうでUが声をあげた。「Mなら見ましたよ。夜明けの少し前に、ダウンタウンで〈兄弟〉と戦ってるとこを」

ミスターXはそちらに目を向けた。この嘘に、Oはちびりそうに驚いた。

「その目で見たのか」

Uの声は落ち着いたものだった。「ええ、見ました」

「まさかOをかばってるんじゃないだろうな」

そんな質問が出るとは信じられない。〝レッサー〟どうしに友情は存在しない。地位をめぐって熾烈《しれつ》な競争をくりひろげ、パートナー間でも互いへの忠誠心などまずないのだ。

「どうなんだ」

Uは白い頭を大きくふって、「Oは一匹狼《おおかみ》だ。そんなやつのために、やばい橋は渡りませんよ」

どうやらその理屈に納得したらしく、ミスターXは話を先に進めた。殺しと捕獲の割当を確認したのち、ミーティングは解散となった。

Oはパートナーに近づいていった。「くり出す前に、ちょっとセンターに戻ってこなくちゃならん。いっしょに来てくれ」

なぜUがかばってくれたのか、理由を訊きださなくてはならない。センターの惨憺《さんたん》たるありさまも、この〝レッサー〟になら見られても気にならなかった。Uは騒ぎを起こす男ではない。とくに野心的でもなく、みずから策をめぐらすタイプでもない。無から有を生み出すのでなく、すでにあるものを使いこなすほうなのだ。

それだけに、さっきの自発的な行動が不可解だった。

ザディストは、館の玄関広間でグランドファーザー時計をじっとにらんでいた。二本の針の位置から見て、陽が沈むことになっている時刻まであと八分だ。ありがたいことに、いまは冬で日が短い。

玄関の両開き扉に目をやった。あれの外に出られるときが来たら、どこへ行けばいいかちゃんとわかっている。一般ヴァンパイアの男が連絡してきた場所は、完全に頭に叩き込んである。まばたきの間《ま》に、非実体化してそこへ移動するのだ。

あと七分。

空が完全に暗くなるまで待ったほうがいいのだろうが、くそでもくらえだ。あのくされ火の玉が地平線の向こうに姿を消したら、その瞬間に出発だ。ひどい日焼けをするぐらいはなんでもない。

六分。

胸もとの短剣を再度チェックした。右腰のホルスターから〈シグ・ザウエル〉を抜き、もういちどざっと点検し、続いて左腰の拳銃も同じように点検した。腰のくびれの投げナイフ、腿の刃渡り十五センチほどのナイフに手をやる。

五分。

Zは首を横に曲げ、関節を鳴らしてこりをほぐした。

四分。

ちくしょう。もう出かけても――

「黒こげになるぞ」背後からフュアリーの声がした。

Zは目を閉じた。殴りかかりそうになる。フュアリーの声を聞くうちに、その衝動は抑えがたく高まっていく。

「Z、落ち着け。ばったり倒れて煙をあげてたら、助けられるものも助けられないだろう」

「うるっせえな、いちいち。ひとの楽しみに水を差さなきゃいられねえのかよ」肩ごしににらみつけたとき、ふいに記憶がよみがえってきた。ベラがこの館にやって来たあの夜、フュアリーはすっかり彼女に心を奪われたようだった。ふたりは並んで立って話していた――いま、彼のブーツが踏みしめているこの場所で。そのふたりを、Zは物陰から眺めていた。ベラを欲しいと思いながら、彼の双児とにこやかに談笑するさまを見つめていたのだ。

Zの声が尖《とが》った。「おまえこそ、ベラを取り戻したいんじゃなかったのかよ。あの女、おまえにすっかりのぼせてたじゃねえか。おまえのことすてきだってよ。そうか……だからかえって戻ってきてほしくねえんだろ。禁欲の誓いがぐらついたか」

フュアリーはたじろいだ。本能的にその弱みを感じとって、Zはその傷口を容赦なく突いた。「あの女がここに来た夜、おまえがじろじろ見てたのはみんな気がついてたもんな。ずっと見てただろ、ええ？　それに、見てたのは顔だけじゃなかったよな。乗っかってみてえと思ってたんだろ。女に近づかないって誓いを破りたくなって、それでびびってたんだろ」

フュアリーの口が一文字に結ばれ、Zはけんか腰の返答を待ち受けた。きついひとことでやり返してほしかった。うまくすれば、残り三分間をののしりあいでつぶせるかもしれない。

しかし、返ってきたのは沈黙だけだった。

「おれにはなんも言うことはねえってわけか」Zは時計に目をやった。「まあいいや。もうそろそろ――」

「ベラのことを思うと気が狂いそうだ。おまえと同じさ」

Zは双児のほうをふり向いた。フュアリーの苦悶の表情を、遠くから見ているような気がした。望遠鏡ごしに見ているような。なにか感じるものがあるはずだ、とちらと思った。胸に秘したつらい真情を無理やり吐かせたのだから、悪いことをしたとか悲しいとか思うのが当然ではないのか。

ひとことも発せず、ザディストは非実体化した。

三角法によって選んだ出現場所は森のなかだった。脱出してきた一般ヴァンパイアが指し示した地点から、百メートルほど離れている。実体化したとき、薄れていく空の光に目がくらみ、ケミカルピーリングの実験台にでもなったように顔がひりひりした。灼《や》けつく痛みにはかまわず、雪の積もる地面を北東に向けて走った。

果たして、森のまんなかにそれはあった。川から三十メートルほど離れて建っている。平屋建ての住宅のような建物で、少し離れて黒いフォードの〈F150〉と、ありふれたシルバーの〈トーラス〉が駐まっている。Zは松の木々の陰に身をひそめながら、建物ににじり寄っていった。雪のうえを音も立てずに移動し、建物の周辺を探った。窓はなく、ドアはひとつきり。薄い壁を通して、なかの物音、話し声が聞こえてくる。

〈シグ〉の一挺を抜き、安全装置を解除し、打つべき手を考えた。非実体化してなかに移動するのはまずい。なかの配置がわからないからだ。となると残る手はただひとつだが、こちらはすかっとはするものの、よい戦術とは言いがたい。ドアを蹴破って発砲しつつ突入するのはさぞかし気分がいいだろうが、いくら彼が命知らずとはいえ、あの建物のなかでドンパチやって、ベラの生命を危険にさらすわけにはいかない。

ところがそのとき、なんという幸運、建物のなかから〝レッサー〟がひとり出てきてドアを音高く閉じた。ややあってふたりめが現われたかと思うと、ブザーが鳴った。警報装置をセットしたのだろう。

Zはとっさに、ふたりの頭に風穴をあけてやろうかと思ったが、指は引金の側面に当てたまま動かさなかった。警報装置をセットしていったということは、なかに〝レッサー〟はひとりも残っていない公算が大きい。つまりは、ベラを助け出せる見込みも高まったわけだ。しかし、なかにだれか残っていてもいなくても、外へ出るつど警報装置をセットするのが規則だとしたら。その場合、発砲したらここにいるぞと宣伝するも同然だし、銃撃戦がおっぱじまるだけだ。

ふたりの〝レッサー〟がトラックに乗り込むのを見守った。ひとりは茶色の髪をしている。これはふつう新入りのしるしだが、立ち居ふるまいを見ると新参者とは思えなかった。自信に満ちた物腰で、しゃべっているのもこっちのほうだ。白髪の仲間のほうが、しきりに頭をうなずかせている。

エンジンがかかり、タイヤの下の雪を踏み固めつつ、トラックはバックして方向転換した。ヘッドライトもつけず、道なき道をたどって木々のあいだを走り抜けていく。

夕陽の残照に向かって、二匹の外道が走り去る。それを指をくわえて見ているのは、緊縛の練習さながらだった。身動きできないように全身の大筋を緊張させ、鋼鉄のロープで縛りあげるように骨格をぎりぎりと締めつける。そうでもしないと、トラックのボンネットにいまにも飛び乗ってしまいそうだ。そしてこぶしでフロントガラスをぶち破り、髪をわしづかみにして引きずり出し、あいつらに嚙みついてやりたかった。

トラックのエンジン音が遠ざかると、Zはじっと耳を澄ました。静かだ。なんの物音もしない。ドアを破って突入したいという気持ちがまた湧いてきたが、警報器のことを考えて時計を見た。あと一分半もすればVがやって来るはずだ。

気が変になりそうだ。だが、待つしかない。

ごついブーツをはいた足をそわそわ動かしていると、みょうなにおいに気がついた。なにかが……鼻をひくつかせてみた。近くでプロパンガスのにおいがする。建物の裏に発電機があったから、たぶんあれの燃料だろう。それに石油ストーブのにおい。だがそれだけではない。煙いような、なにかが燃えているような……自分の手を見やった。気づかないうちに日光で焼けているのかと思ったのだが、そうではなかった。

いったいなんだ?

その出どころに気づいたとたん、骨の髄までぞっと冷えた。彼のブーツが踏みしめていたのは、地面についた焦げあとのまんなかだった。焦げあとの大きさは、だいたいひとりぶんの死体と同じぐらいだ。Zが立っているまさにこの場所で、なにかが焼かれたのだ——においからして、この十二時間以内に。

そんな……まさか。ベラはここで日光にさらされたのだろうか。

Zはそろそろとうずくまり、あいたほうの手を焦げた地面に当てた。ベラがここに横たわっているさまを思い描く。太陽が昇ってきたときは、どれほど痛く苦しかったことだろう。先ほど実体化したときに彼が受けた痛みなど、それにくらべたら一万分の一にもなるまい。

黒ずんだ地面がかすんで見えた。

顔をこすってその手を眺めた。濡れている。涙か？

なにか感じるものがあるかと胸を探ってみたが、返ってくるのは生理的な情報だけだ。筋肉に力が入らず、上体が揺れている。頭がくらくらして、いくらか吐き気もする。だが、それだけだった。なんの感情もそこにはない。

胸骨のあたりをさすり、もういちど両手で地面を探ろうとしたとき、視界にごついブーツが入ってきた。

顔をあげると、目に入ったのはフュアリーの顔だった。仮面のようにこわばり、青ざめている。

「ベラか？」かすれた声で言ってひざまずいた。

Zはさっとのけぞり、あやうく拳銃を雪に埋めそうになった。いまはだれにもそばに寄ってほしくない。とくにフュアリーには。

あたふたと立ちあがった。「ヴィシャスはまだか」

「兄弟、おれは後ろだ」Vがささやいた。

「あの家……」と言いかけて咳払いをした。前腕で顔をこすり、「あの家、警報がしかけてあるんだ。たぶんなかに〝レッサー〟はいねえと思う。ついさっき二匹出てったとこだからな。絶対とは言わねえが」

「警報は任せとけ」

ふいにおおぜいのにおいがして、Zはふり向いた。〈兄弟団〉が勢ぞろいしている。一族の王として、戦場には出ないはずのラスまで来ていた。全員が武装して、彼女を取り戻しに駆けつけてきたのだ。

全員並んで建物にぴたりと身を寄せるなか、Vがピッキングの道具をドアの錠に差し込んだ。錠があくと、〈グロック〉をまず突っ込む。なんの反応もないと見てなかに滑り込み、ドアを閉じた。ややあって、一度だけ長くブザーが鳴った。Vがドアを開く。

「大丈夫だ」

Vをなぎ倒さんばかりに、Zは室内に飛び込んだ。

ひと間きりの屋内を、暗いすみずみまで見通した。ひどい散らかりようだ。床一面にものが散乱している。衣服……刃物に手錠に……あれはシャンプーのボトルか？　それに、いったいあれはなんだ。中身のはみ出した救急箱か。傷口から流れる血のように、壊れたふたから包帯や絆創膏《ばんそうこう》がこぼれ出ている。踏みつけられたあげくにふたが割れたのだろうか。

心臓が激しく動悸を打ち、全身から汗が噴き出してきた。ベラの姿を捜したが、見えるのは生命のないモノばかりだ。壁をおおい隠す棚には、悪夢のような道具が並んでいる。簡易寝台がひとつ。耐火金属のクロゼットは乗用車ほども大きさがある。四隅にスチールのチェーンの下がる解剖台……そのなめらかな表面は血で汚れていた。

Zの頭を脈絡《みやくらく》のない思いが駆けめぐった。ベラは死んだのだ。あの楕円形に焼け焦げた地面がその証拠だ。しかし、あそこで焼かれたのがほかの捕虜だったとしたら。ひょっとしたら、ベラはよそへ移されたのかも……

邪魔だてしてはまずいとわかっているように、ほかの兄弟たちはさがっている。Zは銃を構えたまま耐火クロゼットに向かった。金属の扉をつかんでひん曲げ、蝶番《ちようつがい》を壊して力まかせにむしりとる。その重い扉を放り投げると、床に当たってすさまじい音がした。

銃器。弾薬。プラスティック爆弾。

敵の武器庫だ。

次にバスルームに向かった。シャワーのほかは、便座をのせたバケツがひとつあるきりだ。

「兄弟、ベラはここにはいない」フュアリーが言った。

込みあげる憤怒に、Zは解剖台に飛びかかり、片手で持ちあげて壁に投げつけた。その勢いでチェーンがこちらに跳ね返り、彼の肩に当たって骨を直撃した。

そのときだった。かすかな泣き声がした。

ぱっと顔をあげ、左に目をやった。

そちらのすみを見ると、円筒形の金属のふちが地面から三つ突き出していた。金網でふたがしてある。土の床と同じ濃褐色だったせいで、すぐには気づかなかったのだ。

近づいていき、金網のふたを蹴りあけた。泣き声が大きくなる。

ふいに目まいがして、Zはへたへたと両ひざをついた。「ベラか?」

それに答えて、地中からうわごとのような声があがってきた。Zは銃を下げた。なかへはどうやって……？　ロープだ——これは下水管のようだが、その底からロープが伸びている。それをつかんでそっと引っぱりあげた。

出てきたのは、土まみれ血まみれの男だった。遷移を終えて十年ほどだろうか。裸で震えている。唇は紫に変わり、目をきょろきょろさせていた。

Zが男を引きあげると、レイジがレザーのトレンチコートを巻きつけた。

「外へ出してやれ」ハリウッドがロープを切っているそばで、だれかが言った。

「非実体化できそうか？」またべつの兄弟が尋ねている。

Zはそんなやりとりには耳を貸さなかった。次の穴に向かったが、こちらはなかにくだるロープが見当たらないし、鼻をひくつかせてもにおいがしなかった。この穴はからだ。

三番めの穴に向かおうとしたとき、先ほどの男が叫んだ。「だめだ！　そ——そこにはブービートラップがしかけてある！」

Zははたと足を止めた。「どんな？」

歯をかちかち鳴らしながら、男は言った。「さ——さあ。ただ、あ——あの〝レッサー〟が、な——仲間にそう言ってるのが聞こえたから」

Zがなにも言わないうちに、レイジが部屋を歩きまわりはじめた。「このうえに銃が取り付けてある。銃口がそっちを向いてる」金属のかちりと動く音がした。「大丈夫、もう安全だ」

Zは穴の真上を見あげた。床から四、五メートル上、屋根の剝き出しの垂木に小さな装置が取り付けてある。「V、あそこについてるやつはなんだ」

「レーザーだな。光をさえぎると、たぶん引金が——」

「待て」レイジが言った。「銃がこっちにもう一挺あるぞ」

Vはあごひげをしごいた。「起動用のリモコンがあるはずだ。たぶんそれは持って出てるだろうな。おれならそうする」目を細めて天井を見あげた。「あの型のやつはリチウム電池式だ。ということは、発電機を止めても切れないな。あれを解除するのは厄介だぞ」

Zはあたりを見まわし、ふたを押しのけるのに使えそうなものを探した。バスルームのことを思い出し、入っていってシャワーカーテンを叩き落とすと、カーテンのかかっていたポールを持って戻った。

「みんな下がってろ」

レイジが鋭い声をあげた。「Z、ひょっとしたらほかにもまだ——」

「その若いのを連れて外へ出ろ」だれも動こうとしない。Zは悪態をついて、「ぐずぐずしてるひまはねえんだ。だれかが撃たれなきゃならねえんなら、おれが撃たれる。くそったれめ、さっさと外へ出ろって」

全員が退避するのを待って、Zは穴に近づいた。さっき解除された銃のほうに背中を向け、その火線に身を置いて立ち、ポールでふたを押しやった。はじけるように銃声がとどろいた。弾丸は左のふくらはぎに当たった。灼けつく衝撃に片ひざをついたが、ひるむことなく下水管のふちに這い寄った。地中にくだるロープをつかみ、引きあげにかかる。

最初に見えてきたのはベラの髪だった。長く美しいマホガニー色の髪。それが全身をおおうように広がって、顔と肩をベールのように包んでいる。

Zはへたり込んだ。目がよく見えない。なかば気が遠くなり、全身をわななかせながらも、ロープをたぐる手は止めなかった。それが急に楽になった……と思ったら、何本もの手が加勢してくれているのだった。ロープを引く手があるかと思えば、彼女をそっと床に横たえる手もある。

ベラは身じろぎもしなかった。薄いナイトガウンが彼女自身の血に汚れている。だが、呼吸はしていた。顔からそっと髪の毛をよけてやると……

血圧が急降下した。「ああ、ちくしょう……ちくしょう、ああ、ちくしょう――」

「いったいなにをされ……」だれが口を開いたのか、最後まで言い終えることはできなかった。

咳払い。咳を呑み込む気配――それとも吐きそうになるのを抑えたのか。

Zは彼女を両腕にかき抱き、そのまま……ただ抱きしめていた。外へ運び出さなくてはならないのだが、彼女に加えられた暴行を思うと身動きができない。まばたきして目まいをこらえ、声に出さずに絶叫しながら、彼女をやさしくゆすった。口からあふれ出す〈古語〉は、彼女を思う悲嘆の言葉だった。

フュアリーが身体を沈めて両ひざをつき、「ザディスト……ここから連れて逃げないと」

Zははっとわれに返った。とたんに、ベラを館に運ぶことしか考えられなくなる。彼女の身体に巻きつくハーネスを切り裂き、腕に抱いたままどうにか立ちあがった。歩こうとすると、左脚に力が入らずよろめいた。一瞬、なにが起きたのかわからなかった。

「おれが運ぼう」フュアリーが両手を差し出した。「おまえは撃たれてる」

ザディストは首をふり、足を引きずり引きずり、双児のそばをすり抜けて歩いていった。外へ出ると、いまも建物の正面に駐まっている〈トーラス〉に向かった。胸にベラを抱いたまま、運転席側の窓をこぶしで割り、腕を突っ込んでロックをはずすと、狂ったように警報が鳴りはじめた。後部ドアをあけ、上半身をなかに突っ込んで彼女を横たえた。シートに収まるように脚を少し曲げさせたとき、ナイトガウンがずりあがり、Zは思わずたじろいだ。あざができている。あざだらけだ。

警報がついに鳴りやむと、彼は言った。「だれか上着を貸してくれ」

片手を後ろに突き出すが早いか、レザーのコートが手に触れた。そっと彼女にかけてやりながら、フュアリーのコートだと気がついた。ドアを閉じ、運転席に乗り込む。

最後に聞こえたのはラスの声だった。「V、手袋をはずせ。ここに火をかける」

ダッシュボードの下に手を入れ、イグニションをショートさせてエンジンをかけ、Zは猛スピードでその場をあとにした。

十番通りの暗い一角まで来て、Oは道路ぎわに寄せてトラックを停めた。「やっぱりわからねえな、なんであんな嘘をついたんだ」

「〈オメガ〉んとこへ戻られちまったら、おれたちはどうなる。あんたはとびきり優秀なやつなのに」

Oはうんざりして相手に目を向けた。「あんたがそんな〝会社人間〟だったとは知らんかった」

「おれはこの仕事が好きなんだよ」

「古くせえ、おめでたいやつだぜ」

「ああ、けど、そのおかげで助かっただろ。感謝しろよ」

「勝手に言っとけ。Uの熱血おせっかいのたわごとより、気がかりなことはほかにいくらでもある。

Uとそろってトラックをおりた。〈ゼロサム〉も〈スクリーマーズ〉も〈スナッフト〉も、ここから二ブロックほど先にある。この寒いのに、入店を待つ客の列が長く延びていた。震える集団のなかには、まちがいなくヴァンパイアが混じっている。かりに混じっていなかったとしても、夜はいつも忙しい。かならず〈兄弟〉たちとの楽しい戦闘があるからだ。

防犯ベルをセットし、トラックのキーをポケットに突っ込んだ……ところで、Oは十番通りのどまんなかで棒立ちになった。文字どおり身動きもならなかった。

おれの女……Uといっしょに出てきたとき、あいつはほんとうにぐったりしていた。

Oは、黒いタートルネックの胸もとをつかんだ。息が苦しい。女がいまどれだけ苦しんでいようが、そんなことはどうでもいい。あれは自業自得だ。しかし、あいつに死なれたら、あいつに置いていかれたらやっていけない……もしや、いましも死にかけているのではあるまいか。

「どうした?」Uが声をかけてきた。

Oはあわててトラックのキーを探った。全身の血管を不安が駆けめぐっている。「悪い、帰ってくる」

「抜けるのか。昨夜《ゆうべ》も割当をこなせなかったのに――」

「ちょっとセンターに戻らなくちゃならん。Lが五番通りでハンティングにかかってる。あいつと組んでてくれ。三十分で戻ってくるから」

返事も待たずにトラックに飛び乗り、スピードをあげて市内を抜け、二十二号線に乗った。コールドウェルの寂しい周辺部を貫く道だ。情報収集センターまであと十五分ほどというところで、回転灯がもつれあうようにひらめいているのが見えた。前方にパトカーがたまっている。悪態をついてブレーキを踏み込んだ。ただの事故ならいいが。

だが、事故ではなかった。さっきここを通ったあとで、いまいましい警察がまた飲酒運転の検問所を設置したらしい。二台のパトカーが二十二号線の両側に駐まり、道路のまんなかにはオレンジ色のコーンと閃光灯が並んでいる。右手の反射看板には、〝コールドウェル市警察交通安全プログラム〟とあった。

こんちくしょう、どうしてよりにもよってここでやるんだ、こんななんにもないところで。酒場の多いダウンタウンでやりゃいいじゃないか。とはいうものの、コールドウェルに隣接するくそ田舎町の住民は、都会でクラブめぐりをしたあと車でご帰館あそばすわけだから……。

彼の前に一台車が停まっている。ミニヴァンだ。Oはハンドルのてっぺんのあたりを指でこつこつやっていた。〈スミス&ウェッソン〉を抜こうかとなかば本気で考えた。警察も前の車のドライバーも、手っとり早くあの世に送ってやりたい。おれを足止めしやがった報いだ。

反対車線を車が一台近づいてくる。Oはそちらに目をやった。ありふれた〈フォード・トーラス〉が、かすかにブレーキをきしませて停まる。ヘッドライトは汚れて曇っていた。あのしけた車、どこにでも転がってやがる。だがだからこそ、Uは自分用にあの車のあの型を選んだのだ。ヴァンパイアとの戦争を秘密にするためには、一般大衆に紛れこむのが肝心だから。

警官がそのぽんこつに近づいていくのを見ながら、Oはみょうなことに気がついた。この寒い夜に、運転席側の窓が最初からおろしてある。ハンドルを握る男の顔がちらと目に入った。こいつは驚いた。指ほども太さのある傷痕が顔に走り、耳たぶにはプラグがはまっている。あの車、盗難車じゃないのか。

警官も同じことを考えたらしい。片手で銃の床尾《しょうび》に触れながら、身をかがめてドライバーに話しかけている。それどころか、しまいにはその手をさらに下げつつ、懐中電灯をバックシートに向けた。と、眉間に釘でも打ち込まれたように全身をぎくりとさせ、警官は自分の肩に手をやった。たぶん送信機をとろうとしたのだろう。ところがそのとき、ドライバーが窓から首を突き出してきて、警官の顔をじっと見あげた。両者のあいだで時間が凍りつく。

やがて警官は腕をおろし、無頓着に手をふって〈トーラス〉を先に行かせた。免許証をあらためようとさえしなかった。

Oは、道路のこちら側で公務に励んでいる警官をにらみつけた。まだOの前の、サッカーママ御用達のミニヴァンを引き止めている。麻薬ディーラーがぎっしり乗っているとでもいうのか。反対車線の相棒のほうは、連続殺人犯のようなつらがまえの男を、ろくすっぽあいさつもせずに通しているというのに。料金所であいにくな列に並んでしまったような気分だ。ようやくOの順番が来た。できるだけ愛想よくふるまい、二、三分後にはアクセルを踏んでいた。十キロ足らず進んだころ、右手遠くにまばゆい閃光が走った。情報収集センターのあるあたりだ。

とっさに石油ストーブのことを思い出した。石油が漏れていたやつ。思いきりアクセルを踏み込んだ。おれの女が地中に閉じ込められている……もし火事になったら……

森のなかに突っ込み、松の木々の下をすっ飛ばした。でこぼこの地面にトラックが激しく揺れ、天井に頭をぶつけながらもハンドルから手を離すまいとし、自分で自分に言い聞かせていた——前方には火事のしるしの赤い光が見えない。爆発が起きたのなら、炎や煙が見えるはず……

ヘッドライトの光が大きく弧を描いた。情報収集センターは消えてなくなっていた。灰に変わっている。

Oはブレーキを力いっぱい踏んで、トラックが木に衝突するのを食い止めた。森を見まわし、場所をまちがっていないか確かめた。まちがいないとわかると、飛びおりて地面に這いつくばった。

灰を両手にすくって、センターのあとを歩きまわった。鼻と言わず口と言わず灰にまみれ、しまいには全身が灰のローブにすっぽり包まれた。溶けた金属の破片が見つかったが、手のひらよりも大きなものはなにも残っていなかった。

頭のなかにこだまする絶叫を通して、ふと思い出した――この世のものとも思えぬ奇妙なこの粉、これは前にも見たことがある。

頭をのけぞらせ、天に届けとばかり声をはりあげた。自分がなにを言っているのかまるでわからなかった。わかっているのは、〈兄弟団〉のしわざだということだけ。なぜなら半年前、〝レッサー〟の武道アカデミーにも同じことが起きたからだ。

塵《ちり》となり……灰に変じ……消え失せる。しかも女まで連れ去られた。

ああ、ちくしょう……やつらに見つけられたとき、あいつはまだ生きていただろうか。やつらはあいつの亡骸《なきがら》を運んでいったのだろうか。あいつは死んだのか。

おれのせいだ。なにもかもおれのせいだ。あいつを罰することにばかり気をとられて、あの男のヴァンパイアに逃げられたらどうなるか、まるで考えていなかった。あの男は〈兄弟団〉のところへ駆けつけて、ここの場所を教えたのだ。それで、やつらは日が落ちるが早いかやって来て、女を連れ去ったのだ。

絶望の涙を目からぬぐった。はたと息が止まった。ぐるりと頭をまわし、あたりのようすを眺めた。Uのシルバーの〈フォード・トーラス〉が消えている。

検問。くそいまいましい検問所。あの醜い男、ハンドルをにぎっていたやつ、あれは人間ではなかったのだ。〈黒き剣兄弟団〉の一員だ。まちがいない。あのとき、Oの女はあのバックシートに乗っていたのだ。息も絶え絶えだったか、死んでいたかはわからないが。だから警官が泡を食っていたのだ。車の後部をのぞいたときに彼女に気づいたのに、〈兄弟〉に洗脳されて〈トーラス〉をそのまま通しやがった。

Oは車体が傾く勢いでトラックに乗り込み、アクセルを力まかせに踏み込んだ。めざすは東、Uの自宅だ。

あの〈トーラス〉には、盗難時追跡《ロージャック》システムが取り付けてある。適当なコンピュータ機器があれば、あのぽんこつがどこにあっても見つけ出すことができるはずだ。

7

ベラはぼんやりと、車に乗っているようだと思っていた。ただ、そんなことがあるはずはない。きっと幻覚を見ているのだ。

でも……ほんとうに車のような音がしている。規則的なエンジンの唸《うな》り。それに、このかすかな振動も車のなかを思わせる。その振動が圧縮されたように、ときどきがくんと大きく揺れるのも、道路のなにかにタイヤが乗りあげたときに似ている。

目をあけようとしたが、あけられなかった。何度やってもだめだ。それだけで疲れてしまい、ついにあきらめた。どうしてこんなに疲れているのだろう……ひどい風邪でもひいたのだろうか。それに、全身どこもかしこも痛い。とくに頭とお腹がひどく痛む。それに吐き気もする。なにがあったのか思い出そうとした。どうして自由になれたのか——自由になれたのだとしたらだが。しかし、思い浮かぶのはあの〝レッサー〟の姿だけだ。おまえを愛していると言うあの〝レッサー〟が、黒い血にまみれてドアから入ってくる姿。そのあとのことは霧のなかだ。

手であたりを探ってみると、なにかが肩にかけてあった。それをしっかりかき寄せた。レザーだ。においをかいでみる。あの甘ったるい〝レッサー〟のにおいとは似ても似つかない。

同族の男性のにおいだ。ところが、もう少し鼻から息を吸い込んでみたら、ベビーパウダーに似た〝レッサー〟のにおいがした。いったん混乱したが、座席に鼻を押し当ててみてわけがわかった。そうか、座席にしみついているのだ。これは〝レッサー〟の車なのだ。でもそれならなぜ、この着せかけられた服には、男性ヴァンパイアの汗のにおいがついているのだろう。それに、ほかにもなにか、べつのにおいが……苦みのあるムスクのにおい。さわやかな常緑樹の香りがぴりっときいている。

震えが走った。このにおいはよく憶えている。〈兄弟団〉の訓練施設に初めて行ったときにかいだにおい。そのあと、〈兄弟団〉の居館を訪ねたときにもかいだにおい。

ザディストだ。この車に、ザディストがいっしょに乗っている。

胸が高鳴った。どうにか目をあけようとしたが、まぶたが言うことをきかなかった。それとも、ほんとうはもうあいているのに、暗くてなにも見えないのだろうか。

わたし、助かったの？

ただ、声が出てこなかった。もっとも、唇は動いている。**ザディスト、あなたが助けに来てくれたの？**とベラは尋ねた。もっとも、唇は動いている。もういちど言葉を絞り出そうとし、喉頭から無理やり息を吐き出す。かすれたうめき声が漏れたが、それだけだった。

なぜ目があかないのだろう。

あちこち手さぐりしていると、かつて聞いたこともない甘美な響きが耳に届いた。

「助けに来たぜ、ベラ」ザディストの声だ。低く、力に満ちた声。「もう安心だ。助かったんだ。もう二度とあんなとこへ戻らなくていいんだ」

助けに来てくれた。彼が、わたしを助けに……

ベラはすすり泣きはじめた。スピードがいったん落ちたようだったが、やがて以前に倍する速さで走りだした。

ほっとするあまり、闇にすべり入るように意識が遠のいていった。


ザディストは自室のドアを蹴りあけた。錠前が完全にはじけ飛び、その大きな音に驚いたのか、腕のなかでベラが身じろぎしてうめき声をあげた。ぎくりとして立ち止まると、その胸もとで彼女が頭を左右にふった。

うれしい。うれしくてたまらない。

「ベラ、なあ、目を覚ませよ。起きてくれよ」しかし、意識は戻らなかった。

寝床に運んでいき、いつも自分が寝ているところへ彼女を横たえた。顔をあげると、ラスとフュアリーが戸口に立っている。ふたりの巨体にふさがれて、廊下からはほとんど光が射し込んでこない。

「ハヴァーズの病院へ連れていこう」ラスが言った。「手当を受けさせせんと」

「ハヴァーズをこっちに呼んで手当させりゃいい。ベラはどこにもやらん」

その後の長い沈黙に、Zはろくに気がつかなかった。魂を奪われたように、ベラが息をするさまを見つめていた。ポンプのように規則的に胸が上下しているが、その息がひどく浅いような気がする。

フュアリーのため息。これはどこで聞いてもすぐわかる。「ザディスト──」

「だめだ。手当はここで受けさせる。おれの見てないとこで、勝手に指一本触れさせるもんか。だれにもだ」兄弟たちを下からにらみつけると、ラスもフュアリーも驚きのあまり声をなくしているようだった。「こんちくしょう、〈古語〉で言いなおしてほしいのかよ、おまえらふたりとも英語を忘れちまったのか。ベラはどこへもやらねえからな」

悪態をつきながらラスは携帯電話を開き、厳しい口調で手短に話しだした。

電話を閉じて、「フリッツはもう街に出てる。これからすぐ迎えに行くと言ってるから、二十分もすれば医者が来る」

Zはうなずき、ベラのまぶたに目をやった。こんなひどいことをしやがって、この手で治してやることができれば。いますぐ楽にしてやりたい。**ああ、ちくしょう**……どれだけ痛かったことだろう。

気がつくと、フュアリーが近づいてきていた。そばにひざまずかれてむっとする。とっさに、自分の身体を割り込ませてベラを守りたくなった。双児のフュアリーだろうと、ラスだろうと医者だろうと、どんな男にも彼女の姿を見せたくない。なぜそんな気持ちになるのかわからなかった。どこからこんな衝動が湧いてくるのだろう。ともあれその衝動は強烈で、あやうくフュアリーの首に飛びかかりそうになった。

フュアリーが手を伸ばして、ベラの足首に触れようとした。それを見たとたん、唇がめくれて牙が剥き出しになり、のどの奥から唸り声が漏れてきた。

フュアリーがはっと顔をあげた。「おまえ、それはどういうつもりだ」

ベラはおれのものだ、そうZは思った。

だが、それが胸に浮かんだ瞬間に、Zはその確信を振り払った。なにをやってるんだ、おれは。

「けがしてるんだぞ」ぼそりと言った。「へたに手を出すなよ、いいな」

ハヴァーズは十五分後に到着した。ひょろりと背の高い医師は、手に黒い革かばんをさげてやって来て、あいさつもそこそこに仕事にとりかかろうとした。ところが、Zがはじかれたように立ちあがり、近づこうとする彼の前に立ちはだかった。壁に押しつけられて、医師はべっこうの眼鏡の奥で淡色の目を見開き、かばんがどさっと床に落ちた。

ラスが悪態をついた。「くそったれめ――」

引き離そうとする手を無視して、Zはその眼光で医師を釘付けにした。「いいか、自分の子と思って、いいや、それ以上にていねいに診《み》るんだぞ。いらんことをして、ちょっとでもむだに痛い思いをさせてみろ。百倍にして返してやるからそう思え」

ハヴァーズの細い身体が震えている。口は動かしているが、声が出てこない。

フュアリーが力いっぱい引っぱったが、まるで効果はなかった。「Z、落ち着け――」

「口出しすんな」ぴしゃりと言って、「わかったか、先生《ドクター》」

「は……はい、わかりました」Zが手を離すと、ハヴァーズは咳き込み、ボウタイを直した。そこでまゆをひそめて、「失礼ですが……出血なさってますね。脚から――」

「おれのことはいいから、ベラの心配をしろ。早く」

医師はうなずき、もたもたとかばんを持ちあげ、寝床に近づいていった。ベラのわきにひざまずくのを見て、Zは意志の力で照明をつけた。

ハヴァーズがはっと息をのんだ。この品行方正な医師にとって、それは悪態をつくのにもっとも近い行為だろう。声を殺して〈古語〉でつぶやいた。「女性にこんな仕打ちを……なんと野蛮な」

「その糸を抜け」医師にのしかかるように立って、Zは言った。

「診察が先です。もっと重い損傷をこうむっていないか調べませんと」

ハヴァーズはかばんをあけ、聴診器と血圧計とペンライトを取り出した。心拍と呼吸を調べ、耳と鼻孔をのぞき、血圧を測った。口を開かせるとベラは少し顔をしかめたが、次に頭をあげさせたときには、本気でいやがりはじめた。

ザディストは医師に飛びかかろうとしたが、フュアリーの太い腕が胸に巻きついてきて、ぐいと引き戻された。「ドクターはベラを痛めつけてるわけじゃない。わかってるだろう」

Zは身をふりほどこうとした。身体が密着しているのに耐えられない。だが、フュアリーは手をゆるめようとしなかった。やがて、これでいいのだとZは気がついた。いまは恐ろしく気が立っているし、医師を殺してもしたらしゃれにならない。しまった、武器ははずしておけばよかった。

フュアリーも同じことを考えたらしい。Zのチェストホルスターから短剣を抜き、ラスに渡した。拳銃も同じく。

ハヴァーズは顔をあげ、武器が片づけられたのを見て大いにほっとしたようだった。「その……あの、軽い痛み止めを打とうと思います。呼吸も脈拍も安定していますから、身体がもたないということはないでしょうし、このあとの検査もずっと耐えやすくなるはずです。よろしいですか」

Zがうなずくのを待って、ハヴァーズは注射を打った。こわばっていたベラの身体から力が抜ける。医師はハサミを取り出し、血まみれのナイトガウンのすそのほうへ移動した。すそをめくりあげるのを見て、Zはかっと頭に血がのぼった。「待て!」

医師ははっと身構えた。顔に一撃を覚悟したようだったが、Zはただフュアリーと、次にはラスと目を合わせただけだった。「ふたりとも、ベラの裸を見るんじゃねえ。目をつぶるか、あっちを向いてろ」

ふたりはそろってZをまじまじと見ていたが、やがてラスはまわれ右をし、フュアリーは目を閉じた。もっとも、Zの胸にまわした腕から力を抜きはしなかった。

ザディストは医師をにらみつけた。「着てるもんを脱がすんなら、なにかかけてやれ」

「なにをかければよろしいですか」

「バスルームにタオルがある」

「おれがとってくる」ラスが言った。それを渡すと、さっきと同じくドアのほうに顔を向けて立った。

ハヴァーズはベラの身体のうえにタオルを広げ、ナイトガウンのわきに沿って切り裂いていった。ガウンを持ちあげる前に顔をあげて、「全身を見なくてはなりません。それと、腹部に触れる必要もあります」

「なんのためだ」

「触診して、内臓が腫《は》れていないか調べるのです。外傷や感染症の有無を見るために」

「手早くやれ」

ハヴァーズがタオルをどけ――

Zはぐらつき、フュアリーのがっちりした身体にもたれかかった。「くそ……なんてことだ」声がひび割れていた。「愛しいひと《ナーラ》……くそ、ちくしょう」

腹の皮膚に引っかき傷のようなものが残っていた。七、八センチの活字体、英語の文字のように見える。読み書きができないから、なんと書いてあるのかはわからないが、おぞましい予感がした。

「なんて書いてある」声を絞り出した。

ハヴァーズは咳払いをして、「名前です。デイヴィッド。『デイヴィッド』とあります」

ラスが唸った。「彼女の身体にか。けだものが――」

Zは王の言葉をさえぎった。「あの〝レッサー〟はおれが始末する。見てろよ、骨の髄までしゃぶってやる」

ハヴァーズはそっと慎重な手つきで傷を調べた。「ここに塩がかからないようにご注意ください。さもないと、このまま傷痕が残ってしまいますから」

「そんなこたわかってる」傷が永久に消えないのはどういうときか、いまさら教えられるまでもない。

ハヴァーズはベラの胴体をおおうと、足を調べ、次にふくらはぎを診た。ナイトガウンをずらしてひざの状態を確かめ、次に片脚を外側へ曲げて腿を開かせた。

フュアリーを引きずって、Zは前に飛び出そうとした。「きさま、なにをしやがる!」

ハヴァーズはぱっと両手を引っ込め、頭のうえにあげた。「検査をしないわけにはいきません。もし万一、その……暴行されていた場合は……」

間髪を入れず、ラスが前に立ちはだかり、Zの腰に両腕をまわして押さえ込んだ。サングラスを通して、王の目がらんらんと光っているのが見える。「Z、手出しをするな。診てもらったほうが彼女のためだ」

とても見ていられない。ラスの肩のほうにうつむいて、顔を長い黒髪に埋めた。兄弟ふたりの強靭《きょうじん》な肉体に前後からはさまれてはいたが、あまりにショックが大きすぎて、他者との接触にパニックを起こすどころではなかった。目をぎゅっとつぶり、深く息を吸った。フュアリーとラスのにおいが鼻孔に侵入してくる。

がさごそと音がする。医師がかばんのなかをかきまわしてなにかを探しているらしい。やがてパチンとはじけるような音が二回。ゴム手袋をはめたのだろう。金属と金属がこすれる音。かすかなきぬずれのような音。それきり……なにも聞こえない。いや、ちがう。小さくなにかの音がする。やがて、かちっと二度ほど音がした。

〝レッサー〟はみな性不能だ、そうザディストは自分に言い聞かせた。しかし、それの埋め合わせになにをしでかすかわかったものではない。

ベラの苦しみを思うと全身が激しく震え、歯の根が合わないほどだった。

8

ジョン・マシューは〈レンジローヴァー〉の助手席にすわり、運転席のほうを見やった。トールはなにかに気をとられているようだ。車はコールドウェル市の中心部を離れ、どんどん辺鄙《へんぴ》な地域に入っていく。王のラスに会うのがこわいのはたしかだが、それよりもこの沈黙が不安だった。なにが問題なのかわからない。ベラは無事救出された。もうなにも心配はないのだから、めでたしめでたしのはずではないか。それなのに、ジョンを迎えに戻ってきたトールは、キッチンでウェルシーを腕に抱き、そのまま長いこと出てこなかった。〈古語〉でぼそぼそと話しているのが聞こえたが、まるでのどを詰まらせているような声だった。

なにがあったのかくわしい話を聞きたい。しかし、手話や筆記では、暗い車内であれこれ訊くのはむずかしい。それに、トールは話をしたそうには見えなかった。

「さあ、着いたぞ」トールが言った。

右に鋭くハンドルを切ると、車は狭い未舗装の道に入った。とたんに窓の外の景色が見えにくくなる。周囲の冬枯れの森に奇妙なかすみがかかり、なにかが精神に干渉でもしているのか、軽い吐き気がしてきた。

だしぬけに、霧のなかから巨大な門がぬっと姿を現わし、車はスリップしながら停まった。

その門を抜けると、そのすぐ向こうにまた門があり、そこまでの通路は両側に高い壁が立っていて、まるで家畜の誘導路に追い込まれたようだった。トールが窓をおろし、インターホンのキーパッドでコードのようなものを打ち込むと、ようやくその門を抜けて向こう側に……

いったい、ここはなんだろう。

地下トンネルだ。一定の傾斜で地中に下っていくうちに、またいくつか門を通ったが、進むほどに防備はものものしくなっていく。最後の門はこれまでで最大で、輝く鋼鉄の怪物のようだった。どまんなかに〝高電圧〟の標示がある。トールが監視カメラに顔を向けると、かちりと音がし、門がスライドして開いた。

先に進む前に、ジョンはトールの前腕に軽くさわって、〈兄弟団〉のメンバーはここに住んでるの？　とゆっくり手を動かした。

「まあな。まず訓練センターを案内してから、館《やかた》のほうへまわろう」トールはアクセルを踏んだ。「訓練が始まったら、月曜から金曜まで毎日ここに通うんだ。四時にバスがうちの前まで迎えに来る。フュアリーっていう兄弟がここに詰めてて、早い時間のクラスを担当してる」ジョンの顔を見て、トールは説明した。「この敷地内は、ぜんぶ地下でつながってるんだ。建物と建物をつなぐ地下通路の入口はあとで教えてやるよ。だが、これは秘密だぞ。関係ないのが許可なく入り込んだりすると、とんでもない目にあうからな。つまり、クラスメイトを連れてきたりしちゃだめだってことだ。わかったな」

ジョンはうなずいた。駐車場に入っていくのを見て、ずっと前の夜に来たところだと思い出した。ここにメアリやベラと来てから、もう百年も経ったような気がする。

トールとともに〈レンジローヴァー〉をおりた。**だれといっしょに訓練を受けるの？**

「おまえと同じ年ごろの男子十人ほどだ。あるていど戦士の血を引いてるんで、それで選ばれた生徒たちだよ。訓練は遷移の時期を通じてずっと続くし、遷移のあとにもまだ続く。戦場に出しても大丈夫ってことになるまでな」

ふたりは両開きの金属ドアに歩いていき、トールがそれを大きく開いた。その向こうには長い廊下が延びていた。その廊下を歩きながら、講義室、ジム、ウェイトリフティング室、ロッカールームと、トールが説明していく。すりガラスのドアの前まで来て立ち止まった。

「ここがおれの部屋だ。うちに帰ってなくて、戦場にも出てないときはここにいる」

なかに入ると、がらんとしたなんのへんてつもない部屋だった。金属製のデスクには、コンピュータと電話、書類がのっている。奥の壁にはファイル・キャビネットが並んでいる。くずかごを引っくり返せば椅子代わりにならなくもないが、それを勘定に入れなければ、椅子はふたつしかない。ひとつはごくありふれた事務用の椅子で、奥のすみのほうに置いてある。もうひとつはデスクの奥にあるずんぐりした不格好な椅子だった。ぼろぼろで、くすんだ緑色の革のお化けで、使い古されて座面はへこんでいるし、脚は頑丈と言うもおろかな武骨さだ。

トールはそいつの高い背もたれに片手を置いて、「信じられるか、ウェルシーはこれを捨てろって言ったんだぞ」

ジョンはうなずき、手話で答えた。**信じられるよ。**

トールはにやりとして、床から天井まで届くキャビネットに歩いていった。その扉を開くと、キーパッドにいくつか数字を打ち込む。するとキャビネットの奥の壁が向こう側に開いて、薄暗い通路のようなものが現われた。

「行こう」

ジョンはなかに足を踏み入れたが、暗くてよく見えなかった。

金属のトンネルのようだ。三人横に並んで歩けるほどの幅があり、天井もかなり高く、トールの頭上にもまだ余裕がある。だいたい三メートルおきに天井に照明がはめ込んであったが、暗闇を追い払うにはほど遠かった。

こんなすごい仕掛けは生まれて初めて見た。そう思いながら、ジョンは歩きだした。なめらかな鋼鉄の壁に、トールのごついブーツの足音が、そして低い話し声が反響する。

「あのな、これからラスに紹介するんだが、心配しなくていいからな。見かけはいかめしいが、ちっともこわい男じゃない。サングラスにびるんじゃないぞ。ラスは目がほとんど見えないし、ちょっとした光もまぶしいんで、だからかけてるだけだから。けどな、目は見えなくても、本でも読むように相手の気持ちはすらすら読めるんだ。おまえがどんな気持ちでいるか、手にとるようにわかるんだぞ」

まもなく左手に短い階段が現われた。のぼりきったところにドアがあり、またキーパッドがある。トールは階段の手前で足を止め、トンネルの先を指さした。ジョンに見えるかぎりでは、どこまでも延々と続いているようだ。

「このまままっすぐ行くと、百五十メートルぐらい先に門番小屋がある」

そう言うと、トールは階段をのぼっていき、キーパッドに数字を打ち込んだ。ドアがさっと開いて、ダムから放出された水のように、明るい光があふれてきた。

顔をあげると、ジョンの胸に奇妙な感情が駆けめぐった。なにか不思議な夢を見ているような気がする。

「心配するなって」にっこりすると、トールのいかつい顔が少しやわらぐ。「なんにもこわいことなんかないからな。おれがついてるじゃないか」


「終わりました」ハヴァーズが言った。

ザディストは目をあけた。ラスの豊かな黒髪しか見えない。「それで、具合は……?」

「大丈夫です。暴行を受けた形跡も、どんな外傷も見あたりません」ぱちんと音がした。医師がゴム手袋をはずしたのだろう。

ザディストはひざが砕けそうになったが、兄弟ふたりに支えられた。やっと顔をあげると、血まみれのナイトガウンは片づけてあり、ベラの身体にはもとどおりタオルがかけてあった。医師はまた別の手袋をはめようとしている。患者にかがみ込み、先端の細いハサミとピンセットを取り出して、顔をあげた。

「目の処置に移りますが、よろしいですか」Zがうなずくと、医師は器具を持ちあげてみせ、「申し上げておきますが、しばらくお静かに願います。手もとが狂うと、この器具で目を傷つけてしまいかねませんので。よろしいですね」

「わかってる。ただ、痛い思いだけは――」

「いまはなにも感じないはずです。どうぞご心配なく」

Zは医師の手もとを見守っていた。処置は永遠に続くかと思えた。なかほどまで終わるころには、自分がもうまっすぐ立っていられないのをぼんやり意識していた。フュアリーとラスに支えられて立ってはいるものの、首がだらりと倒れて、がっしりしたラスの肩の横のほうから医師を見おろしている。

「これで最後です」ハヴァーズがつぶやくように言った。「終わりました。抜糸は完了です」

室内の全員が大きく息を吐いた。医師さえ例外ではなかった。やがてハヴァーズは、またかばんをあさって今度はチューブを取り出した。ベラのまぶたになにかの軟膏を塗り、それが終わると器具を片づけはじめる。

医師が立ちあがると、ザディストは兄弟たちから身を離して少し歩きまわった。ラスとフュアリーも、それぞれ腕の筋肉を伸ばしている。

「ひどい負傷はなさっていますが、現時点では生命の危険はありません」ハヴァーズは言った。「そっとしておけば、明日か明後日には治るでしょう。栄養不良状態ですし、身を養う必要があります。このお部屋に留め置かれるのなら、室温をあげて、ベッドに移してあげてください。意識が戻ったときの用意に、食事と飲み物を運んでおかれるとよいでしょう。それともうひとつ、内診のさいにわかったのですが……」医師はラスを見、フュアリーを見、最後にザディストに目を留めた。「少し内密にお話が」

ザディストは医師に近づいていった。「なんだ」

ハヴァーズはZをすみに連れていき、小声で説明した。

聞き終えたとき、Zはぼうぜんとしてしばらく口がきけなかった。「たしかなのか」

「はい」

「いつだ」

「そこまでは。ただ、もうまもなくです」

Zは横たわるベラを見おろした。ちくしょう、なんてこった……

「それはそうと、このお屋敷にはアスピリンか〈モトリン〉はご用意があると思いますが？」

Zはぽかんとした。鎮痛薬のたぐいは服《の》んだことがない。フュアリーに目をやった。

「ああ、ある」フュアリーが答えた。

「では、それを差し上げてください。効きめが足りない場合の用心に、もう少し強い薬もお出ししておきます」

そう言ってハヴァーズが取り出したのは、ふた代わりに赤いゴム栓をはめたガラスの小壜と、滅菌パックに入った皮下注射器二本だった。小さな紙になにかを書きつけ、ガラス壜と注射器とその紙をZに渡した。

「日中に目を覚ましてひどい痛みを訴えるときは、ここに書いてある指示に従って注射を打ってあげてください。さっき打ったのと同じモルヒネですが、ただ用量にはご注意を。わからないことがあるときや、注射のさいにご不安な場合はお電話いただければご説明します。あるいは、陽が落ちてからでしたら、わたしが直接うかがって注射いたします」ハヴァーズはZの脚に目をやった。「おけがを診察いたしましょうか」

「ベラを風呂に入れても大丈夫か」

「もちろんです」

「いますぐでも？」

「はい」ハヴァーズはまゆをひそめて、「ただ、その脚のおけがのほうが……」

Zはバスルームに入り、ジャクージの水栓をひねって、流れ落ちる水の下に手を差し入れた。温かくなるのを待って、ベラを連れに戻る。

医師はすでに帰っていたが、レイジの恋人のメアリが部屋の戸口に立っていた。ベラに会いに来たらしいが、フュアリーとラスが手短に話をし、首をふっていた。メアリは肩を落として去っていった。

ドアが閉じると、Zは寝床のわきにひざをつき、ベラを抱えあげようとした。

「待て、Z」ラスが厳しい声で言った。「看病はベラの家族にまかせたほうがいい」

Zは手を止めた。彼女の家の水槽に、だれかが餌《えさ》をまいていたのを思い出す。ちくしょう……これはまちがったことなのだろうか。ベラをここに置いておくのは。家族のもとから引き離しておくのは。苦しむ彼女に付き添うのは、家族の当然の権利ではないか。しかし、彼女をここから外へ出すと思うと、考えただけで我慢ならなかった。やっと見つけたばかりなのに……

「明日の夜帰す」彼は言った。「今夜と明日の夜まではここで看病する」

ラスは首をふった。「それは——」

「こんな状態で動かせると思うか」Zはぴしゃりと決めつけた。「いまは手を出すな。家族にはトールから電話させて、明日の夜にはそっちへ運ぶと言っときゃいい。いまは風呂を使わせて、ゆっくり休ませるんだ」

ラスは唇を一文字に結んだ。長い沈黙があって、「それなら、せめて別の部屋に移そう。Z、おまえの部屋に置いておくわけにはいかん」

ザディストは立ちあがり、王のほうへ歩きだした。顔を突きあわすほどに近づいて、「できるもんならやってみろ」

「Z、いい加減にしろ」フュアリーが怒鳴った。「下がれ――」

ラスは身を乗り出し、鼻と鼻が触れあわんばかりに顔を寄せた。「たいがいにしろよ、Z。おれを脅したりしたら、あごを砕かれるぐらいじゃすまんぞ、それはようくわかってるはずだ」

たしかに、そのことはこの夏にすっかり経験ずみだ。古い行動規範のもとでは、このまま突っ張れば法的には死罪に値する。臣民の生命をすべて合わせたより、王ひとりの生命のほうが重いのだ。

もっとも、いまのZにはそんなことはどうでもよかった。

「おれが死刑をこわがるとでも思ってんのかよ。笑わせんな」険悪に目を細めた。「けどな、これだけは言っとくぞ。王権を振りかざしてぶちのめそうったって、〈書の聖母〉に有罪を認めさせるのには、少なくとも一日ぐらいはかかるだろ。つまり、ベラはどうしたって今夜はここで寝ることになるんだ」

ベラのそばに戻り、できるだけそっと抱えあげて、タオルが隠すべき場所からずれないように気をつけた。ラスにもフユアリーにも目をくれず、そそくさとバスルームに運び、ドアを蹴って閉めた。

浴槽はもう半分ほど埋まっていたので、彼女を抱いたまま身を乗り出してお湯の温度を確かめた。よし、ちょうどいい。お湯につからせ、沈まないように両腕を広げさせて浴槽のふちに引っかけた。

タオルはたちまち湯を吸って、ベラの身体に張りついた。乳房のやさしいふくらみ、きゃしゃな胴体、たいらな腹部がはっきり見てとれる。お湯がたまってくるにつれて、タオルのへりが浮かびあがり、腿《もも》の付け根あたりでふわふわしはじめた。

Zの心臓が胸のなかであばれだした。と同時に、傷ついて意識のない彼女のこんな姿を見ている自分が、いやしいのぞき魔になったような気がした。身体が見えないようにしたい、彼女にふさわしい恥ずかしくない扱いをしたいと思って、泡立て剤《バブルバス》でもないかと棚をあさった。だが、あったのはバスソルトだけで、これではなんの役にも立たない。

彼女のほうにふり向こうとして、あらためて洗面台の鏡の大きさに気がついた。いまは鏡を見せたくない。どんな仕打ちを受けたか、あまり知らずにすめばそれに越したことはない。大きなタオル二枚で鏡をおおい、分厚いタオル地の端を枠の裏側にたくし込んだ。

戻ってみると、彼女の身体は浴槽をずり下がっていたが、少なくともタオルの上端はいまも両肩にかかっていて、隠すべき場所はおおむね隠れていた。片腕の下に手を差し入れて引っぱりあげておいて、浴用タオルを手にとった。首筋を拭きはじめたとたん、ベラは両手をふり動かし、お湯をはねあげはじめた。口から低くおびえたような声が漏れ、彼が拭くのをやめてもそれは途切れなかった。

声をかけろよ、このばかたれ。

「ベラ……ベラ、こわがらなくていい。もう大丈夫だ」

彼女ははたと動きを止め、まゆをひそめた。わずかに目を開いて、さかんにまばたきをしはじめる。まぶたをこすろうとしたので、その両手をつかまえて押さえた。

「だめだ。薬が塗ってあるから、こすっちゃだめだ」

ベラは身体をこわばらせた。何度か咳払いをして、「ここ……ここ、どこ?」

力ないしゃがれた声だったが、それでも彼の耳には美しく響いた。

「ここは……」おれの部屋だ。「ここは、〈兄弟団〉の館だ。もう心配いらないからな」

焦点の合わないうつろな目があちこちをさまようのを見て、彼は伸びあがって壁のスイッチを押し、照明を落とした。まだ意識が混濁しているし、軟膏のせいでほとんど見えていないのはまちがいないが、いまは彼の顔を見せたくなかった。身に受けた傷がきれいに治らなかったらどうなるか、わざわざ見せつけて心配させることはない。

やがて彼女が両腕をさげてお湯にひたし、浴槽の底にしっかり足をつけたところで、栓をひねって湯を止め、Zはかかとに体重を移して上体を起こした。彼はひとに触れるのがうまくない。だから、彼にさわられて彼女がいやがるのは意外でもなんでもなかった。だがちくしょう、だとしたらどうやって落ち着かせればいいのか、さっぱり見当もつかない。見ていると痛々しかった。もう泣くこともできず、苦痛のあまり感覚も麻痺している。

「もう大丈夫だから……」とささやきかけながらも、そう言われても信じられないだろうという気がした。自分だったらまず信じないだろう。

「ザディストはここにいる？」

彼は眉根を寄せた。どういうつもりでそんなことを訊くのだろう。「ああ、おれはここにいるよ」

「ザディストなの？」

「ああ、ここにいる。すぐそばに」おずおずと手を伸ばして、手をにぎった。すると、にぎり返してくるではないか。

だが、まもなくまた意識が混濁してきたようだった。ぶつぶつと、言葉にならない言葉を低くつぶやきながら、ときおり身体を引きつらせている。Zはもう一枚タオルをとり、丸めて彼女の頭の下にあてがい、浴槽の硬い縁に頭をぶつけないようにした。

どうすれば楽にしてやれるかと頭をしぼったが、ほかになにも思いつかず、しかたなく少しハミングをしてみた。少し不安が鎮まったようだったので、低い声で歌を歌いはじめた。〈書の聖母〉に捧げる〈古語〉の賛美歌、青い空と白いフクロウと緑の野原の歌を。

しだいにベラの身体から力が抜けて、呼吸が深くなってきた。目を閉じて、彼が作ってやったタオルの枕にゆったりと頭を預ける。

ほかに慰める方法を知らなくて、だから彼は歌を歌った。

フュアリーは、ベラがさっきまで横たわっていた寝床を見おろしていた。切り裂かれたナイトガウンを見ていると気分が悪くなる。視線を左に移すと、床に置かれた髑髏に目が留ま

ていたが、それが止まった。

「こんなことを許すわけにはいかん」ラスが言った。バスルームから水の流れる音が聞こえていたが、それが止まった。

「Zはベラを傷つけたりしない」フュアリーはつぶやくように言った。「彼女を扱うあの手つきを見ただろ。まるできずなを結んだ男みたいだった」

「しかし、気分がいつ変わるかわからんじゃないか。あいつの殺した女のリストに、ベラの名前が加わることになったらどうする」

「無理やり連れ去ったりしたら、怒り狂って手がつけられなくなるだけだ」

「くそったれめ――」

ふたりははっと凍りついた。ややあって、そろってゆっくりふり向いた。バスルームのドアの向こうから聞こえてくるのは、かすかな、リズミカルな……まるでだれかが……

「なんだ、あれは」ラスがつぶやいた。

フュアリーも耳を疑った。「歌を歌って聞かせてる」

くぐもってはいても、あのテノールの歌声の浄《きよ》らかさ、美しさには胸を打たれる。ザディストの歌声はいつもそうだ。めったに歌うことはないが、まれに歌えば、その口から流れ出る歌声にはだれもが息を呑み、時さえしだいに歩みを止めて、無限とひとつに溶け込んでいく。

「くそ……まったく」ラスはサングラスをひたいに押しあげて目をこすった。「フュアリー、あいつから目を離すな。よくよく見張ってろよ」

「そんなのいつものことじゃないか。ただ、今夜はハヴァーズの病院へ行くことになってるんだ。義肢を調整しなおしたらすぐ戻ってくるが、そのあいだはレイジに見張っといてもらうよ」

「ああ、そうしてくれ。おれたちの目の前で、あの女を死なせるわけにはいかんのだ、わかってるな。くそ、腹の立つ……おまえの双児には、いい加減頭がおかしくなる」ラスは大股に部屋を出ていった。

フュアリーはまた寝床を見おろし、ベラがザディストのとなりに横たわっているさまを思い描いた。なんでこんなことになるんだ。Zはぬくもりとはまるで縁のない男だ。気の毒に、彼女はあんな冷たい穴のなかで六週間も過ごしてきたあとなのに。

ほんとうなら、彼女のそばにはこのおれがいるべきなんだ。身体を洗い、慰め、世話をするのはおれのはずなんだ。

おれのものだという思いに、歌声の漏れてくるドアをにらみつけた。

フュアリーはバスルームに向かって歩きだした。ふいに猛然と腹が立ってきた。縄張りを荒らされた怒りがかがり火のように胸に燃えあがり、それにあおられて、身内のエネルギーの炎がごうごうと燃え盛った。ドアノブをつかんだ——ところで、美しいテノールの調子が変わった。

フュアリーはその場に突っ立って震えていた。怒りはいつしか恐ろしいほどのあこがれに変わっている。ひたいをドアの枠に押し当てた。**ああ、ちくしょう……だめだ。**

目を固くつぶり、自分の行動にべつの理由を探そうとした。なにも思いつかない。なんと言っても、彼とザディストは双児なのだ。

であれば、同じ女を欲したとしても不思議はない。そしていつか……同じ女ときずなを結んだとしても。

フュアリーは悪態をついた。

くそったれめ、これは問題だ――それも、生きるか死ぬかというたぐいの。同じ女ときずなを結んだ男ふたりというのは、そもそも危険な組み合わせだ。それがふたりの戦士だったら危険どころではすまない。ヴァンパイアもしょせんは動物だ。二本足で歩き、言葉をあやつり、高尚な思索をめぐらすことはできても、根っこの部分では動物なのだ。どんなに高度な脳を持っていても、本能を抑えられないことはある。

ありがたいことに、彼はまだそこまでいっていない。ベラには魅《ひ》かれているし、欲しいとは思うが、きずなを結んだ男のしるし、根深い所有欲を感じるところまでは陥っていない。それにZのほうも、きずなを結んだオスのにおいをさせてはいなかった。とすれば、まだ望みはあるかもしれない。

しかし、ふたりはともにベラから離れなくてはならないだろう。戦士は、おそらく血の気が多いせいだろうが、強固なきずなをあっというまに結んでしまう。だから、ベラはなるべく早く家族のもとへ、本来いるべき場所へ帰らせなくてはならない。

フュアリーは引きはがすようにして手をノブから離し、あとじさりして部屋を出た。夢遊病者のように階段をおり、中庭に出ていった。冷たい外気に当たれば頭がすっきりするかと思ったのだが、ただ寒さに身が縮んだだけだった。

けの財力を持っていたのだ。まさに真の貴族だ。

「しゃれてるだろ。ここは、兄弟のDが一九一四年に建てたんだ」トールは両手を腰に当てて、広間を見まわすと、ふいにあわてて咳払いをした。「その、すごく趣味のいいやつだった。選りすぐりの一級品以外には目もくれなくてな」

ジョンはトールの顔をしげしげと眺めた。彼の口からこんな声音を聞くのは初めてだ。深い悲しみのこもった……。

トールは笑顔になって、ジョンの肩に手を置いて歩きだした。「そんな目で見ないでくれよ。皮をむかれたソーセージになった気分だ」

ふたりは二階に向かった。階段には深紅のカーペットが敷いてあり、それを踏むごとに足が沈んで、マットレスのうえを歩いているようだった。のぼりきったとき、ジョンはバルコニーから広間の床を見おろした。モザイクがひとつに溶けあって、花盛りの果樹のみごとな図を描いている。

「おれたちの祭事では、りんごがだいじな役割を果たしてるんだ」トールが言った。「少なくとも、祭事がちゃんとおこなわれてるときはな。いまもずっと続いてる祭事はあんまり多くないんだが、今年は冬至《とうじ》の儀式を執りおこなうとラスが言ってる。百年かそこらぶりだ」

いまウェルシーがいろいろやってるのは、そのためなんだね？　ジョンは手話で尋ねた。

「ああ。ずいぶん準備を引き受けてくれてるんだ。一族はみんな伝統を取り戻したがってる。いいころあいだよ」

華麗な装飾からジョンが目を離せずにいると、トールが言った。「そろそろ行こうか。ラスが待ってる」

ジョンはうなずき、あとについて歩きだした。バルコニーを歩いていくと、両開き扉に行き当たった。なにかの紋章がついている。トールがノックしようと手をあげたとき、ちょうど真鍮《しんちゅう》の把手《とって》がまわって扉が開いた。ただ、そこにはだれの姿もない。だれがどうやってあけたのだろう。

ジョンはなかをのぞき込んだ。壁は紫を帯びた青で、歴史の本で見た写真を思い出させる。フランスふうというのだろうか。あの渦巻きとか凝《こ》った家具とか――

ジョンはふいにつばが呑み込みにくくなった。

「わが君《マイ・ロード》」トールが言い、一礼してなかに入っていく。

ジョンは戸口に突っ立っていた。華麗なフランス風のデスクの奥に座っているのは、それとはあまりに不釣り合いな武骨で巨大な男だった。がっしりした肩幅はトールより広いぐらいだ。V字形を描くひたいの生えぎわから、長い黒髪がまっすぐに流れ落ち、おまけにその顔ときては……いかめしい目鼻だちは、さわらぬ神にたたりなしと大書してあるようだった。おまけにラップアラウンドのサングラスのせいで、とんでもなく冷酷そうに見える。

「ジョン?」トールが呼んだ。

ジョンは歩いていき、トールの陰に少し隠れるように立った。情けないとは思うが、いままで生きてきて、これほど自分をちっぽけでつまらない存在だと感じたことはない。目の前の力の塊のような男性にくらべると、自分は存在しないも同然だと信じ込みそうになる。

王はすわったまま身じろぎし、デスクに身を乗り出した。

「隠れてないで、こっちへ来い」その声は低く、なまりがあって、語尾のrをかなり長く引き延ばして発音している。

それでも動けずにいると、「ほら」とトールに突つかれた。「大丈夫だから」

ジョンは足がもつれそうになりながら、もたもたとぶざまに部屋を歩いていった。デスクの前で立ち止まったときは、坂を転げ落ちてきて止まった石ころのような気分だった。

王は立ちあがった。はてしなく立ちあがりつづけて、しまいには高層ビルかと思うほどにそびえ立った。たぶん二メートル以上はあるだろう。身に着けた黒い服のせいで、とくにレザーの上下のせいで、実際以上に大きく見える。

「こっちにまわってこい」

ジョンはふり向き、トールがまだこの部屋にいるか確かめた。

「心配するな」王は言った。「とって食いやしない」

ジョンはデスクをまわっていったが、胸がどきどきして心臓がネズミの心臓に変わったようだった。頭をのけぞらせて見あげると、王の腕が伸びてきた。腕の内側は、手首からひじまで黒い刺青《いれずみ》でおおわれている。その意匠は、夢で見たものによく似ていた。自分で作ったブレスレットに彫り込んだものと……

「ラスだ」王は言った。少し間があって、「握手をしてくれんのか」

そうだ、しまった。ジョンは手を差し出した。骨が砕けるのではないかとなかば本気で心配したが、実際に触れてみると、しっかりしたぬくもりに包まれるのを感じた。

「ブレスレットの名前だが」ラスは言った。「それはテラーと読むんだ。その名で呼ぼうか、それともジョンのほうがいいか」

ジョンはうろたえて、トールのほうをふり返った。自分でもどちらがいいかわからなかったし、それをどうやって王に伝えていいのかもわからない。

「落ち着け」ラスは低く笑った。「あとで決めればいい」

ふと王がぱっと横を向いた。部屋の外、廊下のなにかに気をとられたようだ。それと同時に、酷薄そうな唇がだしぬけに笑みの形に広がって、世にふたつとない宝を見るような表情に変わった。

「〝リーラン〟」ラスがささやくように言った。

「ごめんなさい、遅くなって」と言う女性の声は、低くて耳に快かった。「メアリもわたしも、ベラのことが心配で。どうするのが彼女のためか相談していたの」

「おまえとメアリなら、きっといい方法を見つけるさ。おいで、ジョンを紹介しよう」

ジョンが入口のほうをふり向くと、そこにはひとりの女性が――

とたんに、目の前が真っ白い光に埋めつくされ、なにも見えなくなった。ハロゲンランプの光をまともに目に受けたようだ。何度も何度もまばたきをして……やがて無限の虚無のなかから、またその女性の姿が見えてきた。黒い髪。その目を見ると、だれかを、彼がかつて愛していただれかを思い出す……いや、思い出すんじゃない……あの目はまさしくぼくの

……えっ？　ぼくの、なんだって？

ジョンはふらついた。話しかけてくる声が、ひどく遠くから聞こえる。

身体のなか、胸の奥、脈打つ心臓の四つの部屋の奥底に、突き刺すような痛みを感じる。

身体をふたつに裂かれるような。この女性に会えない……この黒髪の女性にもう会えない……もう……

口が大きくあくのがわかった。話そうとするかのようにぱくぱくしている。だがそのとき、激しい痙攣《けいれん》が襲ってきた。小さな全身が引きつれ、彼はばったり床に倒れた。

ザディストは、そろそろベラを浴槽から出さなくてはならないと思った。もう一時間近くも入れたままだし、皮膚がふやけてきている。それはわかっているのだが――湯のなかのタオルに目をやった。彼女の裸身を隠しておくために、ずれそうになるたびにもとに戻してきたのだ。

くそったれめ……あれをずらさずに浴槽から抱えあげようとしたら、かなり厄介なことになりそうだ。

身のすくむ思いで、手を伸ばしてタオルを取りのけた。

急いで目をそらすと、その濡れたタオルを床に放って乾いたタオルをとり、浴槽のすぐそばに置いた。歯を食いしばり、身を乗り出して両手をお湯に入れ、抱えあげようとした。気がつくと、すぐ目の前に彼女の乳房があった。

ああ、ちくしょう……非の打ちどころもない。クリームのように白く、小さな乳首はピンク色だ。お湯がその乳首をぴちゃぴちゃと洗い、さざなみのキスでなぶられた乳首が、濡れてつややかに光っている。

ザディストは目をぎゅっとつぶり、両手を浴槽から出して、またかかとに体重を乗せて上体を起こした。もう一度やりなおそうとして、今度は目の前の壁をにらみながら、身体を浴槽に乗り出した……が、股間にずきんと痛みが走った。どうしたことかと目をやった。

ズボンの前が大きくふくらんでいた。あれがいきり立って、スウェットパンツの股間に高々とテントを張っている。前に身を乗り出したときに、それが浴槽の側面に押しつけられ、先ほどの突き刺すような痛みはそのせいだったらしい。

悪態をつきながら、手のひらの付け根でそれを押しのけようとした。その重みを感じるのが不愉快だった。固く大きくなったものがスウェットパンツに引っかかるのが、そもそもこんな破目になることじたいが、気に入らなかった。ところが、何度やってもうまい具合に収めることができない。手をなかに突っ込んで向きを変えるしかなさそうだったが、いまはそんなことをしている場合ではない。しまいに、このまま放っておくしかないとあきらめた。ひねられて痛むのはしかたがない。

てめえの自業自得ってやつだ。

ザディストは大きく息を吸い、両手をお湯に突っ込み、ベラの身体の下に差し入れた。抱えあげてみて、軽さにあらためてぎょっとした。大理石の壁に寄りかからせ、自分の腰の側面で支えると同時に、彼女の鎖骨のあたりを片手で押さえる。ジャクージのふちに用意しておいたタオルを取りあげ、それでくるんでやろうとして、腹部に刻まれた文字に目が留まった。

胸におかしな感覚がわだかまっている。ずっしりと重いものが……というより、これは落下の感覚だ。ぐんぐん落ちていくような——いまは少しも動いていないのに。ザディストは仰天した。怒りと無感覚の殻を、なにかが突き破ってきたのはずいぶん久しぶりだ。この感じ……おれは悲しいのか。

どうでもいい。ベラは鳥肌を立てている。それが全身に広がっている。いまは自分の気持ちにかかずらっている場合ではない。

彼女をタオルでくるんで、ベッドに運んだ。掛けぶとんを押しのけ、仰向けに寝かせて、濡れたタオルをとりのけた。上掛けと毛布をかけてやろうとして、また腹部が目に入った。

身体の傾くような違和感が戻ってきた。心臓がゴンドラに乗って下腹へ、あるいは太腿のあたりまでゆらゆらおりていこうとしているようだ。

上掛けをたくし込んでやってから、サーモスタットを調節しに行った。ダイヤルを前に、読めない数字と文字をにらむ。どこまでまわせばいいのかわからない。小さな矢印が左端を向いていたので、右にまわしてまんなかを指すようにしたが、これでいいのかどうか自信がない。

たんすのほうに目をやった。ハヴァーズが置いていったときのまま、二本の注射器と、モルヒネの入ったガラス壜がのっている。歩いていき、注射器と薬と用量を書いた紙を手にとって、部屋を出ていく前にしばしためらった。ベラは寝息さえ立てずにベッドに横たわっている。積み重ねた枕に埋もれて、とても小さく見えた。

あの地中の下水管に入れられている姿を思い描いた。恐怖にすくみ、苦痛と寒さに震える姿。あの〝レッサー〟に、あんな言語道断な仕打ちを受けるさまが目に浮かんだ。押さえつけられ、もがき、泣き叫ぶ姿。

今度は、Zにもこの違和感がなんなのかわかった。

憎悪だ。氷のように冷たい憎悪。癒しがたく大きいそれは、気づくより早く無限大にまでふくれあがっていた。

10

ジョンは気がついた。床に倒れていて、トールとラスに見おろされている。

あの黒髪の女性はどこだろう。とっさに起きあがろうとしたが、たくましい手で押さえつけられた。

「もう少しじっとしてろ、な?」トールが言った。

ジョンは首を伸ばしてあたりを見まわした。するといた。ドアのそばで心配そうな顔をしている。それを見たとたん、脳のニューロンというニューロンが一度に発火し、さっきの白い光が戻ってきた。全身が震えだし、また床に倒れ込む。

「くそ、また始まった」トールがつぶやき、痙攣を押さえようとおおいかぶさってくる。

どこかに吸い込まれていきそうな気がして、ジョンは片手を伸ばし、黒髪の女性に届かせようと力んだ。

「どうした、なにがしたい?」頭上から聞こえるトールの声が、電波の入りにくいラジオ放送のように大きくなったり小さくなったりする。「なんでもしてやるから……」

あの女のひと……

「〝リーラン〟、こっちへ来て、手をにぎってやってくれ」ラスが言った。

黒髪の女性が近づいてきた。手のひらと手のひらが触れた瞬間、目の前が真っ暗になった。次に気がついたとき、トールの声が聞こえた。「……ともかく、ハヴァーズに診てもらおう。よう、気がついたか」

ジョンは上体を起こした。頭がふらふらする。それで意識を保てるというわけではないが、両手で顔を押さえて、戸口のほうに目をやった。あの女のひとはどこだろう。やらなくてはならないことが……ただ、なにをしなくてはならないのかわからない。でもまちがいなく、なにか――なにか、あのひとに関係することで……

彼は半狂乱で手話を使っていた。

「彼女には席をはずしてもらった」ラスが言った。「おまえたちふたりは近づけないほうがよさそうだ。なにがどうなってるのかわかるまでは」

ジョンはトールに目を向け、ゆっくりと手話を使った。トールが翻訳した。「あの女性を守らなくてはならないと言ってる」

ラスが低い声で笑った。「その役目は、おれがもうしっかり引き受けてるつもりだがな。あれはおれの〝シェラン〟で、おまえにとっては女王だ」

なぜだかそれを聞いたらほっとして、少しずついつもの調子が戻ってきた。十五分後には立ちあがれるようになった。

ラスは厳しい目つきをトールに向け、「戦略のことで相談があるから、おまえには残ってもらいたい。ただ、フュアリーが今夜病院へ行くことになってるそうだ。この子は、そのときいっしょに連れてってもらったらどうだ」

トールはためらい、ジョンに目を向けた。「ジョン、それで大丈夫か？　フュアリーはおれの兄弟で、すごくいいやつなんだが」

ジョンはうなずいた。毒ガスでも吸ったように床に引っくり返って、それでなくても面倒をかけているのだ。あんな失態を演じたあとだけに、ぜひとも聞き分けのよいところを見せなくてはならない。

それにしても、あの女性がいったいなんだというのだろう。あのときは大変なことと感じたのだが、彼女が立ち去ったいまでは、なにがそんなに大変だったのか思い出せなかった。それどころか、顔さえあまり憶えていない。まるで一瞬だけの健忘症にかかったようだ。

「それじゃ、フュアリーの部屋に連れてってやるよ」

ジョンはトールの腕に手を当てて引き止めた。手話で言いたいことを伝えて、ラスに顔を向けた。

トールは笑顔になった。「お目にかかれて光栄ですと言ってる」

「おれも会えてうれしかったぞ」王は言って、デスクに戻って腰をおろした。「それからな、トール、戻ってくるときはヴィシャスも連れてきてくれ」

「了解」

OはUの〈トーラス〉を力いっぱい蹴りつけ、クウォーターパネルにブーツのへこみを残した。

いまいましい、このおんぼろはいなかの道路わきに乗り捨ててあった。ダウンタウンからした。

四十キロほど、十四号線沿いの、これと言ってなんの特徴もない場所だ。

Ｕのパソコンの前に座ってから、この車を見つけ出すまでゆうに一時間はかかった。どういうわけか、ロージャックの信号がブロックされていたからだ。画面にようやく応答器《レスポンダー》が現われたときには、〈トーラス〉は高速で移動していた。もしＯに応援《バックアップ》がいれば、だれかをパソコンに張りつかせておいて、トラックに乗り込んでセダンを追跡していただろう。しかし、Ｕはダウンタウンでハンティング中だったし、Ｕにしろだれにしろ、パトロールから呼び戻したりしたら、いらぬ注目を集めてしまう。

それでなくても、Ｏはすでに厄介ごとを抱えている。その厄介ごとが戻ってきた——これで八百回めか、また携帯電話が鳴っている。二十分ほど前から鳴りだして、それからずっと鳴りっぱなしだ。革のジャケットから〈ノキア〉の携帯を取り出した。発信者ＩＤを見ると、番号は追跡不能になっている。Ｕならいいが、ミスターＸだったら厄介だ。

センターが焼け落ちたという話は、すでに広まっているにちがいない。

携帯電話が鳴りやんだところで、ＯはＵの番号を押した。間髪を入れず出た相手に、Ｏは言った。「おれを捜してんのか」

「いったい、そっちはなにがどうなってんだ。ミスターＸが、センターが消え失せたと言ってるぞ！」

「なにがあったのかおれは知らん」

「だが、あんたはあそこに行ったんだろ。そう言ってたじゃないか」

「その話をミスターＸにしたのか」

「ああ。いいか、気をつけんとやばいことになるぞ。〝筆頭殲滅者《フォアレッサー》〟はかんかんになってあんたを捜してる」

Oは〈トーラス〉の冷えたボディに寄りかかった。ちくしょうめ。こんなことをしてるひまはない。女が連れ去られたのだ。いまも息をしているか、もう埋葬されてしまったか、どんな状態にあるにしても、どうしても取り戻さなくてはならない。そして女をかっさらっていった、あの傷痕のある〈兄弟〉を見つけ出して地中に突き落としてくれる。あの不細工な野郎、絶対に逃がすもんか。

「O、聞いてんのか」

くそう……あの爆発で自分も死んだように工作してくれればよかった。現場にトラックを残して、森を歩いてくれればよかったのだ。だが、そのあとはどうする。金も車も応援もなくて、傷痕のある〈兄弟〉をどうやって追うのだ。それに、無許可離隊《AWOL》の〝レッサー〟になるのはうまい手ではない。小細工を見破られ、死んでいないと勘づかれたら、〈ソサエティ〉が束になって彼を犬のように追いまわすだろう。

「O、どうした」

「なにがあったのか、ほんとうに知らねえんだ。おれが着いたときにはもう灰に変わってた」

「ミスターXは、あんたが火をかけたと思ってるぞ」

「そりゃそうだろうよ。おれがやったと思ってるほうが都合がいいんだ。動機があろうがなかろうが、そんなこたどうでもいいのさ。またあとで電話する」

Oは電話をぴしゃりと閉じ、ジャケットのポケットに突っ込んだ。思いなおしてまた取り出し、電源を切る。

顔をこすったが、なにも感じなかった。寒さのせいではない。

まったく、ろくでもないことになったもんだ。ミスターXは、あの灰の山の責任をだれかにとらせずにはすまないだろうし、そのだれかがOなのはまちがいない。その場で殺されないとしても、彼を待っている懲罰《ちょうばつ》はなまやさしいものではないだろう。前回罰せられたときは、〈オメガ〉に組み敷かれてあやうく死にかけた。ちくしょう……どうすりゃいいんだ。

解決策を思いついたとき、身体ががくがく震えだした。しかし、彼のなかの策士の部分は快哉《かいさい》を叫んでいた。

まずは、ミスターXに見つかる前に〈ソサエティ〉の巻物に目を通すことだ。そのためにはインターネットを使う必要がある。つまりは、Uの家に戻らなくてはならないということだ。

ジョンはラスの書斎を出て、トールにぴったりくっついて廊下を左に歩いていった。十メートルぐらいの間隔をおいて、バルコニーに面してドアが並んでいる。まるでホテルのようだ。ここにはどれぐらいひとが住んでいるのだろう。

トールは、ドアのひとつの前で足を止めてノックした。返事がない。もういちどノックして、「フュアリー、ちょっといいか」

「おれになんか用か?」後ろから低い声がした。

みごとな髪をふさふさとなびかせて、男が廊下を歩いてくる。頭から背中へ波打つその髪には、さまざまな色が混じりあっていた。男はジョンにほほえみかけ、トールに目を向けた。「よう、兄弟」トールは言った。〈古語〉に切り換えて話しながら、男がドアをあけた。ジョンはなかをのぞき込んだ。巨大なアンティークの天蓋《てんがい》つきベッドが見える。彫刻をほどこしたヘッドボードに沿って枕が並んでいる。インテリアデザイナーが泣いて喜びそうな装飾品の数々。〈スターバックス〉のにおい。

みごとな髪の男は英語に切り換えて、笑顔でこちらを見おろした。「ジョン、おれはフュアリーだ。どうやら、今夜はいっしょに病院に行くことになりそうだな」

トールはジョンの肩に手を置いて、「じゃあ、またあとでな。おれの携帯の番号はわかってるな。なにかあったらメッセージを送ってくるんだぞ」

ジョンはうなずき、トールが大またに遠ざかっていくのを見送った。広い肩が小さくなっていくのを見るうちに、ひどく心細くなってきた。

それを察したように、フュアリーが穏やかに言った。「大丈夫、トールはすぐそばにいるんだし、おれがついてるから」

ジョンは、温かい黄色の目を見あげた。すごい……オウゴンヒワの色だ。気分が落ち着いてきたのに気がついて、名前に聞き覚えがあると思い出した。フュアリー……たしか、クラスの講師をしてくれるひとだ。

よかった、と思った。

「入ろうか。ちょっと用があって出てたとこなんだ」

なかに足を踏み入れると、煙いような、コーヒーのようなにおいがいっそう濃厚になる。

「ハヴァーズに診てもらうのは初めてか?」

ジョンはうなずき、窓ぎわにアームチェアがあるのに目を留めた。歩いていって腰をおろす。

「そうか、でも心配することないぞ。しっかり診てもらえるようにおれたちが気をつけるから。血統を調べてもらおうっていうんだろ?」

ジョンはうなずいた。トールから聞いた話では、採血と健康診断を受けることになっている。たぶんどちらもやっておくほうがいいのだろう。なにしろ、さっきラスの書斎で気絶して、引っくり返って痙攣を起こしたあとなのだから。

ジョンは紙を取り出して書いた。あなたはどうして病院へ行くんですか?

フュアリーは近づいてきて、その走り書きを読んだ。大柄の身体を軽々と動かして、ジョンの椅子の肘掛けに大きなごついブーツの片方をひょいとのせた。ジョンが反対側に身を寄せるのをよそに、男はレザーパンツのすそを少し引っぱりあげてみせた。

信じられない……ひざから下は、ロッドやボルトの塊だった。

ジョンは手を伸ばし、そのぴかぴかの金属に触れてみて、顔をあげた。フュアリーがにっと笑うのを見て、いつのまにか自分がのどにさわっていたのに気がついた。

「ああ、身体の一部が足りないのがどんな気分か、おれもよく知ってるよ」

ジョンはまた義肢に目を向けて、首をかしげた。

「どうしてこうなったかって?」ジョンがうなずくと、フュアリーはちょっと口ごもったが、やがて言った。「自分で吹っ飛ばしたんだ」

ドアがいきなり開いて、部屋を切り裂くように硬い男の声が響いた。「ちょっと訊くが
――」

その声が途切れたとき、ジョンはそちらに目を移し、とたんに椅子のうえで縮みあがった。戸口に立つ男には傷痕があった。まんなかを走る切り傷のために顔が引きつれている。しかし、ジョンが小さくなって隠れたいと思ったのはそのせいではなかった。傷ついた顔面にはまる黒い目は、廃屋の物陰のようだった。なにか危険なものがうようよ待ち構えていそうな。

おまけに、ズボンの脚の部分と左のブーツに真っ赤な血がついている。

不吉な目が険悪に細められ、ジョンの顔をにらんだ。冷たい風が吹きつけてきたようだった。「なにを見てやがる」

フュアリーが脚をおろした。「Z――」

「おまえに訊いてんだよ、小僧」

ジョンはあわてて紙をとった。急いで書いてその男のほうに向けたが、なぜか雰囲気がいっそう険悪になった。

男は歪んだ上唇をめくりあげ、禍々《まがまが》しい牙《きば》を剝き出しにして、「てめえ、なんのつもりだ」

「落ち着け、Z」フュアリーが口をはさんだ。「この子は声が出ないんだ。口がきけないんだよ」紙をこちらに向けさせせて、「すみませんってさ」

頭のてっぺんから足先までじろじろ見られて、ジョンは椅子の陰に隠れたくなるのをこら

えた。だがそのとき、男の発散していた敵意がふと薄れた。

「ぜんぜんしゃべれねえのか」

ジョンはうなずいた。

「そうか、おれは字が読めねえんだ。てことは、おまえとおれじゃ話が通じねえってことだな」

ジョンは急いでボールペンを走らせた。紙をフュアリーに見せると、黒い目の男が眉根にしわを寄せた。「なんて書いてんだ?」

「大丈夫、話を聞くのは得意だから、かまわず話してくれってさ」

あの魂のない目がそっぽを向いた。「べつに話すことなんざねえ。あのな、ちょっと訊くが、部屋の温度は何度に設定すりゃいいんだ?」

「ああ、二十度だ」フュアリーは部屋を突っ切っていき、「ダイヤルをここに合わせるんだ。ほら」

「まだ足りなかったんだな」

「それからな、このダイヤルの下にスイッチがあるだろ、これを右端に動かしとかなくちゃだめだ。でないと、ダイヤルが何度になってても温風が出てこない」

「ああ……なるほどな。それから、これはなんて書いてあるんだ」

フュアリーは四角い紙切れを見おろした。「注射の用量だな」

「んなこたわかってる。どうしろって書いてあるんだ」

「苦しがってるのか」

11

　ザディストは、こそとも音を立てずに自室に忍び込んだ。室温を設定しなおし、注射器をたんすのうえにのせてから、ベッドのそばの暗い物陰に引っ込み、壁に寄りかかって立った。ベラを見おろし、呼吸のたびに上掛けがかすかに上下するのを見守る。時間の流れに取り残されているようだ。一分二分と時が滴《したた》り落ち、一時間経ち、二時間経つのは感じられるのに、脚がしびれてきても動くことができない。

　ろうそくの光のなか、見る見るうちに彼女の肌が癒えていくのを眺める。まるで奇跡のように、顔のあざが薄くなり、目のまわりの腫れが引き、切り傷が消えていく。深い眠りに助けられて、肉体がみずからの損傷を修復していく。美貌がまた戻ってくるのを見て、言葉にできないほどほっとした。彼女の属する高貴の社会では、それがどんなものであれ、傷のある女性は白い目で見られる。それが貴族というものなのだ。

　双児のフュアリーの、傷ひとつない整った顔だちを思い描く。わかっている、ベラの面倒を見るべきなのはあいつだ。フュアリーなら完璧な救世主になれるし、彼がベラに魅かれているのは見ればわかる。それに、目覚めたときあんな男が目の前にいるほうがベラもうれしいだろう。どんな女でもそれは同じだ。

だったら、彼女を抱きあげてフュアリーのベッドに運んだらどうだ。いますぐに。

しかし動けなかった。彼が使ったことのない枕に、彼女が頭をのせている。彼が自分のためにはめくったことのない上掛けの下に、彼女が横たわっている。それを見おろしながら、Zは昔のことを思い出していた……

奴隷が檻《おり》のなかで初めて目覚めてから数カ月が過ぎた。そのあいだ、内にも外にも、奴隷の身体に加えられなかった凌辱とてなく、そしてそれには一定の周期があった。

女領主は奴隷の一物に夢中で、お気に入りの男たちに見せびらかさずにはいられなかった。見知らぬ客をこの独房に連れてきては、奴隷を刺激して、高価な馬かなにかのように自慢する。女領主がこんなことをするのは、相手をへこますためなのはわかっていた。男たちが恐れ入って首をふるたびに、目がうれしそうに輝くのがその証拠だ。

避けがたい凌辱が始まると、自分の骨肉から自分自身を切り離そうと、奴隷はできるだけのことをした。宙に浮きあがってふわふわとのぼっていき、しまいには天井のあたりを雲のように漂っていれば、凌辱もずっと耐えやすくなる。運がいいときは、完全に遊離して宙に浮き、うえから眺めていられることもある。自分でないだれかがいたぶられ、苦痛とはずかしめを受けるのを傍観していられる。しかし、いつもそううまくいくわけではない。ときには肉を離れることができず、じかに耐えしのばねばならないこともある。

女領主はつねに奴隷に軟膏を使わなくてはならなかったが、近ごろ奴隷はおかしなことに気がついた。肉体に閉じ込められ、この身に加えられる仕打ちを生々しく感じているときでも、そして音やにおいがネズミのように脳のなかにもぐり込んでくるときでも、不思議なことに、腰から下は自分のものでないように感じる。下半身の感覚はこだまのようで、ほかの部分とは切り離されているかのようだ。奇妙だが、ありがたかった。感覚が鈍るならどんなことでも歓迎だ。

ひとりきりのときには、遷移後に巨大化した筋骨のあつかいに慣れようと努めた。これはうまくいって、何度となく牢番たちに襲いかかったが、乱暴を働いても悪いとは少しも思わなかった。彼を見張り、自分の仕事を自分で見下げている男たちのことを、見知っただれかとはもはや思えなくなっていた。顔に見覚えはあっても、夢に見た顔のようだった。みじめではあってもいまよりはるかにましだった、かつての日々のおぼろな残りかすでしかない。

あばれるたびに、何時間も殴られた。もっとも、打たれるのは手のひらと足の裏だけだった。目に快い彼の美貌を損なうのを、女領主が許さなかったからだ。奴隷が強暴なので、兵士たちに交替制で見張られるようになった。独房に入ってくるときは、兵士はみな鎖かたびら《チェーンメール》で身を固めている。さらに、寝台には拘束具が取りつけられた。それも檻の外からはずせるようになっており、彼が凌辱されたあと、生命の危険を冒していましめを解いてやる必要がなくなった。女領主がやって来るときには、食事に薬を混ぜるか、扉ののぞき窓から吹き矢を放って、薬でおとなしくさせるようにもなった。

毎日がのろのろと過ぎていく。彼はひたすら監視の弱点を見つけようとし、また忌まわしい行為から自分自身をできるだけ切り離そうとしていた……その最中には、彼は死んだも同然だった。それがあまり徹底しているせいで、女領主の下敷きにされていないときでさえ、もう真の意味で生き返ることはなくなっていた。

その日、奴隷は独房で食事をしていた。衛兵の交代のときに備えて体力をつけようとしていたのだ。とそのとき、扉ののぞき窓が開いたかと思うと、中空の筒が突き出された。飛びあがったものの、身を隠す場所などどこにもない。最初の一本は首に刺さった。即座に引き抜いたが、吹き矢は次々に飛んできて、しまいに身体が重くなってきた。

気がついたときは、寝台に横たわって枷《かせ》をはめられていた。

女領主がすぐそばに腰をおろしていた。うつむいていて、髪に隠れて顔は見えない。彼が意識を取り戻したのに気づいたように、顔をこちらに向けて目を合わせてきた。

「連れあいを持つことになったわ」

ああ、〈フェード〉の〈書の聖母〉さま……この言葉を聞くときをどれほど待ちわびていたか。これで自由になれる。女領主が〝ヘルレン〟を持てば、血隷は必要なくなるからだ。また厨房の下働きに戻れる……

奴隷は自分を殺して、女領主にうやうやしく話しかけた。彼にとってはそんな値打ちもない女だったが。「御方《ミストレス》さま、おれを解放してくれますか」

返ってきたのは沈黙だけだった。

「解放してください」彼はしゃがれ声で言った。これまで耐え忍んできたことを考えれば、卑屈にとりすがるぐらいはなんでもない。それで解放される見込みがあるのなら。「お願いです、ミストレス、この檻から出してください」

こちらを見る女領主の目には涙が光っていた。「それはできない……おまえを手放すことはできない。どうしても手放せないの」

彼はもがきはじめた。いましめにあらがえばあらがうほど、女領主のまなざしにこもる愛が深くなっていく。

「おまえにはほれぼれする」と言うと、手を伸ばして彼の脚のあいだに触れた。もの欲しげな表情……というより、憧憬《しょうけい》に近い表情。「おまえのような男はほかに見たことがない。これほど身分の低い者でなかったら――わたくしの連れあいとして、宮廷におまえの顔を並べおいたものを」

女領主の腕がゆっくりと上下に動く。あの太い縄のようなものに触れているにちがいない。彼女のほうはすっかり夢中だが、幸いあれのほうは無関心のようだ。

「檻から出してください……」

「おまえは軟膏なしで固くなったことがない」悲しげにつぶやいた。「それに一度も最後までいったことがない。なぜだろうね」

いまは力いっぱいこすっている。さわられている部分が燃えるようだった。忍び込むいらだちに、女領主の目が暗くなる。

「なぜなの。なぜおまえはわたくしを欲しがらないの」黙っていると、彼女は奴隷の男根を強くつかんだ。「わたくしは美しいのに」

「どこが」言葉が口を突いて出た。呑み込むひまもなかった。

女領主ははっと息を呑んだ。まるで奴隷にその手で首を絞められたように。やがてその目が、奴隷の腹から胸へ、胸から顔へとすべっていった。いまも涙で濡れてはいたが、同時に怒りに満ちてもいる。

女領主は寝台から立ちあがり、奴隷をうえからにらみつけた。力いっぱい平手打ちを食わせてきたが、たぶん彼女のほうも手のひらがかなり痛かっただろう。血混じりのつばを吐きながら、歯が抜けはしなかっただろうかと奴隷は思った。

射るような目でひたと目を見すえてくる。これでまちがいなく、女領主は彼に死を賜《たまわ》るだろう。そう思ったら平安が訪れてきた。少なくとも、これで責め苦は終わるのだ。死……死は輝かしい解放にちがいない。

ふいに、女領主はにっこりほほえみかけてきた。彼の心を読んだかのように。彼の心のなかを探って、その思いを奪いとったかのように、彼の肉体を奪ったのと同じように、彼の心をも盗みとったかのように。

「とんでもない、おまえを〈フェード〉に送ってやったりするものか」

身をかがめて彼の乳首にキスをし、口にくわえた。あばらのうえをなぞる手が、腹のほうへおりていく。

あいかわらず舌を使い、彼の身体におおいかぶさったまま、「痩《や》せてきている。そろそろ身を養わなくてはならないのだろう?」

キスをし、吸いつき、彼の身体を口で愛撫していく。その後はあっというまだった。軟膏。またがってくる女体。いまわしい肉と肉の結びつき。

目を閉じて顔をそむけると、また平手が飛んできた。一度……二度……何度も何度も。しかし、目を向けようとはしなかった。女領主には、彼の顔を無理やりこちらに向けさせる力はない。片方の耳をつかんで引っぱってすら無理だった。

目を向けるのを拒んでいるうちに、彼女のすすり泣きは大きくなり、同時に肉が腰を打つ音も激しくなっていく。終わると、女領主はシルクをひるがえして出ていき、まもなく枷がはずされた。

奴隷はゆっくりと前腕を支えに身を起こし、口もとをぬぐった。手についた血を見おろして、まだ赤いのに驚いた。すっかり穢《けが》されたと感じていたから、褐色に濁っていたとしても意外とは思わなかっただろう。

吹き矢のせいでぐったりしていて、寝台から転げ落ちた。いつもの片隅に這《は》っていき、背中を壁と壁の継ぎ目に向けてすわると、両脚を胸もとに引き寄せた。かかとをぴったり股間に押し当てる。

しばらくして、独房の外で騒ぎが起きたかと思うと、衛兵たちが小柄な女をなかに押し込んできた。突き飛ばされて女は引っくり返ったが、閉まる扉にすぐに飛びついていく。

「なんでよ！　あたしがなにしたって言うのさ！」

奴隷は立ちあがったが、どうしていいかわからなかった。檻のなかで目覚めてからというもの、女領主以外の女性を目にしたのは初めてだった。城館のどこかで働く女中だ。見憶えがある、こうなる前の……

女のにおいをかいだとたん、血の飢えが頭をもたげた。あれだけの仕打ちを受けて、女領主から血を飲むなど思いつきもしなかったが、この小柄な女はちがう。ふいに強烈な渇きに襲われ、肉の欲求が怒号と命令の合唱となって突きあげてきた。よろよろと、女中に向かって足を踏み出した。ただ本能の命じるままに。

女は扉をどんどん叩いていたが、ほかにもだれかいると気がついたようだ。こちらをふり向き、いっしょに閉じ込められている相手を目にし、とたんに悲鳴をあげた。

奴隷は血の衝動に圧倒されかけていたが、どうにか思いとどまって、さっきの片隅によろめきながら引き返した。うずくまり、震える裸の身体に両腕を巻きつけて押さえ込む。顔を壁に向けて、息をしようとした……そして泣きだしそうになった。とうとう畜生同然のところまで落ちてしまったのか。

しばらくすると悲鳴がやんだ。さらに長い間《ま》があって、女の声がした。「やっぱりだ、あんたあの子だろ？ 厨房で働いてた……エールを運んでた子だね」

そちらに目を向けないまま、彼はうなずいた。

「ここに連れてかれたってうわさは聞いてたけど……てっきり遷移のときに死んだんだと思ってたよ。そう言ってるのもいたからさ」短い間があった。「すごくおっきくなったね。戦士さまみたい。けど、そんなはずないよねえ」

なんと答えたものかわからない。なにしろ自分がどんな姿をしているのかもわからないのだ。独房に鏡は一枚もなかった。

女は恐る恐る近づいてきた。顔をあげてそちらに目をやると、女は彼の帯状の刺青を見ていた。

「かわいそうに、どんな目にあわされてるんだい」女はささやいた。「ここに閉じ込められてる男は、その……ずいぶんひどいことされてるって聞くけど」

黙っていると、女はそばに腰をおろして、腕にそっとさわってきた。一瞬びくっとしたが、その手の感触に心が慰められるような気がする。

「あんたの身を養うためだったんだ。あたしはそのために、ここに連れてこられたんだね」

ややあって、脚に巻きつけた彼の手を引きはがすようにして、女はその手に自分の手首をのせた。「飲みなよ」

彼はとうとう泣きだした。彼女の温かい心に、思いやりに、肩をさするやさしい手の感触に……さわられてうれしいと思った唯一の手に……いつまでも泣きつづけた。

しまいに、女は自分の手首を彼の口に押し当てた。牙が伸びてくる。このひとから飲みたいと思った。しかし、やわらかい肌にキスしただけで、牙は立てなかった。たえず自分が奪われているものを、どうして彼女から奪うことができるだろう。自分から手を差し出しているとはいっても、この女性もここに無理やり連れてこられたのだ。彼とまったく同じ、女領主のとらわれびとなのだ。

しばらくして衛兵たちがやって来た。女が彼をやさしく抱いているのを見て驚いたようだったが、女に手荒なことはしなかった。連れ出されるとき、奴隷を見る女の顔には心配そうな表情が浮かんでいた。

しばらくして、また吹き矢が飛んできた。扉から次々に飛来して、まるで石つぶてを浴びているようだ。ずるずる意識を失いながら、ぼんやり思った——こんな滅茶苦茶な攻撃を受けるのは、ろくでもないことが起きる前ぶれだ。

気がついてみると、女領主が彼を見おろしていた。激怒している。手になにかを持ってい

ったりと床にくずおれる。死んでいた。

「奴隷の分際で、わたくしの贈物が受け取れないというの」

扉が開いて、さっきの若い女が連れてこられた。衛兵が手を離すと、雑巾《ぞうきん》の山のようにぐ衛兵が手を離すと、雑巾《ぞうきん》の山のようにぐったりと床にくずおれる。死んでいた。

奴隷は怒りに絶叫した。咆哮《ほうこう》は独房の石壁に反響し、耳をつんざく雷鳴のように高まった。力をこめて腕を引くと、鋼鉄の手枷が身に食い込んで骨に達し、やがて柱の一本がきしんでひび割れた。それでも彼の咆哮はやまなかった。

衛兵たちはあとじさった。女領主ですら、自分の解き放った怒りの激しさにたじろいだようだ。しかしいつものとおり、ほどなくわれに返って采配をふりはじめた。

「出ておいき」と衛兵たちに怒鳴りつけた。

声がしゃがれて奴隷が叫べなくなるのを待って、彼女はかがみ込んできた。そして青ざめた。

「おまえの目」かすれた声で言った。彼を見すえたまま、「おまえの目……」

おびえた顔を見せたのも一瞬、すぐに領主らしい泰然《たいぜん》たる態度を身にまとった。

「わたくしが女を授けたら、おとなしく身を養うことね」女中の亡骸《なきがら》に目をやって、「まちがっても、その女から慰めてもらおうなどと思うのではないよ。さもないと、また同じことが起きる。おまえはわたくしのもの、わたくしひとりのものなのだからね」

「飲むものか」彼は叫んだ。「絶対に！」

女領主は一歩あとじさった。「ばかなことをお言いでない」

彼は牙を剥き出し、猫のように唸った。「見ているがいい、とっくり見るがいい、おれが干からびていくのを！」最後のほうは怒号だった。腹に響く声が独房を揺らす。怒りのあまり女領主が棒のように突っ立っていると、扉が勢いよく開いて、衛兵たちが抜き身の剣を構えて飛び込んできた。

「おさがり！」女領主は叱《しか》り飛ばした。顔は紅潮し、身体はわなわな震えている。

彼女が手をあげると、その手にはむちがにぎられていた。腕がふりおろされ、むちが奴隷の胸を払った。皮膚が裂けて血が流れたが、奴隷はせせら嗤《わら》った。

「もっとやれ」とわめいた。「どうした、痛くもなんともないぞ、そんなやさしいことじゃ」せき止められていたものが決壊したように、言葉がとめどなくあふれてきた。ののしる彼に女領主はむちをふるいつづけ、彼の血管の中身が寝台からしたたり落ちるまでになった。やがて腕があがらなくなった。息を切らし、返り血を浴び、汗にまみれている。奴隷はと言えば、苦痛にもかかわらず頭は澄みわたり、氷のように落ち着いていた。打たれていたのは彼のほうなのに、先にくじけたのは彼女のほうだった。

頭《こうべ》を垂れた姿はまるで服従の姿勢だ。血の気の失せた唇から荒い息をついている。

「衛兵！」しゃがれた声で呼んだ。「衛兵！」

扉が開いた。制服姿の男が走り込んできたが、なかの惨状を見てたじろいだ。色を失い、足もとがふらつく。

「この男の頭を押さえておいで」甲高く震える声で言って、女領主はむちを捨てた。「頭を押さえておいでと言ったのよ。早くおし」

濡れた床に足をすべらせすべらせ、衛兵は近づいてきた。肉厚の手が奴隷のひたいを押さえる。

女領主は奴隷にかがみ込んだ。あいかわらず荒い息をつきながら、「許すものか……勝手に……死なせはしない」

彼女の手が彼の男根を探りあて、その下に垂れ下がるふたつの重みをつかんだ。ぎゅっとにぎってねじりあげられ、奴隷は全身を痙攣させた。絶叫すると、女領主は自分の手首を噛《か》み破り、彼の開いた口のなかに血を流し込んだ。

Zはベッドからあとじさった。ベラのいるところで、女主人のことを考えたくない。頭のなかからどす黒いものが抜け出して、眠って傷を癒している彼女に悪さをしそうな気がする。自分の寝床に歩いていって、みょうに疲れているのに気がついた。というより、もうへとへとだ。

床に身体を横たえると、脚がひどく痛んだ。

そうだ、弾丸《たま》が当たったのを忘れていた。ごついブーツを脱ぎ、ズボンをおろして、意志の力でかたわらのろうそくに火をつけた。脚をこちらへひねりあちらへひねりして、ふくらはぎの傷を調べる。弾丸が入ったあと、出ていったあと。貫通しているのがわかった。これなら大丈夫だ。

息を吹きかけてろうそくを消し、ズボンを腰骨までずりあげて仰向けになった。肉の苦痛に自分自身をゆだね、苦悶の容れものとなって、ありとあらゆる痛み苦しみの微妙な差異を味わい——

みょうな音がした。かすかな悲鳴のような。それが二度三度と続き、見ればベラがベッドのうえでもがいていた。手足をばたつかせているのか、シーツがこすれて音を立てている。床からがばと立ちあがり、ベッドに近づいていった。そのとき、ちょうどベラが顔をこちらへ向けて、目を開いた。

まばたきをし、彼の顔を見あげて……悲鳴をあげた。

12

「腹は減ってないか？」フュアリーはジョンに話しかけた。ふたりで館に戻ってきたところだが、ジョンは疲れ果てた顔をしていた。それも無理はない。あちこちつつきまわされるのは身にこたえる。フュアリー自身、いささかへばっていた。

ジョンは首をふった。控えの間のドアがしっかり閉じたとき、トールがあたふたと階段を駆けおりてきた。心配性の父親を絵に描いたような顔をしている。帰る前にちゃんと無事を報告しておいたのに、それでもこれだ。

ハヴァーズの診察は、おおむねなんの問題もなく終わった。発作を起こしたとはいえ、ジョンの健康に異常は見られないし、血統調査の結果もまもなくわかる。運がよければ血筋の手がかりがつかめるだろうし、親戚も見つかるかもしれない。つまりはなんの心配もいらないということだ。

それでもトールが肩に腕をまわすと、少年はぐったりもたれかかった。言葉のいらない、目と目の意思疎通のようなものがあって、トールは言った。「すぐうちへ連れて帰るからな」

ジョンはうなずき、手話でなにごとか伝えた。トールが顔をあげて、「訊きそびれたけど、脚の具合はどうですかってさ」

フュアリーはひざをあげて、ふくらはぎをこつこつやってみせた。「おかげでよくなった。ゆっくり休めよ、ジョン」

フュアリーの見守る前で、ふたりは階段下のドアを通って姿を消した。

まったくいい子だ。それにしても、遷移前に見つけられてほんとうに運がよかっ——

女の悲鳴が広間に突き刺さってきた。声に生命があって、バルコニーからまっさかさまに飛びおりてきたようだった。

背筋がぞっと冷えた。ベラだ。

まっしぐらに階段を駆けのぼり、彫像の廊下を走り抜けた。ザディストの部屋のドアを開いたとき、廊下の光がなかに射し込んで、一瞬にしてその場の情景が頭に焼きついた。ベラはベッドのうえで、ヘッドボードに張りつくように身を縮め、シーツをのどもとでにぎりしめている。Zは彼女の前にうずくまって両手をあげていた。腰から下は裸だ。

フュアリーはかっとなり、ザディストに飛びかかっていった。双児ののどくびをつかみ、壁のほうへ押し飛ばした。

「おまえってやつは！」Zを壁に叩きつけながら、フュアリーは怒鳴った。「このけだもの！」

何度叩きつけられても、Zはやり返そうとしなかった。ただ「連れてけよ。どこかよそへ連れてけ」と言っただけだ。

レイジとラスが部屋に飛び込んできた。ふたりそろってなにか話しだしたが、フュアリーには聞こえなかった。聞こえるのは、頭のなかにとどろく叫びだけだ。これまでZを憎いと思ったことはない。どんな目にあってきたかを思えば、たいていのことは赦せると思っていた。しかし、ベラを襲うとは……

「この狂犬」フュアリーは吐き捨てるように言った。双児のがっちりした身体をまた壁に叩きつけながら、「この狂犬が……おまえにはへどが出る」

Zはただ見返してくるだけだ。黒い目は瀝青《れきせい》のように奥が見通せず、なんの表情も読みとれない。

ふいに、レイジの太い両腕が巻きついてきた。骨が砕けそうな怪力で、ふたりまとめて抱え込まれた。ささやくように、「ベラのことが先だ。そんなことやってる場合か」

フュアリーはZから手を離し、身をふりほどくと、コートを引っぱって直した。「こいつをつまみ出してくれ。ベラを運び出すまで」と嚙みつくように言った。

身体がぶるぶる震えて、過呼吸を起こしそうだ。レイジを後ろに張りつかせてZは自分から出ていったが、それでもフュアリーの怒りは収まらなかった。

咳払いして、ラスに目をやった。「わが君《マイ・ロード》、とりあえずベラの看護はおれに任せていただきたい」

「よかろう」ラスは険悪な唸り声で答えた。ドアに向かいながら、「Zがしばらく戻ってこないように気をつけておく」

フュアリーはベラを見やった。震えながらまばたきし、目をこすっている。近づいていくと、枕に身を寄せて縮こまった。

「ベラ、フュアリーだよ」

そう聞いて、全身の力が少し抜けたようだ。「フュアリー?」

「ああ、おれだよ」

「目が見えないわ」声がひどく震えている。「なんにも……」

「わかってる、薬が塗ってあるせいだ。ちょっと待って、拭くものをとってこよう」

バスルームに入り、濡れた布を持って戻った。いまは軟膏《なんこう》より、周囲のようすを見せて安心させるほうが大事だ。

手のひらであごを支えてやると、びくっと身を硬くした。

「大丈夫だよ、ベラ……」布を目に当てると抵抗しようとし、手につかみかかってきた。

「こわがらなくていいから……手をおろして。薬を拭きとるだけだから」

「フュアリー?」かすれ声で言った。「ほんとにフュアリーなの?」

「ああ、そうだよ」ベッドのふちに腰をおろした。「ここは〈兄弟団〉の館だ。七時間くらい前にここに連れてきたんだよ。きみが助かったことは、もうご家族に知らせてある。電話したかったらいますぐでも電話できるよ」

腕に手を置かれて、フュアリーはぎょっとして凍りついた。ためらいがちに、ベラの手が肩から首へと這いあがってきて、顔に触れ、最後に髪の毛に触れた。彼女は小さく笑みを浮かべて、豊かに波打つ髪をなで、ひと房とって鼻先に持っていった。深く息を吸って、もういっぽうの手を彼のひざに置いた。

「ほんとだわ。このシャンプーのにおい、憶えてるもの」

すぐそばにいて、手で触れられている——その感触が灼《や》けつくようだった。服を貫き、皮膚を貫いて、じかに血をたぎらせる。こんなときに性的に興奮する自分を卑しいとは思うが、肉体を抑えることはできなかった。ベラの手が長い髪をなでおろし、しまいに胸に触れてきた。

唇が分かれ、息が速くなった。胸に抱き寄せ、ひしと抱きしめたい。セックスのためではない——たしかに、肉体はそれを求めてはいる。しかし、いまはただそのぬくもりを肌で感じ、彼女が生きていることを実感したいだけだった。

「さあ、目を拭かせてくれるね」彼は言った。自分の声がやけに低く響く。

彼女がうなずくのを待って、まぶたをていねいに拭いた。「これでどう」

ベラはまばたきして、小さくほほえんだ。片手をフュアリーの顔に当てる。

「よく見えるようになったわ」そう言ってから、まゆをひそめた。「わたし、どうやってあそこから逃げてきたのかしら。なんにも憶えてないわ……あの男のひとを逃がしたあと、デイヴィッドが戻ってきて、そのあと車に乗ってたわ。あれは夢だったのかしら。夢でザディストに助けてもらったの。あれはほんとうにあったことなの？」

フュアリーはいま、双児の話をする気分ではなかった。たとえ遠まわしに触れるだけでもだ。立ちあがり、ナイトテーブルに濡れた布を置いた。「それじゃ、べつの部屋に移ろうか」

「ここはどこなの」周囲に目をやって、彼女は口をぽかんとあけた。「ザディストの部屋だわ」

どうしてわかったのだろう。「いいから、行こう」

「ザディストはどこ？　どこにいるの？」なにかに駆り立てられるように、「彼に会わなくちゃ。どうしても――」

「きみは、べつの部屋に移ることに――」

「いや！　ここにいたいの――」

ベラの興奮はつのるいっぽうだ。説得しようとするのはあきらめて、起きあがらせようと上掛けをめくった。

しまった、裸だったのか。あわてて上掛けをもとに戻した。

「あの、ごめん……」自分の髪に手を突っ込んだ。ああ、ちくしょう……彼女の優美な身体の線は、目に焼きついて一生忘れられそうにない。「その……ええと、なにか着るものをとってくるよ」

Zのクロゼットに入ってみて、がらがらなのにぼうぜんとした。彼女の身体をおおいたくても、ローブの一枚もない。まさか、戦闘用のシャツを着せるわけにもいかないし。自分のレザーのピーコートを脱いで、またベラのもとへ戻った。

「あっちを向いてるから、そのあいだにこれを着て。どこかでローブを見つけて――」

「ここにいさせて」声がかすれて、哀願の響きを帯びた。「お願い。さっきベッドのそばに立ってたのは、きっと彼だったんだわ。わからなかったの、目が見えなかったから。でも、あれはきっと彼だったんだわ」

たしかにそのとおりだ。ついでに言えば、あの外道《げどう》は裸になって彼女に飛びかかろうとしていた。つらい目にあってきたあとで、そんなあわやということがあってどれだけ恐ろしかっただろう。くそ……フュアリーは何年も前、Zが路地裏で売春婦とセックスをしているところに出くわしたことがある。見てうれしい眺めではなかったし、ベラがあんな行為の対象になると思っただけで吐き気がする。

「そのコートを着て」フュアリーは背を向けた。「ここに置いてはおけない」ややあって、ようやく寝具のこすれあう音がし、レザーのきゅっきゅっと鳴るのが聞こえて、彼はほっと息をついた。「もうそっちを向いても大丈夫かな」

「ええ、でもわたし、どこにも行きたくないの」

肩ごしにふり向いた。彼がいつも着ているコートにくらべると、ベラはとても小さく見えた。肩に流れる長いマホガニー色の髪は、毛先がはねている。濡れたあと、ブラッシングしないまま乾かしたせいだろう。彼女が湯につかっているさまが目に浮かぶ。きれいな湯が白い肌のうえを流れるさまが。

そのとき、ザディストがベラを見おろして立っている姿が目に浮かんだ。あの魂のない黒い目で見つめ、おそらくは彼女がおびえているというだけの理由で、犯そうとしている姿。たしかに、彼女の恐怖心にZはそそられるだろう。だれでも知っているとおり、彼をその気にさせるのは女の恐怖心なのだ。美しさでも情熱でも、どんな美質でもなく。

ほかの部屋に移さなくては。いますぐに。

おぼつかない声になって、彼は尋ねた。「歩ける?」

「ふらふらするわ」

「おれが運んでいこう」近づいていったが、心のどこかでは信じきれずにいた。ほんとうに、彼女の身体に腕をまわすことができるだろうか。しかし、実際にそうなってみると……片手を彼女の腰にまわして身をかがめ、片手を両膝の裏側に差し入れて抱えあげた。体重はろくに感じられないほどで、彼の腕はその重みをやすやすと受け止めていた。

ドアに向かって歩きだすと、彼女は身体を預けてきた。頭を肩にのせ、シャツを軽くにぎっている。

ああ……たまらない。ずっとこうしていたい。

フュアリーは彼女を抱えて廊下を歩いていき、館の反対側、自室のとなりの部屋に運んでいった。

ジョンは自動操縦《オートパイロット》で動かされている気分で、トールとともに訓練施設をあとにした。駐車場に入り、〈レンジローヴァー〉を駐めた区画に向かって歩いていく。ふたりの足音が低いコンクリートの天井にはねかえり、がらんとした空間にこだまを響かせる。

「結果を聞きに、もう一回行くことになってるんだよな」トールは言いながら、SUVに乗り込んだ。「そのときはおれもいっしょに行くから。今度はどんなことがあっても」

じつを言えば、ジョンはなんとなくひとりで行きたい気分だった。

「どうかしたか？　今夜ついていってやれなかったから、怒ってるのか？」

ジョンはトールの腕に手を置いて、力いっぱい首を横にふった。

「うん、いちおう確かめたかっただけだよ」

ジョンは目をそらして、病院になど行かなければよかったと思っていた。少なくとも、医師によけいなことを言わなければよかった。まったく、どうかしてる。一年近く前のあのことを、どうしてしゃべってしまったのだろう。ただ、健康状態についてあれこれ尋ねられたあとだったから、質問にすぐに答える態勢に入っていたのだ。その勢いで、過去の性行為について医師に質問されたとき、ついうかうかとこの一月の出来事を漏らしてしまった。質問されて、それに答える。ほかの質問と同じように……まったく同じではなかったが。

そのときは肩の荷がおりた気分だった。検査も治療も受けておらず、まずいのではないかと心の奥ではずっと心配していたからだ。少なくともこうして打ち明ければ、ちゃんと診察してもらって、それであの暴行のことは完全に忘れてしまえると思っていた。ところが、医師はセラピーの話を持ち出して、その経験について語ることが必要だと言う。

あのときのことを思い出せというのか。何カ月もかかって記憶の底に埋めてきたのに、なんでいまさら腐乱死体を掘り出すようなことをしなくてはならないのか。さんざん苦労して、やっと葬ったというのに。

「ジョン、どうした？」

セラピストになんか絶対に会いたくない。過去のトラウマだって？　くそ食らえ。

ジョンは紙を取り出して、ちょっと疲れただけ。

「ほんとか？」

うなずいて、嘘をついていると思われないように、トールに顔を向けた。そのいっぽうで、胸のうちでは打ちしおれていた。なにがあったか知られたら、トールはどう思うだろう。一人前の男であれば、どんな武器をのどもとに突きつけられても、あんな屈辱をおとなしく耐え忍んだりしないものだ。

ジョンはまた紙に書いた。次はひとりで行きたいんだけど。いい？

トールはまゆを寄せた。「いや……それはあんまりうまくないな。護衛が必要だ」

それじゃ、だれかほかのひとがいい。あなたじゃなくて。

ジョンはトールの顔をまともに見られなかった。その紙を見せたあと、長い沈黙があった。

トールはことさら低い声で言った。「わかった。それじゃ……うん、その、わかったよ。ブッチあたりに頼もうか」

ジョンは目を閉じて、息を吐いた。ブッチというのがだれか知らないが、トールでなければだれでもいい。

トールは車を出しながら、「きみがそのほうがいいんならな、ジョン」

い、い、きみ。おまえではなく。

駐車場をあとにしながら、車中のジョンはただひたすら祈っていた——どうか神さま、トールにあのことを知られませんように。

13

ベラは電話を切りながら、胸が爆発しそうだ、とふと思った。いつ粉々に吹っ飛ぶかわからない。こんなに激しい感情が渦巻いているのに、このもろい骨と薄い皮膚で押し込めておけるわけがない。

逃げ場を探すかのように、室内を見まわした。目に入るのは、ぼんやりとぼやけた輪郭《りんかく》だけだ。油絵、アンティークの家具、東洋の壺を使ったランプ……フュアリーが寝椅子からこちらを見守っている。

ベラは自分に言い聞かせた。母と同じく、わたしはレディなのだ。少なくとも、平静を装うふりぐらいしなくては。咳払いをして、「ありがとう、電話してるあいだついててくれて」

「とんでもない」

「母は……わたしの声を聞いて、とてもほっとしていたわ」

「そうだろうね」

少なくとも、口ではほっとしたと言っていた。母の態度はいつものとおり、そつがなくて穏やかだ。ほんとうに……あのひとはいつも、波立つことのない池のようだ。どんなにおぞましいことでも、俗世のできごとにはまゆひとつ動かさない。それもこれも、〈書の聖母〉

をひたすら信じているからだ。〝マーメン〟に言わせれば、どんなことであっても、それが起きるにはそれなりの理由があるのだ……もっとも、なにが起きても大したことではないらしいけれど。

「母は……とてもほっとしてるわ。母は……」ベラは口ごもった。これはもう言ったんじゃなかったかしら。「〝マーメン〟は……ほんとに……ほんとにほっとしてたわ」

でもせめて、声のひとつぐらい詰まらせてもよさそうなものだ。悟りきった至福のあきらめ以外の、感情らしいものを見せてくれてもいいのに。そうではないか、死んだと思って葬式を出したじつの娘が生きて帰ってきたのだ。少しぐらい心を動かされて当然ではないだろうか。それなのに、まるで昨日話をしたばかりのような口調だった。この六週間、なにひとつ変わったことはなかったかのような。

また電話に目をやった。お腹に両腕を巻きつけた。

なんの前ぶれもなく、ベラはわっと泣き崩れた。突きあげてきた嗚咽《おえつ》は、まるでくしゃみのように突然で、激しくて、抑えようにも抑えられなかった。

ベッドが沈んだかと思うと、たくましい腕が身体にまわされた。抱き寄せようとするのにベラは抵抗した。こんなめめしい弱さは、戦士たちには扱いかねるだろうと思って。

「ごめんなさい……」

「いいんだよ、ベラ、こっちに寄りかかって」

ああ、なんてこと……彼女はフュアリーに身を投げかけ、引き締まった腰に両手をまわした。長く美しい髪が鼻をくすぐり、よいにおいがする。ほおの下敷きになっている髪の感触も快い。顔をうずめて深く息を吸い込んだ。

ようやく落ち着いたときには、身体が軽くなったような気がしたが、それで楽になったわけではなかった。先ほどまでは怒りが充満していて、身体の形と重みが支えられていた。それが消えたいま、皮膚はざるに変わってしまったかのようで、中身がすべてこぼれ落ちていく。空気に変わってしまいそうな……消えてしまいそうな気がする。

このまま消えてしまうのはいやだ。

息を吸って、フュアリーの抱擁から身をほどいた。何度もまばたきをして、目の焦点を合わせようとしたが、軟膏が残っていてどうしてもはっきり見えない。いったい、あの〝レッサー〟になにをされたのだろう。とてもひどいことをされたような気が……

手をあげてまぶたに触れてみた。「わたし、なにをされていたの？」

フュアリーは首をふるだけだ。

「そんなにひどいこと？」

「もう終わったんだ。きみは助かったんだよ。それが肝心なことじゃないか」

でもわたしは、なんにも終わったような気がしないわ。

けれどもフュアリーがほほえむと、黄色い目は信じられないほどやさしくて、それが香油のように心を鎮めてくれた。「家に帰ったほうが楽かな。もうすぐ夜明けだけど、そのほうがよかったらすぐにでも帰れるように手配するよ」

母の姿を思い描いたが、あのひととひとつ屋根の下にいる自分の姿が想像できなかった。少なくともいまは。それになにより、あの家にはリヴェンジがいる。少しでも傷ついている姿を見せたら、兄はたちまち怒り狂うだろう。〝レッサー〟に対して戦争を始めたりしたら耐えられない。争いはやめてほしい。デイヴィッドには、いまこの瞬間にでも地獄に落ちてもらいたいが、自分の愛するだれかが、そのためにわが身を危険にさらすのはいやだ。

「いいえ、うちには帰りたくないわ。すっかりけがが治るまでは。それに、とても疲れてるし……」声は尻すぼみに途切れて、目は枕のほうに吸い寄せられる。

まもなくフュアリーは立ちあがった。「おれはすぐとなりにいるから、なにかあったら呼んで」

「コート返さなくていい?」

「ああ、そうか……ちょっと待って、ここにはローブがあるかな」クロゼットのなかに姿を消し、腕に黒いサテンを引っかけて戻ってきた。「ここの客室の備品は、フリッツがぜんぶ男性用に整えてるからね。たぶんこれも大きすぎると思うけど」

ベラがローブを受け取ると、彼はこちらに背を向けた。重いレザーのコートを肩から脱ぐと、空気が肌に冷たくて、彼女は急いでサテンのローブを身体に巻きつけた。

「もう大丈夫よ」フュアリーの心遣いがありがたかった。

くるりとふり向く彼の手に、レザーのコートを渡した。

「わたし、いつもあなたにお礼を言いつづけね」ベラはつぶやいた。

彼は長いことベラを見つめていた。やがて、ゆっくりコートを顔に持っていき、深々と息を吸った。

「きみの……」声が途切れた。と思うと、コートをわきにおろして、なんとも言いようのない奇妙な表情を浮かべた。

いや、それは表情と呼べるようなものではない。仮面だ。フュアリーは仮面の向こうに隠れている。

「フュアリー?」

「きみをこの館に迎えられてよかった。それじゃゆっくり休んで。さっき持ってきた食事、食べられそうなら食べて」

ドアが音もなく閉まった。

家に戻る車中は気まずくて、ジョンはずっとサイドウィンドウから外を眺めていた。トールの携帯電話が二度鳴った。どちらのときも〈古語〉で話していたが、ザディストの名がしょっちゅう出てくるのはわかった。

車寄せに入ると、見慣れない車が駐まっていた。赤の〈フォルクスワーゲン・ジェッタ〉だ。しかし、トールは驚いた顔もせずにそばをゆっくり通り過ぎ、ガレージに車を入れた。〈レンジローヴァー〉のエンジンを切り、ドアをあけながら、「そうだ、講習が明後日から始まるぞ」

ジョンはシートベルトをはずす手を止めて、顔をあげた。そんなに早く? と手話で尋ねる。

「今夜、最後の訓練生が受講申込をしていったんだ。もういつでも始められる」

ふたりは黙ってガレージを歩いていった。先に立って歩くトールの大きな肩が、長い脚を踏み出すたびに前後に動く。顔は下を向いていて、コンクリートの床のひび割れでも探しているかのようだった。

ジョンは立ち止まり、口笛を吹いた。

トールは足をゆるめ、やがて立ち止まって、「どうした？」と静かに言った。

ジョンは紙を取り出し、言いたいことを走り書きして、あげてみせた。

トールはまゆを寄せてそれを読んだ。「なんにもあやまることなんかないぞ。自分の好きなようにしたらいいんだから」

ジョンは手を伸ばし、トールの二の腕をぎゅっとにぎった。トールは首をふった。

「いいんだよ。行こう、こんなとこでぐずぐずしてて、風邪でもひいたら大変だ」ふり向いて、ジョンがあいかわらず突っ立っているのに気がつくと、「その、なんだ……おれはただ……おまえの力になりたいんだよ。それだけだ」

ジョンはまたペンを紙に走らせて、**それはよくわかってるよ。ほんとに。**

「よかった、そんならいいんだ。正直な話、おれはおまえのことを、自分の……」少し間があって、トールは親指でひたいをこすった。「いやその、押しつけがましいことは言いたくない。なかに入ろうか」

なにを言いかけていたのか、最後まで言ってくれと頼みたかったが、トールはドアをあけて家のなかに入っていった。ウェルシーの声が漏れてくる……それに、べつの女性の声も。

ジョンは首をひねりながら、かどを曲がってキッチンに入ろうとし、そこでぴたりと足を止めた。ブロンドの女性が肩ごしにこちらをふり向く。

えっ……うわあ。

髪はあごのあたりで切りそろえていて、目は若葉の色だった。ローウェストのジーンズは股上がとても浅くて、へそはもちろん、その下の肌も二、三センチほどのぞいている。それに黒のタートルネックは……なんと言うか、どれぐらい完璧《かんぺき》な身体をしているか、いやと言うほどよくわかった。

ウェルシーがにんまりして、「いいところに帰ってきたわ。ジョン、親戚のサレルを紹介するわ。サレル、こちらはジョン」

「こんにちは、ジョン」女性がにっこりした。

牙だ。すごい、あの牙……なにかが熱風のように身体をなぶり、頭から爪先までぞわぞわした。どうしていいかわからず、口を開きかけて、そこで気がついた。まったくもう。役に立たないこの口から、なにが出てくると思ってるんだ。

顔を真っ赤にして、あいさつがわりに手をふった。

「冬至のお祭りのことで、サレルに手伝ってもらってるのよ」ウェルシーが言った。「夜が明ける前に、うちで食事していくことになってるの。ふたりでテーブルの用意をしてくれない？」

サレルがまたにっこりした。それを見ると、さっきのみょうなぞわぞわがいよいよ強くなって、身体が宙に浮きあがりそうだった。

「ジョン、テーブルの用意を手伝ってくれるでしょ？」ウェルシーが催促する。

ジョンはうなずいたが、ナイフとフォークがどこにしまってあるかすぐには思い出せなかった。

ヘッドライトがミスターXのキャビンの正面をなめた。ドアのすぐわきに、〝筆頭殲滅者《フォアレッサー》〟のミニヴァンが、壁に向かう格好で駐めてある。ありふれた〈タウン&カントリー〉だ。Oはそのすぐ後ろにトラックをつけ、ヴァンを出せなくしてやった。

外へ出て冷たい空気を大きく吸い込んだとき、心身ともに戦闘態勢に入っているのがわかった。この先になにが待っているか知りながら、心は波立つこともなく、まるで胸をおおうなめらかな羽毛のように鎮まり、一点の乱れもない。身体も同じく平静で、どこにもむだな力は入っていない。いつでも発砲できる銃のようだ。

問題の巻物を調べるのにはかなり時間がかかったが、知るべきことは知った。なにが起きるかわかったのだ。

ノックもせずにキャビンのドアを開いた。

ミスターXは、キッチンのテーブルから目をあげた。その顔にはなんの表情も浮かんでいない。まゆを寄せるでもなく、冷笑するでもなく、どんな怒りの色も見えない。また驚きの色もなかった。

つまりは、ふたりとも戦闘態勢にあるということだ。

ひとことも発せず、〝フォアレッサー〟は立ちあがった。片手を背中にまわす。そこになにがあるかOは知っていた。にやりと笑って、Oも短刀のさやを払った。

「それで、ミスターO――」

「おれは昇進させてもらう」

「なんだって？」

Ｏは短刀を反転させて自分自身に向け、切尖《きっさき》を胸骨にあてがった。両手で力いっぱい突いて、自分の胸に刃を押し込む。

白熱の業火に焼かれ、一瞬にして灰と散る寸前、最後に見えたのはミスターＸの驚愕《きょうがく》の表情だった。その驚愕はたちまち恐怖に変わった。思い当たったのだ、Ｏがどこへ行こうとしているか。そしてそこに着いたとき、なにをするつもりでいるかということも。

14

ベッドに横たわり、ベラは周囲のかすかな物音に耳を傾けていた。廊下の向こうから男性の声がする。低く、リズミカルな……館の外壁にあたる風の音。気まぐれで、定まらない……床板がきしむ音。鋭く、短い。

無理に目を閉じた。

一分とじっとしていられず、起きあがってうろうろ歩きだした。ペルシャじゅうたんが素足にやわらかい。この趣味のいい室内のあれこれが理解できない。目に映るものすべて、ひとつひとつ苦労して翻訳しなければいけないような気がする。いま身を置いているこの正常で安全な世界は、まるで別の言語のよう、読みかたも話しかたも忘れた言語のようだ。それとも、これは夢なのだろうか。

部屋のすみのグランドファーザー時計が午前五時を打った。自由の身になってから、正確にはどれぐらい時間が経ったのだろう。〈兄弟団〉が助けに来てくれて、地下から引きあげてくれたのは、どれぐらい前のことなのか。八時間ぐらいだろうか。それぐらいだろうとは思うものの、ほんの数分前のような、それでいて何年も前のことのような気分が去らない。

時間の流れはあいまいだし、目ははっきり見えないし、まるで現実に手が届かないようで恐ろしかった。

シルクのローブをきつく身体に巻きつけた。どうしてこうなのかしら。もっと喜んでいいはずだ。どれぐらいだったかわからないが、ともかく何週間も地中の管に閉じ込められて、顔をあげればあの〝レッサー〟に見おろされていたのだ。それがようやく終わったのだから、甘美な安堵《あんど》の涙にくれていていいはずだ。それなのに、周囲のすべてがまがいもののように、実体のないもののように見える。実物大の人形の家に入れられて、張り子の家具に囲まれているようだ。

窓の前でいったん立ち止まり、ふと気がついた。ひとつだけ現実と感じられることがある。気づいたら彼の顔を見たくなった。

あれはまちがいなくザディストだった——最初に目が覚めたとき、ベッドのそばに立っていたのは。あのときは、穴に戻っている夢を、また〝レッサー〟につかまっている夢を見ていた。その夢から覚めて目を開いたとき、そそり立つ大きな黒い影しか見えなくて、そのせいで一瞬、悪夢と現実の区別がつかなかったのだ。

その混乱はいまも続いている。

ああ、いますぐザディストに会いたい。彼の部屋に戻りたい。しかし、悲鳴をあげたせいで騒ぎになったとき、別の部屋に移すという話に、ザディストは反対しなかったような……自分の部屋に彼女を置いておきたくなかったのだろうか。

ベラは足を叱咤《しった》してまた歩きだし、いつのまにか決まったコースをたどっていた。巨大なベッドの脚をまわって寝椅子のそばへ行き、窓の前で向きを変えて、ハイボーイ（脚つきの高い

《たんす》）、廊下に通じるドア、古風なライティングデスクを鑑賞しつつ大きな弧を描く。最後の直線コースで、暖炉と書棚のそばまで歩いていく。

　もっと歩いて。もっと。もっと。

しまいにバスルームに入った。鏡の前で立ち止まったりはしなかった。いま自分の顔がどうなっているか見たくない。目当ては熱いお湯だ。百回もシャワーを浴びて、千回もバスを使いたい。皮膚のいちばん外側の層をそぎ落としたい。あの〝レッサー〟にさんざんさわられたこの髪を剃《そ》り落としたい。爪を切り、耳のなかをすっかり掃除して、かかともこすれるだけこすり落としたい。

　シャワーの栓を開き、お湯が熱くなるのを待って、ローブを脱いでその下に立った。お湯が背中に当たった瞬間、とっさに身をかばっていた。片手で胸をおおい、片手で腿の付け根を隠す……が、そんな必要はないのだと思い出す。ここにはだれもいない。だれも見ている者はいないのだ。

　背筋を伸ばして、両手を無理にわきに垂らした。この前にひとりきりで身体を洗ったのは、気が遠くなるほど大昔のことのような気がする。あの〝レッサー〟はいつもそばにいて、見ているだけならまだしも、手伝おうとすることもあった。

　ただ幸い、彼女とセックスをしようとはしなかった。最初のうちは、レイプされるのがなによりこわかった。きっと乱暴されるとおびえていたが、やがて彼は性不能だとわかった。裸の彼女をどれほど見つめても、いつも萎《な》えたままだったのだ。

　ぞっと身震いしながら、横に手を伸ばして石けんを取り、両手で泡を立てて、それを腕にそわせた。首をなであげ、そこから肩におり、さらに手を下げて……ベラはまゆをひそめ、前かがみになった。お腹になにか……薄れた引っかき傷のあと。これは……まさか、そんな。これはDの字ではないか。そのとなりは……これはAだ。それからV、I、そしてまたD。

ベラは石けんを取り落とし、両手でお腹をおおった。後ろによろめいてタイルの壁に寄りかかる。この身体にあの男の名前が。この肌に。一族のもっとも厳粛な誓いの儀式、それをグロテスクになぞったような。ほんとうに、あの〝レッサー〟の妻にされていた……

ふらふらとシャワーを出た。大理石の床に足をすべらせながら、タオルをつかんで身体に巻きつけた。もう一枚とってまた巻きつけた。もっとあれば、三枚でも四枚でも五枚でも巻きつけていただろう。

ぶるぶる震え、吐き気をこらえながら、鏡に近づいた。深く息を吸い、ガラスの曇りをひじで拭きとった。そして自分の顔を見た。

口もとを拭こうとして、ジョンはなんのはずみかナプキンを落としてしまった。胸のうちで悪態をつきながら、拾おうと身をかがめ……するとサレルも同じことをしていて、先に拾ったのは彼女のほうだった。手渡されたとき、彼はありがとうと口を動かした。

「どういたしまして」彼女は言った。

なんて耳に快い声だろう。それに、とてもいいにおいがする。ラベンダーのボディローションみたいだ。長くて細い指もきれいだ。

しかし、ディナーは最悪だった。ウェルシーとトールが彼のかわりに会話を一手に引き受けて、彼の生い立ちをやたらきれいごとにしてサレルに吹き込んだのだ。彼が自分で紙に書いたのはごくわずかだったし、それもまるきり蛇足としか思えなかった。

身を起こしてみると、ウェルシーがこちらを見てにこにこしていた。だがすぐに咳払いをして、澄ました顔をしてみせる。

「それでさっきも言ったけど、〈古国〉で昔、冬至のお祭りを取り仕切ったことがあるっていう、貴族の女性が二、三人いらっしゃるの。じつを言うと、ベラのお母さまもそうなのよ。このまま進めていいか確認してもらいたいわ、忘れてることがあるといけないから」

会話がゆったり流れていくのを、ジョンはとくに注意も払わず聞き流していたが、やがてサレルが言った。「そろそろ帰らなくちゃ。夜明けまであと三十五分だし、うちの親、すぐ大騒ぎするから」

彼女が椅子を引くと、ジョンもみんなといっしょに立ちあがった。別れのあいさつが交わされるあいだ、自分の存在が忘れられていくのがわかる。ところが、やがてサレルはこちらにまっすぐ目を向けてきた。

「送ってくれない？」彼女は言った。

ジョンはさっと玄関のドアに目を向けた。彼女を送る？　車まで？

だしぬけに、生々しいオスの本能のようなものがどっと胸にあふれた。その勢いの激しさに身体がかすかに揺れる。急に手のひらがむずむずしはじめ、思わず目をやった。なにかが当たっているような、なにかをにぎっているような気が……彼女を守るために。

サレルは咳払いをして、「いやなら……その……」

彼女が待っているのに気づいて、ジョンは軽いトランスからはっと覚めた。前に出て、片手を玄関に向かってあげてみせる。

外へ出ると、サレルが言った。「それで、トレーニングが始まるのが待ち遠しいでしょうね」

ジョンはうなずいた。気がつくと、彼の目は周囲をさまよい、物陰をうかがっている。緊張が高まるのを感じ、手のひらがまたむずむずしはじめた。自分がなにを探しているのかよくわからない。ただ、なにがあっても彼女を守らなくてはならないと感じていた。

サレルがポケットから手を出すと、キーがかちゃかちゃ鳴った。

「たぶん、わたしの友だちもあなたと同じクラスに入るんだと思うわ。今夜、受講の申込をするって言ってたから」車のドアのロックをはずして、「それはそうと、わたしがほんとはなにしに来たか、わかってるんでしょ？」

ジョンは首をふった。

「たぶん、あなたの身を養う相手にいいんじゃないかって、それで呼ばれたんだと思うの。遷移が始まったとき」

ジョンは驚いたはずみに咳き込んだ。目玉が飛び出して、車寄せを転がっていきそうな気がする。

「ごめんなさい」とにっこりして、「聞いてなかったみたいね」

うん、もし聞いてたら絶対忘れないと思う。

「わたしはいいけど」彼女は言った。「あなたはどう？」

そんな、なんて答えればいいんだろう。

「ジョン？」咳払いをした。「あのね、いまなにか書くもの持ってる？」

ぼうっとして、彼は首をふった。紙は家のなかに置いてきてしまった。この間抜け。

「じゃあ、手を出して」ジョンが手を差し出すと、サレルはどこかからペンを取り出して、彼の手のひらにかがみ込んだ。小さなボールが肌のうえをするする動いていく。「これ、わたしのメールアドレスと〝メッセ〟のＩＤ。一時間くらいしたらネットに接続するから、メッセージちょうだい。おしゃべりしましょうよ」

ジョンは彼女の書いた文字を見た。ひたすらじっと見つめた。

サレルは小さく肩をすくめた。「べつに、いやならいいのよ。ただ……その、こうすれば、もっと仲よくなれるかなって思ったの」少し言葉を切って、彼の返事を待っている。「ええと、その……べつにいいんだけど、ただ――」

ジョンは彼女の手をつかみ、ペンをひったくると、手のひらを開かせた。

ぜひきみと話したい、と書いた。

それから目をまっすぐ見つめて、自分でも信じられないほど大胆なことをした。

にっこり笑ってみせたのだ。

15

夜が明けて窓にシャッターがおりるころ、ベラは黒いローブを着て、あてがわれた寝室を抜け出した。すばやく廊下の左右を確認する。だれも見ていない。よかった。そっとドアを閉じ、すり足で歩きだした。ペルシャじゅうたんのおかげで、足音はまるでしない。大階段まで来て立ち止まり、どちらの方向だったか思い出そうとした。

たしか彫像の並ぶ廊下だった。何週間も何週間も前に歩いた、あの長い廊下。

最初は早足で歩いていたが、やがて走りだした。ローブのえりもとをかきあわせ、すそが開かないように腿のあたりを押さえながら。いくつも彫像とドアの前を過ぎ、やがて突き当たりまで来て、最後の彫像とドアの前で立ち止まった。落ち着こうなどとはしなかった、落ち着くわけがないから。心は乱れ、足は地につかず、いまにもばらばらに崩れ落ちそう――これで、なにをどう落ち着かせればいいのか。ドアを力いっぱいノックした。

ドアの向こうから声がした。「失せやがれ、おれは寝てんだ」

ノブをまわして押した。廊下の照明が無遠慮に射し込み、暗闇をくさび形に切り取る。そのぼんやりした光が、奥のすみに敷いた毛布の寝床に届くと、ザディストは起きあがった。全裸だった。皮膚の下、筋肉が収縮してうねを作っている。乳首の環が銀色に光る。傷痕のある顔は、猛烈に不機嫌な男の広告ポスターを見るようだ。

「失せろって言って――ベラか？」両手で股間を隠して、「なんだ、なにしに来たんだ」

自分でもわからないわ。急に勇気が薄れてきた。「ここに……ここに、いっしょにいていい？」

ザディストはまゆを寄せた。「いったいなにを――いや、だめだ」

彼は床からなにかを取り、それで股間を隠して立ちあがった。視線をそらすふりすらせずに、ベラはその姿をむさぼるように見つめた。手首と首に帯状に入る血隷の刺青、左の耳たぶにはめたプラグ、黒曜石の目、短く切りつめた髪。記憶にあるとおりの痩せこけた身体。横紋筋と浮き出た血管、突き出た骨格だけでできているような。剝き出しのエネルギーが、においたつように全身から立ちのぼっている。

「ベラ、出てけって。ここはおまえのいるとこじゃねえ」

有無を言わさぬ目つきにも口調にも、ベラはひるまなかった。勇気は消えても、必死の思いがいま必要な強さを与えてくれた。

もう声も震えなかった。「車のなかでわたしがぐったりしてたとき、運転してたのはあなたでしょう」答えはなかったが、気にならなかった。「まちがいなくあなただったわ。あれはあなただった。わたしに話しかけてくれた。助けに来てくれたのはあなただったのね」

ザディストは赤くなった。「〈兄弟団〉が助けたんだ」

「でも、車で運び出してくれたのはあなただわ。それに、最初はここに連れてきてくれた。あなたの部屋に」贅沢《ぜいたく》なベッドに目をやった。上掛けはぞんざいにめくれて、枕には彼女の頭のあとがへこんで残っている。「ここにいさせて」

「あのな、おまえは安全な場所にいねえと――」

「あなたといれば安全だわ。あなたはわたしを助けてくれた。あなたのそばにいれば、二度とあの〝レッサー〟に手出しされることはないもの」

「ここじゃ、おまえに指一本触れるやつはいやしねえ。この館はがっちり警報装置で守られてるんだ。ペンタゴンも顔負けだぜ」

「お願い――」

「だめだ」ぴしゃりと言った。「さあ、とっとと出てけ」

ベラは震えはじめた。「ひとりではいられないの。お願い、いっしょにいさせて。そばにいてほしいの……」ほんとうは、そばにいてほしいのは彼ひとりだ。しかし、それは言わないほうがいいと思った。「……だれかに」

「そいじゃ、フュアリーに頼んだほうがいい」

「そんなことないわ」求めているのは、いま目の前にいるこの男だ。どんなに荒っぽかろうと、これは頼れる男だと直感していた。

ザディストは手を頭にやった。何度もなでまわした。胸が大きく盛りあがった。

「追い出さないで」ささやくように言った。

彼が悪態をつくのを聞いて、ほっと安堵のため息を吐いた。これ以上にイエスに近い答えはないだろうと思った。

「ズボンはかねえと」彼はつぶやいた。

ベラはなかに入ってドアを閉じた。いったん目を伏せたものの、すぐにまた顔をあげた。彼はこちらに背を向けて、黒いナイロンのスウェットパンツを太腿まで引きあげている。かがんだせいで背筋が伸びて、すじ状の傷痕がはっきり見える。その無惨な傷痕を眺めるうちに、どんな目にあってきたのか、どうしても知りたいと思った。なにもかも、あのひとつひとつの傷痕のわけを。うわさはもう聞いている。いまは真実を知りたい。なにをされたにしても、彼はそれを乗り越えて生きてきたのだ。それならわたしも乗り越えられるかもしれない。

こちらに向きなおって、「なんか食ったのか」

「ええ、フユアリーが食べものを持ってきてくれたから」

ちらとなにかの表情がよぎったが、それは一瞬で消えて、彼の内面はうかがえなかった。

「どっか痛いとこは？」

「とくにどこも」

彼はベッドに歩いていき、枕をふくらませた。一歩よけて立ち、床を見ている。

「寝ろよ」

近づいていきながら、彼に両手をまわして抱きつきたいと思った。それを読んだかのように、彼がはっと身を硬くする。さわられるのが嫌いなのは知っている。それも、いやと言うほど思い知らされた。それでも、できるだけ近くにいたかった。

わたしを見て。

声に出してそう頼もうとしたとき、ふと気がついた。彼の首になにか巻きついている。

「わたしのネックレス」ささやいた。「わたしのネックレスをしてるのね」

手を伸ばしてそれに触れようとしたが、彼はびくっと身を引いた。あっというまに首からはずし、小粒のダイヤモンドのはまった、華奢《きゃしゃ》な黄金《きん》のチェーンを彼女の手に置く。

「そら。返したぜ」

見おろした。〈ティファニー〉の〈ダイヤモンド・バイ・ザ・ヤード〉。何年もずっと首にかけていた……彼女の定番のアクセサリーだった。ほとんど身体の一部になっていて、つけていないと裸でいるようで落ち着かなかった。それがいまでは、初めて見るもののような気がする。

ダイヤモンドをいじりながら、温かい、と思った。彼の肌の温かさだ。

「あなたにつけててほしいわ」思わず漏らした。

「ばか言うな」

「でも――」

「しゃべんのはもういい。ベッドに入るか、でなかったら出てけ」

ベラはネックレスをローブのポケットに入れて、ザディストを見やった。あいかわらず目は床に釘付けで、呼吸のたびに乳首の環が揺れて光る。

わたしを見て。

だが、彼は顔をあげようとしない。しかたなくベラはベッドに入った。彼が身をかがめてきたとき、場所をあけようと横にずれたが、ただ上掛けをかぶせてくれたきりで、またすみに戻っていった。毛布を敷いただけの寝床に。

ベラはじっと天井をにらんでいた。だが数分後、枕をひとつつかむとベッドをおりて、彼に近づいていった。

「なんのまねだよ」ぎょっとしたように声がはねあがる。

枕を置いて、ベラは横になった。床に身体を伸ばすと、すぐそばに彼の大きな身体がある。においもずっと強く感じられる。常緑樹のにおい、たくましい男のエッセンスを集めたにおい。その体温が恋しくて、じりじりと近づくうちに、ひたいが腕の裏側に当たった。とても固い。石の壁のよう。けれども、そのぬくもりに全身の緊張がほぐれていく。彼のそばにいると、自分自身の骨の重みが感じられる。身体の下の硬い床の感触も、暖房が入って部屋に温風が吹きはじめたのも、はっきり感じられる。彼の存在を通して、また周囲の世界とつながることができる。

もっと。もっと近づきたい。

じりじりと進むうちに、やがて胸のあたりからかかとまで、彼の身体の側面にぴったりくっついた。

彼はぎくっとして身を引き、はずみで壁にぶつかった。

「ごめんなさい」そうつぶやきながら、またにじり寄っていく。「こうせずにはいられないの。触れていたいの」――あなたに――「温かいものに」

はじかれたように彼は立ちあがった。

どうしよう。追い出されてしまったら――

「来いよ」ぶっきらぼうに言った。「ベッドで寝るぞ。おまえを床に寝かすわけにいくか」

ひとつのものを二重売りはできない——そんなことを言うのは、〈オメガ〉に会ったことのない者だけだ。

　Oは寝返りを打って腹這いになり、力の入らない両腕を突っ張って上体を起こした。この格好だと吐くのが楽だ。重力が助けてくれる。

　嘔吐《おうと》しながら思い出すのは、全〝レッサー〟の父と交わした、最初のささやかな契約のことだった。〈レスニング・ソサエティ〉に入会した夜、血と心臓とあわせて魂を売り渡し、かわりに不死身の殺し屋になった。殺戮《さつりく》を公認されたうえ、生活の心配もなくなった。

　そして今回、彼はまた取引をした。ミスターXはもういない。いまではOが〝筆頭殲滅者《フォアレッサー》〟だ。

　ただ残念ながら、それと同時に〈オメガ〉の情人になってしまった。

　頭をあげようとした。部屋がぐるぐるまわったが、疲れきっていてもう吐き気も起きない。吐きたくても、そっちのほうがもうからっぽなだけかもしれないが。

　キャビンだ。ここはミスターXのキャビンだ。光の加減からして、もう夜明けは過ぎているようだ。薄い光にまばたきしながら、自分の身体を見おろした。裸で、あちこちに打ち身ができている。口のなかはひどい味がした。

　シャワー。シャワーを浴びなくては。

　椅子とテーブルのかどをつかんで、身体を引っぱりあげた。立ちあがると脚がぐにゃぐにゃして、どんな狂った理由からか、ラバランプ（六〇年代からインテリアとして流行した照明器具。透明な管に入った着色された液体が、電球で熱せられて溶岩（ラバ）のようにうねうね、くねくねと不規則に動く）を思い出した。たぶん、どっちもなかに液体が入っているからだろう。

左膝がくずれて、椅子にへたり込んだ。両腕を身体に巻きつけながら、シャワーはもう少しあとにしようと思った。

くそう……新しい世界が開けたんだろうに。それに、昇進にともなって新しい知識もどっさり増えた。立場が変わる以前は、〝フォアレッサー〟はただの〝レッサー〟のリーダーだと思っていたが、それは大間違いだった。じつは〈オメガ〉はあちら側から身動きができず、現世に出現するにはパイプが必要なのだ。ナンバーワンの〝レッサー〟はいわば道標で、〈オメガ〉はそれを目じるしに世界を横断してくる。〝フォアレッサー〟の役割は、チャネルを開いて灯台の役割を果たすことだけなのだ。

それに、〝レッサー〟の頭目になると重要な恩典がある。ミスターXは部下の身体の自由を奪うわざを使っていたが、あんなものは子供の遊びとしか思えないほどの恩典だ。

ミスターX……センセイも気の毒に。Oは笑った。いまはさんざんな気分だが、それでもミスターXの気分にくらべればずっとましだろう。それは保証つきだ。

胸に短刀を突き立てたあとは、ことはすらすらと運んだ。〈オメガ〉の足もとにたどり着いたとき、Oは体制変更の必要性を訴えた。〈ソサエティ〉の戦力はどんどん減少している。とくに主要部隊《プライム》の減りかたはひどい。〈兄弟団〉の力が強まっている。盲目の王が玉座にのぼった。ミスターXでは、強力な戦線を維持することはできない。

Oの言葉はすべて事実だった。しかし、契約にこぎつけられたのは、そのどれのおかげでもない。

話がうまく進んだのは、〈オメガ〉がOに対してふとした浮気心を起こしたからだ。〈ソサエティ〉の歴史をたどると、特定の〝レッサー〟に対して、〈オメガ〉が個人的な興味（という言いかたが適当かどうかはべつとして）を示したことが何度かある。僥倖《ぎょうこう》と思うだろうが、そうではない。〈オメガ〉の愛情は、激しいが長続きしない。うわさによれば、飽きたときは身の毛もよだつ棄てかたをするそうだ。しかしOは、欲しいものを手に入れるためなら、喜んで這いつくばるし、芝居もするし、嘘をつくつもりだった。そして〈オメガ〉は、彼の差し出すものをすでに受け取ったことがある。

なんとおぞましい二、三時間だったことか。しかし、その甲斐はあった。

ぼんやりと、いまごろミスターXはどうなっているだろうと考えた。Oが解放されたとき、〈オメガ〉はミスターXの自宅を訪ねようとしていた。ということは、それはすでに起こったあとにちがいない。テーブルには、前〝フォアレッサー〟の武器のほかに、携帯電話や〈ブラックベリー〉がのっている。正面のドアのそばには、照明弾が燃え尽きたようなあとも残っていた。

向かいの壁にかかったデジタル時計を見あげた。気分はさんざんだが、いつまでもへばってはいられない。ミスターXの携帯を手にとり、番号を押し、耳に当てた。

「はい、センセイ」Uが出た。

「トップの交代があったんだ。あんたを副官に指名したい」

沈黙があった。ややあって、「なんてこった。ミスターXはどうなった」

「いまごろ解雇通知を受け取ってるだろうよ。それで、どうする」

「ああ……そうだな。ああ、もちろん、あんたについていくよ」

「これからは、現況報告はあんたが取り仕切ってくれ。わざわざ報告に来させる必要はない。メールでたくさんだ。それから、部隊の編制はこれまでどおりでいく。主要部隊《プライム》はふたりずつ、補助部隊《ベータ》は四人ひと組で行動だ。トップ交代の話を発表しといてくれ。それがすんだら、このキャビンに来るんだ」

　Oは電話を切った。〈ソサエティ〉のことなどどうでもいい。ヴァンパイアとのくだらない戦争も、どうなろうが知ったことか。彼の目的はふたつ。生死にかかわらず、女を取り戻す。そして、女を連れ去った傷痕のある〈兄弟〉を殺すことだ。

　立ちあがったとき、自分の身体をふと見おろして、萎えたままの男性器が目に入った。あることに思い当たって、すっと胸が冷えた。

　ヴァンパイアは、〝レッサー〟とちがって性不能ではない。

　彼の美しい、浄《きよ》らかな妻の姿が目に浮かぶ……あの裸身、白い肩いっぱいにひろがるあの髪、ほっそりした肢体が光を受けて描く、あの優美な曲線。息をのむ美しさ。完璧な、非の打ちどころもない、女らしさの極致。

　崇拝し、所有すべき宝だ。侵すべからざる聖女だ。

　ただ、ペニスのあるやつは、みんなやりたがるだろう。ヴァンパイアでも、人間でも、〝レッサー〟でも、なんでもだ。

　凶暴なものが全身を貫いた。ふいに、女が死んでいればいいと思った。あの醜怪な化物がおれの女とセックスしようとしていたら……ちくしょう、ぶっ殺す前にスプーンで去勢してやる。

もし女が喜んで受け入れていたら、どうするか見ていやがれ。

16

　フェアリーは目を覚ました。午後三時十五分。ろくすっぽ眠れなかったが、それもしかたがない。昨夜の一件で、いまもはらわたが煮えくり返っているのだ。アドレナリンが全身で超過勤務をこなしていては、おちおち目をつぶっていられるわけがない。

　レッドスモークを一本とって火をつけた。肺に煙を吸い込み、そのままぐっと息を止める。ザディストの部屋に行って、眠る双児のあごに一発食らわす場面が目に浮かぶ。いけないと思っても、それを想像すると正義が果たされたように胸がすっとするのだ。

　まったく信じられない、Zがあんな状況でベラを犯そうとするとは。あそこまで腐っているとは思わず、本気で自分の双児を憎いと思った。また自分自身のことも憎かった。なぜそれを見抜けなかったのか。奴隷の経験をへたあとも、Zのなかにはまだなにかが生き残っている、ずっとそう信じていた。魂の小さなかけらのようなものが。だが、昨夜の姿を見てからは……もうそんな甘い期待は消え失せた。Zは骨の髄までけだものなのだ。

　だがちくしょう、ほんとうに腹が立つのは、ベラがあんな目にあったのは自分のせいだということだ。どうしてよそへ移しておかなかったのか、自分で自分が赦せない。Zを信じたいあまりに、ベラの安全を犠牲にしてしまった。

ベラ……

抱き寄せたとき、彼女が身体をこちらに預けてくれたのを思い出した。せつな、全身に力がみなぎって、彼女を守るためなら〝レッサー〟の大軍にも立ち向かえると思った。短いあいだだったが、真の男に変身することができた。必要とされる男、大義のために戦う男に。

なんという天啓だろう。これまでの彼は、自殺願望に取り憑《つ》かれた破滅型の狂人に、ただふりまわされているだけの間抜けでしかなかったのだ。

昨夜は彼女のそばについていたくてならなかった。それでも離れた理由はただひとつ、それが正しい行動だったからだ。ベラは疲れきっていた。だが、それだけではない——禁欲の誓いを立てていながら、自分で自分を信用できなかったのだ。この身体で彼女を救いたかった。この身の肌と骨をもって、うやまい、癒したかった。

だが、そんなふうに考えてはいけないのだ。

音を立てて力いっぱい煙を吸った。肺のなかに煙をためるうちに、肩から力が抜けていく。気分が落ち着いてきたところで、レッドスモークの買い置きに目をやった。もうずいぶん減っている。尊者《レヴァレンド》に会うのは気が進まないが、また買いに行くしかない。

なにしろZのことでこんなに動転しているし、これからどっさり必要になるだろう。レッドスモークはただの軽い筋弛緩《しかん》剤で、実際にはマリファナとも、その他の危険な薬物ともまるでちがう。しかし、精神の安定を保つために、彼はレッドスモークに頼っていた。その点ではマリファナ煙草を吸う連中と同じだ。手に入れるのにレヴァレンドに会う必要さえなければ、まったく無害な嗜好《しこう》品と言ってかまわなかっただろうに。

まったく無害で、彼にとっては唯一の安らぎだ。

手巻きの一本を吸い終わると、灰皿でもみ消してベッドを出た。義肢をつけてから、バスルームに入ってシャワーを浴び、ひげを剃った。スラックスをはき、シルクのシャツを着る。まず自前の足を、次は感覚のないほうの足を〈コールハーン〉のローファーに突っ込む。鏡をのぞき、髪を少しなでつけた。深く息を吸う。

となりの寝室に向かい、そっとノックした。返事がない。もう一度ノックしてから、ドアを開いた。ベッドは乱れていたものの、ベラの姿はない。バスルームにもいなかった。

廊下に引き返しながら、耳のなかで非常ベルが鳴り響いていた。気づかないうちに小走りになり、しまいには全力で走っていた。大階段の前を走り過ぎ、彫像の廊下を駆け抜けた。ノックする手間もかけず、Zの部屋のドアをあけた。

足が止まった。

最初に思ったのは、ザディストがベッドから落ちそうだということだった。上掛けのうえ、マットレスのふちぎりぎりのところに寝ている。**これはまた**……とうてい寝心地がよさそうには見えない。自分で自分をかき集めようとするかのように、裸の胸に両腕をしっかり巻きつけている。両脚を曲げて外側にひねっていて、ひざは完全にマットレスからはみ出して宙に浮いていた。

しかし、顔は反対側を向いている。ベラのいるほうに。歪んだ唇がほんのわずか分かれて、いまは冷笑を浮かべているようには見えなかった。ふだんは険悪に寄せているまゆもゆるみ、眉間のしわが消えている。

それは、眠れる崇拝者の表情だった。

いっぽう、ベラの顔はとなりの男を見あげる格好になっていた。夜のとばりのように穏やかな表情。かぶっている毛布と上掛けの許す範囲で、Zにぴったり寄り添っている。抱きつけるものなら抱きついていただろう。それはひと目でわかる。もうひとつわかるのは、完全に逃げ場がなくなるまで、Zがなんとかベラから離れよう離れようとしていたことだ。

フュアリーは声を殺して自分をののしった。前夜ここでなにがあったにしても、Zがベラによからぬ手出しをしようとしたのではない。それはたしかだ。いまのふたりのようすを見ればわかる。

目をつぶって、ドアを閉じた。

一瞬、完全に正気をなくした者のように、またなかに引き返そうかと思った。彼女の横に寝る権利をめぐってザディストと戦うのだ。素手の格闘に突っ込んでいく自分の姿が見えるようだ。双児どうしで古風な〝競り合い《コンテスト》〟をするのだ、どちらが彼女をわがものにするか決めるために。

しかし、ここは〈古国〉ではない。選ぶ権利は女性にもある。だれを好ましいと思うか。だれの横で寝るか。だれと連れ添うか。

ベラは、フュアリーがどこにいるか知っていた。となりが自分の部屋だ、とちゃんと教えておいたのだから。もしそれを望んでいたら、フュアリーのもとへ来ることもできたのだ。

眠りから覚めたとき、Zはみょうな感覚に気がついた。暖かい。暑いのでなく、ただ……

暖かい。ベラが出ていったあと、暖房を切っておくのを忘れたのだろうか。きっとそうにちがいない。だが、ほかにもおかしなことがある。ここは床のうえではない。おまけに、おれはズボンをはいてるんじゃないか？　いつも寝るときは裸なのにと思いながら、確かめようと脚を動かしてみた。スウェットパンツがこすれて、あれが固くなっているのに気がついた。固く、大きくなっている。いったいなんで——

目をはっと見開いた。ベラ。ベラといっしょにベッドに寝ている。

ぱっと身を引こうとして——

マットレスから落ちて、床にしりもちをついた。

たちまち、彼女が四つんばいで近づいてきた。「ザディスト、大丈夫？」

ふちから身を乗り出したとき、着ているローブのえりが開いて、Zの目はそこに釘付けになった。片方の乳房があらわになっている。浴槽で見たときと同じく完璧だった。透けるような肌はなめらかで、小さな乳首はピンク色で……くそ、もういっぽうもおんなじなのはわかっているのに、なぜかそちらも見たくてたまらなかった。

「ザディスト？」さらに身を乗り出してきた。髪が肩から垂れて、ベッドのふちから流れ落ちている。さながら深いマホガニー色のみごとな滝だ。

股間のあれが爆発しそうにいきり立っている。心臓の鼓動に合わせて脈打っている。

両ひざをさっと合わせて腿を閉じた。彼女に見られたくない。

「ローブがあいてるぞ」ぶっきらぼうに言った。

彼女は胸もとに目をやり、えりをかき合わせた。顔を赤くしている。ああ、ちくしょう……ほっぺたが乳首と同じピンク色になっている。

「ベッドに戻ってきてくれない？」彼女が言った。

彼のなかに深く埋もれていた良識が、それはやめておいたほうがいいと忠告してきた。

「お願いよ」髪の毛を耳にかけながらささやく。

彼女の身体がアーチを描いている。その肌と彼の目をへだてる黒いサテン。大きなサファイアブルーの目。すんなりと伸びる首。

いかん……いま彼女に近寄るのは、絶対にやめたほうがいい。

「そっちへずれろよ」

ベラがごそごそとあとじさっているとき、彼はテントのように張り出した股間に目をやった。くそったれめ、やたらにでかくなってやがる。ズボンのなかにもう一本腕がはえているようだ。足場でも組まないかぎり、こんな柱は隠せそうにない。

ベッドを目測した。流れるような動きで、上掛けの下にもぐり込む。

身悶えするほどに、やめておけばよかったと思った。もぐり込んだとたんに、固い身体に彼女がぴったり貼りついてきたのだ。まるで毛布をもう一枚かぶっているみたいだ。やわらかくて、温かくて、息をしている毛布を……

Zはパニックを起こした。さわられるのが苦手どころの話ではない。どうしていいかわからなかった。突き飛ばしたい。それなのに、もっとくっついてほしい。それから……くそ、信じられない。彼女にのしかかりたい。自分のものにしたい。一発やりたい。

衝動はあまりに強烈で、その行為に及んでいる自分の姿が見えるようだった。裏返して腹這いにさせ、腰をベッドから引きあげて、その後ろに立つ。あれを彼女のなかに突っ込み、腰を前後に動かして――

くそ、おれは腐ってる。あの薄汚いものを突っ込みたいだと？　彼女の口に便所のブラシを突っ込むほうがまだましだ。

「震えてるのね」彼女が言った。「寒いの？」

いっそうぴったりくっついてきて、前腕の外側に彼女の乳房が当たるのがわかった。やわらかくて温かい。あれが激しく引きつれて、スウェットパンツをぐいぐい押しあげてくる。

くそ。この股間のパンチからして、どうやら彼は恐ろしく欲情しているらしい。

いまごろなに寝言ほざいてんだ。くそ、こんちくしょうはどくどく脈うってるし、その下の玉はうずくし、雄牛そこのけに発情して、彼女に乗っかっている姿がまぶたにちらつく。しかし、あれが固くなるのは女の恐怖を感じたときだけだし、いまベラはおびえてもいないのに、いったいなにに反応しているというのか。

「ザディスト……」彼女が小さくささやいた。

「ああ？」

そのとき彼女が口にしたひとことで、石を呑んだように胸がずしりと重くなった。全身の血がぞっと凍りつく。ただ、少なくとももうひとつの問題は、きれいさっぱり消えてなくなった。

部屋のドアがだしぬけに開いた。頭からTシャツをかぶろうとしていたフュアリーは、思わずはっと手を止めた。

戸口にザディストが立っていた。上半身裸で、黒い目をぎらぎら光らせている。

フュアリーは口のなかで毒づいた。「よかった、来てくれたのか。昨夜のことで……おまえにあやまらないと」

「聞きたくねえ。ちょっと来い」

「Z、あれはおれが悪か——」

「来いって」

フュアリーはシャツのすそをぐいと引きおろし、腕時計に目をやった。「三十分後にクラスが始まるんだ」

「すぐすむ」

「ああ、その……わかった、行くよ」

Zのあとについて廊下を歩きだし、謝罪は歩きながらすませようと思った。

「なあ、ザディスト、昨夜はほんとうにすまなかった」返事はなかったが、これはいつものことだ。「まちがった結論に飛びついてしまった。おまえとベラのことで」Zの足が速くなる。「なんで気がつかなかったのか——おまえがベラに手出しするはずがないよな。それで、〝ライズ〟を申し出たいんだが」

ザディストは立ち止まり、肩ごしにふり向いてにらみつけてきた。「なんのためだよ」

「おまえの名誉を傷つけたからだ。昨夜」

「なに言ってやがる」

フュアリーは首をふるばかりだった。「ザディスト——」

「おれは狂ってる。見下げ果てた、信用ならないやつだ。半分でも脳みそがあるやつなら、だれだってそれぐらい気がつく。気がついたからって、あやまるだのなんだのってぺこぺこすることねえさ」

フュアリーはぽかんと口をあけた。「なんだって……Z、なんてことを——」

「ったく、いいからさっさと来いよ」

Zはずんずん歩いていき、自分の部屋のドアを開いた。

ベラはベッドのうえで上体を起こし、シルクのローブのえりをのどもとでしっかりかき合わせていた。わけがわからないという顔をしている。そして言葉にできないほど美しかった。

フュアリーは、彼女とZを交互に見くらべていたが、しまいに自分の双児に向かって言った。「どういうことだ」

Zの黒い目は床をじっとにらんでいる。「行ってやれよ」

「なんだって?」

「養ってやれって言ってんだよ」

ベラが息が詰まったような音を立てた。あえぎを無理に呑み込んだような。「待って、ザディスト。わたしは……あなたがいいの」

「無茶言うな」

「でも、わたし——」

「黙れ。おれは外へ出てるから」

気づいたときには、フュアリーは室内に押し込まれていた。背後でドアがばたんと閉じる。その後の沈黙のなか、彼は決めかねていた――勝利の叫びをあげていいのか、それとも……たんに悲鳴をあげるべきなのか。

深く息を吸って、ベッドのほうに目をやった。ベラは両ひざを胸に寄せて身体を丸めている。

なんてことだ。フュアリーはいままで、女性を養ったことは一度もない。禁欲の誓いを立てている以上、そんな危険は冒したくなかった。自分の性衝動と戦士の血を考えると、女性に血管を差し出したりしたら、誓いなどそっちのけで襲いかかってしまうのではないかとずっと恐れていた。相手がベラでは、平静を保つのはさらにむずかしいだろう。

しかし、彼女は血を求めている。それに、簡単に守れる誓いなど、誓いの名に値するだろうか。これはよい試練かもしれない。ぎりぎりの状況で克己心を試すチャンスだ。

彼は咳払いをした。「きみさえよければ、おれはかまわない」

ベラが顔をあげて、目と目を合わせてきた。とたんに、皮膚が縮みあがって骨が締めつけられるようだった。これが、女に拒絶されるということなのか。身体が縮んでいくような、このいたたまれなさが。

フュアリーは目をそらし、ザディストのことを考えた。部屋のすぐ外にいるのが感じられる。「あいつには無理かもしれない。きみは、あいつの……あいつの過去を知ってるんだろう?」

「彼に頼むのは残酷なこと?」彼女の声は張りつめていた。内心の葛藤《かっとう》を映す低い声。「そんなに？」

たぶん、と彼は思った。

「ほかの男に頼むほうがいいとは思う」ちくしょう、どうしておれではだめなんだ。なぜおれを求めてくれないんだ。「ただ、ラスやレイジはまずいだろうな。あのふたりには連れあいがいるからね。なんならVを連れて――」

「いいえ……ザディストでなくちゃだめなの」口もとに運んだ手が震えている。「ごめんなさい」

無念さを呑み込んで、「ちょっと待ってて」

廊下に出ていくと、Zはドアのすぐそばにいた。両手で頭を抱え、肩をすぼめている。

「もうすんだのか」両手をおろして尋ねた。

「いや、そもそも始めてない」

Zはまゆを寄せ、目を向けてきた。「どういうことだ。なんでやらねえんだ、ハヴァーズも言ってただろ――」

「ベラはおまえがいいと言ってる」

「――だから、なかに入って血管切って――」

「おまえじゃなきゃだめだと言ってるんだ」

「血がいるんだ、だからさっさと――」

フュアリーは声を高めた。「おれは飲ませる気はない！」

Zは口をぎゅっと結び、黒い目を怒りに細めた。「くそったれ、おれが頼んでんのに」

「断わる」飲ませたくても、彼女が飲まないんだ。

Zは突っかかってきて、フュアリーの肩を万力のような手でがっちりつかんだ。「それじゃ、ベラのためにやれ。こうするのがいちばん彼女のためだし、おまえは彼女が気に入ってるし、だいたい飲ませたがってるじゃねえか。ベラのために、やれよ」

こんちくしょう。できるものならやりたい。Zの寝室に戻れるならなんでもする。着ているものをむしりとって、あのベッドに身を投げ出したい。ベラをこの胸に這いあがらせて、あの歯を首に埋めてほしい。そして彼のうえにまたがって、唇のあいだからも、腿のあいだからも、彼をなかに導き入れてほしい。

Zの鼻孔がふくらんだ。「ああ……においでわかる。おまえ、飲ませたくてしょうがねえんだろ。だったら行けよ。行って、養ってやれよ」

フュアリーはうわずった声で、「おれじゃだめなんだよ、Z。ベラが欲しがってるのは――」

「なにが欲しいのか、自分でわかってねえんだ。ひどい目にあって、まだ頭がまともじゃねえんだ」

「おまえしかいないんだ。彼女には、おまえしかいないんだよ」ザディストの目が、閉じたドアのほうに流れる。フュアリーは胸が張り裂ける思いだったが、それでも重ねて言った。「聞けよ、兄弟。ベラはおまえを望んでるんだ。彼女のためなんだ、できないはずないだろ」

「できるもんか」

「Z、やれって」

髪を切りつめた頭をふらふらさせながら、「ばか言え、おれの身体を流れてる血は腐ってるんだ。わかってるくせに」

「そんなことがあるもんか」

唸《うな》り声とともにZは身をそらし、両の手首を突き出して、脈の位置に帯状に刺青された血隷のしるしを剝き出しにしてみせた。「これを嚙ませられるか。これに口をつけさせて、おまえそれでも平気だってのか。おれなら我慢できねえ」

「ザディスト……」ベラの声がそっと漂ってきた。いつのまにかベッドを出て、ドアをあけていた。

ぎゅっと目をつぶるZに、フュアリーはささやいた。「ベラは、おまえを欲しがってるんだ」

Zは蚊《か》の鳴くような声で答えた。「おれは汚れてるんだ。おれの血を飲ませたら死ぬ」

「ばか言うな」

「お願い……ザディスト」ベラが言った。

そのすがりつくような渇望の声に、フュアリーの胸は氷の檻に変わった。身動きもできず、ぼうぜんと見守る彼の目の前で、Zがゆっくりとベラに顔を向ける。

Zを見つめたまま、ベラが少しあとじさった。

何分、何日……何十年……何百年と過ぎたようだ。ついにザディストは歩きだし、なかに入っていった。ドアが閉まった。

フュアリーはもうなにも目に入らなかった。くるりと向きを変え、廊下を歩きだした。

どこか行くところがあったような気がする。
クラス。そうだ、それだ……クラスを指導しに行かなくては。

17

四時十分、ダッフルバッグを引きずるように、ジョンは送迎バスに乗り込んだ。

「こんにちは」ハンドルをにぎる〝ドゲン〟が愛想よく言った。「ようこそ」

ジョンは頭を下げて、十二人の生徒たちに目をやった。ふたりずつ座席にすわっている。**おっときみたち、あんまり和気あいあいって感じじゃないね。**運転手の後ろのあいた席に腰をおろした。

バスが動きだすと、うえから仕切りがおりてきた。生徒たちはまとめて後部に隔離され、前を見ることはできない。ジョンはもぞもぞして、横向きにすわりなおした。背後がどうなっているか、見ておいたほうがいいと思ったのだ。

窓はみな黒っぽく着色されているが、床と天井に走る照明のおかげで、クラスメイトたちのようすはわかる。彼と同じように痩せて小柄な少年ばかりだ。もっとも髪の色はまちまちで、ブロンドもあれば、もっと暗い色も見える。赤毛の少年もいた。ジョンと同じくみな白い道着を着て、足もとに置いているのも同じ、黒いナイロン製のナイキのダッフルバッグだ。かなり大きいバッグで、着替えや食べ物をふんだんに詰め込める。そのほかに、全員がバックパックを持っていた。たぶん中身はジョンのそれと同じだろう。ノートに筆記具、携帯電話、電卓。用意するもののリストをトールが前もって送ってきたのだ。

ジョンはバックパックを腹にぴったり引き寄せながら、見られているのを感じていた。こういうときは、テキストメッセージを送れる電話番号のことを考えていると気が紛れる。何度もくりかえしそらんじてみた。自宅、ウェルシーの携帯、トールの携帯、それに〈兄弟団〉の番号に、サレルの……

サレルのことを思ったら口もとがほころんだ。昨夜はオンラインで何時間もやりとりをした。やりかたさえ呑み込んだら、彼女と話をするのにメッセは最高の方法だった。ふたりとも文字をタイプするわけだから、対等に話ができる気がする。ディナーのときにちょっといいなという程度だったとすれば、いまは本気でサレルを好きになりはじめていた。

「名前はなんていうんだ?」

ジョンは座席のほうに目をやった。声をかけてきたのは、長いブロンドの少年だった。片耳にダイヤモンドのイヤリングをしている。

少なくとも英語を話してるんだ。

バックパックのジッパーをあけて、ノートを取り出そうとしていると、「おい、耳が聴こえないのか」

ジョンは自分の名前を書いて、ノートをそちらに向けた。

「ジョンだって? なんだよ、その名前。それに、なんで口で言わないんだ」

ああ、まいった……最初からこれじゃ、この先が思いやられる。

「どうしたんだよ、口がきけないのか」

ジョンは相手とまっすぐ目を合わせた。確率の法則からして、お山の大将になりたがるやつが、どんな集団にもかならずひとりはいるものだ。この耳にきらきらをつけた黄色い髪の少年は、まちがいなくそういうタイプだった。

ジョンはその質問に首をたてにふった。

「しゃべれないのか。ぜんぜん?」全員に聞かせようとするように声を高めて、「口がきけないくせに、兵士になる訓練なんか受けてどうすんだよ」

おしゃべりで戦うわけじゃないだろ、とジョンは書いた。

「そりゃそうだ。たしかに、そんだけ筋肉がもりもり盛りあがってりゃ、すっげえおっかねえよな」

おたがいさまだろ、と書いてやりたかった。

「なんで人間の名前なんだ?」すぐ後ろにすわっている赤毛の少年が訊いてきた。

人間に育てられたんだ、と書いてそちらに向ける。

「へえ。その、おれはブレイロックっていうんだ。ジョン……うーん、変な感じだな」

とっさに、ジョンはそでをたくしあげて、自分で作ったブレスレット——夢で見た文字が彫りつけてある——を見せていた。

ブレイロックは身を乗り出した。淡青色の目を丸くして、「こいつの本名、テラーだってさ」

ざわめきが起きた。それもかなりの。

ジョンは腕を引っ込めて、また窓に寄りかかった。そでをあげてみせたりするんじゃなかった。みんなにどう思われたことやら。

ややあって、ブレイロックがさっきよりていねいな口調になって、ほかの少年たちを紹介しはじめた。全員変わった名前で、さっきのブロンドはラッシュというらしい。これのどこが普通の名前なんだろう。

「テラーか……」ブレイロックがつぶやいた。「それ、すごく古い名前だよな。本物の戦士の名前だ」

ジョンはまゆをひそめた。みんなの高品位テレビの大画面にあまりしゃしゃり出るのは気が進まないが、ついこう書いた。**きみの名前はそうじゃないの？　ほかのみんなのは？**

ブレイロックは首をふった。「おれたちはみんな、戦士の血が少しは混じってるから訓練生に選ばれたんだけど、そんな名前を持ってるのはひとりもいないぜ。きみはどういう血統の子孫なんだ？　ひょっとして……〈兄弟団〉のメンバーの子なのか」

ジョンはまたまゆをひそめた。〈兄弟団〉と血がつながっているかもしれないとは、いままで夢にも思ったことがなかった。

「下賤《げせん》の質問には答えられないってさ」ラッシュが言った。

ジョンは聞き流すことにした。自分が社会的な地雷をかたっぱしから踏んでまわっているのがわかる。右も左も地雷だらけだ。名前のこと、人間に育てられたこと、おまけに口がきけない。今日はつらい忍耐試験になりそうだ。とすれば、最初から神経をすり減らすのはやめたほうがいい。

バスの移動には約十五分かかったが、最後の五分ほどは何度も止まったり進んだりのくりかえしだった。訓練施設の手前の、二重三重にゲートのある道を通っているのだろう。バスが止まって仕切りがまたあがったとき、ジョンはダッフルバッグとバックパックをかつぎ、まっさきにおりていった。地下駐車場は昨夜とまったく同じだった。やはり乗用車は一台もなく、いま乗ってきたのと同じ送迎バスがもう一台駐まっているだけだ。わきによけて立ち、ほかの生徒がおりて来るのを見守っていた。白い道着の集団。そのおしゃべりの声は、まるで鳩の羽ばたきの音のようだ。

センターのドアが大きく開き、少年たちは棒を呑んだように立ちすくんだ。

しかし、これはめずらしいことではない。フュアリーが出てくるといつもこういう反応が起きるのだ。あのみごとな髪に、黒ずくめの大きな身体。それだけで、だれしも身動きできなくなってしまう。

「やあ、ジョン」フュアリーは片手をあげて、声をかけてきた。「調子はどうだ」

全員がふり向いてこちらを見つめる。

ジョンはフュアリーに笑顔を見せて、あとは集団に紛れ込もうとするので忙しかった。

ベラが見つめる前で、ザディストは寝室をうろうろ歩きまわっている。見ていると、彼に恋い焦がれていた前夜、自分がどんな気持ちだったか思い出す。檻に閉じ込められたような、みじめな気分。追い詰められたような。

いったいどうして、あんなにかたくなに言い張ってしまったのかしら。

なにもかもなかったことにしようと口を開きかけたとき、ザディストがバスルームのドアの前で立ち止まった。

「ちょっと待っててくれ」と言って、なかに入ってドアを閉じた。

途方にくれて、ベラはベッドに歩いていって腰をおろした。彼はすぐに出てくるだろう。シャワーの音がしはじめた。それがやむのを待つうちに、激情の渦巻く自己の内面に沈み込んでいった。

家族の家に戻った自分を想像しようとした。なじみの部屋部屋を歩きまわり、椅子に腰かけ、ドアをあけ、少女時代のベッドに眠る自分の姿。どうしてもしっくりしない。知り尽くしているはずのあの家を、幽霊になってさまよっているようだ。

それに、母や兄にどんな顔をして接すればいいのだろう。〝グライメラ〟に対しては？

貴族社会では、ベラは誘拐される以前から白い目で見られていた。いまでは完全につまはじきだろう。〝レッサー〟の手に落ちて……地中に閉じ込められて……貴族たちは、そんな醜い現実を見せつけられるのを好まない。だから彼女が責められる。そうか、母があんなによそよそしかったのはたぶんそのせいだ。

ああ、これからどうやって生きていったらいいのだろう。

恐怖に息が詰まった。いまなんとか自分を保っていられるのは、何日かはこの部屋にいられる、ザディストのとなりで眠れると思うからだ。彼に冷やされて、彼女は凝《こご》って自分の形を保つことができる。彼に温められて、身体の震えを止めることができる。

彼は殺戮者だから、彼女は安全でいられる。

もっと時間が欲しい……もっと彼のそばで過ごしたい。そうすれば、外の世界に立ち向かう勇気が出てくるかもしれない。

ふとまゆをひそめた。彼がシャワーを浴びはじめてから、もうずいぶん時間が経っている。奥のすみに敷いてある寝床に目を向けた。どうして、毎晩毎晩あんなところで眠っているのだろう。背中にあたる床は硬いし、頭を置く枕もない。寒くてもかぶる上掛けもない。畳んだ毛布のそばの頭蓋骨《ずがいこつ》に目を向けた。その歯に黒い革ひもが嚙ませてあるということは、あれは彼の愛するひとだったにちがいない。連れあいがいたことがあるのだ。ただ、いままで耳にしたうわさには、そんな話は一度も出てこなかった。彼の〝シェラン〟が〈冥界《フェード》〉に渡ったのは自然死だったのか、それともだれかの手で奪い去られたのだろうか。彼が怒りを抱えているのはそのせいなのだろうか。

ベラはバスルームのほうを見た。なぜこんなに時間がかかっているのかしら。

近づいていってノックした。返事がない。そっとドアをあけてみた。いきなり冷たい風が吹きつけてきて、ぎょっと飛びすさった。

気をとりなおし、凍てつく空気のなかに身を乗り出した。「ザディスト?」

シャワーブースのガラスのドアを通して、冷水に打たれてすわっている彼の姿が見えた。前後に身体をゆすり、うめき声をあげ、タオルで両手首をこすっている。

「ザディスト!」駆け寄ってガラスのドアを引きあけた。あわてて水栓を探り、水を止めた。「なにをしてるの?」

血走った狂おしい目でこちらを見あげた。そのいっぽうで、あいかわらず身体をゆすり、手首をこすりつづけている。帯状の黒い刺青のまわりは、皮膚が真っ赤にすりむけていた。

「ザディスト……」やさしい落ち着いた口調を失うまいとこらえながら、「ねえ、なにをしてるの？」

「汚れが……落ちねえんだ。汚れをうつしたくない」片方の手首をあげると、にじみ出た血が前腕を伝い落ちていく。「ほらな、汚れてるだろ。全体に染みついてるんだ。内側にも」

彼がなにをしているかということより、ベラはその声に背筋が冷たくなった。彼の言葉は、不気味な、根拠のない狂気の論理にいろどられている。

ベラは乾いたタオルを一枚取って、ブースのなかに入り、身をかがめた。彼の両手をつかみ、その手ににぎられた濡れたタオルを取りあげる。

すりむけた腕をそっと乾いたタオルで拭きながら、「汚れてなんかいないじゃない」

「いや、汚れてるんだ。どこもかしこも」声が高くなり、恐ろしく早口になっていく。「おれは不潔なんだ。全身汚れきってる。汚い、汚いんだ……」もうほとんどうわごとのようで、次々にあふれる言葉はろくに聞きとれない。声はいよいよ高まり、ヒステリックにタイルに反響し、バスルームじゅうに鳴り響く。「見えないのか、おれにはこんなにはっきり見えるのに。全身どこもかしこも汚れてる。汚れに包まれてるみたいだ。さわれば手についてくるし――」

「もう言わないで、ね。ちょっと……ちょっと待ってて……」

目を離すと、彼がどうにか……どうなるというのか、それすら見当もつかないが……どうにかなってしまいそうな気がして、顔に目を当てたまま、手さぐりで別のタオルを取った。シャワーブースに引っぱり込み、広い肩にまわして彼の身体をくるんだ。しかし、抱き寄せようとしたら、彼は身を縮めてしりごみした。

「おれにさわるな」きしるような声で、「汚いのがうつる」

ベラは身をかがめ、彼の前に両ひざをついた。シャワーの水がかかって、シルクのローブはぐっしょり濡れていたが、その冷たさにも気がつかなかった。

なんてこと……まるで遭難したひとのようだ。正気をなくして目を大きく見開き、濡れたスウェットパンツを脚にはりつかせ、胸は鳥肌におおわれている。唇は青ざめ、歯を鳴らしている。

「ほんとにごめんなさい」ベラはささやいた。汚れてなどいないと言って安心させてやりたかったが、また興奮させるだけなのはわかっている。

シャワーヘッドからタイルに水がしたたる。そのリズミカルな音が、スネアドラムさながらにふたりのあいだに大きく響いていた。そのビートとビートのあいまに、ベラはあの夜のことを思い出していた――彼のあとを追って、この部屋まで来た夜、彼女の昂《たかぶ》った身体に彼は手を触れた。そしてその十分後、便器にかがみ込んで嘔吐していたのだ。彼女の身体にさわったせいで。

おれは不潔なんだ。全身汚れきってる。汚い、汚いんだ……

悪夢のなかでのように現実の顔が変化し、見えなかったものがはっきり見えてきた。身も凍る光が意識の奥底に射し込み、おぞましいものが立ち現われてくる。血隷として彼がさんざん打ちすえられてきたのはわかっていたし、身体に触れられるのが嫌いなのはそのせいだと思い込んでいた。ただ、どんなに苦しく恐ろしかろうと、打たれたからといって自分を汚いと思う者はいない。

けれども、性的虐待なら話はべつだ。

彼の黒い目がふいに焦点を結び、ベラの顔をまともに見すえてきた。彼女が正しい結論に達したのを感じとったかのように。

同情に突き動かされ、彼のほうに身を乗り出そうとした。しかし、彼の顔ににじむ怒りにためらった。

「よう、ねえちゃん」嚙みつくように言った。「丸見えだぞ」

言われて目線を下げると、ローブがウェストまではだけていて、乳房の丸みがあらわになっていた。あわててえりをかき合わせる。

張りつめた沈黙のなか、目を合わせるのが気まずくて、かわりに彼の肩を見つめた。やがて、筋肉の流れに沿って、鎖骨に、首の付け根にと視線がすべっていく。いつのまにか、目は太い首筋に吸い寄せられていた。あの皮膚の下に、脈打つ血管が……

飢えに全身を貫かれ、牙が伸びてきた。**信じられない**。こんなときに、どうして血の飢えが襲ってくるの？

「どうしておれがいいんだ」その飢えを感じとったらしく、ザディストは言った。「もっとましなのがいくらでもいるだろ」

「あなたは――」

「自分のことは自分がいちばんわかってる」

「あなたは汚くなんかないわ」

「大丈夫か」

「ありがとう」かすれた声で言った。「ほんとにありがとう、無理を聞いてくれて――」

「ああ、もういい」くそ、どうして彼女を守ってやれなかったのか――彼自身から。彼を通じて注ぎ込まれる女主人の毒から。あの女の残忍さのこだまは、この動脈と静脈を無限に循環し、永遠に体内をめぐりつづけている。それなのに、ベラはたったいま、その毒の一部を体内に取り込んでしまったのだ。

どうしてもっと強硬に突っぱねなかったのか。

「ベッドに運ぶぞ」彼は言った。

ベラがいやと言わなかったので、抱えあげてシャワーブースを出た。洗面台のそばでいったん立ち止まり、タオルを一枚取った。

「その鏡……」彼女がつぶやくように言った。「どうして隠してあるの?」

それには答えず、そのままベッドルームに向かった。彼女がどんな恐ろしい目にあわされていたか、とても口に出して言うことはできない。

「わたし、そんなにひどい顔?」彼の肩に向かってささやいた。

ベッドのそばまで来て、彼女をおろして自分の足で立たせた。「ローブが濡れてる。脱いだほうがいい。よかったらこれで拭けよ」

彼女はタオルを受け取り、腰の布ベルトをほどきはじめた。ザディストはあわてて後ろを向いた。きぬずれの音がする。布がぱたつく音、最後にシーツがこすれあう音。

静かになったとき、彼の内部のもっとも深い部分、古い中核の部分が、早く彼女のとなりに横になれとせっついてきた。たんに抱きしめるためではない。なかに入り、動いて……放出したい。なぜか、それは当然のことのように思えた。この身から血を与えるだけでは足りない、性行為の完了のしるしをも与えるのが当たり前ではないか。

完全にどうかしている。

頭に手をやった。いったいどこから、こんな途方もない考えが湧いて出るのだろう。くそう、彼女のそばを離れないと――

そうだ、それはもうすぐ現実になるのではないか。ベラは今夜ここを出ていくのだ。出て家族のもとに帰るのだ。

そう思ったら本能が騒ぎだし、彼女をこのベッドに置いておくために戦いたくなった。だが、そんな愚にもつかない原始的な根っこなどくそくらえだ。仕事に行かなくてはならない。出かけていってあの〝レッサー〟を見つけ出し、彼女のために血祭りにあげてやるのだ。それがいまやるべきことだ。

Zはクロゼットに向かい、シャツを着て、武器を身に着けた。チェストホルスターを取りながら、彼女を監禁していた〝レッサー〟の人相を聞いておこうかと思った。ただ、またつらい思いをさせたくない……そうだ、トールに訊いてもらおう。この手のことならあいつのほうがうまい。今夜家族のもとへ帰るのなら、そのとき彼女と話をするようにトールに頼んでおこう。

「出かけてくる」Zは言いながら、革製の短剣のホルスターを胸に巻き、バックルで締めた。「おまえ、出てく前になんか食うか？　食うならフリッツに持ってこさせるぞ」

返事がない。クロゼットのドアの枠から首を出してみると、彼女はわきを下にして横たわり、こちらを見つめていた。

またしても、無理無体な本能の波が襲いかかってきた。

彼女が食べるところを見たい。セックスのあと、彼女のなかで果てたあと、なにか持ってきて食べさせてやりたい。それも、手ずから口に運んでやりたい。出かけていって獲物を仕留め、肉を持って帰って、自分で料理して、満腹するまで食べさせてやりたい。それから手に短剣を持ってとなりに横たわり、眠る彼女を守るのだ。

首を引っ込めてクロゼットに戻った。くそ、頭がおかしくなりかけてる。完全な気狂いだ。

「フリッツになんか持ってこさせるから」彼は言った。

二本の黒い短剣の刃をあらためめ、前腕の内側の皮膚を薄く切って切れ味を確かめた。ひりひりする痛みが伝わってくるのを感じながら、手首に残るベラの牙のあとを見つめた。

身体をゆすって気を取りなおし、銃のホルスターを腰に締め、九ミリ拳銃〈シグ・ザウエル〉二挺をチェックした。どちらもフル装填《そうてん》されているし、ベルトにはホローポイント弾のマガジンがふたつ用意してある。ベルトを腰のくびれで締め、バックルのあたりに投げナイフを差し込んだ。平手裏剣も数枚忘れずに身に帯びる。ごついブーツをはき、最後に軽いウインドブレーカーをはおり、携帯武器庫と化した身体を隠した。

出ていくと、ベラはあいかわらずベッドからこちらを見あげていた。なんと青い目だろう。その青さはサファイアのよう、夜のよう、そして――

「ザディスト……」

自分をぶん殴りたくなるのをこらえて、「うん」

「わたしのこと、醜いと思う？」ぎょっとしていると、彼女は両手で顔をおおった。「いいの、気にしないで」

顔を隠しているベラを見ながら、初めて会った瞬間のことを思い出した。何週間も前、ジムにいきなり彼女が現われたときのことを。あのときは雷に打たれたようで、その場にばかみたいに立ちすくんでしまった。いまでも、彼の脳みそはときどき彼女に対して同じ反応を示す。まるでオフスイッチがついていて、それを操作するリモコンを彼女だけが持っているようだ。

咳払いをして、「初めて会ったときから、おまえはちっとも変わってねえよ」

背を向けると、しゃくりあげる声だけが聞こえてきた。二度。三度。

肩ごしにふり向いた。「ベラ……なんだよいったい……」

「ごめんなさい」手のひらで顔をおおったまま、「ほ――ほんとにごめんなさい。もう行って。だ――大丈夫だから……ごめんなさい、もういいの」

近づいていってベッドのふちに腰をおろした。口べたな自分がもどかしい。「なんもあやまることなんかねえだろ」

「だって、部屋に押しかけてきて、べ――ベッドを占領して、無理やりいっしょに寝てもらって、こ――今度は無理に飲ませてもらって……ほんとに……ごめんなさい」大きく息を吸い、心を落ち着けようとしている。だが、いまも彼女の絶望は消え残って、熱い歩道に落ちた雨粒のように土臭いにおいを漂わせていた。「出てかなきゃいけないのはわかってるの、ここにいたらあなたに迷惑だし、でも……あの農家には帰れないわ。あそこであの〝レッサー〟につかまったのに、また戻ると思っただけで気が変になりそう。それに、家族のところへも帰りたくない。わたしがどんな気持ちでいるかわかってくれないだろうし、いまは説明する気力がないの。少し時間が欲しいだけなの。いま頭のなかにあるものを追い出す方法が見つかるまで、でも、だからってひとりではいられないの。それなのにだれにも会いたくないの、ただ……」

言葉がしりすぼみに途切れると、彼は言った。「だったら好きなだけここにいりゃいい」

ベラはまた泣きだした。ちくしょう。なんと言ってやればよかったのだろう。

「ベラ……その……」いったいどうすりゃいいんだ。

手を差し伸べてやれよ、間抜け。手をにぎるんだよ、このできそこない。

だが、彼にはできなかった。「おれがべつの部屋に移ってもいいぞ、うっとうしかったら」

ベラはいっそう激しく泣きだした。その嗚咽のさなかに、くぐもった声で「あなたが必要なの」

聞きまちがいでないとしたら、ベラは重症だ。

「ベラ、泣くな。泣いてないでこっちを見ろよ」しまいに、彼女は大きく息を吸って顔をぬぐった。聞いているのを確認して、彼は言った。「おまえはなんも心配しなくていいんだ。ここにいたいなら好きなだけいろよ。いいな？」

黙ってこちらを見ている。

「聞こえたんなら、うなずいてくれよ」彼女がうなずくのを見て、彼は立ちあがった。「それからな、おれが必要なんてのは気の迷いだからな。そんなくだらねえこと二度と言うな」

「でも、わたし——」

彼はドアに向かった。「夜明け前には戻ってくる。おれに——おれたちに用があるときは、フリッツに言えば連絡がつくから」

彼女を置いて部屋を出てから、Zは彫像の廊下を歩いていき、左に曲がって、ラスの書斎の前を過ぎ、さらに大階段の前を通り過ぎた。そこから三つめのドアをノックする。返事がない。もういちどノックした。

階段をおりて、めざす相手を厨房で見つけた。

レイジの恋人のメアリは、そこでじゃがいもの皮をむいていた。山のようなじゃがいも。軍隊にでも食べさせるのかと思うほどだ。灰色の目をあげたが、包丁はいまもじゃがいもに当てたままだ。だれに用かといぶかるように、左右に目をやった。それとも、彼とふたりきりになりたくないだけだろうか。

「それ、ちょっとあとにできねえか」Zはじゃがいものほうにあごをしゃくった。

「え……いいわよ、レイジに食べさせるものはいくらでもあるし。それにどっちみち、わたしが料理しようとしてたってばれたら、フリッツが機嫌を悪くするのよね。それで……その、わたしになにか用？」

「おれじゃなくて、ベラなんだ。ついててやってくんねえか」

メアリは包丁とむきかけのじゃがいもをおろした。「もちろんよ、すごく会いたいわ」

「おれの部屋にいる」Zはまわれ右をした。頭のなかでは、もうダウンタウンのどの路地に出ようかと考えていた。

「ザディスト」

スイングドアに片手をかけたまま立ち止まった。「うん」

「ベラのこと、すごく大事にしてるのね」

彼女に飲ませた血のことを考えた。彼女のなかで果てたいという衝動のことも。

「してねえよ」彼は肩ごしに答えた。


振りだしに戻らなきゃならんときもある、Oはそう思いながら森を抜けて走っていた。

トラックを駐めた場所から三百メートルほど行くと、木々が切れて平坦な草地に出る。その手前で立ち止まり、松の木々の陰からようすをうかがった。

白い雪の毛布の向こうに、初めて女を見つけたあの農家が建っている。薄れていく陽の光を浴びて、ノーマン・ロックウェルか〈ホールマーク〉のグリーティングカードかというふぜいで、まさにアメリカの中産階級の典型的な家に見えた。これで、赤レンガの煙突から白い煙が立ちのぼっていれば完璧だ。

双眼鏡を取り出し、まずはあたりをうかがってから家そのものに目を向けた。車寄せにはタイヤのあと、玄関に続く道には足跡がいくつも残っている。すでに持主が変わり、引越業者がやって来たのかと不安になった。しかし、なかにはいまも家具があった。見憶えのある家具。彼女を追って、なかに入ったときに見たやつだ。

双眼鏡をおろし、それを首からぶら下げたままうずくまった。ここで待っていよう。まだ生きているなら、いつか帰ってくるだろう。あるいは、彼女の面倒を見ているだれかが荷物を取りに来るだろう。死んだのなら、遺品を片づけに来る者がいるはずだ。

ともかく、そういうことが起きてほしいと彼は思っていた。なにしろほかにはなんのあてもないのだ。女の名前も、家族の住所も知らない。ここ以外の居場所は見当もつかない。ただ、もうひとつ手段がないことはない。一般のヴァンパイアをつかまえて情報を聞き出すのだ。いまのところ、女のヴァンパイアが誘拐されたためしはほかにないのだから、一族のあいだでうわさになっているにちがいない。しかし、このやりかただと何週間も、へたをすれば何カ月もかかる。それに、拷問で得た情報はつねに当てになるとはかぎらない。

やはり、この家を見張るほうが有望だ。ここでじっと待っていれば、だれかが手がかりを与えてくれるだろう。それをたぐればまた女を見つけられるにちがいない。それに、もっと仕事がやりやすくなる可能性もある。あの傷痕のある兄弟が、のこのこやって来るかもしれないではないか。

そうなれば願ったりかなったりだ。

Oは冷たい風も気にせず、腰を落ち着けた。

ちくしょう……彼女が生きていてくれればいいが。

19

ジョンはなるべく目立たないようにしつつ、なんとか気を取り直そうとしていた。

ロッカールームには、湯気と話し声、それに濡れタオルで裸の尻をぴしゃりとやる音が充満していた。生徒たちは汗まみれの道着を脱ぎ捨て、シャワーを浴びているところだ。このあとは食事休みがあり、続いて教室での講義が待っている。

男どうしならごく当たり前の風景だが、ただジョンはどうしても裸になりたくなかった。生徒はみな彼と似たような体格だとはいえ、これはまさにハイスクールの悪夢の再現だ。十六歳で学校をやめるまで、毎回やっとの思いで耐えてきたのに。おまけにいまは完全にへばっていて、そんな悪夢の場面を乗りきる自信がない。

そろそろ真夜中ごろだろうが、もう午前四時ぐらいのように感じる……それも明後日の。トレーニングは拷問のようだった。ほかの少年たちも頑健ではないとはいえ、最初はフュアリーが、次はトールがやってみせる型に、みんなそれなりについていっていた。ついていくどころか、やすやすとやってのける者もいる。いっぽうジョンはさんざんだった。足の反応は遅いし、手はいつも、あってはいけないときにあってはいけない場所にある。全身の動きがまるでちぐはぐだ。どんなにがんばっても、うまくバランスがとれない。まるで水の入った袋のようだ。たえず重心が変化してぐらぐらしていて、いっぽうへ行こうとするたびに、その水がどっとのしかかってくるようだった。

「急がないと」ブレイロックが言った。「あと八分しかないんだぜ」

ジョンはシャワー入口に目をやった。いまも湯気はもうもうと立っているが、ここから見るかぎりではだれも入っていないようだ。道着とアンダーサポーターを脱いで、そそくさと入っていくと――

しまった。すみにラッシュが入っていた。まるで待っていたかのように。

「よう、さすがだな」ことさら母音を長く引いて、「さっきはひとつふたつ、みんなにすごい手本を見せて――」

ラッシュは口をつぐんで、ジョンの胸をじっと見つめた。

「このごますり野郎」吐き捨てるように言うと、足音も荒くシャワー室を出ていった。

ジョンは、左の胸筋に残る丸い傷痕を見おろした。生まれつきの傷痕……これは〈兄弟団〉に入団するさいに与えられるものだ、とトールは言っていた。

やれやれだ。この生まれつきの傷痕まで見られてしまった。クラスメイトにあれこれ言われたくないことは、それでなくてももうどっさりあるのに。

タオルを腰に巻いてシャワーを出ると、クラスメイト全員が、ブレイロックまでいっしょになって、寄り集まって突っ立っていた。ひとかたまりになって、黙りこくってこっちを見つめている。ヴァンパイアには狼や犬のような集団本能があるのだろうか。

目をそらすそぶりもないクラスメイトを前に、ジョンは思った――**うん、あるみたいだな**。

みんなの顔に大きくイエスと書いてある。

ジョンは下を向いて自分のロッカーに向かった。早くこの一日が終わればいいと、祈るような気持ちだった。

午前三時ごろ、フュアリーは急ぎ足で十番通りを歩いていた。クラブ〈ゼロサム〉の前まで来てみると、ガラスとクロームの入口前でブッチが待っていた。この寒いなか、のんきそうにぶらぶらしている。カシミヤのロングコートを着て、〈レッド・ソックス〉の帽子を目深にかぶり、その姿はなかなか決まっていた。目立たないが決まっている。

「調子はどうだ」ブッチは言って、あいさつ代わりに手のひらを打ちあわせてきた。

「〝レッサー〟に関しちゃ、今夜はまるきりついてなかった。全員スカだ。それはそうと、つきあってくれて礼を言うよ。助かった」

「とんでもない」ブッチは〈ソックス〉の帽子をさらに引き下げた。兄弟たちと同様、彼も目立たないように気をつかっている。殺人課の刑事として、多数の麻薬関係者を監獄に放り込むのに一役買ってきただけに、あまり人目に立ってはまずいのだ。

店内に入ると、鳴り響くテクノミュージックが耳障りだった。点滅する照明も、おおぜいの客たちもうっとうしい。しかし、フュアリーは理由があってここに来ているのだし、ブッチも文句は言わなかった——まあ、それほどおおっぴらには。

「この店はまったく、あんまり気取りすぎだぜ」刑事《デカ》は言いながら、ひとりの男をじろじろ眺めていた。派手なピンクのカジュアルスーツを着て、それに合わせて化粧をしていたのだ。

「このカスみたいなXカルチャーにくらべたら、貧乏白人《レッドネック》と混じって国産ビールあおってるほうがよっぽどましだ」

ＶＩＰ専用エリアまで来ると、サテンのロープがはずれてふたりはすぐ通された。

フュアリーは用心棒にうなずきかけてから、ブッチに目を向けた。「すぐ戻ってくる」

「いつもんとこで待ってるからな」

デカはおなじみのテーブルに向かい、いっぽうフュアリーはＶＩＰエリアの裏に向かった。尊者《レヴァレンド》のオフィスに歩いていき、そのドアを守っているふたりのムーア人の前で立ち止まった。

「知らせてきます」左側のムーア人が言った。

またたくまにフュアリーは通された。なかは洞窟《どうくつ》のようだった。照明は暗く、天井は低い。それだけに、デスクの奥のヴァンパイアの存在感は圧倒的だった。立ちあがるとその印象がさらに強まる。

レヴァレンドは身長二メートル近い巨漢だ。短く切りそろえたモヒカンも、また見るからに高級そうなイタリアスーツもよく似合っている。顔には非情さと知性がにじみ、彼の手がける危険なビジネスにいかにもふさわしい。ただ……似つかわしくないのはその目だ。不思議なほど美しく、アメジストの濃紫色に輝いている。

「今回はずいぶん早いお越しで」よく響く低い声だが、口調はふだんより硬い。

さっと買って、さっとずらかることだ。

フュアリーは丸めた札束を取り出し、千ドル札を三枚むいた。それをクロームのデスクに扇状に広げて、「いつもの倍買う。四分の一オンスずつに分けてくれ」

レヴァレンドは冷やかな笑みを浮かべ、首だけ左側にまわして、「ラリー、お望みのものをお持ちしろ。多めにな」暗い片隅から手下が進み出てきて、奥の片引き戸《ポケットドア》から足早に出ていった。

ふたりきりになると、レヴァレンドはゆっくりとデスクをまわって歩いてきた。血管をオイルが流れているかのような、力強くもなめらかな動き。弧を描くように近づいてくるのを見て、フュアリーは片手をコートにすべり込ませ、拳銃に手をかけた。

「もっと強いのを試してみては？」レヴァレンドはいった。「レッドスモークはヘビーユーザー向きじゃない」

「ほかのが欲しければ自分で言う」

ヴァンパイアはフュアリーのすぐそばで立ち止まった。近すぎる。

フュアリーはまゆをひそめた。「なにか問題でも？」

「いまさらだが、あなたの髪は美しいな。女の髪のようだ。いろんな色が混ざっているし」

レヴァレンドの声にはみょうな催眠効果があって、紫の目がいかにも狡猾《こうかつ》に光っている。

「女と言えば、うちのお嬢さんたちのサービスをあなたはまるで利用してないそうだが、ほんとうかね」

「そんなことを訊いてどうする」

「お客さまのニーズにお応えしたいのさ。顧客の満足こそが成功の鍵だからね」そう言いながらいっそう近づいてきて、フュアリーの腕――コートのなかにもぐり込んでいるほう――

をあごで指し示した。「その手はいま、銃把《グリップ》にかかってるんだろう。わたしがこわいのか」

「いざというときのためさ」

「ほう、いざというときね」

「ああ。マウス・ツー・マウスじゃなくて、グロック・ツー・マウスの人工呼吸が必要になるかもしれないからな、あんたに」

レヴァレンドはにやりとして、牙をひらめかせた。「じつはうわさを聞いてるんだが……〈兄弟団〉のなかに、女断ちをしているメンバーがいるそうだ。まさかと思うだろう、戦士が節制しているというんだよ。その戦士のうわさはほかにもいろいろ聞いている。片脚がないとか、傷痕のある人格異常《ソシオパス》の双児がいるとか。ひょっとして、そんな〈兄弟〉のことをなにか知らないかね」

フュアリーは首をふった。「いや」

「ほほう。しかし変だな、よくいっしょにお見かけするかたに、ハロウィーンのお面のような顔をした男性がいるようだが。それどころか、いっしょにご来店くださる大柄な男性二、三人の顔は、うわさに聞く人相とけっこう一致しているね。ひょっとして――」

「悪いが、これで失礼する。外で待ってるから」フュアリーはまわれ右をした。今夜はそもそもからして機嫌が悪かったのだ。戦闘相手が見つからずにいらいらしているし、ベラに拒絶されて胸が張り裂けそうだ。こんなやりあいのできる精神状態ではない。いまにもかっとなって爆発しそうだ。

「女を断《た》っているのは、男が好きだからかな」

フュアリーは肩ごしにらみつけた。「いったいどうしたんだ。もともとうさんくさいやつだと思ってたが、今夜はそれに加えてやたらにからむじゃないか」

「まあまあ、いっぺん寝ればすっきりするかもしれないよ。うちでは男娼は扱ってないが、言うことを聞くのを調達するのはむずかしいことじゃない」

この二十四時間でこれが二度めだが、フュアリーはかっと頭に血がのぼった。またたくまにオフィスを突っ切り、レヴァレンドのグッチのスーツのえりをつかんで、壁にぐいぐい押しつけた。

相手の胸ぐらに体重をのせて、「おれにけんかを吹っかけて、どうしようっていうんだ」

「セックスの前にキスをしてくれるのかな」レヴァレンドの冷やかすような口調はあいかわらずだ。「それぐらいはしてくれてもいいと思うね。これまで買手と売手のつきあいしかしてないんだから。それとも前戯はお嫌いかな」

「くたばれ」

「これはまた、ずいぶん独創的な返事だな。もう少し面白いせりふが聞けるかと期待していたんだが」

「そうか、じゃあこれならどうだ」

フュアリーは相手の口にきつく口を重ねてやった。顔と顔のぶつかりあいのようなキスで、性的な色合いはまるでなかった。このろくでなしの顔からにやにや笑いを消してやるためだけにしたことだ。これは効いた。レヴァレンドは顔をこわばらせ、唸り声をあげた。これで、はったりの仮面を剥ぐのに成功したのはわかったが、だめ押しに下唇に牙を立ててやった。

舌に血が触れた瞬間、フュアリーはぎょっとして身を引いた。思わず口をぽかんとあけていた。ショックのあまり、かすれ声で漏らした。「こいつは驚いた。きさま、罪業喰《シン・イーター》らいだったのか」

その言葉を聞いて、レヴァレンドはご託を並べるのをやめ、ついに完全な真顔になった。無言のまま、うまく言い逃れができないか考えているようだ。

フュアリーは首をふった。「あきらめろ。血の味でわかる」

アメジストの目をおどすように細めて、「政治的に正しくは、〝精神《シン》共感者《パス》〟というんだよ」

えりをつかむフュアリーの手に、反射的に力が入った。なんてことだ、〝シンパス〟が、このコールドウェルにいて、一族に混じって生きていたとは。ただの一般市民のふりをしようとしていたとは。

これはゆゆしい問題だ。へたをすれば一族がまた分裂状態に陥る。ラスが知ったら、それはなにより避けたいと言うだろう。

「これは指摘しておいたほうがいいと思うが」レヴァレンドが小声で言った。「このことを暴露すれば、あなたは薬を買う手づるをなくすんだよ。そこを考えてもらいたいな。わたしが姿を消したら、必要なものをどこで手に入れるつもりだね」

フュアリーは紫の目をのぞき込みながら、その意味するところを考えつづけていた。帰ったらすぐに兄弟たちに話して、今後はレヴァレンドから目を離さないようにすることだ。この男の正体を暴露するかどうかは……歴史を通じて〝シンパス〟は差別されてきたが、フュアリーは前々からそれは不当な仕打ちだと思っていた――他者にないその能力を使って、ろくでもないことを始めればべつだが。それに、少なくともこの五年間、〝シンパス〟的な行動で問題を起こすこともなく、レヴァレンドはこのクラブを経営してきたのだ。

「取引と行こうじゃないか」フュアリーは、紫の目をまともににらみつけながら言った。「このことは黙っててやるから、きさまも目立つまねはするな。それから、二度とおれにおかしなちょっかいを出そうとするんじゃない。おとなしく寝っころがって、きさまに感情を吸い取られるつもりはないからな。さっきはそれが狙いだったんだろう？　感情に飢えて、おれを怒らせようとしたんだろう」

レヴァレンドが口を開きかけたとき、オフィスのドアがさっと開いた。女のヴァンパイアがノックもせずに入ってきて、そこでぴたりと足を止めた。どこから見てもそういう場面だ。男どうしで身体を密着させていて、レヴァレンドの唇からは血が流れているし、フュアリーの口には血がついている。

「出ていけ」レヴァレンドが怒鳴りつけた。

女はあわててあとじさり、はずみでよろけてひじをドアの枠にぶつけた。

「それで、取引は成立だろうな」女が出ていってから、フュアリーは吐き捨てるように言った。

「そっちが〈兄弟団〉のメンバーだと認めればな」

「ちがう」

レヴァレンドの目が光った。「念のため言っておくが、それは信じられないね」

フュアリーははたと気がついた。今夜〈兄弟団〉の話が出たのは、どうやらただの偶然ではなかったらしい。押しつぶさんばかりに思いきり体重をのせ、「きさま、正体がばれたらどうしてやっていくつもりだ」

「取引は」――レヴァレンドは無理に息を吸った――「成立だ」

ブッチは顔をあげた。フュアリーのようすを見にやった女が戻ってきた。ふだんなら買い物はすぐに終わるのに、今夜はゆうに二十分はかかっている。

「あいつ、まだなかにいるのか？」ブッチは尋ねながら、女が痛そうにひじをさすっているのにぼんやり目を留めていた。

「ええ、いるわよ、もちろん」口をあけずにほほえんでみせる。それではたと気がついた。この女はヴァンパイアだ。あの笑いかたは、人間のあいだに混じっているときのいつもの手だ。

よく見るとなかなかいい女だった。長いブロンドに、胸と腰をおおう黒いレザー。となりのブースに彼女がすべり込んできたとき、ふわりといいにおいがして、ぼんやりセックスのことを考えた。もう何カ月ぶりか……この夏にマリッサに会って以来だ。

グラスを長々とあおって、スコッチを飲み干した。女の胸にちらと目をやる。たしかにセックスのことを考えているが、これはただの肉体的な反射みたいなものだ。マリッサに対するような、あんな関心ではない。あのときの欲望は……身を灼くようだった。とうとい、大切なものだった。

となりの女がこちらに目を向けてきた。彼の思考の流れを読んだかのように、「あなたのお友だち、しばらく戻ってこないんじゃないかしら」

「へえ?」

「まだ始めたばっかりだったもの」

「取引を?」

「セックスよ」

ブッチの頭がぱっとあがって、女と目と目が合った。「なんだって」

「いやだ、失敗……」女は顔をしかめた。「あなたたち、そういう仲だったの?」

「いや、そういう仲じゃない」ぴしゃりと言った。「いったいなんの話をしてるんだ」

「そうよね、本気でそう思ったわけじゃないのよ。あなたはおしゃれだけど、そんな雰囲気は感じないもの」

「あいつだって男に興味はないはずだ」

「それ、ほんとにまちがいない?」

禁欲主義のことを考えるうちに、自信がなくなってきた。

どっちだっていいじゃないか。いま必要なのはもう一杯やることだ。フュアリーの問題に首を突っ込むことじゃない。腕をあげて手をふってみせると、ウェイトレスがたちまち寄ってきた。

「スコッチをもう一杯、ダブルで」と言ってから、いちおうの礼儀だと思って、となりの女に目を向けた。「なんか飲む?」

女の手が彼の太腿に伸びてきた。「飲みたいものはあるけど……ただ、その子に頼んでも持ってきてもらえないと思うわ」

ウェイトレスが離れていくと、ブッチはブースの背もたれに身体を預け、両腕を大きく広げて、全身を開いてみせた。この誘いに乗って、女が身を乗り出してきた。手がおりてきて、身体が反応する。数カ月ぶりに目を覚ましたようだ。セックスをすれば、マリッサのことを頭から追い払えるかもしれない、ちらとそう思った。

ズボンのうえから愛撫されながら、彼は女を冷静に観察していた。この行き着く先はわかっている。向こうのトイレの個室でやることになるのだ。せいぜい十分もあれば終わるだろう。女をいかせて、やることをやって、はいさようならだ。

これまでの人生で、そういう手早い処理は何百回とやってきた。セックスとは名ばかりで、その実体はマスターベーションだ。大したことではない。

マリッサのことを思うと……目頭がつんと熱くなった。

となりの女が身動きし、乳房が腕に当たった。「ねえ、奥に行きましょうよ」

股間に置かれた手を押さえると、耳もとで女がのどを鳴らすような音を立てる。少なくとも、手をどかされるまで。

「悪い、いまは無理だ」

女は身を起こし、からかっているのかといぶかるように目を向けてきた。ブッチはその目をまともに見返した。

二度とセックスをする気はない、などと言うつもりはなかった。なぜマリッサのことがこれほど気になるのか、われながらまるっきりわからない。わかっているのは、女ならどれでもいいという昔のやりかたは通用しないということだ——少なくとも今夜は。

クラブのざわめきを切り裂いて、だしぬけにフュアリーの声が聞こえてきた。「ようデカ、まだ帰るには早いか？」

ブッチは顔をあげたが、とっさには返事が出てこなかった。どうしてもあれこれ考えをめぐらしてしまう。

黄色い目を不審げに細くして、「どうかしたか？」

「いや、もう帰ろうか」ブッチは言って、気まずい間《ま》を埋めにかかった。

ブッチが立ちあがったとき、フュアリーはさっきのブロンドにきつい一瞥《いちべつ》をくれていた。まさしく、よけいなことを言うなという目つきだ。

出口に向かいながら、ブッチは胸のうちで驚きの声をあげていた。フュアリーのやつ、ほんとにゲイだったのか。

20

何時間も経って、ベラは目を覚ました。なにかがこすれるような音。窓に目をやると、スチールのシャッターがおりてこようとしていた。夜明けが近いのだ。

胸が不安にうずいて、ドアに目を向けた。あのドアをあけて、ザディストが入ってきてくれればいいのに。その姿を目に入れて、ぴんぴんしていることを確かめたい。部屋を出ていったときはふだんどおりに見えたが、彼女のせいでずいぶんつらい思いをさせてしまったから。

寝返りを打ってあおむけになり、メアリが来てくれたことを思い出した。どうしてザディストは、あのときの彼女に友だちが必要だとわかったのだろう。それになにより、わざわざメアリを捜しに行ってくれて、そして――

寝室のドアが、いきなり大きく開いた。

ベラはがばと起きあがり、上掛けをのどもとにかき寄せた。だがそのとき、ザディストの影が見えて、自分でもびっくりするぐらいほっとした。

「おれだよ」ぶっきらぼうに言った。トレイを持って入ってきたが、肩にもなにかかついでいる。ダッフルバッグだ。「明かりをつけていいか？」

「お帰りなさい……」無事で帰ってきてくれて、ほんとによかった。「ええ、もちろんよ」

数本のろうそくに火が灯り、ベラは突然の光に目をしばたたいた。

「おまえの家からこれ持ってきた」食事のトレイをベッドサイドテーブルに置いてから、彼はダッフルバッグをあけた。「着るもんと、うえにはおるパーカーと、シャワーんとこにあったシャンプー。ブラシに靴に、足を冷やさないように靴下、それから日記——心配すんな、読んだりしてねえから」

「読んでたら驚くわ。あなたは、そんなはしたないことするひとじゃないもの」

「そうじゃねえ。字が読めねえからさ」

ベラは目を丸くした。

「とにかく」——声もあごもこわばらせて——「自分のもんがまわりにあったほうがいいだろうと思ったんだ」

ベッドのうえにダッフルバッグを置かれたとき、彼女はただ黙って彼を見あげていた。感極まって、手をにぎろうと手を伸ばした。ぎょっとしてその手を引っ込められ、ベラは赤くなって、彼が持ってきてくれたものに目を向けた。

ただ……自分のものを見るのがなんだかこわかった。とくに日記が。

だが意外なことに、お気に入りの赤いセーターを引っぱり出すと、心が慰められるようだった。鼻に近づけると、いつもつけていた香水のにおいがする。それから……そう、このヘアブラシ。わたしのブラシ、幅広で四角くて、金属の毛が植わっている大好きなブラシ。シャンプーを手にとり、ふたをあけてにおいをかいだ。ああ……〈バイオレージ〉だ。このにおい、〝レッサー〟に使わせられたシャンプーとはまるでちがう。

「ありがとう」日記を取り出したときは、声が震えた。「ほんとにありがとう」

日記帳の革表紙をなでたが、開こうとは思わなかった。いまはまだ。でも、そのうち……

ザディストを見あげて、「あの家に……あの家に、連れていってくれる？」

「ああ、いいとも」

「こわいけど、いっぺんは戻ってみなくちゃいけないと思うの」

「戻りたくなったら、いつでも言えよ」

ふいにこの重大な「初めて」を克服したくなって、勇気をふりしぼって言った。「今夜、陽が沈んだら。そしたら行ってみたいわ」

「わかった、今夜な」トレイを指さし、「食えよ」

食事には目もくれず、彼がクロゼットに入っていって武器をはずすのを見守った。彼の武器の扱いはていねいだった。きちんと点検している。今夜はどこに行って……なにをしてきたのだろう。手はきれいだったが、前腕には黒い血がついていた。

今夜、彼は敵を殺してきたのだ。

〝レッサー〟が退治されたのだから、歓喜のようなものを感じていいはずだと思った。しかし、ザディストがスウェットパンツを腕にかけて、バスルームに歩いていくのを見ていると、そんなことはどうでもよくなってくる。彼女にとって大事なのは、彼が元気でいることだ。

それにもうひとつ……あの肉体のこと。彼の身のこなしは、最高の意味でけもののようだった。内に秘めた力強さ、しなやかな脚の動き。初めて会ったとき頭をもたげた情欲に、い

「でもどうして、なかになにかが入ってるなんて――」

「しゃべんのは嫌いだって言わなかったか」

「今夜もとなりで寝てくれる？」だしぬけにそう尋ねていた。彼がすっかり黙りこくってしまわないうちに、答えを聞いておきたかったのだ。

彼のまゆがぴくりと動いた。「本気で言ってんのか」

「ええ」

「そんなら、ああ、寝るよ」

彼がりんごをかじり、ベラが皿のものを片づけているあいだ、ふたりは黙っていた。居心地のいい沈黙とは言えなかったが、険悪というわけでもない。キャロットケーキを食べ終えたあと、ベラはバスルームに入って歯を磨いた。戻ってみると、彼は最後のりんごの芯《しん》を牙でかじって、残ったわずかな果肉をこそげている。

あんな食事でどうして戦えるのだろう。どう考えても、もっと食べなくてはいけないはずだ。

なにか言いたいような気がしたが、なにも思いつかなくて、ベッドにもぐり込んで丸くなり、彼が来るのを待った。一分二分と時間は過ぎていく。彼はただ、外科医の正確さでりんごの果肉を削いでいくばかりだ。しまいに、ベラは緊張に耐えられなくなった。

もうじゅうぶんだわ。やはり、この館《やかた》のべつの部屋に移ったほうがいい。松葉杖がわりに利用するのは、彼に対して失礼だ。

上掛けをめくろうと手を伸ばしたが、ちょうどそのとき、彼がするすると床から立ちあがった。ベッドに近づいてくるのを見て、彼女は動けなくなった。彼はりんごの芯を皿の横に置き、彼女が口もとをぬぐうのに使ったナプキンを取りあげた。それで手を拭くと、トレイを部屋の外に運んでいき、ドアのすぐわきに置いた。

戻ってきてベッドの反対側に歩いていった。マットレスが沈んだかと思うと、羽根布団のうえに身体を伸ばす。両手を胸もとで組んで、足首を交差させ、目を閉じた。

部屋じゅうのろうそくが一本また一本と消えていく。火の灯るろうそくが一本だけになったとき、彼は言った。「あれは残しとく。真っ暗にするとなんも見えなくなるからな」

ベラは彼に目をやった。「ザディスト……」

「うん」

「わたし……」咳払いをして、「わたしね、あの地中の穴のなかにいたとき、あなたのことを考えてたのよ。助けに来てくれないかしらって。あなたなら、わたしを助けられるってわかってたから」

まぶたは閉じたままだったが、まゆをひそめて、「おれもおまえのこと考えてた」

「ほんと？」彼のあごがあがってまた下がった。それでも重ねて尋ねた。「ほんとに？」

「ああ。何日かは……おまえのことしか考えられなかった」

ベラは、思わず目をみはっていた。彼のほうに寝返りを打って、頭をあげて片腕で支えた。

「嘘じゃないのね？」返事がなかったが、どうしても訊かずにいられない。「でも、なぜ？」

彼の広い胸が持ちあがり、やがて大きく息を吐いた。「おまえを取り戻したかった。それだけだ」

ああ……仕事のことを考えていたってことね。

頭を支えていた腕をおろし、彼に背を向けた。「そう……助けに来てくれてありがとう」

静寂のなか、ナイトスタンドのろうそくが燃えるのを眺めた。涙の形の炎がゆらめく。美しく、やさしげに……。

ザディストの声は静かだった。「いても立ってもいられなかった。おまえがひとりぼっちでおびえてるかと思うと。ひどい目にあわされてるかと思うと。どうしても……頭を離れなかった」

ベラは息もできず、肩ごしにふり返った。

「あの六週間は、一睡もできなかった」つぶやくように言う。「目をつぶれば、きっとおまえの顔が浮かんだ。助けを呼んでるところが」

顔は険しかったが、声はやさしく美しかった。ろうそくの炎のように。

首をまわして顔をこちらに向け、彼は目を開いた。あの黒い目に想いがあふれている。

「こんなに長く生きてられるはずがないと思っていた。もう死んだにちがいないと思い込んでた。それなのに、あそこが見つかって、おまえがあの穴からあがってきた。おまえが受けた仕打ちを見たときは……」

ベラはそろそろと寝返りを打った。驚かせたら、彼がまた殻にこもってしまうのではないかと思って。「なにをされたか、憶えてないわ」

「そうか、ならよかった」

「いつか……どうしても知りたくなると思うの。そのときは話してくれる？」

彼は目を閉じた。「ほんとに、くわしいことが知りたいならな」

ふたりはしばらく黙っていたが、やがて彼が近づいてきて、わきを下にして横向きになり、

「こんなことを訊くのはいやなんだが、どんなやつだった？　具体的な特徴を憶えてないか」

いくらでも、いやというほど憶えてるわ。

「その、髪を茶色に染めてたわ」

「なんだって」

「つまりその、たぶんまちがいないと思うの。一週間おきぐらいに、バスルームに入っていって染料のにおいをさせてたもの。それに、そのあいだは生え際がだんだん目立ってくるの。根もとのとこに白い線が出てきて」

「色が抜けていくのは〈ソサエティ〉に入って長いしるしだから、うれしいことなのかと思ってたが」

「どうかしら。あの男は力のある地位にいた……というか、いるんだと思うわ。穴で聞いていた感じでは、ほかの〝レッサー〟はあの男がいるときは気を遣《つか》ってたもの。みんなに『O』って呼ばれてたわ」

「ほかには？」

あの悪夢を思い出して、彼女は身震いした。「わたしを愛してたの」

ザディストがのどを震わせて唸り声を発した。低く険悪なその声が、ベラの耳には快かった。守られていると感じさせてくれるから。おかげで話しつづける勇気が出てきた。

「あの〝レッサー〟は、わたしを……愛してるって言ってたの。それは嘘じゃなかった。取

り憑《つ》かれてるみたいだったわ」おののく心臓を鎮めようと、ゆっくり息を吐き出した。「最初のうちはこわかったんだけど、しばらくしたら、その気持ちを利用していじめるようになってた。苦しめてやりたくて」

「苦しんでたか？」

「ええ、ときどきは。……泣かせてやったこともあるわ」

ザディストの顔にみょうな表情が浮かんだ。まるで……嫉妬《しっと》しているような。「どんな気分だった？」

「言いたくないわ」

「いい気分だったからか」

「残酷な女だって思われたくないからよ」

「残酷なのと報復するのとはちがう」

戦士の世界では、きっとそうなのだろう。「そうかしら」

黒い目を細めて、「おまえの恨みを晴らすために〝仇討ち《アヴェンジ》〟が必要だ。言ってる意味はわかるだろ」

闇のなか、あの〝レッサー〟を追う彼の姿が目に見えるようだ。だが、彼が負傷するかもしれないと思うと耐えられなかった。それから兄のことを思った。怒りに燃え、名誉をかけてあの〝レッサー〟に飛びかかっていく姿を。

「やめて……そんなことしてもらいたくないわ。あなたにも、リヴェンジにも、だれにも」

いきなり窓が開いたかのように、冷たい風が吹き抜けた。驚いて見まわしてみて、気がついた――その身も凍る冷気は、ザディストの身体から発しているのだった。

「おまえ、連れあいがいんのか」だしぬけに尋ねてきた。

「まあ、なぜそんな……ああ、ちがうのよ。リヴェンジはわたしの兄なの。連れあいじゃないわ」

あの大きな肩からふっと力が抜けた。だが、ややあってまた眉根を寄せて、「前はいたのか」

「連れあいのこと？　ええ、短いあいだだったけど。でも、うまくいかなかったの」

「どうして」

「兄のせいよ」と言って、ふと口ごもった。「ううん、そうじゃないわね。だけど、兄のリヴを前にしておじけづく姿を見たら、なんだか幻滅しちゃったの。でも、そしたら……そのひとがわたしたちのつきあいのことを一から十まで暴露して、それが〝グライメラ〟じゅうに知れ渡って、それで……いろいろややこしいことになってしまったの」

実際には、ややこしいどころではすまなかった。もちろん男性のほうは、それで体面が傷つくことはまるでなかったが、彼女のほうはこっぱみじんだった。だからこそ、これほどザディストに魅かれるのかもしれない。彼は、だれになんと思われようとまるで気にしない。ごまかしも礼儀作法もなく、思っていることも感じていることも、そのまま表《おもて》に出してしまう。どこまでも正直だ。すぐに怒りをあらわにするという形しかとらないとしても、その率直さのゆえに、彼は安心して信用できる男だと感じられる。

「おまえらは……」と言いかけて、言葉を濁した。

「わたしたちは、なに？」

「恋仲だったのか」と漏らすなり、いきなり猛然と毒づいて、「気にすんな、おれには関係の——」

「いいのよ、ええ、そういう仲だったわ。それがリヴェンジに知られて、それでおかしくなったの。だってほら、貴族だから。誓ってもいない男性と寝たりしたら……その汚点は一生消えないの。そういうわけで、もうずっと前から、一般市民に生まれればよかったって思ってたわ。でも、自分の都合で血筋は選べないものね」

「そいつが好きだったのか」

「あのころはそう思ってたわ、愛してるって。でも……ほんとは愛してなんかいなかったのね」ザディストが寝床のそばに髑髏《どくろ》を置いているのを思い出して、「あなたは恋をしたことある？」

彼の口のはしが持ちあがり、唸るように言った。「くだんねえこと訊くな」

彼女がたじろぐと、彼は目を閉じた。「すまん。つまりその、答えはノーだ。たぶんな」

それでは、なぜあの髑髏を手もとに置いているのだろう。あれはだれの髑髏なのか。尋ねようとしたとき、それをさえぎるように彼が口を開いた。「おまえの兄ちゃんは、その〝レッサー〟をやっつけようとすると思うか？」

「ええ、まちがいなくすると思うわ。リヴェンジは……その、わたしが小さいころに父が亡くなって、それからはずっと兄が家長だったの。それに、リヴは気性が激しいのよ。とっても激しいの」

「そいじゃ、おとなしく見物しとけって言っといてくれ。〝アヴェンジ〟はおれが果たす」

ベラははっとしてザディストと目を合わせた。「本気じゃないんでしょ」

「本気だ」

「でもわたし、あなたにそんなことしてもらいたくないわ」そのせいで彼が殺されたりしたら、自分で自分が赦《ゆる》せなくなる。

「やめろと言われてもやめられねえ」彼は目をぎゅっとつぶった。「ちくしょう……その下司野郎がいまも生きてるかと思うと息ができねえ。生かしておくもんか」

恐怖と感謝の念と、なにかとても熱いもので胸がいっぱいになった。われ知らず、ベラは身を乗り出して彼の唇にキスをしていた。

彼はひっと声を漏らして身を引いた。引っぱたかれたとしても、これほど目を見開きはしなかっただろう。

ああ、なんてこと。どうしてこんなことしちゃったのかしら。「ごめんなさい。ごめんなさい、わたし――」

「いや、いいんだ。いいんだ」彼は仰向けになって、片手を口に持っていった。指で唇をこすっている。彼女の痕跡をぬぐいとろうとするように。

彼女が大きくため息を吐くと、彼は言った。「どうした？」

「そんなに気持ち悪かった？」

手をおろして、「そんなんじゃねえ」

しらじらしい。「タオル持ってきてあげましょうか。そのほうがいいでしょ？」

ベッドから飛び出そうとするところで、彼の手が伸びてきて腕をつかんだ。「あのな、おれ、キスしたの初めてなんだよ。だからびっくりしたんだ。そんだけだ」

ベラは息が止まった。どうしてそんなことが……

「ちぇっ、くそ、そんな目で見んなよ」手を離して、また天井を見あげた。

ファーストキスだったなんて……「ザディスト？」

「うん」

「もう一回させてくれない？」

長い、長い間《ま》があった。ベラはじりじりと近づいていった。シーツと毛布のすきまに身体を押し込みながら。

「ほかのところにはさわらないわ。唇を重ねるだけ」

こっちを向いてよ。こっちを向いて、わたしを見て。

その祈りが通じた。

正式な招待を待つことも、彼の気が変わるまでぐずぐずためらうこともせず、ベラは彼の唇に軽く唇を当てた。少し離してようすをうかがう。彼が身を引こうとしないのを見て、また唇を寄せて、今度は少し動かしてみた。彼がはっと息を呑む。

「ザディスト……」

「うん」ささやくように言った。

「口に力を入れないで」

あまり近づきすぎないように気をつけながら、ベラは前腕で支えて上体を起こし、また唇を寄せていった。彼の唇はびっくりするほどやわらかかった。ただ上唇の傷痕の部分はべつだが、そんな傷などなんでもないとはっきり教えるために、わざとそこに唇を這《は》わせた。何度も何度も。

やがて変化があった。彼がキスを返してきたのだ。口がほんのわずかに動いただけだったが、その動きは彼女の全身に伝わり、身体の芯が震えた。二度めのときは、褒めるかわりに小さくうめいて、あとは彼のリードに任せた。

なんと彼のおずおずしていること。このうえなくそっと唇を唇で探ってくる。甘く、やさしくキスをしてくる。りんごと男性的なスパイスの味。かすかな、ゆるやかな触れあい。それでも、その触れあいに身体がうずく。

そろそろと舌を出して彼の唇をなめると、はっと身を引かれた。「だめだ、こんなことしちゃ」

「だめじゃないわ」唇を離すまいと身を乗り出す。「いいのよ」

「だけど――」

口で口をふさいで彼の言葉を封じた。さほど経たないうちに、彼もふたたびキスを返してきた。今度は、彼女が舌で愛撫すると唇を開いてきた。舌と舌が触れる。なめらかで温かい。ゆっくりとからまりはじめて……彼の舌がなかに入ってきた。彼女の舌を押し戻し、なかを探るように動く。

彼の身内で情欲がうごめくのがわかる。大きな身体のなかで、熱い切迫したものが育っている。あの手を伸ばしてきてほしい。ひしと抱き寄せてもらいたい。少し退《ひ》いて見つめると、彼のほおは燃え、目は輝いている。彼女を欲しがっている。だが、近づいてこようとはしない。そのつもりもなさそうだ。

「あなたにさわりたい」彼女は言った。

だが、手を近づけようとすると、彼は身をこわばらせ、彼女の手首をしっかりつかんだ。表に噴き出す一歩手前で恐怖が足踏みしている。恐怖が広がって、全身に力が入るのがわかる。彼が自分で心を決めるのを待った。いまはせかしてはいけない。

手首をつかむ彼の手から、少しずつ力が抜けていく。「それじゃ……ゆっくりやってくれ」

「ええ、約束するわ」

まず腕から始めて、なめらかな無毛の肌を指先で上下になぞった。彼の目がその動きを不安げに追っていたが、ベラは気にしなかった。指が触れると、そこの筋肉がぴくりと引きつれる。ゆっくりと愛撫して、手の感触に彼が慣れるのを待つ。どうやら落ち着いてきたと見て、顔を下げていき、彼の二の腕に唇を寄せた。それから肩に、鎖骨に。胸筋のうえのふちに。

ピアスをした乳首に近づいていく。

小さな球を通した銀の環のすぐそばまで来て、顔を見あげた。彼は目をかっと見開いていた。黒い瞳孔を囲む白目の部分がすべて見えるほどだった。

「ここにキスしたいの」彼女は言った。「いい？」

彼はうなずいて、唇をなめた。

口が触れた瞬間、彼の全身がびくりと跳ねあがった。両手両足を一度にぐいと引っぱられたように。しかし、彼女はやめなかった。ピアスを口にふくみ、環に舌を這わせた。

ザディストはうめいた。低いうめき声は胸の奥を大きく震わせ、続いて猫の唸るような音を立てて大きく息を吸った。頭を枕に投げ出しながらも、彼女が視界からはずれないように首を曲げている。

ベラは銀の環をはじき、軽く引っぱった。ザディストはベッドから背中を浮かしてのけぞり、片脚を曲げてかかとをマットレスに埋めた。ベラが乳首をくりかえしくすぐるうちに、彼は両手で掛け布団をきつく握りしめていた。

「ああ……ちくしょう、ベラ……」彼は荒く乱れた息をつき、全身から熱を発している。「どうにかなりそうだ」

「もうやめてほしい？」

「それか、もっと強くしてくれ」

「もう少し続けてみる？」

「ああ……もう少しな」

彼女は口で愛撫し、環をもてあそび、そうするうちに彼が腰をまわしはじめた。

その下半身に目を向けたとき、ベラは一瞬動けなくなった。薄いナイロンのスウェットパンツを大きなものが押しあげていて、なにもかもはっきり見えた。丸い先端、優美な曲線を描くうね、太い柱、その下のふたつの重り。

信じられない。なんて……大きい。

脚のあいだがどうしようもなくうるおってくる。視線をそらし、彼と目を合わせた。あいかわらず目をかっと見開き、口もあけていて、その顔では畏怖《いふ》と驚愕と渇望がせめぎあっている。

ベラは自分の親指を彼の唇のあいだに差し入れて、「吸って」

それをしっかりくわえて強く吸いながら、彼はこちらのすることをじっと見守っている。狂乱にとらわれようとしていて、それがこちらに伝わってくる。身内に情欲がつのってくる。まるで火薬庫に変わろうとしているようだ。そしてあろうことか、彼女はそれを待ち望んでいた。この全身で、この身体の内部で、彼の爆発を受け止めたい。

彼の乳首から口を離し、親指を抜いて、伸びあがって舌を彼の口に突っ込んだ。侵入されて彼は激しくうめき、跳ねあがるように背中をのけぞらせた。両手は羽根布団をしっかりにぎりしめている。

あの手を離して、わたしにさわってほしい……しかし、彼がその気になるのを待ってはいられなかった。この最初の一回は、こちらがリードするしかないだろう。彼女は上掛けを押しやり、這いあがるようにして上体を彼の胸にのせかけ、片脚を彼の腰の向こうに広げた。ところが、彼女が体重をのせたとたん、彼ははっと身を硬くして、キスを返すのをやめた。

「ザディスト？」

すさまじい勢いで押しのけられた。マットレスに落ちたとき、身体がバウンドしたほどだった。

ザディストはベッドから飛び起きた。息が荒く、頭がくらくらする。過去と現在のあいだで身動きもならず、まるで両側から思いきり引き伸ばされているようだった。

彼の一部は、ベラにもっとやってほしいと望んでいた。それどころか、初めて知るこの昂《たかぶ》りを、もっと深く味わいたくてたまらなかった。あの信じられない感覚。まるで天啓のようだ。こんなすばらしい気分を最後に味わったのは……いや、これほどの気分は生まれて初めてだ。

連れあいを守るために、男たちが血で血を洗うのも不思議はない。

ただ、女にうえに乗られるのには我慢できない。たとえそれがベラでもだ。それに、いま全身を駆けめぐっている、この荒々しいパニックは危険だ。彼女に殴りかかったりしたらどうする。もうすでに、ベッドに放り出してしまったではないか。

ベラに目をやった。乱れたシーツと散らばった枕に囲まれて、胸が痛いほどに美しかった。だが彼には、その彼女が恐ろしかった。そしてそれゆえに、彼女を傷つけるのではないかと恐ろしかった。触れられるのもキスをするのも、最初のうちはどんなに気に入ったとしても、彼にとっては危険な引金になりかねない。彼女のそばにいるとき、理性を失いそうなこんな状況に身を置くことはできない。

「二度とこんなことはできねえ」彼は言った。「こんなやばいことは」

「楽しんでたじゃない」静かだが、きっぱりした声だった。「さわると、肌の下で血がたぎるのがわかったわ」

「この話はもう終わりだ」

「固くなってるじゃないの」

「けがしたいのか」ベラが枕をぎゅっとにぎるのを見て、彼はさらに言いつのった。「正直な話、おれはセックスのやりかたはひとつしか知らねえし、それはおまえの気に入るようないいもんじゃねえ」

「あなたのキスはすてきだったわ。あなたと寝たいの。愛しあいたいのよ」

「愛しあう？　愛しあうだと？」彼は両手を広げた。「ベラ……おれにできるのは一発やることだけだ。おまえの気に入るわけねえし、おれだっておまえ相手にゃやりたくねえ。もったいなさすぎる」

「唇と唇を重ねたじゃない。とてもやさしくて――」

「もう、たいがいに――」

「うるさいわね、最後まで聞きなさいよ！」

　Zは口をぽかんとあけた。まるで尻を蹴っ飛ばされたかのように。これまで彼にこんな口をきいた者はひとりもいなかった。めったにないことだから相手がだれでも驚いただろうが、その相手がベラだとなれば、度肝を抜かれるのもやむをえない。

　ベラは肩にかかる髪を払い、「わたしとしたくないっていうのなら、しょうがないわ、そう言ってよ。だけど、わたしのことが心配だっていうのを口実にして逃げないで。わたしが知らないとでも思ってるの、あなたのセックスが荒っぽいだろうってこと」

「だからおれとしたいのか」暗い声で言った。「あの〝レッサー〟のせいで、痛い目にあわされるのが自分には似合いだって思ってんのか」

　ベラはまゆをひそめた。「ばかなこと言わないでよ。でも、そうだって言わなきゃしてくれないんなら、そうだってことにしておくけど」

彼は頭をしきりにこすった。それで脳みそがちゃんと働くようになるとでもいうように。「おまえは、いまおかしくなってるんだ」彼は床を見ながら言った。「自分がなにを言ってるかわかってねえんだ」

「なによ、えらそうに」

Zはぱっと顔をあげた。こいつは、けつに二発めが襲ってきやがった……「なんだって？」

「お互いのためにならないから、わたしの身になって考えようとするのはやめてくれない？だって、そのたんびに見当ちがいな誤解ばっかりするんだもの」そう言うと、すたすたとバスルームに歩いていってぴしゃりとドアを閉じた。

ザディストは何度か目をぱちくりさせた。いったいなにがどうなったんだ？

部屋を見まわした。家具か、ひょっとしたらカーテンがなにか教えてくれるとでも思っているかのように。やがて、鋭い聴覚にかすかな音が引っかかってきた。ベラが……泣いている。

悪態をつきながら、バスルームに向かった。ノックはせず、ノブをまわしてなかに入った。ベラはシャワーのそばに立って、腕を組んでいた。サファイアの目に涙をためている。

ちくしょう……まいった。こういうとき、男はどうすることになっているのだろう。「すまん」彼はぼそぼそと言った。「もし、その……気持ちを傷つけたとか、そういうことなら」

彼女はきっとにらみつけてきた。「傷ついてなんかいないわ。頭にきてるの。それと性的な欲求不満」

のけぞった拍子に首がぐきっといきそうになった。げっ……そうか。そう来たか。まったく、この話が終わるころにはむち打ち症になりそうだ。

「ザディスト、さっきも言ったけど……あなたがわたしと寝たくないって言うのなら、それはしょうがないわよ。でもね、わたしは自分がなにを望んでるかちゃんとわかってるわ。わかってないなんて言うのはやめて」

Zは両手を腰骨に当て、大理石のタイルを見おろしていた。こんちくしょう、なにも言うんじゃねえぞ。ひとこともしゃべるんじゃ――

「そうじゃねえんだ」思わず漏らした。その言葉が口からさまよい出た瞬間、彼は自分で自分をののしった。しゃべっちゃだめだ。しゃべると絶対ろくなことに……

「なにがそうじゃないの？　つまり、わたしと寝たくないわけじゃないってこと？」

あれがいまもスウェットパンツの外へ出たがっているのを感じる。ベラの目は節穴ではない。ちゃんとこれが見えている。「当たり前だろ」

「それじゃ、わたしはその……荒っぽいのがいやじゃないのに……」そこで口ごもった。彼女が赤くなっているのが感じられる。「なのに、どうしてできないの、わたしたち」

息が速くなった。肺が灼《や》けつきそう、心臓が破れそうだ。深い峡谷の端に立って向こうを見ているみたいだ。ちくしょう、彼女に言うつもりじゃないだろうな。まさか。

胃が裏返りそうになるのをよそに、言葉が口からこぼれ出てきた。「いつもうえに乗られてたんだ。女主人に。おれと……おれとするとき、いつもうえに乗ってた。だから、その、おまえが胸に乗っかってきたとき……つまりその、だから、だめなんだ、あれは」

顔をこすった。いまのこの顔を見られたくないのもあるが、急に頭痛がしてきたせいでもあった。

だれかが大きく息を吐くのが聞こえた。だれかと思えば彼女だった。

「ザディスト、ほんとにごめんなさい。まさかそんなこととは――」

「うん……ちぇっ……その、いまおれの言ったことは忘れてくれ」まずい、彼女のそばを離れなくては。またこの口が、よけいなことをぺらぺらしゃべりださないうちに。「あのな、おれちょっと――」

「なにをされたの?」ベラの声は髪の毛のように細かった。

彼女に険しい一瞥《いちべつ》をくれた。ちくしょう、くそくらえだ。

ベラが一歩近づいてきた。「ザディスト、あなた……無理やりされてたの?」

彼は顔をそむけた。「ジムに行ってるから。またあとでな」

「待って――」

「あとでな、ベラ。いまはちょっと……あれだから」

出ていく途中で、〈ナイキ〉のシューズとMP3プレイヤーを引っつかんだ。

いま必要なのは走ることだ。どこまでも走りつづけるのだ。ほんとうはどこに逃げられるわけでもないが、そんなことはどうでもいい。汗まみれになれば、少なくとも錯覚することはできる。錯覚のなかで、逃げて逃げつづけるのだ、自分自身から。

21

フュアリーはうんざりして、館のビリヤード台ごしにブッチを眺めていた。ブッチのほうはショットの角度を決めようとしているところだが、どうもようすがおかしい。とはいえ、一度の撞《つ》きで球を三つもポケットに沈めたところを見ると、原因がこのゲームでないのはまちがいない。

「ブッチ、この野郎。四戦連勝じゃないか。なんだっておまえなんかと勝負する気になったんだか」

「そりゃ、希望ってやつは殺しても死なないからさ」ブッチはスコッチのグラスをあおった。

「もうひと勝負どうだ」

「いいとも。どうせ、おれの勝率はこれ以上悪くなりようがない」

「それじゃラック（ゲーム開始前に球を台に並べること）しといてくれ。おれは酒ついでくるから」

球をポケットから集めながら、フュアリーはなにがおかしいのか気がついた。彼が目をそらすたびに、ブッチはこっちをじっと見つめているのだ。

「刑事《デカ》、なんか引っかかることでもあるのか」

ブッチは〈ラガヴーリン〉をツーフィンガーほど自分でついで、長々とあおった。「いや、べつに」

「嘘をつけ。〈ゼロサム〉から戻ってきてからってもの、ずっとみょうな目つきでおれを見てるじゃないか。正直に吐いたらどうだ」

ブッチの薄茶色《ヘーゼル》の目が、フュアリーの目とまともにぶつかった。「おまえ、ゲイなんだろ」

フュアリーは八番の的球《エイトボール》を取り落とした。それが大理石の床に落ちてはねる音もろくに耳に入らず、「なんだって？　いったいどこからそんな――」

「おまえが尊者《レヴァレンド》とよろしくやってたって聞いたんだ」フュアリーが悪態をつくのをよそに、ブッチは落ちた黒い球を拾って台にのせ、緑のラシャに転がした。「なあ、べつにゲイだっておれは気にしないぜ。正直な話、おまえがだれとやってようが屁とも思わない。だが、ほんとのところが知りたいんだ」

まったく、踏んだり蹴ったりだぜ。恋い焦がれている女は双児の兄弟のほうに夢中だし、今度はくそいまいましい〝シンパス〟とつきあってることにされそうだ。

レヴァレンドとやりあっているところに入ってきたあの女は、どうやら大変なおしゃべりだったらしい。それに……**やれやれ。**ブッチはもうヴィシャスにしゃべったにちがいない。連れ添って長いカップルのように、このふたりのあいだには秘密など存在しないのだ。Vはレイジにたれこむだろうし、レイジに知られたら、これはもうロイター通信にニュース速報が出たようなものだ。

「どうなんだ、フュアリー」

「おれはゲイじゃない」

「べつに隠さなくてもいいじゃないか」

「隠してない。ゲイじゃないからそう言ってるだけだ」

「それじゃバイなのか」

「ブッチ、いい加減にしろよ。〈兄弟団〉にその気《け》のあるやつがいるとしたら、それはおまえのルームメイトだぜ」デカが目を丸くしたのを見て、フュアリーは小声で言った。「おいおい、もうVのことはよく知ってるはずじゃないか。いっしょに暮らしてんだから」

「そんなばかな——ああ、やあ、ベラ」

フュアリーはくるりと向きを変えた。あの黒いサテンのローブを着て、ベラは部屋の入口に立っていた。目が離せない。美しい顔に健康の輝きが戻ってきている。打ち身は消えて、美貌がよみがえっている。じつに……息を呑むほど美しい。

「お邪魔してごめんなさい」彼女は言った。「フュアリー、少し話ができないかしら。終わったあとでいいから」

「ブッチ、ちょっと休憩していいか」

「いいとも。ベラ、またあとでな」

デカが出ていくと、フュアリーはキューをことさら慎重に片づけにかかった。なめらかな金色の棒を、壁の棚にすべり込ませる。「元気そうだね。気分はどう」

「よくなったわ。ずっと」

身を養ったからだ——ザディストの血で。

「それで……どうかした?」想像するまいとしても、彼女がザディストの手首に口をつけているさまがどうしても目に浮かぶ。

それには答えず、ベラはフレンチドアのほうへ歩いていった。大理石の床に引きずるローブのすそが影のようだ。足を運ぶたびに髪の毛先が背中をかすめ、腰の動きに合わせて揺れる。情欲が突きあげてきた。においで気づかれはしないかと気が気でない。

「まあフュアリー、あの月を見て。もうすぐ満月ね」ガラス窓に伸ばした手を、軽く窓枠に置いた。「外へ出られたら……」

「出たい？　引っかけるものを持ってこようか」

肩ごしに笑顔をこちらに向けて、「靴がないのよ」

「それも見つけてくるよ。ここで待ってて」

ほどなく、毛皮を内張りしたブーツと、ヴィクトリア朝ふうのケープを持って戻ってきた。さすが整理魔のフリッツ、どこかのクロゼットからたちどころに引っぱり出してきてくれたのだ。

「すごい早わざね」深紅のベルベットを肩にかけてもらいながら、ベラは言った。

フュアリーは彼女の前にひざまずいて、「はかせてあげるよ」

彼女が片足をあげると、その足にブーツをはめ込んだ。意識してはいけない、足首の肌がどれほどやわらかいか。彼女のにおいがどれほど悩ましいか。この邪魔なローブを開かせれば、そこには……

「今度はそっち」と言う声がかすれた。

ブーツをはかせると、フュアリーはドアをあけて、ふたりいっしょに歩いて外へ出た。テラスに積もる雪をさくさくと踏み、芝生の手前まで来ると、彼女はケープを身体にしっかり巻きつけて空を見あげた。息が白い雲になって口を離れ、赤いベルベットが風になぶられて揺れる。まるで愛撫されているように。

「夜明けまでもうあんまりないわね」

「ああ、もうすぐだね」

なんの話があるのかとフュアリーはいぶかっていたが、やがて彼女が深刻な顔になったのを見て、そのわけがわかった。ザディストのことだ。考えてみれば当然か。

「訊きたいことがあるの。彼のこと」彼女はつぶやいた。「あなたの双児のこと」

「なにが訊きたいの」

「どうして奴隷になったの？」

ああ、くそっ……その過去の話はしたくなかった。

「フュアリー……話してくれない？　彼に訊こうと思ったんだけど、でも……」

ちくしょう、しかたがない。質問に答えずにすまそうとしても、適当な理由が見つからない。「子守女にさらわれたんだ。生まれて七カ月のころにこっそり連れ出されて、八方捜したが見つからなかった。おれにわかったかぎりでは、その子守女が二年後に死んで、そのときに奴隷に売り飛ばされたんだ。だれか知らないが、あいつを見つけたやつの手で」

「それじゃ、ご家族みんな、とてもお苦しみだったでしょうね」

「ああ、最悪だったよ。死んだも同然なのに、埋葬する遺体もない」

「それで、その……その、血隷にされてたとき……」ベラは大きく息を吸った。「どんなことがあったか知ってる?」

フュアリーはうなじをこすった。ためらっていると、ベラがまた口を開いた。「わたしが言ってるのは、傷痕のこととか、無理やり血を吸われてたことじゃないの。知りたいのは……ほかにどんなことをされてたかってことなの」

「ベラ、それは――」

「どうしても知りたいの」

「なぜ?」答えは聞かなくてもわかっている。Zと寝たいからだ。たぶんもう試してみたのだろう。それが〝なぜ〟の答えだ。

「知らなくちゃならないのよ」

「そういうことは、本人に訊いたほうがいい」

「話してくれないわ、それはあなたもわかってるでしょう」フュアリーの前腕に手を置いた。

「お願い。彼のことを理解したいの」

フュアリーは黙っていた。Zのプライバシーを侵したくない、と自分で自分に言い聞かせていた。そしてそれは、おおむね嘘ではなかった。ただ、Zを彼女のベッドに送り込む手助けなどしたくないという気持ちも、ほんの少しながらないわけではなかった。

ベラは彼の腕をぎゅっとにぎって、「縛られてたって言ってたわ。それから、女性にうえに乗られるのは我慢できないって、あれのとき――」そこで言葉を切った。「いったいなにをされていたの?」

なんてことだ。ザディストは、奴隷時代のことを彼女に話したのか。

フュアリーは声を殺して毒づいた。「あいつは血を飲むためだけに使われてたわけじゃない。でも、おれにはこれ以上のことは言えない」

「ああ、やっぱり」彼女は肩を落とした。「わたしはただ、それをだれかの口から聞きたかったの。確かめたかったの」

冷たい風が吹きつけてきた。フュアリーは深く息を吸ったが、息苦しさは消えない。「もうなかに入ったほうがいい。風邪をひくよ」

ベラはうなずいて、館のほうに歩きだした。「フュアリー、あなたは?」

「煙草を吸ってから戻る。先に行ってて」

彼女が館に入っていく姿は見なかったが、ドアがかちりと音を立てて閉まるのが聞こえた。ポケットに両手を突っ込み、広々とした白い庭を見わたした。目を閉じると過去の記憶がよみがえってくる。


遷移を終えるとすぐに、フュアリーは双児の兄弟を捜しはじめた。〈古国〉を旅してまわり、召使を抱えられる裕福な屋敷を残らず探った。その途上で、くりかえし耳にするうわさがあった。〝グライメラ〟のなかでもとくに身分の高い女性に、戦士の体格をした男が飼われているというのだ。しかし、うわさの出どころを突き止めることはできなかった。

それも当然だ。十九世紀初めのあのころ、一族はまだ比較的結束が固く、古い法や社会慣習が強い影響力を保っていた。戦士を血隷として監禁しているのが見つかったら、法によって死罪だ。そういうわけで、表《おもて》だった探索はできなかった。貴族の集会を要請し、双児の兄弟を返すように要求したら、あるいは彼がザディストを捜していることが知られたら、それは双児の胸に短剣を突き立てるのも同然の行為だ。死刑をまぬがれようと思えば、ザディストを殺して死体を処分するのがいちばん簡単だし、またそれ以外に方法はないからだ。

一八〇〇年代も後半に入るころには、フュアリーはもうあきらめかけていた。すでに両親とも世を去っていたし、〈古国〉のヴァンパイア社会はたがゆるみだし、アメリカへの初期の移民が始まっていた。彼は根なし草のようにヨーロッパをさまよい、ひそひそ話やほのめかしをたどり……そしてあるとき、ふいに捜していたものに行き当たった。

それは、彼が英国の土を踏んだ夜のことだった。ドーヴァーの崖に建つ城で一族の集まりがあり、フュアリーはそれに出席していた。舞踏室《ボールルーム》の薄暗い片隅に立っていたとき、ふたりの男の話し声が耳に入ってきた。この城の女主人は、信じられないほど立派な道具を持つ血隷を抱えているというのだ。彼女は行為を見られているのが好きで、ときにはご相伴《しょうばん》にあずかれることもあるという。

フュアリーは、さっそくその夜から女城主に近づいていった。

ザディストと彼は一卵性双生児だが、顔が似ているといってあやしまれる恐れはないだろうと思った。ひとつには、フュアリーがいかにも裕福そうな身なりをしているからだ。こんな身なりをしている者が、たかが奴隷ひとりを捜しまわるなどとはだれも思うまい。それも、幼児のころに市場で正当な対価を払って買われた奴隷なのだ。またもうひとつには、ふだんから素顔をさらさないよう気をつけていたためもある。目鼻だちをごまかすために短いひげをはやし、目があまりよくないと称して、濃色の眼鏡をかけて目を隠していた。

女城主はカトロニアといった。財力のある貴族の女性だが、連れあいは半分人間の血が混じった貿易商であり、人間界で事業をいとなんでいる。そのためひんぱんに各地を旅しており、彼女はひとりで過ごすことが多いようだった。しかし問題の血隷は、うわさによれば連れあいを持つ以前から抱えていたらしい。

フュアリーは彼女に取り入って、家中に迎え入れられるよう画策した。教養があって慇懃《いんぎん》な彼は、血筋については言葉を濁していたにもかかわらず、おかげで城内にひと部屋を与えられた。大貴族の家中には、身分を詐称《さしょう》する者がうようよしているものだし、女城主はフュアリーを気に入っていたから、少々不審な点があっても気にしなかったのだろう。とはいえ、隙だらけというわけではけっしてなかった。何週間も過ぎ、かなりの時間をともに過ごしても、うわさの奴隷のもとに連れていってはもらえなかった。

機会があるごとに、彼は敷地内や城館内を調べてまわった。秘密の独房かどこかで、双児の兄弟を見つけられはしないかと思ったのだ。ただ、城内にはかならずだれかしらの目があるし、カトロニアはなかなか彼を放っておいてくれない。〝ヘルレン〟が出かけるたびに(しかもそれはしょっちゅうのことなのだ)、フュアリーの居室にやって来る。その差し出す手を避ければ避けるほど、彼女はフュアリーにのめり込んでいく。

待つことだ……いまは待つしかない。時が経てば、自分の宝物を、大事なおもちゃを、奴隷をみせびらかしたいという誘惑に、彼女はいずれ勝てなくなる。ある晩、夜明けの少し前に、フュアリーは初めて女城主の寝室に招き入れられた。彼がずっと探していた秘密の入口は、彼女の寝室に通じる控えの間にあった。衣裳だんすの裏を抜け、広大だが急な階段をふたりはいっしょにくだっていった。

いまも思い出す——階段をおりきったところに分厚いオークの扉があった。その扉が開くと、全裸の男の姿が目に飛び込んできた。脚を広げたかっこうで、緞帳《どんちょう》をかけた寝台に鎖でつながれている。

ザディストは天井をじっと見つめていた。髪は石の床に届くほど長く伸びている。きれいにひげを剃《そ》られて油を塗られ、女主人のお楽しみに備えて用意されたらしく、高価な香料の香りがした。女はまっすぐ近づいていき、いとしげに愛撫しはじめた。そのぎらぎらと光る茶色の目が、男の全身に所有のしるしを焼きつけていく。

自分でも気づかないうちに、フュアリーはわきに吊った短剣に手を伸ばしていた。その動きを感じたかのように、ザディストの頭がゆっくりとこちらを向いた。ふたりを隔てる空間を越えて、生気のない黒い目がこちらを見あげている。つながりを認めたような光はそこにはない。ただ燃え盛る憎悪があるばかりだった。

衝撃と悲しみに押しひしがれそうだったが、フュアリーは目的を忘れはしなかった。目で出口を探すと、独房の反対側にもうひとつ扉があった。ただノブも把手《とって》もついておらず、床から一メートル半ほどの高さに小さな開口部があるだけだ。たぶん、あの扉を破って逃げることも——

カトロニアが、兄弟の秘部に触れはじめた。両手になにかの軟膏《なんこう》をつけていて、その手で愛撫しながら、どれぐらい大きくなるかとおぞましい言葉を口にしていた。フュアリーは牙を剥き、短剣を振りあげた。

とそのとき、向こうの扉がだしぬけに開いた。現われたのは女城主の取り巻きの優男《やさおとこ》で、アーミンの毛皮で縁取りしたローブを引っかけていた。男は半狂乱で叫んだ。カトロニアの〝ヘルレン〟が急に戻ってきて、いま彼女を捜しているという。どうやら彼女とフュアリーのうわさが耳に入ったらしい。

フュアリーはうずくまり、女城主と優男を殺そうと身構えた。ところがそのとき、荒々しい足音が外から響いてきた。それもおおぜいの。

カトロニアの〝ヘルレン〟が、秘密の階段を足音も荒く駆けおりてきた。手兵を引き連れてなかに飛び込んできたものの、この場の情景に腰を抜かすほど驚いたようだ。彼女が血隷を飼っているとは夢にも思わなかったのだろう。カトロニアはなにか言おうとしたが、力いっぱい平手を食わされ、石の壁に吹っ飛ばされた。

たちまち大混乱に陥った。手兵はみなフュアリーに向かってくる。いっぽう〝ヘルレン〟はナイフを持ってザディストに襲いかかっていく。

血みどろになりながら衛兵を残らず片づけ、ようやく手があいたときには、ザディストの姿はどこにもなかった。血のあとが独房の外に続いているだけだ。

フュアリーは廊下に飛び出し、城の地下を走り抜けていった。赤いすじをたどって天守閣の外へ出たときは、もう夜明けが近づいていた。急いでザディストを見つけなくてはならない。方向を確かめようと立ち止まったとき、空気を切り裂くリズミカルな音が聞こえてきた。

むち打ちの音だ。

右手を見やると、ザディストが崖のうえの木に吊るされていた。広大な海を背景にして、容赦なくむち打たれている。

双児にむちをくれていた三人の衛兵に、フュアリーは襲いかかった。向こうも果敢に防戦してきたが、猛り狂う彼の敵ではない。かれらを血祭りにあげてザディストのいましめを解いたとき、城壁から新手が飛び出してきた。五人の衛兵がひとかたまりになって駆け寄ってくる。

まもなく陽が昇る。その熱に皮膚が焼ける。もう時間がない。ザディストを両肩にかつぎ、殺した衛兵が持っていた拳銃をとってベルトに差した。崖っぷちに、そしてその下の海に目をやった。理想的な逃げ道とは言えないが、衛兵と戦って城に逃げ込むよりははるかにましだ。フュアリーは走りだした。勢いをつけて踏み切れば、きれいに海に飛び込めるだろう。

ところが、衛兵の投げた短剣が腿に刺さり、フュアリーはよろめいた。体勢を立て直すひまも、前進の勢いを止めるすべもない。ザディストをかついだまま、崖っぷちから転げ落ちた。岩肌をすべり落ちるうちに、ブーツが岩の割れ目に引っかかった。ザディストをつかむ手が離れそうになる。ザディストは落ちていたのがぐいと引き戻され、ザディストをつかむ手が離れそうになる。ザディストはいま意識がない。ひとりで海に落とされたら確実に溺《おぼ》れ死ぬ。

血まみれの身体に手がすべり、ザディストはフュアリーの手を離れて――

あわやの瞬間にはっしと手首をつかみ、渾身《こんしん》の力をこめてにぎりしめた。ザディストの重い身体に思いきり引っぱられ、足首から腿へ激痛が飛んだ。目の前が暗くなる。もとに戻り、また暗くなる。ザディストの身体が虚空《こくう》で揺れている。ゆらゆらと、容赦なくフュアリーの握力にゆさぶりをかけてくる。

衛兵たちは崖のうえから見おろしてきた。目のうえに手をかざし、強まってくる陽光を見やった。笑い声をあげ、剣をさやに収めると、ふたりを放って引きあげていった。

太陽が水平線に近づいてくる。体力が急激に衰えていく。ザディストの体重をそう長くは支えていられそうにない。おぞましい陽の光が皮膚を焦がし、すでに小さくない苦悶にいっそう拍車をかけてくる。必死で脚を引っぱっても、割れ目にとられた足首はどうしても抜けなかった。

フュアリーは拳銃を探り、腰のベルトから引き抜いた。深く息を吸うと、銃口を自分の脚に向けた。

ひざ下を撃った。二発。痛みはすさまじく、全身を火の玉に貫かれ、拳銃を取り落とした。歯を食いしばり、自由なほうの足を岩肌にあてがい、全身全霊を込めて踏ん張った。フュアリーは絶叫をあげた。脚がちぎれて、ついに自由になった。

ぽっかりあいた穴のような虚空へ呑み込まれていく。

海水は冷たかったが、そのショックでフュアリーは正気を取り戻し、また血管が収縮したおかげで失血死をまぬがれた。目まいと吐き気に苦しみながら、荒れる波のうえに無我夢中で頭を出した。そのあいだじゅう、ザディストをつかむ必死の手だけはゆるめなかった。両腕に抱えなおし、ザディストの顔が沈まないように気をつけながら、フュアリーは岸に向かって泳いだ。

天の助けか、まっさかさまに落ちた場所から遠からぬところに、洞窟が口をあけていた。最後の力をふり絞って、その暗い入口にふたりぶんの体重を運んだ。わが身とザディストを海面から引きあげ、盲目も同然の状態で、できるかぎり洞窟の奥へ向かった。ふたりが助かったのは、洞窟が自然に湾曲していたおかげだった。それが暗闇を作ってくれたのだ。洞窟の奥、太陽を逃れて、大きな岩の陰に身をひそめた。体温が逃げないようにザディストを両腕に抱き寄せ、目前の闇に見入っているうちに、やがて気を失った。

フュアリーは目をこすった。まぶたに焼きついて離れない、寝台に鎖でつながれていたザディストの姿……

助け出したときからずっと、フュアリーはくりかえし悪夢を見ている。無意識の底からその夢が吐き出されてくるたびに、初めて見たときと同じ恐怖に襲われる。悪夢はいつも同じだった。あの秘密の階段を駆けおりて、扉を開く。ザディストが縛られている。すみでカトロニアが笑っている。フュアリーが独房に入ると、すぐにZが傷痕のない顔をこちらに向けてくる。その顔から、あの黒い生気のない目がこちらを見あげる。そして硬い声で言うのだ、「放っといてくれ。おれはここを……出たくない」と。

いつもそこで、冷や汗にまみれて目を覚ます。

「よう、どうした？」

ブッチの声だ。ぎくりとすると同時にほっとした。フュアリーは顔をこすり、肩ごしにふり向いた。「景色を眺めてただけだ」

「いいこと教えてやろうか。南国の浜辺ならともかく、こんな寒いとこに突っ立ってやることじゃないぜ、そりゃ。なあ、食事にしようや。レイジがパンケーキ食いたいなんて言うもんだから、メアリがダンプカー一台ぶんくらいの〈ビスクイック〉を厨房に持ち込んできてるんだよ。フリッツはそわそわして浮きあがりそうになってるぜ、手伝わしてもらえないんじゃないかって心配で」

「ああ、そうだな」いっしょに館のなかに入りながら、フュアリーは言った。「ひとつ訊いていいか？」

「うん、なんだ」

フュアリーはビリヤード台のそばで立ち止まり、エイトボールを手にとった。「おまえ、殺人課で働いてたときは、人生を滅茶苦茶にされた人間におおぜい会っただろう？　夫や妻や……息子や娘を奪われて」ブッチがうなずくのを見て、彼は言葉を続けた。「そういう人間が、そのあとどうなったか知らないか。つまり、あとに残された遺族は、そういうあれを忘れられるもんなのか」

ブッチは親指でまゆをこすっていた。「どうかな」

「ああ、遺族の追跡調査なんかしないだろうから――」

「だけど、少なくともおれはだめだったな」

「それはつまり、捜査で遺体を見たのが忘れられなくなるってことか」

ブッチは首をふった。「忘れてるぜ、姉妹ってのを。兄弟姉妹」

「えっ？」

「奪われるのは、夫や妻や息子や娘だけじゃない。兄弟や姉妹を奪われるやつもいる。おれは十二のときに姉を亡くした。男ふたりに学校の野球場の裏に連れていかれて、強姦《ごうかん》されて殴られて殺されたんだ。いまだに忘れられねえよ」

「知らなかった――」フュアリーはふと口をつぐんだ。ふたりだけでないことに気がついたのだ。

部屋の戸口に、ザディストが胸をはだけたかっこうで立っていた。頭のてっぺんから〈ナイキ〉のシューズまで汗で光っている。ジムで何マイルも走ったあとのようだ。

その姿を見ていると、例によって気持ちが沈んでくる。いつもこうだ――Zはまるで低気圧かなにかのようだった。

ザディストの声は硬かった。「ふたりとも、夜になったらおれと来てくれ」

「どこへ行くんだ」ブッチが尋ねた。

「ベラが家に帰ってみたいって言うからよ。掩護《バックアップ》もなしじゃ連れていけねえだろ。なんか持ち出したいって言うかもしれねえから車が必要だし、おれたちがあっちに行く前に、だれかに下見もしてもらいてえしな。ただ助かるのは、あの家、地下に脱出トンネルが造ってあるんだ。やばいことになったら逃げられる。そっちは昨夜《ゆうべ》、ベラのもんをちょっと取りに行ったとき確認しといた」

「わかった、行こう」ブッチが言った。

ザディストの目が、部屋の向こうからこちらを見ている。「フュアリー、おまえは？」

ひと呼吸おいて、フュアリーはうなずいた。「ああ、おれも行くよ」

22

その夜、月が高く昇るころ、Oはうめき声をあげて地面から立ちあがった。四時間前に太陽が沈んでから、ずっとこの草地の端で監視を続けてきた。だれかがあの農家にやって来るはずだと思うのだが……まるで気配もない。昨日も一昨日も同じだった。と言っても、じつは今朝がた、夜明け前になにか見えたような気がした。家のなかをなにかの影が動きまわっていると思ったが、たった一度ちらと見えただけで、それっきり二度と現われなかった。

できるものなら、〈ソサエティ〉の総力をあげて女の行方を追いたかった。配下の〝レッサー〟をひとり残らず投入することができれば……ただそれは、自分の頭に銃を突きつけるようなものだ。〈ソサエティ〉の大義が、たかが女ひとりのためにないがしろにされている、と〈オメガ〉にしゃべる者が出てくるだろうし、そうなったらただではすまない。

時計を見て、悪態をついた。〈オメガ〉と言えば……

Oは今夜、主人の前で〝御前演技〟を披露することになっており、このいまいましい約束は守らないわけにいかない。妻を取り戻したければ、〝レッサー〟の地位を保つ以外に道はない。〈オメガ〉に会うのを先延ばしにして、ぱっと消される危険を冒すわけにはいかないのだ。

電話を取り出し、この家を監視させるために補助部隊《ベータ》の三人を呼び出した。ここはヴァンパイアが集まる場所とわかっているのだから、少なくとも監視をつける口実はある。

二十分後、林を抜けて〝レッサー〟たちがやって来た。走るブーツの音は雪のせいでくぐもっている。がっしりした三人組は入会してまだ日が浅く、髪はまだ黒っぽいし、肌も寒さで赤らんでいる。呼び出されて興奮しており、見るからに戦う気満々だったが、かれらの役目は監視だけだとOは釘を刺した。だれか現われても攻撃せず、立ち去ろうとするときまで待って、男であれ女であれヴァンパイアは生け捕りにすること。例外は認めない。Oの考えでは、もし自分が女の家族であれば、彼女を家の近くに実体化させる前に、まず様子見のためにだれかを送り込むだろう。またもし女が死んでいて、身内が遺品を運び出しに来るとすれば、そいつを口のきける状態でつかまえて、墓の場所を訊きださなくてはならない。へまをしたら命がないとはっきりわからせてから、Oは森を抜けて、トラックを駐めた場所に引き返した。松の木立に隠してある。二十二号線に出たとき、ベータの三人が乗ってきた〈エクスプローラ〉に気がついた。あの農家に通じる小道への曲がり角から、一キロと離れていない場所に駐めてあった。

ばか者どもに電話をして、少しは頭を使え、車はちゃんと隠しておけと叱《しか》り飛ばしてから、キャビンに向かってトラックを走らせた。進むうちに、女の姿が目の前にちらつき、道路がぼやけて見えてきた。女のいちばん美しい姿が目に浮かぶ。シャワーを浴びて髪も肌も濡れ、かくべつ浄《きよ》らかな……

だがそのとき、イメージが変化した。女は裸で仰向けになっていて、そのうえに乗っているのはあの醜いヴァンパイア、彼女を盗んでいったやつだ。手で触れ……キスをして……なかで動いている……しかも女はそれを喜んでいる。あのあま、喜んでいやがる。頭をのけぞらせ、うめき、あばずれのようにイッて、もっと欲しがっている。

ハンドルをにぎる手が鉤爪《かぎづめ》のように曲がり、こぶしの骨が皮膚を破って突き出してきそうだ。気を鎮めようとしたが、怒りは抑えても抑えきれない。ピットブルを紙の鎖でつなごうとするほうがましなくらいだ。

そのときはっきりと悟った。女がまだ死んでいなかったとしても、見つけたときにはこの手で殺すことになるだろう。彼女を盗んでいった〈兄弟〉に抱かれているのを思い描くだけで、理性も分別も完全に消し飛んでしまう。

だがそうなって困るのはOではないか。彼女を失って生きていくのは地獄だろう。女が死んだあと、自殺願望に駆り立てられてあばれれば、すかっとはするかもしれない。だが、そんなばかなまねをすれば、結局は永遠に〈オメガ〉に縛りつけられるだけだ。なにしろ〝レッサー〟はみな、地上から消滅したあとは主人のもとに戻るのだから。

だがそのとき、ふと思いついた。いまから何年もあとの女の姿を思い描く。肌の色は抜け、髪はブロンドに変わり、目は雲の色になったところを。彼と同じく〝レッサー〟になった姿。そうだ、これで問題はすべて解決する。そう思ったとたん足がアクセルから離れ、トラックはしだいにスピードを落とし、しまいに二十二号線上で停まってしまった。

そうすれば、女は永遠におれのものだ。

真夜中が近づくころ、ベラははき慣れたブルージーンズをはき、大のお気に入りの分厚い赤いセーターを着た。バスルームに入り、鏡をおおう二枚のタオルをはずして自分の顔を見た。鏡に映る姿は、いつもこちらを見返してくる見慣れた女性の姿だった。青い目。高いほお骨。少し厚めの唇。ふさふさしたダークブラウンの髪。

セーターのすそを持ちあげて、お腹をのぞいてみた。傷ひとつなく、もうあの〝レッサー〟の名前は消えていた。文字があったところを手でなぞってみる。

「用意はすんだか」ザディストが声をかけてきた。

ベラは顔をあげ、鏡をのぞき込んだ。背後にぬっとそびえる姿が映っている。全身黒ずくめで、あちこちに武器を下げて。石炭のような目が、彼女のあらわな肌に釘付けになっていた。

「傷痕はすっかり治ったわ」彼女は言った。「たった四十八時間で」

「ああ。よかったな」

「家に帰るの、なんだかこわいわ」

「フュアリーとブッチもいっしょに来る。がっちりガードするから安心しろ」

「それはわかってるけど……」セーターをおろした。「ただ……なかに入る勇気が出ないかも……」

「そんときゃ、また別の夜に行ってみるだけだ。何度でも行ってみりゃあいい」そう言って、彼女のパーカーを広げて差し出した。

肩をゆすってそれを着ると、ベラは言った。「わたしのお守《も》りをするより、もっと大事な

「仕事があるのに」

「いまんとこはない。手を出しな」

 言われたとおり差し出しながら、指が震えた。心のどこかで、彼が自分からさわってくれと言うのはこれが最初だと思い、触れたあとで抱きあえはしないかと期待していた。

しかし、彼にはそんなつもりはまるでなかった。肌に触れもせずに、小さな拳銃を手にのせてきたのだ。

ベラはぎょっとしてあとじさった。「いやよ、そんな――」

「こういうふうに――」

「ちょっと待って、わたし――」

「――にぎるんだ」と、小さな銃把を彼女の手のひらに置いた。「これが安全装置。こっちがオンで、こっちがオフ。わかったか？　こっちがオン……これでオフ。これで殺すにゃすぐそばで撃たなきゃならないが、弾丸《たま》は二発こめてある。〝レッサー〟の足をちっとでも鈍らせれば、そのあいだに逃げられるからな。ただ狙いをつけて、引金を二回引けばいい。撃鉄を起こすとか、そういうことはなんもしなくていい。狙うときは胴体を狙え。的がでかいからな」

「持ちたくないわ」

「おれだって持たせたかねえ。けどな、手ぶらで外へ連れてくよりはましだ」

ベラは首をふり、目を閉じた。ときとして、この現実のなんと醜いことだろう。

「ベラ……ベラ、こっちを見ろよ」言われたとおりにすると、彼は言った。「上着の外側の、右手のポケットにいつも入れとくんだ。いざってときに、使う側にないと困るからな」彼女が口を開こうとすると、おっかぶせるように言葉を続けた。「なにがあってもブッチとフュアリーのそばを離れるな。そうすりゃ、そいつを使う必要はまずねえだろうから」

「あなたはどこにいるの」

「そのへんにいる」彼が向こうを向いたとき、腰のくびれにナイフが差してあるのに気がついた。ほかに胸に短剣を二本、腰に拳銃を二挺吊るしている。見えないところに、あとどれぐらい武器を帯びているのだろう。

彼は戸口で立ち止まり、首を深く垂れた。「ベラ、その銃を使わなくてすむように気をつける。約束する。けどな、丸腰で外へ出すわけにゃいかないんだ」

ベラは深く息を吸った。そして、その小さな金属塊を上着のポケットにすべり込ませた。

廊下に出ると、フュアリーがバルコニーにもたれて待っていた。やはり戦闘服姿で、拳銃や刃物を身に帯び、全身から静かな殺気を発している。ベラが笑顔を向けると、うなずいて黒いレザーのコートを引っかけた。

ザディストの携帯電話が鳴りだした。それを開いて、「着いたか、デカ。ようすはどうだ」電話を切るとうなずいた。「よし、行こう」

三人は玄関広間におりていき、中庭に出た。冷えた外気のなか、男はふたりとも拳銃を抜き、それから三人はそろって非実体化した。

ベラは玄関ポーチに出現した。目の前に光沢のある赤いドア。真鍮《しんちゅう》のノッカーがついている。ザディストとフュアリーが背後にいるのを感じる。大きな男性の肉体が緊張に張りつめている。足音が聞こえて、ベラは後ろをふり返った。ブッチがポーチに歩いてくる。やはり拳銃を抜いていた。

ゆっくり時間をとって、そろそろ入ろうというのは、危険なうえにわがままだという気がした。ベラは精神の力でドアのロックをはずし、なかに入っていった。

以前と同じにおいに迎えられた……広幅の松材の床板を磨くのに使っていたレモンワックスのにおいと、好きでよく灯していたローズマリー・キャンドルの香りが混じりあっている。ドアが閉じ、警報装置のスイッチが切れるのが聞こえたとき、彼女はふり向いた。ブッチとフュアリーはすぐ後ろにいたが、ザディストの姿はどこにもない。

近くにいるのはわかっていても、いっしょに家のなかに入っていてほしかった。

深く息を吸い、リビングルームを見まわした。明かりがついていないので、見えるのはなじみのある影や輪郭だけだ。家具と壁の織りなす模様を見ているようだった。

「みんな……ほんとに、みんなもとのままみたい」

ただ、ライティングデスクのうえの壁が剝き出しになっていた。鏡がなくなっている。十年くらい前に、マンハッタンで母といっしょに選んだ鏡だ。リヴェンジは以前からあれが気に入っていた。だから持っていったのかしら。心が温まるような、腹が立つような、なにか複雑な気分だった。

明かりをつけようと手を伸ばしたとき、ブッチに止められた。「明かりはまずい。ごめんな」

彼女はうなずいた。家の奥に歩いていき、自分のものを次々に目にするうちに、何年も会っていなかった昔なじみに囲まれているような気がしてきた。うれしさと悲しさが込みあげてくる。しかし、なにより強いのは安心感だった。きっと動揺するにちがいないと思い込んでいたのに……

ダイニングルームまで来て足が止まった。あの奥の、広いアーチの向こうはキッチンだ。胃袋の底に恐怖がとぐろを巻いている。

意を決してそちらに歩いていき、そこで足を止めた。すべてきちんと片づいていて、なにも壊れていない。ここであれだけの暴力ざたがあったのに。

「だれかが片づけてくれたのね」ささやくように言った。

「ザディストだ」ブッチが横に並びながら言った。拳銃を胸の高さにかまえ、目は油断なくあたりを見まわしている。

「ザディストが……これをみんな？」と、部屋全体を払うように手を動かした。

「あんたが連れてかれたあとの夜にな。何時間もかけてやってたんだぜ。地下もぴっかぴかになってる」

想像もつかない——ザディストがモップとバケツを持って、血のあとを拭きとり、ガラスの破片を片づけている姿なんて。

なぜそんなことを？

ブッチは肩をすくめた。「個人的な理由だってさ」

声に出して言ったかしら。「なにか言ってた？……なぜそんなことするのか」

ブッチが首をふったとき、彼女はふと気がついた。フュアリーがわざとのように戸外に目を向けている。

「寝室に行ってみる？」ブッチが尋ねた。

ベラがうなずくと、フュアリーが言った。「おれは上階《うえ》に残ってるから」

地下におりてみると、なにもかもきちんと片づいていた……きれい。クロゼットをあけ、たんすの引出しを調べ、バスルームに入ってみた。ささいなことに目がひきつけられる。香水の壜《びん》。誘拐される前に出た雑誌。あれはたしか、猫足のバスタブのそばで灯していたキャンドルだ。

歩きまわり、手で触れるうちに、どこか深いところで、すべてがあるべき場所にするすると戻っていく。このまま何時間も……何日も過ごしたい。しかし、ブッチがしだいにそわそわしはじめるのがわかった。

「もう今夜はじゅうぶん見たと思うわ」と言いながらも、もっといられればいいのにと思う。

ブッチが先に立って一階に引き返した。キッチンに入ると、フュアリーに向かって「そろそろ帰ろう」

フュアリーは携帯を開いた。少し間があって、「Z、帰るぞ。デカの車をスタートさせといてくれ」

ブッチが地下室に通じるドアを閉じたとき、ベラは水槽に歩いていってなかをのぞいた。またこの農家で暮らせるときが来るだろうかと思ったが、たぶん無理だろうという気がする。

「なにか持って帰りたいものある？」ブッチが尋ねた。

「いいえ、とくに――」

外で銃声が響いた。くぐもった、うつろなぱんという音。

ブッチはベラをつかまえ、自分の背後にまわらせた。「静かに」と耳もとでささやく。

「正面だ」フュアリーがさっとかがみ込み、押し殺した声で言った。先ほど三人で入ってきた、廊下の先のドアに銃を向ける。

また銃声。さらにもう一発。近くなっている。家をまわっているようだ。

「トンネルで外へ出よう」ブッチはベラにささやき、有無を言わさずまわれ右をさせて、地下室のドアのほうへ押しやった。

フュアリーは銃口で音を追っている。「しんがりはおれに任せろ」

地下室に通じるドアのノブに、ブッチが手をかけた。その瞬間、時間が凝縮されて一秒一秒がフラクタルと化し、やがて完全に押しつぶされて、まるきり意味をなさなくなった。

三人の背後で、フレンチドアが破れた。木枠がはじけ、ガラスが飛び散る。

次の瞬間、すさまじい力で押し飛ばされたように、ザディストがその背中でフレンチドアを道連れにして飛び込んできた。キッチンの床に落ちたとき、勢いで頭が後ろにがくんと振れ、タイルの床にまともにぶつかって、また銃声かと思うほどの音がした。続いて、身も凍る噢声が響いたかと思うと、ザディストを投げ飛ばした〝レッサー〟が、その胸めがけて襲いかかってきた。ふたりはひとかたまりになって床をすべり、まっすぐ地下室の階段のほうへすっ飛んでくる。

ザディストは〝レッサー〟の下でぴくりとも動かない。気を失っているのか、死んでいるのか。

ベラが悲鳴をあげた。こちらにすべってくるのを見て、ブッチが彼女をぐいと引いてよけさせた。こうなっては、レンジの前に退却するしかない。ブッチは自分の身体を盾にしてかばいつつ、彼女をそちらへ押しやった。ただ、これではキッチンに追いつめられたかっこうになってしまう。

フュアリーもブッチも、床のうえでもつれあう腕と脚の塊に銃を向けたが、〝レッサー〟は気にも留めなかった。こぶしを振りあげ、ザディストの顔を殴りつけた。

「だめ！」ベラが絶叫した。

ところが奇妙なことに、殴られてザディストは目が覚めたようだった。それとも、ベラの叫びのおかげだったのだろうか。黒い目がぱちっと開いたかと思うと、その顔に凶悪な表情が浮かんだ。さっと両手をあげて〝レッサー〟の両脇の下をがっちりつかんだ。怪力でひねられて、巨体がねじれて不気味なアーチをなす。

まばたきの間にザディストは〝レッサー〟を下敷きにし、馬乗りになっていた。敵の右腕をしっかりつかむと、伸ばしたまま妙な角度に決めて骨を砕く。親指をあごの下に押し込む。指が半分埋まるほど押し込んだところで、長い牙を剝く。白くおぞましく輝くその牙を首に突き立て、一気に食道まで食い込ませた。

〝レッサー〟は苦痛のあまり、ザディストに組み敷かれたまま手足を激しくばたつかせた。だがこれは始まりにすぎず、ザディストは獲物を見る間に八つ裂きにしていった。相手が動かなくなると、いったん休んで荒い息をついていたが、やがて指を〝レッサー〟のダークへアに押し込み、大きくかき分けた。根もとが白くなっているか確かめているようだ。

デイヴィッドでないのはベラにはわかっていた。だがそれを教えようにも、いまは声が出なかった。

ザディストは悪態をつき、呼吸を整えた。だがあいかわらず獲物のうえにかがみ込んだまま、もしやまだ息がないかと調べている。これでも戦い足りないというかのように。

やがて、まゆをひそめて顔をあげた。戦闘が終わったのに気がつき、見物《けんぶつ》がいたことに初めて気がついたようだ。

ベラは足がすくんだ。ザディストの顔は〝レッサー〟の黒い血で汚れ、胸も手も血にまみれている。

彼の黒い目と目が合った。光っている。ぎらぎらしている。彼女を守るために流した、〝レッサー〟の血の色そのままだ。だが、ザディストはその目をすぐにそらした。敵を殺して高揚しているのを気づかれたくなかったのだろうか。

「ほかに二匹片づけた」あいかわらず荒い息をつきながら言った。シャツのすそを引っぱり出して顔を拭く。

フュアリーが廊下に向かって歩きだした。「そいつらはどこだ。正面の庭か」

「〈オメガ〉の正面玄関を探すんだな。二匹とも胸を突き刺した」ザディストはブッチに目をやった。「ベラを連れて帰れ。いますぐ。ぶるってて非実体化は無理だろうからな。それとフュアリー、おまえもこのふたりといっしょに帰れ。ベラが館に入ったらすぐ電話しろよ、いいな」

「おまえはどうするんだ」ブッチは言ったが、すでにベラをエスコートして、〝レッサー〟

の死体をよけて歩きだしている。

ザディストは立ちあがり、短剣をさやから抜いた。「こいつを消して、ほかのが来るのを待つ。こいつらから報告がなければ、ようすを見に来るやつがいるはずだ」

「おれたちも戻ってくる」

「好きにしろ。ベラを連れて帰ってくれりゃ、あとはどうでもいい。むだ口叩いてねえで、さっさと車に乗れ」

ベラはザディストに向かって手を差し伸ばしたが、自分でもその理由はわからなかった。彼のしたことにも、いまの姿にも震えあがっているのに。全身殴られて傷だらけで、衣服を濡らして流れる血は、〝レッサー〟の黒い血だけではなかった。

ベラの手を払いのけるように、ザディストは片手で空《くう》を切るしぐさをして、「さっさとこっから連れていけって」


ジョンはバスから飛びおりた。家に帰れるという安堵《あんど》のあまり、もう少しで転びそうになった。まったく、訓練が始まって最初の二日でこれでは、これからの数年間は地獄の日々になりそうだ。

玄関に入り、口笛を吹いた。

ウェルシーの声が書斎から流れてくる。「お帰りなさい！　今日はどうだった？」

コートを脱ぎながら、二回短く口笛を吹いた。うん、まあね、なんとかという感じで。

「そう、よかったわ。あのね、一時間ぐらいしたらハヴァーズが見えるから」

ジョンはウェルシーの書斎に向かい、入口で立ち止まった。デスクの前にすわり、ウェルシーはさまざまな古い本に囲まれていた。ほとんどが開いてある。綴《と》じたページがこんなふうに広げてあるのを見ると、甘えたがりの犬が寝ころがって、お腹をなでてもらうのを待っているようだと思った。

ウェルシーは笑顔で言った。「疲れた顔してるわね」

ドクターが来るまで、ちょっと寝てくるよ、と手話で伝えた。

「ほんとに大丈夫なのね?」

もちろん。このささやかな嘘に真実味を加えようと、笑顔を作ってみせた。ウェルシーに嘘はつきたくなかったが、自分のだめさ加減を白状するのはいやだ。十六時間後には、またそれをみなの前でさらす破目になるのだから、その前にひと息入れなくてはならない。あれだけ派手にお披露目されたあとだし、だめさ加減のほうもきっとくたびれ果てているにちがいない。

「ドクターが来たら起こしに行くわね」

ありがとう。

まわれ右をすると、その背中にウェルシーが声をかけてきた。「わかってるとは思うけど、どんな結果が出たって、なんにも心配することないのよ」

ジョンはふり向いた。ウェルシーもやはり、検査の結果を気にしているのだ。

とっさに駆け寄ってぎゅっと抱きつき、それから自分の部屋に向かった。洗濯物をシュートに放り込むことすらせず、ただ荷物を置いてベッドに倒れ込んだ。八時間の嘲笑《ちょうしょう》が積もり積もって身にこたえる。いまは一週間ぐらいぶっ通しで眠りたかった。

ただ、頭のなかはハヴァーズが来ることでいっぱいだった。なにもかもまちがいだったらどうしよう。ほれぼれするような強い男に変身する日は来ないとわかったら。あんな夢を見るのも、過剰なドラキュラ・コンプレックスのせいにすぎないとしたら。

彼のなかに、ヴァンパイアの血がほとんど流れていなかったら。

もしそうなら説明がつく。訓練が始まったばかりとはいえ、同じクラスの遷移前の仲間たちとくらべても、ちがいははっきりしている。運動はなにをやらせてもまるでだめで、ほかの少年たちより体力もない。鍛《きた》えれば少しはましになるかもしれないが、それもあやしいと彼は思っていた。

ジョンは目を閉じ、楽しい夢が見られればいいと思った。大きな身体に変身できる夢、強く、たくましい男になって……

トールの声で目が覚めた。「ドクターが来たぞ」

ジョンはあくびをし、伸びをして、トールの顔に浮かぶ同情に気づかないふりをしようとした。これまた、訓練でつらいことのひとつだった——トールの見ている前で、へまばかりしてみせなくてはならない。

「調子はどうだ、ぼうず——いやその、ジョン」

ジョンは首をふって、**調子はいいけど、ぼうずって呼ばれるほうがいい**、と手を動かしてみせた。

トールは笑顔になった。「そうか、おれもそのほうがいい。それじゃ、検査の結果を聞きに行くか。なに、バンドエイドを剝《は》がしてみるようなもんさ」

ジョンはトールのあとについてリビングルームに入っていった。ハヴァーズはソファに腰をおろしている。べっこう縁の眼鏡をかけ、ヘリンボーンのスポーツコートに赤いボウタイという姿で、まるでどこかの教授のようだ。

「やあ、ジョン」ハヴァーズは言った。

ジョンは片手をあげて、ウェルシーのすぐそばのウィングチェアに腰をおろした。

「それで、きみの血液検査の結果だけど」ハヴァーズは上着の内ポケットから紙片を取り出した。「少し時間がかかってしまってね。思いもよらない結果が出たものだから」

ジョンはちらとトールに目をやった。それからウェルシーに。ああ……百パーセント人間だったらどうしよう。そうしたらぼくはどうなるんだろう。この家を出ていかなくてはならないかも――

「ジョン、きみは完全な戦士の血統だ。一族以外の血はごくごく微量しか混じっていない」

トールは大声で笑いだし、両手を打ちあわせた。「ちくしょう！　こいつはすごい！」

ジョンも口もとがほころんだ。ほころびはしだいに大きく広がり、しまいには唇が完全に伸びきってしまいそうだった。

「ただ、それだけじゃなくて」ハヴァーズは眼鏡を鼻のうえに押しあげながら言った。「きみは、マークロンの子ダライアスの血を引いている。それも非常に近い。息子かもしれない。いや、これほど近いと……息子としか考えられない」

凍りついたような沈黙が落ちた。

ジョンはトールとウェルシーの顔を交互に見くらべた。ふたりとも石に変わったように身じろぎもしない。いまのはいい話だったのか、悪い話だったのだろうか。ダライアスってだれだろう。ふたりのあの顔からすると、犯罪者かなにかなのかも……

トールはいきなりソファから立ちあがり、ジョンを両腕に抱きしめた。力いっぱい抱きしめられて、身体がひとつにくっついてしまいそうだった。息もできず、足をぶらぶらさせながら目をやると、ウェルシーは両手を口に当て、ほおに涙を伝わせている。

やにわにトールは手を離して一歩さがった。目をうるませて、少し咳払いをした。「いや、まったく……まったく驚いた」

トールは何度も咳払いをした。顔をこすった。少しぼうっとしているようだ。

ダライアスってだれ？

トールはじんわり笑顔になった。腰をおろしてから、ジョンは手話で尋ねた。

「おれの親友で、ともに戦う兄弟で、それから……話してやるときが待ちきれないよ。それに、ダライアスの息子なら、おまえには姉さんがいる」

だれのこと？

「ベスだ。一族の女王だよ。ラスの〝シェラン〟で――」

「ええ、そのことなんですが」ハヴァーズは言って、またジョンに目を向けた。「きみがベスと会ったときの反応がよくわからないんだよ。CTスキャンの結果はまったく異常がないし、心電図も完全血球計算の結果もやはり異常なしなんだ。彼女に会ったから発作が起きたっていう、きみの説明を疑うわけじゃないんだが、なぜそんなことが起きるのかわたしにはさっぱりわからない。だから、しばらくベスのそばには寄らないようにしてみてくれないか。

ほかの状況でも発作が起きないかどうか、確かめてみたいから。いいかな」

ジョンはうなずいたが、できればあの女性にまた会いたかった。血がつながっているのなら なおさらだ。お姉さんだって。すごい……

「それで、べつの問題のことなんだが」ハヴァーズがわざとらしく言った。

ウェルシーが身を乗り出して、片手をジョンのひざに置いた。「ドクターが、あなたにお話ししたいことがあるんですって」

ジョンはまゆをひそめた。なんの話？ とゆっくり手を動かした。

医師は励まそうとするように笑顔になって、「このあいだ言った、セラピストに会ってもらいたいんだよ」

ジョンはぎくりとした。うろたえて、ウェルシーの顔を見、次にトールの顔を見た。一年前に起きたあのことを、医師はどれぐらいふたりに話したのだろう。

どうしてですか、と手話で尋ねる。**どこもなんともないのに。**

ウェルシーが落ち着いた声でこたえた。「遷移を乗り越えやすくするためよ。遷移のあとは、それまでとは世界がまるっきり変わるから」

「一回めは、明日の夜に予約を入れてあるからね」ハヴァーズは言い、少しうつむき加減になって、べっこう縁のうえからジョンの顔を見つめた。その目はこう言っていた——**うんと言ってくれないと、ほんとうの理由をこのふたりに話すことになるよ。**

医師にはめられたとわかって、ジョンはむっとした。しかし、これは彼のためを思っての強請《ゆすり》だし、トールやウェルシーにあのことを知られるよりはましだろう。

わかりました。行きます。

「おれが送っていくよ」トールがすぐに口を開いた。そこで眉根を寄せて、「つまりその……だれかに送っていってもらおう――ブッチに頼むかな」

ジョンは顔から火が出そうだった。たしかに、セラピストに会いに行くときは、トールには絶対そばにいてほしくない。なにがなんでも。

玄関のドアベルが鳴った。

ウェルシーがにんまりして、「あら、ちょうどよかった。サレルだわ。冬至のお祭りの準備で来てくれたの。ジョン、あなたも手伝ってくれない？」

サレルがまた？　昨夜メッセで話したときは、なんにも言ってなかったのに。

「ジョン、サレルといっしょに手伝ってくれるでしょ？」

彼はうなずいた。平気な顔をしていようとしたが、全身がネオンサインさながらに輝きだすのはどうしようもない。胸がわくわくする。うん、手伝うよ。

両手をひざに置いて、その手を見おろしていた。ゆるみっぱなしのほおを見られたくない。

23

ベラはなにがなんでも帰ってこさせる。今夜こそ。

そうでなくても、リヴェンジはいらいらに対処するのがうまいほうではない。というわけで、もう完全にしびれを切らしていた。いつまで待たせる気だ、なぜ帰るべき場所に帰ってこない。まったく、ふざけるのもたいがいにしろ。彼はただの兄ではない。保護者《ガーディアン》なのだ。それなりの権利がある。

セーブルのロングコートを無造作に引っかけた。大きな身体のまわりで毛皮が渦を巻き、それがまつわりつくように落ちてくると見れば、足首に届くほど長い。着ているスーツは黒の〈エルメネジルド・ゼニア〉、両脇に吊った二挺の九ミリ拳銃は〈ヘッケラー&コッホ〉だ。

「リヴェンジ、お願いだからやめて」

母に目を向けた。広間のシャンデリアの下に立つ母のマダリーナは、堂々たる態度といい、身に着けたダイヤモンドやサテンのドレスといい、まさに貴族の肖像そのものだった。唯一そぐわないのは、その顔に浮かぶ不安げな表情だ。だがそぐわないというのは、〈ハリー・ウィンストン〉のダイヤモンドやオートクチュールのドレスに、不安の色が似つかわしくないからではない。母は平静さを失うひとではないのだ。なにがあろうと。

リヴェンジは大きく息を吸った。これでは母をなだめられるわけがない、例によって癇癪《かんしゃく》を起こしてかっかしているのだ。いや、もっとはっきり言えば、いまは母をこの場で八つ裂きにしかねない精神状態だった。母にそんな仕打ちをしていいわけがない。

「こうすれば帰ってくるんです」彼は言った。

母の上品な手がのどもとを押さえる。望んでいることと、正しいと思うことのあいだで板ばさみになっているのだ。「でも、そこまでしなくても」

「ベラが自分のベッドに寝ていないのに、おかしいとは思わないんですか。いるべき場所にいないのを、変だとは思わないんですか」空気をうがつような声になっていた。「それとも、〈兄弟団〉のところにいるほうがいいというんですか。〝母上《マーメン》〟、あの連中は戦士なんですよ。血に渇き、血に飢えた戦士なんだ。女をものにするのをためらうとでも思うんですか。〝マーメン〟もご存じでしょう、盲目の王はどんな女とでも寝ていいことになってるんだ。法によって認められてるんですよ。ベラをそんなところに置いておきたいんですか。わたしはいやです」

母があとじさるのを見て、怒鳴りつけていたのに気がついた。彼はまた大きく息を吸った。

「でもリヴェンジ、わたくしはあの子と話をしたのよ。まだ帰りたくないと言っていたわ。それに、あちらは名誉を重んじるかたがたですよ。〈古国〉にいたころは――」

「いまでは、〈兄弟団〉にどんなやつがいるのかもわからないんですよ」

「あの子を救ってくださったじゃないの」

「それなら、家族のもとへ帰すことだってできるはずだ。いいですか、ベラは貴族の女なんだ。こんなことがあって、〝グライメラ〟にまた受け入れられると思いますか。それでなくても、あんな色恋沙汰を起こしているのに」

そうだ、あれはなんという災難だったことか。あの男は、本来ならベラのそばにも寄れないくずだったが、別れ話のごたごたからあっさり身をかわして、うわさになることすらなかった。いっぽうベラのほうは、何カ月もひそひそ話の種にされていた。平気な顔をしてみせてはいたが、それが見せかけにすぎないのがリヴェンジにはわかっていた。

貴族階級にはほとほと嫌気がさしているが、といって抜けることもできない。もううんざりだ。

リヴェンジは首をふった。自分自身に腹が立つ。「この家から独立させたのがまちがいだった。許すんじゃなかった」

戻ってきたら、今後はけっして許可なく外へ出させるようなことはしない。そのために、ベラの〝隔離《セクルージョン》〟の認可を王に願い出るのだ。妹の血はそれに値する純粋な血だし、実際の話、もっと早くこうすべきだった。〝セクルージョン〟が認められれば、〈兄弟団〉はベラをリヴェンジのもとに帰す法的な義務を負うことになり、以後は彼の許可がなければ、この家から一歩も出ることはできなくなる。またそれだけではなく、彼女に会おうという男は家長である彼を通さなくてはならない。どんな男が訪ねてこようと、かたっぱしから追い返してやる。一度は妹を守るのに失敗したが、二度と同じ失敗をくりかえすつもりはない。

リヴェンジは時計を見たが、仕事に遅れているのは先刻承知だった。〝セクルージョン〟

を王に願い出るのはオフィスに着いてからにしよう。こんな古いしきたりにメールを使うのはおかしな気分だが、それがいまどきのやりかたなのだ。

「リヴェンジ……」

「なんです」

「そんなことをしたら、あの子は二度と帰ってきませんよ」

「とんでもない。ここ以外に行くところはなくなるんですから」

彼は杖を手に取り、ふと立ち止まった。打ちのめされたような母のようすに、身をかがめてそのほおにキスをした。

「〝マーメン〟、なにも心配することはないんですよ。二度とベラが傷つくことのないように手を打ちます。ベラが戻ってくるんですから、家の模様替えでもなさったらどうです。喪布《モーニング・クロス》はもうおろしてもいいでしょう」

マダリーナは首をふった。おごそかな声で、「あの子がわが家の敷居をまたぐまではおろせません。無事に戻って当然のようにふるまえば、〈書の聖母〉のお怒りを買います」

悪態をつきたくなるのをこらえた。〈一族の母〉に対する母の信心深さは語りぐさになっている。まったく、〈巫女〉になればよかったのに。いつも祈りを欠かさず、決めごとを守り、不敬な言葉をひとことでも漏らせば罰が当たるとおびえているのだから。

まあ、そんなことはどうでもいい。母が信仰でがんじがらめになっていようと、彼には関係のないことだ。

「お好きなように」彼は言って、杖にすがって母に背を向けた。

ゆっくりと家のなかを歩いていく。床の造りのちがいを頼りに、いまどの部屋にいるか判断する。玄関広間は大理石、ダイニングルームは渦巻き模様のペルシャじゅうたん、キッチンは広幅のハードウッド。足がしっかり床にのっているか、体重をかけても大丈夫か目で見て確認している。杖をついているのも、判断を誤ってバランスを失ったときの用心だ。

家を出てガレージに入るときは、ドアの枠につかまって片足を出し、そのままもう片方を出し、そのようにして四段の階段をおりる。防弾の〈ベントレー〉にすべり込むと、ガレージのドアオープナーを押して、飛び出せるときを待った。

ちくしょうめ。〈兄弟団〉のメンバーがだれで、どこに住んでいるのかどうしても知りたい。場所さえわかれば、ドアを爆破してでも突入し、ベラを引きずって連れて帰るのに。

背後の車寄せが見えると、〈ベントレー〉をバックさせつつ、アクセルを思いきり踏み込んでタイヤに悲鳴をあげさせた。こうしてハンドルをにぎっているいまなら、好きなスピードで動ける。高速で、軽快に、用心も忘れて。

芝生がぼやけるほどのスピードで、蛇行する長い車寄せをすっ飛ばした。通りから引っ込んで立つ門の前まで来て、扉が開くまでの短い停止にもいらいらし、そこからソーン街《アベニュー》に猛然と飛び出して突っ走った。ここは、コールドウェルでも指折りの高級住宅街だ。

家族を守るため、そして何不自由ない暮らしをさせるために、彼は汚い仕事に手を染めた。けれどもそれに成功して、母や妹にふさわしい生活をさせている。欲しがるものはなんでも与え、どんな気まぐれにも応じてきた。あまりにも長いこと、ふたりはつらい日々を送ってきたから……

そうだ、父の死は、彼がふたりに贈った最初のプレゼントだった。あれを皮切りに、多くの点でふたりの生《せい》を豊かにし、不幸から守ってきた。それをいまさらやめるつもりはない。

リヴェンジは車を飛ばし、ダウンタウンに向かっていた。そのとき、頭骨の底のあたりがちりちりしはじめた。気にするまいとしたが、それはあっという間に凝縮され、きつく締めつけるような感覚に変わった。首と頭の境目を万力で締めあげられているようだ。アクセルをゆるめて、その感覚が薄れるのを待った。

そのときだった。

突き刺さる痛みとともに視野が赤みを帯び、顔の前に透明なベールがかかったようだ。対向車のヘッドライトはネオンピンク、道路はにぶい赤錆《あかさび》色、空はバーガンディワインの深紅に変わる。ダッシュボードの時計を見ると、数字がルビーのように赤く輝いている。

くそっ。こんなはずはない。こんなことが起きるはずは——

まばたきして目をこすった。次に目をあけたときには、奥行きの感覚が消え失せていた。**そうだろうとも、起きるはずがないが聞いてあきれる。**これでは、ダウンタウンまで持ちそうにない。

ハンドルを右に大きく切り、ストリップ・モール（細長く店舗の並ぶ露天のショッピングセンター）に車を入れた。ここは、焼け落ちた〈コールドウェル武道アカデミー〉の跡地だ。〈ベントレー〉のライトを消し、細長い建物の裏を走り、歩道に接するかっこうで駐めた。これなら、アクセルを踏み込むだけですぐにスタートできる。

エンジンをかけたまま、肩をゆすってセーブルのコートを脱ぎ、スーツの上着もむしりとて、左の袖《そで》をめくりあげた。赤い靄《もや》を通して見えるグラブコンパートメントに手を入れ、皮下注射器とゴムのチューブを取り出す。手の震えがひどくて注射器を落とし、腕を伸ばして床から拾った。

上着のポケットを上から軽く叩いて、ガラスの小壜《バイアル》を探りあてた。中身は神経調節物質のドーパミンだ。それをダッシュボードに置いた。

一度はしくじったが、皮下注射器の滅菌パックをどうにか破り、危うく折りそうになったものの、針をドーパミンの壜のゴムぶたに突き刺した。液を吸いあげると、片手と歯を使ってゴムチューブを上腕に巻き、血管を探した。奥行きの感覚がまったくなくなっているから、なにをするのもひと苦労だ。

それに、たんによく見えないだけではない。目の前が完全に……赤い。

赤い……赤い……赤い……その単語が頭のなかで渦を巻き、頭蓋骨《ずがいこつ》の内側に反響している。

赤はパニックの色だ。赤は絶望の色だ。赤は自己嫌悪の色だ。

赤は血の色ではない。少なくともいまはちがう。

はっとわれに返って、前腕を指でたどり、体内の薬物発射台を探した。薬を脳の受容器に超特急で運ぶスーパーハイウェイを。ただ、いまは静脈が虚脱を起こしている。

針を刺したとき、なんの感覚もなかったのでほっとした。だが、それは最初だけだった。針を立てた部分がかすかに痛みはじめる。つねにわが身を置いている無感覚状態が終わろうとしている。

皮下の使いものになる血管を探しまわっているうちに、身体の感覚が戻ってきた。車のレザーシートにかかる身体の重み。足首に吹きつける温風。口からせわしなく出入りする息。そのせいで乾く舌。

恐怖に駆られて注射器のプランジャーを押し込み、ゴムの止血帯をほどいた。正しい場所に針を刺せたかどうかわからない。

心臓のとどろきを聞きながら、時計に目をやった。

「頼むよ」つぶやきながら、運転席で身体をゆすっていた。「頼む……効いてくれ」

赤は彼のつく嘘の色だ。その赤の世界にはまり込んで、身動きがとれない。いずれはドーパミンが効かなくなるときがくる。赤の世界に永久に取り残されるのだ。

時計の数字が変わった。一分が過ぎた。

「ああ、くそ……」目をこすった。それで世界に奥行きがよみがえり、色も正常に戻るかのように。

携帯電話が鳴りだしたが、放っておいた。

「頼むよ……」自分の哀れっぽい声音が気に障ったが、いまは強がることもできない。「このまま溺れたくない……」

だしぬけに目の前の世界が正常に戻った。視野から赤い色が消えていき、奥行きの感覚も戻ってきた。邪悪なものが吸い出されていったかのようだ。身体感覚も薄れていき、しまいには完全に消え失せて、わかるのは頭のなかの思考だけになる。薬のおかげで、彼は動き、呼吸をし、口をきく袋になれる。薬のおかげで触覚は忘れていられるから、残る四つの感覚だけ気にしていればよいのだ。

ぐったりと座席に沈み込んだ。ベラの誘拐と救出にまつわるストレスのせいだ。だから、これほど強烈に、また急激に発作が起きたのだ。それに、そろそろまた用量を調整するころあいなのかもしれない。病院へ行ってハヴァーズに調べてもらわなくては。

しばらくかかったが、また車を出せるようになった。ストリップ・モールの裏からゆっくり出て、車の流れにすべり込んだ。この〈ベントレー〉は、長い車列のなかの一台にすぎないと自分に言い聞かせる。なんのへんてつもない。ほかの車と同じだ。

その嘘にいくらか気が鎮まり……孤独がつのった。

赤信号に引っかかったとき、携帯に残されたメッセージをあらためた。

ベラの家の警報装置が一時間ほど前に切られ、つい先ほどふたたびセットされている。またあの家に入った者がいるのだ。

ザディストは、黒の〈フォード・エクスプローラ〉が駐まっているのを見つけた。ベラの家は車寄せを一キロ半ほど入ったところにあるが、その車寄せの入口から三百メートルほど離れた林のなかだ。この車に出くわしたのはたまたまだった。周辺をやみくもに調べまわっていたからだ――気が立っていて館に戻る気になれない。いまだれかのそばにいるのは、相手がだれであっても危険すぎる。

雪に残るひとりぶんの足跡は、ベラの家のほうに向かっていた。

両手でひさしを作って、車の窓からなかをのぞき込んだ。警報装置がセットされている。

あの〝レッサー〟どもの車にちがいない。甘ったるいにおいが全体にしみついている。しかし、足跡がひとりぶんしかない。仲間をおろしたあとで、運転手がひとりでここに隠しに来たのか。それとも、このSUVはどこかよそから持ってきたのだろうか。

いずれにしても、〈ソサエティ〉はこの車を回収しに来るだろう。しまいにどこに持っていかれるかわかったら、けっこう面白いことになるんじゃないか？　しかし、どうやって追跡するかが問題だ。

両手を腰に当てた……そのとき、ふとガンベルトに目が行った。

ベルトに留めた携帯電話をはずしながら、テクノロジーおたくのヴィシャスに感謝したくなった。

必要は発明の母ってな。

雪にできるだけ跡を残さないように、SUVの下に実体化した。背中に体重がかかったとたん、思わず顔をしかめた。ちくしょう、これはしばらくこたえそうだ。フレンチドアを突き抜けてすべったし、頭もしたたかに打った。とはいえ、もっとひどい目にあったこともある。

ペンライトを取り出し、車台を見まわして、適当な場所を探した。あるていど広さが必要だが、排気系統にあまり近いのは困る。この寒さでも、排気の熱でいかれないともかぎらないからだ。できることなら、車内にもぐり込んで座席の下に携帯電話を突っ込んでおきたいところだが、このSUVの警報装置は厄介だった。へたにいじったら、二度とセットできないかもしれない。そうなったら、だれか車にもぐり込んだ者がいると〝レッサー〟に気づかれてしまう。

もっとも、窓がぶち破られてたら一発でばれるけどな。

まずったな……短剣を突き刺してあの世に送ってやる前に、ポケットのなかをあさっておくべきだった。どいつかがキーを持っていたはずなのに。ただ、なにしろ頭に血が昇っていて、考えるより先に手が動いてしまったのだ。

Zは悪態をついた。〝レッサー〟を嚙《か》み殺した彼を、ベラがどんな目で見ていたか思い出したのだ。青ざめた顔のなかで目が大きく見開かれて、ショックで口が半開きになっていた。

なにしろ、一族を守るために〈兄弟団〉がやっているのは汚れ仕事なのだ。ぐちゃぐちゃで汚らしくて、狂っているとしか思えないこともある。血まみれなのは毎度のことだ。おまけに、彼が殺しを楽しんでいるのを悟られてしまった。賭《か》けてもいいが、彼女にとっていちばんショックだったのはそこだ――なぜかそういう気がした。

仕事にかかれ、このばかたれ。よけいなこと考えてんじゃねえよ。

Zはさらにあちこち突つきまわし、車体の下を移動していった。やがて、ついにぴったりの場所が見つかった。車台に小さなくぼみがあったのだ。肩をゆすってウィンドブレーカーを脱ぎ、携帯電話をそれで包んで、そのくぼみに押し込んだ。しっかりはまっているか確かめてから、非実体化してSUVの下から移動した。

車の底に仕込んだのでは、長くはもたないのはわかっている。だが、なにもないよりはずっとましだ。あとはヴィシャスに頼んで、この〈エクスプローラ〉を館から追跡すればいい。あの小型ながら万能の〈ノキア〉には、地球位置把握システム《GPS》チップが埋めてあるのだ。

Zは草地の端に移動して、農家の裏側を眺めた。粉砕されたキッチンのドアは、応急処置でふさいでおいた。幸い枠は無事だったからなんとか閉じられたし、おかげで警報センサーをセットしなおすこともできた。でっかい穴のほうは、ガレージで見つけたビニールの防水シートでおおっておいた。

直しはしたが、あくまでも一応だ。

変な話だ……あんなことをしてみせたあとでは、少しでもよく思われたいとがんばってもむだだろうと思う。それでも――**くそったれめ**――ベラに野蛮なけだものとは思われたくなかった。

遠くにふたつのヘッドライトが見えた。二十二号線をそれて、長い車寄せをこちらに近づいてくる。ベラの家に近づくにつれて速度を落とし、車まわしに入って停まった。

あれは〈ベントレー〉か？　どうやらそうらしい。

まさか、あんな高級車で？　そうか、ベラの家族にちがいない。警報装置がしばらく解除されて、十分ほど前にまたセットされたから、その知らせが行ったのだろう。

まずい。あの家のなかを実況検分してまわられるのは、いまはいささか不都合だ。もくろみどおりなら、〝レッサー〟はいまにもSUVを取りに来るかもしれないし――冗談半分に、あの農家を車から射撃の的《まと》にしようとするかもしれない。

声を殺して毒づきながら、〈ベントレー〉のドアがあくのを待った……が、だれもおりてこず、エンジンはアイドリングしっぱなしだ。よし、いいぞ。警報装置がかかっているから、なかに入ろうとは思わないかもしれない。そうすれば、キッチンの惨状を見られずにすむ。

冷たい空気に鼻をひくつかせてみたが、なんのにおいもしなかった。しかし本能的に、あのセダンに乗っているのは男だと思った。ベラの兄ちゃんか。たぶんそうだ、この家を調べに来るならそれしか考えられない。

いいぞ、ベラの兄ちゃん。正面の窓を見てみな。ほら、異状なしだろ。家んなかにはだれもいやしねえ。だからお互いのために、ここはもう帰ってくれよな。

セダンはそのまま停まっている。五時間ぐらいは経ったような気がしたが、やがてバックして車寄せに出ると、ハンドルを切り返して方向転換し、遠ざかっていった。

Zは深々と息を吸った。やれやれ……今夜は神経にこたえる。

時間が過ぎていく。松の木立にひとりで立って、ベラの家を眺めた。いまではおれのことをこわいと思っているだろうか。

風が強くなり、寒気が身にしみ、骨の髄まで冷えてきた。わめきだしたいような気分で、寒さとともに強まる痛みを抱きしめた。

24

ジョンは書斎のデスクの向こうを見つめた。サレルは顔をうつむけて、古い本のページをめくっている。短いブロンドの髪が顔に垂れかかって、見えるのはあごだけだ。ふたりはもう何時間も、冬至の祭りで唱える祈禱《きとう》のリストを作っていた。ウェルシーのほうは、キッチンで儀式に必要な物品を注文している。

サレルがまたページをめくった。ほんとうにきれいな手をしている。

「ふう」サレルが口を開いた。「これでおしまいだと思うわ」

彼女が顔をあげて目が合って、とたんにジョンは雷に打たれたようだった。熱いものが全身を貫いて、頭がぼうっとしてなにもわからなくなる。いま暗がりに行けば、身体が蛍光を発しているだろうと思った。

サレルはにっこりして本を閉じた。長い沈黙があって、「それで……その、わたしの友だち、ラッシュっていうんだけど、あなたのトレーニングのクラスにいるでしょ」

友だちってラッシュのことだったのか。信じられない。

「それでね……聞いたんだけど、あなたの胸には〈兄弟団〉のしるしがついてるんですってね」答えずにいると、「ほんと?」

ジョンは肩をすくめ、作っていたリストの端に落書きを始めた。

「見せてくれない？」

ジョンはぎゅっと目をつぶった。この貧弱な胸を、彼女に見られたいわけがない。生まれつきの傷痕だってそうだ、いまでは思わぬ厄介の種になっているのだから。

「わたしはラッシュたちとはちがうわ、あなたが自分でつけたなんて思ってないわよ」サレルは急いで言った。「それに、本物かどうか確かめたいとかいうんでもないの。だって、本物がどんなふうなのかも知らないいんだもの。ただ、ちょっと見てみたいのよ」

彼女が椅子を近くへ寄せてくると、ふわりといい香りがした。つけている香水だ……いや、香水じゃないかもしれない。たぶん……彼女自身のにおいかも。

「どっち側？」

自分のものではないかのように、手が勝手に動いて左胸を軽く叩いていた。

「シャツのボタンをちょっとはずしてみせて」と、そちら側に身を寄せて、胸が見えるように頭をかしげた。「ジョン、ねえ、見せてくれない？」

ちらと戸口に目をやった。ウェルシーはいまもキッチンで電話中だ。急に入ってこられるようなことはないだろう。それでも、この書斎はあけっぴろげすぎる気がする。

まさか……本気でサレルに見せる気なのか？

「ジョン、ねえ……ちょっとだけ、お願い」

そのまさかだ。どうやら本気らしい。

立ちあがって、頭をくいとやって戸口のほうを示した。サレルはなにも言わず、彼のあとについて歩きだした。廊下をずっと歩いて、とうとう彼の寝室にまでついてきた。なかに入ると、ドアを閉じきる直前まで閉じてから、シャツの一番うえのボタンに手をかけた。両手が震えたりしないように、へまをしたら切り落としてやるからなと胸のうちで言って聞かせる。この脅しが効いたのか、大した苦労もなく腹のあたりまでボタンをはずすことができた。左側を開いて、あさってのほうに顔を向けた。

肌に軽く触れられて、ジョンは跳びあがった。

「ごめんなさい、手が冷たかったわね」サレルは指先に息を吐きかけて、また胸に触れてきた。

うわあ……身体のなかでなにかが起きている。この皮膚の下で、なにか荒々しいものが身じろぎしている。息が切れて、胸が苦しい。もっと空気を吸おうとして口をあけた。

「すっごくかっこいいわね」

手をおろされてがっかりしたが、サレルはこちらに向かってほほえみかけてきた。

「ねえ、今度いっしょにどこか行かない？　ほら、レーザータグ場に行ってみたくない？　きっと面白いわよ。それとも映画のほうがいいかな」

ジョンは文字どおりなにも言えずにうなずいた。

「よかった」

目が合った。サレルはとてもきれいで、そばにいると頭がくらくらする。

「キスしたくない？」彼女がささやいた。

ジョンは目が飛び出しそうだった。頭のうしろで風船が破裂したようだった。

「してほしいわ」と言って唇をちょっとなめた。「とっても」

信じられない……一生一度のチャンスが来た。いま、ここで。

気絶するんじゃないぞ。気絶なんかしたらなにもかもぶち壊しだ。

ジョンは急いで、いままで見た映画をおさらいしてみた……が、まったく役に立たなかった。彼が好きなのはホラー映画だから、待ってましたとよみがえってきたのは、ゴジラがトーキョーを踏み荒らす場面や、『オルカ』のシャチが、人を下半身から食い殺していく場面ばかりだった。だめだ、話にならない。

力学的に考えてみた。頭を横に傾けて、前に身体を乗り出して、触れればいいんだ。

サレルは赤くなって、目を泳がせた。「いやならべつにいいのよ、わたしはただ……」

「ジョン？」ウェルシーの声が廊下から聞こえてきた。少しずつ近くなってくる。「サレル？　ふたりとも、どこにいるの？」

ジョンは身が縮んだ。おじけづかないうちにと、サレルの手をにぎり、こちらへ引き寄せて、口にしっかりキスをした。唇と唇がぴったりくっついた。舌は使わなかったが、時間がなかったし、それでなくてもこんなことをしてしまって、救急車を呼びたくなりそうだった。実際、過呼吸を起こしかけたぐらいだ。

それから彼女を押し戻して、これでよかったのかとどきどきした。

勇気を出して目をあげてみた。ああ……輝くような笑顔。

うれしさで胸がはち切れそうな気がした。

手をおろそうとしてるときに、ウェルシーがドアのなかに首を突っ込んできた。「これからちょっと出かけて——あら……ごめんなさい、邪魔する気はなかったんだけど……」

ジョンは、なんでもないよという笑顔を作ってみせようとしたが、ウェルシーの目が釘付けになっているのは彼の胸もとだった。見おろすと、シャツが大きくはだけている。

あわててボタンをかけたりしたら、ますます気まずくなるだけだ。わかっているのに、どうしてもかけずにいられなかった。

「もう帰らなくちゃ」サレルがなにもなかったように言った。「〝マーメン〟が早めに帰ってきなさいって言ってたから。ジョン、あとでパソコンでまた話しましょうね。どの映画を見に行くか相談しなくっちゃ。お休みなさい、ウェルシー」

サレルが廊下をリビングルームに歩いていく。ジョンは、ウェルシーの向こうをのぞき見ずにはいられなかった。サレルが廊下のクロゼットからコートを取り出し、袖に手を通して、ポケットから車のキーを取り出す。ひと呼吸あって、廊下の先の玄関から、ドアの閉じるくぐもった音が漂ってきた。

沈黙が落ちた。だいぶ経ってから、ふいにウェルシーが笑いだし、赤い髪をかきあげた。

「こういうときって、なんて言ったらいいのかしら」彼女は言った。「ただ、そうね、サレルはとってもいい子だし、男の子の趣味もいいと思うわ」

ジョンは顔をこすった。自分はいま、トマトみたいな顔をしているにちがいない。

ちょっと散歩に行ってくる、と手話を使った。

「それがね、さっきトールから電話があったのよ。うちに寄ってあなたを拾っていくからって。訓練センターでちょっと手伝ってもらえないかって、管理の仕事かなにかみたい。でも、出かけたいのならそれでもかまわないけど。それからね、わたしはちょっと〈〝プリンセプス〟評議会〉の会合に出てくるから」

ジョンはうなずき、ウェルシーはまわれ右をしようとした。

「そうだわ、ジョン」と途中で止まって、肩ごしにふり向いた。「シャツの……えーとその、シャツのボタン、かけ違ってるわよ」

ジョンはシャツを見おろして、笑いだした。声は出せなくても、喜びを吐き出さずにはいられなかった。そんなようすを見て、ウェルシーもうれしそうににこにこしている。ボタンをかけ直しながら、ウェルシーのことがほんとに好きだ、と思った。


館に戻ってからの数時間、ベラはずっとザディストのベッドにすわって過ごした。ひざには日記を置いていたが、最初のうちは開くこともできなかった。あの家で起きたことで頭がいっぱいだったのだ。

どうしてかしら……ザディストは、彼女が以前から思っていたとおり動く凶器だった。そのことに驚いたわけではないはず。それに、ザディストは彼女を守ってくれたのだ。そうではないか、あそこで彼が〝レッサー〟を殺してくれなかったら、つかまってまたあの地中の穴に逆戻りしていたかもしれない。

悩んでいるのは、彼のしたことが強さのあかしなのか、残虐性のしるしなのか、どちらとも決めかねているからだ。

たぶん両方なのだろう。そう心の整理がつくと、ザディストは無事だろうかと心配になってきた。けがをしていたのに、まだ帰ってこない。たぶんもっと〝レッサー〟を見つけるつもりなのだろう。ああ……どうしよう、もし彼が――

どうしよう、もし……どうしよう、もし……このまま考えつづけていたら、頭がおかしくなりそうだった。

気をまぎらすものが欲しくなって、この一年間に書いてきた日記をぱらぱらとめくってみた。誘拐される直前の書き込みでは、ザディストの名前ばかり目立っている。あのころは彼のことで頭がいっぱいだったし、それはいまも変わっていないような気がする。それどころか、いまのほうが想う気持ちは強くなっている。今夜、あんなところを見たあとだというのに。これはまさか、ひょっとして……

彼に恋をしてしまったのかも。そんな……どうしよう。

そうと気づいたら、もうそのことしか考えられなかった。ふいに、とてもひとりではいられないと思った。歯を磨き、髪をとかして、一階におりていくことにした。だれかに出くわさないかと期待していたのだが、階段を半分ほどおりたところで、ダイニングルームから声が聞こえてきた。思わず足が止まった。今夜最後の食事が始まっているらしい。〈兄弟〉全員、それにメアリやベスもそろっているところに加わるかと思うと、足がすくみそうだった。ひょっとしてザディストもいるかもしれない。顔を合わせたら、気持ちを悟られずにすむとは思えない。

しっかりしなさいよ。そして気持ちを悟られたら、彼がどんな反応を示すことか……。いつかは顔を合わせなくてはならないのだ。逃げ隠れするのは彼女の性分ではない。

しかし、階段をおりきって、玄関広間のモザイクの床に立ってみて、靴をはいてこなかったのに気がついた。王と女王のいるダイニングルームに、裸足《はだし》で入っていくわけにはいかない。

ふり向いて階段を見あげたら、急にどっと疲れが出てきた。もうくたくたで、これをのぼってまたおりてくることなどできそうにない。だが、恥ずかしくて前に進むこともできず、そのまま食事のざわめきに耳を傾けていた。男性と女性の声。楽しそうに笑いながら話している。ワインの壜のコルクがぽんと抜ける音。ラムのお代わりを持ってきてもらって、だれかがフリッツに礼を言っている。

自分の素足を見おろしながら、わたしはなんてばかなんだろうと思った。疲れきった大ばかだ。あの〝レッサー〟にあんな目にあわされて、まともでなくなっている。それに、今夜はザディストのあんな姿を見たせいで動揺している。おまけに、その彼にこんな気持ちを抱いている自分に気づいて、いまは寂しくてたまらない。

白旗をあげて二階に退却しようとしたとき、なにかが脚をかすめた。ぎょっとして見おろすと、翡翠《ひすい》色の目と目が合った。黒猫だ。まばたきして、のどを鳴らし、彼女の足首に頭をこすりつけてくる。

腰を曲げて、おっかなびっくりなでてみた。たとえようもなく優美な生きもの。全身がすんなり曲線を描いていて、動きは流れるように上品だ。どういうわけか、急に目の前がうるんできた。感情が昂るにつれて、いよいよ猫と気持ちが通いあう。いつしかベラは階段のいちばん下の段に腰をおろしていて、猫がひざのうえで丸くなっていた。

「そいつ、ブーっていうんだよ」

はっと息を呑んで顔をあげると、目の前にフュアリーが立っていた。そびえ立つ長身の彼は、もう戦闘服姿ではなく、カシミヤとウールに身を包んでいる。たったいまテーブルを立ってきたように、手にナプキンを持っていた。いいにおいがするのは、シャワーを浴びてひげを剃ってまもないからだろうか。それを見あげるうちに、ふと気がついた。食事のざわめきや話し声がいつのまにか消えて、あたりを静寂が包んでいる。彼女が階下におりてきて、近くで立ち往生しているのをみんな知っているのだ。

フュアリーがひざまずいて、リネンのナプキンを彼女の手ににぎらせた。それでやっと、自分のほおを涙が伝っているのに気がついた。

「食事をいっしょにどう」彼が静かに言った。

涙を拭きながらも、猫をしっかり抱いていた。「この子も連れていっていいかしら」

「もちろん。ここのテーブルでは、ブーはいつでも歓迎だよ。きみもね」

「靴をはいてないの」

「かまいやしないよ」片手を差し出してきた。「さあ、ベラ。いっしょに食事しよう」

ザディストは玄関広間に入っていった。身体が冷えきってこわばり、脚を引きずるようにして歩いている。夜明けまであの農家でがんばっていたかったのだが、凍りつくような外気のせいで、身体がまともに動かなくなってきた。

食事をするつもりはなかったが、ダイニングルームに向かおうとして、影のなかで足を止めた。ベラがテーブルについていて、フュアリーのとなりにすわっている。目の前には料理の皿が置いてあるが、ひざの猫のほうばかり見ている。ブーをなでる手を止めないまま、フュアリーになにか話しかけられて顔をあげた。ほほえんで、またひざの猫に目を向ける。フュアリーの目はその横顔に釘付けになっている。いくら眺めても眺め足りないというように。

　Zはそそくさと階段に向かった。あんなところへ踏み込んでいけるか。もう少しで逃げられるというときに、手前の踊り場の下、隠し扉があいてトールが姿を現わした。苦虫を噛みつぶしたような顔をしていたが、もともとにこやかな顔つきではないのだからしかたがない。

「ああZ、ちょっと待て」

　ザディストは、声を殺そうともせずに悪態をついた。方針だの手続きだののたわごとで引き止められるのはうんざりだが、このところトールは口を開けばそればかりだ。彼はいま〈兄弟団〉を厳しく引き締めにかかっていて、当番制をしき、V、フュアリー、レイジ、Zという手に負えない四人組を兵士に鍛えなおそうとしている。いつも頭痛がするような顔をしているのも無理はない。

「ザディスト、聞こえなかったのか。待てよ」

「いまは――」

「いいや、いまだ。ベラの兄からラスに要請があった。〝後見《ウォード》〟として、ベラを〝隔離《セクルージョン》〟状態に置く許可がほしいというんだ」

　くそ、上等じゃねえか。そうなったら、ベラは死んだも同然、荷物も同然になってしまう。くそったれめ。彼女を引き渡せと〝ウォード〟に要求されたら、〈兄弟団〉でもそれを拒むことはできないのだ。

「Z、聞こえたのか」

うなずくぐらいしろよ、このばかたれ、と自分を叱った。

やっとどうにかあごを沈めて、「けど、なんでおれに言うんだ」

トールは口をへの字にして、「ベラなんぞどうでもいいってふりをしたいなら、べつにかまわんけどな。いちおう言っとこうと思ったまでだ」

トールはダイニングルームに向かった。

Zは手すりをにぎりしめ、胸をこすった。肺のなかの酸素が、いつのまにかタールに変わってしまったような気分だった。階段を見あげた。ここを出ていく前に、ベラは彼の部屋に戻ってくるだろうか。戻ってくるはずだ、日記があるから。衣服は置いていくかもしれないが、日記は持っていくだろう。ただ、もう持ち出しているなら話は別だ。

ちくしょう……別れのときはなんと言えばいいのだろう。

あほか、話をしなければいいだけのことだ。いまさらなにか言えるとは思えない。なにしろ彼女の目の前で、〝レッサー〟をあんなおぞましい姿に変身させてみせたあとなのだ。

Zは図書室に行き、そこの電話を取りあげた。ヴィシャスの携帯電話の番号を、ボタンの模様を手がかりに押す。呼出音が受話器を通して、同時に玄関広間の向こうからも聞こえてくる。Vが出ると、〈エクスプローラ〉の車台の底に携帯を仕込んだことを伝えた。

「よしきた」Vは言った。「それはそうと、どこからかけてるんだ。みょうなエコーがかかってるぞ」

「車が動きだしたら電話してくれ。ジムにいるから」電話を切り、地下トンネルに向かった。ロッカールームで適当な服を見つけて、へとへとに疲れきるまで走ってこよう。腿《もも》が悲鳴をあげ、ふくらはぎが石に変わり、あえぎでのどが灼けつきだしたら、苦痛のおかげで頭がすっきりし、汚れが浄められる……食事よりなにより、彼は苦痛を求めていた。

ロッカールームに入ると、彼に割り当てられた区画に向かい、〈ナイキ〉の〈エアショックス〉とランニングショーツを引っぱり出した。どっちみち上半身は裸のほうが好みなのだ。とくにひとりのときは。

武器をはずし、服を脱ごうとしかけたとき、物音がした。ロッカーの列の周囲をなにかが動きまわっている。黙って音を耳で追い、その通り道に立ちはだかって——みたら、相手は見憶えのない子供だった。

がしゃんと派手な音をさせて、ずらりと並ぶロッカーのひとつに、そのちっぽけな身体がぶつかった。

なんだ、あのガキじゃないか。なんていったっけ、ジョンなんとかだ。ジョンなんとかは、いまにも気絶しそうな顔をしていた。ビー玉のような目を飛び出させて、こちらを見あげている。

Zは高みから少年をにらみつけた。いまは虫のいどころが最悪で、宇宙空間のように真っ黒に冷えきっている。しかし、このガキを引き裂いてけつの穴をひとつ増やしてやろうかと考えても、なんの悪さもしていないことを思うと、なぜかあまり気乗りがしなかった。

「こっから出ていけ」

ジョンはあわててなにかを取り出した。紙とペン。なにをしようとしているかわかって、Zは首をふった。

「あのな、おれは字が読めねえんだよ、言っただろ。いいから出てけ。トールは館のほうで見たぞ」

Zはそちらに背を向け、シャツを無造作に脱いだ。あえぎが聞こえて、肩ごしにふり向くと、ジョンの目がこちらの背中に向けられていた。

「ちっ、ったくもう……出てけって言ったろうが」

ぱたぱたと軽い足音が遠ざかるのを耳にして、Zはズボンを脱ぎ、黒いサッカーショーツにはきかえて、ベンチに腰をおろした。靴紐《くつひも》をつかんで〈ナイキ〉を取りあげ、ひざのあいだにぶら下げた。そのランニングシューズを見ているうちに、つまらないことを考えはじめていた。これまでに何度、この靴に足を突っ込んで、今日もこれから乗るつもりの、あのトレッドミルでこの身体をいじめてきたことか。〝レッサー〟との戦闘で、何度わざと相手の攻撃を浴びてきたか。これまで何度、フュアリーに殴ってくれと頼んだか。

いや、頼んだのではない。強要したのだ。双児に無理強いして殴らせてきたのだ――この傷痕のある顔が腫《は》れあがるまで。節々の激しい痛み以外はなにも考えられなくなるまで。実際のところ、フュアリーを巻き込むのは本意ではない。できるものなら、苦痛は自分ひとりで味わいたいし、自分で自分に加えるほうがいい。しかし、いくら力いっぱい殴っても、自分で自分を失神寸前までぶちのめすのはむずかしい。

Zはそろそろとランニングシューズを床におろし、ロッカーに背中を預けて、いま彼の双児がいる場所のことを考えた。館のダイニングルームだ。ベラのとなりの席。

ロッカールームの壁に取りつけられた電話に、目が吸い寄せられた。館に電話をしてみようか。

低い口笛がすぐそばで聞こえた。左手のほうに目を向けて、まゆをひそめた。

さっきの子供が水のボトルを持って立っていた。恐る恐る近づいてきて、頭を反対方向に傾けながら、腕をぎりぎりまでまっすぐ伸ばしてきた。ヒョウを手なずけてはみたいが、さりとて手足はなくしたくないと思っているひとのようだ。

ジョンは〈ポーランド・スプリング〉のボトルをベンチのうえに置いた。Zから一メートルほど先に。それからまわれ右をして走って逃げていった。

Zは、少年が飛び出していったドアを眺めた。ゆっくりと閉じるのを見ながら、この敷地にあるほかのドアのことを考えていた。具体的には、館の正面玄関のドアのことを。

ちくしょう。ベラももうすぐ出ていくのだ。いましも出ていこうとしているところかもしれない。

まさにいま、この瞬間にも。

25

「りんごだと。いったいりんごがなんだっていうんだ」Oは携帯に向かって怒鳴っていた。いまは頭のひとつふたつかち割ってやりたい気分で、はらわたが煮えくり返っているときなのだ。それなのにのんびり果物の話なんぞ始めやがって、Uはいったいどういうつもりなんだ。「聞こえなかったのか、ベータが三人死んだって言ったんだ。いいか、三人だぞ」

「だけどな、今夜だけで五十ブッシェル（約一千キロ）のりんごが買われてるんだ。四カ所の――」

Oはいたたまれず、キャビンのなかをうろうろ歩きまわった。そうでもしないと、鬱憤《うっぷん》を晴らすためだけに、まちがいなくUを叩きのめしに行きそうだった。

〈オメガ〉のもとから戻ってくると、Oはすぐに例の農家に向かった。だがそこで待っていたのは、芝生のうえに残る二カ所の焼け焦げ、それに派手に壊された裏口のドアだけだった。窓からキッチンをのぞき込むと、一面に黒い血が飛び散り、タイルにもう一カ所焼け焦げが残っていた。

くそいまいましい。またあの場面が頭に浮かぶ。〈兄弟〉の仕業なのは明らかだ。キッチンの惨状を見れば、床で消された〝レッサー〟が、胸を刺される前に八つ裂きにされている

FUTAMI BUNKO
http://www.futami.co.jp/

のはたしかだったから。

　そのとき、Oの女もその場にいたのだろうか。それとも、家族が遺品を持ち出しに来ただけで、その護衛に〈兄弟〉がついてきたのだろうか。

　あのくされベータどもが。できそこないの、へなちょこの、役立たずのごくつぶしどもが、どじを踏んで殺されやがって。おかげでなにがあったのか永久にわからずじまいだ。彼の女がその場にいなかったとしても、そしてもしまだ生きているとしても、あそこであんな戦闘が起きたのでは、とうぶん戻ってこないのは確実だ。

　Uのたわごとがまた耳に入ってきた。「……一年でいちばん昼の短い日、つまり十二月二十一日だが、この日が来週だ。冬至は――」

「いい考えがある」Oは嚙みつくように言った。「くだんねえ暦の話はたいがいにしろ。あの農家に出かけていって、ベータどもが林のなかに置いてきた〈エクスプローラ〉を回収してくるんだ。それから――」

「おれの話を聞いてくれよ。りんごは冬至の儀式で使うもんなんだぞ、〈書の聖母〉を称えるためにな」

　その書の聖母という言葉に、Oははっと耳をそばだてた。「どうして知ってんだ、そんなこと」

「おれはこの商売を二百年やってんだぜ」Uがあっさり答えた。「冬至の祭りは……ええと、そうだな、たしか百年ぐらい前から沙汰《さた》やみになってたんだ。りんごは象徴なんだよ、めぐってくる春とか、種とか成長とか、復活とかそういうあれのな」

「その祭りってのは、なにをするんだ」

「昔は、何百ってヴァンパイアが集まって、歌を歌ったりなんかして、儀式みたいなことをしてたんだと思う。くわしくは知らんよ。ともかくだな、おれたちゃ何年間もずっと、季節季節に地元の市場を監視してきたんだ、特定の購入パターンが出てないかってんで。十二月はりんご、四月は生のサトウキビとか。もうほとんど習慣でやってたみたいなもんなんだけどな、ヴァンパイアどもはずっと鳴りをひそめてたから」

Oはキャビンのドアに背中を預けた。「それが、王が即位したんで変わってきたんだな。昔のしきたりを復活させようってことか」

「ISBNには感謝しなくちゃな。おかげで格段に効率がよくなったぜ、昔はあっちこっち尋ねまわって調べてたんだから。さっきも言ったが、グラニースミス種のりんごが大量に、あっちこっちで購入されてるんだ。どうやら注文を分散させてるみたいだな」

「つまり来週には、おおぜいのヴァンパイアがひとつところに集まるってわけか。歌ったり踊ったりして、〈書の聖母〉に祈りをあげるってか」

「そうだ」

「そのりんごは食うのか」

「ああ、おれの聞いてるとこじゃな」

Oはうなじをもんだ。〈オメガ〉と会っているあいだ、彼の女を〝レッサー〟にという話を持ち出すのは控えていた。まず生きているかどうか突き止めなくてはならないし、正当化の理屈もひねり出さなくてはならない。女はヴァンパイアだから、これが大きな障害になる恐れももちろんある。それに反論するとしたら、究極の秘密兵器という話を持ち出すしかないだろう。一族の女が〝レッサー〟になっているとは、〈兄弟団〉は夢にも思わないだろうから……

もっとも、もちろんそれは〈オメガ〉向けの口実にすぎない。彼女が戦っていい相手はOひとりだ。

それはいいが、この話をうまく持っていくのはむずかしいだろう。しかし、ひとつこちらに有利な材料がある。〈オメガ〉は持ちあげられるのが好きだ。〈オメガ〉の名のもとに大がかりで派手な供物を捧げれば、それでご機嫌をとって丸め込めるかもしれない。

Uはあいかわらずしゃべっている。「……それで思ったんだが、市場を監視してれば……」

Uがべらべらしゃべるのを聞きながら、Oが考えていたのは毒を盛ることだった。大量の毒。おけいっぱいの。

毒入りのりんごだ。白雪姫としゃれこむのはどうだろう。

「O、聞いてんのか」

「ああ」

「だから、これから市場に出かけていって、いっ——」

「いや、いまはだめだ。おまえにやってもらいたいことがある」

ラスの書斎を出るとき、ベラは全身が震えるほど激怒していた。王もトールも彼女を引き止めようとはしなかったし、分別を説こうともしなかった。ふたりが並はずれて賢いことはこれでわかる。

裸足で廊下をずんずん歩いていき、ザディストの部屋に飛び込んでドアを音高く閉じた。武器を取りに行くような形相で、ベラはまっすぐ電話に向かった。兄の携帯の番号を押す。

リヴェンジは出るなり嚙みついてきた。「だれだ。どこでこの番号を知った」

「よくもわたしにこんなことができるわね」

長い間《ま》があった。やがて、「ベラ……ああ――ちょっと待ってくれ」がさごそと音がしたかと思うと、電話の向こうから鋭い声が聞こえてきた。「いますぐこっちへ来たほうが身のためだと言ってやれ。わかったな。わたしに追いまわされるよりはましだろうと言うんだ」

また電話口に戻ってきて、リヴェンジは咳払いをした。「ベラ、いまどこにいるんだ。迎えに行かせてくれ。それとも、戦士のだれかに送ってもらえるなら、うちで会おうじゃないか」

「あんなことをしておいて、わたしがそばに寄りつくとでも思ってるの?」

「そのほうがまだいいと思うがな」陰《いん》にこもって言う。

「なによりいいの」

「〈兄弟団〉に、おまえを返せと要求するよりだ」

「どうしてそんな――」

「どうしてだと?」リヴェンジの声が低くなり、腹の底に響く威圧的なバスに変わった。「ベラにはおなじみの声だ。「この六週間、わたしがどんな思いをしたかおまえにわかるか。おまえがあのおぞましい化物どもの手に落ちたと知って。わたしの妹が……わたしの母の娘が……あんな場所に——」

「でも、それはだれの落ち度でも——」

「おまえが家を出たりするからだ！」

いつものとおり、リヴェンジの憤怒の激しさにベラはひやりとした。そう言えば、どこか根本にかかわる部分で、兄が昔から少しこわかったのを思い出す。

しかし、ややあって兄が大きく息を吸うのがわかった。そしてもう一度。なぜか必死さのにじむ口調になって、「くそ、まったく——ベラ……頼む、帰ってきてくれ。〝マーメン〟もわたしも、ふたりともおまえに帰ってきてほしいんだ。顔を見せてくれよ。わたしたち……わたしは、おまえの元気な顔を見ないうちは、ほんとうに生きて帰ってきたとは信じられないんだよ」

ああ、そうだった……これがリヴェンジの別の一面、ベラが心から愛する一面だ。家族を守り、養ってくれるひと。必要なものはいつでもなんでも与えてくれた、心やさしい武骨者。

言うとおりにしてしまいたくなった。だがそのとき、二度とあの家から出してもらえない自分の姿が心に浮かんだ。兄はまちがいなく、そういうことをしかねないひとなのだ。

「〝セクルージョン〟の要請を取り下げてくれる？」

「そのことは、おまえがまた自分のベッドで寝るようになってから話しあおう」

ベラは電話をにぎりしめた。「それはノーって意味ね」間があった。「もしもし、リヴェンジ？」

「いいから帰ってこい」

「イエスかノーか答えて、リヴェンジ。いますぐ」

「こんなことがまたあったら、母上の身がもたない」

「わたしの身はもっと思うの?」ベラはやり返した。「言いたくないけど、お腹に〝レッサー〟の名前を刻み込まれちゃったのは、〝マーメン〟じゃないんですからね!」

そう口に出した瞬間、ベラは自分で自分をののしった。ああ、こんな楽しいことを話してしまったら、そりゃ折れてくれるでしょうよ。**大した交渉術だわ。**

「リヴェンジ、あの――」

兄の声は身も凍るほど冷たかった。「帰ってきなさい」

「やっと自由の身になれたのに、自分から牢屋に入りに行く気はないわ」

「それで、いったいどうするつもりなんだ」

「さあね、せいぜいわたしを追い詰めてみたらわかるんじゃない?」

電話を切って、コードレスの電話機をベッドサイドテーブルに叩きつけるように置いた。

リヴェンジのばか!

激情に駆られて、ベラは電話機をひっつかんだ。部屋の向こうに投げつけてやろうと、くるりとふり向いた。

「ザディスト!」電話を落としそうになり、あわててつかまえて、胸もとに抱きしめた。

黙ってドアのそばに立つザディストは、ランニングショーツ一枚の姿で、シャツも着ていなかった。ベラは自分でもばかだとは思ったが、つい足もとに目をやって、彼も靴をはいていないのに気がついた。

「遠慮すんな、投げろよ」

「いいの。わたし……あの……もういいの」また向こうを向いて、電話機を小さなスタンドに戻そうとした。

またザディストに顔を向ける前に、二度目でやっとちゃんと立てられた。

一度失敗して、二度目でやっとちゃんと立てられた。

起こした……でも、家から必要なものを持ってきてくれたし……それに、家に連れて帰ってくれて……そのうえ、激しく動揺しながらも、手首を差し出してくれたではないか。彼のほうに向きなおったときには、ザディストという網に、そのやさしさと残酷さのあいだにからめとられていた。

沈黙を破ったのは彼のほうだった。「兄ちゃんがなにをたくらんでるにしても、早まって外へ飛び出してったりしねえほうがいいぞ。嘘をついてもむだだ、そうする気なんだろ」

くやしい、すっかりお見通しのようだ。「でも、兄がなにをする気か知ってるでしょう」

「まあな」

「そうなったら、法にのっとって〈兄弟団〉はわたしを差し出さなくちゃならない。もうここにはいられなくなるの。わたしだっていやだけど、ほかにどんな道があると思う？」

ただ、どこへ行けばいいのだろう。

「うちへ帰んの、そんなにいやなのか」

ベラはザディストをにらみつけた。「とんでもない、すっごく帰りたいわよ。なんにもできない子供みたいに、兄の……兄の持ち物みたいに扱われるんだもの。そのほうがわたしのためよね。まったくだわ」

ザディストは剃っているような頭を手でこすった。上腕の筋肉が縮んで盛りあがる。「家族がひとつ屋根の下で暮らすのは悪いことじゃねえ。いまは一般市民にとっちゃ危険な時期だから」

そんな……いまは、彼が兄の意見に賛成するのだけは聞きたくない。

「〝レッサー〟にとっても危険な時期よね」彼女はつぶやいた。「あなたにあんな目にあわされるんだもの」

ザディストの目が険しくなった。「おれにあやまれって言いたいのか。だったら残念だったな」

「わかってるわよ、それくらい」ベラはやり返した。「どんなことがあったって、あなたがあやまったりするはずないわよね」

ザディストはゆっくり首をふった。「だれかとけんかがしたいんだろうが、相手をまちがってるぜ、ベラ。おまえとけんかする気はねえ」

「どうして？　腹を立てるのは得意でしょ」

その後の沈黙に、ベラはわめきだしたくなった。彼の怒りをあおろうとしているのに。近づいてくる者があれば、彼は遠慮なく怒りを浴びせかけるのに、なぜ彼女が相手のときは、これほど自分を抑えようとするのだろう。

なにを考えているかわかったかのように、彼は片方のまゆを吊りあげた。

「もう、いやになっちゃう」彼女はつぶやいた。「わたし、あなたを小突きまわすようなことしてるわね。ごめんなさい」

肩をすくめて、「いやなことを無理強いされりゃ、だれだって頭にくるさ。気にすんな」

ベラはベッドに腰をおろした。ひとりで逃げ出すのはばかげているが、リヴェンジの言いなりになって暮らすのはお断わりだった。

「わたし、どうしたらいいと思う?」ささやくように尋ねた。目をあげてみると、ザディストは床を見ている。

あんなふうに壁に寄りかかっていると、まるでここにはいないように見える。細長い身体のせいで、壁のしっくいにできた肌色のひび割れのようだ。この部屋じたいに開いた亀裂のようというか。

「五分くれ」そう言って、あいかわらず上半身裸のままで出ていった。

ベラはマットレスにばったり仰向けになった。五分で状況が上向くとは思えない。家で待っている兄が、あの兄でなくならないかぎり。

ああ、〈書の聖母〉さま……〝レッサー〟から逃げられたから、これでうまくいくと思っていたのに。それなのに、あいかわらずなんにも自分の思うに任せないなんて。

もっとも、いまは自分でシャンプーを選ぶことはできるけど。

顔をあげた。バスルームのドアを通してシャワーが見え、熱いお湯を浴びているところを想像した。きっと気持ちがいいだろう。身体がほぐれて、気分もさっぱりするだろうし、あそこなら大声で鬱憤をぶちまけても恥ずかしい思いをせずにすむ。

起きあがり、バスルームに入って水栓をひねった。お湯が大理石の床を叩く音を聞くと、そして温かいシャワーの下に立っていると、心が慰められていく。大声でわめいたりはしなかった。ただうなだれて、身体をお湯に打たせていた。

シャワーを出てみると、バスルームと寝室を隔てるドアが閉まっていた。

たぶんザディストが戻ってきたのだろう。

五分でいい解決法が見つかるとは思えない。なんの期待も抱かずに、ベラはタオルを身体に巻きつけた。

26

バスルームのドアが開いたとき、Zはそちらに目をやって、声に出さずに毒づいた。ベラは頭のてっぺんから足の先までバラ色で、髪は頭のうえでまとめていた。フリッツが頑固に買ってくる、フランス製の高級石けんのようなにおいがする。身体に巻きつけているタオルは、簡単に裸にできるのを強烈に意識させるだけだ。

ちょっと引っぱる。それだけでいい。

「ラスが、いまちょっと連絡がつかねえってことにしてくれた」彼は言った。「せいぜい四十八時間かそこら、時間かせぎができるだけだけどな。そのあいだに兄ちゃんと話してみな。それで説得できなかったら、ラスも対応しなきゃならなくなるし、現実にはだめとは言えねえからな、おまえの血筋から言って」

ベラはタオルを少しずりあげた。「わかったわ……ありがとう。わたしのためにいろいろ考えてくれて」

Zはうなずき、ドアに目をやった。やはりプランAを実行すべきだろうか。ぶっ倒れるまで走るか、フュアリーにぶん殴ってもらうか。

ところが、部屋を出ていくつもりが、なぜか腰に両手を当てていた。「悪かったと思ってる」

「えっ——まあ……なぜ？」

「あの〝レッサー〟相手に、ああいうことするとこを見せちまったからさ」片手をあげて、またおろした。頭をがしがしこすりたくなるのを抑えて、「あやまる気はないって言ったよな。あれは、あの外道《げどう》どもをぶっ殺したのを悪いとは思ってねえってことだ。だけど、おまえにあんなとこを見せつけてうれしかったわけじゃ……うれしいわけじゃない。できるもんなら、忘れさせてやりたい。今度のことはぜんぶ、なかったことにして……おれが肩代わりしてやりたい。ベラ、その、こんなことになって、その……その、なんて言やいいのか。つまりその、今度のことは、その、おれのことも含めて、気の毒だったって思ってるんだ」

そうか、これがおれの別れのあいさつだ、と思った。しだいに腰砕けになってくるのがわかって、急いで最後のしめくくりにかかった。

「おまえは立派な、ちゃんとした女だ」うなだれて、「いつか、似合いの……」

連れあいが見つかるさ、と心のなかで言い終えた。そうとも、ベラのような女に連れあいが見つからないわけがない。なにしろこの館《やかた》にも、すでに候補がひとりいるぐらいだ。彼女を求めているだけでなく、彼女にふさわしい男が。文字どおり、フュアリーはすぐそこで待っているのだ。

顔をあげた。部屋を出ていくつもりだったのだが——ぎょっとして飛びすさり、ドアに背中をぶつけた。

ベラが真ん前に立っていた。すぐそばでにおいを嗅いだら、心臓がいきなり暴走しはじめ、胸のなかで躍り狂って、そのせいで頭がふらふらしてきた。

「あの家をきれいにしてくれたって、ほんと？」彼女は言った。

くそ、なんてこった……答えはひとつだが、それを口にするのは胸のうちをぶちまけるようなものだ。

「ほんと？」

「ああ、ほんとだ」

「それじゃ、抱きしめさせて」

Zは身をこわばらせたが、よけるひまもなく両手が腰に巻きついてきて、裸の胸に顔がくっついてきた。

抱擁されたまま、彼は動くことも、息をすることも、まして抱擁を返すこともできなかった……ただ、彼女の身体の感触を全身で受け止めているだけだった。ベラは女性にしては背が高いが、それでも彼のほうがゆうに十五センチは上背がある。戦士としては痩《や》せすぎと言っても、少なくとも三十キロは彼女より肉がついている。それでも、手も足も出せなかった。ちくしょう、なんていいにおいなんだ。

ため息のようなかすかな声を立てて、彼女はいっそう身を寄せてきた。乳房が身体に押しつけられて、見おろせば、曲線を描くうなじが震いつきたいほどなまめかしい。そのうち、あれの問題が生じてきた。あの罰あたりなしろものが固く、大きく、長くなってくる。たちまちのうちに。

両手を彼女の肩のあたりまであげて、肌の少しうえに浮かせたまま、「うん、あの、ベラ……その、おれ、もう行かんと」

「どうして？」すり寄ってくる。ますますぴったりと。腰が腰にすりつけられ、下半身がぴったりくっついて、彼は歯を食いしばった。

ちくしょう、股間のあれに気づかれたにちがいない。気づかないはずがない、彼女の下腹にめり込んでいるのだ。だいたい、このぺらぺらのショーツで隠せるわけがない。

「どうして行かなくちゃいけないの」ささやくと、彼女の息が胸をくすぐる。

「そりゃ……」

あとを続けられずにいると、ベラはつぶやくように言った。「ねえ、これすてきね」

「これって？」

彼の乳首の環に触れて、「これ」

Zは小さく咳払いをした。ベラは一歩さがった。「おれが……おれが自分でやったんだ」

「よく似合ってるわ」

Zはふらついた。こんちくしょう、タオルを開いて落とした。

腰も……そして脚のあいだの、やわらかい曲線を描く小さな割れ目も、はっきり見えて息が止まりそうだ。これまでに見た人間の女のそこは陰毛で隠れていたが、ベラは彼と同族だから完全な無毛で、そのなめらかさに心がうずく。

「もう行かんと」声がかすれていた。

「逃げないで」

「だめだ、このままじゃ……」

「わたしと寝て」またゆっくり近づいてくる。結んでいた髪をほどくと、ダークカラーの波がふたりを包み込んで流れ落ちてきた。

Ｚは目を閉じ、彼女のにおいに溺れまいとして頭を上向けた。ざらついた声で、「ベラ、一発やるだけでいいのか。おれにできんのはそれだけだぞ」

「そんなことないわ、あなたなら——」

「いや、そうなんだ」

「あなたはずっとやさしくしてくれたじゃない。わたしの世話をしてくれた。身体を洗って、抱きあげて——」

「おれをなかに入れたいとは思わねえだろ」

「ザディスト、あなたはもうわたしのなかに入ってるわ。あなたの血がわたしのなかに」

長い沈黙が落ちた。「おれのうわさを聞いてんだろ」

ベラはまゆをひそめた。「それがなんの関係が——」

「みんな、おれのことをなんて言ってる？　ベラ、言えよ。おまえの口から聞きてえんだ。ちゃんと知ってるかどうか」押して身体を離されて、ベラは見るからにがっかりしている。しかし、彼女はきっとなにか勘違いをしているのだ。目を覚まさせてやらなくてはならない。「おれのうわさは聞いてるはずだ。ゴシップってやつは、おまえみたいな身分の高い連中の耳にも届くだろ。おれはなんて言われてる？」

「その……女性を楽しみのために殺すって話は聞いたわ。でもそんな話、わたしは信じな——」

「どうしてそんなうわさが流れたかわかるか?」

ベラは胸をおおって、首をふり、一歩さがった。Zはかがんでタオルを拾い、彼女に手渡してから、すみの髑髏を指さした。

「あれは、おれの殺した女だ。さあどうだ、こんなことのできる男に抱かれたいと思うか。女にこんなひどいことをする野郎なんだぞ。そんな下司《げす》をうえにのっけて、突っ込まれたいなんて本気で思ってるのか」

「そういうことだったのね」ベラはささやいた。「あなたは戻っていって、女主人を殺したのね。そうでしょう」

Zは身震いした。「ああ……そうすりゃ取られたものを取り返せるって、あのころは思ってたんだ」

「でも、取り返せなかったのね」

「まるっきりな」彼女の横をすり抜けて歩きまわった。しだいに緊張に耐えられなくなり、とうとう口を開いたら、言葉があふれて止まらなくなった。「自由になってから二、三年したころ、あの女が……くそ、あの女が、また男を独房に飼ってるって話を聞いたんだ。それで……二日間休みなしで旅して、夜明け近くに忍び込んだ」Zは首をふった。こんな話はしたくない。ほんとうにしたくないと思っているのに、口が勝手に動きつづける。「ちくしょう……そいつはすごく若かった。まだ子供だった。おれがつかまったときとおんなじぐらい。あの女を殺す気はなかったんだが、その奴隷を連れて逃げようとしてるとこへ、ちょうどおりてきやがったんだ。それを見て……ほっといたら、衛兵を呼ばれるのはわかってた。それに、この女を生かしとけば、いつかまたべつの男をつかまえて、ここに鎖でつないで、それで無理やり……その、やらせるだろうと……くそ、なんだっておれはこんなことをしゃべってるんだ」

「愛してるわ」

Zはぎゅっと目をつぶった。「ベラ、目を覚ませよ」

そう言い捨てて部屋を飛び出したが、廊下を四、五メートルも行くと足が止まった。

愛してる。**愛してるだって?**

くだらねえ。愛してると思い込んでるだけだ。もとの生活に戻れば、すぐにそうと気がつくだろう。ちくしょう、あんなひどい目にあったばっかりで、しかもこの敷地内に閉じこもっているせいだ。そのどれも本来の彼女の生きかたではないし、それに彼の部屋に長くいすぎたのだ。

だがそれでも……彼女のそばにいたかった。並んで横になって、キスをしたい。それ以上のこともしたい。あれを……最後まで彼女としたい。キスをして、手で触れて、口で触れて、舌で触れたい。だが、そんなことをして、その先になにが待っているというのだ。口で触れて、恐怖心を乗り越えられて、彼女のなかに入れたとしても、なかで果てるような危険は冒せない。

そうは言っても、女を相手にそこまでいったことがあるわけではない。それどころか、どんな状況でもかつて射精までいったことはない。血隷だったころは、性的な興奮など一度も味わったことはなかった。自由になってからは、売春婦を買って突っ込んだことも何度かあったが、それはオルガスムスを得るためではなかった。名も知らぬ女たちとのあの幕間《まくあい》は、ただの実験でしかなかった――セックスなど少しもよくない、それは昔のとおりだと確認するための。

また自慰にしても、小便をするときにあれに触れるのさえ我慢ならなかった。起きあがって存在を主張しているときはなおさらだ。それに、射精したいと思ったこともない。あれが固くなっているときですら、そこまで興奮したことがない。

まったく、セックスのこととなると彼はまるでへなへなだ。脳のどこかがショートしているみたいだ。

どこかがではない、どこもかしこもだ。そうじゃないか。

自分のなかの数々の欠落のことを考えた。空白の場所。ふつうならものごとを感じるべき場所にぽっかりあいた穴。その手のことについては、彼はまるで網戸かなにかのようだ。それも目が粗くてすかすかの。感情はそこをただ吹き抜けていき、引っかかって残るのは唯一怒りだけ。

だが、そうとは言いきれないのではないか。ベラといるといろいろ感じられる。ベッドでキスをされたときは……身体が熱くなって、欲望を感じた。ふつうの男のような、性的興奮。生まれて初めての。

突き刺すような焦燥感。女主人につかまる前の自分自身のこだまのようなものが、その焦燥感に駆り立てられて出口を探しはじめている。気がつけば、ベラにキスをしたときに味わったあの気持ちをまた味わいたくなっていた。それに、彼女を興奮させたかった。あえぎ、息を切らし、情欲に身を焦がすさまを見たい。

それはまちがったことだ……だが、彼は腐りきったろくでなしで、一度味わったあの気持ちに餓《かつ》えている。それに、彼女はもうすぐ出ていってしまうのだ。もう今日一日しか残っていないのだ。

ザディストは引き返し、ドアをあけてなかに入った。

ベラはベッドに横になっていた。彼が戻ってきたのを見て、驚いているのがはっきりわかる。彼女が身を起こしたとき、Zのうちにかすかな自制心がよみがえってきた。どうして手を出したりできるだろう。彼女はこんなに……こんなに美しく、それに対してこのおれは、落ちるところまで落ちた下司だというのに。

最初の勢いがなくなって、部屋のまんなかで立ちすくんだ。**下司野郎でないってところを見せてやれ。思いとどまるんだ。ただその前に、まず自分の気持ちを説明したほうがいい。**

「ベラ、おれはおまえのそばにいたい。だけどやりたくはねえんだ」彼女が口を開きかけるのを、片手をあげて押しとどめた。「頼む、最後まで聞いてくれ。おまえのそばにはいたいけど、おまえが欲しがってるものを、おれは与えてやれねえと思うんだ。おれはおまえにふさわしい男じゃねえし、いまそういうことをすんのはどう考えたってまちがってる」

彼は息を吐き出した。おれは最低男だ。ノーと言って紳士ぶっておきながら……頭のなかでは、あの上掛けをむしりとって、代わりに自分がベラにおおいかぶさることばかり考えている。

股間に垂れ下がっているあれは、削岩機さながらに脈打っていた。

どんな味がするだろう――彼女の脚のあいだの、あのやわらかい甘美な場所は。

「ザディスト、こっちに来て」ベラは上掛けをめくって、自分で自分をあらわにしてみせた。「なんにも考えずに、ベッドに入ってよ」

「おれは……」いままでだれにも聞かせたことのない言葉が、唇にのぼってきた。一種の告白、すべてをあばく打ち明け話が。彼は目をそらし、自分でもなぜだかわからないうちに、それを口に出していた。「ベラ、奴隷だったとき、おれは……おれはその、いろいろされてたんだ、つまりその、卑猥《ひわい》なことを……」もう黙れ。いますぐ。「男にもだぞ、ベラ。無理やり、男にもやられた」

小さく息を吞むのが聞こえた。

これでいいんだ。身の縮む思いだったが、それでもそう思った。たぶんこれで、ベラは彼に嫌悪感を抱くようになって、身の破滅を避けられるだろう。そういう目にあってきた男を、受け入れられる女などいるわけがない。ちっとも男らしくない。その正反対だ。

咳払いをして、穴があくほど床を見つめた。「その、おれは……おれはその、同情してもらいたいわけじゃねえんだ。こんなことを言ってんのは、お涙ちょうだいのためじゃない。ただ……おれは、ぐちゃぐちゃなんだよ。配線がでたらめになってるみたいなんだ、つまり……つまりその、セックスとかそういうことになると。おまえが欲しいとは思うけど、それはまちがったことなんだ。おれなんかにかまってちゃいけねえんだ、おまえは上等な女なんだから」

長い沈黙が続いた。ああ、ちくしょう……我慢できなくなって、彼女に目を向けた。その瞬間、ベラはベッドから起きあがった。彼が目をあげるのを待っていたかのように。近づいてくる彼女は裸身だった。その肌に触れているものといえば、ただ一本灯るろうそくの光ばかりだ。

「キスして」暗がりのなかで彼女はささやいた。「キスしてよ」

「いったい……おまえ、どうかしてんじゃねえのか」彼女が顔をしかめると、彼は言った。

「つまりその、どうしてだ。おまえならいくらでも選べるのに、なんでおれなんだ」

「あなたが欲しいの」と、片手を彼の胸に置いた。「そう思うのは、自然でふつうのことでしょう。男と女なんだもの」

「おれはふつうじゃねえ」

「わかってるわ。でも、あなたは汚くなんかない。不潔なんかじゃない。どこに出ても恥ずかしくないひとよ」彼の震える両手をとって、ベラはそれを自分の肩にのせた。

彼女の肌はとてもやわらかかった。それを傷つけるかと思うだけで身が凍りそうだ。あれを彼女のなかに突っ込むのを思い浮かべただけでも。ただ、どうしても下半身を使わなくてはならないわけではないだろう。彼女を歓ばせるだけでよいのかもしれない。

そうだ、それだ。これは彼女のためにするのだ。

向こうを向かせて、ベラをこちらに寄りかからせた。ウェストから腰の曲線を、両側からゆっくりで手でなでおろし、なでてあげた。彼女が背をのけぞらせてため息を漏らすと、肩ごしに乳房の先が見えた。あれにさわってみたいと思い……さわってよいのだと気がついた。

両手を肋骨のほうに持ちあげ、細い骨の凹凸をなぞっていき、しまいに手のひらで乳房を包んだ。彼女はいっそう頭をのけぞらせ、唇が分かれる。

こんなふうに彼を受け入れようとする姿を見て、どんな形でもいい、なかに入りたいと本能が叫び立てていた。反射的に自分の上唇をなめながら、親指と人さし指で乳首をつまんだ。彼女の口のなかに舌を差し入れるのを想像した。彼女の歯と歯、牙と牙のあいだに入れて、そのようにして奪うところを。

心を読んだかのように、彼女が体《たい》を返してこちらを向こうとした。だがなぜか、それはあまりに近すぎる、なまなましすぎるという気が……彼女が自分自身を彼に与えようとしていることが、彼のような男に、身体にじかに触れさせ、エロティックなことをさせようとしていることが、あまりに露骨にわかりすぎる。こちらを向かせまいと、彼女の腰をつかんで、自分の股間に強く引き寄せた。とたんに彼は歯をくいしばった。ランニングショーツを押しあげる固いあれに、彼女の尻が当たっている。

「ザディスト……キスさせて」またこちらを向こうとしたが、彼はそうさせなかった。

ベラはあらがったものの、それを押さえ込むのは彼にとっては造作もなかった。「このほうがいいんだ。おれの顔が見えないほうがいい」

「そんなことないわ」

彼女の肩に顔を寄せて、「フュアリーと代われれば……おれも昔はあいつみたいな顔だったんだ。だから、おれとしてるんだと思えばいい」

彼女はぐいと身を引いて、彼の手をふりほどいた。「でも、そんなことできないわ。それに、あなたが欲しいの、わたしは」

男を誘う女の目で見つめられて、彼はふと気がついた。ふたりして、彼女の真後ろにあるベッドに近づいてきている。あれに横たわることになるだろう。しかし、ああ……どうすれば歓ばせられるのだろうか。女に快感を与えるとかそういうことについては、彼はまるで童貞も同然なのに。

そんなうれしい事実に思い当たったとたんに、彼女が以前べつの男とつきあっていたという話を思い出した。その貴族の男は、彼よりずっとセックスがうまかったにちがいない。だしぬけに、まったく理屈に合わない衝動が込みあげてきた。その元恋人を見つけだして、さんざんにぶちのめしてやりたい。

ああ……ちくしょう。目を閉じた。くそ……やばい。

「どうしたの？」彼女が尋ねる。

こういう過激な独占欲は、きずなを結んだ男の特徴のひとつだ。というより、明らかなトレードマークだ。

Zは片腕を持ちあげて、鼻に上腕を近づけて深く息を吸ってみた……きずなを結んだオスのにおいがする。ごくかすかだから、たぶん彼自身にしかわからないだろうが、まちがいなくにおう。

ちくしょう。いったいどうすりゃいいんだ。

不運にも、その問いに答えたのは彼の本能だった。全身が雄叫《おたけ》びをあげるなか、Zは彼女を抱きあげてベッドに運んでいた。

27

運んでいかれながら、ベラはザディストの顔を見つめていた。黒い目が切れ込みのように細められ、暗く激しい情欲でぎらぎら輝いている。ベッドにおろされ、身体を見おろされていると、生きたまま食べられてしまいそうだと本気で思った。

ところが、彼はただ見おろすばかりで、手を出そうとはしない。

「背中をそらしてみせてくれ」彼は言った。

オーケイ……予想していたのとはちがうけど。

「背中をそらしてくれよ、ベラ」

みょうな気恥ずかしさを感じながら、彼の望みどおりにしてみせた。のけぞって、マットレスから背中を浮かす。ベッドのうえで体勢を変えながら、彼のショーツの前にちらと目をやった。大きくなったものが力強く突き出して、あれがもうすぐ入ってくるのだと思うと、恥ずかしい気持ちが薄らいできた。

彼が手をおろしてきて、手の甲で軽く乳首に触れた。「これを口に入れたい」

甘美な欲情がベラの身内に満ちてくる。「じゃあ、キスし――」

「なにも言わなくていい」手の甲が彼女の乳房のあいだをなぞって、お腹のほうへおりていく。へそまで来たところで、彼は人さし指を立てて、へそのまわりに小さく円を描いた。やがてその手が止まった。

「やめないで」彼女はうめいた。

手がまた動きだした。おりていって、割れ目の上端をかすめた。ベラは唇を噛んで彼の肉体に目をやった。戦士らしい大きな骨格に、くっきりと固い筋肉がついている。ああ……いよいよ身体がほころんでくる。

「ザディスト――」

「もうすぐ、おまえにのしかからずにいられなくなると思う。そうなったらもう止められねえ」あいたほうの手で自分の口をこすっている。その行為を想像しているのだろうか。「ほんとにいいんだな？」

「ええ……」

片手で割れ目を愛撫しながら、彼は自分の口の歪んだ側に指をやった。「このつらがもうちっとましだったらな。おまえはきっと、ここも文句なしにきれいなんだろうから。まちがいなく」

誇り高さの裏に、彼がそんな負い目を隠していたなんて。「あなたはちっとも――」

「これが最後のチャンスだぞ、ベラ。いやならそう言え。いま言わないと、おれはすぐにおおいかぶさってくるぞ。そしたらもう止められねえ。やさしくしてやれる自信はねえし」

ベラが両腕を差し伸べると、それで協定が結ばれたというように、彼はひとつうなずき、ベッドの足もとへまわった。

「脚を開いて、見せてくれ」

恥ずかしさに全身がかっと熱くなった。

彼は首をふり、「ベラ、もう遅い。もう……遅すぎる。さあ、見せろよ」

そろそろと、彼女は片方のひざを曲げて、少しずつ脚を開いた。

彼の顔が溶けるようにやわらいで、険しい表情が抜け落ちていく。「ああ……ベラ……」つぶやくように言った。「おまえは……ほんとにきれいだ」

彼は両手をつき、四つんばいでベッドにあがって近づいてきた。こんなものは初めて見るといわんばかりに、その目はベラの秘所にじっと注がれている。手が届くところまで近づくと、大きな手で彼女の腿の内側をなであげながら、さらに脚を大きく開かせた。

そこでふと、考え込むような顔をして目をあげた。「あのな、最初は口にキスをするんだよな。つまりその、こういうときは上のほうから始めて、ちょっとずつ下におりていくもんなんだろ？」

なんておかしなことを訊くのかしら……まさか、初めてこういうことをするわけでもあるまいに。

彼女の返事を待たずに身を引こうとするので、ベラは上体を起こし、両手で彼の顔を包み込んだ。

「いいのよ、あなたの好きなようにして」

彼は目を光らせ、ふと動くのをやめた。

と思ったのもつかのま、たちまちのしかかってきて、彼女をベッドに押し倒した。舌を口に押し込み、両手に髪をからませ、抱き寄せ、のけぞらせて、頭を押さえつける。猛々しく飢えて、濃い戦士の血を欲情にたぎらせている。全身にみなぎる力のすべてを注いで奪ってほしい。身体がひりひりと痛むほどにむさぼり尽くされたい。その痛み、その至福の恍惚《こうこつ》感にひたりたい。もうそのときが待ちきれない。

ふいに彼の動きが止まって、唇が離れた。深く息をして、ほおを紅潮させ、彼女の目をのぞき込んできた。

そして、ほほえんだ。

あまりの意外さに、ベラはどうしていいかわからなかった。彼の顔に、こんな表情が浮かぶのを見るのは初めてだ。口角があがると、上唇の歪みが消えて、こぼれる歯と牙が白く光っている。

「気に入った」彼は言った。「おまえにのってると……いい気持ちだ。やわらかくてあったかい。でも、重くねえか？　ちょい待ち……」

彼が両腕を突っ張って上体を起こすと、固く起きあがったものが彼女の芯《しん》に当たった。とたんに彼の笑みが薄れた。まるでその感覚をいやがっているようだったが、どうしてそんなことがあるだろうか。彼は興奮している。その昂《たかぶ》りが感じられる。

しなやかな身のこなしで彼は体勢を変え、彼女の脚を閉じさせ、そこにまたがるようにして両側にひざをついた。どういうことか見当もつかないが、いま彼の頭を占めているのがよい思い出であるはずがない。

「わたしも、あなたに乗られてるの好きよ」彼の気をそらそうと、ベラは口を開いた。「でも、ひとつ不満があるの」

「えっ？」

「途中でやめないで。それからそのショーツを脱いで」

すぐに彼の重みがまたのしかかってきて、首すじに口を当てられた。肌を軽く嚙まれて、彼女は頭をのけぞらせて枕に埋め、のどくびを思いきりさらけ出した。彼の後頭に手をまわし、自分の頸静脈《けいじょうみゃく》のあたりに彼の顔を押しつけた。

「ああ……」彼女はうめいた。彼の身をこの血で養いたい。

彼がなにごとかつぶやいた。その「だめだ」という拒否の響きが、彼女の全身をさざ波のように洗おうとするその前に、彼の唇は鎖骨のほうにおりていった。

「おっぱいにさわりたい」と肌に向かって言った。

「さわって」

「その前に、言っときたいことがあるんだ」

「え？」

顔をあげて、「おまえをここに連れてきた夜……風呂に入れただろ。なるべく見ないようにはしてたんだ。嘘じゃない。お湯につからせてるあいだも、タオルでおおってた」

「ありがと――」

「だけど、お湯からあがらせるとき……ここが見えたんだ」彼の手が乳房に触れた。「わざとじゃない。見えちまったんだ。見ないように見ないようにしてたんだけど、あんまりその……その、つい目がそっちへ行っちまったんだ。湯から出たせいで、寒さで乳首が固くなってた。小さくてピンク色で、すごくきれいだった」

彼は親指を前後に動かし、彼女の固い乳首を愛撫している。それが彼女の心をかき乱す。

「いいのよ」彼女はつぶやいた。

「いいもんか。おまえは自分で自分を守れねえときだったのに、そんなところを見ちまったんだ。まちがったことだ」

「でも、あなたは――」

彼が身動きし、固い股間のものがベラの腿の付け根に押し当てられた。「それでこうなったんだ」

「こうなったって――ああ、興奮したってこと?」

彼は口をぎゅっと結んだ。「ああ。どうしようもなかった」

ベラは小さくほほえんだ。「でも、なんにもしなかったんでしょ?」

「うん」

「だったら、いいのよ」彼女が背中をそらすと、彼の目が乳房に釘付けになる。「ザディスト、キスして。いま見ているそこに。ねえ、早く」

唇が分かれ、舌がのぞく。その舌を先にして彼は頭をさげていった。肌に当たる彼の口は温かく、恐る恐るためらいがちに乳首にキスをし、口中に含む。くわえて引っぱり、ゆっくりと舌で円を描いて、また吸って……そのあいだずっと、両手で腰や脚を愛撫しつづけている。

なんという皮肉だろう、やさしくできないのではと心配していたなんて。乱暴にはほど遠い、うやうやしいと言いたいほどやさしい吸いかた。まぶたを下げて彼女を味わう、その顔には敬虔《けいけん》さと恍惚の表情が浮かんでいる。

「ちくしょう」とつぶやいて、もういっぽうの乳房に移った。「こんなふうだとは思わなかった」

「え……どういうこと？」ああ、だめ……彼の唇が……

「いつまでもなめていられそうだ」

ベラは両手で彼の頭をつかんで引き寄せた。しばらくもぞもぞして、ようやく脚を開くことができ、彼の身体の下から片脚を外へ突き出させた。彼女の身体で彼を包み込むかっこうになる。あの大きなものを感じたくてたまらない。それなのに、彼は腰を少し浮かしている。

後ろにさがろうとするのを感じて、彼女は不満の声を漏らした。しかし、両手が腿の内側に入ってきたと思うと、彼は下のほうへ移動していった。脚を開かされたとき、彼女の下でマットレスが小刻みに揺れはじめた。

ザディストが震えている。見つめながら、「すごく華奢《きやしや》で……濡れて光ってる」

指で花芯をなでおろされただけで、絶頂に達しそうになった。かすれた声をあげると、彼ははっと目をあげ、悪態をついた。「ちくしょうめ、やっぱりしくじっちまった。そっとしようと思ってるのに――」

引っ込めようとする彼の手をつかんで、ベラは言った。「もっと……」

しばし探るような目で見ていたが、彼はまた触れてきた。「すごくきれいだ。それに、ああ、すごくやわらかい。どうしても、これを……」

頭を下げると、彼の両肩が大きく盛りあがった。やわらかくくすぐられるような感触。彼の唇だ。

ベラはたまらずベッドから腰を浮かせ、彼の名を呼んだ。今度は彼もためらわず、また唇を押し当ててくる。濡れた舌で愛撫される。やがて彼は頭をあげ、口中のものを飲み込んだ。恍惚とした唸《うな》り声を漏らすのを聞いて、ベラの胸で心臓がいったん止まった。目と目が合った。

「ああ……くそ……すごく甘い」そう言うと、また口を近づけてきた。

彼はベッドに身体を伸ばし、両腕を彼女のひざ下に入れて巻きつけてきた。彼女の腿と腿のあいだから、大きな身体がはみ出しそう……そして、そのままとうぶん動きそうになかった。彼の息は熱くせわしく、飢えた口は性急だった。欲望に取り憑《つ》かれたように彼女の身体を探り、舌で愛撫し、まさぐり、唇にくわえる。

彼女が腰を跳ねあげると、片腕を腹にあてがって押さえ込んだ。また彼女がびくりと動くと、愛撫はいったん中断したものの、顔はあげなかった。

「大丈夫か？」と尋ねる彼のかすれた声はくぐもって、その息が彼女の花芯を震わせる。

「お願い……」あとは言葉にならない。

彼は少し身を引いた。彼のぬめりを帯びた唇から目を離せない。その唇が、どこに触れていたかと思わずにいられない。

「ベラ、いまやめろって言われても無理だと思う。その……頭のなかで吼《ほ》えてるのがいて、そのまま続けろって言ってきかねえんだ。どうしたら……どうしたら、いやじゃなくなる？」

「最後まで……いかせて」かすれた声で言った。

まるで意外なことを言われたかのように、彼は目を丸くした。「どうやっていかせたらいいんだ？」

「そのまま続けて。ただ、もっと速くして」

彼は呑み込みが早く、どうすれば彼女が乱れるかたちまち探りあてた。そしていかせるこつがわかると、容赦なく責めてきた。激しく駆り立て、快感に砕け散るさまを見守っている。一度、二度……何度も何度も。まるで、彼女の快感を通じて身を養っているかのよう、そしていくら養っても養い足りないかのようだった。

彼がようやく顔をあげたとき、ベラはぐったりしていた。

そんな彼女をきまじめな顔で見つめながら、「ありがとう」

「そんな……お礼を言うのはわたしのほうよ」

彼は首をふった。「おれみたいなケダモノに、自分のいちばんきれいなところをさらけ出してくれたんだ。感謝するのはおれだ」

そう言うと、腕の力で起きあがって彼女から身を離した。ほおはまだ興奮に紅潮しているし、股間のものはいきり立ったままだ。

ベラは両腕を差し伸べた。「どこへ行くの？　まだ終わってないのに」

ためらう彼を見て、そうかと思い当たった。体《たい》を裏返して、四つんばいになってみせた。

あられもない誘い。それでも近づいてくる気配がない。ふり向くと、彼はどこかが痛むかのように目を閉じている。どうしたのだろう。

「わかってるわ、いつもこういうふうにするんでしょう」ささやくように言った。「前にそう言ってたわよね。わたしはかまわないわ、ほんとよ」長い間《ま》があった。「ザディスト、わたし、いっしょに最後までしたいの。あなたのことが知りたいの……この身体で」

彼は顔をこすっている。出ていってしまうかと思ったが、やがて彼女の背後にまわってきた。両手を彼女の腰に軽く当て、いっぽうに押して、仰向けにさせようとする。

「でも、あなたは――」

「おまえはべつだ」声がしゃがれている。「おまえとは、そういうやりかたはしたくねえ」

ベラは脚を開いて、彼が入ってくるのを待った。しかし、彼は上体を起こしたままだ。震える息を吐きながら、「コンドームをつけさしてくれ」

「どうして？　いまわたしは子供ができる時期じゃないわ、つけなくたって大丈夫よ。それにわたし、その……最後までいってほしいし」

彼のまゆが、黒い目のうえに低く垂れ下がった。

「ザディスト……ここでやめないで。あなたと最後までしたいの」

ベラが手を伸ばして触れようとしたとき、ザディストはひざ立ちになって、手をランニングショーツに持っていった。もどかしげに紐を解き、ウエストゴムを伸ばしてショーツをおろす。

ベラはごくりとつばを吞んだ。

途方もない大きさ。非の打ちどころもなく美しく、自然を逸脱して大きく、岩のようにそびえ立っている。

まあ……信じられない。痛いどころか、そもそも入るだろうか。

彼は震える手でショーツをさらに下げ、ペニスの下のふたつの錘《おもり》をあらわにした。彼女におおいかぶさるように身を乗り出し、花芯に合わせて体勢を変える。

ベラは愛撫しようと手を伸ばしたが、彼はぱっと身を引いて叫んだ。「よせ!」ぎょっとして身を縮めると、悪態をついて、「すまん……あのな、手助けはいいから」

彼が腰を前に出してきた。先端が、丸く熱いものが当たるのを感じる。手を彼女のひざの裏側にまわして片脚をあげさせ、少しなかに押し込んできた。さらにもう少し。彼の全身に汗が噴き出し、苦みのある香りがベラの鼻孔に触れた。そのせつな、ひょっとしたらと……まさか、そんなはずはない。女ときずなを結ぶなんて、彼はそんなことをする性質《たち》ではない。

「ああ……せまい」彼はかすれた声で言った。「くそ……ベラ、けがはさせたくない」

「大丈夫……ゆっくりやってくれれば」

押し広げられて、身体が波打っている。待ち受けていたというのに、無理やり押し入られているようだった。だが、それがうれしい。嵐のような呼吸で彼の胸が張り裂けそうにふくらみ、全身に震えが走っているのを見ると、ますますうれしかった。ついに根もとまで埋めると、彼は口を大きく開いた。快感に牙が伸びている。

ベラは手を彼の肩にそわせ、筋肉の固さと彼のぬくもりを味わった。

「大丈夫か」食いしばった歯のあいだから、彼が尋ねる。

答える代わりに、彼の首すじに唇を押し当てながら腰を揺らした。彼が猫のように唸る。

「して」ベラは言った。

ひと声うめくと動きだした。大波がのしかかってくるようだ。あの太くて固いものに、なかを愛撫されている。

「ああ、ちくしょう……」彼はベラの首すじに顔を押しつけた。動きが激しくなり、突風のような息が耳に吹きつけてくる。「ベラ……くそ、まずい……だけど……止められ……」

うめき声をあげて、両腕をついて上体を起こした。腰がさらに速く前後に動いて、突かれるたびに奥に当たり、ベッドの頭のほうへ押しあげられていく。身体がずりあがるのを防ごうと、ベラは彼の手首をつかんだ。突かれるたびに、また絶頂に近づいていくのを感じる。動きが速くなればなるほど、いよいよ近づいていく。

オルガスムスが身体の奥に打ち込まれて、それがみるみる放射されていく。その激しさに全身がどこまでも伸びて、縦にも横にもはてしなく広がっていく。その感覚はいつまでも続き、彼女の内部が収縮して、そこを貫いている彼のその部分を締めつけた。

ようやくわれに返ってみると、彼はもう動いていなかった。彼女のうえで凍りついたように身じろぎもしない。ベラはまばたきをして涙を払い、顔をのぞき込んだ。ごつごつした顔の線がこわばっている。いや、全身が硬くこわばっている。

「痛かったか？」彼は絞り出すような声で尋ねた。「悲鳴をあげてたぞ。大きな声で」

ベラは彼の顔に触れて、「痛かったからじゃないわ」

「よかった」息を吐き出すと、肩から力が抜けた。「こんなことして、けがなんかさせたらたまらねえ」

　そっとキスをすると、身体を引いてベッドからおりた。ショーツを引っぱりあげながら、バスルームに入っていってドアを閉じた。

　ベラはまゆをひそめた。彼は最後までいったのかしら。身体を引いたとき、完全に勃起したままのように見えたけれど。

　ベッドからすべりおりて見おろしてみた。腿の内側にはなにもついていない。ローブを引っかけて彼のあとを追い、ノックもせずにドアをあけた。

　ザディストは両腕を洗面台に突っ張り、低くうなだれていた。息が苦しそうで、熱でもありそうに見える。肌は汗に濡れ、全身が不自然にこわばっている。

「どうした、〝愛しいひと《ナーラ》〟」彼はかすれ声でささやくように言った。

　ベラははっと足を止めた。いま聞こえた言葉は空耳だろうか。いや、そうではない……〝ナーラ〟。彼はいま、彼女のことを〝ナーラ〟と呼んだのだ。

「どうして、その……」最後まで言うことができそうになかった。「どうしてやめたの、まだ……」

　彼はなにも言わずに首をふるばかりだ。近づいていってこちらを向かせた。ショーツ越しに、いきり立ったものが脈打っているのがわかる。痛々しいほどに怒張している。それどころか、身体じゅうが痛むように見えた。

「楽にしてあげるわ」ベラは手を伸ばした。

　彼はあとじさり、シャワーブースと洗面台のあいだ、大理石の壁に背中を押し当てた。

「だめだ、やめてくれ……ベラ――」

彼女はローブのすそをかきあわせて、彼の足のあいだにひざまずこうとした。「よせ！」と言うなり、彼女を起こして引き寄せた。

目をまっすぐ見つめながら、ベラは彼のショーツのウェストに手をやった。「やらせて」その両手をつかむと、痛いほど力いっぱいにぎりしめてきた。

「ザディスト、わたし、してあげたいのよ」きっぱり言った。「お願いだからやらせて」

長い間があった。彼の目に、悲しみと憧れと恐怖が浮かぶのを見つめるうちに、ふとベラの背中に冷たいものが走った。いま自分の頭に浮かんだ突飛な考えに、われながら信じられない思いだった。でも、どうしてもそんなふうに思えてならない――このひとは、いままでいちどもオルガスムスに達したことがないのだ。それとも、これはやはり飛躍のしすぎだろうか。

そんなことはどうでもいいわ。まさか尋ねてみるわけにはいかない。彼はいま、逃げ出す瀬戸際で迷っている。へたなことを言ったりやったりすれば、たちまち飛び出していってしまうだろう。

「ザディスト、痛い思いはさせないわ。それに、無理強いしてるわけじゃないのよ。いやだと思ったらそう言って、すぐにやめるから。わたしを信用して」

また長い間があったが、彼女の手首をつかむ手からしだいに力が抜けていった。ようやくその手をおろすと、彼はベラの身体を少し離して、おずおずとショーツをおろした。

ふたりのあいだに、怒張したものが飛び出してくる。

「このいまいましいの、ただにぎってくれればいい」うわずった声で言う。「あなたのなのに、いまいましいだなんて」

両手の手のひらで包み込むと、彼はうめき声を漏らし、頭をのけぞらせた。ほんとうに、なんて固い。まるで鉄のよう。それなのに、それを包む肌は彼の唇と同じようにやわらかい。

「なんて――」

「言うな」彼はさえぎった。「なにも……だめだ……言わないでくれ」

彼女の手のなかで彼は動きはじめた。最初はゆっくりと、しだいに切迫してくる。両手で彼女の顔を包み、キスをしてくる。やがて彼は完全にわれを忘れ、身体を激しく前後に揺らしはじめた。熱狂にとらわれ、いよいよ高く突きあげる。はるか昔から男性がくりかえしてきたうねるような動き、そのさなかの胸と腰の動きのなんと美しいこと。速く……ますます速く……前後に動いて……

ところが、そこでなにかの壁に突き当たったようだった。全身を緊張させ、首の腱を皮膚から突き出しそうに浮きあがらせ、汗にまみれて、それでも最後までいけないようだった。

動きを止めて、あえいでいる。「これじゃだめだ」

「リラックスして。力まないで、自然にしていれば――」

「いや、こうするしか……」と彼女の片手をとって、大きなものの下にさがる睾丸《こうがん》をにぎらせた。「にぎりしめてくれ。力いっぱい」

ベラはぱっと目をあげ、彼の顔を見た。「そんな。痛い思いはさせたく――」

彼は万力のような手で彼女の手を包み込み、ねじりあげて、痛みに声をあげた。それから彼女のもう片方の手をつかみ、固く起きあがったペニスにその手のひらを添えさせた。彼女はあらがい、自分で自分を痛めつけるのをやめさせようとしたが、彼はまた腰を揺らしはじめていた。手を引き抜こうとすればするほど、彼はその手を男性のもっとも敏感な部分に食い込ませる。彼女は目をみはったまま、まばたきもできなかった。これがもたらす激痛を思うと、どれほど痛いかと思うと――

ザディストは叫びを発した。その咆哮《ほうこう》は大理石の壁に何度も跳ね返り、館じゅうに聞こえたにちがいないと思うほどだった。続いて、激しい痙攣《けいれん》とともに放出が起きて、熱い脈動が彼女の両手を、そしてローブの前を濡らした。

彼はベラの肩にぐったりともたれかかった。その大きな身体に彼女は完全におおい尽くされていた。まるで貨物列車のように息をあえがせ、筋肉を引きつらせ、大きな身体を衝撃の余波に震わせている。彼に手を離されたとき、睾丸をにぎるベラの手のひらはすっかりこわばって、すぐには引き離すこともできなかった。

彼の重みを受け止めながら、ベラは骨の髄まで冷える思いだった。たったいま、ふたりのあいだになにか醜いものが顔をのぞかせたのだ。セックスの醜怪な面のようなもの、快感と苦痛の差をあいまいにしてしまうもの。残酷だとは思ったが、彼のそばから逃げ出したくなった。見てしまった見たくない現実から逃げ出したい。彼を痛めつけてしまった、それも彼にそうさせられて。そしてそのおかげで彼はオルガスムスに達したのだ。

だがそのとき、彼の呼吸が乱れた。嗚咽《おえつ》のように聞こえた。

ベラは息を止めて耳をすました。またかすかな声が聞こえる。彼の肩が震えているのを感じる。

ああ、どうか。どうか泣かないで……

両手を彼の身体にまわしながら、彼女は思い出していた。彼は、みずから望んで奴隷の苦しみを身に受けたわけではない。そしてまた、その後遺症をみずから進んで受け入れているわけでもない。

ベラはキスがしたくて顔をあげさせようとしたが、彼はそれにあらがい、ひしと抱き寄せて、顔を彼女の髪にうずめた。ベラは彼を抱きしめ、ゆすった。泣いているのを隠そうとする、その背中をやさしくさすった。しまいに彼は身を引き、両手で顔をこすった。目を合わせようとはせずに、手を伸ばしてシャワーの水栓をひねった。

ぐいと彼女のローブをむしりとり、丸めてごみ入れに投げ込む。

「待って、そのローブ好きなのに――」

「新しいのを買ってやる」

そう言って、彼女をシャワーの下に押し込もうとした。抵抗したが、あっさり抱きあげられて湯の下におろされた。彼は石けんで彼女の手をこすりはじめた。パニックを起こしているのは隠しようもない。

「ザディスト、やめて」身を引こうとしたが、すぐにつかまえられた。「汚れてないから――ザディスト、やめてったら。洗う必要なんかないわ、あなたの――」

彼は目をつぶった。「頼むよ……こうしなくちゃだめなんだ。このまま……あんなのをくっつけたままにはしちゃおけねえ」

「ザディスト、こっちを見て」強く言った。彼が言われたとおりにすると、「こんなこと、しなくていいのよ」

「それじゃ、どうすればいいんだ」

「わたしとベッドに戻って」ベラは栓をひねってお湯を止めた。「わたしを抱きしめて。わたしもあなたを抱きしめるから。いまあなたに必要なのはそれだけよ」

正直に言えば、彼女のほうもそれが必要だった。身も心もすっかりかき乱されていたから。

タオルを身体に巻きつけ、彼の手を引いて寝室に戻った。いっしょに上掛けの下にもぐり込むと、ベラは彼の身体に手足をからめた。しかし、ぎこちないのは彼女も同じだった。触れあっていればわだかまりも解けると思ったが、そう簡単にはいかなかった。

だいぶ経ってから、暗闇に彼の声が響いた。「あんなふうだとわかってたら、絶対にああなる前にやめてたのに」

ベラは彼の顔を見あげた。「最後までいったの、あれが初めてだったの？」

沈黙に驚きはしなかった。驚きだったのは、しまいに答えが返ってきたことだ。

「ああ」

「それじゃ……自分でしたこともなかったの？」ささやくように尋ねた。訊かなくても答えはわかっているのに。痛ましい……血隷の年月を、いったいどんな思いで過ごしてきたのだろう。虐待の限りを尽くされて……彼のために泣きたかったが、そんなことをしたらいたたまれない思いをさせるだけだ。

彼はほっと息を吐いた。「あれにはさわる気がしねえんだ。正直言って、あれがおまえのなかに入ってたと思うだけで腹が立つ。いますぐおまえを風呂に入れて、消毒薬まみれにしたいくらいだ」

「わたしはとてもうれしかったわ。あなたと寝られてよかったと思ってるのよ」わだかまりがあるのは、そのあとに起きたことのせいだ。「でも、バスルームであったことは――」

「あんなことにおまえを巻き込みたくない。あんなことをおまえにしてもらいたくない。そのせいで……おまえの身体じゅうに……」

「わたしは、あなたがいってくれてうれしかったわ。ただ……あなたのことがとても好きだから、痛い思いをしてほしくないの。ねえ、ためしに――」

彼は身を引いた。「すまん……おれはその……Vに用があるんだ。ちょっと仕事のことで」

ベラは彼の腕をつかんだ。「あなたはとてもすてきだと思うって言ったら、どうする?」

「おれをかわいそうだって思う気持ちに流されてるんだろう、糞《くそ》くらえだって答えるだろうな」

「かわいそうだなんて思ってないわ。わたしのなかで果ててくれればよかったのに。興奮してるときのあなたのは、ため息が出そうにすてきだったわ。太くて長くて、さわりたくてさわりたくて頭がおかしくなりそうだった。いまでもそうよ。いますぐ口にくわえたいぐらい。ねえ、これなら信じられる?」

肩をゆすって彼女の手を払い、彼は立ちあがった。なにかを殴りつけるようなすばやい動作で服を着ると、「ありのままに見られなくて、きれいごとにして気が楽になるんなら好きにしたらいいさ。だけどな、いまおまえは自分に嘘をついてるんだ。すぐに正気に戻って、自分はいまも身分の高いちゃんとした女だってことに気がつくさ。そしたら、おれに関わったのを死ぬほど後悔することになる」

「しないわ、後悔なんか」

「いまにわかるさ」

言い返したかったが、適当な言葉を思いつかないうちに、彼はドアをあけて出ていってしまった。

ベラは胸もとで腕組みをした。鬱憤が積もり積もって爆発しそうだ。上掛けを蹴飛《けと》ばした。ああ、この部屋はなんて暑いんだろう。それとも、神経が昂っているせいで、身体の機能がおかしくなっているのだろうか。

ベッドにじっとしていられない。ベラは服を着ると部屋を出て、彫像の廊下を歩いていった。どこへ行くあてがあるわけではない。ただ部屋を出たい、歩きまわって少し熱を冷ましたい、それだけだった。

意識が戻ったときには、首に縄をかけられて吊るされていた。両手両脚胴体の重みが、のどから生命を絞りとっていく。こんなときに正気づくとは、死期が近いと悟った肉体が、もしや脳によい知恵がないかと目覚めさせたのだろうか。むだなあがきだ。

まったく、どうして最後まで苦しまなくてはならないのか。水でも浴びせられたのか、身体が濡れている。ふと気づくと、目になにかどろりとしたものが垂れ落ちてくる。血だ。全身が自分の血で濡れているのだった。

それにしても、まわりがやかましいのはなぜだろう。刃音？　戦闘でも起きているのか。

窒息しそうになりながら目をあげ、その一瞬、息の苦しいのも忘れた。海だ。広い海が見渡せる。喜びが沸きあがってきた……のもつかのま、息苦しさに目がかすんだ。まぶたが痙攣し、身体から力が抜けていく。それでも、死ぬ前にもう一度海が見られてよかった。薄れていく意識のなか、〈冥界《フエード》〉はあんなふうなのだろうかと思った。見晴るかす水平線、はてしなく続く海原。そこは未知の世界であり、いつか還《かえ》っていく故郷でもある。

目の前にまばゆい白い光が現われた瞬間、のどの圧迫が消えたかと思うと、だれかに手荒く扱われた。怒号が聞こえ、ぐいと持ちあげられ、がくがく揺れながら運ばれて、それがいきなり止まった。いつしか芽生えた激痛がたちまち全身に広がり、あっというまに骨をも貫く。大きな肉厚のこぶしで、くりかえし殴られているようだった。

銃声が二度響いた。苦痛のうめき、だが彼自身の声ではない。それから悲鳴、背中にあたる強風。落ちている……空中を落ちていく……

まずい、海だ。全身をパニックが走り抜けた。塩水につかると――

固い水面のクッションを感じたのも一瞬、傷だらけの身体にたちまち海水が突き刺さってきた。とても耐えきれず、目の前が真っ暗になっていく。

ふたたび気がついたときには、全身がくたくたの袋に変わったようだった。それも、痛みだけでやっと保《も》っている袋だ。ぼんやりと気がついた——身体の半分は凍えるように寒いのに、半分はなんとなく温かい。動けるかどうかためしてみようとした。ところが身動きしたとたん、それに応えるように、身体に触れている温かいものが動くのがわかった……抱擁されている。背中から男に抱かれている。

奴隷はその固い身体を押し返し、泥のなかを這《は》って逃げた。かすむ目で逃げ道を探すと、大きな岩が暗がりからぬっと姿を現わした。あの陰なら隠れられそうだ。そこにもぐり込んでから、痛む身体でやっとの思いで息をした。すえた潮のにおいがする。それに、腐った魚の胸の悪くなるにおい。

それともうひとつ、金属的なにおいがする。つんと鼻を刺すにおい……

岩のふちから向こうをのぞき見た。はっきりとは見えなかったが、そこにいたのは、女主人といっしょに独房にやって来たあの男だった。いまは洞窟《どうくつ》の岩壁に背を預けてすわっている。長い髪が、いく筋もの束になって分厚い肩に垂れ落ちている。上等の服はずたずたに裂けて、黄色い目が悲しみに光っていた。

あれがこのにおいのもとだ、と奴隷は思った。これは、あの男の感じている悲しみのにおいなのだ。

また鼻をひくつかせると、顔に引きつれるようなみょうな感覚があった。指先をほおに当ててみた。みぞができている。皮膚にごわごわした線が……それを上にたどってひたいへ、そこから下へ唇までたどった。それで思い出した。短剣が顔に迫ってきたのを。切られて悲鳴をあげたのを。

奴隷はがたがた震えだし、両腕を自分の身体に巻きつけた。

「お互いの体温で温めあったほうがいい」戦士が言った。「じつを言えば、さっきまではそれをやってたんだ。おれは……おまえをどうこうするつもりはない。できるものなら楽にしてやりたい、ただそれだけだ」

だが、女主人に連れられてくる男は、みな奴隷を抱きたがるのだ。女主人がかれらを連れてくるのはそのためだった。それを見物するのも好きだから……

そのとき、ふと思い出したことがあった。そういえばあのとき、この戦士は短剣をかまえていた。女主人の腹を豚のように裂いてやりたいという顔をして。

奴隷は口を開き、しゃがれ声で尋ねた。「殿さま、殿さまはどういうおかたですか」口が前のようには動かず、言葉が濁っていた。言いなおそうとしたが、戦士がそれを制して言った。

「質問はちゃんと聞こえた」金属的な悲しみのにおいがさらに強まり、魚の腐臭すらおおい隠すほどだった。「おれはフュアリーといって……おまえの兄弟だよ」

「まさか」奴隷は首をふった。「殿さま、おれに家族はねえです」

「よせ、おれを……」戦士は咳払いをした。「おれを殿さまと呼ぶんじゃない。それに、家族はいたんだ。おまえは家族のもとからさらわれていったんだよ。おれは百年も前から、ずっとおまえを捜してたんだ」

「なんかのまちがいです」

立ちあがろうとするかのように、戦士が身じろぎをした。奴隷はびくっとして身を引き、目線を下げて頭を両手でかばった。いまは殴られたくない。生意気なことを言ったのだから、殴られて当然だとは言っても。

あわてて、先ほどと同じ濁った声で言いわけをした。「殿さま、気を悪くなさらねえでください。おれはただ、もったいねえって言いたかっただけで。殿さまは身分の高いかただから」

「もう言うな」洞窟の向こうから、のどを締めつけられたような声がした。「おれは殴ったりしない。もう大丈夫だ……おれといれば、もう大丈夫だよ。兄弟、おれはおまえを助けに来たんだ」

奴隷はまた首をふったが、もう戦士の言葉はひとことも耳に入っていなかった。はたと気づいてしまったのだ、夜が来たらなにが起きるか。まちがいなくなにが起きることになっているか。彼は女主人の所有物なのだから、またあそこに帰されることになるのだ。

「お願いです」うめくように言った。「お城に帰らせないでください。いますぐ殺してください……奥方さまんとこにはもう戻りたくねえ」

「おまえを殺しておれも死ぬ。あんなところに戻らせるぐらいなら」

奴隷は顔をあげた。戦士の黄色い目が、闇を貫いて燃えていた。

しばしその光に見入るうちに、思い出したことがあった。ずっと昔、遷移を終えて檻《おり》のな

ている。奪い取られたものへの怒り、受けた仕打ちへの怒りに引きずられて生き取り憑かれているだけだ。

愛しているというベラの声が耳によみがえる。なにかを怒鳴りつけてやりたい。だがそうはせず、〈穴ぐら《ピット》〉に向かって歩きだした。彼女にふさわしいものなどなにも持っていないが、復讐を果たすことだけはできる。そうと決まれば、さっさと仕事にかかるのがいい。〝レッサー〟は見つけしだい一匹残らず叩きつぶし、薪《たきぎ》のように雪のうえに積みあげてやる。唯一彼にできることのあかしとして。

彼女をさらったやつ、彼女を苦しめた張本人には、特別な死を用意してやる。Zにはだれかを愛することはできない。だがベラへの贈り物として、この憎悪をぶつけてやる。最期《さいご》の息を吐き出すそのときまで。

29

フュアリーはレッドスモークに火をつけた。コーヒーテーブルに並ぶ十六個の〈アクアネット〉の缶を眺めながら、「このヘアスプレーでなにをしようっていうんだ。女装でもするのか」

ブッチは塩ビのパイプに穴をあけていたが、そのパイプを持ちあげてみせた。「じゃがい《ポテト・》も発射器《ランチャー》だよ。おもしれえんだぞ」

「なんだって？」

「サマーキャンプに行ったことないのか」

「かご編みや木彫りは人間のやることだ。気を悪くすんなよ、けどこっちじゃ子供にはもっとましなことを教えるんだよ」

「けっ！　真夜中のパンティ狩り（男子寮生が女子寮に襲撃をかけて、下着を「戦利品」と称して奪ってくる遊び）も知らないで、いっぱしの口きいてんじゃねえよ。まあともかくだな、こっちの端にじゃがいもを押し込んどいて、下からスプレーをいっぱいに吹き込んで――」

「それで火をつける」Ｖが寝室から出てきて口をはさんだ。ローブ姿で、濡れた髪をタオルでごしごしやっている。「すげえでっかい音がするんだ」

「すげえんだぞ」ブッチも口をそろえた。

フュアリーはヴィシャスに目をやって、「V、おまえもやったことあるのか」

「ああ、昨夜《ゆうべ》な。だけどランチャーが詰まっちまって」

ブッチが舌打ちをして、「じゃがいもがでかすぎたんだよ。まったくアイダホベイカー（じゃがいもの品種）なんかろくなもんじゃねえ。今夜はレッドスキン（同じくじゃがいもの品種）で試してみるんだ。大した威力なんだぜ。そりゃまあ、弾道はなかなか読みにくいけど——」

「でも、まあゴルフと似たようなもんだ」言いながら、Vはタオルを椅子に引っかけ、右手——手のひらから指先まで、さらに手の甲までびっしり聖なる刺青《いれずみ》におおわれている——に手袋をはめた。「つまり、どういう弧を描いて飛んでいくか考えて——」

ブッチが勢い込んでうなずき、「そうそう、ゴルフそっくりだ。風にかなり左右されるし——」

「かなりどころじゃないぞ」

フュアリーは煙を吐きながら、ふたりが交互に話をしめくくりあうのを聞いていた。二、三分も聞いていたら黙っていられなくなって、「なあおまえら、あんまりふたりでいっしょにいすぎなんじゃないのか」

Vは刑事《デカ》に向かって首をふってみせた。「こいつは、この手の面白さがわからねえんだ。昔からそういうやつなんだ」

「それじゃ、フュアリーの部屋を狙おうぜ」

「そいつはいい。裏庭に面してるし——」

「てことは、中庭の車をよける必要がないわけだ。ばっちりじゃないか」

地下トンネルに続くドアがだしぬけに開き、三人はそろってふり向いた。

ザディストが戸口に立って……ベラのにおいをぷんぷんさせていた。悩ましいセックスの香りが混じっている。ごくわずかだが、きずなを結んだにおいもする。

フュアリーは顔をこわばらせ、煙を深く吸い込んだ。ああ、くそ……ベラと寝たのだ。

ちくしょう、いますぐ館に駆け込んで、ベラが息をしているかどうか確かめたい。意識して抑えていないと、足が勝手に動きだしそうだ。それに手のほうも、気をつけていないと胸をさすりそうになる――そこにぽっかりあいた穴をふさぎたくて。

のどから手が出るほど欲しいものを、彼の双児が手に入れたのだ。

「例のSUVは動いたか」Zがヴィシャスに尋ねた。

Vはコンピュータの前に向かい、キーをいくつか打ち込んだ。「いや」

「どれ」

ザディストが近づいていって身をかがめると、Vは画面を指さした。「ほら、ここだ。走りだしたらすぐに追跡できる」

「〈エクスプローラ〉にもぐり込めるか。警報装置を鳴らさずに」

「なに言ってんだ、ただの乗用車だろ。夜になってもこいつがまだここにあったら、あっというまになかに入らせてやるよ」

Zは身を起こした。「携帯の新しいのがいる」

ヴィシャスはデスクの引出しをあけ、携帯電話を一台取り出し、念のために点検した。

「すぐに使えるぞ。新しい番号は、全員にテキストメッセージで送っとく」

「車が動いたら電話してくれ」

ザディストがこちらに背を向けたとき、フュアリーはまた深く煙を吸い、ぐっと息を止めた。トンネルに続くドアがぴたりと閉じた。

自分でも気づかないうちに、フュアリーは手巻きのレッドスモークをもみ消し、双児のあとを追っていた。

トンネルのなかで、Zは立ち止まった。足音に気づいたのだろう、こちらをくるりとふり向いた。頭上の照明を浴びて、こけたほおがことさら目立つ。ごついあごの線も、顔に走る傷痕も。

「なんだ」と尋ねる低い声が、トンネルの壁に反響した。そこで顔をしかめて、「いや、言わなくてもいい。ベラのことだろ」

フュアリーは立ち止まった。「まあな」

「なにがまあなだ」Zはすっとうつむき、そのままトンネルの床をにらんでいる。「おれにベラのにおいがついてんのがわかったんだろ」

沈黙が落ちた。それが長引くにつれて、フュアリーは無性にレッドスモークが欲しくなった。いまあれを口にくわえていられれば。

「おれが訊きたいのはただ、その……ベラが大丈夫かどうか……つまり、おまえ、彼女と寝たんだろ」

Zは胸の前で腕組みをした。「ああ。それと心配すんな、ベラは二度とおれとしたいとは思わねえよ」

そんな、まさか。「なぜだ」

「おれがその……」Zは歪んだ唇をぎゅっと結んだ。「なんでもねえ」

「なんだ。なにをしたんだ」

「したってよりさせたんだ。おれを痛めつけさせた」フュアリーがたじろぐのを見て、Zは笑った。低く痛ましい笑い声。「ああ、だからそうやきもきするこたねえんだよ。ベラはもう、おれのそばには寄りつかねえさ」

「どうして……なにがあったんだ」

「ああ、うん。理由をあげりゃきりがないが、その話はやめといたほうがいいと思うぜ」

だしぬけに、なんの前触れもなく、Zはフュアリーの顔にひたと目を向けてきた。そのまなざしの強さにぎくりとする。相手がだれであれ、目を合わせることなどめったにない男だから。「ぶっちゃけて言うがな、兄弟、おまえの気持ちはわかってる。ベラとおれが、こんなことになって……ともかく、このごたごたが少し落ち着いたら、たぶんそのときは……その、おまえとベラはうまくいくと思うぜ」

正気の沙汰《さた》じゃない、とフュアリーは思った。まさか、とうとう狂ってしまったのか。

「Z、本気で言ってるんじゃないだろうな。きずなを結んでるくせに」

ザディストは、刈り込んだ頭をこすった。「結んでやしねえよ」

「嘘をつけ」

「嘘だったらなんだってんだ、そうだろ。もうすぐベラは正気に戻る。いまは外傷性ストレスなんとかにやられてるだけだ。正気に戻ったら、まともな相手とくっつきたくなるさ」

フュアリーは首をふった。きずなを結んだ男のことはよく知っている。相手の女への想いを断ち切るのは死ぬときだ。

「Z、おまえ気は確かか。よくもそんなことが言えるな、おれとベラがうまくいくと思うなんて。そうなったら死ぬ思いをするんだぞ」

ザディストの表情が変わり、フュアリーはぎょっとしてたじろいだ。なんという悲しみ。なんと途方もなく深い悲しみ。

Zが近づいてくる。フュアリーははっと身構えた……が、なにに対して身構えているのか、自分でもまるでわからなかった。

Zは片手をあげたが、そのしぐさには怒りも、荒っぽさもなかった。手が軽く顔に置かれるのを感じて、フュアリーはいぶかしんだ。Zがこれほどやさしく触れてきたことがあっただろうか。というより、ただの一度でも、自分から触れてきたことがあったろうか。

「おれも、おまえみたいだったかもしれないんだな。おまえみたいになれたかもしれないのに、なれなかった。だれからも一目置かれて、強くて、やさしい男だ。ベラに必要なものをみんな持ってる。おまえならベラを守ってやれる。守ってやってくれ」ザディストは手をおろした。「りっぱな連れあいだ。おまえが〝ヘルレン〟なら、大いばりでどこへでも顔を出せる。おまえと並んで立ってりゃ、だれに見られたって鼻高々だ。だれに後ろ指をさされることもない。〝グライメラ〟だってなにも言えやしねえ」

フュアリーの身内にもやもやしたものが生まれ、それが渦を巻いて凝縮していき、はっきりした衝動に変わっていく。だが、Zのことはどうする？

「ばか言うなよ……Z、おれが彼女とつきあうなんて、考えるのも我慢できないはずだぞ」

とたんに固いぎらぎらしたものが戻ってきた。「おまえでもだれでも、苦しいのはおんなじさ。それに、おれが苦しいのをいやがるとでも思ってんのか」Zの唇がめくれて、にっと薄く笑った。「苦しいのは、おれにとっちゃ懐かしのわが家なんだぞ、兄弟」

フュアリーはベラのことを思った。血を差し出そうとして拒絶されたことを。「でも、ベラの意見を聞こうとは思わないのか」

「ベラだって納得するさ、ばかじゃねえんだから。ばかどころか」Zはまわれ右をして歩きだした。が、いくらも行かないうちに足を止めた。ふり向こうともせずに、「おまえにベラとうまくやってほしいってのには、もうひとつ理由があるんだ」

「それは、筋の通った理由なのか」

「おまえに幸せになってほしいからだ」フュアリーは息が詰まった。ザディストはつぶやくように続ける。「おまえは自分のことをほったらかしにしてる。昔からずっとそうだ。ベラがおまえを好きになったら、そしたら……そしたらうれしいだろ。おれもうれしい」

フュアリーがなにも言えずにいるうちに、Zがさえぎるようにまた口を開いた。「憶えてるか、あの洞穴……おれを逃がしたあとで隠れてたろ。あの日はふたりでずっとあそこにすわって、陽が沈むのを待ってたよな」

「そうだったな」フュアリーは、双児の背中を見つめて言った。

「ひでえにおいだったよな。憶えてるか、あの魚のにおい」

「忘れるもんか」

「いまでも、洞穴の壁におまえが寄りかかってんのが見えるようだぜ。頭の毛はくしゃくしゃで、着てるもんは濡れて血まみれで、見られたもんじゃなかった」Zは短く吼えるように笑った。「おれはもっとひどかったろうけどな。まあともかく……おまえあんときおれに、できるもんなら楽にしてやりたいって言ったよな」

「ああ、言った」

長い間《ま》があった。ふと、冷たい風がZの身体から噴き出してきた。肩ごしにふり向いた黒い目は氷河のように凍りつき、その顔は地獄の底なしの闇のように暗かった。

「おれはもう楽になんかなれっこない。死ぬまでな。けど、おまえにはまだ見込みがある。だから連れにいってこいよ、欲しくてたまんねえ女をさ。連れにいって、よく話して分別をつけさしてやれ。できるもんなら部屋から放り出したいんだが、どうしても出てくって言わねえから」

Zは遠ざかっていった。ごついブーツを床にめり込ませんばかりの足どりで。

それから何時間も経つころ、ベラは館のなかを歩きまわっていた。夜のうちはしばらくベスとメアリと三人で過ごして、友だちふたりの思いやりがありがたかった。だが、いまはどこも静まりかえっている。〈兄弟〉たちもほかのみんなも、もうベッドに入ってしまった。日中のこの時間、廊下をうろついているのは彼女と猫のブーだけだ。ひとりでいたくないのがわかるかのように、ブーはそばを離れなかった。

それにしても、ひどく疲れていた。疲れのあまり立ちあがるのもやっとだったし、おまけに身体がうずく。それなのに落ち着かなくて、どうしてもじっとしていられない。体内のエンジンがアイドリングをいやがっているかのようだ。

身体をかっと熱いものが走り、まるで全身くまなくドライヤーを当てられているようだった。風邪でも引いたにちがいないと思ったが、どこで感染《うつ》されたのだろう。六週間〝レッサー〟とともに過ごしたときに、あそこでウイルスを感染されたとはちょっと思えない。それに、〈兄弟〉たちもその〝シェラン〟ふたりも、具合が悪そうには見えなかった。きっと精神的なものだろう。

ええ、そうでしょうとも。

かどを曲がったところでふと足を止めた。いつのまにか彫像の廊下に戻ってきていた。ザディストは部屋にいるだろうか。

がっかり。ドアをあけてみたが、彼の姿はなかった。

彼はまるで麻薬のような男だ。ためにならないとわかっているのに、どうしても手放すことができない。

「ブー、もうお休みの時間ね」

猫は彼女を見あげてひと声鳴いた。護衛の任務はこれでおしまいとでもいうように、小走りに廊下を去っていく。降る雪のように音も立てず、軽やかな身のこなしで。

ドアを閉じると、また全身がかっとほてった。フリースをむしりとり、部屋を歩いていって窓をあけたが、もちろんシャッターがおりている。いまは昼の二時なのだ。身体を冷やし

「けどな、〝フォアレッサー〟に就任したときは、全員の前であいさつすることになってるんだぞ」

くそったれめ。Uの声が本格的に神経に障《さわ》りはじめた。こいつの杓子定規《しゃくしじょうぎ》なものの考えかたにもいらいらする。

「O、だから——」

「うるせえ、黙れ。集会なんかどうでもいいんだ」

「わかったよ」Uはいかにも不承不承に語尾を引き伸ばした。「それで、部隊をどこへ遣《や》ったらいい？」

「どこってどういうことだ。ダウンタウンに決まってんだろ」

「〈兄弟団〉とやらかすあいまに、ふつうのヴァンパイアを見つけたらどうするんだ。つかまえてくるのか、それともその場でぶっ殺していいのか。それから情報収集センターだがな、また新しいの建てるか？」

「どうでもいい」

「しかしな、あれがないと……」Uはいつまでもしゃべっている。

どうやって女を見つけたらいい？　いったいどこに——

「O、聞いてんのか」

Oはとなりの席のほうをにらみつけた。爆発しそうな声で、「な、なんだ」

Uはしばらく、魚のように口をぱくぱくさせていた。開いては閉じる。「なんでもない」

「それでいい。もうおまえのたわごとはたくさんだ。さっさとトラックをおりて仕事にかかれ。いつまでもしゃべくってんじゃねえ」

Uのブーツが砂利を踏むが早いか、Oはアクセルを踏んだ。しかし遠くへは行かなかった。あの農家の車寄せにトラックを入れて、女の家を偵察した。

新雪にタイヤのあとはない。明かりもついていない。なんの気配もしない。

ちくしょう、あのベータの阿呆《あほ》どもが。

Oはトラックを U ターンさせ、ダウンタウンに向かった。睡眠不足で目がごろごろするが、充電のために夜の時間をふいにするつもりはない。くそでもくらえ。

ちくしょう……今夜は血を見ずにすますものか。このままでは頭がおかしくなりそうだ。

30

ザディストは日中を訓練センターで過ごした。素手でサンドバッグを叩きのめし、ウェイトリフティングをし、ランニングをした。またリフティングを少しして、次は短剣の戦闘訓練をした。本館に戻ったときはもう四時近くで、早くハンティングに出かけたくてうずうずしていた。

玄関広間に出たとたん、ふと足が止まった。なにかおかしい。

広間を見まわした。二階を見あげた。不審な物音でもするかと耳を澄《す》ました。鼻をひくつかせてみたが、あたりに漂うのは料理のにおいだけだ。ダイニングルームで朝食が始まっているのだ。なにかあったにちがいないと行ってみたが、やはりぴんと来ない。〈兄弟〉たちは席についているが、みょうに口数が少ない。ただメアリとベスは、ふだんどおりに食べたりしゃべったりしている。ベラの姿はない。

たいして食欲もなかったが、それでもヴィシャスのとなりの空席に向かった。腰をおろすとき身体がぎくしゃくしたが、日中ずっと激しい運動をしていたのだから当然だと思った。

「〈エクスプローラ〉は動いたか」彼は尋ねた。

「いや、食事に来る前に見たが、まだ動いてなかった。戻ったらすぐにまたチェックするよ。

だが心配すんな、おれがついてなくても、どんなルートをたどったかコンピュータがちゃんと記録してるんだ。あとでも経路はわかる」

「たしかだろうな」

ヴィシャスはそっけない目つきで、「ああ、たしかだ。おれが自分でプログラムを設計したんだからな」

Zはうなずき、片手をあごの下にあてがって首を鳴らした。まったく、がちがちに凝《こ》ってやがる。

たちどころに執事のフリッツが現われて、ぴかぴかのりんごとナイフを運んできた。Zは礼を言い、〈グラニースミス〉種のりんごをむきにかかった。皮をむきながら、椅子のうえで体勢を変えようとした。おや……脚がなにかおかしい。腰も変だ。ちょっと運動しすぎたか？　また座りなおして、りんごに目を戻し、ナイフを白い果肉に当てながら手のなかでまわしていった。ほとんどむき終えたところで、自分がテーブルの下で脚を何度も組み替えていたのに気づいた。へたくそなラインダンサーみたいだ。

ほかの男たちに目をやった。Vはライターのふたをあけたり閉めたりしながら、足で床を踏み鳴らしている。レイジは肩をこすり、次は上腕をこすり、次は右胸をこすりだした。フュアリーはコーヒーカップをまわし、下唇を噛み、指でテーブルをこつこつやっていた。ラスは首をまわしている。左、右、後ろ、前、高圧線のようにぴりぴり張りつめている。ブッチもそわそわしているようだ。

だれも――レイジすら――料理に手をつけていない。

しかし、メアリとベスはまったくふだんどおりで、立ちあがって食器を片づけはじめた。笑いながらフリッツと言いあいをして、コーヒーと果物を運ぶのを自分たちも手伝うと言いはっている。

女たちが部屋を出ていったとき、最初のエネルギー波が館じゅうを襲った。見えない波がまっすぐ押し寄せてきて、ザディストの股間のものがたちまち固くなった。はっと身体をこわばらせたが、見れば〈兄弟〉たちもブッチも凍りついていた。自分がおかしいのかと全員が疑っているようだった。

それもつかのま、第二波が押し寄せてきた。口から悪態が漏れるより早く、ズボンのなかのあれがますます大きくなる。

「ったく、やべえ」うめき混じりにだれかが毒づいた。

「なんでこんなことになるんだ」べつのだれかが唸る。

厨房《ちゅうぼう》に続くスイングドアが開いて、切り分けた果物のトレイを持ってベスが入ってきた。

「コーヒーのお代わりは、メアリが――」

ラスがはじかれたように立ちあがった。その勢いで椅子が倒れて床に引っくり返る。大股にベスに近づくと、その手からトレイを引ったくり、無造作にテーブルに放り出した。切ったイチゴとメロンの切片が跳ねあがって、マホガニーのテーブルに落ちた。ベスがきっとにらんだ。

「ラスったら、どういう――」

最後まで言わせずにひしと抱き寄せ、彼女がのけぞるほどの勢いでディープキスを始めた。

〈兄弟団〉の目の前で、彼女のなかにもぐり込まんばかりだ。唇を合わせたまま、ラスは彼女の腰をつかんで抱えあげ、尻を支えた。ベスが低く笑って、両脚をラスの腰に巻きつける。王は顔を〝リーラン〟の髪にうずめたまま、あたふたと部屋を出ていった。

次の波が空気を震わせて館を走り抜け、残った男たちはぐらりと身体を揺らした。テーブルのふちをつかんでいるのはザディストだけではなかった。ヴィシャスは力いっぱいつかむあまり、手の関節が白くなっている。

ベラだ……ベラにちがいない。まちがいない。ベラが欲求期に入ったのだ。

そう言えば、ハヴァーズが注意していったのだった、とZは思った。内診したあとで、受胎可能な時期が近づいているようだと言っていた。

まずい。女が欲求期に入ってしまった。男が六人もいる館で。

性衝動のせいで、〈兄弟〉たちがケダモノに変わるのはたんに時間の問題だ。そうなればだれも無事ではすまない。

メアリがスイングドアから入ってくると、レイジは戦車のように襲いかかり、その手からコーヒーポットをむしりとって、サイドボードに放り出した。ポットがすべって中身がこぼれる。レイジは彼女を壁に押しつけ、全身でおおいかぶさった。頭を下げると、悩ましくのどを鳴らす音が高く響いて、シャンデリアのクリスタルがチリチリと鳴った。メアリはびっくりして息を呑んだが、やがてなまめかしい吐息が聞こえてきた。

レイジは彼女を両腕に抱え、閃光《せんこう》のように部屋を飛び出していった。

ブッチは自分のひざに目をやり、その目をあげて、残った面々の顔を見まわした。「あのさ、品のないことを言う気はないんだが、おまえたちもみんな……えーと……」

「答えはイエスだ」Vがぎゅっと結んだ唇のあいだから答える。

「教えてくれよ、いったいなにが起きてるんだ」

「ベラが欲求期に入ったんだ」Vは言って、ナプキンを放り投げた。「くそったれ。陽が落ちるまであとどれぐらいある？」

フュアリーが腕時計に目をやった。「二時間近く」

「そのころには、おれたちゃえらいことになってるぞ。おい、レッドスモークがもうないなんて言うなよな」

「どっさり買ってある」

「ブッチ、悪いこた言わんから、いますぐ敷地の外に出ろ。〈ピット〉でもまだ近すぎる。人間には影響はないと思ってたが、おまえは反応してるんだから、呑み込まれる前に逃げたほうがいい」

また次の波が襲ってきて、Zは椅子の背もたれにぐったり身体を預けた。腰がひとりでに前後に動く。ほかの男たちがうめいている。どうやらみんな、のっぴきならない破目に陥っているようだ。どれほど洗練された文明人を気どっていても、男はみな欲求期の女には反応せずにいられない。女の欲求期が進むにつれ、そしてその欲求が強くなるにつれて、男の性衝動はいよいよ激しくなるのだ。

これが昼間でなかったら、外へ逃げれば正気を保てる。しかし、いまはこの敷地から身動きがとれないし、外へ出られるほど暗くなるころにはもう手遅れかもしれない。欲求にさらされる時間が長くなると、男は女のそばを離れることに本能的に抵抗するようになる。理性がなんと言おうと、肉体は頑《がん》として女のそばにしがみつこうとするし、むりやり引き離されれば、強烈な離脱反応で苦しむことになる。その苦しみは、いまの性衝動の苦しみの比ではない。ラスとレイジには反応のはけ口があるが、ほかの〈兄弟〉たちは進退きわまっている。唯一の逃げ道は、薬で頭を麻痺《まひ》させることだけだ。

だがベラは……**ああ、なんてことだ**……男たちをすべて合わせたよりも、彼女はさらに大きな苦しみをなめるのだ。

Vはテーブルから立ちあがり、椅子の背もたれをつかんで身体を支えた。「来いよ、フュアリー。いますぐレッドスモークがいる。ぐずぐずすんな。Z、おまえはベラのとこへ行け、いいな」

ザディストは目をつぶった。

「Z、聞いてんのか。いいか、ベラに尽くしてやれ。わかったな」

ジョンはキッチンのテーブルから顔をあげた。電話が鳴っている。この家の〝ドゲン〟のサルとレジーヌは食料品の買い出しに出かけている。電話をとった。

「ジョンか?」トールだった。階下の内線からかけてきたのだ。

ジョンは口笛を吹き、ライスのしょうがソースかけをまたひと口ほおばった。

「あのな、今日の講義は休みになったから。これからほかの生徒の家にも電話で連絡するところなんだ」

ジョンはフォークをおろし、しりあがりのトーンで口笛を吹いた。

「ちょっと、その……館でごたごたがあってな。でも、明日か明後日の夜には再開できるはずだ。ようすを見ないとまだわからないが。それでな、ハヴァーズの病院の予約をくりあげてもらうことにした。もうすぐブッチが迎えに来るから」

ジョンは、口笛を二度吹いた。ピッピッと短く。

「そうか、よかった……ブッチは人間だが、いいやつだぞ。信用できる」玄関のチャイムが鳴った。「どうやら来たみたいだな——ああ、やっぱりブッチだ。ビデオモニターに映ってる。今日行ってみていやだったら、次はもうやめにしてもいいからな、わかってるな。だれにも無理じいはさせないから」

ジョンは送話口に向かってため息をつきながら、心のなかで礼を言っていた。

トールが低く笑った。「ああ、ああいう精神分析のなんじゃらかんじゃらは、おれもあんまり——いてっ！　ウェルシー、なんだよいったい」

〈古語〉の早口でひとしきり言いあいがあった。

「まあその」トールがまた電話に向かって、「終わったら、テキストメッセージを送ってこいよ、いいな」

ジョンは二度口笛を吹いて電話を切り、深皿とフォークを流しに持っていった。

セラピスト……訓練……どっちも楽しみとは言えないが、ほかの条件がみんな同じなら、どんな精神科医だろうと、ラッシュに会うのにくらべたらいつでも大歓迎だ。なにしろ、セラピストと会って話すのはせいぜい一時間かそこらだ。これがラッシュだと、何時間も我慢しなくてはならない。

出ていく途中でジャケットとノートを手にとった。玄関のドアをあけると、ポーチに大きな人間が立っていた。笑顔でこちらを見おろしている。

「やあ、J。おれはブッチだ。ブッチ・オニール、きみのタクシーだよ」

うひゃあ。このブッチ・オニールってひとは……なんと言うか、まずは男性ファッション雑誌のモデルみたいなかっこうをしてる。黒いカシミヤのコート、その下のピンストライプのスーツは高級品だし、真っ白いシャツに赤いネクタイも決まってる。ダークヘアを無造作にひたいからかきあげて、そのさりげないのがすごくイケてる。それに靴は……すごい。グッチだ、本物のグッチだ……黒い革、赤と緑の帯、ぴかぴかの金の金具。

不思議だが、美男子というわけではない。少なくとも、いわゆるミスター・パーフェクトというタイプの美男子ではない。鼻はどう見ても二度か三度はつぶされたことがありそうだし、薄茶色《ヘーゼル》の目は鋭く光っているうえにひどく醒めていて、人好きがするとは言いにくい。まるで撃鉄を起こした銃のようだった。鋼鉄の知性と危険な野性を感じさせるところがあり、見る者にこれは侮《あなど》れないと思わせる。なにしろそのふたつを併せ持っていれば、女殺しどころか、文字どおり平然と人を殺すことができるから。

「ジョン、どうかしたか？」

ジョンは口笛を吹いて、握手のために手を差し出した。その手をにぎって、ブッチはまた笑顔になった。

「それじゃ、出かけようか」さっきより少しやさしい声音で尋ねてきた。ジョンがハヴァーズの病院に「話を聞いてもらいに」行く、というのを聞かされているらしい。かんべんしてよ……ひょっとして、みんなに知られてしまうのだろうか。

玄関のドアを閉じながら、訓練クラスの仲間に知られることを想像したら、胸がむかむかしてきた。

ブッチとふたりで黒の〈エスカレード〉に歩いていった。窓は暗い色で、ホイールはごついクローム製。乗り込むとなかは暖かかった。レザーのにおい、それにブッチのつけている、いかすアフターシェーヴのにおいがする。

車を出しながら、ブッチはステレオのスイッチを入れた。車内に〈ミスティカル〉が鳴り響く。ジョンは窓の外を眺めた。雪が舞い散り、空からは黄味を帯びたピンクの光がこぼれてくる。どこかほかの場所へ行くのだったらいいのにと心底思った。ただし学校以外の場所で。

「なあ、ジョン」ブッチが口を開いた。「おれは付き添わないからな。きみがなにしに病院へ行くのかは聞いてる。それで言っときたいんだが、おれもセラピー受けたことがあるんだ」

ジョンが驚いて目を向けると、ブッチはうなずいた。「嘘じゃない、警察に勤めてたころの話だ。おれは十年間殺人課の刑事をしてたが、殺人課なんかにいると、ときどきかなりやばいものを見るんだ。それで、根っからしゃれの通じない、古くさい眼鏡をかけてノートをかまえたやつがさ、話せ話せってやいやい言うわけだ。まったくへどが出そうだったぜ」

ジョンは深呼吸をした。このひともやっぱりいやだったんだと思ったら、不思議と気持ちが楽になった。

「だけどな、みょうな話なんだが……」ブッチは一時停止標識の前でウィンカーを出したが、すぐに車の流れに乗った。「みょうな話なんだが……いまじゃ、受けといてよかったと思ってる。あんときはそうは思わなかったけどな、まじめを絵に描いた医者に、気持ちを話せば楽になるとか救世主《スーパーヒーロー》みたいなこと言われてるときはな。正直な話、早く逃げ出したくてじりじりしてたぐらいだ。身体じゅうぞわぞわしてさ。ただ……あとになってからだな、そんとき話したことをよく思い出したよ。医者はな、やっぱりいいとこ突いてくんだよな。おかげで気が鎮まったっていうか。医者なんか必要ないって思ってたわりにさ。まあだから、そう悪くなかったってわけだ」

ジョンは首をかしげた。

「なにを見たかって？」ブッチはぼそりと言ったが、それきり黙ってしまった。また別のたいそうな高級住宅街に車が入ったとき、ようやくぽつりと答えた。「大したもんじゃない。とくにな」

ブッチは車寄せに車を入れ、門の前で停めて窓をおろした。インターホンのボタンを押して名前を言うと、門が開いて通された。

〈エスカレード〉が駐まったのは、ハイスクールほども大きさのあるスタッコ塗りの屋敷の裏庭だった。ジョンはドアをあけ、ＳＵＶの向こう側にまわってブッチと合流した。見ればブッチは拳銃を抜いている。手のなかに隠して太腿のわきにおろしていたから、よく見なければ見落としそうだった。

切れ切れにうめくのを聞きながら、Zはよろよろとドアに引き返した。だが肉体のほうは、行くなとわめき立てている。

自分で自分を廊下に押し出すのは、マスチフ犬（番犬に使われる大型犬。かつては闘犬としても使われた）を獲物《ターゲット》から引き離すぐらい骨が折れた。ドアを閉じるなり、フュアリーの部屋に向かって一目散に走りだした。

彫像の廊下のはるか端のほうから、彼の双児とVの吸っているレッドスモークのにおいが漂ってくる。飛び込んだときには、室内にはすでに煙がもうもうと立ち込めて、まるで濃霧のようだった。

ヴィシャスとフュアリーはベッドに腰をおろし、太いレッドスモーク煙草を指にはさみ、口をぎゅっと結んで、全身を緊張させていた。

「なにしに来た」Vがなじるように尋ねた。

「おれにもくれ」と、ふたりのあいだにあるマホガニーの箱にあごをしゃくった。

「どうして彼女を放ってきたんだ」Vが深々と吸うと、手巻き煙草のオレンジ色の先端が明るく光った。「まだ終わってないだろ」

「おれがいるとひどくなるって言うから」Zは双児のほうに身をかがめて、レッドスモークを一本取った。手がひどく震えていて、火がなかなかつけられない。

「そんなことがあるのか」

「知るか、おれがそんなに経験豊富に見えるかよ」

「だがな、男がついてりゃ楽になるはずなんだ」Vは顔をこすっていたが、やがてまさかという顔をZに向けた。「ちょっと待て——おまえ、やることをやらなかったな。Z……おい、このやろう、返事しろ」

「ああ、やらなかったよ」嚙みつくように答えた。ふと気づくと、フュアリーはずっと黙りこくっている。

「女が苦しんでるのに、尽くしもしないでほったらかしにしてきたのか」

「本人が大丈夫だって言うから」

「そりゃ、まだ始まったばっかりだからだ。すぐに大丈夫じゃなくなるんだぞ。楽にするには、男がなかで果ててやるしかねえんだよ、わかってんのか。ほっぽらかしにしてくるやつがあるか、この外道《げどう》」

Zは窓のほうへ歩いていったが、まだシャッターがおりていた。太陽め、あのばかでかくてまぶしい牢番め。ちくしょう、館の外へ出られれば。まわりで罠《わな》の口が締まっていくようだ。逃げ出したいという衝動は強烈で、手足の自由を奪う情欲にも劣らないほどだった。

フュアリーのことを思った。さっきからうつむいたまま、ひとことも口をきこうとしない。いまだ。いまこそ、あいつを廊下の向こうに行かせるチャンスだ。ベラのとこへ行かせて、彼女の欲しがってるものをあいつから与えさせればいいんだ。

ぐずぐずすんな、早く言うんだ。ここを出ておれの部屋に行け、服を脱いで、その身体でベラにおおいかぶされって言ってやるんだ。

くそ……ちくしょう……

自分で自分をむち打っているところへ、ヴィシャスの声が割って入ってきた。耳障りなほど分別くさい声。「ザディスト、ばかなまねはよせ。自分でわかってるだろ。おまえがやらなきゃ、ベラは――」

「うるせえな、ほっといてくれ」

短い間があった。「そうか、じゃあおれが面倒見るまでだ」

Zがぱっとふり向くと、ヴィシャスは手巻き煙草をもみ消して立ちあがろうとしていた。レザーパンツを引っぱりあげるのを見れば、明らかに勃起している。

ザディストは部屋を突っ切っていた。あまりの速さに、足が床を蹴る感覚すらなかった。ヴィシャスに飛びかかって押し倒し、太いのどくびを両手で絞めあげる。上の歯茎から牙がナイフのように飛び出し、それを剝き出して猫のようにうなった。

「てめえ、ベラに指一本触れてみろ、ぶっ殺してやる」

背後であわてふためく気配がした。フュアリーが引き離そうとしているのはまちがいないが、Vはいっさいの手出しを許さなかった。

「フュアリー！　すっ込んでろ！」Vはやっと息を吸って、「これは、おれと……こいつの問題だ」

ヴィシャスはダイヤモンドの目を光らせてZを見あげ、息をしようと四苦八苦しながらも、いつもと変わらず力強い声で言った。

「落ち着けよ、ザディスト……このばかたれが……」深く息を吸って、「おれはどこも行きやしねえ……おまえに話を聞かせたかっただけだ。そら、手を離せって」

Zは手の力をゆるめはしたが、離そうとはしなかった。

ヴィシャスは音を立てて息を吸った。二度、三度と。「どうだZ、これでわかったか。独占欲で頭に血がのぼっただろう。おまえ、ベラときずなを結んでんだよ」

そんなことはないと言いたかったが、いまとなってはそれは無理だ。なにしろ、ラインバッカーよろしく猛然とタックルしてみせたあとだし、いまもヴィシャスののどに両手をかけたままなのだ。

Vは声を落として、ささやくように言った。「いま目の前に、地獄から脱け出す道が開けてんだよ。廊下の向こうで待ってるんだ。ちったあ賢くなって、ベラんとこへ行け。そうすりゃふたりとも楽になるんだ」

Zは片脚をあげてVのうえからどき、ごろりと床に寝ころがった。逃げ道のことも女のこともセックスのことも考えたくなくて、さっきまで吸っていた煙草はどうしたろうとぼんやり思った。見れば、窓枠のうえにきちんとのっていた。ロケットのようにヴィシャスに飛びかかる前に、自分でのせていたらしい。

おれ、意外にお行儀がいいじゃねえか。

「それでおまえも助かるんだよ」Vは言った。

「おれはべつに助かりたかねえ。それに、子供ができちまったらどうすんだよ。しっちゃかめっちゃかじゃねえか」

「ベラは欲求期は初めてか」

「知らん」

「初めてなら、その可能性はほとんどゼロだぞ」

「『ほとんど』じゃだめなんだよ。ほかに楽にしてやる手はないのか」

ベッドにすわっているフュアリーが口を開いた。「あのモルヒネ、まだ残ってるんじゃないのか。そら、ハヴァーズが置いてった注射器、おれが用意してやっただろ。あれを使えよ。連れあいのいない女はそうするって聞いたことがある」

Vは起きあがり、太い両腕をひざにのせた。髪をかきあげると、右のこめかみにのたくる刺青がちらとのぞく。「根本的な解決にはならんだろうが、たしかにないよりはましだな」

また情欲の波が空気を震わせて襲ってきた。三人はうめき、いっとき身動きもできなかった。肉体はその波にさんざんに揉《も》まれ、張りつめ、求められている場所へ行きたがっている。そこへ行って、女の苦痛をやわらげるために使われたがっている。

身体が動かせるようになると、Zはすぐに立ちあがった。彼が出ていくと、ヴィシャスはまたフュアリーのベッドに腰をおろし、煙草に火をつけた。

Zは館の反対端まで引き返し、部屋に戻る前に自分に活を入れた。ドアをあけながらも彼女のほうに目をやる勇気がなく、そのまま無理やりたんすのほうに足を運んだ。

注射器を見つけて、フュアリーが薬液を入れてくれた一本を取った。深く息を吸い、意を決してふり返る。だが、ベッドはもぬけのからだった。

「ベラ?」歩いていって、「ベラ、どこに……」

彼女はぐったり床にうずくまっていた。脚のあいだに枕をはさんで、がたがた震えている。

Zがかたわらにひざをつくと、彼女は泣きだした。「痛いの……」

「ベラ、それは……わかってる、〝ナーラ〟」彼女の目にかかる髪をかきあげながら、「いま楽にしてやるからな」

「お願い……痛くてたまらないの」寝返りを打つと、彼女の乳房は張りつめて、乳首は深紅に染まっていた。美しい。ふるいつきたいほど。「痛いの。痛くてたまらないの。ザディスト、ぜんぜん収まらないの。どんどんひどくなるの。痛くて――」

強烈な高まりに彼女は激しく身悶えし、その身体からエネルギーがどっと噴き出してくる。彼女の発するホルモンの力にZは目がくらみ、自分の肉体の獣的な反応にとらわれて、なにも感じられなかった……彼女に前腕をつかまれ、骨も砕けそうな力でにぎりしめられていたのに。

峠を越えたとき、Zは手首が折れたのではないかと思った。しかし、気になったのはその痛みではない。彼女にならなにをされてもかまわない。だが、これほど必死にしがみついてくるとすれば、いま彼女の体内でどれほどのものが荒れ狂っているのか、まるで想像もつかない。

そのとき、彼女の下唇を見てぎょっとした。嚙みしめるあまり、破れて血が出ている。親指で拭いてやったが、それをなめたくなるのが、そしてもっと欲しくなるのがこわくて、ズボンの脚で親指をぬぐった。

「〝ナーラ〟……」手に持った注射器に目をやった。

やれよ、と自分に言い聞かせる。薬を打って、痛みをとってやるんだ。

「ベラ、ひとつ訊いていいか」

「なに？」彼女はうめいた。

「初めてか」

彼女はうなずいた。

「知らなかったわ、こんなにつらいなんて――ああ、また……」

また痙攣《けいれん》が始まり、脚にはさんだ枕がつぶれる。

Zは注射器に目を戻した。ないよりまし程度ではじゅうぶんではない。しかし、彼の精を送り込むのは神聖冒瀆《ぼうとく》のような気がする。くそったれ、どっちもろくでもない選択肢だが、ふたつのうちではまだモルヒネのほうがましだろう。しかし生物学的に見れば、彼の射精のほうがベラにとってはよい方法なのだ。

Zは手を伸ばし、注射器をベッドサイドテーブルに置いた。立ちあがり、ブーツを蹴り脱ぎながらシャツを頭からむしりとった。ジッパーをおろすと、醜くうずく大きなものが飛び出してくる。レザーパンツを脱ぎ捨てた。

射精まで行くには苦痛が必要だろうが、そのことは気にしなかった。必要とあれば、自分で自分を痛めつけることぐらいできる。なんのために牙を持ってるんだ。

痛ましく身悶えしているベラを抱きあげ、ベッドに横たえた。枕に頭をのせた姿は、ほれぼれするほど美しかった。ほおは紅潮し、唇を開き、欲求期を迎えて肌が輝いている。それなのに、激しい苦痛にさいなまれているのだ。

「いま行くからな」ささやきながらベッドにあがり、さらに彼女のうえにおおいかぶさった。肌と肌が軽く触れると、彼女はうめいてまた唇を嚙みしめた。今度はZは頭を下げて、その破れた唇から鮮血をなめた。感電したように舌がびりびりし、全身に戦慄《せんりつ》が走る。恐ろしくなった。一世紀以上も、薄い血で生きてきたのを思い出す。

悪態をついて、くだらない雑念を振り払い、ベラのことだけ考えようとした。彼の下で脚をすり合わせている。それを両手で大きく開かせ、腿《もも》で押さえた。手で花芯に触れてみてぎょっとした。燃えるように熱く、ぐっしょり濡れてふくらんでいる。彼女は悲鳴のような声をあげ、その後のオルガスムスで身悶えがいくらかやわらいだ。両手両足の動きが止まり、息づかいも鎮まってくる。

これなら思っていたより楽にいくかもしれない。なかで果てなくてはいけないとヴィシャスは言ったが、それはまちがいだったのかも。もしそうなら、何度でも相手ができる。できるどころか、一日じゅうでも喜んでやる。最初に口でしたときは、とうていし足りないくらいだったのだから。

脱いだ服に目をやった。あれをまた着ておいたほうがいいかも——

そのとき、また彼女からエネルギーが噴き出してきた。その勢いはあまりに激しく、彼の身体は文字どおり真上に押し飛ばされた。見えない手で胴体にパンチをくらったように身体がわずかに浮き、ベラは痛々しい悲鳴をあげた。やがて噴出は収まり、身体がまた彼女のうえに落ちる。先ほどのオルガスムスのせいで、どう見てもいっそう状況は悪化したようだ。いま彼女は激しく嗚咽していたが、もう涙は涸《か》れはてている。彼の下で身をよじり、痙攣させながら、涙も流せずにしゃくりあげている。

「じっとしててくれ、〝ナーラ〟」半狂乱で言った。「なかに入らせてくれ」

しかし、もう彼の声は聞こえていないようだ。しかたなく力ずくで押さえつけ、いっぽうの前腕で鎖骨のあたりを押さえながら、もういっぽうの腕で片脚をあげて広げさせた。自分の腰の位置を変えて挿入できる体勢に持っていこうとしたが、どうしても適当な角度にあてがうことができない。はるかにまさる腕力と体重で押さえられているのに、ベラがあいかわらず激しくもがいているからだ。

火のように悪態を吐きながら、Zは自分の股間に手を伸ばし、それをにぎった。彼女のために使わなくてはならないのだ。いまいましい一物を手であてがうと、思いきり突いて深く結合した。ふたりは同時に声をあげた。

彼は頭をがくりと下げた。必死でこらえてはいたが、彼女のきつく締まった、なめらかな感触にわれを忘れそうだ。理性は肉体に押しのけられ、腰がピストンのように動きだし、なにかの懲罰のような激しいリズムが、睾丸《こうがん》に強烈な圧力をもたらし、下半身が燃えるように熱くなった。

ああ、ちくしょう……放出のときが近づいてくる。バスルームで、彼女ににぎらせて腰を使っていたときと同じだ。ただ、今度のほうがずっと熱く、ずっと激しい。とても抑えがきかない。

「くそ、だめだ!」彼は叫んだ。

ふたりの肉体はぶつかりあい、彼はほとんど目が見えず、彼女の全身に汗をしたたらせ、きずなのにおいが渦を巻いて鼻を襲う……とそのとき、彼女が彼の名を呼んだかと思うと、彼の下で動かなくなった。彼女の芯が痙攣して彼を締めつけ、搾《しぼ》りとろうとし——ちくしょう、だめだ、それは——

反射的に抜こうとしたが、背後からオルガスムスが突っ込んできて、背骨を一気に駆けのぼり、後頭部に突き抜けた。と同時に、彼女のなかで弾丸のような放出が起きるのがわかった。しかもいまいましいことに、それでもまだ終わらなかった。怒濤《どとう》のようなオルガスムスに、くりかえし放出が起きて、彼女のなかをいっぱいに充《み》たしていく。精をほとばしらせているのはわかっていても、その噴出を止めることはできなかった。

ようやく放出の痙攣が収まると、彼は顔をあげた。ベラは目を閉じていた。乱れていた呼吸は鎮まり、眉間の深いしわも消えている。

彼女は両手で彼のあばらをなであげ、肩にその手をおくと、顔を横に向けて彼の上腕に押し当てて吐息を漏らした。室内に、そして彼女の身体に訪れた突然の静けさに、彼はぎょっとした。そしてまた、苦痛が必要なかったことに気づいてやはりぎょっとした。ただ彼女に快感を与えられた、それだけで射精にいたったのだ。

快感だって？　いいや、そんな言葉ではとても足りない。彼女のおかげで、彼は……生き返ったのだ。目覚めたのだ。

Zは彼女の髪に触れ、そのダークカラーの波をクリーム色の枕に広げた。彼に苦痛はなかった。彼の肉体には。ただ快感だけがある。奇跡だ……

だがそのとき、肉体の接している部分が濡れているのに気がついた。

彼女のなかで自分がなにをしたか、その意味に思い当たると落ち着かなくなった。きれいにしてやらなくてはという衝動に抵抗できず、身体を抜いて、バスルームに駆け込んでタオルを引っつかんだ。しかし、ベッドに戻ってみると、彼女はまた苦しみはじめていた。欲求が高まってきている。自分の股間を見おろした。彼女の欲求に応えて、あれがふたたび固く大きくなってくる。

「ザディスト……」彼女はうめいた。「また……始まったわ」

彼はタオルを放り出し、またのしかかっていったが、なかに入る前に彼女のうつろな目を見たとたん、良心が激しく痛みだした。またやりたがるとは、おれは完全にいかれている。結果的には、それがどんなに残酷な仕打ちかわかっているというのに。なんてことだ、彼女のなかで射精におよんで、彼女の美しい部分に、腿のなめらかな肌にあれを浴びせてしまったのだ。

「薬もあるんだ」彼は言った。「薬で痛みを止めることもできる。そうすりゃ、おれをなかに入れなくてもすむ。いやな思いをせずに楽になれるんだ」

彼はベラを見おろしながら返答を待った。彼女の生理と彼自身の現実の板ばさみになって。

31

ブッチはばかみたいに緊張しきって、コートをむしりとり、待合室の椅子に腰かけた。まだ陽が落ちたばかりだから、幸いヴァンパイアの患者はまだひとりも来ていない。いまはひとりになれる時間が必要だ。少なくともなんとか気を取りなおすまで。

問題は、この感じのいい病院がハヴァーズの屋敷の地下にあるということだ。ということは、ブッチはまさにこの瞬間、ハヴァーズの姉妹と同じ建物にいるのだ。つまり……マリッサと、この世のだれより愛しい女のヴァンパイアと、いままさにひとつ屋根の下にいるということなのだ。

まったく、彼女へのこの執着は、かつて経験したことのない悪夢だった。これまで女のためにこんな変な汗をかいたことはない。とても他人に勧めたい体験とは言いがたいし、なにしろむかむかして胃は痛むし、おまけに胸まで痛い。

彼女と会うようになり、その後じかに話すらできずにふられてから、二度とつきまとうまいと固く決心した。それが今年の九月のことで、以来その決心を守ってきた――表向きは。ときどき車でそばを通ることはあるが――〈エスカレード〉がどういうわけかこっちのほうに向かってしまい、情けなくもめめしく近くを走ったりはしているが、それで迷惑というこ

彼の顔を見あげて、尋ねるまでもなく彼女はさとった。ふたりで過ごすのはこれっきりだ。目にその決意が浮かんでいた。はっきり読みとれた。

今夜かぎり。次はない。

ふいに彼は身体を起こし、ベッドサイドテーブルに手を伸ばした。途方もなく大きなものが股間にそそり立っている。注射器を持ってこちらにまた向きなおったとき、ベラはその固いものをにぎった。

彼はうめき、身体を揺らしたが、片手をマットレスに突っ張ってこらえた。

「あなたがいいわ」ささやいた。「薬はいや。あなたが欲しいの」

彼は注射器を床に放り出し、キスをしてきた。ひざを使って脚を開かされると、彼女は彼のものをなかに導き入れた。と思うまもなく一気呵成《かせい》に貫かれ、奥までいっぱいに満たされる。どっと快感の波が押し寄せたかと思えば、それがふたつの飢えに分かれていく。ひとつは彼の精、もうひとつは彼の血への飢えだった。彼の首筋の太い血管を目に留めて、牙が長く伸びてくる。

その飢えを感じたか、彼は身体をひねって、なかに入ったまま、のどくびを口もとに差し出してきた。

「飲めよ」かすれた声で言いながらも、なかで前後に動いている。「飲みたいだけ飲め」

ためらうことなく彼女は嚙みついていた。血隷の刺青に牙を突き通し、皮膚の奥深くまで貫いた。血の味が舌を襲ったとき、彼ののどから咆哮が放たれた。彼のエネルギーが、活力が、彼女の全身を洗い、充たしていく。

Oは身じろぎもせずに捕虜を見おろし、自分の耳を疑っていた。

このヴァンパイアはダウンタウンでつかまえ、キャビン裏の小屋に連れてきて、いまは展《てん》翅板《しばん》の蝶《ちょう》のように両手両足を広げて拷問台に拘束してある。欲求不満のいらいらをぶつけたくてつかまえただけだったのに、まさか役に立つ情報が聞けるとは思わなかった。

「いまなんて言った」Oは、その一般ヴァンパイアの口もとに耳を寄せた。

「名前は……ベラだ。あの……誘拐された女性……名前……ベラだ」

Oは身体を起こした。恍惚感が走って頭がくらくらした。「生きてるかどうか知ってるか」

「死んだと思ったが」男は力なく咳き込んだ。「誘拐されて長いし」

「家族はどこに住んでるんだ」すぐに答えが返ってこないと見て、Oはこの男の口を割らせる確実な手段に訴えた。悲鳴がやんでから、Oは言った。「家族はどこにいる」

「知らない。ほんとに……知らないんだ。家族のことは……知らない……ほんとに……」

無意味なたわごとだ。男はいま、尋問官の言う垂れ流しの段階に落ち込んでいる。べらべらしゃべっていても、役に立つ情報はほとんど聞きだせない。

Oは平手を食わせて黙らせた。「住所だよ。住所を言え」

返事がない。Oはまた景気づけをお見舞いした。男はこの新たな攻撃に息を呑み、やがてぽつりと漏らした。「フォアマン通り二七番」

心臓が早駆けを始めたが、Oは平静を装ってヴァンパイアにかがみ込んだ。「それじゃ、これから行ってみるとしよう。おまえの言ったとおりなら、すぐに自由にしてやる。だが、嘘だとわかってみろ。帰ったらすぐに、じわじわ時間をかけてなぶり殺しにしてやるぞ。どうだ、どこか訂正したいとこはないか」

男はさっと目をそらしたが、また視線を戻した。

「どうした」Oは言った。「聞こえなかったのか」

しびれを切らして、敏感な部分に圧力を加えてやった。男が犬のように悲鳴をあげる。

「言えよ」Oは静かに言った。「そうすりゃ許してやる。もうこんな目にはあわなくてすむんだぞ」

男の顔がくしゃくしゃになり、唇がめくれて食いしばった歯があらわになった。打ち身だらけのほおを涙がひと粒伝い落ちた。説得がわりにもう一丁痛めつけてやろうかと思わないでもなかったが、良心と自己保存本能との闘いに、ちょっかいを出すのはやめておくことにした。

「ソーンの二七番だ」

「ソーン街《アベニュー》のことだな？」

「ああ」

Oは男の涙を拭いてやった。それからのどをざっくり掻き切った。

「この大嘘つきが」こと切れるヴァンパイアにそう言い捨てた。

Oはただちに行動に移った。武器をいっぱいに仕込んだジャケットをつかむや、すぐに小屋をあとにする。もっとも、男の口にした住所を信じたわけではない。尋問はこれだから困る。拷問で引き出した情報は信用できない。

いずれにしても両方の住所を当たってはみるが、どうせ無駄足に終わるのはわかっていた。

まったく、よけいな手間かけさせやがって。

32

ブッチはマグカップをまわしながら、底に二センチほど残ったコーヒーを見て、スコッチと同じ色だと思った。その冷めた残りを飲み干す。これが高級〈ラガヴーリン〉でないのが残念だ。

腕時計を見た。七時六分前。くそ、セラピーが一時間だけで終わってくれればいいが。万事スムーズに進めば、トールとウェルシーの家へジョンを送っていっても、『CSI』が始まるころには、手もとにショットグラスを置いてソファにすわっていられるだろう。

思わず顔をしかめた。マリッサが会ってくれないのも当然だ。まったく、理想の結婚相手じゃないか。高機能アルコール依存症で、おまけによその世界に居候しているのだ。

いやっほう、いっしょに祭壇の前へ駆け込もうぜ。

帰ってくつろぐことを考えるうちに、館に近づくなというVの警告をちらと思い出した。ただ、ひとりでバーに出かけたり街をうろついたりするのは、困ったことにあまり気が進まなかった。なにしろいまの気分は、今日の天候と同じぐらい荒れ模様なのだ。

数分後、廊下の向こうから話し声が聞こえてきて、かどをまわってジョンが姿を現わした。やや年配の女性といっしょだったが、かわいそうにさんざんな目にあってきたような顔をしている。髪の毛は雑草のようにでたらめに突っ立って、どうやらさかんに掻きむしったらしい。目はずっと床をにらんでいる。防弾ベストのつもりかと思うほど、ノートを胸もとにしっかり抱えている。

「それじゃ、次回のセラピーのことはあとで決めましょうね、ジョン」女性が静かに言った。「よく考えておいてね」

ジョンは返事をしない。ブッチは、自分の泣きごとのことなどきれいさっぱり忘れていた。診察室でなにがあったのかはまだわからないが、少年に味方が必要なのはたしかだ。ためらいがちに腕をまわすと、ジョンはぐったり寄りかかってきた。とたんに、ブッチの保護本能がむっくり頭をもたげて唸り声をあげはじめた。セラピストがメアリー・ポピンズにそっくりだろうが関係ない。こんないたいけな少年につらい思いをさせて、いったいどういうつもりなんだ。

「ジョン？」セラピストは言った。「連絡してきてね、次はいつ——」

「ええ、電話しますよ」ブッチはぼそりと言った。**ああ、そうとも。**

「ジョンにも言ったんですが、急ぐ必要はありません。でも、セラピーはぜひとも続けて受けていただきたいんです」

ブッチは女性のほうに目をやった。腹の底からいらいらして……しかし、相手の目を見たとたん、冷水を浴びせられたようだった。真剣そのものの、ただならぬ目つき。いったいなにがあったのだろう。

ブッチはジョンの頭のてっぺんを見おろし、「行こうか、J」

ジョンが自分から動こうとしないので、ブッチは軽く押してやって歩きだした。病院の外へ出たときも、あいかわらず少年の細い肩に腕をまわしたままだった。車にたどり着くと、ジョンは座席に乗り込んだものの、ベルトを締めようとしない。ただまっすぐ前をにらんでいる。

ブッチはドアを閉じ、SUVのすべてのロックをしっかりかけた。それからジョンに目を向けた。

「これからどうするか訊くつもりはない。ただ、どこへ行きたいかだけ教えてくれ。家に帰りたいなら、まっすぐトールとウェルシーのとこへ送ってくよ。おれとしばらく〈穴ぐら《ピット》〉にいたいってんなら、館に行ってもいい。ドライブがしたいなら、カナダまで行って帰ってこよう。どこへでも好きなとこへ行くから、ただひとこと教えてくれ。いまはまだ決められないんなら、決まるまで街をぐるぐる走ってたっていいしな」

ジョンの小さな胸がふくらんで、またしぼんだ。ノートを開くと、ペンを取り出した。やや間があったが、なにかを書いてそれをブッチのほうに見せた。

七番通り一一八九番。

ブッチはまゆをひそめた。そこらはかなり物騒な地区だ。

なぜよりにもよってそんなところへ、と尋ねそうになったが、思いとどまって口を閉じた。ジョンは今夜はもういやというほど質問攻めにあってきたのだ。それにブッチは武装しているし、ジョンがそこへ行きたいと言っている。約束は約束だ。

「よし、わかった。七番通りだな」

でも、その前にちょっとそのへんをまわってください。少年は書いた。

「いいとも。軽く気分転換と行こうか」

ブッチはエンジンをかけた。〈エスカレード〉をバックさせようとしたとき、後方になにかがひらめくのが見えた。一台の車が館の裏に停まろうとしている。やたらに大きく、やたらに高級な〈ベントレー〉だ。ブレーキを踏んで、その車をやり過ごそうとし――

息のしかたを忘れた。

マリッサが館側面のドアから出てきた。腰まで届くブロンドの髪を風になびかせて、身に着けた黒いマントのなかで身を縮めている。早足で裏庭の駐車場を突っ切り、雪の積もっている場所をよけて、アスファルトの面から面へはねるように歩いてくる。

常夜灯の光に浮きあがる整った顔だち、息を呑む淡色の髪、透けるように白い肌。一度だけキスをした、あのときの感触をまざまざと思い出す。胸が痛んで、肺がつぶれるかと思った。われを忘れて車から飛び出しそうになった。あのぬかるみにこの身を投げ出して、犬は犬らしく這いつくばりたい。

ただ、マリッサは例の〈ベントレー〉に向かっていた。見守っていると、彼女のためにドアがあいた。運転席からだれかが身を乗り出して、ドアの把手《とって》を動かしたのだろう。室内灯がともったが、なかはよく見えなかった。ただともかく、運転しているのは男――人間かヴァンパイアかはともかく――だということだけはわかった。肩幅のあんなに広い女がいるわけがない。

マリッサはマントを手でかき寄せてなかに乗り込み、ドアを閉じた。

室内灯が消えた。

となりでごそごそする気配にぼんやり気づいて、ブッチはジョンに目をやった。少年は向こうの窓に身体をぴったり貼りつかせ、恐怖のまなざしでこちらを見つめている。それでやっと気がついた。ブッチは銃をつかんで低く唸っていたのだ。

このいかれた反応に腹の底からぞっとして、ブッチはブレーキをゆるめ、アクセルを踏み込んだ。

「心配すんなよ、ジョン。なんでもないんだ」

方向転換しながら、ルームミラーでようすをうかがった。〈ベントレー〉も動きだしていた。同じく駐車場から出ようと方向転換している。低く悪態をつきながらブッチは車をすっ飛ばして車寄せを抜けた。ハンドルを力いっぱいにぎりしめるあまり、関節がきりきりと痛んだ。


マリッサが〈ベントレー〉に乗り込んでくるのを見ながら、リヴェンジはまゆをひそめていた。こんなに美しい女だっただろうか。それににおいもすばらしい……さわやかな海の香が鼻孔を満たす。

「どうして正面に車をつけさせてくれないのかな」と言いながら、ブロンドの髪としみひとつない肌をほれぼれと眺める。「こそこそせずに、堂々と迎えに行きたいのに」

「ハヴァーズに見られたくないの」頼もしい音を立ててドアが閉まった。「連れあいになってもらえって言いだすに決まってるもの」

「でも、これが妹さんだったら、あなたもそうなさるんじゃない？」

「そんなばかな」

「ノーコメントだな」

〈エスカレード〉が駐車場を出ていくのを待っているとき、マリッサは彼のセーブルの袖に手を置いた。「前にも言ったけれど、ベラがあんな大変な目にあわれて、ほんとうにお気の毒だったわ。いまどうしてらっしゃるの？」

こっちが知りたい。「妹のことはあまり話したくないな。気を悪くしないでいただきたいんだが、わたしはただ……その、その話はしたくないんだよ」

「リヴェンジ、今夜のお話はまたにしましょうか。いまつらい思いをしてらっしゃるのはよくわかっているし、正直に言って、会っていただけるとはほんとは思っていなかったのよ」

「とんでもない。電話をもらえてうれしかったよ」彼は手を伸ばし、彼女の手をうえからにぎった。肌の下に感じる骨はとても華奢で、壊れものを扱うようにやさしく扱ってやらなくてはとあらためて思った。ふだん相手にしている連中とはちがうのだ。

ダウンタウンを走りながら、マリッサがそわそわしはじめるのがわかった。「大丈夫、無事にすむよ。あなたが電話してきてくれたからと言って、おかしなことは期待していないから」

「なんだか恥ずかしいわ。どうしていいかわからなくて」

「あせらずにゆっくりやろう」

「わたし、いままでラスとしかしたことがないの」

「わかってるよ。だから車で迎えに行こうと思ったんだ。緊張していて、非実体化はむずかしいだろうと思ってね」

「ええ」

赤信号で停止したとき、彼はマリッサに笑顔を向けた。「大丈夫、わたしに任せてくれればいい」

彼女は淡色の目をこちらに向けて、「リヴェンジ、あなたはやさしいかたね」

その勘ちがいにはなにも言わず、彼はまた道路に注意を戻した。

二十分後、ふたりはハイテクのエレベーターを最上階でおりて、彼のペントハウスの玄関ドアをあけてなかに入った。この部屋は三十階建てマンションの最上階の半分を占めていて、ハドソン川とコールドウェル市の全景を見渡せる。窓が大きすぎるから日中は一度も使ったことがないが、夜には文句のつけようのない部屋になる。

照明を暗めにしたまま、マリッサを待った。彼女は室内を歩きまわり、インテリアデザイナーに選ばせた家具調度を眺めている。彼自身は、インテリアも夜景も高級な設備もどうでもよかった。欲しかったのは家族の知らない秘密の場所だ。ベラはここに足を踏み入れたことはないし、それは母親も同じだった。それどころか、彼がこんなペントハウスを所有していることすら知らせていない。

時間をむだにしているのに気づいたらしく、マリッサはくるりとまわれ右をしてこちらに正対した。照明の下、彼女は息を呑むほど美しかった。用心のため、一時間ほど前にドーパミンを打っておいてよかったと思った。この薬物が〝シンパス〟にもたらす作用は、人間やふつうのヴァンパイアに投与したときとは正反対だ。ドーパミンは特定の神経伝達物質の活動と受容を活発化させるが、〝シンパス〟の場合、なんの快楽も感じられなくなるどころか、すべての触覚が消え失せるのだ。触覚がなければ、衝動を抑えるのは容易になる。

そうでなかったら、マリッサとふたりきりになって手を出さずにはいられなかっただろう——これからしようとしていることを思えば。

リヴェンジはコートを脱ぎ、マリッサに近づいていった。ふだんにも増していまは杖が頼りだ。なにしろ彼女から目を離すことができないから。杖を腿に立てかけて、彼女のマントの前を合わせているリボンをゆっくりほどいた。マリッサは彼の手を見おろし、黒いウールのひだが肩からすべり落とされるのを見て震えている。重いマントを椅子の背にかけながら、彼は笑顔になった。その下に彼女が身に着けていたのは、いかにも彼の母が着そうな服だった。妹も、こういう服をもっと着てくれればいいのにと思う。淡いブルーのサテンで、みごとな仕立てのロングドレス。ディオールだ。そうにちがいない。

「マリッサ、こちらへ」

革張りのソファに彼女を連れていき、並んで腰をおろした。窓から漏れ入る光に輝いて、ブロンドの髪がシルクのショールのようだ。その髪を指でつまんでみた。彼女の飢えは激しくて、それがはっきり伝わってくる。

「ずいぶん我慢していたんだね」

彼女はうなずき、自分の手を見おろした。ひざのうえで組んだその手は、淡いブルーのサテンにのせた象牙細工のようだ。

「どれぐらい？」

「何カ月か」ささやくように言った。

「それじゃずいぶん飲まなくちゃならないだろうね」彼女は赤くなったが、リヴェンジは容赦なく重ねて訊いた。「そうだろう、マリッサ」

「ええ」かすれた声で答えた。自分の飢えを恥ずかしがっている。

リヴェンジは意地悪くにんまりした。上流の女性とつきあうのはよいものだ。控えめでたおやかな物腰には、ぞくぞくするほどそそられる。

彼はジャケットを脱いでネクタイを解いた。最初は手首を差し出すつもりだったが、彼女を目の前にしたら首から飲ませたくなったのだ。あまりに久しぶりのせいか、驚いたことにこの身で女性を養うと思っただけで興奮していた。

ぴったりしたカラーのボタンをはずし、胸もとまではずしていった。期待の高まりに、思わずシャツのすそを引き抜いて前を大きく開いた。

裸の胸と、そこに入っている刺青を見て、マリッサは目を見開いた。

「しるしを入れてらっしゃるとは知らなかったわ」声が震えているのは、身体のおののきのせいだ。

彼はソファにゆったりと背中を預け、両腕を広げて、片脚をソファにのせた。「おいで、マリッサ。好きなだけ飲むといい」

彼女はリヴェンジの手首に目を向けたが、そこはフレンチカフスにおおわれている。

「だめだめ」彼は言った。「これがわたしの希望なんだ。首から飲んでもらいたいな。わたしからお願いするのはそれだけだから」

彼女はそれでもためらっている。どうやらうわさどおりらしい。マリッサはほんとうに、男性をひとりも知らないのだろう。彼女の純潔は……まだだれにも奪われていないのだ。

目をぎゅっとつぶった。身内でどす黒いものが身じろぎし、息づいている。薬という檻《おり》に閉じ込められたけだものが。ちくしょう、やはりやめておいたほうがよかったか。

しかし、やがて彼女はそろそろ近づいてきて、這いあがるように彼の身体に身を寄せてきた。海の香りにそっくりのよいにおいがする。薄く目をあけて彼女の顔を眺め、いまさら中止しようとしても無理だとさとった。それにこの機会を逃す気もなかった。多少の感覚をよみがえらせる必要がある。厳しい自制をゆるめて触覚のチャネルを開くと、薬で抑制されているにもかかわらず、ありとあらゆる感覚がドーパミンの霧を貫いてなだれ込み、頭がくらくらしそうだった。

ドレスのサテンが肌にやわらかい。彼女のぬくもりが彼自身の体温とひとつに溶けあう。彼女のわずかな重みが肩にかかり、そして……ああ、彼女のひざが彼の腿のあいだに置かれている。

マリッサが口を開いた。牙が伸びてくる。

そのせつな、身内の邪悪なものが雄叫びをあげ、彼はパニックを起こして理性を召喚した。ありがたいことに、怠け者の理性が応援にかけつけてくると、彼の思慮深い一面が前面に飛び出してきた。本能は抑え込まれ、彼女を征服したいというきわめて性的な欲求が鎮まっていく。

彼女がのどくびに顔を寄せてきたが、身体がぐらついている。彼のうえで安定がとれなくて困っているようだ。

「遠慮しないで」彼はしゃがれた声で言った。「わたしのうえに……乗っかればいい」

おずおずと、彼女は下半身を彼の腰骨と腰骨のあいだに乗せかけてきた。股間の勃起したものに触れるのを心配していたらしく、それらしい感触がないのに気づいてふたりの身体のあいだをのぞき込んだ。股間に身体が当たっていると思ったが、勘違いだったかといぶかっているのだろう。

「心配しなくても大丈夫だ」つぶやくように言いながら、彼女の細い両腕をなであげた。

「そんなことはしないから」あまりにも露骨にほっとされて、彼は気分を害した。「わたしとそういうことになったら、そんなに困るのかな」

「そんな。リヴェンジ、ちがうのよ」彼の盛りあがった胸筋をちらと見おろして、「あなたは……とてもすてきだと思うわ。ただ、べつの男性が……わたし、ほかに好きな男性がいるの」

「まだラスを愛しているんだね」

彼女は首をふった。「いいえ、でもその男性のことは考えられないわ。少なくとも……いまは」

リヴェンジは彼女のあごをあげさせて、「いったいどんなばか者だろうな、あなたが求めているときに身を差し出そうとしないとは」

「お願い、もうその話はやめましょう」と、ふいに彼の首筋に目が釘付けになった。瞳孔が広がっている。

「飢えているんだね」彼は唸るように言った。彼女に使われると思うとぞくぞくする。「さあ、遠慮しないで。痛くないようにしようなんて思わなくていいから。いくらでも飲んで。激しければ激しいほどいい」

マリッサは牙を剝き出しにして嚙みついてきた。二本の鋭い牙が薬の靄《もや》を切り裂き、甘美な痛みが突き刺さってくる。うめき声をあげながら、自分の不能を感謝したことはないが、いまはべつだと思った。一物が使いものになっていたら、まちがいなくこのドレスをめくりあげて、脚を開かせ、血を吸わせながら深く貫いていたのはまちがいない。

飲みはじめたのもつかのま、彼女は身を引いて唇をなめた。

「ラスとは味がちがうと思うよ」彼は言った。マリッサはひとりの男からしか飲んだことがないのだから、彼の血の味がおかしいほんとうの理由に気づくことはあるまい。実際、彼女がものを知らないとわかっていたからこそ、こうして力になることができたのだ。多少は経験のある女性であれば、知られたくないことを知られてしまう恐れがある。「ほら、気にしないでもっと飲んで。すぐに慣れるよ」

彼女はまた頭を下げた。あらためて牙が刺さってきて、わずかな痛みを感じる。

太い両腕を華奢な背中にまわし、目を閉じてしっかり抱き寄せた。だれかを抱きしめるのはじつに久しぶりだ。その感触をじゅうぶん味わい尽くすことはできないが、それでも感動的なひとときだった。

血を吸われながら、彼はわけもなく泣きだしたくなった。

Oはトラックのアクセルをゆるめ、高い石塀の横をゆっくり走っていった。

ちくしょうめ、ソーン街の住宅はどれもこれもばかでかい。と言っても、道路から屋敷がじかに見えるわけではない。こんな生垣や石塀がずらりと並んでいるのだから、まさかスプリットレベル（中二階のある一般的な住宅）やケープコッド・コテージ（平屋または半二階建ての木造住宅）が何軒もあるとは思えないというだけだ。

城壁のような石塀が切れて、ようやく車寄せが現われた。Oはブレーキを踏んだ。左側に小さな真鍮《しんちゅう》のプレートが取りつけてあり、〝ソーン街二七番〟とあった。身を乗り出し、首を伸ばして眺めたが、車寄せも石塀も闇に呑まれて、奥になにがあるかはわからなかった。ままよとばかりに、トラックを車寄せに入れて私道を先に進んだ。通りからゆうに百メートルは入ったあたりに、黒い門がそびえていた。トラックを停めてみると、門のてっぺんには監視カメラが取りつけてあり、インターホンがあり、ものものしい雰囲気が漂っている。

ふうむ……こいつはおもしろい。もういっぽうの住所はまったくの空振りだった。ごくふつうの住宅がごくふつうの街区に建っていて、なかのリビングルームでは人間がテレビを観ていた。しかしこちらはちがう。これだけの設備の奥にあるものが、そんなありふれた住宅のはずはない。

がぜん興味をそそられた。

ただ、こんな防備を突破するには、綿密な戦略を立てて慎重に実行しなくてはならない。それに、これがただの成金のありきたりな豪邸だったとしたら、そこに押し入って警察とかかわり合いになるのは願い下げだ。

それにしてもあのヴァンパイア、いくらわが身かわいさからとは言え、どこからここの住所を引っぱり出してきたのだろう。

そのとき、Oはみょうなことに気づいた。門に黒いリボンが一本結んである。いや、二本だ。両側に一本ずつ結ばれて風になびいている。

喪章だろうか。

恐怖にぼうぜんとしてトラックをおりた。凍った雪をざくざく踏んで、右側のリボンに近づいていった。地面から二メートル以上もの高さに結んであり、腕を伸ばさなくては触れることもできない。

「死んだのか、おまえ」彼はささやいた。手をおろし、門のすきまから夜闇の向こうを透かし見た。

トラックに戻り、車寄せをバックして引き返した。あの門を越えなくてはならない。それと、この〈F150〉トラックを駐めておける場所を探さなくては。

五分後、Oは悪態をついていた。**くそいまいましい**。ソーン街には、目立たずにトラックを駐めておけそうな場所がまるで見当たらなかった。通りには塀が並んでいるだけで、路肩すらない。**これだから金持ちは**。

Oはアクセルを踏み、左に目をやった。次に右に。丘のふもとにトラックを駐めて、大通りから走って戻ってこようか。坂を一キロ近くも登ってこなくてはならないが、たいして時間はかからないだろう。街灯の下を何度も通ることになるから、それはたしかに厄介だ。しかしこの街区の住人が、お城のてっぺんから外を眺めて、彼を見とがめるようなことはまずあるまい。

そのとき携帯電話が鳴りだした。いらいらと電話に出て、「なんだ」と噛みついた。

Uだった。いい加減聞き飽きてきた声だが、その声が緊張している。「まずいことになった。〝レッサー〟がふたり、警察に逮捕されたんだ」

Oは目をぎゅっとつぶった。「いったいなにをやらかした」

「一般のヴァンパイアを始末しようとしてるとこへ、覆面パトカーが通りかかったんだよ。警官ふたりとやり合ってたら、応援の警官まで駆けつけてきやがったんだ。拘留されて、たったいまそのうちのひとりから電話があった」

「それじゃ、保釈の手続きをとってやれよ」Oは吐き捨てるように言った。「なんでおれに電話してくるんだ」

間があった。やがて話しだしたUの口調には、全体に〝こんなこともわからんのかよ〟と言わんばかりの臭みがしみついていた。「そりゃ、あんたに知らせんわけにはいかんからだ。いいか、ふたりは武器を山ほど隠し持ってて、しかもそのどれひとつ許可とってないんだぞ。みんな闇で入手したもんだし、銃身には製造番号も入ってないし、朝になったって保釈なんかされっこない。公選弁護人にそこまで有能なやつがいるわけがない。あんたが出してやるしかないんだよ」

Oは左右に目を向け、フットボール場ほども幅のある車寄せでUターンした。ああ、やっぱりここいらには駐められる場所はなさそうだ。ソーン街が尽きてベルマン道と交わるところまでおりて、このトラックはあそこの小さな村に駐めてこよう。

「O、聞いてるのか」

「いま忙しいんだ」

山ほどの怒りを呑みくだしたように、Uは咳払いをした。「気を悪くせんでくれよ、けどな、これ以上に重大な用があるとは思えないんだが。雑居房でけんかに巻き込まれたらどうなると思う。黒い血が流れて、救急救命士かなんかが、こいつら人間じゃないって気がついたらどうするんだ。〈オメガ〉に連絡をとって、召喚してもらわなきゃならん」

「おまえに任せる」いまは丘を下っているにもかかわらず、Oはアクセルを踏み込んだ。

「なんだと」

「〈オメガ〉に連絡して頼んどいてくれ」ソーン街を下りきったところでスピードをゆるめ、そのまま停まらずに左に折れた。この通りには、若い女性向けの雑貨屋だの、くだらない家庭用品ショップだのがずらりと軒を並べている。そのなかの〈キティの屋根裏部屋《キティズ・アティック》〉という店の前にトラックを駐めた。

「O……こういう要請は、〝フォアレッサー〟が出すものと決まってるんだよ。わかってるだろ」

Oは、イグニションスイッチを切ろうとして手を止めた。

上等じゃねえか。まったくおあつらえ向きだぜ。あのいまいましいご主人とまた楽しいデートだ。**くそったれめ。**女がどうなったのか知らずに、これ以上は生きていられない。〈ソサエティ〉の面倒ごとなどに時間を割いている場合ではないのだ。

「O?」

ハンドルに頭を預けた。二度、三度とこぶしで叩いた。

反面、警察署で人間と接触したために、収拾がつかないほど事態が悪化すれば、〈オメガ〉は彼に釈明を求めに来るだろう。そうなったらどうする。

「わかった。これから〈オメガ〉に会いに行く」悪態をつきながら、トラックのギヤを入れた。道路に出る前に、またソーン街を見あげた。

「それからな、O、〈ソサエティ〉の結束が心配なんだ。どうしてもメンバーにあいさつしとかんとまずいぞ。ばらばらになりかけてる」

「現況報告はおまえが処理してるんだろ」

「みんなあんたに会わせろって言ってるんだよ。指揮官の能力があるのかって」

「U、使者のことわざを知ってるか」

「なんだって?」

「あんまり悪い知らせばっかり持ってくると、撃ち殺されても知らねえぞ」電話を切って閉じ、アクセルを踏み込んだ。

33

フュアリーはベッドに腰かけていた。強烈な性欲にがんじがらめにされ、ウォトカのお代わりをつぐのもやっとだった。ボトルが揺れ、グラスも揺れている。それどころか、マットレスが全体に揺れていた。

ヴィシャスに目をやると、同じベッドのヘッドボードに寄りかかっている。フュアリーに負けず劣らず情けなく震えていたが、フィフティー・セントのアルバム『ザ・マッサカー～殺戮の日。』に合わせて首で拍子をとっていた。

ベラの欲求期が始まって五時間、もうふたりともへとへとだった。肉体はまるで本能の塊、頭はまるでかすみの塊だ。この館《やかた》を出たくないという衝動はどうしても克服できず、欲望に身体をこわばらせ、しびれたように身動きがとれない。レッドスモークと〈グレイグース〉があって助かった。感覚が麻痺するとだいぶ楽だ。

とはいえ、完全に楽になるわけではない。フュアリーは、Zの部屋でなにが起きているか想像したくなかった。双児が戻ってこないからには、モルヒネでなく彼の肉体が使われているのはまちがいない。

ちくしょう……ベラとザディスト。ふたりいっしょに、何度も何度も……

「調子はどうだ」Vが尋ねてきた。

「おまえとおんなじだよ」グラスを盛大にあおると、内にこもって出口のない情欲に、身体が泳ぎ、泳ぎきれずに沈んで溺れていく。バスルームに目をやった。

立ちあがって、またしばらくひとりになりに行こうとしたとき、ヴィシャスが口を開いた。

「おれ、いまやばいことになってるみたいでな」

フュアリーは思わず笑った。「よせよ、これがいつまでも続くわけじゃなし」

「いや、おれの言ってるのは……どこか狂ってると思うんだ。おれのどこかが」

フュアリーは不審に思って目を細めた。こわばっていることをべつにすれば、兄弟の顔はふだんと少しも変わりはない。整った目鼻だち、口を囲むひげ、右のこめかみにのたくる刺青。ダイヤモンドの目はいつものとおり鋭く光り、〈グレイグース〉にもレッドスモークにも、また性欲にも曇る気配すらない。その漆黒《しっこく》の瞳孔は、底知れない深い知性――ひとを不安にさせるほどの叡知《えいち》――に輝いている。

「V、狂ってるってどういうことだ」

「つまりその……」ヴィシャスは咳払いをした。「これはブッチにしか言ってないんだ。ほかのだれにも黙っててくれよな」

「ああ、わかった」

Vはひげをしごいた。「見えなくなっちまったんだ」

「見えなくなったって、それはつまり――」

「ああ、未来のことが見えなくなったんだ。もうなんのまぼろしも見てない。最後に見えたのは三日ぐらい前で、Zがベラを助けに行く直前だった。ふたりがいっしょのところが見えたよ。あの〈フォード・トーラス〉に乗って、ここに向かうところだった。そのあとは……なんにもなしだ」

「前にもそういうことはあったのか」

「いや、それにもうひとつ、他人の心も読めなくなってるんだ。すっかり干上がっちまったみたいでな」

だしぬけに、Vがぴりぴりしているのは、欲求期とはなんの関係もないように思えてきた。身をこわばらせているのは……恐怖のせいか？　**そんな、信じられん。**ヴィシャスがこわがっている。それは、世界が引っくり返るほどの衝撃だった。兄弟たちのうちで、こわいもの知らずと言えばVが一番だ。恐怖を感じる脳の受容器が、生まれつき欠けているのかと思うほどだったのに。

「そのうちもとに戻るんじゃないのか」フュアリーは言った。「でなきゃ、ハヴァーズに診てもらうとか」

「生理的な問題じゃないんだ」Vはグラスのウォトカを飲み干し、手を伸ばしてきた。「兄弟、〈グース〉を独り占めすんなよ」

フュアリーはボトルを渡した。「だれかに相談してみたら……」

しかしだれに？　だれよりも知恵のあるVが、答えを求めてどこへ行けばよいというのか。

ヴィシャスは首をふった。「このことは……じつを言うと、このことはだれにも言いたくないんだよ。忘れてくれ」酒をつぐ彼の顔は完全に内に閉じて、開口部に板を打ちつけた家のようだった。「いつか戻ってくるさ。うん、いつかな」

ボトルをかたわらのテーブルに置くと、Vは手袋をはめた手をあげてみせた。「なんにせよ、この罰当たりな手はいまも電灯みたいに光ってるからな。この厄介な常夜灯が残ってるかぎりは、おれはまだ正常なんだと思う。まあその……おれにとっての正常だけどな」

ふたりはしばらく黙っていた。フュアリーは自分のグラスの底を眺め、Vも同じくグラスを見つめている。ズン、ズンと腹に響くBGMのラップが〈Gユニット〉に替わった。

フュアリーは咳払いをした。「あのふたりのことを訊いていいか」

「どのふたりだ」

「ベラさ。ベラとザディスト」

Vは毒づいた。「おれは水晶玉じゃないんだよ。それに、予言するのは嫌いなんだ」

「わかった、すまん。いまの話はなしだ」

長い間《ま》があった。やがて、ヴィシャスがぽつりと言った。「あのふたりがどうなるか、おれにもわからん。ていうのは……もう見えないんでな」

〈エスカレード〉をおりて、ブッチは薄汚いアパートを見あげた。いったいなぜこんなところに来たがるのかと、あらためて首をひねる。七番通りは不潔で物騒な場所なのに。

「ここか?」

ジョンがうなずくのを見て、ブッチはSUVの警報装置をセットした。もっとも、目を離したすきに車上荒らしにあう心配をしているわけではない。ここらの連中なら、車内には麻薬ディーラーが乗っていると思い込むはずだ。あるいは、ディーラー以上に薬《ヤク》を守ることに神経質で、なにかあればすぐに銃をぶっ放すようなやつが。

ジョンはそのアパートの入口に歩いていき、ドアを押した。ドアはきしんで開いた。鍵はかかっていない。おっとびっくりだな。あとについてなかに入りながら、ブッチは片手をスーツの上着のなかに入れ、必要ならすぐに出せるように拳銃をにぎった。

ジョンは長い廊下を左に歩いていく。しみついた煙草のにおい、かびくさい腐敗のにおいがこもっている。おまけに寒い。広い野外とあまり変わらない。なかの住人はネズミそっくりだ――姿は見えず、薄い壁の向こう側でごそごそ動きまわる音だけが聞こえる。

廊下の突き当たりまで来て、少年は非常ドアを押しあけた。

階段が右側に伸びていた。床はすっかりすり減って合板が見えているし、二、三階うえのどこかから水の垂れる音もする。

壁に取りつけたぐらぐらの手すりに手を置き、ジョンはゆっくりのぼりはじめた。二階と三階の途中の踊り場まで来て立ち止まる。頭上の天井には蛍光灯が埋め込んであったが、それが最後の悪あがきの段階を迎えていた。存在価値を失うまいとやみくもに努力するかのように、ちらちらと点滅をくりかえしている。

ジョンは床のひび割れたリノリウムを見つめていたが、やがて窓を見あげた。罎《びん》を叩きつけられでもしたか、星型のひび割れにおおわれている。金網が埋めてなかったら、あの汚れたガラスはとっくに割れて落ちていただろう。

上階から悪態の雨がふってきた。こういう言葉のショットガンは、まちがいなく派手な暴力ざたの前触れだ。そろそろずらかろうか、とブッチが声をかけようとしたとき、ジョンは自分からまわれ右をして、小走りに階段をおりてきた。

ふたりは〈エスカレード〉に戻り、一分半もしないうちに危険な街区をあとにしていた。

ブッチは信号で車を停め、「これからどこへ行く?」

ジョンは紙に書いて、その紙をこちらに見せた。

「家だな」ブッチはつぶやいた。ジョンがなぜあんな階段を見に行きたがったのか、あいかわらずさっぱりわからなかった。

家に入ると、ウェルシーにただいまとだけあいさつして、ジョンは自分の部屋に逃げ込んだ。ありがたいことに、そっとしておいてもらいたいのをウェルシーはわかってくれているようだ。ドアを閉じると、ノートをベッドに放り出し、コートを脱いで、すぐにシャワーブースに向かった。熱いお湯が出てくるのを待ちながら服を脱ぐ。お湯を浴びはじめると、とたんに身体の震えが止まった。

シャワーを出て、Tシャツとスウェットパンツに着替えてから、机のうえのラップトップに目をやった。その前に腰をおろし、なにか書いたほうがいいだろうかと考えた。セラピストに勧められたのだ。

まったく……彼の身に起きたことを話すのは、最初に経験したときと同じぐらいつらかった。ほんとうはあんなに包み隠さず話すつもりはなかったのだ。ただ……セラピーが始まって二十分もしたら、堰《せき》を切ったように手が動きだして、どんどん打ち明け話が進むのを止められなかった。

目を閉じ、彼を襲った男の姿を思い出そうとした。頭に浮かぶのはぼんやりしたイメージだけだが、あのナイフははっきり憶えている。刃渡り十二、三センチの両刃の飛び出しナイフで、切尖《きっさき》は悲鳴をあげたいほど鋭かった。

人さし指をタッチパッドに当てると、〈ウィンドウズＸＰ〉のスクリーンセーバーが消えた。メールアカウントに新しいメールが届いている。サレルからだ。三回読んでから、返事を書いてみようとした。

そしてしまいに、こう書いて送信した――やあ、サレル。明日の夜はちょっと都合が悪いんだ。すごく残念だけど。また連絡するよ、じゃあね。ジョン。

ほんとうは……二度とサレルには会いたくなかった。ともかく、当分のあいだは。ウェルシーとメアリとベスとベラはべつとして、もうどんな女性にも会いたくない。この先、ほんの少しでも性的なことはもう経験したくない。一年近く前に彼の身に降りかかった、あの事件となんとか折り合いがつくまでは。

〈ホットメール〉のウィンドウから出て、〈マイクロソフト・ワード〉で新規作成の文書を開いた。

キーボードに指をのせて、いったんためらった。だがそれも一瞬、たちまち指が飛ぶように動きだす。

34

ザディストはゆるゆると顔を横に向けて時計を見た。朝の十時。十時……十時か。何時間経ったのだろう。十六時間か……

目を閉じた。疲れきっていて、息をするのもやっとだ。脚を広げ、手を投げ出して仰向けに伸びている。たぶん一時間ぐらい前に、ベラの上から体《たい》を開いておりたときから、ずっとこの姿勢のままだ。

昨日この部屋に戻ってきてから、もう一年も経ったような気がする。何度もベラに血を飲ませたせいで、首も手首も灼《や》けつくようだった。股間のあれもひりひりしている。まわりにはきずなのににおいが充満し、シーツは濡れている——彼の血と、彼女が欲するもうひとつの体液で。

一分一秒がなにものにも代えがたかった。

目を閉じて、これで眠れるだろうかと思った。食物と血に飢えていた。自分をぎりぎりの状態に置くのが好きだとはいえ、あまりの飢餓《きが》感に欲求を抑えることができない。しかし、身体が動かなかった。

下腹を軽く手がかすめた。くっつきそうなまぶたを開き、ベラに目を向ける。彼女の体内で、またホルモン濃度が上昇してきている。その呼びかけに応えて彼の身体が反応し、股間のあれがまた固くなってきた。

寝返りを打って行くべき場所へ行こうともがいたが、もう体力がなかった。ベラが身体を寄せてきたとき、彼はなんとか起きあがろうとしたが、頭が一千キロもあるかのようにびくとも動かない。

手を伸ばして彼女の腕をつかみ、自分のうえに引っぱりあげた。開いた腿が彼の腰にまたがるかっこうになったとき、彼女はぎょっとしたように彼を見て、身をよじって離れようとした。

「いいんだ」と言う声がしゃがれている。咳払いをしたが、のどのざらざらは変わらなかった。「おまえだってわかってるから」

彼女の唇が唇におりてきた。腕をあげて抱き寄せることもできなかったが、それでもキスを返した。ちくしょう、彼女とキスをするのが好きでたまらない。口と口の触れあう感触が、顔のすぐそばに彼女を感じるのが、彼女の息を肺に吸い込むのが好きでたまらない。これは……ベラが好き、ということか。この一夜に起きたのはそういうことだったのか。おれは恋に落ちたのか。

まわりに垂れ込めるきずなのにおいが、その問いへの答えだった。そうと気づいて衝撃を受けるはずなのに、あまりにへとへとで、そんなことはないと否定する気にもなれない。

ベラはゆっくり身を起こし、あれをなかにすべり込ませた。疲れきってはいても、彼はその快感にうめいた。彼女の感触は何度味わっても飽きることがなかった。そしてそれは、彼女が欲求期でなかったとしても同じだっただろう。

ベラは彼にまたがり、両手を彼の胸について腰を動かしはじめた。彼にはもう突きあげる力が残っていなかったから。自分の身体がまた爆発に備えて高まっていくのを感じる。彼女の腰の動きに合わせて、目の前で乳房が揺れているのだからなおさらだ。

「すごくきれいだ」彼はかすれた声で言った。

彼女はいったん中断して身をかがめ、またキスをしてきた。暗色の髪が彼の顔のまわりに垂れかかり、やわらかな隠れ処《が》を作っている。彼女がまた身を起こしたとき、彼はその姿にほれぼれと見とれた。健康と生命力に満ちて輝いている。彼が与えたものを糧《かて》に美しく光り輝く、彼の……

愛する女。そうだ、愛する女だ。

その言葉が脳裏を貫くと同時に、彼はまた彼女のなかで果てていた。

ベラはぐったりと彼のうえにくずおれて、震えながら息を吐いた。と、だしぬけに欲求期は終わった。部屋に渦巻いていた女性の性エネルギーは嘘のように薄れていき、嵐は過ぎ去っていた。ほっとため息をついて、ベラは彼のうえからおりていった。豊かな秘所から引き離されて、あれがぐんにゃりと腹に落ちかかる。その部分に感じる部屋の寒さは、彼女のなかのぬくもりにくらべてなんと味気ないことだろう。

「大丈夫か?」彼は尋ねた。

「ええ……」彼女はささやくように答え、脇を下にして横たわり、早くも眠り込みそうだった。「ええ、ザディスト……大丈夫」

なにか食べさせなくてはならない。食料を調達してこなくては。

意志力を総動員し、ひとつ大きく息を吸った。もうひとつ。さらにもうひとつ……意を決して、ベッドから引っぺがすように上体を起こした。頭がひどくぐらぐらする。家具や床や壁が回転し、逆立ちして、天井から部屋を見ているのかと思うほどだった。

マットレスから脚をおろすと目まいはさらに悪化し、立ちあがったらとたんにバランスを崩した。壁に倒れかかり、ものに倒れ込み、カーテンにしがみついてやっと身体を支えた。

落ち着いたところで手を離して立ち、ベラにかがみ込んだ。抱えあげるのは大仕事だったが、面倒を見たいという欲求は疲労困憊《こんぱい》よりも大きかった。いつもの寝床に彼女を運んで横たえ、とっくに床に蹴落とされていた掛けぶとんをかけてやった。あちらを向こうとしたとき、ベラに腕をつかまれた。

「身を養わなくちゃだめよ」と、引き寄せようとする。「わたしの首から飲んで」

思わずその気になりかけた。

「すぐ戻ってくる」そう言うと、彼はふらふら立ちあがった。よろめきながらクロゼットに向かい、ボクサーパンツをはいた。ベッドからシーツと敷きパッドをはぎとって、部屋をあとにする。

フュアリーは目をあけた。息ができない。

それも当然だ。彼は丸めた毛布の山に顔を突っ込んでいたのだ。口と鼻をそのしわくちゃの毛布からあげて、目の焦点を合わせようとした。最初に見えたのは、鼻から十五センチほど先、吸殻がてんこもりの灰皿だった。床のうえの。

どうなってるんだ? ああ、そうか……マットレスの末端から、上半身がはみ出してずり落ちそうになっていた。

うめき声がする。床を押して身を起こし、後ろをふり向いた——ら、ヴィシャスの足の裏とにらめっこをする格好になった。サイズ三十二センチの足の向こうにはブッチの太腿がある。

フュアリーはたまらず吹き出し、それが聞こえたか、枕に頭をのせた刑事《デカ》がどんよりした目をあげた。人間は自分の身体を見おろし、それからこちらに目を向けてきた。これは悪い夢だと思ってでもいるように、しきりにまばたきをしている。

「くそ、まったく」デカはざらざらの声で言った。となりで正体をなくしているヴィシャスに目をやり、「くそ……まったく、こりゃあんまりだ」

「デカ、おまえもしゃんとしろよ。ひとのこと言えた義理か」

「そりゃそうだ」顔をこすって、「けどな、だからって野郎ふたりと同じベッドで目を覚まして喜ぶいわれはねえぞ」

「だから戻ってくるなってVに言われただろ」

「そうだった。判断を誤ったぜ」

長い夜とはこのことだった。しまいには肌に衣服の当たる感触すら耐えがたくなって、みっともないなどと言っていられなくなった。欲望をこらえるだけでせいいっぱいだ。レッドスモークに次々に火をつけ、スコッチやウォトカをあおり、ひとりで処理するためにときど

き　バスルームにすべり込む。

「それで、終わったのか」ブッチは尋ねた。「終わったんだよな、そうだろ」

フュアリーはもぞもぞとベッドをおりた。「ああ、終わったみたいだな」

シーツを拾って放ってやると、ブッチはそれを自分とヴィシャスにかけた。Vはぴくりともしない。うつ伏せで死んだように眠っていて、目は閉じ、かすかないびきをかいている。

デカはぶつぶつ悪態をつき、体勢を変えて、ヘッドボードに枕を立てかけてそれに寄りかかった。頭からまっすぐ突っ立つほど髪をかきむしり、大きくあくびをした。あご骨が鳴るのがフュアリーにも聞こえるほどだ。

「ちくしょう、こんなことを言う日がくるとは思わなかったが、もう性欲なんかすっかりなくなっちまったよ。助かるぜ」

フュアリーはナイロンのトレーニングパンツをはいた。「なんか食べるか？　ちょっと厨房をのぞいてくるけど」

ブッチが目を輝かせた。「ここに持ってきてくれるのか。つまり、おれはここで待ってりゃいいのか？」

「これは貸しにつけとくからな。ああ、配達してやるよ」

「後光が射して見えるぜ」

フュアリーはTシャツを着た。「なにがいい？」

「厨房にあるもんならなんでもいい。そうだ、あの冷蔵庫をここまで引っぱってきてくれればいちばんありがたい。腹減って死にそうだ」

フュアリーは階下におりて、厨房の略奪に取りかかろうとしたが、そのとき洗濯室から物音が聞こえてきた。歩いていってドアを押しあけた。

ザディストが洗濯機にシーツを押し込んでいる。

しかしなんたることか、彼はひどいありさまだった。腹はぽっかり穴があいたようにへこみ、腰骨はテントの支柱のように皮膚を突っ張らせているし、あばらが浮くさまは畝《うね》の並ぶ畑のようだ。ひと晩で五キロか六キロは体重が落ちたにちがいない。それに——なんてことだ——首も手首も生々しい歯形だらけだ。しかし……苦みのあるかぐわしいスパイスの香りをさせているし、全身が静けさに包まれている。その深く思いがけない静けさに、フュアリーは自分の感覚がおかしくなったのかといぶかった。

「兄弟、どうした」彼は言った。

Zは顔をあげないまま、「こいつの使いかた、わかるか?」

「ああ、その洗剤をボックスに入れて、ダイヤルをまわせば——どれ、おれがやってやるよ」

Zは洗濯物を詰め込み終えるとわきへどいた。あいかわらずうつむいている。洗濯機に水がたまりだすと、Zはもごもごと礼を言って、厨房に向かった。

心臓が口から飛び出しそうな思いで、フュアリーはそのあとをついていった。もろもろ大丈夫か訊きたかったし、それはただベラのことだけではなかった。

なんと尋ねようかと言葉を慎重に選んでいるうちに、Zは冷蔵庫からローストターキーを取り出し、脚をもぎ取るなりかぶりついた。夢中でもぐもぐやって、みるみるうちに肉を骨から食いちぎっていく。食べ終えた瞬間にもう一本の脚もちぎりとって、同じようにがつがつ食べはじめた。

信じられない……いままで肉など口にしたこともなかったのに。だがそれを言うなら、Zは昨夜のような一夜を過ごしたことはなかったのだ。その点はみな同じだった。

Zはフユアリーの視線を感じていたし、やめられるものなら食べるのはやめたかった。見られているのは嫌いだ。とくにものを食べているときは。だがいまは、いくら口に詰め込んでも足りなかった。

あいかわらず肉をほおばりながら、ナイフと皿を取り出して、ターキーの胸肉をそぎ取りにかかった。ベラのためにいちばん上等なところだけを注意深く選ぶ。切れ端やあまりや奥のほうは、あまり質がよくないから自分で食べた。

ほかになにを食べさせたらいいだろう。また冷蔵庫をあけて、残り物の山を作って吟味しはじめた。栄養価の高いものがいい。それに水分だ――飲み物を持っていったほうがいい。ちゃんと選んで、彼女の舌にふさわしいものだけを持っていかなくては。

「ザディスト……」

しまった、忘れていた。フユアリーがまだちょろちょろしていたのだ。

「うん」と答えながら、タッパーウェアのふたをあけた。なかのマッシュポテトは大丈夫そうだった。ほんとうなら自分で作って持っていってやりたい。もっとも、作れと言われても彼には無理だ。ちくしょう、読み書きもできない、くされ洗濯機の使いかたも知らない、料理もできない。

やはり彼女とは別れなくてはならない。脳みそが半分も入っていない男が相手では、ベラがかわいそうだ。

「詮索《せんさく》するつもりはないんだが」フュアリーが言った。

「してるじゃねえか」フリッツお手製のサワードウブレッド（酸味のあるパン）を棚から取り出し、指で押してみた。やわらかかったが、それでも念のためににおいをかいでみた。よし、これならベラにも食べさせられる。

「彼女は大丈夫か。それに……おまえは？」

「どっちも元気だよ」

「それで、どうだった？」フュアリーは少し咳払いをした。「つまりその、相手がベラだからっていうんじゃなくて、ただその……いろいろうわさを聞くから、なにを信じていいのかわからなくてさ」

Zはマッシュポテトをとり、ターキーといっしょに皿にのせた。次にワイルドライスをすくい取り、グレービーソースをたっぷりかけた。ずっしり重い皿を電子レンジに入れる。少なくともひとつは使える機械があってよかった。

皿がまわるのを見守りながら、双児の問いになんと答えようかと考えるうちに、ベラがうえに乗ってきたときの感触を思い出した。昨夜の何十回という結合のうちで、いちばん印象深かったのはあのときだ。うえに乗った彼女はとてもきれいだった、とくにキスをしてきたときは……

欲求期のさいに、というよりおもにあの結合のあいだに、彼をがんじがらめにしていた過去の呪縛《じゅばく》をベラは断ち切ってくれた。そして善なるものでしるしをつけてくれた。彼女が与えてくれたぬくもりを、彼は死ぬまで大切に守りつづけるだろう。

電子レンジがチンと音を立てたとき、フュアリーがいまも答えを待っているのに気がついた。

Zは皿をトレイにのせ、ナイフやフォークも取り出した。行儀正しく食べさせたい。向きなおって出口に向かいながら、ぼそりと答えた。「ベラは言葉にできないぐらいきれいだ」顔をあげて、フュアリーと目を合わせた。「彼女に尽くすことができて、昨夜は天にも昇る心地だった」

どういうわけかフュアリーはぎょっとした顔になり、手を伸ばしてきた。「ザディスト、その――」

「〝ナーラ〟に食べものを持ってってやらんと。またあとでな」

「待て、ザディスト！　おまえの――」

Zはただ首をふり、そのまま厨房を出ていった。

35

「なぜ、わたしが帰ってきたときすぐにこれを見せなかった」リヴェンジは〝ドゲン〟に尋ねた。召使が申し訳なさと恐ろしさに顔を赤くするのを見て、気の毒になって手を伸ばし、「いや、いいんだ。気にするな」

「旦那さま、今朝がたお戻りになっているのに気がつきまして、お部屋にうかがいましたのですが、旦那さまはめずらしくお休みでいらっしゃいました。この映像にどんな意味があるかわかりませんでしたし、お邪魔をしたくなかったのです。旦那さまがお休みになることはめったにございませんから」

そうだった、マリッサの身を養ったら、照明のスイッチをひねったように意識が消えてしまったのだ。目を閉じて意識がなくなったのはもう……いったい何年ぶりだろうか。しかし、これは厄介なことになった。

リヴェンジはコンピュータ画面の前に腰をおろし、問題のファイルをまた再生した。最初に見たときと同じだ。ダークヘアに黒い服の男が、門の前に駐車する。トラックからおりてくる。近づいてきて、鉄の桟に結んだ喪章のリボンに触れる。

男の顔をはっきり見ようと、画像を拡大した。とくに目立つ顔ではない。美男子でもないが醜くもない。しかし、その顔をのせている身体は大きかった。それにジャケットが膨れている。詰め物をしているのか、それとも武器を隠しているのだろうか。

リヴェンジはそこで再生を一時停止にして、右下に表示される日付と時刻を選択してコピーした。画面を切り換え、正門を監視しているべつのカメラのファイルを呼び出した。こちらは熱感知監視カメラだ。それにコピーしたデータをすばやく貼り付け、まったく同一時刻の映像を選択した。

案の定だ。〝男〟の体温は十度台だった。〝レッサー〟だ。

リヴェンジはまた画面を切り換えて、リボンを見ているときの殺し屋の顔をじっくり眺めた。悲しみと恐怖……それに怒りの表情。どれも明らかに具体的な対象に向けられている。個人的な体験、それも喪失体験からじかに発する感情だ。

ではこいつか、ベラをさらっていったけだものは。そのうえ、また取り戻しに来やがったのか。

〝レッサー〟にこの屋敷を見つけられたことは、とくに意外とは思わなかった。ベラの誘拐は一族じゅうに知れ渡っているし、ここの住所も秘密にしてあるわけではない……秘密どころか、〝マーメン〟の信仰に基づく人生相談《スピリチュアル・アドバイジング》のために、このソーン街の屋敷はよく知られている。ここを知っている一般ヴァンパイアをつかまえれば、住所はすぐに聞き出せるはずだ。

むしろ最大の疑問は、なぜあの外道《げどう》は門を突破してこなかったのかということだ。

しまった。いま何時だ？　午後四時か。**まずい。**

「これは〝レッサー〟だ」リヴェンジは言って、杖を床に突いて即座に立ちあがった。「いますぐこの家から避難する。ラーニを見つけて、奥さまの着替えを手伝うように言うのだ。それからふたりを連れて地下トンネルを抜け、ヴァンを運転して隠れ家へ行け」

〝ドゲン〟は真っ青になった。「旦那さま、まさかそのようなことは――」

リヴェンジは〝ドゲン〟の肩に手を置き、パニックの空回りを鎮めようとした。「知らなかったのだからしかたがない。すぐに行動に移れ。ラーニを捜しに行くんだ」

リヴェンジは急げるだけ急いで母の寝室に向かった。

「〝マーメン〟?」ドアをあけながら声をかけた。「〝マーメン〟、起きてください」

母はシルクのシーツをかけたベッドに起きあがった。白髪はまとめてキャップをかぶっている。「でも……まだ陽も落ちていないのに。いったい――」

「ラーニが着替えを手伝いに来てくれます」

「まあ、リヴェンジ……なぜなの」

「すぐに屋敷から出なくてはならないのです」

「そんな――」

「時間がないんです、〝マーメン〟。説明はまたあとで」母の両ほおにキスをしていると、メイドが入ってきた。「ああ、来てくれたか。ラーニ、急いで奥さまの着替えをお手伝いしてくれ」

「かしこまりました」〝ドゲン〟は言ってお辞儀をした。

「リヴェンジ! なにが――」

「急いでください。〝ドゲン〟がご案内しますから。あとで電話します」

彼の名を呼ぶ母の声を背中に、彼は私室に向かった。声を聞きたくなくてそのドアを閉じる。電話をとり、〈兄弟団〉の番号にかけた。できればかけたくはなかったが、ベラの安全が最優先だ。のどが痛むほど無理に声を絞り出してメッセージを残すと、ウォークインクロゼットに入っていった。

いまは日中だから屋敷は完全に密閉されている。〝レッサー〟のもぐり込むすきまはない。窓やドアをおおうシャッターは防弾防火仕様だし、屋敷の本体は石造りで、壁の厚さは六十センチほどもある。最後の仕上げに、監視カメラや警報装置があちこちに設置してあるから、敷地内でだれかがくしゃみでもすればすぐにわかる。だが、ともかく〝マーメン〟の安全は確保しておきたい。

それに、夕闇がおりしだい、鉄の門をあけて歓迎の用意を整えておくつもりだ。あの〝レッサー〟をなかへ入れてやるのだ。

リヴェンジはミンクのローブを脱ぎ、黒のパンツに分厚いタートルネックのセーターに着替えた。母が屋敷を脱出するまでは武器を取り出したくない。いまはまだ完全にヒステリーを起こすところまでいっていないとしても、彼が完全武装しているのを見たら、まちがいなく母は度を失ってしまう。

避難準備の進みぐあいを調べに戻る前に、クロゼット内の錠をかけたキャビネットに目をやった。そろそろ午後のドーパミンを打つ時刻だ。なんと、おあつらえ向きじゃないか。

にやりと笑って、注射を打たずに部屋をあとにした。五感のすべてを目覚めさせるときが来たのだ。

夜が来てシャッターがあがったとき、ザディストはベラのとなりで脇を下にして横たわり、彼女の寝顔を眺めていた。彼の腕のなかにすっぽり収まって、仰向けになって眠っている。頭が彼の胸と同じ高さだ。シーツも毛布も、その裸身をおおうものはなにもない。欲求期の名残《なご》りで、いまも体内に熱がこもっているからだ。

厨房から戻ってきて手ずから食事をさせたあと、彼女はうとうとしはじめた。そこできれいなリネンでベッドを整えなおし、ふたりそろって暗がりのなかで横になったのだ。

彼女の腿の付け根近くから乳房の下までなでてあげて、人さし指で乳首に軽く触れた。もう何時間も、ずっとこんなふうに愛撫し、ハミングして聞かせている。疲れのあまりまぶたをちゃんとあけていられないほどだが、こうして過ごす静かな時間のほうが、目を閉じて得られる休息よりずっと好ましかった。

彼女が身じろぎしてこちらにすり寄ってきて、腰が彼の腰をかすめた。驚いたことに、彼女が欲しいという衝動が湧いてきた。当分はそういう気にはなるまいと思っていたのに。そっくり返るようにして、自分の身体を見おろした。ボクサーショーツの前開きから、昨夜さんざん使ったあれの頭がはみ出している。陰茎が伸びるにつれて、その丸い頭がいよいよ突き出してくる。

なにかの法則を破っているような気分で、ベラの乳首のまわりで円を描いていた指を股間におろし、それを押してみた。固くなっているせいで、すぐにもとの位置に戻ってしまう。

目をつぶり、たじろぎながらも、片手でにぎってみた。しごいてみて驚いた。固い芯《しん》のまわりでやわらかい皮膚がずれる。ひどく変な感じだ。ただ、不快ではない。というより、ベラのなかに入ったときに少し似ている。もっとも、あれほどよくはない。はるかに劣る。
ちくしょう、おれはなんて臆病者なんだ。こわいのか、自分の……自分のムスコ《ディック》か、チンポ《コック》か、それともペニスか、なんと呼べばいいのだろう。ふつうの男はなんと呼ぶものなのだろうか。やっぱりジョージはないよな。だがなぜか、あれを……あれと呼ぶのは、いまではなにかちがうような気がする。

言ってみれば、和解の握手をしたわけだから。

いったん手を離して、手のひらをボクサーショーツのウェストゴムの下にすべり込ませた。不安で吐き気がしたが、前人未踏の領域に分け入ったからには、行くところまで行かなくてはならない。でないと、二度と試してみる勇気が出ないのはわかっている。

不器用に、あれ……でなくムスコ——そうだ、まずはムスコと呼ぶことにしよう——を動かしてショーツのなかに収めつつ、わきへどけてその下の睾丸にさわってみた。固くなった陰茎に下から衝撃が突きあげてきて、先端がうずいた。

悪くない。

まゆをひそめながら、天から与えられたものを生まれて初めていじってみた。考えてみると不思議だ。ずっとこんなものが身体にくっついていて、というかぶら下がっていたのに、こういうことを一度もしてみたことがなかったとは。遷移を終えて間もない若い男なら、まずまちがいなくしょっちゅうやっていることだろうに。

また軽くさわってみると、睾丸がだんだん張ってきて、ムスコもさらに固くなってきた。

下半身に沸騰するような感覚があって、頭にベラのイメージがぱっと浮かんだ。彼とセックスをしているイメージ、広げた彼女の脚をあげさせて、深く突いたときの姿が。骨がうずくほどはっきりと、彼女のうえに乗ったときの感触を思い出す。彼女のあの部分がどう動いたか、どれほど締まっていたか……

すべてが雪だるま式に加速していき、頭のなかにはイメージがあふれ、彼の手が当たる場所からエネルギーの奔流が全身に広がる。息が速くなる。口が開く。身体がうねるように動き、腰が前に突き出される。衝動的に寝返りを打って仰向けになり、ボクサーショーツを引っぱりおろした。

とそのとき、はたと気づいた。おれはなにをやってるんだ。マスターベーションを、ベラのとなりで……信じられない、なんとあさましいことを。

自己嫌悪にさいなまれて、手を離し、ショーツをまた引っぱりあげようと——

「やめないで」ベラがそっと言った。

Zの背筋をぞっと冷たいものが走った。しまった。

彼女と目が合い、顔に血がのぼってきた。

しかし、彼女はほほえみかけてきて、彼の腕を愛撫した。「とてもすてきよ、あんなふうに背中をのけぞらせて。最後までやって、ザディスト。やりたいんでしょう。なんにも恥ずかしがることなんかないわ。自分でさわってるあなたの姿、美しいもの」

彼の上腕にキスをして、盛りあがっているボクサーショーツの股間に目を向けた。「最後までやって」とささやく。「いくところを見せて」

ばかみたいにそわそわしながら、なぜか自分を抑えられなくて、彼は起きあがって着ているものを脱いだ。

また横になると、ベラが励ますように小さく声をあげた。それに勇気づけられて、彼はゆっくり手を下腹にすべらせた。筋肉の隆起とそれをおおう無毛のなめらかな皮膚の感触。しかし、先ほどの続きを再開できるとは——

なんてこった。股間のものはかちかちで、拍動の伝わるのがわかるほどだ。

ベラの濃青色の目をのぞき込みながら、手を上下に動かした。快感の火花が飛び散り、全身を流れはじめる。ああ……そんなはずはないと思いながらも、彼女に見られていると興奮する。以前見られていたときは——

いや、いまは昔のことを思い出してはいけない。百年前にあったことをくよくよ考えていたら、ベラと過ごすこのひとときが台無しになる。

見物人の前でされたことの記憶を、扉を閉めるようにして閉め出した。**ベラの目を……あの目を見ろ。あの目に没入し、あの目に溺れろ。**

彼女のまなざしはとても美しかった。そのまなざしに暖かく照らされ、包み込まれて、彼女の腕に抱かれているようだった。彼女の唇を見た。乳房を。腹部を……身内に高まる欲望が倍々の勢いでぐいぐい上昇し、爆発して、全身いたるところが情欲に張りつめる。

ベラの目がゆっくりおりていく。彼が動くのを見ながら、下唇を軽く嚙んでいる。二本の牙が小さな白い短剣のようだ。あれをまたこの身に埋めてほしい。彼女に血を吸われたい。

「ベラ……」彼はうめいた。ちくしょう、彼はすっかりのめり込んでいた。

片脚を曲げてあげ、のどの奥でうめきながら手をいっそう速く動かし、先端の動きに神経を集中した。一瞬後、彼はわれを忘れた。声をあげ、頭を枕に突っ込み、背骨が天井に向かってそりあがった。熱いものが胸から腹にほとばしり、リズミカルな噴出がしばらく続いて、彼はついに果てた。先端がもうさわれないほど過敏になって、彼は手を止めた。

荒い息をつき、ひどいめまいをこらえながら、横向きになって彼女にキスをした。身を引いたときに目を見て、なにもかも読まれているのをさとった。彼女は知っているのだ、彼女の助けがなかったら、彼にはこの初体験をやり通すことはできなかったということを。だがなぜか、その目に憐れみの光はなかった。これまで自分で自分に触れることもできない意気地なしだったことを、彼女は少しも気にしていないようだ。

彼は口を開いた。「あいし――」

ノックの音がして、してはならない告白をさえぎった。

「あけんな」彼は吼《ほ》えて、自分の身体をボクサーショーツでぬぐった。ベラにキスをして、シーツをかけてやってからドアに歩いていった。

向こう側のだれかが部屋に押し入ってくるとは思えないが、それでもドアを肩で押さえた。ばかげた衝動だが、欲求期後の輝くようなベラの姿をだれにも見せたくない。見ていいのは彼ひとりだ。

「なんだ」

フュアリーの声がくぐもって聞こえる。「おまえが携帯を仕込んだ〈エクスプローラ〉な、昨夜動いたんだ。その行先が複数のスーパーマーケットで、それがどれも、ウェルシーが冬至の祭りのためにりんごを注文してたとこなんだ。注文はキャンセルしたが、偵察が必要だ。十分後に〈兄弟団〉のミーティングをラスの書斎でやる」

Zは目を閉じ、ひたいをドアに当てた。現実が戻ってきやがった。

「ザディスト、聞いてるのか」

彼はベラに目をやった。ふたりの時間は終わった、と思った。寒くもないのに胸もとにシーツをかき寄せているようすから見て、彼女もそうと察したようだ。

ちくしょう……胸がいてえ。文字どおり、胸が……痛かった。

「すぐ行く」彼は言った。

ベラから目をそらし、うつむいて、シャワーを浴びに行った。

36

夜が更けていくのを気にしつつ、Oははらわたの煮えくり返る思いでキャビンを歩きまわり、必要な武器弾薬をそろえていた。わずか三十分ほど前に戻ってきたところだが、まったくさんざんな一日だった。まず〈オメガ〉のもとへ行き、とんでもない雷を落とされた。舌でむち打たれたようだった。ふたりの〝レッサー〟が逮捕されたことで、主人はかんかんになっていた。あの役立たずどもがつかまってブタ箱に放り込まれたのが、すべてOの落ち度だとでもいうのだろうか。

言いたいことを言って気がすむと、〈オメガ〉は問題の〝レッサー〟を人間界から召喚《しょうかん》した。引綱をつけた犬を引き戻すように、ふたりをつなぐ〝鎖〟をたぐり寄せたのだ。意外にも、それは〈オメガ〉にとって容易なことではなかった。〈ソサエティ〉のメンバーを本来の居場所へ呼び戻すのは、手のひらを返すように簡単にはいかないらしい。主人のこの弱点は忘れないでおくことにしよう。

もっとも、そんな弱さは長続きしなかった。まったく、あのふたりの〝レッサー〟は、魂を譲り渡したことをさぞかし後悔しているだろう。〈オメガ〉はさっそくふたりをいたぶりはじめ、クライヴ・バーカーの恐怖映画そこのけの場面がくり広げられた。しかも〝レッサー〃は不死身だから、懲罰は〈オメガ〉が飽きるまでいつまでも続くのだ。

Oが立ち去るときも、〈オメガ〉は飽きるどころかすっかり没頭しているようだった。

物質世界に戻ったとたん、またもやうんざりさせられた。Oが留守のあいだに、〈補助部隊《ベータ》〉が本格的に暴走を始めたのだ。一個部隊の四人全員が、ひまをもてあまして他の〃レッサー〃を攻撃しにかかっていた。いわば索敵・掃討ごっこが始まり、〈ソサエティ〉のメンバーが多数生命を落とした。度を失っていくいっぽうのUのボイスメールが、この六時間にわたる事態の悪化を物語っていて、聞いているとわめきだしそうだった。

くそったれめ。Uは副官としてはまったく使いものにならなかった。〈ベータ〉の内紛を止めることができず、その暴力ざたのあいだに人間がひとり殺されていた。人間の生命などどうでもいいが、問題は死体だ。警察とまたかかわりあいになるのはぜひとも避けたい。

というわけで、Oはその現場に出かけていき、みずから手を汚して厄介な遺体を始末した。その後、二時間ほどもむだな時間を費やして、ごろつきの〈ベータ〉を特定し、ひとりずつ制裁を加えに行った。殺してやりたかったが、〈ソサエティ〉の戦列にこれ以上欠員が出れば、また主人のご機嫌を損ねることになる。

四人のばかどもをさんざんにぶちのめすころには、それが三十分ほど前のことだったのだが、Oはすっかり怒り狂っていた。しかもそこへUが電話をかけてきて、うれしいニュースを伝えてきた。冬至の祭りのために出されていたと思われるりんごの注文が、すべてキャンセルされていたというのだ。なぜ完全にキャンセルされたのか――考えられる答えはただひとつ、監視していることをなぜかヴァンパイアに勘づかれたのだ。

まったく、Ｕの隠密作戦の手腕はじつに大したものだ。くたばれ。

というわけで、〈オメガ〉の名のもとに大量殺戮《さつりく》をおこなうというもくろみは、あっけなく失敗に終わった。というわけで、主人の機嫌をとる手段がなくなってしまった。というわけで、女が生きていたとしても、彼女を〝レッサー〟にするのはますますむずかしくなってしまった。

その時点でＯはついに爆発した。電話越しにＵを怒鳴りつけ、ありとあらゆる罵詈雑言《ばりぞうごん》を浴びせた。Ｕはその回線ごしのむち打ちに言い返す度胸もなく、頭を垂れて黙りこくっていた。その沈黙にＯはいよいよ激昂《げっこう》したが、しかしこれはいつものことで、攻撃されて反撃してこないやつが彼は昔から嫌いなのだ。

くそいまいましい。Ｕは頼りになる男だと思っていたが、実際にはただの腰抜けだった。うんざりだ。Ｕの胸をひと突きするべきなのはわかっているし、いずれはそうするつもりだが、つまらないことに時間をとられるのはもうたくさんだった。

〈ソサエティ〉もＵも〈ベータ〉も〈オメガ〉もくそくらえだ。彼にはもっと重大な問題があるのだ。

Ｏはトラックのキーをつかむとキャビンをあとにした。まっすぐソーン街二七番地に向かい、あの屋敷に入り込むつもりだった。捨て鉢になっているような気もするが、求める答えはきっとあの鉄の門の向こうにある。

ついに、彼の女がどこになぜいるのか、突き止めることができるのだ。

〈Ｆ１５０〉に乗り込もうとしたとき、首のあたりで鈍痛が始まった。Ｕをさんざん怒鳴りつけたせいにちがいない。気にせず運転席に乗り込んだ。トラックを出しながら、Tシャツのえりを引っぱり、何度か咳をして、痛みをほぐそうとした。ちくしょう。どうもおかしな感じだ。

一キロも走らないうちに、息が苦しくなってきた。窒息しそうだ。のどをつかみ、ハンドルをぐいと右にまわしてブレーキを踏み込んだ。ドアをあけ、転がるように外へ出た。冷たい外気のおかげで楽になった気がしたが、それもほんの一、二秒のことで、すぐにまた息が詰まった。

Oはがっくり両ひざをついた。顔から先に雪のなかに倒れ込みながら、壊れた電灯のように目の前がちらつき、やがて真っ暗になった。


ラスの書斎に向かって廊下を歩きながら、ザディストの頭はすっきり冴えていたが、肉体の反応は鈍かった。書斎に足を踏み入れたときには、兄弟たちはみな顔をそろえていて、その全員がそろって口をつぐんだ。そちらには目もくれず、ザディストは床に目を向けたまま、いつも寄りかかる部屋のすみに歩いていった。ミーティングの開始を告げるように、だれかが咳払いをした。たぶんラスだろう。

トールメントが口を開いた。「ベラの兄貴から電話があった。〝隔離《セクルージョン》〟の認可を一時たなあげにして、二、三日ここに滞在させてほしいというんだ」

Zはぱっと顔をあげた。「なんでまた」

「理由は言ってなかっ——」トールは不審げに目を細めてZの顔を見た。「こいつは……驚いた」

ほかの者たちもこちらに目を向け、押し殺した驚きの声が二、三漏れた。兄弟たちもブッチも、その後は声もなくただ見つめている。

「なんだ、なにじろじろ見てんだよ」

フュアリーが、両開きドアのそばに掛かるアンティークの鏡を指さした。「自分で見てみろ」

ザディストは部屋を突っ切っていきながら、どいつもこいつもくたばれと言ってやりたかった。いま大事なのはベラの――

鏡を見るなり、彼はぽかんと口をあけた。震える手を伸ばし、古風な鉛ガラスに映る自分の目に触れた。黒くない。黄色に変わっている。双児の兄弟と同じ色に。

「フュアリー?」彼はささやくように言った。「フュアリー……なんでこうなったんだ?」

フュアリーが後ろから近づいてきて、その顔がZの顔の横に並んだ。続いて、ラスの黒い長髪とサングラスが鏡のなかに現われる。次は天から降ってきた星のようなレイジの美貌、さらにヴィシャスの〈レッド・ソックス〉の野球帽。トールメントのクルーカット。そしてブッチのつぶれた鼻。

ひとりまたひとりと、かれらは手を伸ばしてZに触れた。大きな手が肩にそっとのせられる。

「兄弟、よく帰ってきたな」フュアリーがささやいた。

ザディストは、背後に立つ男たちを見つめた。みょうな考えが頭に浮かんだ。いま、全身から力が抜けて後ろに引っくり返ったら……こいつらがちゃんと支えてくれるだろう。

ザディストが出ていってまもなく、ベラは彼を捜しにいこうと寝室を出た。兄に電話して話しあう手筈を整えようと思ったのだが、恋人の面倒を見るのが先だと気がついたのだ。家族のごたごたに、またどっぷり浸かるのはそのあとでいい。

ザディストが欲しているものを、とうとう与えることができる。切実に欲しているものを。彼女と過ごすあいだにすっかり干あがって、彼がいまどれほど飢えているか手にとるようにわかる。どうしても身を養わせなくてはならない。いま彼女の身内には彼の血が濃く流れているから、彼の飢えがはっきり感じとれるし、いまこの館のどこにいるかも正確にわかる。感覚を広げさえすれば、彼を感じ、見つけることができる。

ベラは彼の鼓動をたどって彫像の廊下を進み、かどを曲がり、階段の正面にある開いたままの両開きドアに向かった。なかから、怒気を含んだ男性の声が噴き出してくる。ザディストの声も混じっていた。

「とんでもない、これから出かけるなんぞ」だれかが怒鳴った。

ザディストの口調は敵意に満ちていた。「トール、おれにああしろこうしろ言うんじゃねえ。おれを怒らすだけで、時間のむだだぞ」

「おまえ、そのざまを見ろ——まるで骨と皮じゃないか！　身を養うまでは、この館を出ることは許さん」

ベラがなかに入っていったとき、ザディストはこう言っていた。「閉じ込められるもんなら閉じ込めてみやがれ。どうなっても知らんぞ、兄弟」

〈兄弟団〉の全員が見守るなか、ふたりの男は鼻と鼻を突き合わせ、目から火花を散らし、牙を剝き出しにしている。

なんてこと。あんなに殺気立って。

でも……トールメントの言うとおりだ。寝室の暗がりではよくわからなかったが、この明るいところで見ると、ザディストは半死半生のありさまだった。骨格に皮膚がじかに貼りついているようで、Tシャツはだぶついているし、パンツもずり落ちそうだ。黒い目はふだんどおりの強い光を放っているが、それを除けばどこをとっても痛々しい姿だった。

トールメントは首をふった。「無茶なまねは——」

「ベラの〝仇討ち《アヴェンジ》〟を果たすためだ。どこが無茶なんだ」

「いいえ、無茶だわ」ベラは声をあげた。その思わず漏らしたひとことに、全員の目がこちらを向いた。

彼女の姿を見たとたん、ザディストの目の色が変化した。怒りに光るおなじみの黒い目が、明るく輝く黄色にぱっと変わったのだ。

「あなたの目」ベラはささやくように言った。「どうしたの、その——」

ラスが口をはさんだ。「ベラ、兄上から連絡があった。もうしばらくここに泊まっていてほしいそうだ」

驚きのあまり、ベラはザディストから目をそらした。「ほんとうですか、マイ・ロード」

「〝セクルージョン〟を認可するのはしばらく待ってくれと言われた。それで、あなたにはここにいてもらいたいと」

「なぜでしょう」

「さあ。じかに尋ねてみてはどうかな」

ほんとにリヴったら、それでなくても心配ごとは山ほどあるのに。またザディストに目を向けたが、いま彼は部屋の反対側の窓を見ていた。

「もちろんわれわれとしては、いつまででも大歓迎だ」ラスは言った。

ザディストが身を硬くするのを見て、ラスの言葉はどこまでほんとうだろうかとベラは思った。

「わたしは〝アヴェンジ〟を果たしてもらいたいとは思いません」ベラははっきり言った。ザディストの顔がくるりとこちらを向くと、まっすぐ彼に向かって言った。「ほんとうによくしてもらって、あなたにはとても感謝しているわ。でも、わたしをつかまえた〝レッサー〟に報復するために、だれかが傷つくのはいやなの。とくにあなたには傷ついてほしくない」

ザディストのまゆが目のうえにひさしを作った。「そんな心配はいらん」

「そうはいかないわ」彼が戦闘におもむく姿を想像したら、恐怖のあまりなにも考えられなかった。「お願い、ザディスト……わたしのせいで、あなたが殺されたりしたら耐えられないわ」

「棺桶《かんおけ》に突っ込まれるのは〝レッサー〟のほうだ。おれじゃねえ」

「ばかなこと言わないで！　ねえ、よく考えて。とても戦える状態じゃないわ、そんなに弱ってるじゃない」

いっせいに唸り声があがり、ザディストの目が黒く変わった。

ああ……しまった。ベラは手で口をふさいだ。弱いと決めつけてしまった。それも、兄弟全員の前で。

これ以上の侮辱はない。弱みを見せるのは、戦士階級の男性にとって最大の恥であり、どんな理由があろうとも、それをほのめかすだけで赦しがたい侮辱なのだ。それなのに、おおぜいの前でこれほどはっきり言ってしまった。これは社会的な去勢も同じ、男性としての価値をまっこうから否定する行為だ。

ベラはザディストに駆け寄った。「ごめんなさい、そういう意味じゃ――」

ザディストは両手をあげて彼女を押しとどめた。「そばに来んな」

ベラはまた手で口をふさいだ。彼はまるで地雷をよけるように彼女をよけて歩いていき、そのままドアに向かった。足音が廊下を遠ざかっていく。勇気を奮い起こして顔をあげると、こちらを見る兄弟たちの目は冷やかだった。

「いますぐあやまってきます。ただ、これだけは申し上げたいんですけれど、彼が勇敢な強い男性なのは少しも疑っていません。ただ、心配でたまらないんです。わたし……」

みんなの前で言うのよ。そうすればわかってもらえる。

「わたし、彼を愛してるんです」

とたんに室内の空気がやわらいだ。と言っても完全にではない。フュアリーはこちらに背を向け、暖炉のそばへ歩いていくと、マントルピースに身体を預けた。頭を低く下げて、まるで火のなかに飛び込みたがっているかのようだ。

「それを聞いて安心した」ラスが言った。「あいつにも聞かせてやってくれ。早く追いかけていって、あやまったほうがいい」

書斎から出ようとすると、トールメントが彼女の前に進み出て、まっすぐに目を合わせてきた。「ついでに、あいつの身を養ってもらえないか」

「ほんとに、そうさせてくれればいいんですけど」

37

リヴェンジは屋敷をうろつき、部屋から部屋へ、いらいらと叩きつけるような足どりで歩いていた。視界は赤く染まり、感覚は研ぎ澄まされ、杖は何時間も前に不要になった。ふだん感じる寒さも消え、タートルネックのセーターを脱ぎ捨て、いまは剝き出しの肌に武器を吊るしている。全身の感覚がよみがえり、四肢にみなぎる力が快かった。それだけではない。こんな感覚を最後に味わったのは……

信じられん、ここまでの逸脱を自分に許したのはもう十年ぶりだ。これは人工的に作り出された状態、意図的な狂気への退行状態であり、そのおかげで彼は全能感を味わっていた——おそらく危険な錯覚だろうが、そんなことはどうでもいい。この……解放感。敵とどうしても戦いたい。その灼けつく欲求はまさに性欲そのままだった。

というわけで、いまは欲求不満まで抱えている。

図書室の窓から外を見た。訪問者を招き入れようと、正門は大きく開いたままにしておいた。しかし、訪ねてくる者はなかった。ただのひとりも。まるっきり。

グランドファーザー時計が十二回鳴った。

〝レッサー〟はかならず現われると思っていたが、あの門をくぐり、車寄せを通って、この屋敷に近づいてくる者はなかった。敷地周辺の監視カメラによれば、前の道路を通り過ぎていった車は、いずれもこの街区の住人のもののようだ。〈メルセデス〉が何台も、〈マイバッハ〉が一台、〈レクサス〉のSUVが五、六台、それに〈BMW〉が四台。

くそったれめ。あの〝レッサー〟をこの手にかけたい。その欲求が強すぎて、叫びだしたいほどだった。戦いたい、家族の〝アヴェンジ〟を果たしたい、縄張りを守りたいという衝動の強さは、とくに不思議なことではない。彼の血統は、母方では名のある戦士にまでさかのぼることができる。身内に強烈な攻撃衝動を備えているのだ。これは昔からそうだった。その本来の気性に加えて、妹のこと、そして昼日中に〝マーメン〟を家から逃がさなくてはならなかったことへの怒りがたぎっている。彼はいま爆発寸前の火薬庫だった。

〈兄弟団〉のことを考えた。たぶん入団候補に選ばれていただろう、彼が遷移を迎える前に選抜がおこなわれていれば……もっとも、いまも〈兄弟団〉がまともに機能しているのかどうかはわからない。ヴァンパイア社会は崩壊し、〈兄弟団〉は地下にもぐった。隠れて孤立した集団となり、守ると誓った一族よりも自分自身を守ることばかり考えている。

どうしても考えずにはいられない――かれらが保身にばかりかまけず、もっとまじめに職分を果たしていれば、ベラが誘拐されることはなかったのではないか。あるいは、すぐに救出できたのではないだろうか。

新たに怒りが湧くのを感じつつ、彼はでたらめに邸内を歩きつづけた。たえず窓や扉の外をうかがい、モニターを確認する。しまいに、あてもなく待っているのがばかばかしくなってきた。ひと晩じゅううろうろ歩きまわっていたら、しまいには頭がおかしくなる。それに、ダウンタウンでは仕事が待っているのだ。警報装置をセットしておいて、それが鳴ったらまばたきの間に非実体化して戻ってくればいい。

　自室に引きあげるとクロゼットに向かい、その奥の施錠したキャビネットの前で立ち止まった。薬を打たずに仕事に行くわけにはいかない。たとえ、例の〝レッサー〟が現われたときに、素手の格闘でなく拳銃で戦わなくてはならないとしてもだ。

　リヴェンジは、ドーパミンの小壜《バイアル》とともに、注射器と止血帯を取り出した。注射針をはめ込み、ゴムチューブを上腕に巻きつけながら、血管に送り込もうとしている透明な液体を見つめた。ハヴァーズが言うには、これほど用量が増えると、ヴァンパイアによっては副作用として妄想が生じることがあるらしい。しかもリヴェンジは、このところ処方の倍量を注射している。いつからだったか……なんと、ベラが誘拐されてからずっとだ。ということは、ひょっとして彼はいま被害妄想に陥っているのだろうか。

　だがそのとき、門の前にたたずんでいた男の体温のことを思い出した。摂氏十度は生きものの体温ではない。あれは人間ではない。

　薬液を注射し、視界が正常に戻るのを、そして肉体の感覚が消えるのを待った。暖かい服を着、杖をとって部屋をあとにした。

　ザディストはずかずかと〈ゼロサム〉に入っていきながら、フュアリーの無言の不安をはっきり感じとっていた。湿っぽい霧のように背後に迫ってくる。双児の気分を無視するのがむずかしいことでなくてよかった。でなかったら、絶望感に呑み込まれていただろう。

弱ってる。そんなに弱ってるじゃない。

ああ、それについちゃこれから手を打ってやるさ。

「二十分したら、裏の路地に出てきてくれ」とフュアリーに言った。

ザディストは時間をむだにせず、髪をシニョンにまとめた人間の売春婦を選び、二百ドル渡して、ほとんど押し出すようにしてクラブを出た。彼の顔の傷も、大きな身体つきも、強引に引っ立てるようなやりかたも、売春婦はまるで気にしていないようだ。薬でハイになっていて、目は完全にとろんとしていた。

路地に出ると、女はけたたましく笑った。

「どういうのが好き?」と言いながら、摩天楼のようなハイヒールでダンスのステップを踏む。よろめいてあきらめ、次は両手を頭上にあげて、この寒いなかで伸びをした。「お兄さん、荒っぽいのが好きそうね。あたしはいいよ、それで」

売春婦の身体を裏返してレンガの壁に顔を向けさせ、うなじをつかんで押さえた。女はくすくす笑い、抵抗するふりをしてみせる。それを押さえつけつつ、この長い年月に血を吸ってきた無数の人間の女たちのことを考えた。あの女たちの記憶はきれいに消せただろうか。潜在意識がざわめいて、彼のことを悪夢に見てうなされたりしていないだろうか。

虐待だ。彼のしていることは虐待だ。女主人と同じだ。

唯一のちがいは、彼にはほかに選択肢がないということだ。

だが、ほんとうにそうか。今夜はベラから身を養うこともできたのだ。彼女もそう望んでいたではないか。しかし、もし彼女の血を飲んだら、お互いに離れるのがいっそうむずかしくなるだけだ。そして、このままいけば別れるしかないのはわかっている。彼女は〝アヴェンジ〟を望んでいない。だが彼のほうは、あの〝レッサー〟が地上をうろついているかぎり、心の休まるときはない。

しかしそれ以上に、彼はベラを見ていられなかった。自分につりあわない男を愛そうとして、身を滅ぼそうとしている。去らせなくてはならない。幸福に平和に暮らしてほしい。この先一千年間、毎朝穏やかな笑みを浮かべて目を覚ましてほしい。よい連れあいを、心から自慢できる男を見つけてほしい。

きずなを結んでいながら、彼女とつながっていたいという思いよりも、彼女に幸福になってほしいという思いのほうが強かった。

売春婦が身をよじりだした。「ねえお兄さん、やるの、やらないの？ あたし、なんだかコーフンしてきちゃったんだけど」

Ｚは牙を剝き、嚙みつく準備に頭を引いた。

「ザディスト——やめて！」

ベラの声だ。首をまわすと、彼女は路地のまんなかあたり、四、五メートルほど先に立っていた。目は恐怖に見開かれ、口も半開きになっている。

「お願い」かすれた声で言った。「やめて……そんなこと」

最初は、すぐに館に連れて帰って、なぜ外へ出たと怒鳴りつけてやりたいと思った。だが、そこで思いなおした。これは彼女とのつながりを断つチャンスだ。四肢切断のように大きな痛みをともなうだろうが、彼女の傷はいずれ癒えるだろう。たとえ彼は破滅するとしても。

売春婦はベラのほうに目を向け、上機嫌でけらけら笑った。「彼女、見物すんの？　だったら五十ドルよけいにもらうよ」

ベラは手をのどに当てた。ザディストは、自分の身体で人間をレンガ壁に押しつけている。胸が痛くて、ベラは息ができなかった。彼がほかの女性のすぐそばにいるのを見ると……人間で、しかも売春婦だ……それも、身を養うために。昨夜ふたりで過ごしたばかりなのに。

「お願い」ベラはまた言った。「わたしを使って。わたしから飲んで。それはやめて」

彼は女をぐるりとこちらにまわし、ふたりそろってベラと正対する格好になった。片腕を女の胸にまわして押さえると、売春婦は笑って身をくねらせた。身体を彼の身体にこすりつけ、腰を淫靡《いんび》に揺らしている。

ベラは、凍りつく寒さのなか、両手を差し伸ばした。「あなたを愛してるの。〈兄弟〉たちの前で侮辱するつもりはなかったのよ。お願い、仕返しにそんなことをするのはやめて」

ザディストの目は彼女の目に釘付けになっていた。その目には絶望が、深い悲哀が宿っている。だが、彼は牙を剝き出しにし……それを女の首に埋めた。彼が飲むのを見て、ベラは悲鳴をあげた。売春婦がまた、けたけたと甲高い笑い声をあげる。

ベラは後ろによろめいた。いまも彼の目は彼女の目を見ている。牙の位置を変えてさらに強く吸いながらも。もうこれ以上見ていられなくて、ベラは非実体化した。思いつける行先はひとつしかない。

家族の屋敷だ。

38

「尊者《レヴァレンド》がお会いしたいそうで」

フュアリーは、注文した炭酸水のグラスから顔をあげた。大男ぞろいの〈ゼロサム〉の用心棒のひとり――ムーア人だ――が、のしかかるように立っている。無言の威嚇《いかく》を全身ににじませていた。

「とくに理由でも？」

「上顧客《おとくい》さんですから」

「だったらほっといてもらおうか」

「それはノーってことですか」

フュアリーは片方のまゆをあげた。「ああ、答えはノーだ」

ムーア人は姿を消したが、すぐに応援を連れて戻ってきた。いずれ劣らぬ大男がさらにふたり。「レヴァレンドがお会いしたいと言ってます」

「ああ、それはさっきも聞いた」

「どうぞ、こちらへ」

フュアリーがブースをすべり出た理由はただひとつ。この三人組は、どうやら抱えあげてでも彼を連れていく気らしかったからだ。三人を殴りとばしたりすれば、人目を引いて厄介なことになる。

オフィスに一歩足を踏み入れたとたん、レヴァレンドが険悪な精神状態なのがわかった。べつだん驚くようなことではないが。

「おまえたちはずせ」ヴァンパイアがデスクの向こうでぼそりと言った。

用心棒たちが出ていくと、レヴァレンドは椅子に深くすわりなおした。紫の目が鋭く光っている。本能的に、フュアリーは片手をそろそろと背中にまわし、ベルトに差した短剣をいつでも抜ける体勢に入った。

「先日の話しあいのことをずっと考えていたんだが」レヴァレンドは言って、両手の長い指の先を合わせて尖塔《せんとう》を作った。頭上の照明を受けて、高いほお骨とたくましいあご、分厚い肩が浮かびあがっている。モヒカンは短く刈り込まれ、その黒い筋の厚みは、頭皮からせいぜい五センチほどだ。「つまり……わたしのささやかな秘密を知られたことを考えてたわけだ。裸にされたような頼りなさを感じてね」

フュアリーは無言のまま、いったいなにが言いたいのかといぶかっていた。

レヴァレンドは椅子を後ろにずらし、脚を組んで、足首をひざにのせた。高価なスーツの前が開いて、広い胸があらわになる。「わたしの気持ちは想像がつくと思う。そのせいで眠れない日々を過ごしているよ」

「〈アンビエン〉を服《の》むといい。すとんと眠れる」

「あるいは、〈レッドスモーク〉をぶかぶか吸うか。あなたのようにな」片手をモヒカンの髪にやり、唇を歪めて陰険な笑みを浮かべた。「まあつまり、わたしはいま身の危険を感じてるんだよ」

嘘をつけ。頭が切れて腕も立つムーア人たちに、がっちり身辺を警護させているくせに。それに、明らかに自分の身は自分で守れる男だ。加えて〝シンパス〟だ。戦闘となったら、ほかのだれにもまねのできない特技を発揮できるのだ。

レヴァレンドの顔から笑みが消えた。「それで、あなたにも秘密を明かしてもらえないかと思ったんだよ。そうすれば五分と五分だ」

「おれに秘密はない」

「またまた……戦士の君」レヴァレンドの口の端がまたあがったが、紫の目は冷たかった。「あなたは〈兄弟団〉のメンバーだ。あなたも、ここにいっしょに来る大男たちも。あごひげを生やしてうちのウォトカを飲む男、顔にひどい傷があってうちの売春婦から血を吸ってる男。つるんでいるあの人間のことは、どうにも理解に苦しむが、それはどうでもいい」

フュアリーはデスクの向こうをじっとにらんでいた。「あんたはいま、一族の守っている礼儀をことごとく踏みにじったな。だがまあ、麻薬ディーラーふぜいに、お行儀よくしろというほうがまちがっているか」

「そう、それに麻薬常用者は嘘つきと相場が決まっている。つまり、あなたにものを尋ねるのは、そもそもむだだったということだな」

「口のききかたに気をつけろよ」フュアリーは押し殺した声で言った。

「ほう、気をつけないとどうなるかな？　あなたは〈兄弟団〉のメンバーだと認めて、痛い目にあわされないうちにわたしは態度を改めることになるのかな」

「そんなにけががしたいのか」

「なぜ認めないんだ。一族を守ることに失敗したせいで、〈兄弟団〉は反乱が起きるのを心配しているのか。このところろくすっぽ仕事をしてないから、それで姿を隠しているのか」

フュアリーは背を向けた。「なんでおれにそんな話をするのかわからん」

「じつはレッドスモークのことなんだが」レヴァレンドの声は短剣の刃のように鋭かった。

「ちょうど在庫を切らしてしまってね」

小さな不安のとげに、フュアリーは胸が締めつけられるようだった。肩ごしにふりむき、

「ディーラーはほかにもいる」

「首尾よく見つかるとよいね」

フュアリーはドアノブに手をかけた。まわらない。部屋の向こうをふり返った。レヴァレンドはあいかわらず、猫のようにこちらを見つめている。意志の力で彼をこのオフィスに閉じ込めている。

フュアリーは手に力を込めて引っぱり、真鍮のノブをむしり取った。ドアが力なく開くと、ノブをレヴァレンドのデスクに放り投げた。

「修理しといたほうがいいぜ」

三歩と行かずに腕をつかまれた。レヴァレンドの顔の表情も、腕をつかむ手も石のように固い。紫の目がまたたくと、ふたりのあいだにぱっとひらめくものがあった。なにか行き交うもの……電流のような……

なんの前触れもなく、フュアリーは罪悪感の大波が押し寄せるのを感じた。だれかにぽんとふたをはずされて、一族の未来に対する根深い不安と危惧《きぐ》が一度に噴き出してきたようだ。反応せずにはいられなかった。その圧力に抵抗することはできなかった。

その波に乗って、言葉が一度にあふれだした。「われらは一族のために生き、一族のために死ぬ。一族の存続はわれらの唯一最大の目的だ。われらは夜ごと戦い、殺した〝レッサー〟の壺の数を数えている。身分を隠すのは一般市民を守る手段だ。知らないほうが安全だからだ。だからわれわれは姿を消したのだ」

言い終えるが早いか、彼は悪態をついた。

ちくしょう、だから〝シンパス〟を信用しちゃいけないんだ。あるいは自分の感情を——〝シンパス〟がそばにいるときは。

「その手を離せ、この罪業喰らい《シン・イーター》」吐き捨てるように言った。「おれの頭のなかにちょっかいを出すな」

腕をにぎる手から力が抜け、レヴァレンドは軽く頭を下げた。あまりにも意外な敬意のしぐさ。「おや、これは驚いた。戦士の君、レッドスモークがいまちょうど入荷しましたよ」

フュアリーのそばをすり抜け、ゆっくりと人ごみのほうへ歩いていく。そのモヒカンの髪が、がっしりした肩が、発散するオーラが、彼が薬を供給している人間たちの群れに紛れ込んでいく。

ベラは家族の家の前に実体化した。庭の照明が消えている。おかしいとは思ったが、彼女は泣いていたから、たとえついていてもよく見えなかっただろう。なかに入り、警報装置を解除して、玄関に立った。

どうしてザディストはあんなひどいことをするのだろう。あまりにつらくて、目の前でセックスをされたほうがましなくらいだ。彼に残酷な面があるのは最初からわかっていたけれど、それにしてもこれはあんまりだ……

ただ、あれは侮辱されたことへの報復ではなかったのかもしれない。報復だとしたら、あまりに器《うつわ》が小さすぎる。あの人間に噛みついてみせたのは、別れを宣言するためだったのではないだろうか。きっとメッセージを送りたかったのだ。ベラとともに生きるつもりはない、迷惑だと、このうえなくはっきり伝えたかったのだ。

たしかに、はっきり思い知らされた。

落胆し、打ちのめされて、わが家の玄関広間を見まわした。なにもかもいつもどおりだ。青いシルクの壁紙、黒大理石の床、頭上のきらめくシャンデリア。まるで昔に返ったようだった。彼女はこの家で育った。母のおそらくは最後の子、愛情深い兄に甘やかされた妹、顔も知らない父の娘……

ちょっと待って。静かだ。静かすぎる。

「〝お母さま《マーメン》〟？　ラーニ？」返事はない。ベラは涙をぬぐった。「ラーニ、いないの？」

〝ドゲン〟はどこだろう。それに母は？　リヴェンジは留守だろうとは思っていた。なにをしているのか知らないが、夜はいつも出かけるから、兄がいないのは意外ではない。でも、ほかのみんなはいつも家にいるのに。

ベラは湾曲する階段の下へ歩いていき、階上を見あげながら「〝マーメン〟？」

階段をのぼり、小走りに母の寝室に向かった。ベッドのシーツはめくれたままで、くしゃくしゃになっている……ふだんなら、絶対に〝ドゲン〟がこのままにはしておかないのに。

恐怖に駆られて、廊下に出てリヴェンジの部屋に向かった。ここのベッドも乱れていた。〈フレッテ〉のシーツも、兄がいつも使っている何枚もの毛皮の掛けぶとんも、片側にめくりあげたままだ。こんな乱雑さを目にするのは初めてだった。

この家は安全ではない。

ベラは廊下に飛び出し、階段を駆けおりた。この屋敷の壁はどこも鋼鉄が埋め込んであるから、非実体化するには外へ出なくてはならない。

玄関のドアから飛び出した……が、どこへ行っていいのかわからない。たぶん〝マーメン〟や〝ドゲン〟は兄の隠れ家に連れて行かれたのだろうが、彼女はそこの住所すら知らない。それに、のんびり兄に電話をかけてもいられない。家のなかには入りたくないし。

選択の余地はない。胸は痛むし、腹は立つし、疲れきっている。また〈兄弟団〉のもとに戻るかと思うと、それがいっそうひどくなった。けれども、ばかなまねをするわけにはいかない。目を閉じて非実体化し、〈兄弟団〉の館に戻った。

ザディストは売春婦相手の用を手早くすませ、ベラに意識を集中した。いま彼女の体内には彼の血が流れているから、どこか南東のほうに実体化したのがわかった。三角法で、行先はベルマン道とソーン街のあたりだと見当をつける。とびきりの高級住宅街だ。自分の家に帰ったのだろう。

頭のなかで危険信号が鳴りだした。ベラの兄の電話は奇妙きてれつだった。おそらく自宅でなにかが起きているのだろう。そうでなかったら、〝セクルージョン〟を叩きつけようとしたあとで、〈兄弟団〉のもとにとどまれなどと言いだすはずがない。

あとを追おうとしかけたとき、ベラがまた移動したのを感じた。今回は〈兄弟団〉の館の外に実体化した。そこからよそへ移動する気配はない。

助かった。これでしばらくは、彼女の身の安全を気づかう必要はない。

ふいにクラブ側面のドアが開いて、フュアリーが出てきた。見るからに顔をこわばらせている。「養ったのか」

「ああ」

「それじゃいったん館に帰って、体力が戻るのを待て」

「もう戻った」**まあ、ある程度は。**

「Z――」

フュアリーは口をつぐみ、ふたりは同時にくるりと頭をまわし、トレード通りのほうに目を向けた。路地の出口を横切って、黒ずくめで白髪の三人の男が一列に並んで歩いていく。まっすぐ前を向いているのは、標的を見つけてそれに迫っているところなのだろうか。

ひとことも交わすことなく、Zとフュアリーは足音も立てずに走りはじめた。新雪のうえをすべるように走っていく。トレード通りまで出てみると、どうやら〝レッサー〟たちは獲物を追っているのではなさそうだった。べつの仲間の集団と落ち合おうとしているらしい――そちらの集団には、茶色の髪がふたり混じっていた。

Zは片手を短剣の柄《つか》にかけ、その茶色の頭のふたりにひたと目を当てた。どうかあのうちの一匹が目当ての男でありますように。

「Z、待て」フュアリーが声を殺して言いながら、携帯電話を取り出した。「まだ動くな。いま応援を呼ぶから」

「おまえが電話してるあいだに」――と短剣を抜いて――「片づけてくらあ」

Zは走りだした。短剣を腿のわきに下げているのは、ここが周囲に人間のいる目立ちやすい区域だからだ。

〝レッサー〟たちは即座にこちらに気がつき、攻撃体勢をとった。ひざを曲げ、腕をあげる。一匹も逃すまいと、〝レッサー〟たちの周囲を大きな円を描いて走った。その動きに合わせてかれらは移動し、向きを変え、三角形の陣形に固まってこちらに正対した。彼が物陰に退くと、一団となって追ってきた。

闇に全員が呑まれてから、ザディストは黒い短剣を高く振りあげ、牙を剝いて攻撃に移った。彼はただひたすら祈っていた――この殺戮の歌と舞踏が果てたとき、ダークヘアの〝レッサー〟のどちらかで、髪の根もとに白いものが見つかればよいが。

39

夜が明けようとするころ、Uはキャビンに歩いていき、ドアをあけた。ゆっくり時間をかけてなかに入る。この瞬間をぞんぶんに味わいたかった。この本部がいまは彼のものだ。〈筆頭殲滅者《フォアレッサー》〉になったのだ。Oはもういない。

こんなことをやってのけるとは、Uはわれながら信じられなかった。指導者の交代を〈オメガ〉に願い出る勇気が自分にあるとは。さらに信じられないのは、主人が彼の言いぶんを認めて、Oを召喚したことだ。

先頭に立つのはUの性分ではないが、ほかに選択肢があるとは思えなかった。跳《は》ね返りのベータやら逮捕やら反抗やら、昨日起きたあれこれからして、〝レッサー〟たちはみるみるうちに、完全な無政府状態に陥ろうとしている。それなのに、トップのOはのらくらしているだけだった。務めを果たすのを面倒がっているようにすら見えた。

Uは崖っぷちに立たされていた。〈ソサエティ〉に入会して二百年近く、それがいまになって崩壊していくのを、指をくわえて見ていることはできない。放っておけば雇われ殺し屋のただの寄せ集めになり、まとまりもなく、適当に気が向いたときにヴァンパイアを追うだけになってしまうだろう。信じられないことだが、本来の標的がだれなのか、メンバーたちはすでに忘れかけている。Oが手綱を引き締めるのを放棄してから、たった三日でそうなってしまったのだ。

この地上において〈ソサエティ〉を運営するのは、目的をはっきり自覚した強い手でなくてはならない。Oは辞めさせられて当然だったのだ。

Uは粗削り《あらけず》のテーブルの前に腰をおろし、ラップトップのスイッチを入れた。まずやらなくてはならないのは、メンバー全員を集めて総会を開き、力を誇示することだ。Oが正しく実行したのはこれだけだった。ほかの〝レッサー〟はみな彼を恐れていたから。

Uは〈ベータ〉のリストを呼び出し、見せしめとして血祭りにあげる者を選ぼうとした。ところがそこまでいかないうちに、頭の痛いニュースがインスタントメッセージで飛び込んできた。昨夜ダウンタウンで血みどろの戦闘があったらしい。〈兄弟団〉のメンバーふたりに〝レッサー〟は七人。幸い〈兄弟〉ふたりは負傷したようだが、生き残った〝レッサー〟はただひとりだった。これで〈ソサエティ〉はまたメンバーを失ったわけだ。

まったく、新規勧誘が最優先課題になりそうだ。しかし、そんな時間がどこにあるというのだ。まずは組織の手綱を引き締めることから始めなくてはならないというのに。

Uは目をこすりながら、山積する仕事のことを考えた。

これが〈フォアレッサー〉の務めというわけか。そう思いながら、携帯電話の番号を押しはじめた。

ベラは突き刺すような目でレイジを見あげた。向こうのほうが七十キロは重く、身長も二十センチは高いのだが、そんなことはどうでもいい。

　残念ながら、彼女がかんかんなのを向こうはまるで気にかけていないようだった。寝室のドアの前に立ちふさがったまま、ぴくりとも動こうとしない。

「でも、彼に会いたいのよ」

「いまはちょっとやめといたほうがいいと思うな」

「けがはひどいの？」

「これは〈兄弟団〉の仕事だから」レイジは穏やかに言った。「きみは気にしなくていい。どうなったかそのうち教えるよ」

「そうでしょうとも、彼がけがしたってみんなして教えてくれたものね。いい加減にしてよ、フリッツから聞きだしてやっと知ったのよ」

　そのとき、寝室のドアが開いた。

　ザディストは、かつて見たことがないほどむっつりしていて、おまけに傷だらけだった。片目はふさがるほど腫《は》れあがっているし、唇は裂けているし、片腕を肩から吊っている。首から頭にかけて、小さな切り傷があちこち無数についている。まるで砂利道かなにかに倒れて、何度も頭をバウンドさせたかのようだった。

　はっと息を呑むと、彼がこちらに目を向けた。その目が黒から黄色にぱっと変わったが、すぐに顔をそむけて早口にレイジに向かって話しだす。

「フュアリーがやっと落ち着いた」ベラのほうにあごをしゃくって、「ついててくれるんなら、なかに入れてやってくれ。ベラがそばにいりゃ落ち着くだろうから」

ザディストはこちらに背を向け、廊下を歩きだした。歩きかたがおかしい。腿がまともに動かないのか、左脚を引きずっている。

かっとなってベラは彼のあとを追ったが、なぜそんなことをするのか自分でもわからなかった。ザディストは彼女からなにひとつ受け取ろうとしない。血も、愛も……それなのに、いたわりなど受け取ってくれるはずがない。彼女になにも求めようとしない。

もっとも、立ち去ることは求めているけれど。

追いつく前に、ザディストは急に立ち止まってこちらをふり向いた。「フュアリーが身を養わなきゃならないとしたら、飲ませてやってくれるか」

ベラは立ちすくんだ。別の女性から身を養っただけでは気がすまず、今度は彼女を自分の双児と共有して平気だというのだろうか。ほんの思いつきでできる、ちょっとしたことだとでも。ひどい、わたしはそんなにどうでもいい女なのだろうか。ふたりで過ごした時間は、彼にとってはなんの意味も持たないのだろうか。

「飲ませてやってくれるか」ザディストの見慣れない黄色い目が、いぶかるように細くなった。「ベラ?」

「ええ」彼女は低い声で言った。「ええ、わかったわ」

「恩に着る」

「わたし、あなたが嫌いになってきたような気がするわ」

「そろそろそういうころだ」

彼女はくるりとまわれ右をして、すたすたとフュアリーの部屋に戻ろうとした。そのとき、ザディストが静かな声で言った。「もう出血はあったか」

まあすてき、まだ叩きのめしたいのね。妊娠したかどうか訊いてくるなんて。していないと聞けばさぞかしほっとするのだろう。

彼女は肩ごしににらみつけた。「ずっとお腹がしくしくしてるわ。心配しなくても大丈夫よ」

彼はうなずいた。

彼が離れていかないうちに、彼女は嚙みつくように言った。「ねえ、訊きたいことがあるんだけど。わたしが妊娠したら、連れあいになってくれる？」

「ほかの男が現われるまで、おまえとおまえの子供の面倒は見る」

「おまえの子供って……半分はあなたの血も流れてるのに？」黙っている彼に、彼女は言いつのった。「それも認めたくないっていうの？」

彼はあいかわらず黙っている。

ベラは首をふった。「信じられない……骨の髄《ずい》まで冷たいひとだったのね」

長いこと黙って彼女を見つめていたが、やがて言った。「おれが、おまえになにか求めたことがあったか」

「とんでもない。そんなことあるわけないわ」彼女は苦い笑い声をあげた。「あなたがそれほど打ち解けてくれるはずがないもの」

「フュアリーを見てやってくれ。あいつのため、それにおまえのためにも」

「あなたなんかに、わたしのためなんて言ってほしくないわ」

返事は待たなかった。すたすたと廊下を歩いてフュアリーの寝室に向かい、レイジを押しのけてなかに入ると、ドアを閉じて、ザディストの双児とふたりきりになった。あまり腹を立てていたせいで最初は気づかなかったが、ふと見ると部屋は真っ暗で、レッドスモークのにおいがした。チョコレートのように甘い香り。

「だれだ？」ベッドから、フュアリーがかすれ声で尋ねた。

咳払いをして、「ベラよ」

乱れたため息が吹きあがった。「やあ」

「気分はどう？」

「絶好調だよ。心配してくれてありがとう」

ベラは小さくほほえんだが、そばに近づくと笑みは消えた。夜目に見えるフュアリーは、ボクサーショーツ一枚で上掛けのうえに横たわっていた。腹まわりにガーゼパッドが当ててあり、全身打撲傷だらけだ。

「心配しないで」彼はあっさり言った。「こっちの足とすね一式は、もう百年以上も前になくしたんだ。それに――まあ、ひどい――脚が……それに、大したけがはしてないんだよ。ただ、見てくれがちょっと悪くなってるだけで」

「それじゃ、どうしてそんなに帯みたいに包帯を巻いてるの」

「尻が小さく見えるからさ」

ベラは笑った。瀕死《ひんし》の重傷を負っているのではと案じていたし、激しい戦闘だったのはまちがいないようだが、生命に別状はなさそうだ。

「なにがあったの?」彼女は尋ねた。

「脇腹をやられたんだ」

「なにで?」

「刃物だよ」

それを聞いて身体が揺らいだ。ひょっとしたら、元気そうなのは見かけだけなのかもしれない。

「大丈夫だよ、ベラ、嘘じゃない。六時間もしたら、また戦闘に出られるようになる」短い間があった。「なにか用?なにかあったの?」

「いいえ、ただあなたの具合が知りたくて」

「そう……おれは大丈夫だよ」

「それで、あの……身を養わなくて大丈夫?」

彼ははっと身を硬くした。ふいに掛けぶとんに手を伸ばし、下半身にかぶせた。なぜあんな、なにかを隠すようなおかしなことをするのかし……えっ、まさかそんな……ちょっと待って。

このとき初めて、ベラは彼を男性として意識した。まちがいなく美貌の持主だ。美しい豊かな髪に、端整な目鼻だち。身体つきも立派で、彼の双児にはない分厚い筋肉に包まれている。しかし、どんなに美男子だろうと、彼女の求める男性は彼ではない。

つらいことだ。彼と彼女、双方にとって。ああ、フュアリーを傷つけたくない。

「どう?」彼女は言った。「養ったほうがいいんじゃない?」

「それは、きみから、という意味？」

ベラはつばを呑んだ。「ええ。それで、その……わたしの血を受け取ってくれる？」

苦みのある芳香が室内を満たした。強烈な香りに、レッドスモークのにおいもかき消されるほどだ。濃厚で豊かなこのにおいは、男の飢えのにおいだ。フュアリーは彼女に飢えている。

ベラは目を閉じた。もし彼が申し出を受けたとしたら、最後まで泣かずにやり通せますようにと祈っていた。


その日、太陽が沈むころ、リヴェンジは妹の肖像画に下がる黒いリボンを眺めていた。携帯電話が鳴りだした。発信者のＩＤを見てから開く。

「やあ、ベラ」ささやくように言った。

「どうしてわかったの――」

「おまえからだってことがか？　発信者不明になってるからさ。この電話で発信元がわからないとすれば、かなり追跡がむずかしいということだからな」少なくとも、ベラはいまも〈兄弟団〉の住まいに無事でいるということだ。それがどこにあるとしても。「よく電話してきてくれたたね」

「昨夜、うちに帰ったの」

リヴェンジの手が電話をにぎりつぶしそうになった。「昨夜だって？　なんでそんなばかなことを！　おまえをあそこに近づけたくないから――」

電話の向こうからすすり泣きが聞こえてきた。胸をかきむしられるような激しいすすり泣き。その痛ましさに、彼は言葉も怒りも、呼吸することさえ忘れていた。

「ベラ？　どうしたんだ、ベラ。ベラ！」まさか……〈兄弟団〉のだれかに、なにかされたのか！」

「そんなんじゃないわ」ベラはひとつ息を吸った。「だから怒鳴らないで、聞きたくない。兄さんにはさんざん怒鳴られてきたもの。もうたくさん」

リヴェンジは胸いっぱいに空気を吸い込み、癇癪《かんしゃく》を抑え込んだ。「それじゃ、なにがあったんだ」

「いつ家に帰れるようになるの？」

「なにがあったんだ」

電話の向こうとこちらで沈黙が続く。妹はもう彼を信用していないのだ。ちくしょう……だが、それも無理はない。

「ベラ、頼むよ。わたしが悪かった……だから話してくれ」返事がない。彼はさらに言葉を継いだ。「わたしが……」咳払いをして、「わたしがもう嫌いになったのか」

「いつになったら家に帰れるの？」

「ベラ――」

「質問に答えてよ、お兄さま」

「わたしにもわからん」

「それじゃ、隠れ家に連れていって」

「それはできない。ずっと前に言っただろう、なにかあったときは、おまえと〝マーメン〟に同じ場所にいてほしくない。それに、どうしていまになってそこを出たいと言いだすんだ。ほんの一日前には、どこにも行きたくないと言ってたじゃないか」

長い間があった。「わたし、欲求期が終わったところなの」

リヴェンジは肺に穴があいたかと思った。肺から漏れる空気がたまって、胸が圧迫されているようだ。目を閉じた。「〈兄弟団〉のだれかが面倒を見てくれたのか」

「ええ」

いまはなんとしても腰をおろしたいところだったが、手近には椅子が一脚もない。杖にすがって身を沈め、オービュソン織りのカーペットにひざまずいた。ベラの肖像画の真ん前で。

「それで、おまえ……大丈夫なのか」

「ええ」

「その男は、おまえを連れあいに望んでるんだな」

「いいえ」

「なんだって」

「彼はわたしと連れ添う気はないの」

リヴェンジは牙を剝き出した。「おまえ、妊娠してるのか」

「いいえ」

助かった。「相手はだれだ」

「兄さんには、なにがあっても教える気はないわ。そういうわけで、ここにはもういたくないの」

なんてことだ……欲求期に、男だらけの場所に……血の気の多い戦士がうようよしているのに。それに盲目の王まで――くそったれ。「ベラ、おまえに尽くした男はひとりだけなんだろうな。ひとりだけだったんだな。ひどい目にあわされたりしなかったんだろうな」

「どうしてそんなこと訊くの。妹があばずれだったらいやだから？　また〝グライメラ〟に後ろ指をさされるから？」

「〝グライメラ〟なんざくそくらえだ。おまえが可愛いからに決まってるじゃないか。おまえが自分で自分を守れないときに、〈兄弟団〉の慰みものにされたかと思うと居ても立ってもおられん」

また間があった。答えを待つあいだ、のどがひどく灼けついて、画鋲《がびょう》をひと箱呑み込んだような気分だった。

「相手はひとりだけよ。それに、わたし彼を愛してるの」ベラは言った。「それから、これは言っておきたいんだけど、薬で意識をなくすこともできるって彼に言われたわ。わたしが自分で彼を選んだの。でも、兄さんにそのひとの名前を教える気はありませんから。というより、もうこの話は二度と話したくないの。それで、いつ家に帰れるの？」

そうか、とりあえずはよかった。少なくとも、妹を連れ戻すことはできるわけだ。

「安全な場所を見つけるから、ちょっと待ってくれ。三十分後にまた電話してきなさい」

「ちょっと待って、リヴェンジ。〝セクルージョン〟の要請を取り下げてもらいたいの。取り下げてくれたら、これからは出かけるときはいつも、ボディガードをつけてもらうわ。それで兄さんが安心するなら。これなら五分五分でしょ」

彼は片手で目をおおった。

「リヴェンジ？　わたしのことが可愛いって言ったでしょ。だったら行動で示して。〝セクルージョン〟を取り下げてくれたら、きっともとどおり仲よくできるから……いいでしょ、リヴェンジ」

彼は手をおろし、妹の肖像画を見あげた。美しく、汚れない姿。できるものならずっとこのままでいてほしかったが、妹はもう子供ではないのだ。それに、いままで思っていたよりずっと、たくましくてしっかりしている。つらい目にあってもへこたれず、乗り越えてきたのだ。

「わかった。要請は取り下げよう」

「じゃあ、三十分後にまた電話するわ」

40

夜が来て、キャビンから明かりが漏れる。Uは終日コンピュータの前を離れなかった。メールと携帯電話の合間に、コールドウェルに残る二十八名のメンバーの居所を突き止め、深夜の総会の予定を立てた。その総会の場で部隊分けを新たにやりなおし、さらに五人からなる特別チームを作って、新規勧誘の仕事を任せようと思っている。

今夜の総会のあとには、ダウンタウンに派遣するベータ部隊は二個のみにするつもりだった。一般ヴァンパイアは、以前ほど盛り場に姿を現わさなくなっている。多くの仲間がその近辺でさらわれて拷問されているからだ。そろそろほかの場所に重点を移すべきだろう。しばらく考えて、残りは住宅地区へ送り込むことにした。ヴァンパイアは夜間に行動する。家のなかでもだ。ほんとうにむずかしいのは、人間のあいだに混じっているヴァンパイアを見つけることで――

「よくも裏切りやがったな」

Uはぎょっとして椅子から立ちあがった。

キャビンの入口に、Oが裸で立っていた。なにかに力いっぱいつかみかかられたかのように、胸は引っかき傷だらけになっている。顔は腫れあがり、髪はぼさぼさだ。さんざんな目にあわされて、怒り狂っているようだった。

Oはバタンとドアを閉じた。密室にふたりきりになったとたん、Uは動けなくなった。身を低くして防御の姿勢をとろうにも、大筋群がまるで言うことをきかない。そのことだけで、いまだれが〈フォアレッサー〉なのかは明らかだった。部下の身体的な自由を奪う力を持つのは、〝レッサー〟の頂点に立つ者だけだから。

「おまえは大事なことをふたつ忘れてる」壁にかかったホルスターから、Oはさりげなくナイフを一本引き抜いた。「第一に、〈オメガ〉はやたらに気まぐれだ。第二に、おれはやつのお気に入りなんだ。またもとに戻してもらうまで、たいして時間はかからなかったぜ」

ナイフが近づいてくるのを見ながら、Uはもがき、逃げようとした。悲鳴をあげたかった。

「あばよ、U。〈オメガ〉に会ったらせいぜいよろしく言っといてくれ。お待ちかねだからな」

六時。そろそろ出かける時刻だ。

ベラは客用寝室を見まわした。持ってきたものはみんなまとめ終えた。最初からたいしてなかったし、それにだいたい、前の夜にザディストの部屋から持ってきたばかりで、ほとんど〈L・L・ビーン〉のバッグに入れたままだったのだ。

まもなくフリッツが荷物を取りに来てくれるだろう。荷物はハヴァーズとマリッサの屋敷に運んでもらう手筈だった。ありがたいことに、ふたりはリヴェンジの頼みを快く聞き入れて、ベラを置いてくれることになったのだ。あの屋敷も病院も要塞《ようさい》そこのけで、リヴェンジですら、あそこなら安全だと満足したほどだった。

六時半になったら非実体化してあちらへ移動し、そこでリヴェンジと会うことになっている。

どうしても気になって、バスルームに入ってシャワーカーテンの向こうをのぞき、シャンプーを置き忘れていないか確かめた。よし、忘れものはないわね。寝室にも私物はなにも残っていない。それを言うなら、この館のどこにも。立ち去ったあとには、彼女がここにいた痕跡はなにひとつ残らないだろう。なにひとつ……

もう、ほんとに。いい加減にしなさいよ。

ドアにノックの音がした。あけながら、「ああフリッツ、バッグは――」

廊下に立っていたのはザディストだった。戦闘服姿だ。レザーと、銃と、短剣の塊。

ベラは飛びすさった。「なにしに来たの?」

彼は室内に入ってきた。無言だったが、いまにもなにかに襲いかかりそうな顔をしている。

「武装ボディガードは必要ないわ」ベラは努めて平静を装った。「そのつもりで来てくれたのならってことだけど。非実体化して移動することにしてるし、あの病院は百パーセント安全だし」

ザディストはひとことも口をきかない。ただこちらを見つめているだけだ。武力と筋力の権化《ごんげ》。

「わざわざわたしを見おろしに来たの?」ベラは噛みつくように言った。「それとも、こんなことしてなにか意味があるの?」

彼がドアを閉じた。鼓動が激しくなる。鍵のかかる音が聞こえて、それがいっそうひどくなる。

あとじさり、ベッドにぶつかった。「ザディスト、いったいなんの用?」

彼は獲物を追いつめるように近づいてきた。黄色い目はひたとこちらを見つめている。その肉体は、ぎりぎりに巻かれたコイルのように張りつめている。ふいに、想像するのはむずかしいことでもなんでもなくなった——彼がどんな種類の発散を求めているか。

「セックスをしに来たなんて言うんじゃないでしょうね」

「わかった、じゃあ言わん」と言う声は、低くのどを鳴らす音のようだった。

彼女は片手を突き出した。それでどうにかなると思っているわけではない。彼女がなんと言おうと、その気になれば彼はあっさり抵抗を封じてしまうだろう。ただ……自分でも愚かだと思うが、彼を拒みたいとは思わなかった。あんななめたまねをされたというのに、いまでも彼が欲しい。信じられない。

「わたし、あなたとセックスする気はないわ」

「したいのはおれじゃない」彼は言って、近づいてきた。

ああ、だめ。彼のにおいが……彼の身体が……こんなに近くに。わたしは大ばかだわ。

「そばに来ないで。もうあなたなんか欲しくない」

「いいや、欲しがってる。においでわかる」手を伸ばして首に触れてきた。人さし指で頸《けい》静脈《じょうみゃく》を上から下へなぞる。「この血管が脈打ってるのもわかる」

「手出ししたら嫌いになってやるから」

「もう嫌ってるじゃねえか」

ほんとうにそうならどんなにいいか……「ザディスト、なにがあっても、わたしはあなたと寝たりしないわ」

彼は身をかがめ、口を彼女の耳に寄せた。「そんなことのために来たんじゃねえ」

「それじゃ、なんの用なの」彼の肩を押しのけようとしたが、びくともしない。「いやなひとね、なぜこんなことするのよ」

「おれの双児の部屋から、まっすぐこっちに来たからだ」

「どういう意味？」

「おまえ、あいつに飲ませなかっただろ」ザディストの唇が首をかすめた。と、身を起こして上から見おろしてきた。「あいつの気持ちを受け取るつもりがねえんだろ。フュアリーを選ぶつもりはねえんだな。どこに出しても恥ずかしくねえし、中身だって申し分ないやつなのに」

「ザディスト、お願いだから、もうかまわないで——」

「おれの双児を選ぶ気がないってことは、二度とここには戻ってこねえんだな？」

彼女はひと息に答えた。「ええ、戻ってこないわ」

「そうだろ、だから来たんだ」

ふつふつと怒りが湧いてきて、情欲をもしのぐほどに高まった。「なにを考えてるのよ。なにかあるたびに、わたしを追い払おうとしてきたくせに。昨夜の路地で自分がなにしたか忘れたの？　あの人間から飲んだのは、わたしを追い払うためだったんでしょ。わたしが侮辱したせいじゃなかったんでしょ」

「ベラ――」

「おまけに、その次にはフュアリーとわたしをくっつけようとした。あなたがわたしを愛してないのはわかってるけど、わたしの気持ちはようくわかってるんでしょう。自分の愛してる男性から、ほかの男性を養えって言われてどんな気持ちがするか、少しは考えてくれてもいいんじゃないの?」

彼は手をおろした。一歩さがった。

「おまえの言うとおりだ」顔をこすった。「ここに来たのはまちがいだった。だけど、おまえが出ていくのを指をくわえて……腹の底では、おまえはいつか戻ってくるとずっと思ってたんだ。つまりその、フュアリーと連れあいになれば……おれはずっと、またおまえに会えると思ってたんだ。遠くからでも」

どうしようもない。こんな茶番はもうたくさん。「いったいなんで、わたしにまた会えるかどうか気にするの?」

彼はただ首をふり、まわれ右をしてドアに向かった。それを見て、ベラは頭がおかしくなりそうだった。

「答えなさいよ! わたしがまた戻ってくるかどうか、なぜ気にするの?」彼の手がノブにかかったとき、彼女は怒鳴った。「どうして気にするのよ!」

「気にしてねえ!」

ベラは飛びかかっていった。ぶってやりたい、引っかいて、痛い思いをさせてやりたい。

それほど鬱憤《うっぷん》がたまっていた。けれども彼がくるりとこちらを向くと、引っぱたくつもりが顔をつかまえて、口を自分の口に引き寄せていた。彼の両腕がたちまち身体にまわされ、息もできないほど強く抱きしめられた。舌を彼女の口に押し込みながら、彼はベラを抱きあげてベッドに向かった。

セックスは、怒りにまかせてやけくそでするものではない。ろくなことにならない。

ふたりはあっというまに、マットレスのうえでからみあっていた。ザディストが彼女のジーンズをおろし、下着を噛み破ろうとしたとき、ドアにノックの音がした。

ドア越しに、フリッツの声が聞こえてくる。耳に快く控えめな声。「ベラさま、お荷物のご用意がおすみでしたら——」

「あとにしろ、フリッツ」ザディストがのどの奥で唸《うな》るように言った。牙を剥き出し、彼女の脚のあいだのシルクを切り裂き、その奥をなめあげた。「くそ……」

その舌がまた下がり、彼はうめきながらなめつづけた。ベラは声をあげまいと唇を噛み、彼の頭をしっかりつかんで腰を揺らした。

「これは旦那さま、失礼いたしました。てっきり訓練センターにいらっしゃると——」

「あとだ、フリッツ」

「承知しました、どれぐらいお待ちすれば——」

フリッツの言葉はそこで途切れた。ザディストのみだらな唸り声に、知るべきことをすべて知ったのだ。おそらくは、知らなくてよいことも少しは。

「なんと……わたくしとしたことが。お赦しくださいませ。お荷物をとりにうかがうのは、もうしばらくして、その……その、またあとにいたします」

彼女の両腿《もも》を手でしっかり押さえて、ザディストは舌を使った。激しく責めたてながら、やわらかな秘部に向かって、飢えたように熱くささやきつづけていた。ベラは背中をのけぞらせて彼の口に身体を押しつけた。彼はあまりに荒々しく、飽くことを知らず……彼女は粉々に砕け散った。そのオルガスムスを彼はどこまでも引き延ばし、いつまでも終わらせたくないかのように責めつづけた。

そのあとの静けさに、彼女はすっと身体が冷えた。それは、彼の口が花芯を離れたせいばかりではない。彼女の脚のあいだから立ちあがり、ザディストは口を手でぬぐった。彼女を見おろしながら、その手のひらをなめ、顔からぬぐいとったものを残らずなめとった。

「これでやめるつもりなのね」ベラは苦い声で言った。

「言っただろ、セックスしに来たんじゃねえ。ただこれが欲しかったんだ。最後にもういちど、口でしたかっただけだ」

「自分勝手なひとね」なんと皮肉な。しなかったせいで、彼を自分勝手とののしるなんて。

ああ……もう最悪。

彼女がジーンズに手を伸ばすと、彼はのどの奥で低い音を立てた。「たったいまおまえのなかに入るためなら、おれはなんだってするぞ」

「あなたなんか、地獄に落ちればいいんだわ。いますぐ――」

彼は稲妻のすばやさで飛びかかってきた。体重をまともに乗せて、彼女をベッドに押し倒す。

「とっくに落ちてるさ」猫の唸るような声で言うと、股間を押しつけてきた。花芯に当てて腰をまわすと、大きく固いものが、先ほど彼の口があったやわらかい場所に押しつけられる。舌打ちをして腰を引き、レザーパンツのジッパーをおろし……そして突いてきた。強引に押し広げられて、痛いようにすら感じた。彼女は声をあげながらも、腰を浮かせて彼をさらに深く迎え入れた。

ザディストは彼女の両ひざをつかみ、脚を頭のほうへあげさせ、彼女の身体をふたつ折りにしてのしかかると、激しく突きあげてきた。その戦士の肉体に彼女はすべてを奪われた。彼の首にかじりつき、血を吸いながら、突きのリズムにすべてを忘れて没入した。まさに、彼とのセックスはこんなふうだろうとずっと想像してきたとおりのセックスだった。激しく、容赦なく、荒々しく……生《き》のままの。彼女がまた砕け散るのと同時に、彼は咆哮《ほうこう》とともに深く突きあげてきた。熱い奔流が彼女を満たし、やがて腿にあふれ出てきても、彼は腰を使いつづける。

ついに彼はぐったり倒れ込んできた。彼女の脚を離し、首筋に顔を押しつけて荒い息をつく。

「ああ、くそ……こんなことをするつもりはなかったんだ」しまいに彼は言った。

「そうでしょうね」ベラは彼を横へ押しやり、上体を起こした。いままで生きてきて、こんなに疲れたことはないような気がする。「もうすぐ兄に会うことになってるの。だから出ていってちょうだい」

ザディストは悪態をついた。胸の痛むうつろな声。それから彼女のジーンズを差し出して

ジョンはまたマットに視線を戻した。脳天直撃の場面をラッシュに見られたのはたいして気にならない。実技訓練のときにもう見られているから、いまさら恥ずかしいとも思わなかった。

ほんとにもう……せめて視界がはっきりすればいいのだが。頭をふり、首を伸ばし……そのとき、マットのうえにべつのヌンチャクが落ちているのに気がついた。ラッシュが投げつけてきたのだろうか。

「ジョン、おまえみんなに嫌われてんだから、さっさと辞めたらどうだ。ああそうか、辞めたらもう〈兄弟団〉の尻を追っかけまわせないもんな。そしたら一日、なんにもすることがなくなるわけだ」

ラッシュの嘲笑《ちょうしょう》は、低い唸り声で断ち切られた。「動くな、金髪。息するほかはぴくりとも動くな」

目の前に大きな手がぬっと現われて、ジョンは顔をあげた。ザディストが立っていた。全身完全武装で。

とっさに目の前に出されたものにつかまると、軽々と床から引っぱりあげられた。ザディストは眉根を寄せていた。細めた黒い目が怒りにぎらぎら光っている。「バスがもう来てるぞ、さっさと用意してこい。おれはロッカールームの外で待ってるからな」

ジョンはあわててマットのうえを走りだした。ザディストみたいな男になにかしろと言われたら、だれでも大急ぎで言うとおりにするだろう。それでも、ドアにたどり着くとふり向かずにはいられなかった。

ザディストは、ラッシュの首に片手をかけて持ちあげていた。ラッシュの足が、マットから離れてぶらぶらしている。戦士の声は墓場のように冷たかった。「見てたぞ、あいつをぶっ倒しただろう。いますぐ息の根を止めてやりたいとこだが、てめえの親の相手すんのは気が進まねえんでな。いいか坊主、よく聞け。今度あんなまねしてみろ、目ん玉えぐり出して食わしてやるからそう思え。わかったか」

答えようにも、ラッシュの口は一方通行のバルブのようだった。空気は入っていくばかりで、なにも出てこない。そうするうちに、失禁してズボンを濡らした。

「それはイエスってことだな」ザディストは手を離した。

ジョンはそれ以上ぐずぐずせず、ロッカールームに走り込んだ。ダッフルバッグを引っつかみ、息つくまもなく廊下に走り出た。

ザディストが待っていた。「来い」

ジョンは彼のあとについて駐車場に出て、バスのほうへ歩きながら、どうやって感謝の気持ちを伝えようかとずっと考えていた。しかし、バスの乗降口で立ち止まったザディストは、ジョンを押し込まんばかりにして乗り込ませてしまい、それから自分も乗ってきた。

座席についていた訓練生は、ひとり残らず縮みあがった。ザディストが短剣を抜いたからなおさらだ。

「ここにすわろう」とジョンに言って、黒い刃で最前列の座席をさした。

ええ、もちろん。どこでもすわります。

ジョンが窓際に身体をぴったりつけてすわると、ザディストはポケットからりんごを取り出して腰をおろした。

「もうひとり来る」ザディストは運転手に言った。「それから、ジョンとおれは最後におろしてくれ」

運転席の〝ドゲン〟は低く頭を下げて、「承知しました、仰せのとおりに」

ラッシュがのろのろと乗り込んできた。のどの赤いすじが、白い皮膚についたしみのようだ。ザディストの姿を見ると、足がもつれた。

「みんな待ってんだぞ」ザディストは言いながら、短剣をりんごの皮にすべり込ませた。「さっさとすわれ」

ラッシュは言われたとおりにした。

バスが出発しても、だれもひとことも口をきかなかった。パーティションが閉じて、全員が後部に閉じ込められてからはなおのことだ。

ザディストは、〈グラニースミス〉種の青りんごの皮をむいていく。ひとつながりの皮の帯が少しずつ下へ伸びて、やがてバスの床に届くほどになった。むき終わるとその緑の帯をひざに引っかけ、白い果肉をそいで、短剣の刃にのせてジョンに差し出した。ジョンはそれを指でつまんで受け取って食べた。ザディストは自分のぶんを切り取り、刃にのせたまま口に運んだ。交互に食べるうちに、りんごは細い芯だけになった。

ザディストは皮と芯をまとめ、パーティションのそばの小さなごみ袋に放り込んだ。レザーパンツで刃をぬぐうと、その短剣を空中に投げあげ、落ちてくるところを受け止めた。それをずっと続けるうちに、バスは市内に入った。最初の停車場所に着いて、パーティションが開いた。さんざんためらったあと、ようやくふたりの生徒がそそくさとわきを通り抜けていった。

ザディストは黒い目でその姿を追い、注意深く観察していた。ふたりの顔を記憶に焼きつけようとしているかのようだった。しかもそのあいだずっと、短剣を投げては受けを続けていた。黒い刃がぎらりと光っては、大きな手が毎回その柄《つか》の同じ場所を受け止める。おりる生徒たちを見ているときでも、それは変わらなかった。

これが停車のたびにくりかえされ、しまいにジョンとザディストだけが残った。またパーティションが閉じた。ザディストは短剣を胸のホルスターに差し、通路をはさんで反対側の座席に移動すると、背中を窓にもたせて目を閉じた。

しかし、眠っていると思うほどジョンはばかではなかった。呼吸はいままでと少しも変わっていないし、身体も弛緩《しかん》していない。ただ話がしたくないだけだろう。

ジョンは紙とペンを取り出した。ていねいに字を書いて、折り畳み、手に持った。お礼を言わなくてはならない。ザディストには読めないとしても、なにか言わないわけにはいかなかった。

バスが止まってパーティションが開いたとき、ジョンはその紙をザディストの座席に置いた。戦士に直接渡す勇気はなかった。ザディストが顔をあげないのを確かめてから、ステップをおりて、そのまま道路を渡った。それでも、玄関前の芝生まで来て立ち止まり、走り去るバスを見送った。頭にも肩にもダッフルバッグにも雪が降りかかる。

勢いを増す吹雪の向こうにバスが姿を消したとき、ザディストが現われた。道路の向かいに立って、さっきの紙を取り出し、人さし指と中指ではさんで持ちあげてみせた。一度だけうなずいて、その紙を尻ポケットに入れると、非実体化して消えた。

ジョンは、ザディストが立っていた場所をじっと見つめていた。ごついブーツの残した跡を、降りしきる雪がまたたく間に埋めていく。

がらがらと音がして、背後でガレージのドアが開き、〈レンジローヴァー〉がバックして近づいてきた。ウェルシーが窓をおろす。赤い髪を巻いて頭のうえで留めて、黒いスキーパーカーを着ている。車内の暖房がフル稼働していて、そのにぶい唸りはエンジン音にも負けないほどだった。

「お帰りなさい、ジョン」ウェルシーが手を差し出してくる。その手のひらに、ジョンは自分の手を置いた。「ねえ、いまのはザディスト?」

ジョンはうなずいた。

「ここでなにしてたの?」

ジョンはダッフルバッグをおろして、手で話しだした。**いっしょにバスに乗って送ってきてくれたんだよ。**

ウェルシーはまゆをひそめた。「あんまりあのひとには近づかないで、ね? いろんな意味で……ふつうじゃないから。言ってる意味わかる?」

じつを言うと、ジョンはその意見にはうなずけないものを感じていた。たしかに、ときにはお化け《ブギーマン》に会うほうがずっとましと思うこともあるが、どう考えてもそんな悪党とは思えない。

「それはそうと、これからサレルを迎えに行くの。お祭りの用意が暗礁《あんしょう》に乗りあげちゃって、りんごがぜんぜん手に入らなくなったのよ。それで、ふたりで信心深いひとたちのところをまわってみることにしたの。直前にこんなことになっちゃって、どうしたらいいか相談するつもり。どう、いっしょに来ない？」

ジョンは首をふった。「戦術」の勉強が遅れちゃうから。

「わかったわ」ウェルシーは笑顔で言った。「冷蔵庫にライスのしょうがソースかけが入ってるわよ」

やった！　もう飢え死にしそうなんだよ。

「だろうと思ったわ。それじゃ、またあとでね」

手をふるジョンの前で、ウェルシーは車寄せの端までバックして、そこで方向転換して走り去った。家に向かって歩きながら見るともなく見ると、トールが〈ローヴァー〉に巻いたチェーンが、新雪にくっきりと溝を残していた。

41

「ここだ。停めろ」Oは言って、早くもドアをあけにかかった。ソーン街のふもと、〈エクスプローラ〉はまだ完全に停まりきってもいない。丘のうえをちらと見あげてから、ハンドルをにぎるベータに一瞥《いちべつ》をくれた。寝ぼけてないでよく聞けよと言わんばかりの目つき。「しばらくこのあたりを流してろ。おれから連絡があったら二七番地に来るんだ。車寄せに入れるんじゃないぞ。そのまま進むと、五十メートルばかり先に石塀のかどがある。そこで待ってろ」ベータがうなずくと、Oはぴしゃりと言った。「へまをしてみろ、〈オメガ〉の足もとに送り込んでやるからな」

任しといてください、などとベータがべらべらやりだすのを待ってはいられない。Oは舗道におり、なだらかな坂道を駆けのぼりはじめた。走る彼はまさに動く武器庫だった。身体が重く感じるほど武器弾薬を身に帯びて、準軍隊のクリスマスツリーさながらだ。

二七番地の門柱の前を通り過ぎながら、その奥に消えていく車寄せをちらと見やった。そのまま五十メートルほど進むと、スタッコ塗りの石塀のかどに達した。ベータのノータリンにここで待てと指示した場所だ。大股に三歩助走して、マイケル・ジョーダンかなにかのように空中に身を躍らせ、三メートルの石塀のてっぺんに飛びついた。

高さは難なくクリアしたが、手が塀にかかったとたん電撃が全身を走り抜け、文字どおり髪の毛が逆立った。生身の人間のころなら黒こげになっていただろうし、〝レッサー〟になったいまでもショックで息ができないほどだった。それでも身体を引きあげて、どうにか向こう側に飛びおりた。

常夜灯の光を避けて、カエデの木の陰に身をひそめた。サイレンサーつきの銃を抜く。攻撃犬が襲ってきたら撃ち殺すつもりで、吠え声が聞こえるのを待った。だが、そんな気配はない。屋敷内の照明が次々につくこともなかったし、警備員のあわただしい足音が響くこともなかった。

さらに一分ほど身をひそめたまま、周囲の状況を観察した。裏から見る屋敷は豪勢なものだった。全体が赤いレンガ造りで、白い縁取りがされている。広々としたテラス、二階にはベランダ。庭もすごい。**やれやれ**……こんなやたらにだだっ広い庭を維持するとなったら、庶民の十年ぶんの年収が一年で吹っ飛んでしまうだろう。

そろそろ近づいてみるか。身を低くして芝生を進み、屋敷に近づいた。銃を突き出し、腰をかがめてすり足で走る。レンガの壁にぴったり身を寄せてみて、しめたと思った。そばの縦長の窓には、その両側にレールが取りつけてある。目立たないようにごまかしてはあるが、てっぺんの横木はかなり大きく、ボックス型になっていた。

スチールの巻きあげ式シャッターだ。どうやら窓やドアには残らず同じものが取りつけてあるようだった。

ここ北東部では、熱帯の暴風雨やハリケーンを心配する必要はない。それなのにわが家のガラス面すべてにこんなものを取りつける者といえば、ただ一種類しか考えられない。日光を屋内に入れたくない連中だ。

ここにはヴァンパイアが住んでいる。

いまは夜だからシャッターはあがっている。Oは家のなかをのぞき込んだ。真っ暗だ。いささか期待はずれだが、ともかく潜入してみよう。

問題は、どうやって侵入口を作るかだ。屋敷じゅう防犯システムだらけだろうし、なにかあれば警報が鳴りだすのはまちがいない。賭《か》けてもいいが、塀のてっぺんに電流を流すようなやつが、ありふれた盗難警報システム《ADT》で満足しているはずがない。たぶんかなりのハイテクを駆使しているだろう。

となれば、最善手は電源を断つことだ。そこで、この屋敷に電気を供給している主電線を探すことにした。電力供給を支える背骨は、車六台ぶんのガレージの裏にあった。暖房・換気・空調《HVAC》のボックスに収まっていたが、なかには空調機が三台、排気用送風機に非常用発電機まで入っていた。主電線の金属被覆《ひふく》の大動脈は、地下から延びて分岐《ぶんき》し、四メートルの電線につながり、全体にブーンと音を立てている。

C4プラスティック爆弾を主電線に取りつけ、また非常用発電機の中枢部にも取りつけた。ガレージの陰にまわり、両方ともリモコンで起爆した。ぱんぱんと爆発音が響き、ぱっとあがった閃光《せんこう》と煙はすぐに消えた。

しばらく息をひそめて待った。走り出てくる者がいるかと思ったが、そんな気配はない。なんの気なしに、ガレージの駐車区画をのぞき込んだ。ふたつ空きがある。ほかの区画にはとびきりの高級車が駐まっていた。高級すぎて名前もわからない。

電力供給を断ってから、駆け足で屋敷の表側にまわり込んだ。正面《ファサード》の足もとを縁取るツゲの植え込みに沿って走りながら、建物を観察する。侵入しやすそうな両開きのフレンチドアがあった。手袋をはめた手でこぶしをにぎり、ガラスをぶち破って鍵をはずした。なかに入ると、すぐにドアを閉じようとした。べつの非常用発電機がまわりだすかもしれないから、警報装置の開閉検知器をもとの状態に戻しておかないと——いや……**なんてこった**。

このドアには、リチウムイオン電池の電極が取りつけられている……ということは、開閉検知器は主電源とはつながっていないのだ。おまけに——**くそっ**——彼はいま、レーザービームをまともに浴びていた。**信じられん**。こいつはとんでもないハイテクだ……超一流の美術館、ホワイトハウス、それに教皇の寝室並みではないか。

そもそも彼が屋敷内に侵入できたのは、だれかがわざと侵入を許したからだったのだ。

耳をすます。なんの物音もしない。これは罠《わな》か？

Oは身じろぎひとつせず、ほとんど呼吸もせずに待った。ややあって、銃が発砲できる状態にあることを確認してから、そろそろと歩きはじめた。通り抜ける数々の部屋は、いずれもすかした雑誌から抜け出してきたようだ。しだいに、壁の絵を切り裂いてやりたくなってきた。シャンデリアを引きずり落とし、しゃれたテーブルや椅子の脚を折ってやりたい。あのカーテンに火をつけ、この床にくそをしてやりたい。滅茶苦茶にぶっ壊してやりたい。なぜなら美しいからだ。彼の女がここに住んでいたのなら、本来なら手の届くはずもない高嶺《たかね》の花だということだから。

てくれなくていいとリヴェンジは執事に断わった。執事が下がると、マリッサは両手を差し伸べて駆け寄ってきた。淡い黄色のロングドレスのすそが、霧のように足もとに広がる。彼はマリッサの両手を取り、その手のひらにキスをした。

「リヴ……電話してきてくださってありがとう。お力になれてうれしいわ」

「ベラを預かる話、引き受けてくださって感謝している」

「いつまででも、好きなだけいていただきたいわ。ただ、なにがあったのか説明していただければとは思ってますけど」

「いや、いまは時期が悪いから」

「ほんとうに」マリッサは不審げにまゆをひそめて、彼の肩の向こうをのぞき込んだ。「ごいっしょじゃないの？」

「ここで落ち合うことになってるんだ。もうすぐ来るはずなんだが」彼は腕時計に目をやり、

「ああ……早く来すぎたな」

マリッサの手を引いてソファに向かい、並んで腰をおろした。彼のセーブルのコートのすそが足にかかり、彼女は手を伸ばしてその毛皮をなで、小さくほほえんだ。ふたりはしばらく黙っていた。

ベラはほんとうに来るだろうか。気がつけば不安に駆られていた。というより……来ないのではないかとおびえている。

「その後、体調はいかがかな」気をまぎらしたくて、リヴェンジは尋ねた。

「あの、それはつまり……」マリッサは赤くなった。「ええ、おかげさまで。その……あり

がとう」

　リヴェンジは、そんな彼女を好ましいと思った。たおやかでやさしい。それに、並はずれて内気で遠慮がちだ。一族でもまれな美貌の持主で、だれもがそれを認めているというのに。まったく、ラスがどうして手を出さなかったのか、まるで理解できない。

「またわたしを頼ってくださるかな」リヴェンジは低い声で言った。「また、わたしから身を養っていただけるだろうか」

「ええ」彼女は目を伏せた。「ええ、あなたがおいやでなければ」

「待ちきれない思いだ」彼はのどの奥で唸るように言った。彼女がちらと目をあげて目を合わせてきたとき、彼は無理やり笑顔を作ったが、実際にはそんな気分ではなかった。いまこの口でしたいことはほかにある。彼女が知ったらおびえそうなことばかりだ。ドーパミンさまさまだな、と彼は思った。「心配することはないよ、〝愛しの君《ターリイ》〟。養うだけなのはちゃんとわかっているから」

　マリッサはこちらを探るように見て、やがてうなずいた。「あなたが……あなたがお入り用のときには……」

　リヴェンジはあごを引いて、まぶたの下から彼女を見つめた。なまめかしいイメージが頭にひらめく。その表情に警戒したらしく、マリッサは身を引いたが、彼は意外とは思わなかった。それに、彼の好む病的なあれは、彼女にはとうてい受け入れられまい。

　リヴェンジは顔をもとどおりにあげて、「ターリイ、お気持ちはとてもうれしいが、これからも一方通行のままのほうがいいと思うよ」

マリッサの顔に安堵の表情が浮かんだとき、彼の携帯電話が鳴りだした。取り出して発信者IDを確かめる。とたんに心臓が動悸を打ちはじめた。自宅の警備監視員からだ。「ちょっと失礼」

塀を乗り越えて侵入した者があり、裏庭の動体センサーが次から次に反応したが、その後電源を切られたという。リヴェンジは、屋内の警報装置をすべて切れと指示した。侵入者はそのまま邸内にとどめておきたい。

「なにかまずいことでも？」彼が電話を切ると、マリッサが尋ねてきた。

「いやいや、とんでもない」その正反対だ。

玄関でノッカーの音がして、リヴェンジははっと身を硬くした。

応接間の開いた入口から、ノックに応えようと〝ドゲン〟が廊下を歩いていくのが見えた。

「わたし、席をはずしましょうか」マリッサが言った。

屋敷の大きなドアが開いて閉じた。低い声が交わされる。ひとつは〝ドゲン〟の声、もうひとつは……ベラの声だ。

リヴェンジは杖をついてゆっくりと立ちあがった。ベラが戸口に姿を現わす。ブルージーンズに、黒いパーカーを引っかけている。長い髪は肩にふさふさと垂れて輝いている。生きして……健康そうだった。しかし、その表情には疲れが見えた。緊張と不安の新しいしわが口角を囲んでいる。

腕のなかに飛び込んでくるかと思ったが、ベラはこちらを見つめるばかりだった。殻にこもって、近寄りがたく見えた。それとも、あまりつらい目にあったために麻痺《まひ》してしまって、もうどんな反応も表《おもて》に表わせなくなっているのだろうか。

リヴェンジの目に涙が湧いてきた。杖を床に突き刺すようにして駆け寄ったが、靴で踏む分厚いラグの感触は伝わってこない。妹の驚愕《きょうがく》の表情を目にとらえ、次の瞬間にはしっかり抱き寄せていた。

やっと会えた。いま抱きしめている、その感触を味わえないのがもどかしい。そう思うと同時にはたと気づいた。ベラも抱き返してくれているか、彼にはわからないのだ。いやがるのを無理強いはしたくない。いやいやながらも身を引こうとした。

両手をおろしてみると、ベラはしがみついたまま離れようとしなかった。リヴェンジはおろした手をまた妹の背中にまわした。

「ああ……リヴェンジ……」ベラがしゃくりあげる。

「会いたかったよ、ベラ」かすれた声で言った。少しばかりめめしかろうが、このときばかりは恥ずかしいとは思わなかった。

42

Oはレンガ造りの屋敷の正面玄関を出て、ドアを大きく開きっぱなしにして歩いていった。車寄せをあてどなく行くと、冷たい風に乗って雪が渦巻いていた。

あの肖像画のある部屋の光景が、頭のなかをこだまのように延々行き交っている。まるで消える気配もない。おれが殺したのだ。あんなに殴るのではなかった。ちくしょう……医者に診せればよかった。いや、たぶんあの傷痕のある〈兄弟〉に連れ去られなければ、死なずにすんだのかもしれない……無理に動かしたから死んでしまったのかもしれない。

つまりどういうことだ、女を殺したのはおれなのか。それとも、おれのそばにいたらいまも生きていたのか。もしも――くそ、いい加減にしやがれ。ほんとうはどうだったか、くよくよ考えたってしかたがねえ。女は死んで、それなのに葬る遺体もない。あの憎い〈兄弟〉が奪っていったからだ。それで話は終わりだ。

だしぬけに、前方に車のライトが見えた。少し近づいてみると、黒いSUVが門の前に停まっている。

あのまぬけのベータめ。いったいなにをしてやがるんだ。まだ迎えに来いと電話もかけていないし、おまけに打ち合わせた場所ともちがう――いや待て、あれは〈レンジローヴァー〉だ。〈エクスプローラ〉じゃない。

Oは物陰に身をひそめつつ、雪を突いて走った。門から数メートルまで近づいたとき、〈ローヴァー〉の窓が開くのが見えた。

女の声がした。「ベラのことでいろいろ大変だったし、お母さまが会ってくださるかどうかわからないけど、とりあえず訊いてみましょう」

Oは門に近づいていき、拳銃を抜いて門柱の陰に身をひそめた。赤い髪がきらめくのが見えたかと思うと、運転席の女が身を乗り出してインターホンを鳴らした。となりの助手席にもうひとり女がいる。こちらはブロンドのショートヘアだ。そちらがなにか言うと、赤毛の女がにっこりして牙をのぞかせた。

女がまたインターホンを押したとき、Oは声に出して言った。「だれもいないぞ」

赤毛がこちらを見あげる。Oは〈スミス&ウェッソン〉の狙いをつけた。

「逃げて、サレル！」女が叫んだ。

Oは引金を引いた。


ジョンは戦術の勉強であっぷあっぷしていた。脳みそが爆発しそうで、板ガラスの窓に頭を突っ込みたくなってきた。そのとき、部屋のドアにノックの音がした。教科書から顔をあげずに口笛を吹く。

「よう、坊主」トールが言った。「勉強はどうだ」

ジョンは頭のうえに両手をあげて伸びをしてから、手話で答えた。**実技訓練よりずっとま**

し。

「心配するな、そのうちできるようになる」

だといいんだけど。

「いや、ただの気休めじゃないぞ。おれも遷移前はおんなじだったよ。なにやってもまるでだめだったな。でもな、そのうちできるようになってくるんだ」

ジョンは笑顔になった。それはそうと、今日は早いんだね。

「じつは、これからセンターに行って、書類仕事をしてこようと思ってたんだ。おまえもいっしょに来ないか。勉強はおれのオフィスでもできるだろ」

ジョンはうなずき、フリースをとって、勉強道具をまとめはじめた。場所が変われば気分転換になるだろう。あと二十二ページも読んでおかなくてはならないのに、もう眠くなってきている。ベッドのそばを離れるのは悪くない考えだ。

ふたりで廊下を歩いているとき、トールがふいにバランスを崩して、壁に派手に倒れ込んだ。片手で心臓を押さえ、息をするのも苦しそうだ。

ジョンはトールを支えようとして、その顔色を見てぎょっとした。文字どおり灰色に変わっている。

「大丈夫だ……」トールは胸骨のあたりをさすり、顔をしかめた。二度ほど、口から大きく息を吸った。「ただ……急になんだかずきっときただけだ。たぶん、帰りに〈タコヘル（タコス料理のチェーン店〈タコベル〉のこと。粗悪な材料を使っていたことからついた蔑称）〉に寄って食べたのがまずかったんだろう。もう大丈夫だ」

そうは言いながらも、顔はあいかわらず真っ青で、具合がよさそうには見えない。ふたりはガレージに入り、〈ボルボ〉に歩いていった。

「今夜はウェルシーに〈レンジローヴァー〉を使わせたんだ」トールは言って、ウェルシーの〈ボルボ〉に乗り込んだ。「あっちにはチェーンを巻いといたから。ほんとは雪のなかを運転させたくないんだけどな」トールは口を動かさずにはいられないようだった。圧力でもかかっているかのように、言葉が次々に飛び出してくる。「おれは過保護だってあいつは言うけど」

ほんとに出かけて大丈夫？　ジョンは手話で尋ねた。**具合が悪そうだよ。**

トールはいったんためらったものの、それでもステーションワゴンをスタートさせた。そのあいだずっと、レザージャケットの上から胸をさすっている。「いや、うん、大丈夫さ。すぐによくなる。大したことないんだ」

ブッチが見守る前で、ハヴァーズはフュアリーの手当に取りかかった。医師の手が、器用に確実に包帯をほどいていく。

フュアリーはどう見ても、患者といういまの立場が気に入らないようだった。診察台に腰かけ、シャツを脱ぎ、その大きな身体で狭い診察室をいっそう狭く見せている。おまけに鬼のようにおっかない顔をしていて、グリム兄弟のおとぎ話から抜け出してきたようだ。

「どうも治りが遅いようですが」ハヴァーズが言った。「負傷なさったのは昨夜でまちがいないんですね。とすると、いまごろは瘢痕《はんこん》組織に完全におおわれていていいころですが、まだほとんどふさがっていませんね」

（ほうら言わんこっちゃない）と、ブッチが盛大な流し目をくれる。

フュアリーは口だけ動かしてうるせえとやり返し、ぼそぼそと答えた。「大した傷じゃない」

「いいえ、そんなことはありません。最後に身を養われたのはいつです？」

「いつだったかな。しばらく前だ」フュアリーは首をひねって傷口を眺めた。顔をしかめたのは、これほどひどいとは思っていなかったのだろう。

「身を養われる必要があります」医師はガーゼパックを開き、分厚いガーゼを取り出した。

その四角い白いものを傷口に当て、テープで留めた。「それも今夜じゅうに」

ハヴァーズはラテックスの手袋をぱちっと音をさせてはずし、医療ごみの容器に押し込むと、カルテにメモを書き込んだ。ドアのそばでためらって、「すぐにご都合のつくお相手が、もしいらっしゃらなければ……」

フュアリーは首をふりながらシャツの袖《そで》に手を通し、「自分でなんとかする。お気遣いありがとう、先生《ドク》」

医師が出ていくと、ブッチは言った。「どこに連れてけばいい？」

「ダウンタウンだ。仕事の時間だからな」

「ああ、そうかい。聴診器持った旦那の話が聞こえなかったのか。それともあれは冗談だったと思ってんのか」

フュアリーは診察台からすべりおりた。ごついブーツが床に当たってドン、と音を立てる。

ブッチに背を向け、短剣のホルスターを取りに行った。

「なあ刑事《デカ》、だれかに頼むにしても、おれの場合時間がかかるんだよ。おれはその……つまりその、おれはあれだから、頼みに行ける相手は限られてくるし、まずは話をしなくちゃならない。つまり、おれに血を提供してもいいと思うかどうか、先に確かめなくちゃならないんだよ。禁欲ってのはめんどくさいんだ」

「それじゃ、これからさっそく訪ねようじゃないか。その身体じゃ戦闘は無理だ。自分でわかってんだろ」

「わたしを使って」

ブッチとフュアリーはそろって戸口をふり向いた。ベラが立っていた。

「立ち聞きするつもりはなかったんだけど」彼女は言った。「ドアがあいてて、たまたま通りかかったものだから。わたしの、その……兄がたったいま帰ったところなの」

ブッチはフュアリーに目をやった。ぴくりとも動かず、写真を見ているようだ。

「なにがあったの」と尋ねるフュアリーの声は、すでにひどくかすれていた。

「べつになにも。役に立ちたいって気持ちに変わりはないわ。だから、また申し出てみて、あなたに考えなおしてもらおうと思って」

「半日前には、とても無理だったじゃないか」

「そんなことないわ。断わったのはあなたのほうよ」

「もしそういうことになってたら、最初から最後までずっと泣きどおしだったんじゃないのか」

ちょい待ち。ずいぶん立ち入った話になってきた。

ブッチはドアににじり寄っていった。「おれは外で待って――」

「デカ、待て」フュアリーが言った。「ここにいてくれ。頼む」

ブッチは悪態をついて、あたりを見まわした。出口のそばに椅子がある。それに尻をのせて、置物のふりをしようとした。

ベラはフュアリーの言葉をさえぎった。「いまはあなたの話をしてるのよ。ザディストは関係ないわ」

「ザディストが――」

長い間があった。しだいに、苦みのあるスパイスのような香りが立ち込めてきた。フュアリーの身体から発するにおいだ。

その香気がなにかの答えだったかのように、ベラが部屋に入ってきて、ドアを閉じ、袖をめくりはじめた。

ブッチはフュアリーに目を向けた。震えている。目は太陽のように輝いて、その身体は……なんというか、言ってみれば、明らかに興奮してきている。

よし、そろそろ出てっても……

「デカ、終わるまでここにいてくれ」フュアリーの声は唸りに近かった。

ブッチは思わずうめいた。フュアリーが彼女とふたりきりになりたくない理由はようくわかる。なにしろ、種馬のようにオスのにおいをぷんぷんさせているのだから。

「ブッチ?」

「わかった、ここにいるよ」もっとも、見物するつもりはない。とんでもない。どういうわけか、アメフトで言えばフィフティ・ヤード・ライン（フィールド中央のライン）前という最高の席で、フュアリーのセックスが始まるのを待っているような気分だった。

ぶつぶつ言いながら、ブッチは前かがみになり、片手をひたいに当て、自分の〈フェラガモ〉の靴をにらんだ。

かさかさと音がする。診察台に敷いた薄い紙がこすれているのだろう。だれかがのってきたのか。きぬずれの音。

それきりなにも聞こえない。

くそ。これが顔をあげずにいられるか。

ちらと盗み見たとたん、どうがんばっても目を離せなくなった。ベラは診察台に腰をおろし、ふちから足を垂らしていた。むきだしの手首の内側を上に向けて、ひざにのせている。それを見つめるフュアリーの顔には、飢えと、痛ましくも報われない愛情が浮かんでいる。そろそろと身を沈めて、彼女の前に両膝をついた。震える両手で手のひらと前腕を取り、牙を剝き出しにした。なんと大きい。あまりに長くなって、口を完全に閉じられないほどだった。

猫の唸りのような音を立てながら、頭を下げてベラの腕に近づけていった。彼が牙を立てると、ベラは全身をびくりとさせたものの、うつろな目はまん前の壁にじっと向けられたままだ。ふいにフュアリーがぎょっとしたように口を離し、ベラを見あげた。

やけに早い。

「なぜやめるの」ベラが尋ねる。

「だって、きみは——」

フュアリーがこちらに目を向けてきた。ブッチは赤くなり、また自分のローファーを見おろした。

フュアリーがささやくように言う。「もう出血はあったの?」

ブッチはたじろいだ。いや、これはまずい。いよいよ間が悪くなってきた。

「ベラ、妊娠してるんじゃないのか」

うわ、待ってくれ——間が悪いなんてもんじゃないぞ。頼むから蹴り出してくれと思いながら。

「外へ出てたほうがいいか?」ブッチは尋ねた。

ふたりにそろってノーと言われて、ブッチはまた靴をにらみはじめた。

「してないわ」ベラが言う。「ほんとよ、だって……つまりその、お腹が……ときどき急に痛くなるの、わかる? もうすぐ出血があって、それでおしまいよ」

「ハヴァーズに診てもらったほうがいい」

「飲むの、飲まないの?」

また間があった。それからまた唸り声。低いうめき。

ブッチはちらと顔をあげた。フュアリーがベラの手首に身体を寄せていた。むさぼるように吸う彼の大きな身体に、彼女の細い腕は完全に埋もれている。その彼をベラは見おろしていたが、ややあってから、あいたほうの手を伸ばし、三色の髪をなではじめた。その手つきはやさしく、目には涙が光っている。

ブッチは椅子から立ちあがり、邪魔をすまいとそっとドアからすべり出た。ふたりだけが共有する哀切で秘めやかな時間を、第三者が乱してはいけない。

部屋を出ると、ブッチは壁に寄りかかった。なぜか、まだふたりのドラマにからめとられているように感じる。いまはもう見ているわけでもないのに。

「お久しぶりね、ブッチ」

ぱっとそちらに顔を向けた。廊下の先にマリッサが立っている。

悪夢だ。

彼女がこちらに歩いてくる。あの香りがする。さわやかな海のにおい。鼻孔に突き刺さり、脳に突き刺さり、血に突き刺さってくる。髪をアップにして、フランス第一帝政時代ふうのハイウェストの黄色いドレスを着ていた。

まったく……あんな色の服を着たら、たいていのブロンドはすっかりくすんで見えるだろう。それなのに、彼女はまぶしいほど美しかった。

ブッチは咳払いをした。「やあ、マリッサ。どうしてる?」

「お元気そうね」

「ありがとう」彼女のほうは元気そうどころか光り輝いていたが、それについては黙っていた。

まったく、胸をぐっさりやられたみたいだ。ほんとに……マリッサに会うのは、長さ十五センチの鋼鉄の釘を胸骨に打ち込まれるのと同じだ。たんに、おぞましいコインの表か裏かのちがいにすぎない。

くそ。頭に浮かぶのは、男の運転する〈ベントレー〉に乗り込む彼女の姿だけだ。

「あれからどうしてたの？」彼女は尋ねた。

どうしてたかだって？　この五カ月、ばかみたいにぼんやり過ごしてたとも。

「うん、なんとかやってたよ」

「ブッチ、わたし――」

彼女に笑顔を向けて、ブッチはまっすぐ立ちあがった。「あのさ、ひとつ頼まれてくれないか。車のなかで待ってるから、フュアリーが出てきたらそう伝えてもらいたいんだ。悪いね」ネクタイをまっすぐに直し、スーツのジャケットのボタンを留め、コートの前を合わせた。「それじゃ、マリッサ。元気で」

一目散にエレベーターに向かった。

「ブッチ、待って」

いまいましいことに、足が勝手に止まった。

「あれから……どうしてたの？」

ふり返ろうかと思ったが、ここで屈してはならないと手綱を引き締めた。「さっきも言ったけど、絶好調だったよ。気にかけてくれてありがとう。マリッサ、きみも元気で」

ちくしょう。それはさっき言ったばかりじゃないか。

「わたし、できたら……」マリッサは口ごもった。「会いに来てくださる？　またいつか？」

その言葉に、ブッチはくるりと向きなおった。ああ、ちくしょう、どうしたらいいんだ……彼女は美しかった。グレース・ケリーのように美しい。あの古風な話しかたと上品な物腰を前にすると、自分はまったくどうしようもないだめ男で、口のききかたも知らずにばかをさらしているという気がしてくる。いくら高価な服を着てもおんなじだ。

「ブッチ……よかったら……会いに来てくださらない？」

「どうして？」

マリッサは赤くなった。しょんぼりしているように見えた。「わたし、ずっと……」

「ずっと、なに？」

「ひょっとしたらって……」

「えっ？」

「会いに来てくださるんじゃないかって……お時間があれば。よかったら……遊びにいらして」

こんちくしょう。それはもうとっくにやってみたのだ。彼女のほうが会ってくれなかったのだ。砕けるとわかっていて自分から体当たりをかまし、プライドをずたずたにされる趣味はない。人間でもヴァンパイアでもなんでもいいが、彼女にかかったら彼はなにをされても抵抗できないし、もう二度とあんなみじめな思いはしたくない。願い下げだ。それに、いまでは裏口に迎えに来るミスター・ベントレーがいるではないか。

それを思ったとき、彼のなかのどす黒い一部、あまりに男性的な一部がふと頭をもたげた。夏に会っていたころ、マリッサはまだ無垢《むく》のヴァージンだった。いまもそうだろうか。たぶんちがうだろう。内気なのはあいかわらずだが、もうラスとは別れたのだから、きっと恋人ぐらいできただろう。ちくしょう、彼女にどれぐらい情熱的なキスができるか、じかに体験したではないか。たった一度きりだったが、そのときブッチは、興奮のあまり椅子の肘掛け

Zは短剣を振りあげた。黒い刃を分厚い胸に刺し通す。ぽんとはじけるような音と閃光はたちまち消えた。

Zは立ちあがった。満足感などまるでない。暴力のオートパイロットで動いているような気分だ。殺す態勢も意欲も能力もそろっているが、まるで悪夢のなかを泳いでいるようだった。

頭に浮かぶのはベラのことばかりだ。いや、そんなうわっつらの話ではない。彼女の不在は、その重みがわかるぐらいずっしりと彼の肩にのしかかっていた。恋しさのあまり、手足をもがれたような絶望感に襲われる。

なるほどな。うわさに聞いていたのはこういうことだったのか。きずなを結んだ男は、その女を失ったら死んだも同然だというが、以前聞いたときはなにをばかなとしか思わなかった。それがいま掛け値なしの現実となって、その現実を生きる破目になっている。

携帯電話が鳴りだした。それに応えたのは、鳴ったら出ることになっているからだ。だれからかかってこようが、ほんとうはどうでもよかった。

「よう、Z」ヴィシャスが言った。「一般向けのボイスメールに、えらくおかしなメッセージが入ってる。どっかの男がおまえと話したいそうだ」

「おれを名指ししてきたのか」

「いや、じつを言うとよくわからなかったんだ。えらく興奮してててな。だが、おまえの傷痕のことを言ってた」

ベラの兄貴だろうか。彼女はもう外の世界に戻ったのに、いまになってなにを噛《か》みついてくるのだろう。

いや、考えてみれば……妹が欲求期に男に尽くされて、それなのに誓いの儀式の予定がまるでないわけだからな。たしかに、兄貴ならむかっ腹を立てて当然かもしれん。

「何番にかけなおせって言ってきてるんだ」

ヴィシャスが数字の形を順にあげていった。「それから、オーモンドって名乗ってたぞ」

どうも、ベラの怒りっぽい兄ちゃんではなさそうだ。「オーモンド？　人間の名前じゃねえか」

「どうだかな。用心してかかったほうがいいぞ」

Zは電話を切り、ゆっくりとボタンを押して、待った。正しい番号を押せていればよいのだが。

だれかが電話をとった。あいさつのひとこともなく、低い男の声でいきなりこうきた。

「登録もされてないし、発信元もたどれねえ。ということは〈兄弟〉だな」

「で、おまえは？」

「じかに会って話がしたい」

「すまんな、デートには興味がねえんだ」

「ああ、そうだろうな。その面相じゃ、そうそうデートの相手なんぞ見つからねえだろうからな。おれだって、てめえとセックスがしたいわけじゃねえ」

「安心したぜ。それで、いったいきさまはだれなんだ」

「ファーストネームはデイヴィッドだ。憶えがあるだろ」

怒りに目の前が曇《くも》った。ベラの腹に刻まれていたしるししか見えない。思わず手に力が入り、にぎった電話がきしむのが聞こえたが、激情に身を任せるのはもう卒業だ。

無理やりのんきな声を装って、「うんにゃ、悪いな。どこのデイヴィちゃんだ？」

「おれのものを盗《と》っていきやがったくせに」

「おれが、おまえの財布をか。いや、憶えがねえな」

「おれの女をだ！」〝レッサー〟が怒鳴った。

とたんに、身内の所有本能が全開で目を覚まし、抑えるまもなく口から唸り声が噴き出してきた。Ｚはさっと電話を顔から離し、唸りが収まるのを待った。

「……夜明けが近すぎる」

「いまなんて言った？」Ｚは悪意のしたたる声で言った。「接続が悪くてな」

「てめえ、冗談だとでも思ってやがるのか」〝レッサー〟が嚙みつく。

「そうかっかすんな。脳溢血《のういっけつ》でも起こされちゃかなわねえ」

向こうは激怒に息をあえがせていたが、やがて気を鎮めて言った。「陽が沈むころに会おう。きさまにはいろいろ言いたいこともあるし、夜明けにけつ叩かれながらじゃ落ち着かねえ。それに、おれはこの何時間か忙しかったんで、ひと息入れてえとこだからな。おまえらのメスを一匹始末してたんだ。悪くない赤毛だったぜ。バンとまともに一発、それでおさらばさ」

今度は唸りが伝わるのを防ぎきれなかった。〝レッサー〟は笑った。「てめえら〈兄弟団〉はやたら保護欲旺盛だよな。ついでにもうひとつ教えてやろう。じつはもう一匹つかまえてきたんだ。これもメスでな。おまえに連絡つけるために電話した番号は、そのメスを痛めつけて聞きだしたんだ。じつに素直に話してくれたぜ。それにけっこう可愛いブロンドだしな」

Zの片手が短剣の柄《つか》にかかった。「どこへ行きゃいいんだ」

少し間があった。「それより、まず条件だ。言うまでもねえが、ひとりで来ること。もしこれを守らなかったら、こっちにも考えがある」電話の向こうで女性のうめき声がした。「おれの手下がほかの〈兄弟〉の姿を近くで見かけたら、このメスを切り刻んでやる。電話が一本ありゃ、ゆっくり時間をかけてなぶり殺しだ」

ザディストは目を閉じた。死も苦しみも痛みもいやというほど味わってきた。自分自身も、また他者のそれも。とらわれた女性のことを思うと……「どこへ行けばいい」

「六時に、ルーカス・スクエアで『ロッキー・ホラー・ショー』をやってる。後ろの列の席で待ってろ。こっちから接触する」

電話は切れた。だが、間髪をおかずに鳴りだした。

Vだった。のどを絞められているような声で、「大変なことになった。ベラの兄貴が家に帰ってみたら、車寄せでウェルシーが射殺されてたそうだ。Z、すぐ戻ってこい」

ジョンが見守るまえで、デスクの向こうのトールが電話を置いた。手がぶるぶる震えていて、受話器がなかなかうまくはまらなかった。

「あいつ、たぶん携帯の電源を入れ忘れてるんだ。もう一回うちに電話してみる」トールはまた受話器を取りあげ、あわただしく番号を押した。押しまちがって最初からやりなおした。ずっと胸の中央をさすっている。おかげでシャツがしわくちゃになっていた。

トールは虚空《こくう》をにらみ、凍りついたように自宅の電話が鳴るのを聞いている。そのとき、ジョンは足音に気づいた。このオフィスに続く廊下の向こうから聞こえてくる。突然の発熱のように、胸に恐ろしい予感が広がった。ドアに目をやり、その目をまたトールに向けた。

重い足音は、トールの耳にもまちがいなく届いていた。スローモーションのように、受話器が手からデスクにすべり落ちていく。受話器の向こうから聞こえる呼出音が、室内にやけに大きく響く。トールの目はドアに釘付けになり、両手は椅子の肘掛けをにぎりしめていた。

ノブがまわるのと同時に、ボイスメールに切り替わってウェルシーの声がした。「はい、ウェルシーとトールです。いま電話に出られません……」

〈兄弟団〉がドアの外に勢ぞろいしていた。ラスを先頭にして、全員がむっつり押し黙っている。

大きな音に、ジョンはトールをふり向いた。がばと立ちあがった拍子に、椅子が引っくり返ったらしい。トールは頭のてっぺんから爪先までがくがく震えていて、汗が腋《わき》の下に大きなしみを作っている。

「兄弟」ラスが口を開いた。その声ににじむ無力感は、猛々しい顔にあまりに不釣り合いだった。そしてその絶望感にジョンはおびえた。

トールはうめき、胸骨のあたりをつかみ、円を描くようにむやみにこすりはじめた。「なんだ……なんでこんなところに。みんなして雁首《がんくび》そろえて」押し返そうとするように片手を突き出し、あとじさったが逃げ場はない。すぐにファイルキャビネットに背中が当たった。

「ラス、言わないでくれ……わが君《マイ・ロード》、頼む……いやだ、聞きたくない。聞かせないでくれ……」

「残念だ……」

トールは身体を前後に揺らしはじめた。吐き気に襲われたかのように両腕を腹にまわした。短くせわしく息を吸うあまりしゃっくりが起き、まったく息を吐き出せないようだった。

ジョンは泣きだした。

泣くつもりはなかった。しかし、なにがあったかわかってくると、ショックがあまりに大きくて耐えられなかった。顔を両手に埋めながら、頭に浮かぶのは車寄せをバックして出ていくウェルシーの姿ばかりだ。ふだんとまったく変わりなく出かけていったのに。

大きな手に椅子から引っぱりあげられ、胸に抱き寄せられたとき、〈兄弟団〉のだれかだと思った。しかし、トールだった。まるでかじりつくように、ジョンをしっかり抱きしめてきた。

やがて、狂ったようにぶつぶつ言いはじめた。早口すぎてなんと言っているかわからなかったが、しだいに聞き分けられるようになり、意味がわかってきた。「なんでおれに電話がないんだ。どうしてハヴァーズは電話してこないんだ。電話してくるのが当然じゃないか……ああ、ちくしょう、赤ん坊のせいだ……やっぱり子供なんか作るんじゃなかった……」

ふいに室内の空気ががらりと変わった。だれかが照明をつけたか、暖房のスイッチを入れでもしたように。その変化を感じとったのはジョンが先だったが、やがてトールの声が途切れた。やはりなにか感じたらしい。

ジョンを抱くトールの腕から力が抜けた。「ラス……赤ん坊の……赤ん坊のせいだったんだろう？」

ジョンは首をふり、トールの腰に命がけでしがみついた。

「その子を外へ連れ出せ」

「ラス、ウェルシーはなんで死んだんだ」トールメントの声から感情が抜け落ち、同時にジョンを抱いていた腕がだらりと垂れた。「教えてくれ。いますぐ」

「この子を外へ連れていけ」ラスが大声でフュアリーに命じた。

ジョンは抵抗したが、フュアリーに腰をつかまれ、床から抱えあげられた。それと同時にヴィシャスとレイジがトールの両側にまわってきた。ドアが閉じる。

オフィスの外に出ると、フュアリーはジョンをおろし、そのまま押さえていた。一拍、二拍ほど沈黙があった……と思うと、胸を引き裂くような絶叫に、まちがいなく空気が砕けた。まるで酸素が固化していたかのように。

そのあとに起きたエネルギーの突風はさらに強烈で、ガラスのドアが粉みじんになった。破片が飛び散って降り注ぎ、フュアリーが自分の身体でジョンをかばった。

廊下の両側で、ひとつひとつ順番に天井の蛍光灯が破裂し、まぶしく閃光を放ったかと思うと火花を噴いた。衝撃波はコンクリートの床を振動させ、シンダーブロックの壁にひび割れが走る。

吹っ飛んだドアを通してオフィスをのぞくと、なかでつむじ風が起きていた。兄弟たちは腕をあげて顔をかばいながらあとじさっている。中央のブラックホールのまわりを家具が旋回している。そのブラックホールは、トールの頭と身体の輪郭をどうにかとどめていた。

またこの世のものとも思えぬ咆哮がとどろいたかと思うと、その黒々とした穴は消えていた。飛んでいた家具が次々に落ち、床の振動も収まった。その惨状のうえに紙が静かに舞い落ちて、交通事故現場に降り積もる雪のようだ。

トールメントは消えていた。

ジョンはフュアリーの腕をふりほどき、オフィスに走り込んだ。兄弟たちがぼうぜんと見守るなか、大きく口をあけ、声にならない声で叫んだ。

お父さん……お父さん……お父さん!

44

終わりのない一日もある。だいぶ経ってから、フュアリーはそう思った。日が暮れてもまだ終わりの来ないときもある。

陽が落ちてシャッターがあがったとき（ニューヨーク州の十二月の日の入りは四時半ごろ）、フュアリーは華奢《きゃしゃ》なソファに腰をおろして、ラスの書斎の向こうに立つザディストを見やった。彼と同じく、ほかの兄弟たちもみな声を失っている。

すでに集中爆撃を受けて吹っ飛ばされたところへ、Zがまたしても爆弾を落としてくれた。最初はトール、ウェルシー、若い女性。お次はこれか。

「Z、このやろう……」ラスが目をこすりながら首をふった。「どうしていままで黙ってたんだ」

「ほかにいろいろあったからさ。それに、あんたがなんと言おうと、おれはこの〝レッサー〟に会いに行く。話し合うことなんかねえ」

「Z、冗談はよせ……そんなことは許さん」

フュアリーは、双児の爆発を予想して身構えた。この場にいる者全員が身構えていた。みな疲れきっていたが、Zのことはわかっている。またひと波瀾《はらん》起こすぐらいの余力はじゅうぶん残しているはずだ。

　ところが、Zは肩をすくめただけだった。「〝レッサー〟はおれに来いって言ってるし、おれもあいつに会って片をつけたい。ベラのため、トールのためだ。それに、人質になってる女はどうするんだ。行かねえわけにゃいかんし、応援《バックアップ》は問題外だ」

「兄弟、自分から棺桶《かんおけ》に足を突っ込みに行くようなもんだぞ」

「そんときゃ、やられる前にさんざん大あばれしてやるまでさ」

　ラスは胸の前で腕組みをした。「だめだ。Z、行かせるわけにはいかん」

「女が殺されてもいいのか」

「ほかに手だてがあるはずだ。それをみんなで考えればいいことじゃないか」

　鼓動一拍ぶんほど間があって、Zが口を開いた。「みんな、ちょっとはずしてくれ。ラスに話があるんだ。フュアリー、おまえは残れ」

　ブッチとヴィシャスとレイジは互いに顔を見合わせ、そろって王に目を向けた。彼が一度うなずくのを見て、三人は出ていった。

　かれらが出ていったドアをZは閉じて、それに背中を預けた。「あんたがなんと言おうとおれは行く。これはおれの〝シェラン〟の〝仇討ち《アヴェンジ》〟だからな。それに、兄弟の〝シェラン〟の〝アヴェンジ〟でもある。だからあんたにとやかく言われる筋合いはねえんだ。これは戦士としてのおれの権利だ」

　ラスは毒づいた。「ばかを言え、彼女とは誓ってもないじゃないか」

「儀式なんか必要ねえ。ベラはまちがいなくおれの〝シェラン〟だ」

「Z――」

「それに、トールのことはどうなんだ。トールがおれの兄弟じゃないとでも言う気か。おれが〈黒き剣兄弟団《ブラッグ・ダガー》〉に入団した夜、あんたはその場にいたじゃないか。トールメントはもうおれの肉の肉、血の血なんだ。トールのためにも、〝アヴェンジ〟を果たす権利がおれにはある」

ラスは椅子の背もたれに身体を預けた。その重みに抗議するように椅子がきしむ。「いいかザディスト、おれはなにも、絶対に行くなと言ってるわけじゃない。ただ、ひとりで行かせるわけにはいかんと言ってるんだ」

フュアリーはふたりの顔を交互に見くらべた。これほど冷静なザディストを見るのは初めてだ。石に化したかと思うほど決意は揺らがず、透徹した目でみずからの死を見すえている。こんな背筋の凍る話でなかったら、いくら感心してもしたりないくらいだっただろうに。

「ゲームのルールを決めたのはおれじゃない」Zは言った。

「ひとりで行けば生命はないぞ」

「まあ……もうおりてもいいかと思ってるしな」

フュアリーは全身の皮膚がぎゅっと縮んだような気がした。

「なんだと」ラスが押し殺した声で言った。

Zはドアのそばを離れて、優美なフランス風の部屋を歩きだした。暖炉の火の前で立ち止まると、傷痕のある顔に火明かりがちらちらと反射する。「なにもかも終わりにする覚悟はあるってことさ」

「いったいなにを――」

「こんなふうにくたばるんなら本望だし、そんときにゃあの〝レッサー〟の野郎を道連れにするつもりだ。これがほんとの栄光の炎ってやつだな。敵といっしょに火のなかに飛び込むんだ」

ラスの口がわずかに開いた。「おれに自殺を許可しろと言ってるのか」

Ｚは頭を前後に揺らしながら、「まさか、鎖で縛りつけでもしないかぎり、どっちみち今夜おれは映画館に行くつもりだからな。あんたに頼みたいのは、ほかのが巻き込まれないように気をつけてくれってことだ。ほかのやつらに、とくにこいつに」――と、狙いすましたようにフュアリーに目を向けて――「手出しをするなって命令してやってくれ――」

ラスはサングラスをはずし、また目をこすった。顔をあげたとき、その淡い碧《みどり》の虹彩が、ふたつの丸いフラッドライトのようにその顔のなかで輝いていた。「〈兄弟〉はもう死にすぎた。行くな」

「行かなきゃならんし、行くつもりだ。だから、ほかの連中に手を出すなって命令してくれ」

張りつめた沈黙が長く続く。やがてラスは、口にするしかないただひとつの答えを口にした。「やむをえん」

Ｚの死に向けて歯車がまわりだした。フュアリーは前かがみになり、肘をひざについた。ベラの血の味を思い出した。舌に感じたあの独特のスパイスの味わいを。

「すまない」

ラスとZに見られているのを感じて、自分がいまのせりふを声に出して言っていたことに気づいた。フュアリーは立ちあがった。「すまないが、失礼してもいいかな」

ザディストはまゆをひそめた。「待てよ。おまえにやってもらいたいことがある」

フュアリーは双児の顔をじっと見つめた。その顔に走る傷痕を目でたどり、その細かい特徴を、かつてしたことがないほど克明に頭にたたき込んだ。

「おれがくたばったあと、〈兄弟団〉を抜けたりすんなよ」Zはラスを指さした。「王の指輪にかけて誓え」

「どうしてだ」

「いいからやれよ」

フュアリーはまゆをひそめた。「どうして」

「抜けたらひとりっきりになっちまうだろ」

フュアリーは、Zを長いこと食い入るように見つめた。これまで自分たちふたりがたどってきた道程のことを考える。まったく、おれたちはまちがいなく呪われている。なぜかはまるでわからない。たぶん運が悪いだけなのだろうが、できれば理由があってほしいものだ。

理由……理由があればまだいい。運命の気まぐれでさんざんいたぶられるよりは。

「血を飲んだ」フュアリーはだしぬけに言った。「ベラの血を。昨夜、ハヴァーズの病院に行ったときに飲んだんだ。これでも、おれにお守《も》りが必要だっていうのか」

ザディストは目を閉じた。絶望の波がその身体からあふれてきて、冷たい風のように部屋を通り過ぎていった。「そいつはよかった。で、誓いを立てる気があんのか」

「Z、よせよ——」

「いいから誓えよ。それだけでいいんだ」

「わかったよ。それで気がすむんなら」

ちくしょう。しかたがない。

フュアリーはラスに近づいていき、片ひざを床について王の指輪のそばに控えると、〈古語〉で言った。「この身に息のあるかぎり、〈兄弟団〉にとどまることを誓います。この誓いをお聞き入れいただけますよう、わが君に伏してお願い申し上げます」

「しかと聞いた」ラスは答えた。「わが指輪にその口を寄せ、名誉にかけてその言葉を印《しる》すがいい」

フュアリーは王のブラックダイヤモンドにキスをして、また立ちあがった。「それじゃ、ほかに用がなければ、おれはこれで失礼する」

ドアの前まで来てフュアリーは立ち止まり、ふり向いてラスの顔に目を向けた。「お仕えできて光栄だと、前に言ったことあったかな」

ラスは驚いたように少しのけぞった。「えっ、いや、しかし——」

「ほんとに光栄だと思ってる」王が不審げに目を細めるのを見て、フュアリーは小さくにっと笑った。「なんで急にこんなことが言いたくなったのかな。たぶん、いま足もとにひざまずいて見あげたからかもしれない」

フュアリーは書斎の外へ出た。間のいいことに、そこでヴィシャスとブッチに出くわした。「よう、ふたりとも」かれらの肩に軽く触れて、「おまえらはいいコンビだよな。〈兄弟団〉

お抱えの天才と、人間の凄腕《すごうで》ビリヤード師がこんなに息が合うとは、まったくわからないもんだ」面食らった顔をするふたりに、彼は尋ねた。「レイジは部屋か？」

ふたりがうなずくのを見て、ハリウッドの部屋へ向かった。ドアをノックしてレイジが出てくると、フュアリーは笑顔になって、片手を相手の太い首に当てた。「よう、兄弟」

たぶん少しぐずぐずしすぎたのだろう、レイジの目が鋭くなった。「どうしたんだ、フュアリー」

「なんでもない」手をおろした。「ちょっと寄ってみただけさ。彼女を大事にしろよな。わかってるだろうけど、おまえ、まったく運がいいよな。ものすごく運のいいやつだ。じゃ、またな」

自分の部屋に向かいながら、トールがいればと思っていた。どこにいるかわかればよいのに。トールを思って悲しみながら武装を整え、廊下をうかがった。兄弟たちがラスの書斎で話しているのが聞こえる。

見とがめられないように非実体化して彫像の廊下に移動し、ザディストの部屋の隣室に入った。ドアを閉じてからバスルームに入り、明かりをつけた。鏡で自分の顔をしげしげと眺める。

短剣を抜いて、髪を大きくひと房とり、刃を当ててばっさり切り落とした。これを何度もくりかえすうちに、赤とブロンドと茶色の房が床にうずたかく積もり、ごついブーツをおおい隠すほどになった。髪の長さが全体に二、三センチになったところで、キャビネットからシェービングクリームのスプレー缶を取り出し、頭に泡を吹きつけ、洗面台の下からかみそりを出してきた。

髪を剃《そ》り終えると、頭を拭いて、シャツを払った。えりのなかに落ちた髪で首がちくちくするし、頭がみょうに軽い。手で頭をなで、鏡をのぞいて、自分の顔を眺めた。

それから短剣をまた手にとり、切尖《きっさき》をひたいに当てた。

震える手で、短剣を顔の中央に引いていき、Sカーブを描いて上唇で止めた。血が盛りあがって、やがてしたたってきた。白いタオルでそれをきれいに拭きとる。


ザディストは慎重に武器を身に着けた。用意をすませてクロゼットを出る。寝室は暗かったが、視力よりも習慣の力で闇のなかを歩き、バスルームからこぼれる光溜まりに向かった。洗面台に向かい、水栓をひねり、流れる水にかがみ込んで、冷たい水を両手に受けた。顔を洗い、目をこすった。両手にためた水を少し飲んだ。

顔を拭こうとしたとき、フュアリーが来ているのを感じた。姿は見えないが、寝室を歩いているようだ。

「フュアリー……出かける前に、おまえに会いに行こうと思ってたんだ」

タオルをあごの下に当てて、Zは鏡をのぞき込んだ。見慣れない黄色い目が見返してくる。これまで自分がたどってきた軌跡をふり返ってみると、ほとんどろくでもないことばかりだった。だが、そうでないこともふたつある。ひとりの女の訪れ。ひとりの男の訪れ。

「おまえを愛してる」ぶっきらぼうに言った。考えてみれば、双児の兄弟に向かってこの言葉を口にしたのは初めてだ。「それだけ言っときたかったんだ」

フュアリーが背後にやって来た。

鏡に映るその姿を見て、Zはぞっとした。髪がない。顔に傷痕。生気のない暗い目。

「なんてこった」Zは息を呑んだ。「いったいどうしちまったんだ」

「おれも愛してるぞ、兄弟」フュアリーは片手をあげた。その手には皮下注射器がにぎられている。ベラのために用意しておいた二本のうちの一本だ。「おまえを死なせるわけにはいかん」

ザディストはくるりとふり向いたが、それと同時に双児の手が襲いかかってきた。注射針が首に突き刺さり、モルヒネがじかに頸静脈に打ち込まれる。絶叫しながら、フュアリーの肩につかみかかった。だが薬が効いてきて、身体から力が抜け、床にそっと寝かされるのがわかった。

フュアリーがかたわらにひざまずき、顔をなでてきた。「おれはおまえのためだけに生きてきた。おまえが死んだらなんにも残らない。生きる目的もなにもない。それに、おまえはこの世で必要とされてる」

ザディストは手を伸ばそうとしたが、腕をあげることすらできなかった。フュアリーは立ちあがった。

「なあZ、おれたちずっと不幸だったよな。おれはさ、こんな不幸もいつかは終わるって、いつもそう思ってたんだ。だけど、それは甘かったみたいだな」

意識が薄れていく。ザディストが最後に耳にしたのは、遠ざかっていく双児のブーツの足音だった。

45

ベッドのなか、ジョンは脇を下にして身体を丸め、闇のなかをのぞき込んでいた。ここは〈兄弟団〉の館の一室だ。豪華だが顔のない部屋は、心が温まることもないが、冷えることもない。

すみのほうで時計が時を打ちはじめた。一度、二度、三度……その低いリズミカルな音を六度まで数えた。寝返りを打って仰向けになり、あと六時間で日付が変わるのだと考えた。真夜中が来れば、もう火曜日ではなく水曜日だ。

これまで生きてきた日、週、月、年のことを思い返してみた。自分の生きてきた時間。自分がそれを経験したから、それが自分のものだと思っている。

時間の区別というのは、考えてみればいい加減なものだ。無限に続くものを勝手に切り刻んで、それを自分の思いどおりにできると考えるとは、人間は――そしてヴァンパイアは――なんと自分勝手なことか。

ばかばかしい。生きていて自分の思いどおりになることなどなにひとつない。それはだれであっても同じだ。

ほんとうに、自分の思いどおりにできる方法があればいいのに。せめて、やりなおせること

がいくつかでもあればいいのに。どれだけうれしいことだろう、巻き戻しボタンを押すことができて、今日一日を編集しなおすことができたら。こんな思いをしないようにやりなおすことができたら。

うめき声を漏らし、うつ伏せになった。こんな苦しみは……生まれて初めてだ。一生知らずにすめばよかったのに。

絶望は病《やまい》のように全身を侵し、寒くもないのに身体が震え、胃はからなのに吐き気がし、関節にも胸にも痛みが広がっていく。精神的なショックを病気だと思ったことはなかったが、これはまちがいなく病気だ。そのせいでしばらく不調が続くのはまちがいないと思った。

くやしい……うちに残って戦術の勉強なんかしていないで、ウェルシーといっしょに出かければよかった。彼があの車に乗っていたら助けられたかも……それとも、いっしょに死んでいただけだろうか。

たとえそうでも、こんな思いをするよりはましだ。たとえ死んだらそれっきりで、ただ消えてしまうだけだったとしても、それでもこんな思いをするよりはずっとましだ。

ウェルシー……もういない。灰になってしまった。小耳にはさんだところでは、ヴィシャスが現場で遺体に右手を当てて、残った灰を持って帰ってきたそうだ。どんなものかは知らないが、正式な〈冥界《フェード》〉の儀式を執り行なうことになっている。ただ、それはトールがいなければできないらしい。

そうだ、トールももういない。消えてしまった。死んだのだろうか。姿を消したときは、夜明けがすぐそこに迫っていたし……というより、たぶんそれが目当てだったのだ。太陽の下に身をさらし、ウェルシーのあとを追おうとしたのかもしれない。

いない、もういない……みんないなくなってしまう。

サレルも……いまごろは〝レッサー〟に殺されているにちがいない。よく知りあいもしないうちにいなくなってしまった。ザディストがサレルを取り戻しに行くと言っているが、ほんとうにそんなことができるのだろうか。

ウェルシーの顔が目に浮かぶ。赤い髪、ほんの少しふくらんだお腹。トールの短く切った髪が目の前にちらつく。濃紺の目、広い肩、黒いレザー姿。古い本を熱心に調べているサレルの姿を思い出す。前に垂れ落ちる短いブロンド、ページをめくるきれいな細い指。

また目に涙が浮かびそうになったが、ジョンは急いで起きあがり、泣きたい気持ちを抑えつけた。もう泣くのはたくさんだ。二度と三人のことを思って泣いてはいけない。泣いてもなんにもならないし、めそめそしていては三人に申し訳が立たない。

三人の魂を慰めるには、強くなることだ。強さこそが追悼だ。復讐こそが墓前に捧げる祈りだ。

ジョンはベッドを出て、バスルームを使い、服を着替えて、ウェルシーが買ってくれた〈ナイキ〉に足をすべり込ませた。ほどなく階下におりて、秘密のドアを通って地下トンネルに入る。急ぎ足で鋼鉄張りの迷路を抜けて歩いた。まっすぐ前に目を向け、兵士のように正確なリズムで腕をふりながら。

クロゼットの奥からトールのオフィスに出てみると、惨憺《さんたん》たるありさまだったのがきれいに片づけられていた。デスクはもとどおりの位置に戻され、あの見るからに不格好な緑色の椅子も、その奥にちゃんと収まっている。書類もペンもファイルも、なにもかもすっかり片づいていた。コンピュータや電話機さえあるべき場所にあった。どちらも前の晩に粉々になっていたのに。きっと新しいのに取り替えたのだろう……

秩序が戻ってきた。見せかけなのはわかっていても、やはり心が慰められる。

そこからジムに向かい、天井から下がる保護金網つきの電灯をつけた。あんなことが起きたあとだから、今日は授業は休みだ。トールがいなくなって、ひょっとしたらもう訓練が再開されるときは来ないかもしれない。

ジョンはマットのうえを走って用具保管室に向かった。固いマットに、スニーカーがきゅっきゅっと音を立てる。刃物を収めたキャビネットから短剣を二本取り出し、身体に合う小さなチェストホルスターをすばやく選んだ。短剣を身に着けると、ジムの中央に出ていった。トールに教わったとおりに、まずは頭を下げて一礼した。

それから短剣を手に取り、練習にとりかかった。敵への怒りを身にまとい、血祭りにあげるべき〝レッサー〟の姿を思い描きながら。

フュアリーは映画館に入り、奥の座席に腰をおろした。混み合ってざわざわしている。若いカップルや男子学生のグループでいっぱいだ。ひそひそ声で話している者もいれば、大声でしゃべっている者もいる。笑い声、菓子の袋をあける音、ストローをすする音、ものを食べる音。

映画が始まって場内が暗くなると、観客はみな大声でせりふを叫びだした（『ロッキー・ホラー・ショー』はミユージカルで、登場人物の歌に観客が合いの手を入れるのがお約束になっている）。

〝レッサー〟が近づいてきたのがわかった。ポップコーンのにおいはもちろん、デート中のカップルからは安っぽい香水のにおいもぷんぷんするが、それでもあの甘ったるいにおいはかぎ分けられる。

目の前に携帯電話が突き出された。「取れ。耳に当てろ」

観客が大声でわめいている。「ちくしょう《ダミット》、ジャネット、一発やろうぜ《レッツ・ゴー・スクリュー》！」

頭の右後ろから〝レッサー〟の声が聞こえる。「おれといっしょに、おとなしくそっちへ行くと女に言え。言われたとおりにするから、女の生命は助かると請け合ってやれ。いいか、英語でだぞ。なにを言ってんのかわからないと困るんでな」

フュアリーは電話に向かって話したが、自分がなんと言ったか正確なことはどうもあやふやだった。わかったのは、向こうの女性が泣きだしたことだけだ。

〝レッサー〟は電話をひったくった。「よし、これをはめろ」

ひざに鋼鉄の手錠が落ちてきた。自分で自分に手錠をはめて待った。

「右側の出口が見えるだろう。あっちから出る。おまえが先に行くんだ。外に出るとトラックが停まってる。助手席側のドアから乗れ。おれはずっとおまえのすぐ後ろにくっついてるし、電話を口もとから離さねえからな。おかしなまねをしたり、〈兄弟団〉の連中を見かけたりしたら、すぐに女を殺させる。念のため言っとくが、女ののどもとにはナイフが当ててあるから、殺すとなったらあっというまだぞ。わかったか」

フュアリーはうなずいた。

「それじゃ立て。行くぞ」

フュアリーは立ちあがり、出口に向かって歩きだした。歩きながら、生きて切り抜けられるのではないかと心のどこかで思っていたことに気がついた。武器の扱いは手慣れたものだし、かなりの武器をあちこちに隠し持っている。しかし、この〝レッサー〟は抜け目がない。行動の自由を奪われたうえに、女性の生命を盾にされては手も足も出せない。

映画館の側面のドアを蹴《け》りあけながら、フュアリーは覚悟を決めた。今夜、彼はまちがいなくくたばることになるだろう。


ザディストは意志の力で意識を取り戻した。麻薬のかすみをかき分けて手を伸ばし、力ずくで覚醒をもぎ取ったのだ。うめき声をあげながら、バスルームの大理石の床を這《は》いずり、寝室のカーペットの床に出ていった。カーペットに爪を立て、足で押して前進し、ようやくドアまでたどり着いたときには、念力でドアをあけるのがやっとだった。

彫像の廊下に出るが早いか、助けを呼ぼうとした。最初はかすれ声しか出なかったが、しまいに絶叫をしぼり出した。二度、三度と。

床が揺れ、走ってくる足音が聞こえる。安堵《あんど》のあまり目まいがした。

ラスとレイジがそばにひざをつき、彼を仰向けに転がした。ふたりがなにを言っているかわからず、その質問をさえぎってZは言った。「フュアリーが……死ぬ……フュアリーが……死ぬ……」

吐き気が突きあげてきた。ぐいと横向きに身を起こして吐いた。胃をからにしたのがよかったようで、吐き気が収まったときには少し頭がはっきりしてきた。

「早く見つけないと……」

ラスとレイジはあいかわらず矢継ぎ早に質問を浴びせてくる。早口でべらべらしゃべっている。ずっとブーンと耳鳴りがしているのはそのせいだろうか。そうでなければ、頭が爆発しかけているのかもしれない。

腕の力でカーペットから頭を持ちあげたら、文字どおり目がまわった。モルヒネの用量がベラの体重に合わせてあって助かった。そうでなかったらもっと悲惨なことになっていただろう。

胃が痙攣《けいれん》して、また嘔吐《おうと》した。カーペットじゅうに吐物が広がる。くそ……昔からアヘンは身体に合わないのだ（モルヒネの原料はアヘン）。

また廊下を走ってくる足音がする。声が増えた。だれかが濡れた布で口をぬぐってくれた。フリッツだ。また吐き気が襲ってきてのどが痙攣したときは、ごみ入れが顔の下に突っ込まれた。

「すまん」彼は言って、また吐いた。

吐くたびに頭が正常に戻ってくる。身体のほうも同様だ。指を二本のどに突っ込んでさらに吐きつづけた。体内から薬物を追い出せば追い出すほど、それだけ早くフュアリーのあとが追える。

ちくしょう、あのお節介焼きが……くそったれ。あの野郎、今度こそ本気でぶっ殺してやる。死ぬのはこっちで、生き残るのはフュアリーのはずなのだ。

しかし、いったいどこに連れていかれたやら。どうやって見つけたらいいのか。映画館は出発点ではあるが、そこにいつまでもぐずぐずしてはいないだろう。

空吐きが始まった。もう胃にはなにも残っておらず、吐きたくても吐けない苦しみのなか、ただひとつの解決法がふと思い浮かんだ。そしてそのとたん、麻薬とはちがう理由で胃が裏返った。フュアリーを見つけるためとはいえ、その方法をとるには本能という本能を踏みにじらなくてはならない。

またべつの足音が廊下を走ってくる。ヴィシャスの声。一般ヴァンパイアの緊急事態。六人家族が〝レッサー〟の集団に家を囲まれて、身動きがとれなくなっている。

Zは頭をあげた。それから上体を。しまいに立ちあがった。今度もまた、意志力――彼の唯一の取り柄だ――が応援に駆けつけてきた。吐くよりずっと役に立つ。おかげで麻薬の影響がさらに薄れ、頭がすっきり冴えてきた。

「フュアリーはおれが助ける」彼は兄弟たちに言った。「おまえらは仕事にかかってくれ」

短い間があった。やがてラスが言った。「やむをえん」

46

ベラはルイ十四世風の椅子に腰かけて、足首を交差させ、両手をひざに置いていた。左側では大理石の暖炉で炎がはじけ、手もとにはアールグレーの紅茶のカップがある。向かい側の上品なソファにはマリッサが腰かけ、黄色い絹糸でチュールに刺繍《ししゅう》を刺している。手は動いていても物音ひとつしない。

ベラは、このままではわめきだしてしまいそうだと——

とそのとき、はっと立ちあがった。本能がざわめく。ザディスト……ザディストが近くにいる。

「どうしたの？」マリッサが言った。

いきなり、正面玄関のドアを激しく叩く音がした。まるでドラムのようだ。と思うまもなく、ザディストが応接間に入ってきた。戦闘服を着て、腰には銃を差し、胸には短剣を吊っている。すぐあとから入ってきた〝ドゲン〟は、彼を心底こわがっているようだった。

「はずしてくれ」ザディストはマリッサに向かって言った。「召使もいっしょに」

マリッサがためらうのを見て、ベラは咳払いをした。「大丈夫ですから。ほんとに……」

マリッサは首をかしげて、「近くで待っているわね」

ふたりきりになっても、ベラはその場を動かなかった。

「おまえが必要なんだ」ザディストは言った。

ベラは不審に思って目を細めた。聞きたくてたまらなかったその言葉。それをいまになって聞くとは、なんと残酷なことだろう。「どういうこと」

「フュアリーに血を飲ませただろ」

「ええ」

「あいつを見つけなくちゃならないんだ」

「居場所がわからないの？」

「あいつの身体には、おまえの血が流れてる。だから――」

「フュアリーを見つけろっていうのね。それはわかったわ。でもなぜなの」ザディストが一瞬言いよどむのを見て、ベラは背筋が冷たくなった。

「あの〝レッサー〟につかまったんだ。デイヴィッドってやつに」

息ができない。心臓の鼓動が止まった。「どうして……」

「説明してるひまはない」ザディストが近づいてきた。彼女の手をとろうとするかに見えたが、途中で気を変えたようだ。「頼む。あいつの居場所がわかるのはおまえだけなんだ。いまあいつの身体にはおまえの血が流れてるから」

「それはもちろん……もちろん、見つけるわ」

血のきずなの連鎖だ。フュアリーはベラから身を養ったから、どこにいようと彼女にはフュアリーを見つけられる。また、彼女はザディストの首から飲んだから、それと同じ理由で、彼にはベラの行先をたどることができるのだ。

彼が顔を寄せてきた。「あいつから五十メートルぐらいのところへ案内してくれ。それ以上近づくんじゃないぞ、いいな。そのあとはすぐにまた非実体化してこっちへ戻ってくるんだ」

ベラは彼の目をまっすぐに見返した。「大丈夫、きっと見つけるわ」

「ほかに見つける道があれば、おまえに頼まなくてもすんだんだが」

そんなこと言わないでよ。「ええ、わかってるわ」

ベラは応接間を出てコートをまとうと、玄関広間に立った。目を閉じ、外界に意識を広げていく。まずはいまいる広間の壁を抜け、ハヴァーズの屋敷の外壁を通り抜け、灌木《かんぼく》の植え込みと芝生を越え、その向こうの木立や家々を通り……乗用車、トラック、建物を越え、公園や大小の川を渡り、そしてさらに遠く、農村地帯に達し、山地に入り……

フユアリーの生気の源までたどり着いたとき、全身を引き裂くような痛みに襲われた。いま彼の感じているとおりに。身体がぐらつき、ザディストに腕をつかまれた。

その手を押しのけて、「見つけたわ。まあ、なんて……ひどい――」

ザディストはまた彼女の腕をつかみ、ぎゅっとにぎってきた。「五十メートルだぞ。それ以上近づくな。わかってるな？」

「ええ。もう行かせて」

ベラは玄関の外に出て非実体化した。ふたたび形をとったところは、森のなかの小さなキャビンから二十メートルほど離れた場所だった。

すぐ横にザディストが現われたのがわかった。「戻れ」声を殺して言った。「ここにいちゃだめだ」

「でも――」

「力になりたいと思ってんなら、すぐに帰れ。そうすりゃおまえの心配をせずにすむ。早く」

最後にもう一度ザディストの顔を見つめ、ベラは非実体化した。

ザディストは、丸太組みのキャビンにそろそろと近づいていった。寒気のおかげで、モルヒネの効果がまた少し薄れた。粗削りの壁にぴったり身体を寄せると、短剣を抜き、窓のなかをのぞいた。だが屋内はからっぽだった。あかぬけないおんぼろの家具に、コンピュータがあるだけだ。

パニックに全身を洗われた。冷たい雨が血に降り注ぐようだった。

だが、そのとき物音がした……ズンという鈍い音。そしてもう一度。

二十五メートルほど裏手に、離れ屋があった。こちらのキャビンよりひとまわり小さく、窓もない。小走りに近づき、耳をそばだてた。だがそれも一瞬、すぐに短剣を〈シグ・ザウエル〉に持ちかえて、ドアを蹴破った。

目の前の光景は、彼自身の過去の再現だった。男が台に鎖でつながれ、容赦なく殴られている。そのかたわらに、狂ったけだものがのしかかるように立っていた。

フュアリーが顔をあげた。めった打ちにされている。腫れあがった唇、つぶされた鼻に血が光る。ナックルダスターをこぶしにはめた〝レッサー〟がくるりとふり向き、せつな面食らった表情がその顔をよぎった。

ザディストは銃をかまえたが、〝レッサー〟はフュアリーの真ん前に立っている。少しでも手もとが狂えばフュアリーの身体に風穴があく。銃口を下げて引金を絞り、〝レッサー〟の脚を撃ってひざを砕いた。〝レッサー〟が絶叫して床にころがる。

Zはそれに襲いかかった。だが、不死の化物につかみかかるのと同時に、ぱん、とはじけるような音が響いた。

Zの肩に痛みの炎が走った。まともに弾丸を喰らったのはわかったが、いまはそれにかまっているひまはない。〝レッサー〟の銃を奪うことだけに集中しようとしたが、敵もまたZの〈シグ〉に対して同じことをしようとしている。ふたりは床のうえでもみあい、全身血まみれになりながら、互いに優位に立とうと争った。こぶしが飛び、つかみかかろうと手を出し、脚をばたつかせる。もみあううちに、ふたりとも拳銃はどこかへ行ってしまった。

四分ほど経っただろうか、Zの体力が恐ろしい勢いで衰えはじめた。やがて組み伏せられ、胸にまたがられた。押しのけようとし、のしかかる重みをはね飛ばそうとした。ところが、頭ではそう指令を発しているのに、このときばかりは手足が言うことをきかなかった。肩に目をやると、血がどくどく流れている。先ほどの銃弾で動脈をやられたのだ。それに、モルヒネがまだ完全に切れていない。

向こうも疲れたか、いったん戦闘の勢いが止まった。〝レッサー〟は息を切らし、顔を歪めている。どうやら脚が痛むらしい。「きさま……いったい……だれだ」

「てめえの……目当ての相手さ」相手に劣らず荒い息をつきながら、Zはやり返した。くそ……ちょっと気を抜くと、たちまち視界がぼやけてくる。「おれが……女を……盗んでいったんだ」

「どうして……それが……嘘でないと……わかる」

「見てるからさ……腹の傷が治るのを……おまえのつけた傷が……消えていくのを見てた」

〝レッサー〟は凍りついた。

いまが絶好のチャンスだ。いまこそ上手《うわて》をとるときだ。だが、Zはもう消耗しきっていた。

「あいつは死んだはずだ」〝レッサー〟がささやくように言った。

「死んでない」

「あいつの絵に――」

「生きてる。息をしてる。だがきさまは……二度と会えないんだ」

〝レッサー〟の口が開いて、けもののような怒号が突風さながらに噴き出してきた。

その怒号を聞きながら、Zは気持ちが澄んでいくのを感じた。ふいに呼吸が楽になった。それとも、完全に呼吸が止まってしまったのか。〝レッサー〟の動きがスローモーションのように見える。Zの胸のホルスターから黒い短剣を引き抜く。両手にかまえる。頭上高く振りあげる。

ザディストは自分の心の動きを注意深く観察していた。どんなことを思って最期を迎えるのか知りたい。フュアリーのことを思い出して泣きたくなった。まちがいなくあいつも長くはもたない。すまん。おれはいつも、おまえをがっかりさせてばかりだったな……

とそのとき、ベラのことが頭に浮かんだ。目に涙が湧いてきた。彼女のさまざまな姿が脳裏によみがえり、それが……あまりにあざやかで、くっきりしていて……しまいには、〝レッサー〟の肩ごしに彼女のまぼろしさえ現われた。それがあまりに明瞭で、ほんとうに戸口に立っているかのようだ。

「愛してるよ」Zはささやいた。彼自身の短剣が胸に落ちてくる。

「デイヴィッド」凛《りん》とした声が響いた。

〝レッサー〟はぎょっとして身体全体でふり向いた。その勢いで短剣の軌跡がずれて、Zの上腕のそばの床板に突き刺さった。

「デイヴィッド、こっちに来て」

〝レッサー〟がよろよろと立ちあがると、ベラは片手を差し出した。

「死んだはずだ」〝レッサー〟はかすれた声で言った。

「生きてるわ」

「家に行ったんだぞ……おまえの絵も見た。そんなばかな……」〝レッサー〟は泣きはじめた。ひょこひょこ脚を引きずりながら、黒い血のあとを残しながら、彼女に近づいていく。

「てっきりおまえを殺しちまったと思ってた」

「ばかね。さあ、いらっしゃいよ」

Zは死にもの狂いで声を絞り出そうとした。身の毛もよだつ疑いに胸が締めつけられる——これはまぼろしではないのでは。叫ぼうとしたが、出てきたのはうめき声だけだ。いま〝レッサー〟はベラの腕に抱かれて、手放しで号泣している。

Zの見守る前で、ベラの手が〝レッサー〟の背中を這いあがっていく。その手には小さな拳銃がにぎられていた。彼女の家を見に行ったときに、彼が渡した拳銃だ。

ああ、だめだ……よせ！

ベラは奇妙に落ち着きはらって、拳銃を持つ手を少しずつあげていった。ゆっくりとあげていきながら、ずっと低い声で慰めの言葉をささやきつづける。しまいに、銃身がデイヴィッドの頭と同じ高さになる。ベラがのけぞると、彼は顔をあげて目を合わせてきた。そのせいで、耳が銃口のすぐ横に来る格好になった。

「愛してる」彼は言った。

ベラは引金を引いた。

発砲の反動で手が跳ね返され、腕まで後ろにはじかれて、彼女はバランスを崩した。銃声が消えたとき、どさりと音がした。見おろすと、〝レッサー〟は横ざまに倒れていた。だが、まだまばたきをしている。頭が吹っ飛ぶかどうかすると思っていたのに、こめかみに丸い小さな穴があいているだけだった。

猛烈な吐き気が突きあげてきたが、それにはかまわず、〝レッサー〟の身体をまたいでザディストに近づいていった。

なんてひどい。あたり一面血まみれだ。

「ベラ……」ザディストが両手を床から持ちあげ、のろのろと口を動かしている。

彼女はそれをさえぎって、彼の胸のホルスターに手を伸ばし、残っていた短剣を抜いた。

「胸骨を刺さなくちゃいけないのよね?」

もう、最低。身体も言うことをきかないが、声まで思うに任せない。力が入らず、震えている。

「心臓を刺すのよね。そうでないと死なないんでしょう。ザディスト、答えて!」

「逃げろ……すぐ……ここから――」

彼がうなずくのを確かめて、彼女は〝レッサー〟のそばに戻り、足で押して仰向けにした。彼の目がこちらを見あげてくる。これから何年間も、この目を悪夢に見ることになるだろう。両手で短剣をにぎり、頭上に持ちあげて、力いっぱいふりおろした。刃の食い込む手応えに、胸が悪くなって吐きそうになる。それでも、ぽんと音がして閃光がはじけ、それで締めくくりがついたような気がした。

後ろによろけてしりもちをついた。けれども、一度、二度と大きく息をついただけで、またザディストのそばへ戻る。コートを脱ぎ、フリースのプルオーバーも脱いだ。そのプルオーバーを彼の肩に巻きつけた。次にはベルトもはずして、その分厚い包帯に巻きつけ、ずれないようにきつく締めた。

ザディストはずっとそれにあらがい、早く逃げろ、かまうなと言いつづけだった。

「ちょっと黙っててよ」彼女は言って、自分で自分の手首を噛み破った。「さあ、飲むなり死ぬなり好きなほうを選んで。でも早く決めてね、フュアリーのようすも見なくちゃならないし、あなたたちふたりをここから連れ出さなくちゃならないもの」

腕を彼の口のすぐ上に突き出した。あふれる血がしたたってきても、彼は唇を開こうとしない。

「いやなひとね」ベラはつぶやいた。「そこまでわたしが嫌いだなんて——」

頭をもたげたかと思うと、彼は手首にむしゃぶりついてきた。その口の冷たさだけで、どれだけ死の淵に近づいていたかいやと言うほどわかった。最初はのろのろと飲んでいたが、しだいに無我夢中で飲みはじめる。小さく声をあげているのが、彼の戦士らしい大きな身体には不釣り合いだった。猫の鳴き声に似ている——お腹をすかせた猫が、無心にミルクを飲んでいるような。

頭をまた床に落とし、彼は満足そうに目を閉じた。彼女の血が、彼のなかにしみわたっていく。口をあけて息をするさまを眺めていたかったが、そんなひまはない。小屋のなかをフュアリーのほうへ走る。意識はない。台に鎖で縛りつけられ、全身血まみれ。しかし、胸はいまも上下に動いている。

もう、いまいましいったら。鋼鉄の鎖には、〈マスターロックス〉の錠がぶら下がっていた。なにかで切らなくてはならない。左手に、恐ろしい道具のそろった棚が——

そのときだった。すみにだれかが倒れているのに気づいた。短いブロンドの若い女性。あふれる涙にほおを濡らしながら、その女性がこと切れていることを確かめた。まちがいなく〈フェード〉に渡っている。ベラは目をぐいとぬぐって、無理やり頭を切り換えた。ここには助けを待っているけが人がいる。そちらを助けるのが先決だ。そのあとなら……〈兄弟団〉のだれかに戻ってきてもらって……

ああ、神さま……ああ、神さま……ああ、神さま……

身体が震える。ヒステリーを起こしかけている。ベラはソーズオール（前後に動くタイプの電動ノコギリ）を取り、スイッチを入れて、手早くフュアリーの縛《いまし》めを解きにかかった。耳をつんざくモーター音にも、フュアリーは目を覚ます気配がない。ベラはまた恐ろしくなった。

ザディストに目をやると、床から上体を起こそうと四苦八苦している。

「キャビンのそばのトラックをこっちに持ってくるわ」彼女は言った。「あなたはここにいて。体力をむだにしないで。フュアリーを運ぶのにあなたの力がいるのよ、気を失ってるから。それからあの女の子……」声が詰まった。「あの子は置いていくしかないわ……」

ベラは雪のなかをキャビンまで走った。トラックのキーが見つからなかったらと思うと恐ろしく、そのことは努めて考えまいとした。

天の助けか、キーはドアのそばのフックに掛かっていた。それを引っつかみ、〈F150〉に飛び乗った。始動させ、猛然とエンジンをふかして小屋に向かう。横滑りしながらも急旋回して、荷台から先にバックして戸口に近づけていく。

運転席側からおりようとしているとき、ちょうどザディストが戸口に姿を現わした。酔っぱらいのようにふらふらしている。フュアリーを両腕に抱えているが、そう長いこと重みを支えていられそうにない。ベラが荷台のへりをおろすと、Zはフュアリーを抱えたままそこに倒れ込んできた。長い手足がもつれあって、血まみれの肉の塊のようだ。ベラはふたりの身体を足で奥へ押し込み、次に荷台に飛び乗ると、ベルトをつかんで引っぱってさらに奥へ移動させた。

これでよしと見て、彼女はまたがるようにして荷台のふちを乗り越え、地面に飛びおりた。

後部のへりをぱたんと閉じたとき、ザディストと目が合った。

「ベラ」その声は、やっと聞こえるかどうかのささやき声だった。悲しげなため息に乗って、唇がわずかに動いている。「こんなことに巻き込みたくなかった。こんな……きたない現実に」

彼女は顔をそむけた。そのまま運転席に飛び込み、アクセルを踏み込んだ。

キャビンからは、一車線道路が一本延びているだけだ。ほかにとるべき道がなく、途中でだれにも会いませんようにと祈りながら走った。二十二号線に出たときには、〈書の聖母〉に感謝の祈りを捧げ、まっすぐハヴァーズの病院に向かった。

バックミラーを傾けて、トラックの荷台をのぞき込んだ。あそこは凍えるように寒いだろうが、スピードを落とすのはこわかった。

たぶん寒いほうが、出血が鈍ってかえっていいかもしれない。

ああ、神さま……

フュアリーは冷たい風を感じた。剝き出しの肌にも、剃った頭にも吹きつけてくる。うめき声をあげ、小さく身体を丸めた。ちくしょう、寒い。こんな思いをしなくては〈フェード〉にはたどり着けないのか。だとしたら、一度きりですむのを〈聖母〉に感謝しなくては。

なにかが身体に触れてきた。腕だ……二本の腕が巻きついてきて、引き寄せられる。わずかなぬくもりを感じる。やさしく抱き寄せてくれるそのだれかに、フュアリーは震えながら身体をまかせた。

この音はなんだろう。耳もとで……風の唸りとはべつの音がする。

歌だ。だれかが歌を歌っている。

フュアリーはかすかにほほえんだ。完璧だ。〈フェード〉に連れていってくれる天使たちは、ほんとうに美しい声をしている。

ザディストのことを思い出し、いま聞こえる美しい調べを、現実に聞いたことのあるZの歌声とくらべてみた。

うん、ザディストの声はやっぱり天使そっくりだ。ほんとうにそっくりそのままだった。

47

意識が戻ったとき、ザディストはとっさに起きあがろうとした。まずった。肩が悲鳴をあげ、釘を打ち込まれたような激痛が走って、また意識が遠のいた。

振りだしに戻るだ。

次に気がついたときは、少なくともなにをしてはいけないか憶えていた。身体を起こそうとするのはやめて、そろそろと首を横にひねってみた。ここはどこだ？　客用寝室と病院の病室を足して二で割ったような部屋――ハヴァーズのところだ。ハヴァーズの病院に連れてこられたのだ。

だれかが座っている。この見知らぬ部屋の向こう、陰になっているところに。

「ベラか？」しゃがれ声で言った。

「残念だったな」ブッチが陰のなかから身を乗り出してきた。「おれだよ」

「ベラはどこだ」まったく、なんてひでえ声だ。「無事か？」

「ああ、元気だよ」

「どこに……どこにいる？」

「いまは……その、ベラはよそに移ることになったんだ。というか、もう発ったんじゃないかな」

ザディストは目を閉じた。また気絶するのも悪くないとちらと思った。とはいえ、彼女が出ていくのはしかたがない。どんな状況に巻き込まれたか考えてもみるがいい。〝レッサー〟を殺したのはまだましなほうだ。コールドウェルを離れるほうが彼女のためだ。

それでも、喪失感に全身が痛んだ。

咳払いをした。「フュアリーは？　あいつは――」

「となりだ。ひどいありさまだが、生命に別状はない。おまえらふたりとも、この二日ばかり意識が飛んでたんだぜ」

「トールは？」

「どこにいるんだかまるでわからん。消えちまったみたいだ」刑事《デカ》は大きく息を吐いた。「ジョンは館に泊まってることになってんだが、だれがなんと言っても訓練センターから出てこないんだ。トールのオフィスで寝起きしてる。ほかに知りたいことは？」Zが首をふると、デカは立ちあがった。「それじゃ、しばらくひとりにしといてやるよ。いまなにがどうなってるか、教えといたほうがいいと思っただけだから」

「恩に着るよ……ブッチ」

自分の名前を聞いてデカは目を丸くした。それで気がついたが、Zはいままで彼の名前を呼んだことがなかったのだ。

「いやその」人間は言った。「大したことじゃないし」

ドアが静かに閉まると、ザディストは起きあがった。頭がくらくらしたが、胸と人さし指に取りつけられたモニターをむしり取った。警報が鳴りはじめてうるさいので、ベッド脇にある機械のスタンドを引っくり返した。モニターがごたごたと床に落ち、そのついでに電源コードが抜けて静かになった。

顔をしかめてカテーテルを引き抜き、前腕につながっている点滴の管に目をやった。むしり取ろうかと思ったが、やめておいたほうがよさそうだと思いなおす。なにが送り込まれているのかわからないし、いまの彼には必要なものかもしれない。

立ちあがると、身体が豆の袋のように頼りなかった。皮膚の内側にしっかりした支えがなくなっているかのようだ。けれども、点滴のポールがいい歩行器代わりになりそうだ。そのまま廊下に出て、となりの病室に向かおうと歩きだしたが、そこへ四方八方から看護師が駆けつけてきた。肩をすくめてやり過ごし、行き当たった最初のドアを押しあけた。

フュアリーはキングサイズのベッドに横になっていた。全身に管がつながっていて、交換台かなにかのようだ。

こちらに顔を向けて、「Z……おまえ、なにやってんだ」

「病院のスタッフに非常訓練をさせてんのさ」ドアを閉じて、ふらふらとなかに入り、ベッドに近づいていった。「ちなみに、あっという間《ま》に駆けつけてきやがったぜ」

「おとなしくしてたほうが――」

「うるせえな、そっちへ寄れよ」

フュアリーは度肝を抜かれたようだったが、奥のほうへずれていき、そのあいたところへ

Ｚは疲れきった身体を投げ出した。枕に頭をのせたとき、ふたりはそろってため息を漏らした。

Ｚは目をこすった。「おまえ、頭の毛がないと不細工だな」

「おまえも髪を伸ばす気になったか」

「うんにゃ、いまさら美人コンテストに出たってしょうがねえし」

フュアリーはくすくす笑った。長い沈黙が落ちる。

その静寂のなか、ザディストがずっと思い描いていたのは、〝レッサー〟の小屋に入って

いったときに見た光景だった。フュアリーが台に縛りつけられていて、髪はなく、顔は滅茶

苦茶に殴られている。双児の兄弟のあんな姿を見るのは……身を切られるようだった。

Ｚは咳払いをした。「おまえに、あんなことさせて悪かったな」

ベッドが揺れた。フュアリーが急に頭をまわしたのだろう。「えっ？」

「その、おれが……痛めつけてほしいときにさ。おまえに殴らせてただろ。悪かったよ」

返事がない。目を向けると、フュアリーは両手で目をおおっていた。

「ひどいことしたよな」薄闇のなか、ぴんと張りつめた空気に向かってＺは言った。

「おまえを殴るのはつらかったよ」

「わかってる。血が出るほど殴らせてるときも、ほんとはわかってたんだ。おまえにつらい

思いさせて、それでせいせいしてたんだ。ひでえ話だよな。もう二度と、あんなことは頼ま

ねえから」

フュアリーの裸の胸が大きく上下した。「ほかのやつにやらせるよりは、おれが自分でや

るほうがいい。必要なときはいつでも言えよ。やってやるから」

「なに言ってんだ、フュアリー――」

「だって、それしかないだろ。ほかにどうやっておまえの面倒を見てやればいいんだ。あのとき以外は、指一本触れさせてくれないじゃないか」

つんと痛む目を前腕で隠すのは、今度はZのほうだった。何度か咳払いをして、やっと声を出せた。「なあ兄弟、もうおれを助けなくってもいいんだよ。もういいだろ。終わりにしようぜ。潮時じゃないか」

返事がない。またそちらに目をやると――ちょうどフュアリーのほおを涙が伝い落ちようとしていた。

「なあ……よせよ」Zはつぶやいた。

「ああ、わかってるよ」またフュアリーの目から涙がこぼれた。「まったく……だらしないよな」

「よし、それじゃ覚悟しろよ」

フュアリーは両手で顔をこすった。「なんで」

「なんでって……これからおまえに抱きついてやるからさ」

フュアリーは両手をおろし、ぽかんとした表情でこちらを見返してきた。

まったく阿呆《あほ》かと思いながら、Zはフュアリーににじり寄っていった。「頭をあげろよ、ばか」フュアリーが首を持ちあげると、Zはその下に片腕をすべり込ませた。その不自然な体勢のまま、ふたりはしばらく身じろぎもしなかった。「あのな、あのトラックの荷台でおまえが気絶してたときのほうが、ずっとやりやすかったぜ」

「あれはおまえだったのか」

「サンタクロースだとでも思ったのかよ」

Ｚはだんだん腹が立ってきた。ちくしょう……まるで丸裸にされている気分だ。いったいおれはなにやってんだ。

「天使だと思ってた」フュアリーは、Ｚの腕に頭をおろしながら、ささやくように言った。「歌が聞こえたとき、おれを無事に〈フェード〉に送り届けようとしてるんだと思ってた」

「天使なわけねえだろ」手を伸ばして、フュアリーのほおをなで、涙をぬぐいとった。指先でまぶたを閉じてやる。

「疲れたよ」フュアリーがつぶやいた。「もう……くたくただ」

Ｚは初めて見るもののように、双児の兄弟の顔をしげしげと眺めた。打撲傷はもう治りかけている。腫れも引き、自分でつけた刃物の傷も薄れてきている。だがその代わりに、今度は疲労とストレスのしわが現われていた。傷が治ったかいがない。

「フュアリー、おまえ、百年二百年ぶんの疲れがたまってんだよ。もうおれのことは心配すんなって」

「そう言われてもな」

ザディストは大きく息を吸った。「おれがさらわれた晩……こっちを見んなよ、あんまり……近すぎるからな。見られてると息ができねえ……くそ、目をつぶってろって」Ｚはまた、咳をするような小さい音を立てた。のどが締めつけられて、これをやらないと声が出せない。

「あの晩、おまえがさらわれなかったのはおまえのせいじゃない。埋め合わせなんかできやしないんだ。おまえは運がよくて、おれは悪かっただけだ。だから、もうおれの世話を焼くのはやめろよ」

フュアリーは震える息を吐き出した。「おまえに……おまえにおれの気持ちがわかるか。あの独房で、おまえが裸で鎖につながれてるのを見て……それに、おれは知ってたんだ。あの長い歳月、おまえがあの女にどんな目にあわされてたか」

「フュアリー――」

「なにもかも知ってたんだぞ、Z。おまえがなにをされたか、みんな知ってた。あそこに……あそこに行ったことのある男たちから聞いたんだ。おまえのことだとわかるずっと前から、うわさで聞いてたんだ」

吐き気がこみあげてきたが、Zはつばを呑んだ。「知られてなけりゃいいと思ってたのに。おまえには知られたく――」

「これでわかるだろう、おれは毎日毎日、それで死ぬ思いをしてるんだ。おまえが苦しんだだけ、おれも苦しむんだ」

「ばか言うな。もうそういうのはやめろよ。やめると言ってくれ」

「やめられるもんか」

Zは目を閉じた。並んで横たわりながら、赦してくれと泣きつきたかった。フュアリーに助け出されてから、おれはひどいことばかりしてきた……そのいっぽうで、なんでそんなにひとを助けたがるんだと怒鳴りつけてやりたかった。だがなによりも、むだに費やされた歳月をフュアリーに返してやりたかった。フュアリーには、もっとましな生きかたをする資格がある。

「それじゃ、やっぱほかに手がねえな」

フュアリーの頭がZの腕をぱっと離れた。「まさか自殺する気じゃ――」

「いろいろやってみるしかねえだろうな。これからは、おまえにあんまり心配かけねえように心がけるさ」

フュアリーの全身から力が抜けるのがわかった。「まったく……なに言ってんだ」

「けど、うまくいくかどうかだよな。おれの性分がこれだし……ちょっとしたことでかっとなるんだよ。たぶんこれからも、爆発ぐせは治らないだろうな」

「なに言ってんだ……」

「でもな、そのうちなんとかなるかもしれねえよな。ひょっとしたらさ。ちぇっ、どうだかな。たぶんだめだろうけどよ」

「まったく……なに言ってんだ。おれが力になる。できることはなんでもする」

Zは首をふった。「いや、ひとの力は借りたくない。自力でやらなきゃ意味がねえんだ」

ふたりはしばらく黙っていた。

「腕がしびれてきた」Zは言った。

フュアリーが頭を浮かした。ザディストは腕を抜いたが、離れていこうとはしなかった。

街を離れる直前、ベラはザディストの入った病室に向かった。出立を引き延ばしてきたのは、彼の意識が戻るのを待っているわけではないと自分に言い訳してきたが、それは嘘だった。

ドアが少し開いていたので、枠のほうをノックした。入っていったら彼はなんと言うだろう。たぶんなにも言わないだろうと思った。

「どうぞ」女性の声だった。

なかに入ると、ベッドはからっぽだった。枝分かれした樹木のようなモニター装置が、ベッドわきの床に死体のようにころがっている。看護師がその破片を拾ってごみ入れに入れていた。まちがいなく、ザディストはもうベッドを抜け出している。

看護師は笑顔になった。「ここの患者さんをお探しですか？　おとなりのご兄弟の部屋ですよ」

「ありがとう」

ベラはひとつ奥の部屋に向かい、そっとノックをした。返事がない。なかに入ってみた。

ふたりは背中合わせで横になっていた。ぴったりくっついていて、まるで背骨が融合しているようだ。両手両足をまったく同じように丸め、あごは胸もとに引いている。お母さんのお腹のなかで、きっとこんなふうに眠っていたのだろう。外に出たら恐ろしい運命が待ち受けているとも知らずに。

おかしな気分だ——このふたりの体内に自分の血が流れているなんて。それだけが彼女の置きみやげだった。あとに残していくものはそれだけだ。

なんの前触れもなく、ザディストの目が開いた。その黄金色の輝きがあまりに意外で、べラはぎょっとしてとびあがった。

「ベラ……」手を伸ばしてきた。「ベラ——」

思わずあとじさった。「さよならを言いに来たの」

彼が手をおろしたとき、ベラは顔をそむけずにはいられなかった。

「どこに行くんだ」彼は尋ねた。

「ええ」東海岸を南にくだって、サウスカロライナ州のチャールストンへ行くことになっていた。あちらに住む親族は、彼女が越してくると聞いて大喜びしている。「新しいスタートを切ろうと思うの。新しい生きかたの」

「そうか、そりゃよかった」

ベラは目を閉じた。別れを告げるあいだに、一度……たった一度でいいから、彼の声に後悔の響きを聞いてみたかった。とはいえ、これが最後の別れなのだから、少なくとももう二度と失望を味わうことはないわけだ。

「あのときのおまえ、肝が据わってたよな」彼は言った。「おれにとってもこいつにとっても、生命の恩人だ。おまえはほんとに……勇気がある」

とんでもない。もう少しでぽっきり折れそうになっていたのに。「あなたも、フュアリーも、早くよくなってね。早く、元気に……」

長く沈黙が続いた。これが最後と、ベラはザディストの顔をまっすぐに見た。それでわかった——これから先、いつか連れあいを持つことがあるとしても、どんな男性も彼の代わりにはならないだろう。

身もふたもない言いかたをすれば、へどが出そうにむかついた。別れのつらさなんてものはいつかは乗り越えられると言うし、たしかにそうかもしれない。けれども彼女はZを愛しているし、忘れることなどできはしない。いまはただ、どこかのベッドにもぐり込み、明かりを消して、そのままこんこんと眠って過ごしたかった。できれば百年ぐらい。

「ひとつ言っておきたいことがあるの」ベラは言った。「あなた言ったわね、いつか目が覚めて、あなたと関わったことを後悔する日が来るだろうって。そのとおりだったわ。でもそれは、〝グライメラ〟に後ろ指をさされるからじゃないのよ」胸の前で腕を組んで、「上流社会からいっぺんいびり出されてからは、貴族なんかもうこわくもなんともないもの。むしろ、鼻が高かっただろうと思うわ……その、あなたのそばにいられたらね。でもたしかに、あなたと関わらなければよかったって、いまはそう思ってるわ」

なぜなら、別れが身を切られるよりつらいから。あの〝レッサー〟のせいで味わった苦しみよりずっとつらい。

いろいろ考えてみると、最初から知らないほうが幸せだったかもしれない。こんなふうに失ってしまうぐらいなら。

それきりなにも言わず、彼女はまわれ右をして部屋を出ていった。

夜明けがひっそり忍び寄ってくるころ、ブッチは〈穴ぐら《ピット》〉に帰ってきた。コートを脱ぎ、革張りのソファに腰をおろす。テレビには〈スポーツセンター〉が映っているが、音は消してあり、サラウンド・サウンドでカニエ・ウェストの『レイト・レジストレーション』が流れていた。

Vがキッチンの戸口に姿を見せた。夜の戦闘に出て帰ってきたところらしい。上半身は裸で、片目のまわりにはあざを作っているし、いまもレザーパンツにごついブーツをはいている。

「調子はどうだ」ブッチは尋ねた。見れば、肩にも青黒いあざがあった。

「おまえといい勝負だ。疲れた顔してんな、デカ」

「マジでな」頭を背もたれに預けた。ほかの兄弟たちが仕事に出かけているのだから、Zの付き添いはやって当然のことだと思っていた。しかし、もうへとへとだった。三日間ぶっ通しで椅子にすわっていただけなのに。

「いいもの持ってきてやったぞ。これで元気が出る」

目の前にワイングラスを差し出されて、ブッチは首をふった。「知ってるだろ、赤は飲まないんだよ」

「そう言うなって」

「うんにゃ、いま必要なのは、シャワーを浴びて、もっと実のあるもんを食うことだ」両手をひざに突っ張り、ブッチは立ちあがろうとした。

ヴィシャスがその前に立ちはだかって、「悪いこた言わん。おまえにはこれが必要なんだ」

ブッチは浮かした腰をまたおろし、グラスを受け取った。においをかいだ。ひと口飲んでみる。「悪くない。ちょっとくどいが、悪くないな。メルローか?」

「ちょっとちがう」

ブッチは頭をのけぞらせ、本格的に飲みはじめた。強いワインで、のどを焼きながら胃に流れ落ちていく。少し頭がくらくらした。それで、最後にものを食べたのはいつだったろうと思った。

最後のひと口を飲みくだしたとき、ブッチはまゆをひそめた。ヴィシャスが食い入るように見つめている。

「V、どうしたんだ」グラスをテーブルに置いて、片方のまゆをあげた。

「いや……なんでもないんだ。これでなにもかもうまくいく」

ブッチは、Vの最近の悩みのことを思い出した。「そう言えば、まぼろしのことを訊こうと思ってたんだ。まだ戻ってこないか？」

「それがな、十分ぐらい前にひとつ見えたんだ。だから、たぶん戻ってきたんだと思う」

「そりゃよかった。おまえが心細そうにしてんの、見てられないからな」

「デカ、おまえは大丈夫だ。大丈夫だからな」ヴィシャスは笑顔になって、片手で髪をかきあげた。その手をおろしたとき、ちらと手首が見えた。内側に生々しい赤い切り傷がある。ほんの数分前に切ったあとのような。

ブッチはワイングラスに目をやった。恐ろしい疑惑が湧いてきて、その目がヴィシャスの手首にまた吸い寄せられる。あれは血を飲ませる場所だ。

「そんな……ばかな。V、おまえ……いったいなにをした？」がばと立ちあがるのと同時に、胃に最初の痙攣が襲ってきた。「くそ……ヴィシャス、この野郎」

自室のトイレで吐こうと走りだしたが、そこまでたどり着けなかった。自分の部屋に飛び込んだとたん、Vが後ろからタックルをしかけてきて、そのままベッドに押し倒された。のどが痙攣しはじめると、ヴィシャスは彼を仰向けにし、手のひらの付け根をあごに当てがった。これでは口が開けない。

「そのまま受け入れろ」Vが怒鳴った。「吐くな。吐いちゃだめだ」

ブッチは胃が裏返り、のどにせりあがってくるもので息ができなかった。パニックは起きるし、吐き気はするし、息はできないし、死にもの狂いでのしかかるVの重みを押し飛ばした。Vは横ざまに倒れたが、逃げようとするブッチをまた後ろからつかまえ、あごを押し上げて口を閉じさせた。

「だから……吐くなって……言ってんだろ……」ベッドのうえでもみあいながら、Vは唸った。

太い脚がブッチの両腿に巻きついてくる。レスリングの技だ。身動きができなくなったが、それでも抵抗せずにいられない。

痙攣と吐き気はいよいよ強まり、目玉が飛び出しそうだった。やがて、胃のなかで爆発が起き、火花が全身に飛んでいく……それで火がついたように、全身がちりちりし……それがはっきりした振動に変わっていく。ブッチの身体から力が抜けた。抵抗する気も失せて、その感覚を全身で吸収した。

Vは腕の力をゆるめ、あごを押さえていた手を離したが、片腕はいまもブッチの胸にまわしたままだった。「それでいい……そのまま静かに息をしろ。その調子だ」

振動はいよいよ高まり、しだいに性的興奮に似てきた。だが、そのものではない……性欲とは明らかにちがうものだ。だが、肉体にはそのちがいがわからないらしい。固く起きあがってきて、スラックスの股間が窮屈になり、だしぬけに身内に情欲の嵐が吹き荒れはじめた。背中がそりかえり、口からはうめき声が漏れた。

「それでいい」Vが耳もとでささやいた。「受け入れろ。そのまま身体にしみ込ませるんだ」

ブッチの腰がひとりでに揺れはじめ、彼はまたうめいた。太陽の中心部のように身体が熱く、皮膚は過敏になり、視覚は失せ……やがて、胃のなかで燃え盛っていた炎が心臓に燃え移った。ガソリンでも流れ込んだかのように、一瞬にして血管という血管に火がつき、全身を火が駆けめぐって、いよいよ熱く燃え盛る。汗が噴き出し、身体は揺れ、引きつる。頭をのけぞらせてヴィシャスの肩に預けた。口からしゃがれ声がこぼれ出た。

「おれは……死ぬ……」

Vの声がずっとそばに寄り添っている。乗り越えられるように支えている。「おまえがおれを置いて死ねるわけないだろ。息を止めるな。もうすぐ楽になる」

この業火はもう耐えられないと思ったそのとき、大形ブルドーザー級のオルガスムスが襲いかかってきた。ペニスの先端が爆発しそうになり、全身が激しく痙攣する。ヴィシャスがその身体をしっかり支えて、〈古語〉でなにごとかささやきつづけている。気がつけば、嵐は過ぎ去っていた。終わった。

息をあえがせ、ぐったりして、ブッチは余波に震えていた。Vがベッドからおりて、毛布をかけてくれた。

「なぜ……」ブッチはろれつのまわらない声で言った。「なぜだ、V」

ヴィシャスの顔が目の前に現われた。ダイヤモンドの両目が輝いている。見ているうちに、左目だけがいきなり真っ黒になった。瞳孔が拡大して虹彩を呑み込み、しまいには白目の部分もすべておおい尽くし、まるで底無しの穴に変わったかのようだ。

「なぜかは……おれにもわからん。だが、おまえがおれから飲むのが見えた。さもないと、おまえは墓場行きだったんだぞ」Vは手を伸ばし、ブッチの髪をなでつけた。「ゆっくり休め。夜が来るころには気分もよくなってるはずだ。もう切り抜けたんだからな」

「ひょっとして……死んでたかもしれないのか」ちぇっ、訊くまでもないだろう。まちがいなく死ぬと途中で思ったではないか。

「乗り越えられるとわかってなかったら、飲ませやしなかったさ。そら、目をつぶれ。なんにも考えなくていいから、な?」ヴィシャスは出ていこうとしたが、ドアの前で立ち止まった。

ヴィシャスがふり向いたとき、ブッチは奇妙な感覚に襲われた……ふたりのあいだに通いあうものがある。ふたつの身体を隔てる空気よりも、はっきり感じられるもの。たったいまくぐり抜けた炉で鍛えられて、身内を流れる血液のように深い……不思議なきずな。

まさに血のつながりだ、そうブッチは思った。

「デカ、おまえの身にはなにも起きやしない。おれが保証する」

その言葉が掛け値なしの真実なのはわかっていたが、不意打ちを食わされたのはやはり気に入らなかった。とはいうものの、あのグラスの中身を知っていたら、絶対に口をつけなかっただろう。だれがなんと言おうと。

「おれ、これからどうなるんだ」彼は低い声で尋ねた。

「どうもこうも、いままでのままさ。おまえはいまもただの人間だ」

ブッチはほっとしてため息をついた。「なあ、頼みがあるんだがな。またああいうトリックをしかけるときは、前もって教えてくれよ。自分でどうするか決めたいんでな」そこでにっと小さく笑った。「それからな、これでおれとデートできると思うなよ」

Vは噴き出した。「さっさと寝ちまえ。おれをぶん殴りたかったら、あとで殴らせてやる」

「ああ、待ってろよ」

ヴィシャスの広い背中が廊下に消えていくと、ブッチは目を閉じた。

いまもただの人間……ただの……人間……

戦利品でも奪うように、睡魔がたちまち彼をさらっていく。

48

その日の夜、ザディストは新しいレザーパンツを腿に引っぱりあげていた。身体がこわばってはいるが、不思議なほど力がみなぎっている。いまもベラの血が効いているのだ。すみずみまでエネルギーが行き渡り、まるで生き返ったようだった。

パンツの前のボタンを留めながら咳払いをした。彼女恋しさに、めめしく涙をこぼすわけにはいかない。「着替えをありがとよ、デカ」

ブッチはうなずいた。「いいんだよ。それでどうする、ぽんとひと飛びで帰るのか。まだそんな気分じゃないなら〈エスカレード〉で送るぜ」

Zは黒いタートルネックを頭からかぶり、脚をブーツに突っ込んだところで、ふと動きを止めた。

「Z？　Z、おい」

デカに目を向けた。二度ほどまばたきをした。「すまん、なんだって？」

「おれの車でいっしょに帰るか？」

十分ほど前にブッチが部屋に入ってきてから、Zは初めてまともに相手に目を向けた。質問に答えようとしたとき、身内になにかざわめくものがあった。首をかしげて、少し鼻をひくつかせた。しげしげと相手を見なおした。いったい……？

「デカ、夜明け前にここを出てってから、どっか行ってたのか」

「いや、とくに」

「においが変わってるぞ」

ブッチは赤くなった。「アフターシェーヴを替えたからな」

「いや、そうじゃなくて――」

「それで、車に乗るのか？」ブッチの薄茶色《ヘーゼル》の目が険しくなった。この話題には、これ以上一ミリも踏み込む気はないと言うように。

Zは肩をすくめた。「ああ、頼む。フュアリーを呼びにいこう。あいつもいっしょに帰るだろ」

十五分後、三人は病院をあとにした。Zは〈エスカレード〉の後部に座り、館《やかた》に戻る道々、窓の外を流れる冬景色を眺めていた。また雪が降っている。二十二号線に入ってスピードがあがると、その雪が水平に飛んでいく。前の座席でフュアリーとブッチが低い声で話しているが、その声がはるか遠くから聞こえてくるようだ。というより、すべてがそんなふうに感じられる……焦点がぼけているような、前後の脈絡《みゃくらく》が失われているような……

「さあ、ご帰館だ」ブッチは言って、車を館の前庭に入れた。

そんなばかな。もう着いたのか。

三人は車をおりて館に向かった。積もったばかりの雪が、ブーツの下できゅっきゅっと鳴る。玄関広間に入ったとたん、館の女性ふたりがこちらに駆け寄ってきた。正確には、フュアリーに向かって。メアリとベスはフュアリーに両手をまわし、耳に快い歓迎のコーラスを奏《かな》でている。

そのふたりを、フュアリーはまとめて腕にかかえている。Zは物陰に引っ込んで、そのようすをこっそり眺めていた。あんなふうに、たくさんの腕に包まれるのはどんな気分だろうか。帰りを歓迎してくれるだれかが、自分にもいればよいのにと思った。

気まずい間があって、メアリとベスはフュアリーの腕のなかからこちらに目を向けてきた。ふたりはあわててそっぽを向き、彼と目を合わせようとはしなかった。

「それはそうと、ラスは二階よ」ベスが言った。「〈兄弟〉たちもみんな、あなたたちを待ってるわ」

「トールのことはなにかわかった？」フュアリーは尋ねた。

「いいえ、それでみんなとても悲しんでるの。ジョンも」

「あの子にはあとで会いに行くよ」

メアリとベスから最後にもう一度抱きしめられて、フュアリーはブッチとともに階段に向かった。Zもそのあとに続く。

「ザディスト……」

そのベスの声に、彼は肩ごしにふり向いた。女王は胸の前で腕を組んで立っていた。メアリはそのすぐ横に控えて、やはり緊張しているようだ。

「帰ってきてくれてよかったわ」ベスが言った。

Zはまゆをひそめた。それが本心でないのはわかっている。彼が近くにいるのを、このふたりが喜ぶとはとても思えない。

メアリが口を開いた。「あなたが無事に帰ってきますようにって、ろうそくを灯してお祈りしてたのよ」

ろうそくを……おれのために？　おれだけのために？　顔に血がのぼってきた。そんなやさしさに、これほど胸を揺すぶられたのがわれながら情けなかった。

「心配かけて」とふたりに頭を下げて、あたふたと階段を駆けのぼった。顔は真っ赤になっているにちがいない。ちくしょう……ひょっとしたら、ひととうまくつきあえるようになれるかもしれない。いつかは。

しかし、ラスの書斎に入り、兄弟たち全員の視線を浴びてみると、いささか自信がなくなってきた。やっぱ無理か。じろじろ見られるのには我慢できない。こんな頼りない気分のときはとても無理だ。震えだした手をポケットに突っ込み、集団から離れていつもの片すみに引っ込んだ。

「今夜は、みんな戦闘に出ないでもらいたい」ラスが宣言した。「いまはあれこれ考えることが多すぎて、まともに戦える状態じゃない。それから、午前四時までにかならず帰ってくるように。陽が昇ったらただちにウェルシーの追悼の儀式を始めるが、日没までは飲み食いできないから、その前にちゃんと食事と水分を摂《と》っておくんだ。〈フェード〉の儀式のほうは、トールがいないから無期延期だ」

「信じられない。トールがどこに行ったか、ほんとにだれも知らないのか」フュアリーが言った。

ヴィシャスが手巻き煙草に火をつけた。「毎晩トールの家をのぞきに行ってるが、いまだに帰ってきた形跡はない。〝ドゲン〟が言うには、姿も見えないし連絡もないそうだ。短剣は置いたままだし、武器も、服も、車もそのまんまだ。どこにいるのか皆目手がかりがない」

「訓練はどうするんだ」フュアリーが尋ねた。「続けるのか」

ラスが首をふった。「続けたいが、これほど人手不足では無理だ。それに、おまえに無理はさせたくない。とくに、いまは回復の時間が――」

「おれも手伝う」Zが口をはさんだ。

全員がいっせいにこちらをふり向いた。どの顔にもまさかという表情が浮かんでいる。大笑いするところだっただろう――これほど胸にぐさっと来なかったら。

Zは咳払いをした。「つまりその、フュアリーが講師をやるんなら、教室で教えるほうはやってもらわないと、おれは読み書きができねえから。だけど、短剣の扱いは得意だし、拳闘だって、銃だって、爆弾だってお手のもんだ。だから、実技訓練とか武器の訓練ならおれにも手伝えるだろ」なんの反応も返ってこない。うつむいて、「ああ、だめならだめでもいいけどよ。べつにどっちでも」

あいかわらずみな黙りこくっている。Zは居ても立ってもいられず、もぞもぞと足踏みをした。ドアに目をやる。

ちくしょう。よけいなことを言うんじゃなかった。

「いい考えだと思う」ラスがおもむろに口を開いた。「だがおまえ、ほんとうにやるつもりがあるのか」

Zは肩をすくめた。「やるだけやってみるさ」

また沈黙。「わかった……ではやってみろ。よく申し出てくれた、礼を言うぞ」

「うん。いやその、べつに」

三十分後にミーティングが終わったとき、Zはまっさきに書斎を飛び出した。自分から志願したことやら、その心境やらを兄弟たちと話すのは気が進まない。みんなが興味津々なのはわかっている。たぶん、改心したとかそういうしるしを探りたがるにちがいない。

武装を整えようと自分の部屋に戻った。これからやらねばならないことがある。時間のかかるむずかしい問題だが、なんとかやりとげたかった。

キャビネットから武器を取ろうとクロゼットに入ったとき、黒いサテンのローブに目が釘付けになった。ベラがずっと着ていたやつだ。何日前だったか、バスルームのごみ入れに投げ込んだのに、フリッツが拾ってまたここに掛けておいたのだろう。Zは身を乗り出してそれにさわった。ハンガーからはずして腕にかけ、なめらかな生地をなでた。鼻に当てて深く息を吸うと、彼女のにおいが、そして彼のきずなのにおいがした。

もとに戻そうとしたとき、なにか光るものが足もとの床に落ちた。かがんでみると、ベラの細いネックレスだった。忘れていったのだ。

その華奢なチェーンをいじって、ダイヤモンドがきらめくのをしばらく眺めた。やがてそれを首にかけ、キャビネットから武器を取り出した。クロゼットを出たときはすぐに部屋を出ていくつもりだったのだが、そのときふと、寝床のそばに置いた女主人の髑髏《どくろ》に目が留まった。

部屋を突っ切り、それの前にひざをついて、うつろな眼窩《がんか》をのぞき込んだ。

それもつかのま、バスルームに入ってタオルを取ると、また髑髏のそばへ戻った。タオルをかけて抱えあげ、急いで外へ出た。早足がいつしか駆け足になって、彫像の廊下を抜け、大階段を一階までおり、食堂から食料貯蔵室を突っ切り、キッチンを通り抜けた。

地下室への階段は館のずっと奥にある。電灯のスイッチも入れずにその階段をおりた。おりるにつれて、ごうごうと火の燃える音が大きくなってくる。この館の古めかしい暖房炉では石炭を燃やしているのだ。

近づいていくと、その巨大な鉄の怪獣の熱が伝わってくる。まるで生きて盛んに活動しているかのようだ。身をかがめ、扉の小さなガラス窓からなかをのぞいた。オレンジ色の炎が、餌《えさ》として与えられた石炭をなめ、むさぼっている。飢えたけもののように、たえず餌を求めている。掛け金をはずして扉をあけると、顔に熱風が吹きつけてくる。ためらうことなく、タオルに包んだ髑髏をなかに放り込んだ。

燃え尽きるのを見届けようともせず、まわれ右をして上階に向かった。

玄関広間に出て立ち止まり、二階に向かった。階段をのぼりきったところで右手に曲がり、廊下を進んで、ドアのひとつをノックした。

レイジがドアをあけた。タオルを腰に巻いている。ノックしたのがZだと知って驚いた顔をした。「よう、どうした」

「ちょっとメアリと話がしたいんだが」

ハリウッドは不審げにまゆをひそめたが、肩ごしに声をかけた。「メアリ、Zが話があるってさ」

メアリはシルクのドレッシングガウンの前をかき合わせ、サッシュベルトを結びながら戸口に出てきた。「まあ、なあに」

「その、ふたりきりで話せねえかな」と、Zはレイジに目をやった。

　レイジの眉間のしわがいよいよ深くなった。ああ、きずなを結んだ男は、自分の彼女をほかの男とふたりきりにさせるのを嫌うものだ。その男がZならなおさらだろう。

剃ったような頭をごしごしこすって、「この廊下で話すだけだ。すぐすむ」

メアリがふたりのあいだに割って入り、〝ヘルレン〟を軽くひじでつついて部屋に戻らせた。「大丈夫よ、レイジ。お風呂の準備をすませちゃって」

レイジの目が白く光った。同じくきずなを結んだオスとして、身内のけものが警戒して出てきたのだ。重苦しい間があったが、やがてメアリののどに音を立ててキスをすると、レイジはドアを閉じた。

「話って？」メアリは恐怖のにおいをさせている。彼をこわがっているのだ。それでも、まっすぐ目を合わせてきた。

前々から、大した女だと思ってたんだよな。「自閉症の子供を教えてたんだってな」

「えっ？……ああ、ええ、教えてたわよ」

「そういう子供は、憶えが悪いもんなのか」

彼女はまゆをひそめた。「そうね、そういうときもあるけど」

「そういうとき……」咳払いをした。「そういうときは、やっぱりいらいらしただろうな。つまりその、憶えが悪いと腹が立っただろ」

「そんなことないわ。がっかりすることはあったけど、それは自分で自分にがっかりするのよ。だって、どうすればその子に理解してもらえるのか、いい方法を思いつけなかったってことだもの」

うなずいたものの、灰色の目をまともに見られなくて、彼女の顔から目をそらし、Zは横のドアをじっとにらんでいた。

「ザディスト、でもどうしてそんなこと訊くの？」

ひとつ深呼吸をして、腹をくくって話しだした。言い終えると、恐る恐るメアリの顔に目をやった。

彼女は手を口に当てていた。こちらを見る目はそれはやさしくて、陽光に包まれているような気にさせられる。「まあ、ザディストったら……ええ、いいわよ。引き受けるわ」

フュアリーは首をふりながら〈エスカレード〉に乗り込んだ。「〈ゼロサム〉に行ってくれよ」

今夜はどうしてもあの店に行かなくてはならないのだ。

「そう言うと思ってたよ」Vはそう言いながら運転席にすべり込み、ブッチは後部に乗り込んだ。

市内に向かいながら、三人はひとことも口をきかなかった。車内を揺らす音楽すらかかっていない。

死者が多すぎる。失ったものが大きすぎる、フュアリーはそう思った。ウェルシー。あのサレルという若い娘。彼女の遺体は、Vが両親のもとへ連れ帰っていた。

それにトールの行方も知れず、死んでしまったも同然だ。ベラもいなくなった。

それを思うと苦しく、その苦しみからZのことを考えた。ザディストを信じてやりたかった。いわば回復の道を歩みはじめたのだと、ほんとうに自分から変わろうとしていると。しかし、そう信じようにも、まるで根拠がない。時間が経つうちに、また自分を痛めつけずにいられなくなり、もとのもくあみに終わるのは目に見えている。

フュアリーは顔をこすった。もう一千歳にもなったような気がする。誇張でもなんでもなく。それでいて、神経が昂《たかぶ》ってじっとしていられない。表面の傷は癒えても、内側にはまだ残っている。このままではばらばらになりそうだ。支えになるものがいる。

二十分後、ヴィシャスは車を〈ゼロサム〉の裏につけ、そのまま違法駐車した。用心棒たちにすぐに通され、三人はVIPエリアに向かった。フュアリーはマティーニを注文し、それが出てくるとぐいぐいと一度に飲み干した。

支え。支えがいる。それも強力な支えが……さもないと爆発しそうだ。

「ちょっと失礼」ぼそりと言い置いて、裏に向かった。尊者《レヴァレンド》のオフィスの前まで来ると、ふたりの大柄なムーア人が軽く会釈してきた。ひとりが腕時計に向かってなにごとかささやき、ほどなくなかに通された。

フュアリーは洞窟《どうくつ》のようなオフィスに足を踏み入れ、レヴァレンドにひたと目を向けた。

デスクの奥に腰かけ、ぱりっとしたピンストライプのスーツを着込んでいる。まるでどこかの実業家のようで、麻薬の売人には見えない。

レヴァレンドは小さく作り笑いを浮かべた。「あのみごとな髪はどこへ行ったのかな」

フュアリーはちらと後ろをふり返り、廊下に通じるドアが閉まっていることを確認した。百ドル札を三枚取り出し、「Hをくれ」

レヴァレンドは紫色の目を不審げに細めた。「いまなんと?」

「ヘロインが欲しい」

「ほんとうにいいんだね」

よくないと思いながら、「ああ」と答えた。

レヴァレンドは短く切りそろえたモヒカンの髪を前後になでていたが、やがて身を乗り出し、インターホンのボタンを押した。

「ラリー、女王《クィーン》を三百ドルぶん持ってきてくれ。細粒のを」レヴァレンドは椅子の背もたれに身を預けて、「率直に言って、この手の粉を持ち帰るのは感心しないな。こんなもの、あなたには必要ないだろう」

「あんたの指図を気にするわけじゃないが、いつだったか、もっと強いのを試してみろと言ったじゃないか」

「あれは撤回する」

「〝シンパス〟に良心があるとは知らなかった」

「半分は母親の血も引いてるのでね。だから多少はある」

「そりゃ運がよかったな」

レヴァレンドはあごを引き、ほんの一瞬だが、その紫の目がぎらりと光った。混じりけのない悪の光。やがて笑顔になって、「いやいや……運がよかったのはわたしでなく、あなたがたのほうだよ」

ほどなくラリーが姿を見せ、取引はあっさり終わった。折り畳んだ包みが、フュアリーの胸の内ポケットにしっくりとなじむ。

立ち去ろうとする背中に、レヴァレンドが言った。「それは非常に純度の高い品だよ。とてつもなく高い。煙草に混ぜてもいいし、溶かして注射することもできる。だが、悪いことは言わないから、煙草に混ぜて吸ったほうがいい。用量を抑えやすいからね」

「自分の商品のことはよく知ってるわけだ」

「まさか、わたしはこんな有害ごみに手を出したりしないよ。生命が惜しいからね。ただ、話は耳に入ってくるわけさ、どうすればいい気分になれるかとか、どういうことをすれば足ゆびに札をつけられる破目になるかとか」

いま自分がなにをしようとしているか、それが実感としてさざ波のように全身に広がっていった。おぞましいものが皮膚のうえをうごめいているようだ。しかし、兄弟たちのテーブルに戻るころには、館に帰るときが待ちきれなくなっていた。なにもかも忘れてしまいたい。ヘロインが与えてくれるという深い陶酔に焦がれていた。今回買った分量で、極楽のような地獄を二、三度は味わえるはずだ。

「どうかしたのか」ブッチが尋ねてきた。「今夜はじっと座ってられないみたいだな」

「なんでもない」手を内ポケットに入れて、さっき買ったものに触れる。テーブルの下では足踏みを始めていた。

これじゃジャンキーじゃないか。

もっとも、そうなってもたいして失うものもない。周囲には死が満ちているし、呼吸する空気は悲しみと失意の悪臭に染まっている。ほんのいっとき、この狂った列車をおりてなにが悪い。たとえそれが、別種のいかがわしい乗物に乗り換えることでしかないとしても。

幸か不幸か、ブッチもVもクラブに長居しようとはせず、真夜中を少し過ぎるころには三人そろって館に帰りついた。控えの間に足を踏み入れたときには、フュアリーは指の関節をぽきぽき鳴らし、服の下で身体は熱くほてっていた。早くひとりになりたい。

「なんか食うか？」ヴィシャスがあくびをしながら言った。

「もちろん」ブッチは言った。Vが厨房に向かって歩きだすのを横目に、ふとこちらに目を向けてきた。「フュアリー、おまえもいっしょにどうだ」

「いや、おれは遠慮しとく」階段に向かいながら、ブッチの視線を感じていた。

「おい、フュアリー」ブッチが声をかけてきた。

フュアリーは舌打ちをして、肩ごしにふり向いた。射抜くようなデカの目がこちらをじっと見つめている。それを見たら、しきりにはやる気持ちがいくらかそがれた。

ブッチは知っている。おれがなにをする気か、なぜか悟られてしまったらしい。

「ほんとにいっしょに食う気はないのか」人間が平板な声で言った。

フュアリーは考えてみようともしなかった。というより、考えたくなかった。「ああ、ほ

「気をつけろよ。世の中には、取り返しのつかないこともあるんだぞ」

フュアリーはZのことを考えた。そして自分のことを。なんの希望もなく、ただ重い足を引きずるように生きていかねばならない未来のことを。

「そんなもんかな」フュアリーは言って、階段をのぼりはじめた。

部屋に入ると、ドアを閉め、レザーのコートを椅子にかけた。包みを取り出し、レッドスモークと巻紙を取り、ヘロインを混ぜた。本物の中毒患者ではあるまいし、注射を打つことははなから考えもしなかった。

少なくとも、この最初の一回に関しては。

巻紙のふちをなめ、きっちりと巻いて、ベッドのうえに腰をおろし、枕に背中を預けた。ライターを手に取った。ぽっと炎が立ちのぼる。かがみ込み、唇にくわえた手巻き煙草をオレンジの火に近づけていく。

ドアにノックの音がして、フュアリーはかっとした。**くそ、ブッチめ。**

ライターの火を消した。「なんだ?」

返事がない。煙草を手に持ったまま、足音も荒く部屋を突っ切った。ドアをあける。

ジョンがよろめくようにあとじさった。

フュアリーは大きく息を吸った。もうひとつ吸った。**落ち着け。**落ち着かなくては。

「やあ、どうした?」と尋ねながら、人さし指で煙草をなぞっていた。

ジョンは紙を取り出し、さらさらと書いて、それをこちらに向けた。**お邪魔してすみませ**

ん。柔術の型を練習するのにだれかに手伝ってもらいたかったんです。あなたに頼めたら最高だと思って。

「ああ……うん。その、今夜はちょっとだめなんだよ、ジョン。ごめんな。いまちょっと……忙しいんだ」

ジョンはうなずいた。ややあって、それじゃあと言うように手をふり、こちらに背を向けた。

フュアリーはドアを閉じ、鍵をかけて、またベッドに戻った。あらためてライターをつけ、煙草を口にくわえ——

炎が手巻き煙草の先端に触れたとたん、身体が凍りついた。

息ができない。苦しい……空気を求めてあえぎはじめた。手のひらが汗ばみ、鼻の下に、腋の下に、胸もと全体に汗が吹き出した。

おれはいったいなにをやってるんだ。いったいなにをやってるんだ。

ジャンキーだ……見下げ果てたジャンキー。下司《げす》なジャンキー……最低のくずだ。ヘロインを王の館に持ち込んでしまった。〈兄弟団〉の敷地内で、それに火をつけようとしている。弱虫で、現実に耐えていけないという理由で、自分で自分を穢《けが》そうとしている。

とんでもない、そんなことができるか。兄弟たちや王を、こんな形ではずかしめてはならない。レッドスモークに依存しているだけでも恥ずかしいが、それがヘロインになったら……

頭のてっぺんから足先まで震えあがって、フュアリーはたんすに駆け寄り、包みを取り、バスルームに飛び込んだ。手巻き煙草とヘロインの残りをすべてトイレに流した。二度、三度と水を流した。

あたふたと部屋を出て、廊下のじゅうたんのうえを走った。転がるようかどを猛然と曲がったとき、ジョンは大階段を半分ほどおりたところだった。に駆けおりて少年に追いつくと、力いっぱい抱きしめた。華奢な骨格が歪むかと思うほどに。少年の肩に顔を押し当てて、フュアリーは震えた。「ああ、よかった……おまえのおかげだ。助かった、助かったよ……」

細い腕が身体に巻きついてきた。小さな手が背中をさすった。

しまいに身体を引いたとき、フュアリーは目をぬぐわなくてはならなかった。「今夜は、型の練習をするのに最高の夜だと思うよ。うん、おれにとってもぴったりだ。行こう」

少年はフュアリーを見つめている……だしぬけに、すべて知られているという気がして恐ろしくなった。ジョンの口が動きはじめた。その口がゆっくりと形作っていく言葉には、音はなくとも胸を衝《つ》く力がこもっていた。

おまえは格子のない檻《おり》に閉じ込められてる。そんなおまえが心配だ。

フュアリーは目をぱちくりさせた。時間が巻き戻ったような奇妙な感覚に襲われる。これとまったく同じことを、べつのだれかに言われたことがある……たしか、今年の夏のことだった。

控えの間のドアが開いて、緊張は破られた。フュアリーもジョンも、その音にぎょっと飛びあがったが、そうとも知らずにZが玄関広間に入ってくる。

疲れきった顔で階段を見あげて、「よう、フュアリー、ジョン」

フュアリーは首をこすった。たったいまジョンに対して感じた、正体のわからないなにか
――奇妙なデジャヴのような――から立ち直ろうとする。

「ああ、Z、その、どこに行ってたんだ」

「ちょっと遠出してきた。かなり遠いとこまで。なにやってんだ？」

「ジョンの柔術の型を練習しに、ジムへ行くとこなんだ」

Zはドアを閉じた。「おれも混ざっていいか。つまりその……こう言ったほうがいいかな、おれも混ぜてくれねえか」

フュアリーは声もなくZを見つめていた。ジョンもそれに劣らず驚いたようだが、少なくともこくんとうなずくだけの礼儀はわきまえていた。

フュアリーは胴震いして気を取り直した。「ああ、兄弟、もちろんだ。いっしょに来いよ。おまえなら、いつでも……歓迎だ」

ザディストは色あざやかなモザイクの床を歩きながら、「よろしく頼むぜ」

三人は地下通路に向かった。

訓練センターに歩いていきながら、フュアリーはジョンに目を向けた。ときには、髪の毛ひと筋ほどの差で、致命的な事故をまぬがれることもあるのだと思った。ときには、一センチほどの幅が一生を左右することもある。あるいは一秒にも満たない間《ま》が。あるいはドアのノックの音が。

こんなことがあると、神の恩寵《おんちょう》を信じたくなる。信じられそうな気がする。

49

二カ月後……


ベラは〈兄弟団〉の館の前に実体化し、陰鬱《いんうつ》な灰色の正面《ファサード》を見あげた。二度と戻ってくることはないと思っていたが、物事は思いどおりには進まないものだ。

外側のドアをあけ、控えの間に足を踏み入れた。インターホンを押し、監視カメラに顔を向けると、夢かなにかを見ているような気がしてくる。

フリッツが大きくドアをあけて、笑顔でお辞儀をした。「これは、ベラさま！　ようこそいらっしゃいました」

「お久しぶりね」なかに入り、フリッツがコートを受け取ろうとすると首をふった。「長くはお邪魔しないから。ザディストにちょっと話があって来ただけなの。すぐにすむわ」

「さようでございますか。ザディストさまはこちらでございます。どうぞ、ご案内いたします」フリッツは先に立って玄関広間を横切り、両開きドアのほうへ歩いていく。そのあいだずっと機嫌よく話しつづけ、新年を迎えてどんなことをしたというような、彼女が去ってからの近況を教えてくれた。

しかし、図書室に通じるドアをあけようとして、フリッツはしばしためらった。「失礼とは存じますが、ベラさま、その……ご来訪をご自分でお伝えになるほうがよろしゅうございますか。ご自分のお気が向かれましたときに」

「まあフリッツ、なんでもお見通しね。ええ、しばらくひとりにしてもらえるとうれしいわ」

フリッツはうなずき、にっこりして、姿を消した。

大きく息を吸って、ベラは屋内の話し声や足音に耳をすました。低くて大きいのは兄弟たちの声だろう。腕時計にちらと目をやった。夜七時。そろそろ出かける用意を始めるころだ。フュアリーはどうしているかしら。トールはまだ戻ってこないのかしら。それにジョンは……

ぐずぐずしている……ぐずぐず先のばしにしている。

いまやらなかったら、次はないのよ。真鍮《しんちゅう》の把手《とって》をしっかりにぎってまわした。ドアの片方が音もなく開く。

図書室のなかをのぞき込んで、ベラは息が止まった。

ザディストは腰をおろし、目の前のテーブルに置いた紙におおいかぶさるように上体をかがめている。分厚いこぶしにか細い鉛筆をにぎっていた。となりの席にメアリがすわっていて、ふたりのあいだには広げた本が置いてあった。

「硬子音のおさらいね」メアリが言って、本を指さす。「チェック。キャッチ。この単語のkとcの音はよく似てるけど、同じ音じゃないの。もう一回やってみて」

ザディストは、剃っているような頭に片手を当てた。ぼそぼそなにか言っているがよく聞こえない。やがて紙のうえで鉛筆を動かしはじめた。

「正解！」メアリが彼の上腕に手を置いて、「できるようになったじゃない」

ザディストは顔をあげてにっと笑った。そこではっとしたようにこちらに首をまわし、ベラを見るなり顔から表情が消え失せた。

ああ、〈フェード〉の聖母さま……ベラは彼の姿をむさぼるように見つめた。いまも彼を愛している。心の底からそれがわかる――

ちょっと待って……なんだか……ザディストの顔が、まちがいなく以前とちがっていた。どこか変わっている。傷痕はそのままだが、どこかがちがう。

ともかく、用をすませて先に進まなくちゃ。

「お邪魔してごめんなさい」ベラは言った。「ザディストと話がしたいんだけど、いいかしら」

ベラはうわの空だったが、メアリが立ちあがって近づいてきた。抱擁をかわすと、図書室を出て、ドアを閉じていった。

「よう」ザディストは言って、ゆっくりと立ちあがった。

ベラは目を丸くした。思わず一歩さがった。「まあ……驚いた。あなた、こんなに大きかったかしら」

彼は分厚い胸板に手を置いた。「うん……いやその、三十五キロばかし増えたんだ。ハヴァーズが……ハヴァーズが言うには、たぶんもうそんなに増えないだろうってさ。それでも、もう百二十キロぐらいあるんだ」

そうか、それで顔つきが変わってみえたのだ。ほおはもうこけていないし、輪郭もごつごつしていないし、目も落ちくぼんでいない。なんだか……美男子と言っていいぐらいだ。それに、以前よりずっとフュアリーに似てきた。

居心地が悪そうに咳払いをして、「その、ああ、いまはレイジと……レイジとずっといっしょに食ってるからさ」

嘘みたい……でもきっとほんとうなのだろう。ザディストの身体つきは、記憶のなかの姿とはまるでちがう。肩は大きく盛りあがって、身に着けたぴったりした黒いTシャツの上からでも、太い筋肉が浮き出ているのがわかる。上腕は以前の三倍の太さになっているし、前腕も大きな手につりあった太さになっている。それにあのお腹……くっきりと力強くうねが浮いている。腿《もも》も太く引き締まり、レザーパンツがぱんぱんに張っているほどだ。

「身も養ってるんでしょうね」とぽつりと漏らし、言わなければよかったとすぐに後悔した。おまけに、非難がましい口調になってしまって。

彼がだれから血をもらおうと、彼女にはなんの関係もない。それでも、一族のだれかとつきあっているところを想像すると胸が痛んだ——というのも、一族の女性からもらっているのはまちがいないから。人間の血を飲んでいて、これほど筋肉が発達するはずがない。

彼は胸に当てていた手をわきにおろした。「レイジは〈巫女〉のひとりから飲んでるんだ。メアリの血じゃ身を養えないから。おれも、その〈巫女〉から飲ませてもらってる」少し間《ま》があって、「元気そうだな」

「ええ、ありがとう」

また長い間《ま》があった。「その……ベラ、なんか用があったのか。いやその、うれしくないわけじゃ――」

「あなたに話があるの」

彼はなんと答えてよいかわからないようだった。

「ねえ、いまなにをしてたの？」とベラは尋ねて、テーブルの紙を指さした。これまた彼女には関係のないことだが、情けないことに、どうしても先のばしせずにはいられない。言葉が出てこない。どうしていいかわからない。

「読み書きを習ってるんだ」

ベラは目を見開いた。「まあ……すごいじゃない。進んでる？」

「まあ、ぼちぼちだけど、なんとかやってる」紙を見おろして、「メアリが気長に教えてくれるからな」

沈黙が落ちた。長い沈黙。こうして彼を目の前にすると、どうしても言葉が出てこなかった。

「おれ、チャールストンに行ったんだぜ」ザディストが言った。

「えっ？」わたしに会いに来てくれたのだろうか。

「時間はかかったけど、しまいにはおまえを見つけたよ。ハヴァーズのとこを出て、最初の夜に行ったんだ」

「知らなかったわ」

「知られたくなかったからさ」

「そう」ベラは深呼吸をした。全身の皮膚のすぐ下で、苦痛がくねくねとのたうちまわっている。**そろそろ覚悟を決めなくちゃ。**「あのね、ザディスト、あなたに話が――」

「まだ会いたくなかったんだ。ちゃんとするまでは」黄色い目がじっとこちらを見つめてくる。ふと、ふたりのあいだの空気が変化した。

「なにがちゃんとするまで？」彼女はささやいた。

彼は手に持った鉛筆を見おろした。「おれが」

ベラは首をふった。「ごめんなさい、なんのことか――」

「これを返そうと思ってたんだ」と、ポケットから彼女のネックレスを引っぱり出した。「あの最初の夜、これを返しに行くつもりだったんだが、やっぱり考えなおして……つまりその、それはともかく、ずっと首にかけてたんだけど、そのうち長さが足りなくなってきてさ。それで、いまはこうやって持って歩いてんだ」

ベラは息ができなかった。口から空気が漏れていくばかりで、しまいには肺がからっぽになってしまった。彼のほうは頭のてっぺんをごしごしやっていたが、やがて上腕をこすり、胸をこすりだした。どちらもとても大きくなっていて、シャツの縫い目がはち切れそうだ。

「ネックレスはいい口実になると思ってたんだ」彼はつぶやいた。

「口実って、なんの？」

「チャールストンに行って、おまえんちを訪ねていくとして、これを返しに来たんだって言えば、ひょっとしたら……なかに入れてくれて、話とかできるかと思ってさ。急がねえと言い寄るやつが出てくるだろうから、できるだけ早く行けるようにせんといかんと思って焦ってた。つまりその、読み書きができるようになって、もうちっと自分で自分の面倒も見られるようになって、性根の腐った下司野郎だって言われなくなるようにがんばってれば、その……」彼は首をふった。「だけど、誤解しないでくれよな。おまえがおれに会って喜ぶだろうなんて思ってたわけじゃねえんだ。おれはただ……つまりその、なんていうか……コーヒーとか、お茶とか、ちょっと話したりとか、そういうことを考えてたんだ。その、友だちになれねえかっていうか。ただ、おまえに男ができたら、そんなこともできなくなるよな。だから、その、だから焦ってたんだよ」

黄色い目をあげて、彼女と目を合わせてきた。顔をしかめているのは、彼女の顔にどんな表情が浮かぶかと恐れているのだろうか。

「友だちに?」彼女は言った。

「うん……つまりその、それ以上のことを望むのはずうずうしいだろ。おまえ、後悔してるって言ってたし……ともかく、二度と会えないっていうのはやっぱし……うん、だから……友だちになれねえかと」

まあ……なんてこと。わたしを探しに来てくれたのだ。もう一度会いたい、親しくなりたいと思って。

信じられない。彼に話す覚悟を決めたときには、まさかこんな展開が待っているとは夢にも思わなかった。

「わたし……その、それはつまりどういうことなの、ザディスト」彼女はつっかえながら言った。彼の言葉はひとこと漏らさず聞いていたのに。

彼はまた手に持った鉛筆を見おろし、テーブルに向かった。らせん綴じのノートをめくって白いページを開くと、おおいかぶさるようにして、苦労しいしいなにか書きはじめた。ずいぶんかかったが、書き終えるとそのページを破りとった。

震える手で差し出して、「へたくそだけどな」

ベラはその紙を受け取った。子供っぽい不ぞろいな活字体で、三つの単語が書いてあった。

I LOVE YOU

目頭が熱くなって、彼女は唇をぎゅっと結んだ。手書き文字が揺れて、しまいに見えなくなった。

「読めねえか?」彼は小さい声で言った。「だったら書き直すけど」

ベラは首をふった。「ちゃんと読めるわ。とても……とてもよく書けてるわ」

「なにか期待してるわけじゃねえんだ。つまりその……おれのこと……もう好きじゃないってのはわかってるし。ただ、言っときたかったんだよ。おれの気持ちを伝えとくことが肝心だと思ったんだ。それで、もしなんかのまちがいでつきあえるようになったら……〈兄弟団〉の仕事は辞められねえけど、せめてあんまり無茶やらないように気をつけるって約束——」顔をしかめて言葉を切った。「ちぇっ、なに言ってんだおれは。こういうこと言って、おまえを困らせちゃだめだって思ってたのに——」

ベラはその紙を胸にぎゅっと押し当て、思いきり飛びついていった。胸にまともにぶつかられて、ザディストは一歩後ろによろけたが、ためらいがちに手を背中にまわしてきた。だが、彼女がなぜ、なにをしようとしているのかわからないようだ。ベラは身も世もなく泣きじゃくっていた。

ザディストと話をする決心をしたときには、ふたりいっしょの未来がありうるとは考えもしなかったのに。

ザディストは彼女のあごをあげさせ、顔をのぞき込んできた。笑顔を作ろうとしたが、込みあげる狂おしい希望が重く、まぶしすぎて、胸がつぶれそうだった。

「泣かせるつもりじゃ――」

「ああ……ザディスト、愛してるわ」

彼は目を大きく見開き、まゆが生え際にくっつきそうになった。「なんだって……？」

「愛してるわ」

「もういっぺん言ってくれ」

「愛してるわ」

「すまん……もういっぺん」彼はささやいた。「何度聞いても信じられねえ……頼むよ」

「愛してるわ……」

ザディストはいきなり、〈書の聖母〉に〈古語〉の祈りを捧げはじめた。

ベラをしっかり抱きしめ、顔を彼女の髪に埋めながら、これほど雄弁に感謝の気持ちを表わされて、ベラはまた泣きだした。

最後の賛美の祈りを唱え終わると、また英語に戻して、「初めて会ったとき、おれは息はしてても生きてなかった。目は見えてても見えてなかった。そしたらおまえが現われて……おれは目が覚めたんだ」

ベラは彼の顔に触れた。ザディストはゆっくりと口と口の距離を縮めてきて、唇にそっと唇を重ねた。

なんとやさしいキスだろう。こんなに大きくて強いひとなのに、彼女に触れる唇はこんなにも……やさしい。

ふとザディストは身を引いた。「それはそうと、おまえなにしに来たんだ？　いや、もちろんうれしいが――」

「赤ちゃんができたの」

彼はまゆをひそめた。口をあけた。それを閉じて、首をふった。「すまん……いまなんて言った？」

「お腹にあなたの赤ちゃんがいるの」今度は、彼はただぽかんとしている。「あなた、パパになるのよ」あいかわらず反応なし。「わたし妊娠したの」

そろそろ説明の方法も尽きてきた。まさか――どうしよう、そんなことは望んでないって言われたら。

ザディストは、ごついブーツの足もとがおぼつかなくなってきたようだ。顔には血がのぼって赤くなっている。「おまえの腹んなかに、おれの子供がいるって？」

「そうよ。わたし――」

いきなりベラの腕をつかみ、「それで、大丈夫なのか。ハヴァーズは大丈夫だって言ってんのか」

「ええ、これまでのところは。わたしはちょっと歳が若すぎるけど、たぶん出産のときにはそれがいいほうに働くだろうって。ハヴァーズが言うには、赤ちゃんは順調に育ってるし、とくに気をつけることはなんにもないって……ただ、六カ月過ぎたらもう非実体化はしちゃいけないんですって。それと、あの……」顔を赤らめた。たちまち真っ赤になっていた。

「十四カ月が過ぎたら、セックスしたり血を飲ませたりしないようにって。生まれるのは十八カ月ぐらいだから、それまではね」

医師からそう注意されたときには、どちらも心配する必要はないと思っていた。でも、いまは……

ザディストはうなずきながら聞いていたが、なんだか具合が悪そうに見えた。「おれが面倒見るよ」

「ええ、わかってるわ。あなたといれば安全だし」彼女は言った。彼が心配するのはそこだろうとわかっていたから。

「ここで、おれと暮らしてくれるか」

ベラは笑顔で答えた。「ええ、喜んで」

「連れあいになってくれるか」

「あなたはなりたい？」

「うん」

ただ、彼はいまでは真っ青になっていた。文字どおりミントアイスクリームの色だ。それに、せりふを棒読みしているような口調もおかしい。ベラは、だんだんわけがわからなくなってきた。「ザディスト……ほんとはいやなんじゃない？　その……無理に連れあいにならなくてもいいのよ、もしいやだったら――」

「おまえの兄貴、いまどこにいるんだ」

その質問に、ベラは不意を衝かれた。「リヴェンジのこと？　その……たぶん家だと思うけど」

「会いに行くぞ。いますぐ」ザディストは彼女の手をつかんで歩きだした。引きずるように玄関広間に出ていく。

「ザディスト、ちょっと――」

「承諾をもらって、今夜のうちに連れあいになるんだ。Vの車で行こう。もう二度と非実体化なんかしちゃだめだ」

ザディストは猛然と彼女の手を引いてドアに向かう。走らなければついていけない。「待ってよ、六カ月までは大丈夫だって、ハヴァーズが――」

「そんな危ないことさせられるか」

「ザディスト、そんなに心配しなくても――」

ふいに彼は立ち止まった。「おれの子を産むの、いやじゃないか？」

「まさか。なに言ってるの、そんなわけないじゃない。いまはなおさら……」ベラは彼を見あげてほほえんだ。彼の手を取り、下腹部に持っていった。「あなたなら、きっとこの子のいいパパになるわ」

そのとたん、彼は気を失って引っくり返った。

ザディストは目をあけた。こちらを見おろすベラの顔は愛情に輝いている。館の住人に取り囲まれていたが、ベラの顔しか目に入らなかった。

「気がついたのね」彼女がそっと言った。

手をあげて彼女の顔に触れた。泣いちゃだめだ。泣いちゃ――

ちくしょう、くそくらえだ。

笑顔でベラを見あげるうちに、涙がこぼれはじめた。「できたら……できたら女の子がいいな。おまえにそっくりの――」

声が途切れた。と思ったら、まったく情けない話だが、完全にたがはずれて、ばかみたいにわあわあ泣きだしてしまった。兄弟たち全員の前で。それにブッチも、ベスも、メアリもいるのに。こんなだらしないところを見せられて、ベラはあきれているにちがいない。けれどもどうしようもなかった。これまで生きてきて、初めて……幸せだと思った。幸運だと。恵まれていると。この瞬間、この完璧な、きらきら輝く瞬間、この崇高な瞬間、玄関広間にぶっ倒れて、愛するベラと、ベラのお腹の子供と、兄弟たちに囲まれて……今日は生涯最良の日だ。

みっともない泣き声が鎮まったとき、レイジがそばにひざをついてきた。派手ににやにや笑いを浮かべていて、非の打ちどころのないほおがふたつに裂けそうに見えた。「おまえの石頭が床にひびを入れた音を聞いて、みんなで駆けつけてきたんだぞ。そら親父、握手しようぜ。ちびちゃんにはおれが戦いかたを教えてやる」

ハリウッドが手を差し出してきた。ザディストが握手しようとしたとき、ラスがかたわらにしゃがんで、「おめでとう、兄弟。おまえにも、おまえの〝シェラン〟にも、おまえの子供にも、〈聖母〉の祝福があるようにな」

ヴィシャスとブッチが祝いの言葉をかけに来るころには、Zは上体を起こして、顔をごしごしこすっていた。ちくしょう、なんてみっともないんだ、取り乱して大泣きするとは。**くそったれ**。ただ幸い、だれも気にしていないようだった。

ひとつ深呼吸をして、彼は周囲を見まわしてフュアリーを探した……彼の双児の兄弟を。〝レッサー〟のもとへ乗り込んでいった夜から二カ月、フュアリーの髪はもうあごの線に届くほど伸びていた。顔につけた傷もとっくに消えている。しかし、その目は光があせて悲しげだった。それがいまは、いっそうの悲しみに翳《かげ》っていた。

フュアリーが進み出てくると、にぎやかだった座がしんと静まった。

「おれ、おじさんになるんだな」彼は静かに言った。「ほんとによかったな、Z。それにベラ、きみも……」

ザディストはフュアリーの手を取り、骨が当たるぐらい強くにぎりしめた。「おまえはいいおじさんになるよ」

「〝後見《ガーディアン》〟にもなってもらえないかしら」ベラが言った。

フュアリーは一礼して、「〝ガーディアン〟に指名されたら、こんな名誉はありません」

フリッツがいそいそと入ってきた。細いフルートグラスをのせた銀のトレイを持っている。うれしさに顔を上気させ、すっかり興奮している。「乾杯のご用意をいたしました」

あちこちから同時に声があがって混ざりあい、グラスが手から手へ渡され、笑い声が起きた。ザディストはベラに目を向けたまま、だれかに差し出されたグラスを受け取った。

愛してる、と声は出さずに口だけ動かした。ベラはほほえみかえしてきて、なにかを彼の手にすべり込ませた。あのネックレスだ。

「これ、あなたが持っていて」彼女はささやいた。「幸運のお守りに」

彼はその手にキスをして、「そうする」

だしぬけにラスが立ちあがった。そそり立つ長身をすっくと伸ばし、シャンペンをあげ、頭をのけぞらせた。腹に響く恐ろしい声で、天に向かって咆哮《ほうこう》を発する。その大音声に、まちがいなく館の壁という壁が震えた。

「ふたりの子に乾杯!」

全員がそろって立ちあがり、グラスをあげ、声をかぎりに叫んだ。「乾杯!」

ありがたい……大胆にして耳を聾《ろう》する戦士たちの大合唱。これなら〈書の聖母〉の聖なる耳にも届くだろう。それこそが、この伝統の眼目なのだ。

なんと心のこもった、しかも正式な乾杯だろう。Zは手を引っぱってベラをすわらせ、その唇にキスをした。

「ふたりの子に乾杯!」館の全員がふたたび叫ぶ。

「おまえに乾杯」ベラの唇に向かってささやいた。「〝愛しいひと《ナーラ》〟」

50

「ああ、あの気絶するあたりはなしでもよかったよな」Zはぼやきながら、ベラの家族が移った隠れ家の車寄せに車を入れた。「それから、わあわあ泣いて目を真っ赤にするあたりもな。まったく、みっともねえったらありゃしねえ。ちくしょう」

「あら、わたしはほれなおしたわよ」

ぶつぶつ言いながらエンジンを止め、彼は〈シグ・ザウエル〉を手のひらに隠し持ち、ベラが〈エスカレード〉をおりるのを助けようと助手席側にまわった。あっ、なんてこった。

ベラはもうドアをあけて、雪のなかに足をおろしていた。

「おれを待ってなきゃだめじゃねえか」彼は叫んで、ベラの腕をとった。

ベラはきっとにらみつけて、「ザディスト、これからずっとわたしを壊れものみたいに扱う気？　そんなことしたら、この十六カ月でわたし、頭がおかしくなっちゃうわ」

「いいかベラ、氷に足をすべらしたらどうするんだよ。ハイヒールなんかはいてるくせに」

「もう、大げさねえ……」

ザディストは助手席側のドアを閉じ、彼女に軽くキスをして、腰に腕をまわして歩きだした。前庭の歩道を進んで、大きなチューダー様式の屋敷に向かう。雪におおわれた庭を油断なく見まわしていると、引金にかけた指がむずむずしてならない。

「ザディスト、兄に会う前にその拳銃はしまっておいてね」

「大丈夫だ。会うときはもうなかに入ったあとだから」

「襲われたりしないわよ。ここはなんにもないところなんだもの」

「おまえとおまえの腹の子を、ちょっとでも危険にさらすようなまねができるか。おれをなんだと思ってんだ」

自分が横柄にふるまっているのは自覚していたが、どうしようもなかった。いまの彼はきずなを結んだ男なのだ。しかもその相手の女は妊娠《にんしん》しているのだ。いまの彼ほど見境なく嚙みつく危険な存在は、この地球上には数えるほどしかない。ハリケーンとか大竜巻《トルネード》とか呼ばれているものがそれだ。

ベラは言い返そうとはしなかった。にっこりして、腰にまわされたごつい手に自分の手を重ねた。「なにかを欲しがるときは、じゅうぶん気をつけなくちゃだめね」

「どういう意味だ」ドアの前まで来ると、彼はベラを先に行かせ、自分の身体を盾にしてかばった。ポーチの照明が気に入らない。これでは人目に立ちすぎる。

意志の力で照明を消すと、ベラは笑った。「わたしはずっと、あなたときずなを結びたいって思ってたのよ」

ベラの首に横からキスをして、「それじゃ、望みがかなったわけだ。おれはもうがっちりきずなを結んでるぞ。これ以上はないくらい、めちゃくちゃに固く――」

身を乗り出して真鍮のノッカーを叩こうとしたとき、身体と身体がまともに触れあった。

ベラがのどの奥を小さく鳴らし、身体をすりつけてきた。ザディストは身動きがとれなくなった。

なんてこった。信じられない……あっというまに固くなってしまった。彼女がちょっと身動きしただけで、いきなりやばいことに――

ドアが開いた。てっきり〝ドゲン〟だと思ったら、そこに立っていたのは、長身でほっそりした白髪の女性だった。黒いロングドレスに、ダイヤモンドをふんだんに身に着けている。

うわっ。ベラのおふくろさんだ。Zは腰のくびれのホルスターに拳銃を隠し、ダブルのジャケットのボタンが下まで全部かかっていることを確認した。それからズボンのジッパーの前で手を組み合わせた。

今夜は、できるかぎりきちんとした格好をしてきた。スーツを着るのは生まれて初めてだった。おまけに、足を突っ込んでいるのは凝りに凝ったローファーだ。タートルネックを着てのどくびの血隷の刺青《いれずみ》を隠したかったのだが、ベラにだめを出されてしまった。たぶん彼女の言うとおりだろう。過去はいまさら隠しようがないし、また隠すべきでもない。それに、彼がどんな格好をしようと、また〈兄弟団〉のメンバーだろうと、〝グライメラ〟に受け入れられるはずがない。それは、昔血隷だったからというだけでなく、この外見のせいでもある。

しかし、ベラは〝グライメラ〟などに用はないし、それはZも同様だ。もっとも、ベラの家族の前ではお行儀のいいふりぐらいはするつもりだった。

ベラは前に進み出て、「〝マーメン〟」

母と娘が形式ばった抱擁を交わしているうちに、Zは家のなかに入り、ドアを閉じて周囲に目をやった。格調高い豪華な建物で、いかにも貴族の住まいにふさわしい。しかし、カーテンや壁紙などに関心はなかった。彼が感心したのは、すべての窓にリチウム電池式のセンサーが取りつけてあることだ。戸口にはレーザー受光器がついているし、天井には動体センサーも見える。どれも最高級品だ。とびきりの。

ベラは一歩さがった。母親の前で緊張しているようだが、その理由はよくわかった。身に着けたドレスとふんだんな宝石からして、この女性がばりばりの貴族なのはまちがいない。そして貴族が親しみやすいこととときたら、雪の吹き溜まりのほうがまだましなぐらいなのだ。

「〝マーメン〟、こちらがザディスト。わたしの連れあいです」

覚悟はしていたが、ベラの母はZを頭のてっぺんから足先までしげしげと眺めた。一度、二度……ではすまず、三度も見直された。

くそ、やれやれ……今夜は長い夜になりそうだ。

彼が娘をはらませたこともこの女性は知っているのだろうか、とふと不安になった。

ベラの母親は近づいてきた。握手しようと手を差し出してくるかと思ったが、ただ突っ立っているだけだ。やがてその目に涙が浮いた。

上等だぜ。さて、どうしたらいいのだろう。

そう思っていると、いきなり彼の足もとにひざまずいた。しゃれたローファーのまわりにドレスが広がって、黒い水たまりができたようだ。「戦士の君、お礼を申します。娘を連れて帰ってくださって、ありがとうございました」

ザディストはぽかんとしてそれを眺めていたが、鼓動一拍半ほどあってから、身をかがめてやさしく床から助け起こした。ぎこちなく抱擁しながら、ベラに目をやると……その顔には、世紀の大魔術でも見たような表情が浮かんでいた。**これどういうこと**、という大きな疑問符を、驚嘆の念でふちどりしたような。

ベラの母は身体を引いて、目の下をそっと押さえた。ベラは咳払いをして、「リヴェンジはどこかしら」

「ここだ」

低い声が、左手の薄暗い部屋から響いてきた。そちらに目を向けたら、大柄な男が杖をついて——

げっ。まったく……なんてこった。まさかこんなこととは夢にも思わなかった。尊者《レヴァレンド》だ。あのモヒカン頭の、紫色の目の、したたかな麻薬の売人が、まさかベラの兄だったとは。しかもフュアリーによれば、少なくとも半分は〝シンパス〟だという。

まるで悪夢じゃねえか。本来ならば〈兄弟団〉の務めとして追放しなくてはならない相手なのに、Zはその男の義理の弟になろうとしている。ちくしょうめ、ベラは兄の裏の顔を知っているのだろうか。それも、麻薬の売人という顔だけではなく……

Zはちらと彼女に目をやった。**たぶん知らないのだろう**、直感的にそう思った。どちらの顔についても。

「リヴェンジ、こちらが……ザディストよ」ベラは言った。

Zはまたベラの兄に目を向けた。見返してくる濃紫の目は揺らぎもしなかったが、その表

訓練生は仲間といっしょにジムから駆け出し、ありがたくシャワーを浴びた。助かった……少なくとも、同じクラスの仲間たちはみんな、同じようにほっとしているし、あっちこっち痛めてもいる。全員がいまは雌牛のようにおとなしく、ただじっとシャワーの下に立って、ろくにまばたきもせず、極度の疲労にぼんやりしている。

ともかく、あと十六時間はあのいまいましい青いマットに戻らなくてすむ。それだけはありがたい。

ところが、シャワーを出て私服に着替えているとき、トレーナーを忘れてきたことに気がついた。身の縮む思いで廊下を駆け戻り、ジムにこっそり忍び込んで……

少年はびくりとして足を止めた。

あの講師が奥にいた。上半身裸で、サンドバッグ相手にスパーリングをしていた。乳首の環をきらめかせながら、バッグの周囲を舞っている。信じられない……血隷のしるしが入っているし、背中は傷痕だらけだ。だがそれにしても、あの動きはすごい。息を呑むほど強く、敏捷《びんしょう》で、たくましい。あれなら素手で敵を殺せる。まちがいなく。

すぐに立ち去ったほうがいい。それはわかっていたが、目をそらすことができなかった。これほどのものは初めて見る。戦士のこぶしは目にもとまらぬ速さでくり出され、しかも恐ろしい力がこもっている。きっと、うわさはみんなほんとうにちがいない。完全な殺戮《さつりく》マシーンだ。

かちりと音がして、ジムの奥のドアが開いたかと思うと、赤ん坊の泣き声が高い天井にこだました。戦士はパンチをくり出す途中で手を止め、そちらをくるりとふり向いた。美しい女性が、ピンクの毛布にくるんだ赤ん坊を抱いて入ってくる。戦士の顔がゆるんで、まるでとろけそうだ。

「邪魔してごめんなさいね」赤ん坊の泣き声にかぶせるように、女性が言った。「でも、うちのお姫さまがパパじゃなきゃいやだって」

戦士は女性にキスをして、その太い両腕に小さな赤ん坊を受け取り、裸の胸に抱き寄せた。赤ん坊は小さな手を伸ばして戦士の首にまわし、ぴったり身体をくっつけた。と思ったらもう泣きやんでいる。

戦士が顔をまわし、マットの向こうからこちらに目を向けてきた。その静かな視線に、訓練生は足がすくんだ。「バスがすぐに来るぞ、ぼうず。急げ」

そう言ってウィンクをしてみせると、またあちらに顔を向けた。片手を女性の腰にまわして引き寄せ、あらためて唇にキスをする。

訓練生は戦士の背中に目を丸くした。さっきは激しい動きで見えなかったものが、いまははっきり見える。傷痕のうえから、〈古語〉で名前が肌に刻まれていた。上下にふたつ並べて。

ベラ……そしてナーラと。

訳者あとがき

本書は〈黒き剣兄弟団《ブラック・ダガー・ブラザーフッド》〉シリーズ第三作、*Lover Awakened* の全訳です。

今回の物語は、前作 *Lover Eternal*（邦題『永遠なる時の恋人』）の幕切れから六週間が過ぎたところから始まります。前作の最後で、ヴァンパイアの宿敵〝レッサー〟に誘拐されたベラですが、彼女の行方は杳《よう》として知れないままです。誘拐されたヴァンパイアは、残酷な拷問のすえに短時日で殺されるのが通例なので、もうベラも生きてはいないだろうとだれもが絶望していますが、それでも〈兄弟団〉は彼女を捜しつづけています。とくに、人知れず――どころか、自分でも気づかないうちに彼女に恋をしていたザディストは、怒り狂って〝レッサー〟たちを問い詰め、その残忍さで兄弟たちすらたじろがせています。

というわけで本作のヒーローのザディストですが、前作のあとがきでもご紹介した、著者ウォード自身の手になる *Black Dagger Brotherhood: An Insider's Guide* によりますと、年齢は二〇〇八年の時点で二百三十歳、〈兄弟団〉に入団したのは一九三二年だそうです。彼は第一作、第二作でも強烈な存在感を放っていましたが、彼の恋愛の前にはしかし大きな障害が立ちはだかっています。なにしろ、かつて奴隷として虐待された過去が身体にも心にも大きな傷を残しているのですから。そのために他者に心を閉ざしているだけでなく、肉体的な接触にも耐えられず、双児の兄弟のフュアリーにすらめったに触れようとしないほどです。彼がそこまでの傷を負ったのはなぜなのか、そのくわしいいきさつが本作で明らかにされます。その悲惨さもさることながら、そんな彼を救うためにフュアリーの払う犠牲も壮絶です。フュアリーがザディストのために自分の片脚を吹っ飛ばした、という話はすでに何度か出てきましたが、さすがにここまでとは思わなかった、というのが正直なところではないでしょうか。

ザディストの恋愛の前に立ちはだかる障害は、しかしそれだけではありません。これも前作で語られていますが、ザディストが恋するベラには、フュアリーもまた熱い恋心を寄せているのです。同じ女性に魅かれるとはさすが双児、血は争えないというところでしょうか。しかも、まるで似ていないように思われているこのふたりですが、じつは根っこのところではそっくりな性格をしています。ザディストもフュアリーも、お互いに自分のことより相手のことばかり考えるたちで、相手の幸福のためなら進んで自分を犠牲にしようとします。そのふたりの「美質」が、自分自身はもとより相手をも不幸にしてしまうとは、なんとも皮肉な話というほかありません。

しかもそこへ、ベラの悲惨な体験まで重なってきます。ベラは最初からザディストに魅かれているのですが、ザディストはそれを真正面から受け止めることができません。つらい目にあったせいで、ベラはまともにものが考えられなくなっている、だからそんな世迷《よま》いごとを言うのだと思い込み、彼女がなんと言おうとも、正気に戻れば自分のことなど相手にしなくなるはずと信じて疑わないのです。もっとも、ベラのほうは苦労知らずの貴族のお嬢さんだったのが、つらい体験を乗り越えることでザディストの苦しみを身近に感じ、彼への理解を深めていきます。不幸中の幸いというべきでしょうが、それがなかなかザディストに通じないのがもどかしいところです。

第一作、第二作では、ヒロインの側はいずれも（少なくとも最初のうちは）ふつうの人間の女性という設定でしたが、今作のヒロインのベラは、もともとヴァンパイアとして生まれ育った女性です。そのため、人間とは異なるヴァンパイアの生理的な特徴のことや、ヴァンパイア社会の法や制度、閉鎖的な貴族階級の性格などなど、本シリーズの世界を支える骨格の部分も、本作ではあるていど突っ込んで描かれています。また、前作で名前だけ出てきたベラの兄ですが、このリヴェンジが謎の多いじつに魅力的な人物（というかヴァンパイア）として登場し、作品世界にさらに厚みを加えています。前作のあとがきでもご紹介したとおり、シリーズ最新第七作 *Lover Avenged* ではこのリヴェンジが主役を張っていますが、それも当然と思わせる〝いい男〟ぶりをご堪能ください。

ところで、本作でザディストに次いで気になるのが、ヴァンパイア世界にひとり紛れ込んだ人間のブッチでしょう。第一作において、ヴァンパイア貴族切っての美女マリッサに出会い、彼はたちまち恋に落ちます。マリッサもそんなブッチに魅かれ、ふたりの恋は成就の一歩手前まで行きますが、よんどころない事情でお預けになってしまいました。第二作ではマリッサの出番はなく、ブッチを避けているらしいという話が出てきて気をもませてくれましたが、本作でやっとふたりは再会を果たします。ところがそのときはすでに、彼女の身辺にはべつの男性の影が……果たしてブッチのせつない恋は報われる時が来るのでしょうか。このあたりは次作への布石ということでしょうが、こういう脇筋がうまく本筋に絡んでくるあたりも、このシリーズの面白さの秘密だろうと思います。

そして最後にもうひとつ忘れてならないのが、ダライアスの生まれ変わり（と言ってしまってかまわないでしょう。著者のウォードが当然のようにそう言っていますので）のジョン・マシューです。本作では、ヴァンパイア一族の絶滅を食い止めるために、一族の王ラスが未来の戦士を育てるという新方針を打ち出しています。そこで戦士候補生を集めて訓練することになり、ジョンもその候補のひとりに選ばれます。人間界で育ったうえに、口がきけないというハンディを背負った彼は、同じヴァンパイア仲間からもいじめにあい、なかなか苦難の日々を送っています。しかもそこへさらなる不幸が襲ってきて、ジョンくんの未来もまるで先が見えません。本格的なロマンスにはとうぶん縁がなさそうとはいえ（まだ遷移前の子供ですから）、こちらもいよいよ目が離せなくなってきました。それにつけても、これだけさまざまなストーリーラインを並行して走らせつつ、散漫にならずに緊密な作品世界を織りあげていくのですから、著者ウォードのお手並みはさすがと言うほかありません。

本書の訳出にあたっては、いつものとおり二見文庫翻訳編集部のかたがたにたいへんお世話になりました。この場をお借りしてあつくお礼を申し上げます。

二〇〇九年九月

ザ・ミステリ・コレクション

運命《うんめい》を告《つ》げる恋人《こいびと》

著者　J. R. ウォード

訳者　安原和見《やすはらかずみ》

発行所　株式会社 二見書房
東京都千代田区三崎町2-18-11
電話　03(3515)2311［営業］
03(3515)2313［編集］
振替　00170-4-2639

印刷　株式会社 堀内印刷所
製本　合資会社 村上製本所

落丁・乱丁本はお取り替えいたします。
定価は、カバーに表示してあります。

ISBN978-4-576-09149-5
http://www.futami.co.jp/